T0272310

MUERTE Y FORTUNA

MUERTE y FORTUNA

MARGARET OWEN

Traducción de Carla Bataller Estruch

Argentina – Chile – Colombia – España
Estados Unidos – México – Perú – Uruguay

Título original: *Little Thieves*
Editor original: Henry Holt and Company,
Henry Holt ® is a registered trademark of Macmillan Publishing Group, LLC
Traductora: Carla Bataller Estruch

1.ª edición: junio 2022

Muerte y Fortuna © 2021 *by* Margaret Owen
Ilustraciones de interior © 2021 *by* Margaret Owen
Published by Henry Holt and Company, Henry Holt ® is a registered trademark of Macmillan Publishing Group, LLC Limited Partnership through Sandra Bruna Agencia Literaria SL.
© de la traducción 2022 *by* Carla Bataller Estruch
All Rights Reserved
© 2022 by Ediciones Urano, S.A.U.
Plaza de los Reyes Magos, 8, piso 1.º C y D – 28007 Madrid
www.mundopuck.com

ISBN: 978-84-17854-53-9
E-ISBN: 978-84-19029-85-0
Depósito legal: B-7.397-2022

Fotocomposición: Ediciones Urano, S.A.U.

Impreso por: Rodesa, S.A. – Polígono Industrial San Miguel
Parcelas E7-E8 – 31132 Villatuerta (Navarra)

Impreso en España – *Printed in Spain*

Para todas las chicas gremlin:
me gustaría deciros algo inspirador,
pero lo cierto es que,
cuando la vida nos cierra una puerta,
no siempre abre una ventana.
La buena noticia es:
para eso están los ladrillos.

Nota de la autora

Esta es una historia sobre muchas cosas, hermosas y feas, doloro-sas y ciertas. Se habla de maltrato y abandono infantil, se exploran entornos abusivos y el trauma de un intento de violación en el pa-sado. Para muchas de nosotras estas son heridas, y he intentado darles espacio sin romper las suturas que con tanto esfuerzo he-mos conseguido. Aun así, confío en que conozcas tus cicatrices.

El ladrón pequeño roba oro,
pero el grande roba reinos,
y solo uno acaba en el patíbulo.
—Proverbio almánico.

PRIMERA PARTE

LA MALDICIÓN DEL ORO

EL PRIMER CUENTO

LAS MADRINAS

Érase una vez, en la noche más fría del invierno, en el corazón más oscuro del bosque, cuando Muerte y Fortuna llegaron a una encrucijada.

Se alzaban altas e inconmensurables en la nieve lisa como el cristal: Muerte en su mortaja hecha con sombras y el humo de las piras funerarias y Fortuna en su vestido de oro y huesos. Mucho más no se puede decir, pues dos almas no ven a Muerte y Fortuna de la misma forma; aun así, todos las reconocemos cuando nos las encontramos.

Esa noche, una mujer había ido justo a hacer eso: encontrarlas. Sus rizos de un naranja zanahoria opaco se enredaban bajo un gorro de lana; su rostro, quemado por el viento, estaba tan ajado como el abrigo raído sobre sus hombros. En una mano aferraba un farol mortecino de hierro, que daba la suficiente luz como para captar los copos de nieve revoloteando como luciérnagas antes de fundirse de nuevo en la oscuridad.

La otra mano se cerraba alrededor del mitón raído de una niñita que iba a su lado.

—Por favor —dijo la mujer, temblando en la nieve que le llegaba hasta las espinillas—. Ya nos cuesta dar de comer a doce bocas y esta… da mala suerte. Vaya donde fuere, la leche se agria, la lana se enreda, el grano se derrama. Todo lo que toca se estropea.

La niña no dijo nada.

—Solo tiene… —Fortuna ladeó la cabeza y la guirnalda de monedas sobre su frente resplandeció y cambió, pasando de cobre a carbón, de plata a oro—. ¿Tres años? ¿Diez? Disculpa, nunca acierto con los humanos.

—Cuatro años —dijo Muerte, con su voz dulce y sombría, pues Muerte siempre acierta.

Fortuna arrugó la nariz.

—Joven. La edad ideal para derramar grano y romper cosas.

—Es la decimotercera —insistió la mujer, alzando más el farol, como si pudiera encauzar su argumento como una vaca cabezota. La luz débil de la llama relució en la guirnalda de monedas de Fortuna, en el dobladillo ralo de la capucha de Muerte—. Como yo. Eso la convierte en la decimotercera hija de una decimotercera hija. Su suerte está podrida hasta la médula.

—Les dijiste a tus otros hijos que la llevabas al bosque a buscar su fortuna. —La diosa menor extrajo una moneda de su guirnalda y la dejó bailar entre sus dedos, con destellos cobrizos y plateados, dorados y negros.

—Y lo cierto es que me buscabas a mí —concluyó Muerte con su voz de terciopelo negro; el semblante de la mujer se encogió de vergüenza—. Pero nos has encontrado a las dos. Has llegado lejos, a través de la oscuridad y de la escarcha, para pedirnos un favor.

—Quieres pedirle una bendición a la Dama de la Suerte. Es arriesgado. No sabes qué te tocará. —El rostro de Fortuna variaba entre la crueldad y la compasión mientras la moneda se deslizaba entre sus dedos rápidos, con destellos diurnos y nocturnos, rojos y blancos.

Muerte, por otra parte, no se movió.

—Conoces mis regalos y sabes que arrebato mucho y doy poco. Pero esto te diré: solo una de vosotras regresará a casa.

La mujer inhaló con fuerza.

Fortuna sonrió y la moneda brilló como el sol y la nieve, como la sombra y la sangre.

—Buscaste a Muerte en el bosque. ¿Creías que el camino de vuelta sería sencillo?

La mujer no dijo nada. La llama del farol disminuyó.

—Pide —ordenó Muerte—. ¿Qué quieres de nosotras?

El farol temblaba en la mano de la mujer; el frío y los callos le agrietaban los nudillos.

—Quiero lo mejor... para todo el mundo.

—Elige —ordenó de nuevo Muerte—. ¿Cuál regresará a casa?

La mujer soltó la mano de su hija.

Fortuna le alzó la barbilla a la niña. Encontró dos ojos del negro más profundo en un rostro pálido cubierto de pecas y dos trenzas del color de la llama del farol atadas con trozos de tela.

—¿Cómo te llamas? —preguntó Muerte justo cuando la mujer se daba la vuelta y huía de la encrucijada, llevándose con ella la última migaja de luz.

—Vanja. —Eso fue lo primero que les dije a mis madrinas—. Me llamo Vanja.

CAPÍTULO 1

JUEGOS DE CARTAS

H an pasado casi trece años desde que Muerte y Fortuna me reclamaron para sí y he atravesado tantos inviernos y tanto frío que prácticamente nadie me llama Vanja ya.

Pum, pum. Unos nudillos enguantados golpean dos veces el techo del carruaje. La voz amortiguada del conductor llega hasta dentro.

—Casi hemos llegado, *prinzessin*.

No respondo. No es necesario; hace mucho tiempo descubrí que las princesas no les deben una respuesta a sus sirvientes.

Y, durante casi un año, ese es el rostro que he llevado: el de una princesa.

O para ser más exacta: el rostro de Gisele-Berthilde Ludwila von Falbirg del principado de Sovabin, *prinzessin-wahl* del Sacro Imperio de Almandy. Futura *markgräfin* Gisele ya-lo-has-pillado von Reigenbach del territorio más grande del imperio, la marca de Bóern, en cuanto su margrave encuentre tiempo para celebrar una boda.

O no, si puedo evitarlo.

(Ya llegaremos a eso).

Miro con los ojos entornados por la ventana ribeteada de oro del carruaje para estudiar los bloques de madera y yeso de la mansión

Eisendorf mientras los caballos se acercan. Unas sombras se mueven detrás de las ventanas de la planta baja, convirtiéndolas en ojos rosados y parpadeantes en la penumbra helada del crepúsculo. Ya parece lleno, incluso para una fiesta en un domingo por la noche. Bien: una princesa debería ser la última invitada de los Von Eisendorf en llegar. Hubo un motivo por el que me entretuve en mi dormitorio del castillo Reigenbach: para asegurarme de que nos encontráramos con el máximo tráfico en Minkja cuando partimos hace una hora.

Pero tengo más de un motivo para examinar el entorno de la mansión, aparte de para que la *prinzessin* llegue, como dicta la moda, tarde. Hay menos ventanas iluminadas en la tercera planta, aunque detecto dos a cada lado de la puerta doble donde el dormitorio principal da paso a un gran balcón.

La verdadera cuestión de esta noche es si ese es el *único* balcón.

No lo es. Hay otros más pequeños a cada lado. Las velas solo iluminan uno de los balconcitos en una habitación adjunta que parece compartir la enorme chimenea con el dormitorio principal.

La chimenea, en este momento, desprende humo hacia el cielo del anochecer. Cabría preguntarse *por qué* los Von Eisendorf mantienen un fuego encendido en su dormitorio cuando estarán ocupados toda la noche entreteniendo a los invitados en la planta de abajo.

Me apuesto tres sólidos *gilden* a que están calentando la habitación de al lado por si yo… Bueno, por si la *prinzessin* necesita un descanso. No pueden desaprovechar la oportunidad de hacerle la pelota a la futura esposa del margrave.

Cabría preguntarse también por qué me importan las chimeneas, los balcones y los lameculos. Pues porque, esta noche, los Von Eisendorf me van a ofrecer un tipo de oportunidad muy diferente.

Y *odiaría* desaprovechar cualquiera de esas oportunidades.

El leve reflejo de mi sonrisa atraviesa el cristal. Un momento más tarde, desaparece cuando mi aliento lo empaña en el frío de finales de noviembre.

Debería ir sobre seguro, recostarme en el asiento, ponerme de nuevo la fachada serena y elegante de la *prinzessin*.

Y, sin embargo, evalúo la distancia que queda entre el carruaje y el primer guardia con el que nos encontraremos y dibujo rápidamente un par de curvas sencillas y distintivas en el cristal empañado. *Luego* me siento y reduzco mi sonrisa hasta convertirla en un gesto plácido.

Cuando alcanzamos al primer guardia, lo veo mirarnos con sorpresa. Le propina un codazo al guardia que tiene al lado y señala la ventanilla del carruaje. Estoy bastante segura de oír: «¡Es un culo!».

—Y nadie te creerá —digo para mis adentros mientras el cristal se desempaña.

Los pasos cargados de cascabeles de los caballos se detienen cuando aparcamos en paralelo con la robusta puerta de roble. Echo un vistazo rápido debajo del asiento de enfrente para comprobar que mi zurrón, un sencillo neceser, sigue ahí. Y, por ahora, ahí se quedará.

Luego cierro los ojos, balanceándome con el carruaje mientras el lacayo salta, y pienso en tres naipes que bailan bocabajo sobre una mesa. Es hora de empezar mi juego más antiguo, Encuentra a la Dama.

Hay muchos trucos para controlar el juego, pero el más irrefutable es este: solo una persona debería saber dónde está la dama en todo momento. Esa persona soy yo.

Acaricio con la punta de los dedos el collar de perlas pesadas y perfectas que cuelga alrededor de mi cuello. Es una costumbre más que nada; sabría si se han desabrochado. *Lo sabría*.

La puerta del carruaje se abre. En mi mente, le doy la vuelta a la primera carta.

La *prinzessin*. Ojos plateados, rizos de un dorado pálido, perlas inmaculadas bajo un brocado de terciopelo azul glacial y borgoña, una sonrisa gentil con una pizca de misterio. Incluso el nombre de

Gisele es fascinante, pues evita el fuerte almánico a favor de la pronunciación de Bourgienne, con sus vocales melosas y la suave ge. Es el tipo de artificio pretencioso que le gustaba hacer a la dama Von Falbirg, a sabiendas de que la gente como los Von Eisendorf se lo tragarían.

Mirad, así empieza el juego. Primer paso: enseñarles la carta que están buscando.

La *prinzessin* desciende del carruaje como un espejismo. Ezbeta y Gustav von Eisendorf revolotean por el vestíbulo; sus rostros se iluminan cuando al fin me ven deslizarme hacia la puerta abierta. No se trata de llegar solo según mi propio horario. Se trata de asegurarse de que los *otros* invitados vean a Ezbeta y a Gustav esperándome.

Solo yo veo el signo certero de que hoy todo saldrá a pedir de boca, pues cuando Fortuna es tu madrina, siempre ves su intervención celestial. Unas tenues nubes oscuras, como polvo de carbón, se cristalizan alrededor de los Von Eisendorf mientras revolotean por el vestíbulo. Es un augurio de la mala suerte que estoy a punto de traer a su hogar.

El conde y la condesa Von Eisendorf celebran esta noche su vigésimo aniversario. Bueno, lo conmemoran, por lo menos. «Celebrar» quizá sea una palabra demasiado fuerte. Lo único que digo es que hay una razón por la que la *komtessin* Ezbeta ya esté con las mejillas sonrojadas y esconda una copa detrás de una urna en el aparador del vestíbulo.

Hay algo en ella que siempre me recuerda a una cigüeña, aunque nunca acierto el qué. Tiene la piel pálida como mucha gente en el Sacro Imperio, el pelo castaño habitual y rasgos angulosos... *Ajá.* Eso es. Ezbeta tiene la costumbre de señalar con la barbilla y, con ese cuello tan largo y la tendencia a ladear la cabeza, da la impresión de que está examinando la zona para ver si puede pescar una rana.

Va vestida para impresionar, al menos: las muñecas y la garganta le brillan con una pequeña fortuna de oro y esmeraldas. Estoy casi segura de que son las joyas más caras que tiene. Me pican los dedos: quizá sea otra oportunidad.

—Ah, *markgräfin* Gisele, ¡qué alegría que hayas venido! —Su voz resuena como una trompeta y oigo cómo un silencio fugaz de expectación atraviesa la multitud en el interior mientras la condesa mueve su vestido de brocado verde bosque en una reverencia.

—Sois muy amables por invitarme —respondo, alargando una mano hacia Gustav.

El conde aplasta los labios en mis nudillos enguantados con piel de ante.

—Estamos encantados.

Komte Gustav es un espectro marchito que va ataviado con una túnica lo bastante cara como para alimentar al pueblo de Eisendorf durante el Winterfast y, aun así, *por increíble que parezca*, ese atuendo no hace nada para socorrer el charco de pis que es su personalidad. Ni para quitarme las manchas húmedas que me ha dejado en el guante.

Libero la mano y, con un dedo juguetón, le doy unos golpecitos a Ezbeta en la punta de la nariz.

—Aún no soy la *markgräfin* y lo sabes. No hasta que mi querido Adalbrecht regrese y me convierta en la mujer más feliz del Sacro Imperio.

Mi *querido* prometido, Adalbrecht von Reigenbach, margrave de la marca en expansión de Bóern, se ha pasado la totalidad de nuestro compromiso de un año en su porción de las fronteras meridional y oriental del Sacro Imperio de Almandy. Está instigando escaramuzas como un noble normal y corriente en plan «vamos a invadir un reino porque papá no me quería», mientras yo espero en su castillo. Y, por mí, que se quede allí.

—Bueno, eres muy generosa —dice la *komtessin* Ezbeta con una sonrisa afectada. Un sirviente se lleva mi abrigo y mis guantes—. ¡Los cojines que nos mandaste son divinos!

—No podía dejar pasar la ocasión sin enviaros regalos. Me alegro de que hayan llegado bien. —Esto ni siquiera es una mentira:

me alegro, de verdad. Pero no por el motivo que ellos esperan—. ¿Os gustó también el hidromiel especiado?

Gustav se aclara la garganta.

—Así es —dice con cierta tensión—. Quería servirlo esta noche, pero mi esposa... Bueno, le ha gustado mucho, la verdad.

—No puedo evitar que la princesa Gisele tenga un gusto impecable. —Ezbeta me guiña un ojo. Santos y mártires, si está tan borracha como para ir guiñándome ojos, bien podría entregarme el ridículo collar ella misma antes de que acabe la fiesta—. ¡Venga, venga! ¡Te está esperando todo el mundo!

Dejo que me conduzca hasta el salón principal de la mansión, a rebosar de la baja nobleza. Gran parte de la multitud son caballeros y aristócratas terratenientes que sirven a los condes, pero los Von Eisendorf también han conseguido traer a un puñado de los vasallos de Adalbrecht que los igualan en rango. Veo al *komte* Erhard von Kirchstadtler y a su marido, a lady Anna von Morz en una atrocidad brocada de color ciruela que solo con mucha generosidad se podría llamar «vestido». Hasta la ministra Philippa Holbein ha viajado a Bóern desde el cercano estado imperial libre de Okzberg.

Busco un rostro en concreto y, por suerte, descubro que no está. La madrina Fortuna habrá inclinado las probabilidades a mi favor o quizás Irmgard von Hirsching se crea demasiado importante para emborracharse con los Von Eisendorf. En cualquier caso, un problema menos.

—Espero que los guardias no te hayan molestado demasiado, *prinzessin* —grazna lady Von Morz, acercándose con una copa de *glohwein* en cada mano. Intenta darme una y falla, hasta que la estabilizo—. En serio, Gustav, ni el margrave pone tantos soldados en la puerta principal.

Gustav suelta un resuello de disgusto.

—No se puede ser demasiado cauto en estos días. Dicen que los Von Holtzburg perdieron casi cincuenta *gilden* por el Fantasma del Penique.

Todos ahogamos un grito. No es una suma insignificante; un comerciante hábil tendría suerte de amasar cincuenta *gilden* en una temporada.

—No sabía que el *Pfennigeist* les había robado también —digo, ojiplática.

Ezbeta asiente, acercándose a mí.

—Ah, pues *sí*. Robó la mansión Holtzburg en enero, pero no supieron lo que significaba el penique rojo hasta que la viuda Von Folkenstein dijo que había encontrado uno igual después de *su* robo. Creemos que los Von Holtzburg fueron las primeras víctimas.

—Qué espanto —murmuro—. ¿Y el alguacil nunca encontró nada?

—No. Jura que solo un fantasma o un *grimling* podría haber entrado sin dejar rastro. —En el rostro de la condesa, la lástima salpicada de regocijo se cuaja en un consuelo meloso—. Pero no temas, princesa Gisele. Hemos tomado precauciones, justo como te prometimos. El *Pfennigeist* no podrá robarte ni siquiera un botón del vestido.

Lady von Morz resopla en su *glohwein*. Nadie ha atrapado al Fantasma del Penique. Nadie *ha visto* al Fantasma del Penique. Ni siquiera mi prometido pudo impedir que ese diablo entrara en el castillo Reigenbach, donde la doncella Marthe encontró mi joyero vacío con un único penique rojo a modo de tarjeta de visita.

Y si puede atravesar hasta los muros del margrave, ¿qué posibilidades tienen los Von Eisendorf contra esa criatura?

Doy unas vueltas entre la multitud, dando la mano y admirando vestidos. Vacío con discreción mi copa en un jarrón cuando nadie me mira, aunque me aseguro de que todo el mundo me vea llamando a los sirvientes para que me la rellenen muchas, muchísimas veces. *Komte* von Kirchstadtler quiere saber cuándo será la boda (no hasta que Adalbrecht regrese), la recién casada Sieglinde von Folkenstein parlotea sobre lo mal que se encuentra por las mañanas (tomo nota de encargar un sonajero) y la ministra Philippa Holbein ofrece sus disculpas por la ausencia de su marido.

—Kalsang se retrasó con el papeleo durante el Sabbat —dice con un suspiro mientras, con aire ausente, juguetea con las borlas de un par de cordones blancos de seda enroscados entre sí que la mujer lleva sobre los hombros. Los feligreses de la Casa de los Supremos solo se ponen los cordones para las oraciones del Sabbat, pero los funcionarios públicos suelen lucirlos día y noche.

Sospecho que es por el mismo motivo por el que su marido, un comerciante de té gharés afable que es más feliz en casa con sus dos perros de raza apso, ha evitado esta fiesta. Lidiar con una panda de aristócratas almánicos con la cara roja que compiten para ver quién es el más engreído haría que cualquiera rezara para una intervención divina.

Su ausencia me viene de perlas. Kalsang y Philippa me caen bien. Sé exactamente lo que va a pasar en la mansión Eisendorf y preferiría involucrarlos lo menos posible.

Dedico el resto de la hora a charlar sobre nimiedades y a fingir que bebo *glohwein* como si curase el acné (aunque la princesa Gisele no tiene ni una imperfección en la piel; las perlas se encargan de ello). Mientras tanto, vigilo a la *komtessin* Ezbeta.

Detecto una oportunidad al fin y avanzo hacia la puerta del salón.

—¡*Nooo*, Gisele! —Una mano se agarra a mi manga bordada: Ezbeta ha mordido el anzuelo. A estas alturas, ya ha tomado al menos un vaso de *glohwein* por cada esmeralda reluciente de su pesado collar. Eso serán unas siete copas más de las que he tomado yo y, a juzgar por su cara reluciente, unas cinco de más.

Y por eso he esperado hasta ahora para dirigirme a la salida, cuando sabía que montaría una escena, borracha.

Ezbeta, cómo no, me complace:

—¡No puedes dejarnos tan temprano! ¡Hemos preparado una cena de cinco platos solo para ti!

Cualquiera se preguntará por qué estoy a punto de traerles mala suerte a estos anfitriones tan amables. ¿Por qué esta noche, en su aniversario? ¿Por qué ellos, cuando solo han querido complacerme?

Y la verdad que importa es esta: si me vieran sin las perlas y sin la cara de la *prinzessin*, si supieran *remotamente* quién soy, les daría igual que me quedase a la cena o que cenase en el comedero de los cerdos.

Por *eso*.

Le hipo en la cara y luego me echo a reír. Mi falda vaporosa susurra cuando me bamboleo en mi sitio como un barco en un puerto difícil.

—¡Pues *claro* que no me voy, tontuela! Lo que quería era... era... —Pierdo el hilo de la frase y me enrosco un rizo pálido en un dedo. La copa de *glohwein* da un bandazo en mi otra mano y unas gotas aterrizan en el corpiño. No las bastantes para estropearlo, claro, sino solo para que crean que estoy al menos tan borracha como la buena de la *komtessin* Ezbeta.

Y, en efecto, lady von Morz me mira divertida y le susurra algo al *komte* von Kirchstadtler.

—¿Qué estaba diciendo? —pregunto, examinando distraída la habitación.

—Quizá deberías tumbarte un momento —dice la *komtessin* Ezbeta—, para recuperar tus facultades antes de la cena. Tengo un diván maravilloso en el salón de invitados. ¡*HANS!*

Media sala se sobresalta y nos observa. Ezbeta está tan borracha que no se da cuenta. Aprovecho para darme unas palmaditas en las mejillas como si me maravillara de lo cálidas que están. En realidad, hay una capa de colorete debajo del polvo de talco y, cuando me lo quito con esos golpecitos, las mejillas se me enrojecen como las de Ezbeta. Mientras todas las miradas siguen fijas en nosotras, profiero otra ronda de risas descuidadas por si acaso.

Necesito que todos los invitados presencien este desastre y crean que es prudente exiliar a Gisele von Falbirg de la fiesta. Quitar del medio a la *prinzessin*. Necesito veinte minutos a solas y, como Gisele no puede marcharse de la fiesta sin que nadie se dé cuenta, se irá por una buena razón.

—¡HANS! —brama de nuevo Ezbeta. Un hombre atribulado vestido con el uniforme de los criados ya está junto a su codo y hace una mueca cuando su nombre suena como una corneta.

—¿Qué desea la señora? —pregunta con una reverencia.

—Escolta a la *mar...* —Una mirada de desconcierto enturbia el rostro de la condesa cuando intenta recordar la forma más adecuada de dirigirse a mí. De hecho, casi puedo ver cómo hace los cálculos. Demasiado pronto para *markgräfin*, oficialmente no soy princesa electora; podríamos decir que estoy entre un título y el otro. Por ahora, Ezbeta va a lo seguro—: Escolta a la princesa al salón de invitados.

Me sostengo del brazo de Hans y trastabillo hasta la puerta, ocultando mi sonrisa. Ezbeta von Eisendorf ha malentendido muchas cosas esta noche: no estoy borracha, no necesito tumbarme.

No soy Gisele-Berthilde Ludwila von Falbirg.

Pero la condesa ha acertado en una cosa: hasta donde todo el mundo sabe, sigo siendo Gisele, no una campesina impostora de origen humilde. Y eso significa que, por ahora, me llaman *prinzessin*.

Como toque final, dejo la copa de *glohwein* en una mesa junto a la puerta, posada precariamente en el borde. Un momento más tarde, un estruendo me indica que se ha caído al suelo.

Ahora todo el mundo jurará ante los dioses supremos y los menores que, esta noche, Gisele von Falbirg se ha emborrachado en extremo y es incapaz de cometer la maldad que va a ocurrir.

El pobre Hans soporta una caminata entre bamboleos por los pasillos sombríos de la planta superior de la mansión Eisendorf mientras alabo a sus señores. La mirada amargada de su rostro me dice que esas alabanzas carecen de fundamento. No puedo decir que me sorprenda.

—*Marthe* —digo, arrastrando las palabras cuando Hans abre la puerta del salón de invitados. Una doncella aviva el fuego, pero desaparece cuando el criado me acerca al diván del que tanto ha alardeado Ezbeta. Es precioso, acolchado, de un terciopelo verde primavera calentado por el fuego.

Y, lo que es mejor, lo han adornado con los cojines de borlas doradas que les envié como regalo de aniversario. Justo como esperaba.

Me dejo caer sin gracia en el diván y agito un brazo hacia Hans.

—Mi doncella, Marthe, ve a buscarla. Estará en la cocina. O en la capilla, con lo pía que es. Lleva una… —Hago un gesto vago hacia mi coronilla mientras miro con ojos vidriosos el techo—. Una cofia. De azul Reigenbach. La necesito *de inmediato*.

—Ahora mismo, *prinzessin*.

Hans hace una reverencia y se excusa; luego cierra la puerta detrás de él. Me quedo en mi sitio, conteniendo la respiración, hasta que los golpes concisos de sus pisadas desaparecen por el pasillo.

Luego ruedo del diván y me siento en el suelo. Me levanto la falda para liberar un puñal pequeño que llevo en una de mis elegantes botas de cuero.

Para esta primera parte, dispongo de al menos cinco minutos, diez como mucho. La última vez que invité a los Von Eisendorf, Gustav *no* dejó de hablar sobre su nueva capilla, así que sé que está en el otro extremo de la mansión con respecto a la cocina. Hans, por desgracia, no encontrará a Marthe en ninguno de los dos sitios. Y eso significa que dispongo de, al menos, cinco minutos antes de que vuelva disculpándose.

Tomo uno de los cojines que envié y lo rajo con cuidado. El relleno de algodón sale del corte. Cuando meto la mano dentro, encuentro una bolsa pequeña de tela atada con un cordón, una faja negra y dos fundas idénticas a la que acabo de cortar, borlas de seda incluidas.

Destripo el otro cojín igual de rápido. Este contiene una combinación de lino y un vestido sencillo de lana azul metálico de sirvienta, que metí antes de regalar los cojines a los Von Eisendorf. Dentro de una manga hay un pañuelo gris oscuro. Escondido en la otra hay un gorrito humilde con el distintivo azul de los Reigenbach.

Cinco minutos más tarde, las nuevas fundas de los cojines están rellenas con mis enaguas, la camisa y, doblado con mano experta, el vestido; también con la mayor parte de mis joyas y una cantidad respetable de las joyas de *otras* personas. El fino brazalete dorado de Anna von Morz, pillado cuando me pasó el *glohwein*. El pendiente de la ministra Holbein, para evitar que sospechen de ella. Anillos y fruslerías recogidas de la multitud, las suficientes para hacerles saber que el ladrón pasó entre ellos.

Cabe la posibilidad de que culpen a los sirvientes de la mansión Eisendorf. Ya ha ocurrido antes. El alguacil entra, los pone en fila, examina sus jergones y da la vuelta a sus bolsillos. Pero a las baldosas solo cae alguna baratija, así que salen más o menos ilesos.

Y yo sé de buena mano que eso es muy, pero muy diferente de lo peor que le pueden hacer a un sirviente.

Echo las fundas destrozadas en el fuego, donde prenden casi enseguida y desprenden un olor a pelo quemado por la seda. Intento no respirarlo mientras me trenzo el cabello y lo remeto bajo la cofia azul Reigenbach. Una de las fundas también tiene los restos de mis polvos faciales, porque ninguna criada llevaría algo así… y mi tiempo como la *prinzessin* se acaba.

El toque final, sin embargo, exige un espejo; no porque necesite ver lo que hago, sino porque tengo que asegurarme de que funciona. Por suerte, lo que más le gusta a Gustav von Eisendorf es presumir, y su salón de invitados está bien abastecido de espejos de cuerpo entero bastante caros.

Me planto frente a uno y examino mi reflejo: del cuello hacia abajo, soy una criada vestida con el discreto uniforme de los Reigenbach; lo lleno muy bien con unas curvas que algunos llamarían «ambiciosas» en una joven de casi diecisiete años. De la barbilla para arriba, unos cuantos mechones de rubio platino se escapan de la cofia azul y unos ojos plateados me miran parpadeando desde un rostro en forma de corazón. Incluso sin polvos ni colorete, unas rosas gemelas florecen en mis suaves mejillas de marfil y los labios respingones se colorean con un rubor rosa natural.

El cabello como los rayos de sol, los ojos como la luz de la luna: ambos son esenciales para la imagen de la chica que la marca de Bóern conoce como Gisele von Falbirg.

Y lo mismo ocurre con el distintivo collar de perlas exactamente iguales.

Estiro la mano hacia atrás y lo desabrocho. El efecto es inmediato.

Mi rostro se alarga, se adelgaza, se cubre de pecas; mis ojos se oscurecen hasta volverse negros; los pocos mechones de pelo pasan a ser de un naranja óxido. El uniforme me queda un poco más suelto, aunque he ganado peso por este año en el que por fin he comido hasta hartarme y me queda un poco más largo, porque comiendo no se reemplazan los centímetros que perdí por los años que pasé hambre en el castillo Falbirg.

Soy sencilla. Olvidable. Soy lo que fui durante diez años: la criada perfecta de Gisele.

Me meto las perlas en un bolsillo y lo cierro bien. No pienso arriesgarme a dejarlas escondidas en un cojín. No cuando estoy tan cerca de librarme de ellas y de Gisele para el resto de mi vida.

Justo a tiempo, los pasos de Hans resuenan por el pasillo. Encorvo los hombros, bajo la cabeza y me escurro por la puerta, luciendo una mirada irritada y preocupada.

En mi mente, le doy la vuelta a la segunda carta: Marthe, la doncella.

—Con que *aquí* estás —dice Hans—. Marthe, *ja?*

Doy un salto como si me hubiera asustado y luego cierro la puerta del salón y hago una reverencia. Mi voz adquiere una aspereza aguda y susurrante.

—Discúlpeme, pero al parecer mi señora envió a unas cuantas personas a buscarme. Me temo que ha sufrido… —veo que el olor a seda quemada alcanza a Hans— un *accidente.* —Acabo la frase con el suficiente malhumor como para sugerir que es algo habitual. El semblante de Hans se suaviza con compañerismo—. No puedo dejarla, pero necesito el zurrón del carruaje.

Hans suspira y baja la voz.

—Vale, iré a por él. Y si la malcriada Von Falbirg tiene más accidentes, intenta que sean baratos.

Hago otra reverencia.

—Muchas gracias. —En cuanto empieza a alejarse por el pasillo, regreso al salón y, con la voz de borracha de Gisele, grito—: *¡Marthe!* ¿Por qué, en el nombre del Sacro Imperio de Almandy, estás tardando tanto?

No cabe *duda* de que lo digo lo bastante fuerte para que Hans lo oiga. Si es un hombre obediente, se apresurará a ir a la cochera, que está incluso más lejos que la nueva capilla.

Pero si Hans es un criado tan rencoroso como lo fui yo en el castillo Falbirg, se tomará su tiempo.

Diez minutos por lo menos. Quince a lo sumo.

Marthe la doncella y Gisele la princesa se alejan bailando en el tablón de mi mente, rodeando la tercera y última carta que me queda por desvelar.

Así es como se gana el juego, ¿sabes? Muéstrales lo que quieran ver, que piensen que pueden ganar, déjales seguir las cartas. Que mantengan los ojos fijos donde tú quieras.

Y jamás de los jamases pierdas de vista el auténtico objetivo.

Me cambio la cofia por el pañuelo gris para cubrirme la trenza pelirroja que destaca de una forma muy poco oportuna. Luego recojo la bolsa de tela atada y la meto doblada en otro bolsillo; busco en una esquina un peso familiar: un penique rojo.

Está ahí. Y ha llegado el momento.

Doy la vuelta a la última carta. Es una sombra cambiante, un borrón en la oscuridad, un espectro sin rostro. Podría ser un fantasma. Podría ser cualquier cosa.

Al fin y al cabo… nadie ha visto nunca al *Pfennigeist*.

Érase una vez, había una chica tan astuta como un zorro en invierno, tan hambrienta como un lobo en la primera helada y tan fría como el viento gélido que los mantiene enfrentados.

Su nombre no era Gisele ni Martha, ni siquiera *Pfennigeist*. Mi nombre era, es, Vanja. Y esta es la historia de cómo me atraparon.

CAPÍTULO 2

EL INVITADO

La madrina Fortuna intenta llamar mi atención.

Lo negará rotundamente e insistirá en que habría encontrado la vela por mi cuenta con o sin los brillos dorados de la buena suerte en mi visión. Pero uno de los pocos beneficios de ser la ahijada de Muerte y Fortuna es que puedo ver cómo trabajan.

Las huellas dactilares de Fortuna estaban por toda la fiesta. He visto borrones del oro de la buena suerte cuando debatía si quedarme con un anillo, nubes del carbón de la mala suerte avisándome de que no vaciara el *glohwein* en una urna justo antes de que un caballero se girara y mirase en mi dirección. Se supone que Muerte y ella deben dejarme en paz estos días, pero cuando Fortuna está de buen humor, no puede evitar interferir.

Aún no he visto el trabajo de Muerte aquí, y casi que mejor. La naturaleza de Fortuna la empuja a poner a prueba mis límites, pero cuando Muerte quiere interferir, no necesita ninguna invitación.

Y *yo* no necesito la ayuda de mis madrinas. Aunque la necesitara, no podría pedírsela. De eso se encargaron ellas mismas.

Dispongo de nueve minutos.

Miro con el ceño fruncido el brillo de la suerte que rodea la vela, pero no tengo tiempo para encontrar otra por puro rencor. La llevo a la puerta del balcón y la ladeo por la parte encendida sobre cada bisagra. Unas gotas de sebo caen sobre el latón. Debo acordarme de comprobar las bisagras cuando vuelva para limpiar la grasa endurecida. Cuando levanto el pestillo de la puerta, se abre con mucha suavidad y en un silencio absoluto.

Me deslizo en la noche. Es mi segunda estación menos favorita del año, húmeda y con lloviznas; las hojas coloridas del otoño se han convertido en masas de lodo y el suelo no se decide entre si congelarse o no.

Aun así, solo es la segunda peor. Para mí, la peor época del año, a pesar de los festivales y de la alegría del Winterfast, es el invierno.

Pero ese es un problema para Vanja; el *Pfennigeist* no debe preocuparse por eso.

Un manto de niebla se ha extendido sobre los campos embarrados y la luna nueva no ofrece luz. Mi aliento forma nubes en el frío, pero solo lo veo cuando capta el brillo de las antorchas que refulgen dos pisos más abajo. Un murmullo de voces quedas llega desde la planta baja.

El puñado de guardias se mantendrán de espaldas al muro, con los ojos fijos en la niebla; quizás observen las ramas como huesos del bosque Eiswald.

No alzarán la mirada hacia la mansión.

Calculo la distancia entre el balcón del salón y el gran balcón del dormitorio del conde y la condesa. Me contaron sus precauciones contra el Fantasma del Penique; no han apostado un guardia fuera del dormitorio, sino *dos*, y juraron que era el único punto de acceso. Hasta trajeron a un sacerdote de la diosa protectora Eiswald para que bendijera sus habitaciones contra los fantasmas.

Les podría haber dicho que no había ningún fantasma, solo yo y unos cuantos rumores creativos. Les podría haber dicho que había varias formas de entrar en su dormitorio, aunque ellos solo ingresasen por la puerta. Les podría haber dicho que no compartieran sus medidas de seguridad con *nadie*, aunque creyeran que la princesa Gisele era demasiado conocida, demasiado pudiente, como para molestarse en robarles aunque más no fuera un poco de cobre.

Pero *no lo hice*. Porque he ahí el quid de robar a gente como el conde y la condesa Von Eisendorf: es muy probable que se lo merezcan. Y, en vez de acumular polvo, sus riquezas pueden ir a alguien que se merezca ser rico.

(A mí. En general, a mí).

Hay un dicho en el Sacro Imperio: el ladrón pequeño roba oro, pero el grande roba reinos, y solo uno acaba en el patíbulo. No sé si estoy de acuerdo. Me interesan poco los reinos y menos bailar con el verdugo. Y se me da muy bien (hasta podríamos decir que *genial*) robar oro.

Hay más distancia entre el balcón pequeño y el grande de la que me gustaría, pero es manejable. Además, no envié tantos regalos de aniversario a los Von Eisendorf como para marcharme con las manos vacías.

Subo a la barandilla del balcón y luego me acerco poco a poco al bordillo de madera que recorre la pared de la derecha. No es lo bastante ancho como para poder cruzarlo, pero ofrece cierto apoyo. Me preparo y salto al vacío: apoyo el pie derecho en la madera y me impulso los últimos centímetros hasta el balcón. Choco con la balaustrada más robusta con un suave *uf* y me agarro a la piedra fría para luego rodar sobre ella todo lo rápido que puedo. Contengo la respiración y escucho el martilleo de mi corazón.

La conversación queda de los guardias de abajo ni siquiera se interrumpe.

Me pongo de pie y, con cuidado, compruebo los picaportes de las puertas del balcón. Están cerrados. Me lo imaginaba, con lo cerca que está el Winterfast.

Y por eso le regalé una cosa a Ezbeta que supe que se quedaría para sí misma: el hidromiel especiado.

No es ningún secreto que ella se excede y que lo que más le gusta en una noche de invierno es un buen hidromiel especiado. También tiene más de cuarenta años y seguramente sea propensa a los sudores nocturnos. Si se parece a la dama Von Falbirg, estos empeoran cuando bebe.

Compruebo la ventana más cercana a la cama de Ezbeta y de Gustav. Y, en efecto: la han dejado abierta.

No hay polvo en el alféizar, así que la debe usar tanto como sospechaba; cuando la empujo con cuidado, las bisagras silenciosas lo confirman. Las han engrasado bien para no despertar a Gustav cuando su esposa necesita un poco de aire fresco.

Es pan comido entrar. Hay toda una sala entre el dormitorio y los guardias, por lo que no tengo que quitarme las botas de cuero, solo pisar con cuidado. Pasé cuatro años caminando así en el castillo Falbirg.

En general, el dormitorio se mantiene a oscuras para ahorrar en velas y aceite. Sin embargo, si fuera una criada de esta mansión, dejaría las lámparas encendidas toda la noche, porque seguro que mi señora entrará tambaleándose, casi marinada en *glohwein*.

Los sirvientes de Eisendorf habían hecho justo eso, con lo que tengo bastante luz para ver. Cruzo la habitación hasta el tocador sin producir casi ningún sonido.

Encuentro un montón de cajas desparramándose del joyero de Ezbeta, como suele ser habitual. Una caja abierta de anillos a un lado, con siete fuera en un montón; todos son de un oro extravagante a conjunto con los adornos de su vestido de esta noche. Se los quitó a la vez, seguramente porque Gustav le insistió en que no se cubriera la alianza de boda en su vigésimo aniversario. Los pendientes, brazaletes y collares yacen en un desorden semejante, pero solo ha sacado unos cuantos de la caja, como si los hubiera elegido a toda prisa para compensar la escasez de riqueza en sus manos. Hay unas cuantas piedras preciosas, pero la más valiosa es la que lleva alrededor del cuello.

Quizá se la quede o quizá no. Veremos si Fortuna decide seguir entrometiéndose.

Admiro el esplendor durante un momento y enseguida me fijo en el ángulo de las puertas del tocador, en la inclinación de las tapas. Luego saco la bolsa de tela, me guardo el penique solitario en un bolsillo del vestido y empiezo con la cosecha.

El *Pfennigeist* lleva trabajando mucho todo el año, recogiendo joyas de la aristocracia de Bóern como manzanas en un jardín descuidado (y lo cierto es que han dejado las suficientes por ahí para que se pudran). No saldría impune en los Estados Imperiales Libres, donde las personas más astutas y crueles de Almandy entrenan durante años para entrar en la orden de prefectos de los tribunales celestiales, que sirven como instrumentos de las leyes de los dioses menores.

Pero en los principados y en las marcas fronterizas gobernadas por la nobleza, el alguacil local suele ser el cuñado bobalicón de alguien y no monta un escándalo cuando no cuadran los números en los libros de contabilidad de un *komte*. Así que, si me pillan en la marca de Bóern, será completamente culpa mía.

Pero no me pillarán. No me lo puedo permitir. Los Von Eisendorf son unos de los vasallos más ricos de Adalbrecht, con lo que espero que el botín de esta noche sea el último, aunque la suma de mis esfuerzos aún se queda más corta de lo que necesito. He juntado, por ahora, poco más de setecientos *gilden*. El número mágico es mil.

Ese será el precio de mi seguridad. De mi libertad.

Verás, hay dos cosas que no te cuentan sobre tener diosas como madrinas:

La primera: nada es gratis, ni siquiera el amor de una madre.

Y la segunda: es muy, pero muy caro amortiguar la deuda de un dios.

Examino el oro, la plata y las joyas a medida que las voy metiendo en la bolsa. No estoy segura (acepto lo que mi perista me paga), pero supongo que, después de esta noche, tendré entre ochocientos y novecientos *gilden*.

No los suficientes, pero casi.

Tiene truco la cosa: primero guardo las cosas pequeñas para que caigan al fondo y no hagan ruido al moverse por la bolsa. Anillos, pendientes, broches; luego los brazaletes, los collares; a veces alguna faja o tiara, si tengo suerte.

Algo borroso y plateado sale rodando fuera del tocador. Lo atrapo por los pelos antes de que caiga en las losas del suelo. Parece pesado, más de lo que debería. Cuando abro los dedos, encuentro un anillo que no encaja con el resto de la colección de Ezbeta. No es plata, sino peltre frío forjado en forma de garras y con una piedra de luna perfecta entre ellas.

Esto *sí* que es diferente.

Oigo un estruendo procedente de fuera. Al principio lo ignoro; el anillo es mucho más interesante que la llegada de un invitado tardío.

Pero luego el estruendo aumenta más de lo que debería. Decenas de caballos, quizá medio centenar. Los Eisendorf son ricos, pero no tan importantes como para merecer a un visitante con una escolta de ese tamaño.

Suena una corneta y oigo una conmoción en la planta baja, lo que significa que en la fiesta se han dado cuenta del visitante sorpresa. Y eso implica que mi tiempo para terminar el trabajo se reduce, porque el patio de abajo está a punto de llenarse de invitados ojipláticos.

No tengo tiempo para considerar el anillo ni nada más; lo meto todo en la bolsa de tela y la cierro con fuerza. *Sí* que me molesto en ordenar los estuches, cajas y tapas justo como los he encontrado, como si un espíritu comeoro hubiese arrasado con el tocador.

No; un espíritu, no. Un fantasma.

Dejo el toque final en el forro de terciopelo de un estuche vacío, como he hecho ya una decena de veces: un único penique rojo con la corona hacia arriba.

Después compruebo dos veces el nudo de la bolsa y me la ato a la faja. Al salir por la ventana, veo las banderas de los jinetes de vanguardia atravesando la niebla.

Un lobo blanco se alza en esas banderas, con un collar de oro, nítido sobre un campo del azul inconfundible de los Reigenbach.

Es la insignia personal de Adalbrecht von Reigenbach, margrave de Bóern.

El prometido de Gisele.

—*Schit* —jadeo.

Cierro casi por completo la ventana detrás de mí, trepo por la balaustrada y me lanzo al balcón del salón de invitados antes de que pueda obsesionarme demasiado. Los recuerdos de Adalbrecht me quitarán la carta del *Pfennigeist* de la mano si se lo permito. Es imposible pensar en ganzúas, peniques o planes astutos cuando cada hueso de mi cuerpo quiere echar a correr sin más.

Pero hay un truco para salir de un aprieto, uno que nunca cambia. Ese truco es *no te dejes llevar por el pánico*.

Me he visto en peores apuros. Creo. A lo mejor, no. Si parpadeo, veo el polvo de la mala suerte por el rabillo del ojo, porque mi suerte ha dado un vuelco.

Aunque no puede ser tan malo, porque no veo la mano de la madrina Muerte. Todavía.

No te dejes llevar por el pánico.

El ruido de cascos es tan intenso que no me tengo que preocupar de que los guardias de abajo me oigan entrar a toda prisa en el salón. Corro las cortinas de las puertas de cristal del balcón y luego desato la bolsa de tela y la meto debajo de los cojines del diván junto con el pañuelo.

La carta del *Pfennigeist* desaparece; Marthe la doncella sale a escena. Aún me estoy poniendo la cofia azul cuando echo a correr hacia la puerta para mirar por el pasillo.

Hans dobla la esquina en ese momento, con el zurrón de cuero en una mano, el mismo que le mandé buscar. Me ve mirando y acelera el paso.

—Debes darte prisa, *fräulein* Marthe, que llega el margrave...

Tomo el zurrón y no le dejo mirar dentro del salón.

—Lo he oído. Gracias por ayudarme. Mi señora estará lista en cinco minutos.

Cierro la puerta antes de que pueda protestar. Sé lo que dirá: nadie con dos dedos de frente le pediría a Adalbrecht von Reigenbach que esperase ni un segundo, y mucho menos cinco minutos. Solo necesito una excusa para los ruidos que están a punto de producirse en el salón.

—*Maaaarthe* —gruñó con la voz de borracha de Gisele, a sabiendas de que Hans le comunicará lo que oiga a la condesa—, vísteme *guapa*.

Luego abro el zurrón y me pongo manos a la obra.

Dentro hay vasijas de cerámica con etiquetas para polvos, ungüentos, tónicos... Todo el arsenal de artículos de aseo que una dama noble podría necesitar en cualquier momento. En realidad, solo son vasijas medio llenas de manteca de cerdo, aceite para lámparas o tiza en polvo, aromatizadas con los aceites y hierbas más asquerosas que pude gorronear. Es la forma perfecta de transportar joyas robadas: las entierras en un mejunje tan espeso que amortigua los tintineos, tan opaco que no deja ver nada y tan perfumado que nadie querrá inspeccionarlo demasiado tiempo.

En cuanto mi botín está bien cerrado en las vasijas, saco el resto de cosas de los cojines y me cambio todo lo rápido que puedo a pesar de la leve capa de sudor que me pega el vestido a la piel. El zurrón tiene un falso fondo y de ahí extraigo un fardo atado de relleno que reemplazo con el uniforme enrollado de sirvienta.

Unas voces se elevan en el patio cuando el ruido de cascos se acalla. Adalbrecht estará en la puerta. Las náuseas me agrian el estómago. Supongo que eso me ayudará a parecer mareada por el vino.

No distingo los resuellos del conde Gustav mientras desato el relleno y lo meto en los nuevos cojines. Pero *sí* capto una ronda de carcajadas de parte de los invitados.

Entretenedlo, les ruego en silencio, *entretenedlo todo lo que podáis*.

Meto el último trozo de relleno en los cojines y abrocho los botones; luego corro hacia el espejo, con las perlas en la mano. La puerta de la mansión produce un crujido tortuoso cuando la abren.

No te dejes llevar por el pánico, me ordeno antes de rodearme el cuello con el collar de perlas. El pánico hará que me tiemblen los dedos y nadie tiene tiempo para eso. Encuentro el cierre del collar y lo aprieto con fuerza.

Mis mejillas se vuelven suaves y rosadas, las caderas y el pecho se hinchan y el color desaparece de mi pelo mientras me deshago la trenza con los dedos. Los mechones de platino se enrollan solos hasta convertirse en unos tirabuzones perfectos y lisos como salchichas que puedo echarme para atrás un poco, porque Gisele se habrá despeinado en su sopor ebrio. Doy un último vistazo: el zurrón de cuero bien ordenado junto al diván, los nuevos cojines bien rollizos sobre el terciopelo, las fundas viejas reducidas a cenizas...

El sebo. Se me ha olvidado el sebo de las bisagras. Recojo el puñal pequeño de donde lo había dejado junto a la chimenea y corro hacia la puerta del balcón para raspar el sebo delator del latón.

Una conversación brota desde una escalera cercana y unas botas atronadoras hacen que cruja el suelo de madera.

Tiro las migas de sebo al fuego, me lanzo sobre el diván y guardo el puñal de vuelta en la funda del talón de la bota. Dejo caer el pie justo cuando la puerta del salón tiembla con un golpe.

Menuda sorpresa: la voz de Ezbeta es la que atraviesa la madera:

—¡Gisele, ven enseguida! ¡Ha llegado un mensajero del margrave!

Se me escapa un suspiro como unos fuelles desinflándose. ¿Solo un mensajero? Pero *tengo* que asegurarme.

—¡Mi querido Adalbrecht! ¿Está aquí? —Con suerte, Ezbeta interpretará el temblor de mi voz como sopor persistente del vino.

—No, *prinzessin*. —Ezbeta abre la puerta y entra corriendo justo cuando consigo reprimir mi alivio—. Ha enviado a un mensajero. ¡Rápido, rápido!

Uf. Solo un fanfarrón como Adalbrecht mandaría a una escolta principesca para un simple mensajero porque puede. Aunque… veo el aviso de Fortuna, las nubes de polvo de carbón. Debe de haber *algún* motivo de preocupación.

Dejo que Ezbeta me ayude a bajar entre tambaleos las escaleras. Hans aguarda en un rellano, con la cabeza gacha. Lo agarro de la manga y digo:

—Martha ha ido a buscarme aaaagua. Lleva el zurrón… al carruaje… Sé bueno. —Le doy unas palmaditas en la mejilla. Con un poco de suerte, estará demasiado molesto para pensar en nada más.

Cuando Ezbeta medio me arrastra hasta el salón principal, veo que el mensajero de Adalbrecht se ha hecho cargo de la habitación en virtud de su librea. El resto de los invitados, mientras tanto, están animados murmurando. Ya han formado una especie de público para el hombre, que se endereza y hace una reverencia ante mí antes de desplegar las dos páginas de una carta que empieza a leer en voz alta:

—«De Adalbrecht Auguste-Gebhard von Reigenbach, lord de Minkja, margrave de Bóern, alto mando noble de las legiones del sur, leal servidor del Sacro Imperio de Almandy: Saludos».

Santos y mártires, solo eso debe ocupar *media* carta, ¿verdad?

—«Lamento profundamente haber hecho esperar a mi tesoro más preciado, la encantadora y gentil *prinzessin* Gisele, mientras protegía las fronteras de nuestro imperio». —(O mejor dicho: las expandía por diversión)—. «Pero el largo invierno de nuestros corazones ya llega a su fin. Los dos podremos convertirnos en un único ser».

Unos grititos de deleite recorren la habitación y todos los ojos se posan en mí. Hasta el mensajero hace una pausa.

Voy a vomitar. *¿El largo invierno de nuestros corazones?* No sé a qué juglar habrá consultado para escribir esta bazofia, pero tengo que localizarle y estrangularlo con las cuerdas de su laúd.

—Nada me haría más feliz —digo con dulzura. Nadie tiene por qué saber que planeo asesinar al juglar.

El mensajero continúa con el rostro impasible:

—«Yo mismo regresaré al castillo Reigenbach por la mañana y espero que todos nos acompañéis en Minkja para la boda dentro de dos semanas. Recibiremos a los invitados...».

No oigo lo que dice después de eso, porque estoy demasiado ocupada fingiendo que no me han dado un golpe a traición. ¿Dos semanas? ¿Dos *semanas*?

No me extraña haber visto el aviso de la desgracia. Solo tengo quince días para reunir los últimos doscientos *gilden* y marcharme de aquí.

No te dejes llevar por el pánico.

Es más difícil de lo que parece.

No, no, yo... puedo con esto. Solo tengo que robar una vez más, puede que dos. Aún puedo escapar.

La puerta de la mansión produce un berreo terrible al abrirse de nuevo para dejar pasar a un tipo corpulento, aunque bastante anodino. Lleva dos insignias cosidas con hilo plateado sobre el pecho de su sencillo abrigo negro. Una la reconozco: las tres estrellas de un oficial de los Estados Imperiales Libres. La otra no la acabo de situar: una balanza con un pergamino a un lado y una calavera al otro. He oído hablar de ese símbolo, pero *¿dónde?*

El mensajero lo ve y pasa a la otra página.

—El margrave también desea comunicar lo siguiente: «Este es un momento de celebración, no de tristeza. Su Señoría sabe que un fantasma persistente ha asolado Bóern en los últimos tiempos. Ahora, eso también llegará a su fin».

Ay, no. Ya sé lo que significa *exactamente* ese símbolo. Ya sé quién es este hombre.

Puede que tenga dos semanas para marcharme de Almandy, pero necesito salir de la mansión Eisendorf todo lo rápido que pueda.

—«Por una petición especial, Bóern ha recibido la dispensa para la investigación, el arresto y el juicio del *Pfennigeist* por parte de la orden de prefectos de los tribunales celestiales».

CAPÍTULO 3

RUBÍES Y PERLAS

Hay una cosa esencial que ha impedido que me pillasen hasta ahora, y es el hecho de que los nobles ricos no saben qué hacer cuando les roban en sus casas.

No voy a mentir: me molestó cuando robé a los Von Holtzburg y siguieron con su vida como si no nada. Me di cuenta más tarde de que no iban a admitir que habían sido víctimas. O, al menos, no hasta que se puso de moda. Para los nobles que han vivido desde siempre con la certeza de su propia seguridad, es vergonzoso que una persona (la *misma* persona) siga abriéndose paso a través de su dinero y su estatus para arrebatarles lo que tanto quieren.

(Sé por qué dejé mi primer penique rojo, pero, para ser sincera, por eso *sigo* dejándolos. Quiero que sepan que soy yo, que siempre soy yo, dándoles donde más les duele).

Sin embargo, la nobleza no tiene forma de detenerlo. Ese alguacil bobalicón seguirá retorciéndose el sombrero al ver los joyeros vacíos y musitará algo sobre fantasmas y *grimlingen*. Pueden seguir metiendo a los criminales obvios en el cepo, pero no tienen ni idea de rastrear como sabuesos a los delincuentes más astutos.

El bruto de la entrada ha sido entrenado para eso precisamente. Los prefectos de los tribunales celestiales vienen desde los Estados Imperiales Libres, donde la gente elige a sus líderes, como la ministra Holbein (o, al menos, eligen a la gente que los dioses menores les *aconsejan*). Los tribunales celestiales son sus jueces, jurados y verdugos, y el deber de un prefecto es encontrar todas las pruebas de un caso para que los dioses puedan juzgar.

Se comenta que los prefectos saben dónde mirar, qué preguntar, a quién escuchar; se comenta que cuentan con herramientas y poderes propios de los dioses menores y los usan para descubrir la verdad.

He oído de prefectos a los que llaman a los principados y marcas imperiales, pero suele ser para los peores criminales, como gente que rapta niños o asesina prostitutas. Que hayan traído a uno hasta Minkja por un simple ladrón implica tres cosas:

La primera: que Adalbrecht se ha puesto gallito y ha apretado los puñitos para que esto ocurriera.

La segunda: que debía salir de la mansión Eisendorf antes de que descubrieran el tocador vacío de Ezbeta.

Y la tercera: es *posible* que pueda robar exactamente una vez más antes de tener que marcharme de Bóern (y, con suerte, de Almandy) para siempre.

La pequeña multitud se aparta para dar paso al prefecto cuando el mensajero grita:

—«Amigos míos, les presento al prefecto Hubert Klemens…».

—Prefecto *júnior*. —La voz de la entrada suena amortiguada por capas y capas de lana y pieles, pero se oye con la claridad suficiente para detener al mensajero en plena frase. Seguramente porque suena mucho más joven de lo que cualquiera espera.

Un momento después, un portero ayuda al prefecto (al prefecto *júnior*) a desembarazarse del abrigo y la bufanda. Es como sacar el hueso de una aceituna de la carne: lo que parecía un hombre con aspecto de oso se reduce de repente a un chico con aspecto de espantapájaros; no tendrá más de dieciocho años. La chaqueta de lana negra le queda holgada sobre los hombros; es un uniforme que pertenece a alguien más… voluminoso. Lo que distingo de un chaleco gris y de unos calzones oscuros le viene un poco mejor, aunque *ese* listón está bajo; lleva el pelo negro corto como el de un plebeyo, pero con la raya al lado y peinado casi con la pulcritud de un noble. En general, da la impresión de ser una colección de tacos de billar que se han sindicalizado para resolver crímenes.

Por lo poco que recuerdo de mis hermanos, este chico parece justo como alguien a quien echarían en la pocilga por diversión. El efecto solo se incrementa cuando rebusca en el bolsillo del pecho, saca unas gafas redondas y se las coloca en su rostro pálido y delgado.

—Prefecto júnior Emeric Conrad, a su servicio —dice el joven, parpadeando con solemnidad. Luego parece recordar que ya no está en los Estados Imperiales Libres y añade con nerviosismo—: Señor.

Mi pánico disminuye. Al menos, en lo que respecta al prefecto.

—El margrave pidió al prefecto Klemens —dice el mensajero de Adalbrecht con tono acusatorio.

El muchacho inclina la cabeza a modo de disculpa y encorva los hombros. Con las perlas puestas, casi puedo mirarlo a los ojos. *Creo* que me saca un par de centímetros si se endereza, pero su objetivo principal parece ser ocupar el menor espacio posible.

—S-sí, señor, pero lo han retenido en Lüdz. Me ha enviado por delante para que empezara con la investigación preliminar. —Saca de otro bolsillo un cuaderno pequeño y un palo de carbón para escribir envuelto en papel—. Me gustaría comenzar tomando declaración a…

El *komte* von Eisendorf alza una mano.

—No creo que nadie esté lo bastante sobrio para ofrecerle una versión aceptable de los hechos, prefecto. ¿Por qué no celebra esta noche con nosotros y deja las preguntas para mañana?

Veo que el chico murmura un afligido «prefecto júnior» entre dientes antes de encogerse de hombros.

—Lo que más le convenga. Señor.

A mí me conviene, dado que, en alguna parte de esta propiedad, Hans el criado está devolviendo a mi carruaje, sin saberlo, un zurrón lleno con las joyas Eisendorf.

La siguiente hora y media son un borrón. Solo estoy medio presente cuando nos sentamos a cenar, pero no es complicado seguir actuando como Gisele, alegre y radiante y aún medio borracha al aceptar felicitaciones. Mientras tanto, mi mente zumba como un reloj. Un par de valientes intentan entablar conversación con el prefecto *júnior* Emeric Conrad en el extremo de la mesa donde ha echado raíces con tristeza, aunque enseguida desisten con cara de ser tan desgraciados como él.

Por una vez, me resulta fácil marcharme con poca fanfarria después de la cena. Los demás invitados están demasiado ocupados cotilleando sobre la inminente boda o demasiado atiborrados y aturdidos por el vino para fijarse en que pido con discreción el abrigo y los guantes (hasta Ezbeta cabecea en un sillón de damasco mullido). Han llamado a mi cochero y un destacamento de la escolta del mensajero me acompañará de vuelta a Minkja, la capital de Bóern. Solo me queda esperar en el vestíbulo a que traigan el carruaje.

O eso pensaba. Estoy de pie junto a una ventana, envuelta en mi angelical abrigo de terciopelo azul escarcha y con forro de visón, observando la noche sin luna, cuando un reflejo en el cristal se mueve detrás de mí. Me giro sobresaltada.

El prefecto *júnior* Emeric Conrad se halla a pocos metros de distancia. Así de cerca, es fácil ver que parece estar nadando en ese uniforme tan grande. Tose de una forma muy extraña.

—Discúlpeme si la he asustado, eh… ¿*Prinzessin*?

Asiento, benévola.

—¿Puedo ayudarle en algo?

—Quería felicitarla por su futuro matrimonio —dice con mucha prisa, mientras se sube las gafas por la fina nariz— y preguntarle si no sería mucha molestia que le tomara declaración mañana por la mañana. El Fantasma del Penique le ha robado en el pasado, ¿verdad?

—Así es —respondo, y con eso quiero decir que me aseguré de que todo el mundo me viera con un par de las fruslerías más valiosas de Gisele, diera el tipo de fiesta en el que el *Pfennigeist* seguía infiltrándose e inmediatamente vendiera las joyas a mi perista—. Estaré encantada de contarle todo lo que sé —miento. Luego dejo que una sonrisa beatífica aparezca en mi rostro. En el rostro de *Gisele*.

Sé lo que esa sonrisa hace a la gente. Estuve presente la primera vez que ataron las perlas hechizadas al cuello de Gisele; vi en qué la convirtieron. Vi cómo su sonrisa pareció iluminar la habitación y romperte el corazón a la vez, justo de la mejor forma posible.

Hace años, mientras arreglaba el abrigo de invierno de Gisele y ella estaba en una cacería en el bosque, redefiní una teoría sobre el deseo. En el mundo que conocía, había tres motivos para que quisieran a una persona: por provecho, por placer o por poder. Si solo cumplías uno, te usaban. Dos, te veían.

Tres: te servían.

Por lo que sé, las perlas completan esa trinidad. Encuentran lo que puedes desear, lo que no sabes que deseas, y te hacen creer que solo la portadora de las perlas te lo puede dar. Deseas su amistad, su compañía, su aprobación; muchas personas también ansían su cama.

Y, a juzgar por la mirada ligeramente atónita de Emeric, supongo que ni un prefecto de los tribunales celestiales es inmune.

Las ruedas del carruaje resuenan en el camino de la entrada y la puerta de la mansión se abre un resquicio. Es mi señal. Le dirijo una reverencia frívola a Emeric.

—Prefecto Conrad.

Cuando la puerta se cierra a mi espalda, capto un dispar «prefecto júnior».

No, no creo que este chico sea un problema.

El lacayo me ayuda a subir al carruaje azul Reigenbach y echo un vistazo al rincón. El zurrón está aquí, las vasijas de cerámica tintinean con el movimiento que causa mi peso en el carruaje. Me siento cerca, cubriéndolo con la falda, y acepto una bolsa humeante del lacayo. Está llena de agua hirviendo para dar calor y me la coloco sobre el regazo cuando la puerta se cierra; luego me cubro con un pesado manto de pieles para crear un nido cómodo que me proteja del frío. El camino de vuelta a Minkja es largo, pero al menos me dará tiempo para pensar.

El carruaje avanza y me arropo más en las pieles.

Veo que tengo tres problemas.

El primero: no dispongo del dinero suficiente para marcharme ahora mismo. Mil *gilden* le durarían a una condesa derrochadora cinco meses; a un trabajador inteligente, cinco años. Me bastan para salir del Sacro Imperio de Almandy a través de una frontera que *no* sea un baño de sangre y para comprarme… no sé el qué. ¿Un barco? ¿Una tienda? ¿Una granja? Lo único que importa es que me comprará una vida lejos de aquí.

Y debe de ser lejos, si quiero escapar de mis madrinas. Lo bastante lejos para que ya no me reclamen.

Muerte me dijo una vez que Fortuna y ella eran diferentes al otro lado de las fronteras del Sacro Imperio. Que los dioses menores y sus creyentes son como ríos y valles: se moldean entre sí con el tiempo. En otras tierras, Muerte es una mensajera, un perro negro, una reina guerrera; Fortuna es un cuerno de la abundancia, una diosa con ocho manifestaciones, un titán con cabeza de serpiente. Adquieren diferentes formas, se adhieren a diferentes leyes.

Así que, quizá, fuera del Sacro Imperio no serán mis madrinas. Solo se me ocurre esa forma de librarme de ellas. Ahora mismo, tengo dinero suficiente para cruzar la frontera, pero sería una plebeya de nuevo, sola y sin amigos y sin un penique a mi nombre, y sé lo que les pasa a las chicas así. Había planeado resolver este problema con otro robo, pero…

Ahora que Adalbrecht está de regreso, dispongo de dos semanas para solucionar el tema del dinero y, *además*, buscar un modo de huir de mi segundo problema: el futuro marido de Gisele.

Normalmente, la única duda que tendría para solventar un problema como Adalbrecht sería decidir entre arsénico y cicuta. Pero esa ruta está bloqueada por mi tercer problema: los prefectos. Bueno, no el prefecto júnior Gallina, la verdad, sino el inminente prefecto Klemens. Un prefecto hecho y derecho será capaz de seguir las pistas del asesinato de Adalbrecht hasta mí y convocar a los propios dioses menores para decidir mi castigo. No creo que ni Muerte ni Fortuna pudieran salvarme.

Es un enigma, como forzar una cerradura: intentas mover los resortes de la forma correcta hasta dejar la vía libre. *Si* concierto otra cita con una familia noble... No, Gisele es demasiado notoria, sobre todo con la boda a la vuelta de la esquina, y seguro que la relacionarán con el crimen. ¿Y si celebramos algo en el castillo Reigenbach? Podría ser...

Tardo un momento en darme cuenta de que el carruaje ya no se mueve.

Echo un vistazo desde el interior de las pieles. El tamborileo amortiguado de los caballos se ha acallado y por las ventanillas solo veo la noche oscura y la luz de la antorcha en las ramas de los abetos. Frunzo el ceño, desconcertada. Estamos en medio del bosque de Eiswald, no hace falta parar.

Y entonces lo veo.

La antorcha está fija, inmóvil, como si la llama se hubiera congelado. Si me fijo bien, veo la ceniza de mi suerte cambiando para peor.

No se oye nada, solo mi pulso en los oídos cuando la puerta del carruaje se abre despacio y en silencio.

No hay nada al otro lado.

Se me ponen los pelos de punta en la nuca. Esto podría ser obra de un *grimling*, un espíritu malvado y hambriento en busca de comida.

Pero un *grimling* no se molestaría con tanto dramatismo. He tratado con dos diosas menores desde que tenía cuatro años; reconozco el trabajo de uno.

Y, si algo he aprendido, es que solo hay una forma de negociar con un dios menor: acabar lo más pronto posible. Pongo los ojos en blanco, me deshago del nido de pieles y me tapo con la capucha para refugiarme del frío cuando salgo del carruaje.

Y así es: una figura inhumana se alza en el camino, envuelta en la bruma del bosque, el doble de alta que un hombre. Si mi escolta no está huyendo es porque no la ven, o no ven nada en absoluto. Cada jinete, cada soldado, cada ayudante se ha quedado inmóvil; las llamas de sus antorchas permanecen en su sitio como faroles de cristal derretido. Eso significa que, sea cual fuere este dios menor, es tan poderoso que puede detener el tiempo durante un rato.

Esto no pinta bien.

El dios menor tiene por cabeza el cráneo de un oso; en las dos cuencas de los ojos brillan sendas luces rojas. Dos astas se alzan en la parte superior y las puntas florecen en hojas de un rojo como la sangre. Una extraña esfera de sombras flota entre ellas. Una larga melena le rodea el cráneo, con una raya justo en el medio; las raíces son de un negro azabache y se decoloran hasta que las puntas son del mismo blanco que la nieve, entrelazadas con cintas de cáñamo escarlata. Dos brazos humanos demacrados emergen de un montón de pieles que cambian como las costillas de un chaleco hecho con el cuerpo de algo que llevase mucho tiempo muerto; son pálidos como huesos excepto en las extremidades, de un carmesí oscuro poco natural. Hay un cuervo con los ojos rojos posado en una de las cornamentas, como si fueran ramas.

Vida y muerte, bestia y planta, sangre y hueso, los dientes de un depredador y los cuernos de una presa. Es la diosa de este bosque. Pues claro que Eiswald es lo bastante fuerte para detener el tiempo. Su bosque llega casi hasta la frontera.

Hago una reverencia un poco más sincera de la que le he dedicado al prefecto júnior.

—Eiswald, ¿qué…?

—Silencio, ladrona. —Es un aullido, un siseo, un gruñido: todo en uno.

Ay, esto no puede ser bueno.

—Es *lady* Eiswald para gente como tú. ¿Creías que podías venir a mi territorio y llevarte lo que quisieras? ¿Pensabas que no ibas a pagar por ello nunca? —La voz de Eiswald se convierte en un chillido. Parpadeo y, de repente, está más cerca, cerniéndose más alta que el carruaje, con los ojos de un escarlata ardiente—. *¿Creías que podías robarle a mi gente?*

—No sé de qué estás hablando —jadeo, trastabillando hacia atrás.

Oigo un golpe. Una nube brillante sale de la puerta abierta del carruaje: todo lo que les he robado a los Eisendorf flota en el aire como avispas.

El anillo de peltre se eleva por encima de todo lo demás; la piedra de luna brilla entre las garras frías.

—Esto —espeta Eiswald—. Esto es un símbolo de mi protección. No es tuyo, para que te lo lleves.

—Ezbeta y Gustav no necesitan tu protección —replico. Eiswald solo rechina los dientes.

—*Todo el mundo* en este bosque necesita mi protección. Hacen sacrificios cada solsticio. Respetan las tradiciones. Me respetan *a mí*.

—Es fácil respetar a una diosa —murmuro; me acuerdo de la cara de Hans cuando Ezbeta gritó su nombre—. Bueno, tu *símbolo* estaba juntando polvo en el fondo del joyero. No lo usan.

—Pero no es la única infracción que has cometido, ¿verdad, pequeña Vanja?

El sonido de mi nombre me arrebata la respuesta de la lengua.

En el último año he sido Marthe, Gisele, el *Pfennigeist*. No he respondido al nombre de Vanja.

No recuerdo la última vez que alguien me llamó por mi nombre. Había olvidado lo que se siente.

Eiswald se acerca más y huele a noche, a milenrama, a podredumbre.

—No pienses que tus madrinas te pueden ayudar. Robar, robar, *robar*: eso es lo único que has hecho este año. Has robado lo que querías. Pero esta noche te has adentrado en mi bosque y has robado a gente que está bajo mi protección. Así que ahora…

Estira una mano pálida con los nudillos rojos. Mi capucha se cae por sí sola, el ribete de visón me aprieta la garganta como una soga. Intento moverme, gritar, pero… nada. Ni siquiera puedo respirar, tengo los pulmones en llamas; el polvo de carbón me llena la visión de una mala suerte terrible.

La punta de un dedo tan frío que quema me aprieta la mejilla, justo debajo del ojo derecho. Noto un dolor agudo.

—Te daré un regalo —susurra Eiswald antes de apartarse—. *Tendrás* lo que quieres.

Aspiro aire como si me hubieran clavado un puñal en las tripas. Puedo moverme de nuevo. Me llevo la mano a la cara… y toco algo duro, no mucho más grande que la punta de mi meñique.

Eiswald no tiene labios con los que sonreír, pero las fauces de la calavera de oso se abren un poco más. La luz de las antorchas se refleja en sus dientes.

—En rubíes y perlas te *convertirás*, pequeña Vanja, y conocerás el precio de ser deseada. La auténtica codicia hará lo imposible para tomar lo que…

—Un momento. —Me quito el guante para tocar con los dedos lo que me ha puesto en la mejilla. Es demasiado áspero para ser una perla—. ¿Es auténtico?

Eiswald intenta proseguir.

—Para tomar lo que…

—¿Es un rubí auténtico? —Saco el puñal de la bota para examinarme en el reflejo tenue de la hoja.

Pues sí: un rubí gordo, impecable y con forma de lágrima ha aparecido justo debajo del ojo derecho.

—*Schit* —digo, y enseguida intento sacar la piedra con la punta del puñal—. Podría comprar cinco caballos con esto.

—*La auténtica codicia* —brama Eiswald— hará lo *imposible* para tomar lo que desea.

Le lanzo una mirada mordaz justo cuando el puñal raspa contra el rubí, quizás un pelín demasiado cerca del ojo. Vale, arrancarme piedras preciosas de mi propia cara no es lo ideal, pero... *cinco caballos.*

—¿Te importa? Intento concentrarme.

Pero da igual cuánto intente tallar la gema: no se mueve, como si creciera directamente en el pómulo.

Eiswald me aparta el puñal de un golpe y me alza la barbilla con tanta fuerza que me retuerzo.

—Por respeto a tus madrinas, te daré otro regalo.

—*Paso* —rechino.

—Tienes hasta la luna llena para enmendar lo que has robado —gruñe Eiswald—. Cuanto más tardes, más se apoderará la codicia de ti, hasta que te conviertas en ella.

El problema de los dioses menores es que les encanta hablar como si fueran un libro de profecías sobre el fin del mundo. Puedes preguntarle a Fortuna sobre el tiempo y dirá algo como *La lealtad del viento se tuerce, el velo se levanta,* y eso significará que el martes dejará de llover. La única forma de conseguir sonsacarles una respuesta clara es diciéndola primero.

—¿Así que no dejarán de salirme piedras preciosas?

—Cuando llegue la luna llena, *serás* piedras preciosas y nada más. La única forma de salvarte es despojándote de la codicia y enmendar lo que...

—Lo que he robado, sí, te he oído la primera vez. —Hago una mueca con los labios. Si me van a salir gemas como verrugas, quizá consiga resolver mi problema de dinero—. ¿Todas me van a crecer en la cara o en algún lugar menos... necesario?

—*Basta*. Me agotas. —Eiswald mueve una mano y el cuervo baja volando de la cornamenta para posarse sobre un dedo rojizo—. Mi hija, Ragne, te vigilará hasta que mi regalo llegue a su fin, de una forma u otra.

—Tu maldición, querrás decir. —Observo al cuervo; empiezo a entender la gravedad de la situación.

Eiswald ladea la cabeza y las hojas de su cornamenta tiemblan.

—Será lo que tú decidas hacer con él, pequeña Vanja.

Todas las joyas flotantes caen al suelo, excepto el anillo de peltre, que desaparece. Maldigo y me agacho para empezar a recogerlo todo, procurando no manchar de tierra el abrigo azul pálido. El cuervo (Ragne, supongo) aterriza en el camino y luego se aleja dando saltitos mientras reúno las joyas de los Eisendorf. Regresa un momento más tarde, arrastrando el puñal. Me lo guardo de nuevo en la bota.

—Al menos tu hija es útil —le gruño a Eiswald.

La diosa no responde. Cuando alzo la mirada, veo que ha desaparecido.

En su lugar está la madrina Muerte; su mortaja se funde con la bruma del camino.

Me enderezo, con las manos llenas de gemas robadas.

—No me mires así.

Muerte no lo niega. Fortuna es escurridiza, pero puedes confiar en Muerte para que te deje las cosas claras. Su descontento se acumula como rocío en una tumba.

Suspiro y muevo la cabeza hacia la puerta abierta del carruaje.

—Si vas a gritarme, hazlo aquí dentro. Aún queda un largo camino hasta Minkja.

CAPÍTULO 4

A DESHORAS

—No estoy enfadada —dice Muerte en el asiento frente al mío—, solo decepcionada.

Miro por la ventanilla del carruaje los árboles que pasan, con la boca cerrada. El cochero se puso en marcha de nuevo en cuanto me acomodé dentro y mi escolta siguió como si no hubiéramos tomado un pequeño descanso para que me echaran una maldición letal.

Muerte aguarda un momento y luego dice exactamente lo que espero:

—No tiene por qué ser así. Sabes que puedo ayudarte.

Y es entonces cuando Fortuna llega con un tintineo de monedas y huesos. Se manifiesta en el asiento junto a Muerte con un ademán de polvo y oro. Se parece un poco a Joniza, la barda del castillo Falbirg, por la piel de un bronce oscuro y los lustrosos rizos negros.

—*Lo acordamos* —dice, indignada—. Si vamos a hablar sobre su servidumbre, debemos hacerlo juntas. Es lo justo. —Luego se estira para darme unas palmaditas en la rodilla—. Hola, Vanja querida.

—No he venido a hablar sobre su servidumbre —protesta Muerte; es lo máximo que se va a enfadar. Al menos suena molesta. Me mareo si miro mucho tiempo su rostro. Ya es complicado ver lo que hay debajo de la capucha y sus rasgos cambian sin cesar, porque reflejan el rostro de las personas que están a punto de morir en ese preciso instante—. He venido porque ella va a morir.

Fortuna arruga el gesto.

—Todos los humanos mueren. No es excusa para romper nuestro acuerdo.

—Va a morir dentro de dos semanas —aclara Muerte—. En la luna llena. Era un asunto de negocios, no de familia.

Fortuna se relaja un poco más de lo que me gustaría, dado que estamos hablando de mi inminente fallecimiento.

—Ah, entiendo. Bueno, vale. ¿Cómo ha ocurrido? Esta noche, tu suerte ha cambiado bastante, pero no sabía que la cosa era *tan* grave.

—No quiero hablar de ello —gruño, arrebujada en mi nido de pieles—. Lo tengo bajo control.

Dado que ahora dispongo de dos semanas para amasar una fortuna, escapar de uno de los hombres más poderosos del Sacro Imperio de Almandy y evadir a un cazador de criminales muy bien entrenado que viene hacia mí, *todo mientras me convierto poco a poco en piedras preciosas*, no lo tengo bajo control para nada. Pero eso no se lo pienso decir a mis madrinas.

Además, tengo un mal presentimiento sobre lo que conlleva romper la maldición. Y si tengo que enmendar *todo* lo que he robado… Bueno, será esencial coordinarlo bien.

—Robó un símbolo de la protección de Eiswald a una condesa —dice Muerte sin más.

—*Vanja* —me regaña Fortuna, sacudiendo la cabeza. La guirnalda de monedas irradia un halo refulgente—. Deberías ser más prudente. Es más seguro robar a los indefensos.

(Si te has preguntado por qué soy como soy, quizás ahora lo descubras. Pero lo reconozco: Fortuna y Muerte tratan a los pobres y a los poderosos con el mismo desprecio).

—Eiswald ha maldecido a Vanja a modo de represalia —prosigue Muerte—. Si no rompe la maldición antes de la luna llena, Vanja muere.

—¿Una maldición letal por un pequeño símbolo? ¿No es un poco extremo? —Fortuna se cruza de brazos—. Qué *cara* tienen algunos dioses.

Se oye un graznido ahogado en el rincón vacío del carruaje y entonces recuerdo que no está del todo vacío. Ragne está acurrucado en el asiento; las plumas se mimetizan con la oscuridad.

—Pues claro que no, querida, estoy segura de que tu madre tendrá sus motivos —se apresura a decir Fortuna. Luego se fija en mi mirada de desconcierto y añade—: Me temo que Vanja no te entiende así.

Ragne me guiña un ojo rojo somnoliento y granza antes de darse la vuelta. De repente, hay un gato negro encorvado en lugar de un cuervo. Sacude la cabeza y, con una voz gutural y estrangulada, dice:

—¿Mejor?

—Lo odio —digo con vehemencia—. No. Nada de animales parlantes.

—La Vanja me entiende ahora. Mejor. —Se hace una bola, con la nariz debajo de la cola—. Buenas noches.

Entierro la cara en las manos. *No* pienso pasar lo que pueden ser mis dos últimas semanas de vida vigilada por una cambiaformas salvaje que habla.

La voz de Fortuna me llega a través de los dedos.

—¿Podrás romper la maldición?

—*He dicho* que yo me encargo.

Reina un silencio incómodo hasta que Fortuna se atreve a decir:

—Bueno, ya que estamos las dos aquí… *Tienes* una forma de escapar de ella…

—No. —Bajo las manos para fulminarlas con la mirada—. No necesito vuestra ayuda.

—Eiswald no tendría poder sobre ti —insiste Fortuna—. Deberás elegir algún día. Han pasado ¿cuántos? ¿Dos años? ¿Siete?

—Cuatro —responde Muerte, porque ella siempre lo sabe—, dentro de dos semanas.

—*No necesito vuestra ayuda* —digo, casi escupiendo e hirviendo de rabia.

El problema es que sí que la necesito. Estoy desesperada por tener a Muerte y a Fortuna de mi parte.

Pero no puedo pedírselo, no a ellas.

Resulta que su ayuda tiene un precio.

Cuando mi madre me abandonó, viví con ellas en una casita en su reino y lo poco que recuerdo lo hago con cariño. Recuerdo a Muerte contándome cuentos antes de acostarme sobre los reyes que había recogido ese día; recuerdo a Fortuna escandalizándose por los estantes de plantas que parecían marchitarse por pura maldad. Recuerdo la calidez y la seguridad. Creo que recuerdo algo parecido al amor.

Cuando estaba a punto de cumplir seis años, resultó que no podían mantener mucho más tiempo a una niña humana en su reino, así que me llevaron al castillo Falbirg. Fortuna se entrometió como suele hacer y, de repente, me convertí en la nueva criada de la cocina de los Von Falbirg. Me dejaron allí con sus bendiciones; a diferencia de otros humanos, podía ver a Muerte y a Fortuna trabajando en el reino mortal y usé ese conocimiento para mi propio provecho.

Con trece años, acudieron a mí de nuevo. Ya era mayor, dijeron; me habían entregado a ellas, dijeron. Y ahora había llegado el momento de servirlas.

Su regalo fue una elección. Debía decidir a qué negocio me dedicaría: al de Muerte o al de Fortuna. Seguiría y serviría a una de ellas hasta el fin de mis días.

Mi respuesta fue la que cabe esperar de una niña de trece años a la que le piden que elija entre sus madres: *no*.

Mis madrinas se quedaron perplejas. Se enfadaron. Fortuna fue la más elocuente sobre el tema, pero vi que la hierba se marchitaba alrededor de los pies de Muerte, sentí el dolor emanando de su mortaja. No sabía cómo decirles que no quería elegir a cuál de mis madrinas quería más.

No sabía cómo decirles que quería ser algo más que una sirvienta.

Carecía de palabras para decir que creía que era su hija, no una deuda que debían cobrarse.

Lo arreglaron entre ellas, como suelen hacer. Un día, acordaron, llamaría a una para que me ayudara. Pediría un favor, rogaría que Muerte o Fortuna interviniera, y, en ese momento, habría tomado mi decisión.

Y por eso han sido cuatro largos y duros años desde que llamé a mis madrinas.

Muerte me podría salvar de la maldición de Eiswald y negarse a arrebatarme la vida. Fortuna podría inclinar el mundo a mi favor, verter todas las respuestas en mi regazo para que la maldición se rompiera casi por sí sola. Pero preferiría marcharme de Almandy y abandonar todo lo que conozco antes que pasar el resto de mi vida como una sirvienta otra vez.

—No voy a pediros nada —les digo con resolución—. Me las puedo apañar sola. Si no tenéis nada más que decir, marchaos.

Muerte y Fortuna intercambian una mirada. Y luego desaparecen en un coro de monedas, huesos y mortajas susurrantes.

—Qué maleducada —dice Ragne desde su rincón, moviendo la cola.

Resisto la tentación de tirarla del carruaje. Si Eiswald me ha maldecido por robar un anillo feo, seguramente no le sentará demasiado bien que arroje a su hija a la carretera como el contenido de un orinal.

—A ti tampoco te he pedido nada —le espeto. Tiro de la capucha del abrigo hasta que lo único que veo es piel.

Enmienda lo que has robado. A los dioses menores les encantan los acertijos, pero si Eiswald solo se refiriese a las joyas, lo habría dicho.

Le robé esta vida a Gisele. Y ahora, de algún modo, se la tengo que devolver.

Me quedo dormida, pero me despierto al oír el ruido del puente levadizo al alzarse cuando atravesamos la puerta principal del castillo Reigenbach. En una noche tan sombría como esta, el castillo está compuesto por columnas de piedra gris, pero de día es todo un espectáculo: torres de caliza como encaje y tejas de un azul intenso apiñadas en la última curva del río Yssar. El río forma un foso natural casi perfecto alrededor de los muros del castillo antes de caer en una cascada preciosa y atravesar el corazón de Minkja en la parte inferior.

Ragne se estira y bosteza a mi lado. Mientras dormía, no vi que se había hecho un ovillo en una esquina de mis pieles.

—No puedo llevar un gato dentro —le digo. Los cascos sobre los adoquines encubren mi voz en general, pero susurro para que los cocheros no se piensen que la futura *markgräfin* habla consigo misma.

—¿Por qué no?

Santos y mártires, esa voz tan desagradable que es como un aullido me pone de los nervios.

—La nobleza no recoge gatos de la calle para que sean sus mascotas.

Me mira y parpadea esos ojos de un rojo intenso. Incluso brillan.

—No eres noble.

—Y tú no eres una gata. Las dos fingimos ser algo que no somos. —La aparto de las pieles—. Escóndete en la cochera esta noche y mañana vienes a buscarme.

—Tengo otra idea. —Ragne se agacha y es como si desaparecera. Luego noto que unas patitas me agarran la mano enguantada y suben por mi brazo. Suelto un gritito.

—¿Todo bien, *prinzessin*? —grita el conductor.

—Sí —respondo con los dientes apretados mientras fulmino con la mirada la manga, donde un pequeño ratón negro con ojos de un escarlata vívido mueve la nariz.

Odio esto más de lo que quizás odie el rubí en la cara.

Y eso me recuerda que necesito una excusa o una forma de esconderlo. Eiswald tuvo la decencia de sacar las joyas del zurrón sin romper las vasijas de dentro, así que tomo el ungüento opaco que mejor huele y me echo un poco en la piedra a medida que nos acercamos a las magníficas puertas dobles doradas del castillo. Ya pensaré alguna excusa sobre que me ha picado un insecto, si hace falta; mañana puedo decir que la lágrima de rubí es una nueva moda.

Además, el personal del castillo tiene cosas *mucho* más importantes de las que preocuparse.

—Bienvenida de nuevo, *prinzessin* —dice todo serio Barthl, el submayordomo, mientras estira sus dedos arácnidos para recibir el abrigo.

Oigo el alboroto amortiguado de los criados por los pasillos.

—Os habéis enterado de la llegada del margrave.

—Sí, *prinzessin*. —La resignación se refleja en su cara alargada. Tiene más o menos la misma edad que Adalbrecht, unos treinta años, y nunca le he caído bien, pero siento un poco de compasión. Su trabajo es asegurarse de que todo el castillo Reigenbach esté prístino antes de la inspección sorpresa de mañana—. ¿Necesita algo más esta noche?

—No. —No voy a darles más trabajo y es mejor que no me observen. Fuerzo la voz hasta que suena desinteresada—. Me voy a retirar ya. Que nadie me moleste.

—Entendido. —Hace una reverencia rápida y se aleja a toda prisa.

Yo también me apresuro a subir las escaleras hasta mi ala del castillo Reigenbach. En teoría, hay una forma más rápida de llegar a mis aposentos, pero se supone que Gisele no la conoce. Los pasadizos de los criados son los dominios de Marthe la doncella.

Cuando llegué hace un año, lo primero que hice fue birlar un uniforme de criada, guardar las perlas y correr por el pasillo requiriendo orientación. *Mi señora me ha pedido un recado, ¿puede decirme cómo se llega a los establos? ¿Al salón de baile? ¿A la biblioteca?*

Los criados me mostraron todos los atajos y pasadizos del castillo, demasiado ocupados para hacer nada más, solo avisarme de que no molestara al *kobold* residente, Poldi. En cuanto escribí una orden a los guardias para que dejaran ir y venir a mi doncella Marthe según quisiera, ninguna puerta en el castillo Reigenbach se me resistió.

Supongo que podría haber conservado el nombre de Vanja, pero hay un puñado de gente en Minkja que aún me conoce así. «Marthe Schmidt» carece de historia, de bagaje, de planes. No tiene cicatrices. Y puedo dejar de ser Marthe cuando quiera.

Cuando entro en mis aposentos, la chimenea está encendida y hay un candelabro en el aparador junto a la puerta. Esto es cosa de Poldi, porque conozco el valor de un *kobold* amistoso y el peligro de uno despreciado. El *kobold* del castillo Falbirg casi le prendió fuego a Gisele porque pensó que se reía de él. En mi primera noche en el castillo Reigenbach, tomé un cuenco de boj, lo llené de polenta y miel y lo dejé junto a la chimenea con una copa de hidromiel.

Me desperté en plena noche para encontrarme a Poldi en la chimenea con la forma de un hombrecillo fiero acuclillado que me llegaba por la rodilla. Me senté y levanté la copa que había dejado en la mesilla de noche.

—Por tu salud y por tu honor.

Me devolvió el brindis y desapareció, dejando el cuenco vacío y un fuego vivo en la chimenea. Desde entonces, cada noche le dejo polenta y miel, y siempre, siempre, ha valido la pena.

Enciendo unas cuantas velas más y luego caigo bocabajo sobre la cama. Ragne se escurre de la manga para investigar el almohadón y la colcha con los bigotes temblando.

Una parte de mí desea con desesperación permanecer así, puede que incluso quedarse dormida con el vestido elegante puesto y dejar que el equipo de lavanderas quite las arrugas por la mañana. He robado una pequeña fortuna; he evitado, por el momento, a un prefecto; una diosa me ha echado una maldición y mis madrinas me han sermoneado.

Podríamos decir que ha sido una noche *muy* larga.

Pero hay un zurrón lleno de joyas robadas en la cochera y tengo que deshacerme de ellas antes de que Adalbrecht regrese. Con un gruñido, me deslizo de la cama hasta la suave alfombra azul medianoche. Es casi tan cómoda como la colcha. Me pongo de pie y me quito el vestido y las perlas.

Me he manchado de vino la combinación, así que saco otra de la cómoda. Cae una bolsita pequeña y la meto de nuevo entre la ropa suave.

Cuando trajeron los baúles de Gisele desde Sovabin, extraje enseguida todos los saquitos de lavanda seca que yo misma había cosido unos meses antes y que había guardado entre las capas de algodón y seda, justo como me habían ordenado. Luego los lancé todos al río Yssar. Pedí a la mayordoma que me trajera todos los aromas que me gustaban: cáscaras secas de naranja, vainas de vainilla, pétalos de rosa y hasta ramas de canela; para mí, todos eran riquezas, ya que me había pasado gran parte de mi vida apestando a jabón barato hecho con sebo y ceniza. Era un lujo impensable estar tan limpia como quisiera y cuando quisiera. Decidir a qué quería oler.

A finales de mes, los últimos restos de lavanda habían desaparecido y toda la ropa olía *a mí*.

Me pregunto si Gisele recuperará la lavanda cuando se lo devuelva todo.

No puedo pensar en eso ahora mismo. Acabo de quitarme la combinación sucia por la cabeza cuando oigo la voz de Ragne.

—¿Te metiste en una pelea?

Doy un salto y me giro, tapándome con la combinación. Me había olvidado de que estaba allí o, de lo contrario, nunca me habría descubierto la espalda.

—No es asunto tuyo —espeto.

Ragne ha recuperado la forma de gato y gandulea a los pies de la cama.

—¿Estás enfadada? —dice, parpadeando—. Esas cicatrices son buenas. *Yo* estaría orgullosa de haber sobrevivido a…

—Que te calles. —Me pongo la combinación limpia con el rostro encendido—. He dicho que no es asunto tuyo.

Ragne solo bosteza.

—Eres muy rara.

Eso no merece una respuesta. Termino de ponerme un uniforme de sirvienta y escondo el pelo bajo una cofia sencilla. También me abrocho la capa desaliñada de lana con una insignia que me identifica como sirvienta de la casa Reigenbach. Según a qué parte de Minkja vaya, esa insignia puede señalarme como objetivo o hacerme intocable. Mi perista, Yannec Kraus, trabaja en una taberna justo en el límite de estas dos zonas.

Cuando me miro en el espejo del tocador, veo el rubí a través del ungüento. Eso no es bueno. Yannec tiene una norma: todo lo que robo, se lo vendo a él y solo a él. Es un hombre supersticioso; o, al menos, teme tanto a los dioses que, si admito que es una maldición, no se arriesgará a enfadar a una diosa menor haciendo negocios conmigo.

Hay un botiquín escondido en el tocador para cualquier rasguño que me gane en los robos. Me pongo un poco de gasa sobre el rubí, con la esperanza de que se pegue más que el ungüento. Al hacerlo, algo en mi reflejo me llama la atención.

Hay un fantasma en el espejo, una chica atormentada por un desasosiego y una duda recurrentes que, sin el hechizo de las perlas, no permanecen ocultos. Pensaba que la había dejado en el castillo Falbirg.

—¿A dónde vas?

—*Schit!* —Doy otro salto, sacudiendo el tocador. Miro hacia la cama, pero Ragne no parece estar arrepentida—. Fuera —digo, concisa—. Por negocios. Quédate aquí y no hables con nadie.

—¿Por qué no?

—Porque los animales no hablan. —Me pongo a atarme las botas.

—O tú no los escuchas. —Oigo un crujido, seguido de un silencio sospechoso—. ¿Puedo hablar con gente de esta forma?

Cuando alzo la mirada, hay una chica humana estirada sobre la colcha; tiene la piel pálida como el hueso y sus ojos rojos con pupilas verticales me miran desde debajo de una masa irregular de pelo negro. De algún modo, Ragne aparenta mi edad y, al mismo tiempo, parece milenaria. También está tan desnuda como el día en que nació.

(Vamos a suponer que nació. Que yo sepa, también podrían haberla conjurado a partir de telarañas y el corazón de una cabra).

—*No.* —Aparto la mirada; mi paciencia se agota—. *No* puedes hablar con alguien estando así. Nosotros llevamos ropa.

—No todo el tiempo. —Ragne se sienta—. ¿Estás incómoda?

No es porque esté desnuda, ya que solía bañarme con las otras sirvientas en el castillo Falbirg. Pero a ellas las conocía de casi toda la vida. No sé qué hacer cuando alguien se desnuda ante mí sin dudar. Sin miedo.

Señalo el vestidor.

—O cambias de forma o te pones algo de ropa. Hay camisones en el cajón de abajo.

Para cuando ya me he atado las botas, Ragne se ha puesto un camisón… como si fuera unos pantalones. Los pies le sobresalen por las mangas y se ha alzado el dobladillo inferior hasta el cuello. Mueve los dedos de los pies hacia mí.

—¿Mejor?

A este ritmo, si la dejo aquí, es posible que salga al pasillo luciendo tan solo una faja a modo de sombrero.

—No. Vale, puedes venir conmigo *si* te conviertes en un animal, uno pequeño, y *si* mantienes la boca cerrada.

Ragne junta los dientes con un chasquido.

—Me refiero a que no puedes hablar. Solo si estamos a solas, ¿entendido?

Asiente y desaparece; el camisón cae al suelo. Un segundo después, una ardilla negra sale de la tela, sube por mi chaqueta y se hace una bola en la capucha. Intento no temblar cuando salgo del dormitorio hacia una de las escaleras de los sirvientes.

Primero me dirijo a la cocina para buscar la polenta y la miel de Poldi. Tras dejarlas junto a la chimenea del dormitorio, no tardo nada en recoger el zurrón del carruaje (*mi señora olvidó el neceser*) y atravesar el portón principal (*mi señora necesita hacer un encargo urgente a la costurera para la boda*). Los guardias hasta me encienden el farol y me ofrecen un trago de aguardiente para mantener el calor. Lo rechazo con educación.

También me ofrecen una pequeña daga con el sello de la guardia del margrave en la empuñadura. Eso sí que lo acepto.

Minkja es muchas cosas: una ciudad, un sueño, una promesa cumplida, una promesa rota. Pero nunca es segura y mucho menos por la noche.

Los guardias del castillo Reigenbach se han ganado sus cómodos puestos a través del valor y las recomendaciones. Adalbrecht es mucho, pero muchísimo menos exigente con la guardia de Minkja; deja que los fracasados del ejército paguen sus deudas o sus sentencias dándoles una porra, un uniforme y el mote de «Wolfhunden». Y luego les quita la correa.

En teoría, mantienen la paz. En la práctica, solo son una banda con un nombre tonto (¿«Perro lobo»? Qué innovador). Se meten en cualquier tipo de negocio criminal de Minkja, desde polvo de amapola hasta estafas de seguridad. ¿Quieres que la panadería de tu rival se incendie? Wolfhunden. ¿O que un concejal de la ciudad resbale por un puente y caiga al Yssar? Un Wolfhunden proveerá.

Y si los Wolfhunden descubren que he robado y he vendido joyas por valor de casi mil *gilden* en el último año sin pagarles «una tasa de protección»… Bueno, al menos no tendré que preocuparme más por la maldición.

Veo las miradas que intercambian los guardias de la puerta cuando me meto la daga en la bota (qué ironía: esa bota ya esconde otro puñal, pero no hace falta que lo sepan).

—No vayas por Lähl, Marthe —me insta uno—. O nunca volveremos a verte.

Quiero poner mala cara (¿qué querría una dama como Gisele en Lähl?), pero, en vez de eso, les hago una reverencia.

—Me quedaré dentro del Muro Alto, gracias.

Eso solo los apacigua un poco, pero da igual. Tengo que deshacerme de las joyas de los Eisendorf antes de que Adalbrecht llegue mañana. Y la ilusión de Gisele… Bueno, es una señora muy exigente.

Con el puñal, el farol y la bolsa de joyas robadas, abandono el castillo.

CAPÍTULO 5

TRATO JUSTO

Minkja no es tanto una ciudad sino la exhibición de una arquitectura hostil. Una vez fue un monasterio tranquilo rodeado por un puñado de granjeros que intercambiaban lana y trigo por hidromiel y queso, y a todo el mundo le parecía bien ese sistema.

En algún punto de la creación del Sacro Imperio, la familia Reigenbach miró el largo brazo del bajío peligroso del río Yssar y vio una oportunidad debido a su cruce seguro. Así fue como surgió la ciudad dentro del Muro Alto, con sus filas apiñadas de paredes de estucado blanco y sus paseos de árboles podados y cubiertos de escarcha. Los edificios se despliegan a partir de plazas concurridas, como hongos en tocones: franjas dentro de franjas de marrón y blanco alzándose todo lo altas que pueden. El horizonte de la ciudad está coronado por los pliegues oscuros de unos tejados tan apiñados que amenazan con sobrepasar el Muro Alto.

Y, de hecho, eso ocurrió hace un par de siglos. Las casas y las tabernas y las calles fangosas empezaron a aparecer al otro lado del muro hasta que los Reigenbach se vieron obligados a vallar de nuevo la ciudad. En un día claro, desde el castillo Reigenbach se puede ver la vieja Minkja dentro del Muro Alto, la joven Minkja dentro del Muro Bajo, luego las tierras de cultivo y, al fin, el muro azul que son las cumbres cubiertas de nieve de las Alderbirg, hacia el sur.

Esta noche, sin embargo, solo hay niebla y sombras detrás del Muro Alto.

Me apresuro a atravesar la cima de la colina sobre la que se encarama el castillo Reigenbach y a pasar por el Puente Alto que cruza el Yssar. Me arrebujo más en la capa para evitar la helada salpicadura de la cascada revuelta de abajo. El Puente Alto prosigue como el viaducto Hoenstratz oriental, una especie de puente de tierra construido para permitir que los comerciantes pasen por encima de los callejones sinuosos de Minkja y lleguen directos a los mercados.

Yo, sin embargo, tengo que llegar al nivel de Minkja, así que bajo por una escalera de ladrillo y rodeo el Göttermarkt, donde las velas iluminan las ventanas de los templos desparejados que ocupan la amplia plaza. Unos cuantos puestos de *sakretwaren* aún están abiertos para vender cirios votivos, ofrendas y un surtido de amuletos a cualquier persona que busque ayuda divina a esta hora impía. Muchos también venden ceniza de bruja a quienes quieran encargarse de sus propios asuntos.

No obstante, la magia es un asunto letal, y más para la gente desesperada. Las brujas adquieren poder por dosis. Recogen huesos, pieles y cualquier cosa que dejen los dioses menores, los espíritus o los *grimlingen*, lo queman hasta reducirlo a cenizas y añaden una pizca a su té cuando las cataplasmas y los rituales no son suficientes (no hace falta que sea té. Hay una bruja en el Obarmarkt famosa por sus pasteles de ceniza de bruja).

Pero no son los dominios de los humanos y demasiada ceniza envenena la mente y el cuerpo. Los hechizos potentes, como el de las perlas, requieren el trabajo de un hechicero. En vez de ceniza de bruja, los hechiceros adquieren su poder a partir de un espíritu que se ha unido a ellos, lo cual implica una serie de consecuencias desagradables. En el castillo Falbirg, la barda residente, Joniza, siempre hablaba sobre ellos con lástima y desconfianza.

«Mi madre tiene un dicho: por un poder terrible, pagas un precio terrible», me contó.

Los puestos de *sakretwaren*, por lo menos, no usan los vínculos de los hechiceros. No sé si Minkja podría pagar el precio.

Un puñado de guirnaldas imperecederas adorna las puertas y las ventanas del Göttermarkt, pero las decoraciones reales del Winterfast no aparecerán hasta la semana que viene. Los templos, las ofrendas y los recuerdos del mercado están dedicados sobre todo a los dioses almánicos, ya sean los santuarios de diferentes dioses menores o la Casa de los Supremos, donde se venera a todos los dioses como manifestaciones del innombrable Dios Supremo. Aun así, unos cuantos sitios sirven a deidades de fuera del imperio. Los comerciantes a menudo se quedan atrapados en Minkja mientras Ungra u Östr irrumpen en el imperio por las fronteras más provechosas; a veces, esos mercaderes deciden, por la razón que sea, que les gusta este sitio y se quedan.

Los vendedores del Göttermarkt ni parpadean cuando me ven pasar a toda prisa. Una niebla densa sale del Yssar y, entre el frío y la humedad, todos hemos acordado centrarnos en nuestros asuntos.

Por desgracia, tengo que adentrarme más en la niebla. La taberna de Yannec está justo en los muelles del Untrmarkt, donde se vende mercancía más mundana, como ganado y productos agrícolas. Las tabernas de los muelles suelen llenarse con barqueros para beber una última *sjoppen* de cerveza antes de impulsarse por el Yssar hacia sus pueblos. A estas horas, sospecho que solo quedarán los más canallas y borrachos.

La taberna de Yannec aparece por delante, entre la niebla; es un inmueble tosco de yeso y madera que no intenta convencer a nadie de ser otra cosa. Hay dos *loreleyn* pintadas a conjunto a cada lado de la puerta; sus colas enroscadas y cubiertas de escamas se han desvanecido hasta convertirse en verde moho. El yeso gris de la pared se ve a través de sus torsos, donde los borrachos han pasado tantas veces las manos sudorosas sobre los pechos exagerados que la pintura se ha desgastado. En tiempos de guerra, cualquier hoyo es trinchera, supongo.

Me quito la insignia de criada de Reigenbach y la guardo en el zurrón.

El olor acre a cerveza barata y a hombres más baratos aún me da en toda la cara cuando entro en la taberna, pero al menos la temperatura ha mejorado. En efecto: las pocas personas que están aquí dentro están tan borrachas como me imagino que estará la *komtessin* Ezbeta ahora mismo. Se aferran a sus *sjoppens* de madera porque no se fían de darles unas de cerámica.

Dos hombres en la esquina mantienen un debate adormilado y acalorado y, por cómo suena, están de acuerdo, pero ambos se han enfadado y bebido tanto que no se dan cuenta. Ragne se queja de desagrado, seguramente por el olor penetrante, pero se calla cuando doy un tirón a la capucha.

Yannec no está sirviendo, pero oigo su canto desafinado en la cocina. La camarera que limpia cerveza derramada me saluda. No sé qué mentira le habrá contado Yannec, que soy su hija o una amante o una amiga. No soy nada de eso, pero la mujer no hace preguntas y, como quiero que la cosa siga así, yo tampoco las hago.

Detrás de nosotras, unos taburetes de madera caen al suelo y se oyen gruñidos y juramentos; deduzco que el no-debate ha pasado a ser un consenso violento. La camarera les tira el trapo empapado, pero luego sacude la cabeza y cruza la barra por debajo para lidiar con los hombres directamente.

Paso junto a ella y me dirijo hacia Yannec, un hombre como un jamón con los brazos gruesos de quien se ha pasado la vida peleando con estofados. Está engrasando una enorme sartén de hierro en la cocina húmeda y pequeña. Se cubre la coronilla con un pañuelo fino, donde sé que la calvicie se extiende sin posibilidad de contenerla. Alza las cejas cuando atravieso la puerta y me aclaro la garganta.

—*Rohtpfenni* —gruñe.

—Marthe —replico. Estoy demasiado cansada para esto. He recibido muchos nombres que Yannec podría usar, pero insiste en decir el que odio. Seguramente porque sabe el motivo.

Yannec señala la puerta con la cabeza.

—Ya acabo. Ven, hablemos en la parte trasera.

Deja la sartén y toma un colador y un cubo de hojalata lleno de agua para fregar los platos. Luego se encorva para pasar por la puerta. Le sigo.

—Apesta —me susurra Ragne, pero tiro de nuevo de la capucha. Me da un golpe en la nuca con su cola de ardilla y me trago una maldición por la sorpresa.

Nos encerramos en el despacho trasero, donde Yannec hace la contabilidad para el propietario de la taberna. Es una habitación agobiante, sin ventanas y solo otra puerta que da al callejón, donde una barra pesada impide el paso a los visitantes indeseados.

Yannec deja el cubo de agua y lo señala con un gesto. No me he molestado en guardar las joyas en botes separados después del desastre de Eiswald, solo las enrollé en el uniforme que escondí en el zurrón. Lo saco y meto las joyas en el colador antes de sumergirlas en el agua. Los aceites y las pastas flotan y se coagulan en una espuma que se quita con facilidad.

Le paso el colador chorreante a Yannec, que acaricia con los dedos cada anillo y brazalete mientras murmura para sí las cifras.

Os preguntaréis por qué confío en un hombre como Yannec, y lo cierto es que no me fío de él. Lo conozco desde que Fortuna me envió a su cocina en el castillo Falbirg; me fío de su resentimiento y me fío de su avaricia.

Sé que cuando Yannec vino con Gisele y conmigo a Minkja fue para servir cenas a damas elegantes, no para echar grasa en una taberna lóbrega.

Confío en que Yannec piense que se *merece* algo mejor que esto, aunque es culpa suya por haber creído que el mejor cocinero de un páramo como Sovabin podía estar a la altura de comerciantes de todo el mundo (en cualquier caso, su éxito fue gracias a Joniza, que echaba especias en las ollas cuando él no miraba).

Y confío en la trinidad del deseo: le traigo beneficios y, como es mi único perista, poder. Me ve, aunque solo sea como recurso, y no pone en peligro su parte de las ganancias.

—Ciento sesenta —concluye al fin—. Después de mi parte. Es un buen botín.

Y aún me deja corta de dinero, como temía.

—¿Considerarías… prestarme dinero? —pregunto—. ¿Por un trabajo futuro?

(¿Estoy planeando un trabajo futuro? No. ¿Yannec tiene que saberlo? Lo mismo: no. Ya me habré marchado para cuando se entere).

Abre la caja fuerte y niega con la cabeza mientras cuenta los montones de monedas.

—*Ja*, pero esta noche no. Acabamos de pagar los sueldos y solo tenemos ochenta *gilden*. Puedes llevarte hoy estos ochenta y yo llevaré la mercancía al comprador antes del amanecer para que mañana tengas los otros ochenta.

Aprieto los labios e intento suavizar el ceño. Esto no me gusta. Ochenta *gilden* es mucho dinero para debérselo. Y también demasiado para que una taberna lo tenga por ahí *después* de haber pagado los sueldos.

Joniza fue la que me enseñó el truco del escamoteo. Solo confiaba en una persona en el castillo Falbirg, y esa era Joniza, porque la barda me enseñó a mentir bien. O, en términos más románticos, vio a una niña cansada y cubierta de hollín y de grasa, y decidió compartir un poco de su magia.

«Siempre debes tener las manos en movimiento», explicó, deslizando las cartas entre sus elegantes dedos marrones. «Las dos.

La gente sabe que es un truco, ¿no? Por eso intentarán mirarte las manos para detectarlo. Pero solo pueden observar una mano a la vez».

Joniza me enseñó los trucos detrás de juegos de cartas como Encuentra a la Dama. Me enseñó a ocultar una moneda de estaño y a deslizarla en el bolsillo de alguien. A sacar una margarita de seda de detrás de una oreja.

Pero lo que *realmente* me estaba enseñando era a leer a las personas. A mantener su atención donde yo quisiera. A hacerles ver lo que quería que vieran.

Yannec nunca se molestó en aprender nada de esto. Y por eso no me ofrece nada que mirar, solo la caja fuerte en la que rebusca y en la que, según dice, no hay más de ochenta *gilden*. Según sus murmullos, ya ha contado veinte.

Veo que por lo menos hay otros cien *gilden* en monedas amarillas. Y otros cincuenta en rollos de peniques blancos.

No sé por qué me ha mentido y no me importa. Un hombre se puede gastar dinero en todo tipo de cosas en Minkja, en cosas buenas y malas. Lo que importa es que piense que puede mentirme *a mí*.

—Si solo tienes la mitad del dinero, entonces solo te quedarás la mitad de las joyas —le digo con frialdad.

Yannec cierra la caja fuerte de golpe. El brillo de sus ojos me indica que se está enfadando.

—¿Tienes a otro perista, *Rohtpfenni*?

Hay muchos en el distrito Lähl, pero los dos sabemos que no puedo ir sola de noche y que una sirvienta de los Reigenbach no tiene ningún motivo para ir allí de día. Además, todos le deben una parte a los Wolfhunden, y esa parte saldrá de mi dinero, no del suyo.

Aun así, no me gusta que jueguen conmigo.

—Tú no tienes a otro proveedor —contraataco—. Nadie te trae botines como este. Ofréceme un trato justo o no trataré contigo nunca más.

No hay nada que avive más su ira que los celos, pero en el pasado cedió con bastante facilidad ante una amenaza. Esta noche, el brillo de sus ojos se agudiza. Me mira con atención… No, a mí, no; mi mejilla. Me apunta con un dedo grueso.

—¿Qué es eso?

Siento una brisa donde la gasa escondía la lágrima de rubí. Un momento más tarde, un cuadrado blanco revolotea sobre la mesa.

Por segunda vez esta noche, una mano me agarra la barbilla como una tenaza.

—¿A quién más le estás vendiendo? —pregunta Yannec, poniéndome de puntillas. Ragne suelta un gorjeo de miedo y se retuerce en la capucha—. ¡Una piedra como esa vale *el doble* de lo que me has traído? ¿Cómo se llama el hombre al que le vendes?

—Qué audaz por tu parte suponer que es un hombre —grazno, intentando liberarme sin éxito—, pero no es nadie, imbécil. El margrave vuelve mañana y este es un regalo para la boda. No puedo venderlo.

—Y una mierda. —Aprieta el rubí con la mano libre, pero no cede; solo chirría un poco, como un molar arraigado al pómulo—. ¿Qué clase de brujería es esta? ¿Por qué no se desprende?

—Te he *dicho* que es un regalo, usan un pegamento especial…

Me vapulea por la mandíbula como si fuera un trapo mojado. Me duelen los dientes de tanto entrechocarse.

—*Que no me mientas* —gruñe Yannec, respirando con dificultad. Deja de toquetearme la cara para rebuscar entre los papeles del escritorio. Contengo la respiración cuando encuentra lo que busca: un cuchillo romo.

Conocerás el precio de ser deseada, susurra Eiswald en mis recuerdos.

Dado que lo primero que *yo* intenté hacer fue arrancarme el rubí de la cara, supongo que tendría que habérmelo visto venir.

Poco se puede hacer para resistirse a una diosa menor que te agarra por la mandíbula, pero Yannec solo es un hombre y, encima, avaricioso y desesperado. Forcejeo hasta que afloja un poco la mano y hundo los dientes en la piel entre su pulgar y el índice. Aúlla y me suelta por completo.

Retrocedo trastabillando y limpiándome la sangre de los dientes. Ragne se queja asustada en la capucha, pero la ignoro.

—¿Estás *loco*? —escupo—. ¡No lo hagas, Yannec!

Me señala con el cuchillo; le tiembla la mano. Distingo el resplandor de un polvo fino en el borde.

De repente entiendo por qué tiene tantas ganas de timarme con el dinero. Durante un terrible segundo, temo que el polvo sea ceniza de bruja, pero, si lo fuera, ya me habría convertido en piedra o algo así.

—Dámelo —dice Yannec, medio llorando y medio gruñendo—. ¿Por qué *no me lo das*?

No, no quiere poder, solo la evasión del polvo de amapola. Ochenta *gilden* son suficientes para mantenerle soñando el resto del invierno. Con la lágrima de rubí podría comprar incluso más.

El sudor se le acumula en el labio superior, un síntoma de la abstinencia, junto con la paranoia y la violencia. Debería haberme fijado en las señales; ahora estoy a punto de pagar el precio.

Yannec se tambalea mientras rodea la mesa y me aparto con rapidez para que quede entre los dos.

—¡Para! ¡Podemos hablarlo!

—Te lo cortaré si hace falta —susurra. Me doy cuenta tarde de que he cometido un error de cálculo: Yannec se halla entre la puerta de la cocina y yo. Aún puedo alcanzar la entrada del callejón, pero me atrapará antes de que consiga quitar la barra.

Noto un peso repentino alrededor del cuello y unas garras se hunden durante un momento en mi hombro. Un gato negro sale disparado para aterrizar sobre la mesa, con la cola erizada moviéndose de un lado para otro.

—Te ha dicho que parases —aúlla Ragne con esa voz espantosa y estridente de gato.

Yannec se la queda mirando boquiabierto y luego mueve el cuchillo en un arco inestable.

—¡Atrás, demonio!

—Deja de ayudar, Ragne. —Intento agarrarla por el cogote, pero se libera con un giro y una mirada salvaje e indignada—. Tu madre...

—¿Te has aliado con un *grimling*? —Yannec tiene toda la cara cubierta de sudor.

—Me has insultado, hombre apestoso —sisea Ragne—. No soy ningún *grimling*. Dale a la Vanja lo que le debes.

—No pienso pagarle ni un penique rojo a una criatura impía... —Yannec da una cuchillada hacia Ragne, pero falla por un kilómetro—. ¡Ni a su *esclava*!

Se lanza a por mí. Ragne salta del escritorio hecha una bola de pelaje negro y aterriza entre nosotros convertida en un lobo erizado. Chasquea los dientes como aviso. Yannec se tambalea, tropieza, cae al suelo...

... y se queda muy quieto, con un grito ahogado. Le sobresale la empuñadura de su propio cuchillo del pecho.

Ragne se sienta sobre las patas traseras. Luego ladea la cabeza, con una oreja de lobo aplanada contra el cráneo y la otra alzada.

—¡Ah! Creo que se ha muerto.

La voz de perro es mucho peor que la de gato.

Me deslizo por la pared y, durante un momento, lo único que oigo son los martilleos de mi propio corazón. Luego veo la empuñadura del cuchillo de más que me dieron los guardias sobresaliendo de la bota y me echo a reír, incrédula. Me había olvidado por completo de que estaba ahí.

Aunque tampoco hubiera ayudado más que el otro puñal que llevo escondido. Los hombres que ansían amapola caminarían sobre cristales rotos para conseguir otra dosis. O, bueno, los hombres que ansíen cualquier cosa. Sobre todo oro.

Muerte aparece sobre el cuerpo encorvado de Yannec, sin prestar atención al charco de sangre en expansión. Ragne enseña los dientes en una sonrisa canina.

—¡Hola! Me alegro de verte tan pronto.

—Lo mismo digo —responde Muerte. Siento su mirada sobre mí y me cubro la cara con las manos.

—*No* necesito tu ayuda.

Cuando vuelvo a mirar, ya se ha ido. Me apoyo en el escritorio y observo el bulto en el suelo, demasiado cerca de mí.

Yannec ha muerto. Yannec, a quien no apreciaba y quien no me apreciaba, pero que también era mi último vínculo con el castillo Falbirg. O, al menos, uno con el que aún hablo.

Hablaba.

Yannec, que ha intentado matarme por un rubí para poder comprar polvo de amapola y así tratar de olvidar su propia decepción. Sé que ser mi perista le daba beneficios y poder, pero no le bastó. Yo era algo que debía usar.

Yannec, cuyo cadáver es otro problema que debo solucionar. Junto con las joyas de los Eisendorf. Y conseguir mil *gilden* en las próximas dos semanas. Y romper la maldición antes de que me mate… o antes de que me maten por ella.

Al problema del cadáver, al menos, lo puedo solucionar.

—Ragne. —Me obligo a ponerme de pie, centímetro a centímetro—. ¿Has cenado?

CAPÍTULO 6

EL GRAN DESPERTAR EN EL DESAYUNO DEL PREFECTO JÚNIOR EMERIC CONRAD

M e olvidé de cerrar con llave la puerta del dormitorio. Lo descubro por las malas a la mañana siguiente.

—Lo siento mucho, princesa Gisele, pero tiene un visitante.

Me tapo la cara con un brazo cuando una doncella aparta las cortinas y deja entrar una cascada de luz; llega otra doncella con la bandeja del desayuno.

—¿Qué hora es? —farfullo, antes de rodar bocabajo. Las perlas de Gisele chasquean en mi cuello, porque duermo con ellas por si se da una situación como esta: intrusas inesperadas.

—Casi las nueve de la mañana, *prinzessin*.

—Puede esperar —le gruño a la almohada, pero entonces ahogo una maldición cuando me encuentro con pelo en la boca. Se oye un chillido. Ragne se ha enterrado entre una almohada y la otra, convertida de nuevo en un ratón negro. La fulmino con la mirada.

Anoche le preparé una buena silla para que durmiera en la forma que creyera conveniente. Por nada del mundo, le dije, tenía permitido dormir en la cama.

La mitad de la almohada está cubierta con pelo negro de gato. *Mi* almohada. Ya sabes, donde pongo *mi cara de persona humana.*

—Discúlpeme, pero dice que, eh, concertó una cita con usted anoche.

Miro a la criada con los ojos entornados mientras termina de abrir las ventanas. Se llama Trudl y fue la primera en ofrecerme sus servicios como doncella (y la rechacé con educación). Estoy segura de que piensa que Marthe hace un trabajo pésimo.

—Es un hombre joven. —Trudl se encoge de hombros a modo de disculpa mientras la otra criada hace una reverencia—. Emeric Conrad.

—¿Quién? —grazno. Ella se vuelve a encoger de hombros.

—Dice que está aquí para tomarle declaración para los tribunales celestiales, pero parece muy joven para ser prefecto.

No puedo evitar proferir un suspiro de desprecio absoluto.

—Es un prefecto *júnior*. Debe haberse marchado después que yo.

—No, *prinzessin*. Dice que se marchó de la mansión Eisendorf esta mañana. Se habrá saltado el desayuno para llegar tan temprano. —Trudl me ayuda a levantarme—. ¿Voy a buscar...? Oh.

—¿Qué ocurre? —pregunto, con miedo de que haya visto a Ragne entre las almohadas.

Trudl sacude la cabeza. Su mirada se ha agudizado un poco.

—Nada. Me ha sorprendido su... Bueno, es un rubí precioso, *prinzessin*.

Schit. Quizás ella se trague la excusa que Yannec no quiso creerse. Me pongo de pie tambaleándome.

—Quedará precioso para la boda. Se pega con un pegamento especial. Ahora mismo es la última sensación en Thírol.

Trudl asiente. Deduzco lo que estará pensando sobre que lleve una pequeña fortuna pegada en la cara.

—Muy bien. ¿Voy a buscar a Marthe para que la ayude a vestirse?

—No —me apresuro a decir, agarrándome al poste de la cama—. Le dije que me despertara a las nueve, así que no tardará en venir.

La noche anterior… Bueno, no terminó como esperaba, de mil maneras distintas, y no estoy en forma para corretear por ahí fingiendo ser dos personas a la vez. Mi reflejo en el tocador dice que es una decisión acertada: hasta con las perlas mágicas, Gisele está hecha un desastre; los rizos de color platino se han deshecho por la cama, como el camisón. Cierto, las perlas hacen que parezca intencionado, pero…

Eso me da una idea.

—Envía al prefecto a mi salón personal —digo— y tráele algo para desayunar, lo mismo que tomaré yo. Lleva allí mi bandeja también. —Luego examino mi desayuno. Le falta el toque final—. Y una cosa más…

Dos minutos más tarde, entro en mi salón personal un poco más preparada que cuando me he despertado. Me he puesto pantuflas y me he recogido el pelo en una coleta diabólica que me cae por un hombro, pero lo único que llevo puesto es una bata bordada de un intenso escarlata sobre el camisón. Pesa tanto que no debo preocuparme de que se escurra nada.

Sigue siendo *muy* inapropiado. Una joven *prinzessin* no debería recibir invitados vistiendo su ropa de dormir. Sobre todo una joven *prinzessin* que está a punto de casarse con el gobernante de la marca más grande del sur de Almandy. Vale, las perlas no funcionan de la misma forma con todo el mundo y no quiero dar por sentado que el buen prefecto se interese de ese modo por las mujeres o por cualquiera. Pero, a juzgar por la ligera fascinación y por el pavor de Emeric Conrad mientras alza la mirada de la mesa dispuesta para dos, deduzco que no es inmune en absoluto.

Casi vuelca la silla cuando se levanta a toda prisa y hace una reverencia tensa.

—P-princesa Gisele. Esto…

—¿Le gusta? —Me siento en mi silla y dejo que la pregunta cuelgue en el aire durante un momento antes de señalar con la mano el banquete de pretzels marrón claro y *pumpernickel*, los abanicos de queso cortado, los cuencos con compota de manzana especiada y mostaza dulce—. Su desayuno, quiero decir.

Emeric se me queda mirando un poco demasiado, procesando el rubí, la bata, el camisón *debajo* de la bata, hasta que al fin se controla. Medio se sienta y medio se derrumba en la silla, luego rebusca en la chaqueta que le queda grande y saca un cuaderno pequeño y un carboncillo con un esfuerzo sobrehumano; el envoltorio de papel del carbón cruje bajo sus dedos temblorosos.

—Esto… eh… Es muy amable, *prinzessin*. Si no le importa, me gustaría…

Le interrumpe un golpe en la puerta.

—Adelante —digo.

Emeric se aclara la garganta.

—Me gustaría…

La puerta del salón se abre para dejar paso a un hombre que carga con un plato caliente con unas longanizas largas, gordas y *muy* sugerentes. Se bambolean escandalosamente cuando deja el plato entre Emeric y yo.

—Sus *rohtwurst*, señora.

—*Divinas.* —Estiro el brazo para atravesar una con el tenedor.

A Emeric se le cae el palito de carbón.

Agito la *rohtwurst* en su dirección; la crujiente piel crepita por la grasa de cerdo.

—Uno de los platos favoritos en Sovabin. Me recuerda a mi hogar.

—Entiendo. —A Emeric le falla la voz. De una forma llamativa.

Esta es la parte en la que debo admitir que no tengo ni idea sobre qué hacer con la… *rohtwurst personal* de alguien. O sea, he oído cotilleos y chistes verdes, y Joniza me explicó la mecánica cuando tuve una edad apropiada. Hasta diría que la idea me atrae en cierto modo, al menos con la persona adecuada. Pero mis prioridades son diferentes y aparecieron antes que mi interés en, bueno, las *rohtwurst*; y esas prioridades son lo primero.

Y esto significa que no estoy del todo segura sobre qué mensaje está a punto de mandar Gisele al pobre prefecto júnior Emeric Conrad esta mañana, pero sé que se le han enrojecido mucho las orejas y parece tanto fascinado como muy, muy preocupado cuando deposito la longaniza entre la compota de manzana y el pretzel en mi plato.

—¿Qué decía, *meister* Emeric? —pregunto en un tono inocente. Parto un trozo de pretzel y me lo meto en la boca.

Está mirando de nuevo el rubí. Eiswald dijo algo sobre el precio de ser deseada; quizá la maldición atraiga la avaricia de la gente, igual que las perlas atraen el deseo.

Emeric fija la mirada en la mesa con una cantidad admirable de determinación.

—Me gustaría tomar notas mientras hablamos. Y llámeme prefecto júnior Conrad, por favor. Aún no me han ordenado.

Mastico despacio, trago y sonrío.

—Entiendo.

Agacha la cabeza, abre el cuaderno y pasa algunas páginas.

—Eh. Empecemos por...

—No está comiendo —me quejo con un mohín.

Emeric me mira parpadeando por encima de las gafas y luego unta mantequilla en un trozo de *pumpernickel* para complacerme.

—¿P-podríamos empezar confirmando algunos hechos básicos, por favor? Mi superior, el prefecto Klemens, no es muy versado en las... —se le escurre un poco el cuchillo— relaciones de Bóern.

—Adelante.

El pulcro cabello negro le cae sobre la frente mientras observa con el ceño fruncido su cuaderno. Me hace gracia ver que se saltó el desayuno en la casa de los Von Eisendorf, pero no eludió su aseo personal antes de partir.

—Hace poco más de un año, el *markgraf* von Reigenbach viajó a Sovabin para pedir su mano en matrimonio, ¿correcto?

No. Poco más y asaltó el castillo Falbirg. Lo hizo del mismo modo que los nobles almánicos se roban cosas entre sí: mencionó que todas las rutas de sal en la parte meridional del imperio pasaban (a propósito) por Minkja. Obsequió a los padres de Gisele, el príncipe y la dama Von Falbirg, con historias sobre sus grandes ejércitos en la frontera y sobre cómo a veces *tenían* que cerrar todas las rutas de comercio que iban a Sovabin *por seguridad*. Esbozó su sonrisa de lobo y dijo que una joya como Gisele debía ser lucida en una corona.

Y luego *pidió* su mano en matrimonio.

—Correcto —respondo.

Otra mirada hacia mí, que se aparta enseguida.

—Poco después, vino a Minkja con... —Comprueba sus notas—. Tres sirvientes de Sovabin: su cocinero, Yannec Kraus; su barda, Joniza Ardîm; y su doncella personal, Vanja Schmidt. ¿Correcto?

Mi tenedor tintinea con torpeza en el plato.

Esta es la segunda vez que he oído mi nombre en boca de un desconocido en las últimas doce horas. No me gusta. Es la diferencia entre entrar aquí con las perlas de Gisele y una bata y que alguien me pille (a mi yo de verdad) en el baño.

Me recupero bastante rápido.

—No exactamente. Yannec dejó mi servicio cuando llegamos. Joniza vino a Minkja después y decidió buscar otras oportunidades. A ambos les deseo mucha suerte.

Sonrío con benevolencia, como si *no* hubiera tirado el cuerpo de Yannec en el río Yssar hace unas nueve horas.

Por cierto, así fue como terminó la noche. Revolví el despacho para hacer que pareciera un robo que acabó mal y me llevé los *gilden* de la caja fuerte junto con las joyas de los Eisendorf y el libro de cuentas de la taberna. Habría sido más fácil que Ragne se ocupara del cuerpo, pero resultó que su ayuda tenía dos limitaciones.

Una era que, al parecer, es vegetariana.

—Me hará vomitar —explicó mientras salía del callejón transformada en un oso negro con el cadáver de Yannec sobre los hombros—. ¿Y si me lo como y luego me convierto en humana? ¿Tendría carne humana en mi barriga humana? *No*, eso no me gusta. Además, es un hombre apestoso.

El otro límite era más literal. Recorrimos la mitad del muelle más cercano antes de que se tambaleara y se encogiera de nuevo convertida en ardilla. Chilló hasta que le aparté a Yannec de encima.

—Las formas grandes son difíciles en luna nueva —musitó Ragne, antes de enroscarse en una bola con la cola peluda sobre la nariz y los ojos cerrados—. Buenas noches.

Fue un momento extraño, quedarme a solas en un muelle con el cadáver de uno de mis conocidos más antiguos. Despedirse de alguien que colaboró en convertirte en la persona que eres ahora es amargo; cuando esa relación dejó cicatrices, el sentimiento es mucho más amargo aún.

Dije unas cuantas palabras sobre que no era un buen hombre, pero solo me había alzado la mano una vez antes de esta noche y quizá Muerte lo felicitase por ello. Le metí un penique rojo entre los dientes para que pudiera pagar al Barquero y que hiciera avanzar su alma.

Luego lo tiré al río, al último hombre en Minkja que conocía mi nombre real, y observé cómo las aguas oscuras del Yssar se lo tragaban entero.

—¿Y Vanja Schmidt?

La voz de Emeric me trae al presente.

—Vanja se fue. —Es una mentira a medias que digo demasiado rápido—. Se despidió antes de que llegásemos aquí. Creo que Minkja no era de su agrado.

Y corto la punta de la *rohtwurst*.

Emeric empalidece mucho antes de ponerse rojo.

—V-vale, bien. ¿Sabe dónde están ahora?

—No. —Es una mentira descarada. Me llevo con delicadeza el trozo de longaniza a la boca—. Pero mi querido Adalbrecht ha satisfecho *todas* mis necesidades.

He decidido que quiero que a Emeric le falle la voz otra vez antes de que acabe con sus preguntas.

Se aclara la garganta y hojea el cuaderno con una desesperación gratificante. Tiembla, de eso no cabe duda; *creo* que hasta puede estar sudando.

—Gracias, estoy seguro de que el prefecto Klemens encontrará estos datos bastante… esclarecedores. ¿Podría hablarme sobre el robo que tuvo lugar aquí?

Puedo, pero me gustaría que estuviera distraído. Empujo el plato de *rohtwurst* hacia él.

—¡Aún no ha comido! ¿No tiene hambre?

Las longanizas se menean amenazadoras en el plato. Emeric se tira del *krebatte* sencillo y almidonado que lleva al cuello.

—Perdóneme, *prinzessin*, por supuesto. El robo, ¿podría…?

—Ah, sí. —Dejo que la bata se deslice hasta el borde del hombro y tomo otro trozo de pretzel mientras fijo la mirada en blanco a lo lejos—. Creo que fue en abril, ¿no? ¿O a finales de marzo? Di una fiesta por el equinoccio de primavera. ¿Se celebran en su ciudad las fiestas de equinoccio?

Emeric acaba de dar un gran mordisco al *pumpernickel* con mantequilla. Asiente a medias, incómodo, con una mano sobre la boca.

—Bueno, la mía fue soberbia. Podría quedarse para la boda, será un espectáculo tremendo. —Me remuevo en la silla y esbozo una sonrisa petulante mientras me enrosco un rizo en el dedo—. Pobre Sieglinde von Folkenstein. Se casó en la víspera de Todos los Dioses y me temo que su boda parecerá una verbena campesina comparada con la mía.

He ahí el truco. Todo el mundo piensa que los ladrones están desesperados y son indigentes. La futura margravina tiene todo lo que necesita y más; ¿por qué, en el nombre del Sacro Imperio, eso no podría bastarle?

—Por favor. —Emeric traga—. El... el robo.

—Eso. Un asunto terrible. —Empujo la *rohtwurst* con el tenedor, paseándola por el plato. La interpretación de Emeric de ese gesto es, o bien lasciva, o bien errónea, pero parece bastante nervioso—. Bueno, fue como los demás. Yo —deslizo la longaniza— vine aquí después de la fiesta —deslizo, pincho, deslizo— y el joyero estaba donde lo había dejado, pero totalmente vacío. —Me quedo quieta para que al menos recuerde este detalle—: Excepto por el penique rojo, claro.

—¿Y la guardia del castillo no vio nada?

Niego con la cabeza.

—Nadie ha visto al Fantasma del Penique. Eso debería saberlo.

(Han visto infinidad de veces a Marthe, a Gisele y a la criada sin nombre número treinta y siete, pero eso Emeric no lo sabrá por mí. Ni por nadie, seguramente).

Se reclina en la silla y juguetea con el *krebatte*, frunciendo el ceño.

—¿Vio algo raro esa noche? ¿A alguna persona sin invitación o a algún sirviente malhumorado?

—¿*Malhumorado*? —pregunto, incrédula. Me sorprende mi propio brote de molestia. Los dioses supremos no permitan que una criada parezca descontenta con su suerte mientras vacía el quinto orinal del día.

Luego me controlo. Gisele, por supuesto, lo entenderá de un modo distinto. Fuerzo una carcajada.

—Qué gracioso, prefecto Conr... prefecto *júnior* Conrad, perdóneme. ¡Mis criados nunca me han dirigido ni una mala palabra! —Parto el último trozo de pretzel por la mitad y le guiño el ojo a Emeric—. No, no recuerdo nada fuera de lo normal sobre esa noche. Ezbeta von Eisendorf estaba bastante borracha, pero eso no es nada insólito.

Emeric raspa con la cuchara la compota de manzana.

—¿Y se acuerda de la fiesta de los Von Hirsching?

Me contengo para no poner los ojos en blanco. Cualquiera pensaría que un prefecto júnior haría un mínimo de investigación.

—Los Von Hirsching... Ah, ¿su fiestecita de jardín en verano? Me temo que no me sentía bien y no pude asistir.

Habría sido muy sospechoso que Gisele hubiera estado presente en la escena de *cada* robo, claro. La mansión Hirsching está tan cerca de Minkja que pude haber tomado prestado un caballo «para ir a hacerle un recado a mi pobre señora, que está enferma» y regresar antes del anochecer con los contenidos del tocador de Irmgard von Hirsching.

—Qué lástima —murmura Emeric para sí, con pinta de resignado—. ¿Sabe de alguien que pudiera guardarle rencor a usted o a cualquiera de las otras familias?

Si le hubiera preguntado a Vanja la doncella, le habría dicho que esas familias fomentan el rencor en sus criados y en sus súbditos, y en cualquiera a quien consideren inferior, que es la mayoría de Bóern. Le habría dicho que es culpa suya por tratarnos como si fuéramos invisibles, excepto cuando nos tratan como juguetes.

Le podría haber dicho de dónde vienen las cicatrices de mi espalda: Irmgard von Hirsching las puso ahí solo porque *se aburría*.

Pero la dulce y vanidosa Gisele vive en un mundo donde solo un ser malvado le guardaría rencor. Y Vanja... Vanja, para Emeric, se ha ido.

Y por eso digo:

—No.

Y entonces clavo el tenedor en la *rohtwurst*, la alzo entera y doy un mordisco generoso y feroz a la punta mientras miro al prefecto júnior Emeric Conrad a los ojos y la grasa me pringa la barbilla.

—Ah —dice, muy débilmente.

Luego busca la taza de café con demasiado entusiasmo y la vuelca.

Me sorprende oírle blasfemar cuando los dos nos ponemos de pie. Llamo a Trudl y luego apoyo una mano en la mejilla, ojiplática y conmocionada.

—Menuda *lengua* tiene usted para ser un representante de los tribunales celestiales.

—Perdóneme —repite, secando el café del cuaderno mientras Trudl entra para limpiar el estropicio—. No ha sido apropiado. Tengo una pregunta más, *prinzessin*, y luego ya no la molestaré.

—No es ninguna molestia. —Dejo que la bata se escurra un poco más para ver si puedo hacer que se le caiga el cuaderno.

Por desgracia, solo lo busca un poco a tientas.

—¿Por casualidad aún conserva el penique?

Ladeo la cabeza.

—¿El penique?

Podría ser mi imaginación, pero juraría que el polvo de carbón de la mala suerte centellea en el aire.

—El penique rojo que dejó el ladrón. —Emeric se guarda la barra de cabrón detrás de una oreja y limpia las hojas del cuaderno con una servilleta—. El prefecto Klemens tiene un catalejo especial que está hechizado para utilizar los principios de la posesión seglar y que podamos reconstruir la secuencia de... Eh. Quiero decir, que podrá llevarnos directamente al Fantasma del Penique.

—¿Qué? —Seguro que lo he oído mal.

—En términos más sencillos, está encantado para revelar la cadena de propietarios del objeto. Podemos usarlo para encontrar al anterior propietario del penique, que sería el *Pfennigeist*.

—Ah —me toca decir, también débilmente. Y hago lo que se me da mejor: mentir—. Lo siento, se lo di al *kobold* del castillo en el solsticio. Da buena suerte, ¿sabe?

No cabe duda: la mala suerte se acumula entre nosotros.

—Qué lástima —suspira Emeric de nuevo—. Solo tengo el penique de los Eisendorf.

—¿Necesita más de uno? —pregunto, intentando hacer pasar mi esperanza por curiosidad—. Podría preguntar a las otras víctimas.

Emeric me mira y luego cierra el cuaderno con un golpe definitivo.

—No. Esperaba cotejarlo con otro para estar seguro, pero con uno basta. Debo irme. Muchas gracias por el desayuno.

—Buena suerte. —Señalo distraída la puerta y Emeric sigue a Trudl hasta la salida.

Y se marchan a buena hora, porque noto una punzada aguda y rápida de dolor en la barriga. Se me escapa un grito ahogado. Al tocar donde duele, percibo algo pequeño, suave y duro.

Vuelvo trastabillando al dormitorio, cierro la puerta y alzo el camisón. Una perla del tamaño de la uña del pulgar ha aparecido en el ombligo.

—Uf.

De algún modo, es peor que haya crecido ahí. Suelto el camisón y me siento en la chimenea, apoyando la cabeza entre las rodillas.

Pensaba que tenía un plan más o menos definido: romper la maldición antes de la llegada del prefecto Klemens, robar una última vez antes de la boda y marcharme de la ciudad antes de que alguien pueda recuperarse de mi jugada.

Pero Fortuna ha sido bastante clara: el catalejo lo cambia todo. Si Klemens puede atraparme pocos *minutos* después de su llegada, si puede seguirme…

De no ser por la dichosa maldición, ya me habría ido. Pero si no puedo romperla lo bastante rápido, no solo para alejarme de mis madrinas, sino también de los tribunales celestiales, nunca conseguiré escapar.

CAPÍTULO 7

HILDE

—Ragne. —Estoy junto a la cabecera de la cama, con las manos en las caderas.

Vuelve a ser un gato negro y peludo que se ha tumbado sobre mi almohada con las patas bajo la barbilla. Abre un ojo carmesí y bosteza.

—¿Mmmsí?

—¿Cómo rompo la maldición de tu madre?

Ragne se estira, rodando sobre la espalda. Se le contrae una pata.

—Ya te lo dijo. Enmienda lo que has robado.

—Pero ¿qué *significa* eso?

—Significa que enmiendes lo que has robado.

Suelto una especie de gruñido enfadado y le quito la almohada.

—¿Podrías *intentar* no ser una inútil de remate?

—Ya fui útil anoche y ahora estoy cansada —dice Ragne, molesta, antes de enroscarse—. Y eres mala, así que no quiero ayudarte. Buenas noches.

Entierra la cara en la cola y cierra los ojos.

Yo entierro mi propia cara en la almohada para ahogar un grito frustrado. Luego escupo y me saco un pelo de gato de la boca otra vez. Al parecer no hay ninguna almohada segura.

Enmienda lo que has robado.

La respuesta obvia es Gisele. La *peor* respuesta es Gisele.

Sé que al final llegó a Minkja. Hasta ha venido al castillo por lo menos dos veces, abriéndose paso entre los mendigos que se apiñan en la puerta de la cocina para pedir sobras. La primera vez oí a dos pinches reírse sobre la loca que afirmaba que era la auténtica princesa.

La segunda vez que vino a mi castillo, la seguí. No fue difícil: nadie me ve de verdad sin las perlas.

Me dije que era para asegurarme de que al menos había conseguido encontrar un techo en el que refugiarse. Al fin y al cabo, antes fuimos amigas, o lo más cercano que se puede ser amiga de alguien que te puede azotar como a un perro por capricho.

Pero una parte de mí disfrutó del temblor de sus hombros mientras cruzaba el viaducto hacia el destartalado distrito Hoenring. Esa parte de mí se alegraba de cada moco reluciente en su rostro manchado de lágrimas, de cada desgarrón en su vestido harapiento y demasiado pequeño, de cada tropiezo mientras *ella* debía apartarse del camino de otra persona, por una vez en su vida.

Y casi todo mi ser se alegró al verla entrar en una pensión achatada y desvencijada. Quería que supiera lo que se siente al dormir en paja podrida, al tener solo un vestido raído y apestoso a su nombre, al vivir a merced de un mundo al que no le importas una mierda. Quería que conociera mi mundo del mismo modo que yo conocía el suyo.

Era egoísta. Feo. Y cierto.

La dejé en el Hoenring y no la he visto desde entonces.

No hay ninguna garantía de que necesite a Gisele para romper la maldición. Eiswald no dijo que debía *devolver* lo que robé, solo que debía enmendarlo. Pero no tengo tiempo para reflexionar sobre las posibilidades. Lo mejor será descartarla y seguir adelante.

Me pongo a toda prisa un vestido sencillo de terciopelo pesado de color gris paloma y me arreglo el pelo en una cascada elegante de rizos. Dejo la lágrima de rubí expuesta, porque una venda en la cara de la *prinzessin* generaría más cotilleos que el rumor de un accesorio hortera. Entre eso y las perlas, todo el atuendo es de los que se ponen los ricos cuando se mezclan con los plebeyos: lo bastante sencillo para fingir humildad, lo bastante caro para recordar a todo el mundo quién regresará luego a un castillo.

También guardo el libro de cuentas de Yannec en el tocador. En cuanto avance con la maldición, veré si puedo averiguar quién compraba las joyas robadas y luego le llevaré el botín de los Eisendorf yo misma.

Dejo a Ragne dormida en la cama y salgo de mis aposentos en el ala que da al río. Si la pillan, será su problema.

Los pasillos están en silencio, un tipo de quietud estéril. Se me acelera el pulso cuando me doy cuenta del motivo: el margrave debe estar cerca.

Verás, Adalbrecht von Reigenbach no entra en un castillo. Hace un desembarco. La gente envía avisos cuando lo ven llegar por el horizonte y no sabes por qué el mundo, de repente, parece tan silencioso hasta que te das cuenta de que cualquier criatura con dos dedos de frente ha ido a esconderse.

Yo no puedo esconderme de él en su propio castillo. Por suerte, tengo que salir de todas formas.

—Preparad mi carruaje —les ordeno a los guardias de turno cuando llego al vestíbulo—. Voy a la ciudad.

—Enseguida, *prinzessin*.

—¿A dónde? —La voz de Barthl resuena en el techo abovedado. Me giro y me lo encuentro bajando de una escalera donde había estado limpiando el polvo de unos bustos de mármol rígidos y demasiado grandes del último margrave y de su margravina en un nicho elevado. Parece tan malhumorado y ojeroso como... Bueno, como un submayordomo que se ha pasado en pie toda la noche dirigiendo legiones de criados.

Pero eso no implica que pueda meterse en mis asuntos. Ladeo la cabeza y, en un tono tan frío como la escarcha, digo:

—¿Perdona?

Barthl hace una reverencia apresurada, pero su voz transmite cierta advertencia:

—Mis más sinceras disculpas, *prinzessin*. —No sé por qué, pero dudo de que sean sinceras—. El margrave llegará en cualquier momento y será... Bueno, estoy *seguro* de que no querrá perderse su llegada.

El único motivo por el que querría estar aquí en ese momento sería para echarle una tetera de agua hirviendo sobre la cabeza.

—Por supuesto que no —miento—. Tengo asuntos urgentes que atender, pero no tardaré.

—Muy bien. —Barthl no está nada convencido—. Aunque, si el margrave llega antes que usted, ¿a dónde le digo que ha ido?

Esto es absurdo. Nadie le ha hablado a Gisele así desde que me quedé con las perlas; casi se me había olvidado lo que se siente cuando te cuestionan como *prinzessin*.

—Me temo que es confidencial.

Barthl alza la barbilla; su boca forma un gesto estricto.

—Ah. ¿Le digo entonces que es un... *asunto* con el prefecto júnior?

Eso no es un aviso, sino una amenaza manifiesta.

Adalbrecht será la primera persona en superarme en rango en el castillo Reigenbach. Y Barthl, al parecer, irá a soplarle cualquier cosa sin inmutarse.

—No —farfullo—, ya he acabado con los prefectos. Si *tanto* quieres saberlo, voy a... —*Schit*. No puedo decir precisamente que voy a buscar a la auténtica Gisele. Esta mentira debe ser impecable en temas de moralidad y practicidad—. Tengo que... —Necesito algo inocente, algo humilde, algo...

Ajá.

—Huérfanos —declaro.

—Tiene que… huérfanos —repite Barthl despacio.

—Caridad. —Lo pronuncio como quien se saca un as de la manga. Ahora puedo darle una orden y tendrá que cumplirla sin hacer más preguntas—. Prometí que entregaría en persona una donación a un orfanato necesitado. Sé bueno y tráeme tres *gilden* del tesoro.

—Como la *prinzessin* desee —dice con los dientes apretados antes de marcharse.

Jugueteo con la cinta que ata la capa y me felicito en silencio por esa genialidad. Es la excusa perfecta para buscar a Gisele en el distrito Hoenring.

El carruaje llega justo cuando Barthl regresa del tesoro con el ceño fruncido y una bolsa tintineante. A juzgar por su tamaño, ha sacado peniques blancos; diez hacen un *gelt*. Y a juzgar por su peso cuando me lo entrega, faltan unos buenos cinco peniques. Pero no hay tiempo para mandarle a que lo haga de nuevo.

—Muchas gracias —digo con firmeza. Salgo antes de que pueda seguir interrogándome.

El lacayo abre la puerta de mi carruaje.

—¿A dónde, *prinzessin*?

—Al Hoenring. Búscame huérfanos —ordeno, casi saltando dentro del carruaje—. Llévame al primer orfanato que veas.

Me acomodo en el asiento mientras el carruaje se pone en marcha; por ahora, he dejado las pieles amontonadas en el banco de enfrente. Y menudo susto me llevo cuando una vocecita me susurra al oído:

—Suenas como un *grimling*.

Ragne sale de la capucha de la capa convertida de nuevo en una ardilla negra y luego se lanza al montón de pieles. Un segundo más tarde, su pálido rostro humano aparece a través de una maraña de pelo de cuervo que le llega por la barbilla. Y quiero decir que es pelo de cuervo *literalmente*, porque la mitad parece hecha de plumas. Las pupilas verticales le atraviesan el rojo de sus iris.

—Pues tú *pareces* un *grimling* —replico, aún con el corazón a mil por hora. Corro las cortinas de las ventanillas antes de que alguien la vea conmigo.

—Pero tú eres la que va cazando huérfanos. —Se ríe mientras recoloca las pieles sobre sí misma; saca las piernas desnudas y luego mueve las manos con los dedos arqueados como garras—. ¡Grr! ¡Arg! ¡Traedme niños para que me los coma!

—Yo… Es complicado —resoplo—. Veo que has decidido ser de utilidad.

Ragne se encoge de hombros.

—Sé lo mismo que tú y nada más. Y sé que debo vigilarte. ¿Qué fue lo que robaste a los huérfanos que ahora debes enmendarlo?

—Nada. Busco a la auténtica Gisele.

—¿Es una huérfana?

—No. —Veo que Ragne frunce el ceño, así que añado—: A lo mejor vive cerca de un orfanato. Es una excusa para buscarla sin que la gente sepa que no soy… la auténtica princesa.

—¿Qué le robaste a la auténtica Gisele?

—Todo —digo, con los labios apretados.

—¿Y se lo vas a devolver?

—Es complicado —gruño de nuevo, con la nariz arrugada—. No sé si eso romperá la maldición y, si no lo hace o si sale mal, estar encerrada en un calabozo complicará mucho la tarea de enmendar lo que robé.

—¿Te meterán en la cárcel por devolvérselo? —Ragne frunce el ceño.

—Gisele estará enfadada conmigo. Y si le devuelvo —señalo el carruaje— todo esto, tendrá el poder de hacerme daño. ¿Lo entiendes?

Ragne me dedica una sonrisa radiante con todos sus dientes, demasiado afilados para ser humanos.

—¡No! No lo entiendo.

Pongo los ojos en blanco.

—No te marees pensándolo demasiado. En cualquier caso, cuando salga, puedes quedarte en el carruaje o venir conmigo, pero hazte pequeña para que no te vean. Dime que eso lo entiendes por lo menos, *por favor*.

Se tumba de lado sobre el asiento sin dejar de sonreír.

—Sí. Me convertiré de nuevo en ardilla.

Eso no merece una respuesta, así que me pongo a contar los peniques blancos. Tenía razón, Barthl se ha quedado corto por cinco. Por otra parte, dividir los *gilden* en peniques significa que puedo estirarlos si lo necesito. Y si reparto mucha «caridad», quizá me venga bien para la maldición. Y haré las visitas que haga falta hasta encontrar a Gisele.

Percibo una familiaridad terrible en las monedas de plata mientras las deslizo entre mis dedos.

Me duele la mandíbula. Al cabo de un momento, miro a Ragne, que está ocupada apretando los pies descalzos contra el techo del carruaje.

—Bueno… ¿eres la sirvienta de Eiswald?

Me mira con tanto desconcierto como mira todo lo demás.

—No. Soy su hija. Madre vio a un hombre humano al que quería, en su bosque, y él también la quería y me hicieron y he vivido con ella desde entonces. Puedo hablarte del bosque, que está lleno de criaturas preciosas y huesos…

—¿No te dijo que debías servirla? —la interrumpo—. ¿Al cumplir trece años? ¿Ni te hizo elegir entre tu padre y ella?

Ragne baja las piernas al suelo y se sienta bien recta.

—¿Por qué iba a ser tan cruel?

No tengo respuesta para eso. Esperaba que ella sí.

El carruaje reduce la velocidad; Ragne se encoge en ardilla y va corriendo hacia la capucha cuando aparto las cortinas. Hemos cruzado el Muro Alto y estamos en Hoenring, donde las casas son más pequeñas, las carreteras más estrechas y los rostros más duros de forma unilateral. La cosa no está tan mal aquí como en el distrito meridional de Sumpfling, que se pasa la mayor parte de la primavera al menos a tres centímetros bajo el agua, pero la vida es más complicada entre el Muro Alto y el Bajo.

Paramos delante de un edificio de madera humilde con un cartel que reza *Gänslinghaus*; la palabra está rodeada de lo que pretendían ser margaritas, si el pintor responsable estuviera borracho y con los ojos tapados. Hay una caja de donaciones descuidada junto a la entrada; la tapa está cubierta por la mugre delatora e intacta de la carretera y la escarcha de esta mañana. Algo en la casa provoca un ligero eco en mi memora, pero, al bajar del carruaje, no puedo situarlo.

Una cara redonda aparece en la ventana, apretando la nariz contra el cristal.

—¡Tía Umayya! —Aunque no pudiera ver cómo se mueve la boca de la niña, la puedo oír perfectamente—. ¡Hay una princesa fuera!

Enseguida aparecen cinco rostros más en las ventanas, empujándose para ver mejor. Se oye el murmullo de una voz más grave que les regaña antes de que la puerta se abra. Sale una mujer ataviada con un vestido de lana descolorida que parece conservar más manchas que el color, a diferencia del precioso chal magrebí de color índigo que le envuelve los hombros. Parece tener unos cuarenta años; se recoge el cabello oscuro entrecano en una trenza práctica y la sonrisa en su rostro dorado y cubierto de arrugas explica la facilidad que tiene con los niños.

—¡Ah, no era una broma! —La mujer inclina la cabeza enseguida, toda profesional—. Soy Umayya. ¿En qué puedo ayudarla, *prinzessin*?

Aquí es cuando me doy cuenta de que no he pensado demasiado en cómo proceder, más allá de «encontrar a Gisele».

—Eh —digo, con mucho, *mucho* ingenio.

Justo en ese momento, un niño de unos nueve años sale empujando a Umayya. Echa a correr por la carretera gritando:

—¡Voy a comprar bollos de pasas!

—¡JOSEF! —A Umayya le cambia el semblante. Va tras él, pero entonces se gira hacia mí—. Lo siento mucho, su otra cuidadora no está y… ¡no deje que quemen nada!

Se marcha antes de que pueda protestar. La puerta se llena enseguida de una decena de niños por lo menos; todos me miran como si no hubieran decidido si soy una bruja malvada o un hada madrina. El mayor es un niño que no parece tener más de doce años y acuna a la más pequeña, de un año, sobre la cadera. Muchos parecen proceder de Almandy, Bourgienne y otras tierras intermedias, pero algunos tienen el cabello rubio, casi blanco como la nieve, del Norte Profundo; los rasgos oscuros sahalíes como Joniza e incluso el pelo negro y las mejillas ámbar de los ghareses.

—¿Eres una princesa de verdad? —pregunta una niña.

—Eh… Es complicado. —Miro en la dirección hacia la que se ha marchado Umayya, pero no la veo y la puerta sigue abierta, por donde se escapa todo el calor.

—Voy a entrar —les digo a los guardias.

—Princesa Gisele, ¿es seguro?

Le lanzo una mirada al hombre cargada de desdén.

—¿Acaso esperamos una emboscada de una niña de dos años?

No aguardo su respuesta: entro y cierro la puerta a mis espaldas.

El interior está tan destartalado como el exterior. Veo un retrete oculto tras una cortina, una cocina sencilla y una escalera que conduce a la otra planta. Hay unos cuantos juguetes y libros solitarios desperdigados por la habitación, junto con una baraja de cartas, y puedo oler los restos del desayuno en la larga mesa de la esquina, pero en este espacio hay al menos el doble de niños de los que deberían.

Y todos me miran con expectación.

—Bueno... —Me restriego la cara con la mano—. ¿Vivís... aquí?

—Sí —responde uno.

Otro silencio prolongado. *No se me dan bien los niños.*

—¿Os gusta...? —Me rompo la cabeza pensando en algo con lo que llenar el aire—. ¿Os gusta vivir en Minkja?

Un chico sahalí asiente con solemnidad.

—Me gusta la nieve.

Silencio.

—Genial... genial. —Miro alrededor y encuentro una silla en la que sentarme. Todos me siguen observando. Se me ocurre una idea y pesco a Ragne de la capucha, donde había empezado a roncar—. ¿Queréis conocer a mi... ardilla?

Ragne solo rueda en mis manos y ronca más fuerte. Los niños no parecen impresionados.

La dejo en la mesa y me vuelvo a restregar la cara con las manos.

—No eres una princesa muy buena —murmura alguien, seguido de unas carcajadas.

—¿Sabéis qué? —espeto. Las risas se acallan y enseguida me siento triste. Así no voy a congraciarme con *nadie*, ni con Eiswald, ni con Adalbrecht ni con el puñado variopinto de huérfanos que juzgan todos mis movimientos.

Solo tengo que mantenerlos ocupados hasta que Umayya regrese. Luego puedo hacer mi donativo y ver si conoce a alguien en el Hoenring que encaje con la descripción de Gisele.

Bueno, si no puedo ser maja con ellos, al menos puedo ser interesante.

—¿Queréis ver un puñal?

—*¡SÍ!*

Es como romper un dique. Rodean la silla mientras saco el puñal de la bota y les muestro cómo encaja en el talón.

Resulta que la llave para abrir el corazón de un niño son las armas y las estafas con cartas. Cuando Umayya vuelve, la mitad de los huérfanos se están turnando para lanzar cuchillos a un tronco en la esquina (recuperé mi puñal y les hice usar los cuchillos de la mesa) y la otra mitad observan mientras enseño a Fabine, una chica mayor de Bourgienne, a llevar una partida de Encuentra a la Dama.

—El truco está en mover las manos sin parar —le digo a Fabine justo cuando Umayya entra, agarrando por el cuello de la camisa al fugitivo Josef—. La gente siempre busca la trampa…

—¿Les ha dejado lanzar cuchillos? —jadea Umayya cuando atraviesa la puerta—. ¿Eso es una *rata* en mi mesa?

Ragne se despierta cuando la agarro, pero por suerte se queda inerte.

—Solo es una… eh… una marioneta —miento, guardándola en el bolsillo—. Pensaba que les gustaría, pero se aburrieron.

—Y por eso están lanzando cuchillos. —Umayya sacude la cabeza e inspecciona los daños—. Ah, podría ser peor. Dentro de todo, no se los están lanzando unos a otros. *¡No os lancéis cuchillos entre vosotros!*

Al menos tres huérfanos parecen decepcionados.

—La culpa es mía por haberla dejado con ellos —suspira Umayya—. Vale, dadme los cubiertos. ¿Qué la trae al Gänslinghaus, *prinzessin*?

Le doy las cartas a Fabine y me levanto, muerta de vergüenza.

—Bueno, estoy buscando a una vieja amiga…

La puerta trasera de la cocina se abre. Una voz familiar me apuñala en las entrañas.

—Buenas noticias, tía —canturrea Joniza al entrar desde el callejón trasero, moviendo un monedero—. Es día de pago en Südbígn ¡y las entradas de las tres últimas actuaciones se agotaron!

Apenas puedo respirar cuando la veo.

Poco después de llegar a Minkja, casi me topé cara a cara con Joniza en el Obarmarkt, pero me agaché detrás de un barril de arenques justo a tiempo de que no me viera.

Luego regresé todos los días de esa semana; esperaba a que pasara y la seguía hasta un restaurante sahalí en Trader's Cross. La observé comprar bolas de masa pegajosa de plátano y guiso de cacahuete y tomárselo con un café que era más leche que café. Parecía más feliz que en el castillo Falbirg. Bastante feliz sin mí.

Al final me dolía más verla, así que dejé de ir. Pero ahora… es como si estuviéramos junto a la gran chimenea del castillo Falbirg y me estuviera enseñando cómo echar a escondidas las especias a los guisos de Yannec cuando no miraba, o como si tararease una balada alegre mientras yo practico lo de hacer aparecer flores de seda de la nada. Ahora lleva el pelo largo y negro recogido en unas trenzas finas con hilos dorados en vez de sus rizos sueltos y viste con más elegancia, pero sigue siendo ella: la única persona en la que confiaba en Sovabin.

Me ve junto a la mesa y se detiene en seco, boquiabierta.

—Tenemos una invitada —dice Umayya, tensa.

Otra figura aparece detrás de Joniza, ignorante y ataviada con una capa tan manchada y deslucida como el vestido de Umayya.

—¿En serio? ¿Quién…?

Se le cae la capucha cuando se detiene de repente. Tiene dieciséis años, es más ancha de hombros y más alta que yo; le han recogido el cabello rubio oscuro en unas trenzas tan prietas que no favorecen su semblante hosco de ninguna forma y, cuando sus ojos grises se fijan en mí, se vuelven duros como el granito.

—*Tú*. —Su voz es como una helada. La habitación se queda en silencio.

Está casi igual desde la última vez que la vi, hace más de un año, cuando la abandoné llena de rabia en un río fangoso.

—Hilde, ¿conoces a la princesa Gisele? —pregunta Umayya, perpleja.

¿Así te haces llamar ahora?

—Tenemos que hablar —digo.

Es un error. Las nubes de la mala suerte aparecen en mi campo de visión.

Gisele-Berthilde Ludwila von Falbirg me fulmina con la mirada; unas manchas rojas le cubren las mejillas.

Y entonces se abalanza hacia mí, gritando:

—¡ZORRA MALNACIDA!

Agarro la silla para interponerla entre las dos, gritando por encima de las voces que dan los niños.

—¡*Detente!* Solo quiero…

—*DEVUÉLVEMELAS, ASQUEROSA…*

Le doy unas estocadas con las patas de la silla, como un músico callejero a un oso amaestrado.

—No puedo… Para, he venido a ayudar…

—¡MENTIROSA! —Gisele me arranca la silla de las manos y la tira a un lado—. ¡Solo eres una ladronzuela horrible!

—¡No estás ESCUCHANDO! —Doy vueltas alrededor de la mesa, con Gisele pisándome los talones. La furia resuena en mi mente y habla sin invitación—. ¡*Nunca* escuchabas, solo querías —me agacho por debajo de su brazo— *usarme* —arremete contra mí sin éxito— para que limpiara *tus* destrozos!

—¡Me lo *robaste* todo! —grita, lanzándose a por mí de nuevo.

Meto de nuevo la silla en su camino.

—¿Por qué crees que estoy aquí, tonta?

—¡Tú me dirás! ¡Ya no tengo nada que puedas robarme!

Con una mirada sé todo lo que necesito saber: hay fuego en sus ojos, en sus dientes, y no se apagará con facilidad.

Tengo que salir de aquí. Me tambaleo hasta la puerta principal, pero tropiezo con el dobladillo del vestido y caigo al suelo. Gisele está sobre mí en un instante, las manos arañándome la garganta… Me va a ahogar…

No. Peor. Va a por las perlas.

Se oye un maullido tremendo. Un gato negro, *Ragne*, se mete retorciéndose debajo de los brazos de Gisele, siseando y gritando hasta que la chica se aparta. Me basta para alejarme y ponerme a duras penas de pie.

Me lanzo a por la puerta y consigo abrirla de un tirón antes de que algo me agarre por la capa y me arrastre de vuelta. Oigo que el lacayo llama a los guardias.

Y entonces dos hombres con el uniforme de los Wolfhunden entran corriendo por la puerta. Uno tira a Gisele al suelo. El otro me ayuda a levantarme.

—¿Todo bien, princesa Gisele? —gruñe.

Me agarro al marco de la puerta para recuperar el aliento.

—S-sí, gracias.

La Gisele auténtica aún me fulmina con la mirada; en sus ojos solo arde un odio rancio.

Hasta que el otro Wolfhunden habla.

—Levantarle la mano a la prometida del Lobo Dorado... Han colgado a hombres por menos. —Se golpea la porra contra la palma de la mano—. Si la dama pide piedad, nos conformaremos con el poste de los azotes.

El silencio reina de nuevo en la habitación, roto tan solo por el llanto de los niños mayores, que comprenden lo mal que puede acabar esto.

Gisele me mira, sorprendida, con un temor enfermizo en el rostro.

Nadie vive durante un año en el Hoenring sin ver la crueldad recreacional de los Wolfhunden. Sé que Gisele aún entiende el látigo como una simple observadora. No me cabe duda de que se ha dicho que, si mantiene la cabeza baja, si solo se ocupa de sus asuntos, si sigue las normas, no acabará atada a un poste.

No acabará gritando con la espalda desnuda en una agonía sangrienta ante una multitud. No acabará dividida entre el terror por el próximo azote y el ansia de que llegue y quede menos para el fin de la flagelación.

No acabará como yo.

Solo alguien a quien han educado como a una princesa podría creer que seguir las normas la protegerá.

Y ahora solo yo puedo impedirlo. Solo yo puedo detener a los perros.

Puedo hacer lo que ella *nunca* hizo, lo que no hizo todas esas veces en las que su madre había bebido demasiado hidromiel y me golpeó solo porque yo pasaba por ahí, ni cuando Irmgard mandó que me flagelaran por nada; ni siquiera una vez.

Puedo salvarla. Como ella nunca me salvó.

Y las dos sabemos que no tengo ningún motivo para hacerlo.

Para mi vergüenza, son los huérfanos llorones los que inclinan la balanza. Crecí sorteando las trampas de una nobleza que no rendía cuentas ante nadie; esos niños no necesitan aprender esas frías lecciones aún. Y que Gisele *sepa* que está a mi merced de esta forma… satisface una parte fea de mí.

—No es necesario —digo, gélida y suave como un lago glacial, incluso aunque evite la mirada de Joniza—. Dejadla en paz. No se le puede meter sentido común a palos a una criatura que se ha vuelto loca. —Deposito el monedero en el suelo—. Solo venía a dejar un donativo. Feliz Winterfast.

Y luego salgo por la puerta. No me extraña que el Gänslinghaus me resultase familiar. Cuando seguí a Gisele hace unos meses, deduje que era una pensión.

—De vuelta a mi castillo —le grito al conductor, con bastante fuerza para que me oigan desde dentro. Con énfasis en el *mi*.

Ragne me espera en el carruaje convertida en un gato negro, casi mimetizada con el montón de pieles. Mientras nos alejamos, me llevo una mano al estómago. El nudo de perla sigue ahí.

Pues claro que Gisele no es la respuesta. Nunca lo ha sido.

—Bueno, lo he intentado —musito.

—¿Ah, sí? —Ragne ladea la cabeza. La fulmino con la mirada.

—Sí. Le he dado dinero a Gisele y he tratado de hacer enmiendas, pero no ha servido para nada. —Me recuesto en el respaldo del asiento; examino la maldición en mi mente como un cerrojo cerrado y tanteo los resortes—. Supongo que no se trata de devolver lo que robé a la gente. Muchos se lo merecían, eso tiene sentido... Así que el siguiente paso será dar a otra gente. Iremos a buscar dinero del tesoro y lo intentaremos de nuevo.

—¿Esa era la Gisele? —pregunta Ragne al cabo de un momento.

—Sí.

—Creo que no le caes demasiado bien. —La gata bosteza y se enrosca para dormirse de nuevo.

—No —coincido.

—Aunque huele bien.

—Y el cianuro también.

Pienso en peniques blancos y en peniques rojos, y me digo que fueron las propias elecciones de Gisele las que nos han traído a las dos hasta aquí.

EL SEGUNDO CUENTO

EL PENIQUE
BLANCO Y EL
PENIQUE ROJO

Érase una vez, entre las montañas nevadas y el bosque oscuro, dos niñas que vivían en un castillo.

Una dormía en una cama suave y cálida y llevaba vestidos suaves y cálidos, y las palabras que le decían también eran suaves y cálidas. La llamaban *prinzessin*.

La otra niña dormía en el suelo frío y duro de la despensa, para mantener alejadas a las ratas. No siempre funcionaba.

Su único vestido le venía demasiado pequeño, pues quién querría comprarle uno nuevo si acabaría manchado y roto y enseguida le volvería a quedar pequeño. Las palabras que oía eran frías y duras: «friega esto, vacía aquello, qué torpe y tonta eres, que los invitados no te vean tan sucia…». Los trabajos que debía hacer eran los más duros.

A las chicas como ella las llamaban *russmagdt*, «moza de hollín», porque para eso servían: para limpiar el hollín de las cazuelas y para llevarlo encima.

En el castillo vivía una maga inteligente y hermosa que conocía hechizos y encantamientos; una noche se apiadó de la pequeña *russmagdt*. Le enseñó a la chica trucos para impresionar a los señores del castillo mediante el halago y el ingenio, y la ayudó a practicar noche tras noche, cuando las dos estaban cansadas hasta la médula.

Y, un día, una gran dama vino de visita y una sirvienta enfermó. Le dieron a la *russmagdt* un baño rudo y un uniforme limpio que le venía demasiado grande y la enviaron a sustituir a la sirvienta. Cuando la gran dama se marchó y el castillo fue recuperando la tranquilidad, le pidieron a la moza de hollín que ayudara a la *prinzessin* a acostarse.

La moza de hollín vio la mano dorada de Fortuna tendiéndose hacia ella y supo que era una oportunidad que no volvería a tener.

—Por supuesto —dijo la *russmagdt*—, pero... tiene algo en el cabello, mi señora.

Sacó una margarita de seda de detrás de la oreja de la *prinzessin*.

La madre de la princesa profirió una carcajada de asombro.

—¡Qué ingeniosa! ¿Te ha enseñado Joniza?

Tanto la madre como la hija estaban encantadas. Hacia el final de la semana, la *prinzessin* tenía una nueva doncella y la (antigua) *russmagdt* recibió un nuevo vestido limpio y un camastro de paja junto a la chimenea.

Y, durante un tiempo, eso fue suficiente.

La *prinzessin* y su doncella estaban juntas todos los días. La pequeña doncella aprendió más trucos de la maga para impresionar a los señores del castillo: a hacer el pino y volteretas, y a hacer desaparecer el cuenco de la sal. Ante la insistencia de la *prinzessin*, la doncella también aprendió a leer, a escribir y a hacer sumas.

Y entonces, por voluntad propia, empezó a prestar atención a los tutores que enviaban a dar clase a la futura princesa electora sobre historia y política y todo lo que un gobernante debería saber. La doncella aprendió sobre las personas que vivían en un castillo. Sobre las que hacían trampas para vivir en uno. Sobre quiénes robaban y por qué.

Las dos muchachas se convirtieron en amigas de una forma extraña, pues cuando estaban a solas parecían estar cortadas por el mismo patrón. Compartían secretos y sueños y chistes. Escalaban los mismos árboles, leían los mismos libros, y a veces la princesa traía a escondidas dulces de su plato para la doncella. Si encontrabas a una, la otra no debía de estar muy lejos. La dama incluso empezó a llamarlas *Rohtpfenni* y *Weysserpfenni*, el penique rojo y el penique blanco.

Pero la costura se abría cuando había alguien más con ellas, pues, aunque eran dos niñas casi de la misma edad, una había nacido para tener un castillo y la otra la llamaba *mi señora*.

Cuando tenía nueve años y pude acceder a los pisos superiores del castillo Falbirg, pensé que la dama me llamaba *penique rojo* por mi cabello cobrizo.

Recuerdo el día en que estaba limpiando el polvo de las estanterías mientras el tutor de Gisele hablaba sobre la importancia de los estándares a la hora de acuñar monedas. Recuerdo haber puesto los ojos en blanco para Gisele y haber evitado reírme cuando ella hizo una mueca tras la espalda del tutor distraído.

—Antes solo había peniques blancos —resollaba el hombre—. Completamente de plata. Pero entonces el *komte* de Kaarzstadt empezó a introducir a escondidas cobre en las monedas para que le durase más la plata, y la práctica se extendió. Y no se ponían de acuerdo sobre cuánto costaba un penique de plata cuando no era puro. El sacro emperador Bertholde, tu antepasado, declaró que cualquier rastro de cobre en una moneda la convertía en un penique rojo, que valía una quincuagésima parte de un penique blanco. Las casas de monedas se organizaron después de eso.

Recuerdo la mirada sorprendida y terrible en el rostro de Gisele. Encajaba con los sentimientos en mi pecho.

Era la primera vez que entendíamos por qué a ella la llamaban «penique blanco», y a mí, «penique rojo».

Y no sería la última.

CAPÍTULO 8

EL LOBO DORADO

Antes de que sigamos avanzando en la historia, deberías saber ciertas cosas sobre mi prometido, el *markgraf* Adalbrecht von Reigenbach de Bóern.

La primera: es todo lo que un noble del Sacro Imperio debería ser, guapo y encantador y valiente. Se ha ganado el favor de todos al expandir las fronteras de su marca (y, por tanto, las del imperio) arrancando pedazos a los reinos de Thírol y Östr al sur y hasta picoteando a Ungra en el este. Ha *mantenido* ese favor con una sonrisa fácil, una carcajada cordial y una tenaza de hierro cuando estrecha la mano a otros nobles.

La segunda: Adalbrecht sigue vivo porque no es una amenaza directa para la sacra emperatriz. Hace tiempo, a las casas nobles de Almandy les dieron a elegir: la corona o la espada. Las casas que eligieron la corona, que mantuvieron su derecho a optar al sacro trono, tuvieron que renunciar a la mayoría de sus ejércitos. Y las que optaron por la espada cedieron su derecho al sacro trono, pero, a cambio, recibieron el control de los ejércitos del imperio y de sus fronteras.

La casa Reigenbach se decantó por la espada y, por tanto, el *Kronwähler* no puede elegir a Adalbrecht para el trono imperial. La propia asamblea del *Kronwähler* es un corrillo asqueroso de políticas internas y traiciones lúdicas; está compuesto por un príncipe elector por cada uno de los linajes reales que quedan y entre trece y veintisiete delegados y cardenales, según lo bueno que haya sido el asesino de esa semana. Pero solo los siete *princepz-wahlen*, incluido el padre de Gisele, pueden ser elegidos emperadores.

Cuando Adalbrecht tenía dieciocho años, el Sacro Imperio lo envió al frente meridional a morir, como sus dos hermanos antes que él, porque la emperatriz prefería no correr riesgos.

Sin embargo, Adalbrecht se pasó cinco años haciéndose famoso: el Lobo Dorado de Bóern (es rubio y el símbolo de la casa Reigenbach es el lobo. ¿Qué puedo decir? A los soldados no se los premia por su dominio de la imaginería poética).

Sobrevivió. Su padre, no, ni tampoco la emperatriz enferma. El *Kronwähler* eligió a alguien menos sanguinario; a la nueva sacra emperatriz Frieda no le interesa entablar una disputa con alguien que nunca podría arrebatarle la corona. Desde entonces han pasado ocho años bastante tranquilos.

La tercera cosa que debes saber sobre Adalbrecht es: si has llevado las cuentas, sabrás que casi me dobla la edad. Muchos nobles no hacen caso de un romance entre el invierno y la primavera por interés político, pero a mí me educaron como a una sirvienta, no como a una princesa. Las sirvientas aprenden rápido que, cuando un hombre adulto desea a una joven a la que le dobla la edad, no es por amor, sino por hambre.

La cuarta y última cosa es lo que debes saber para sobrevivir: lo que más ansía Adalbrecht von Reigenbach es lo que no debería tener.

Por eso, cuando veo el castillo Reigenbach a través de la ventanilla, con las enormes puertas de la entrada abiertas de par en par y los carros del margrave apiñados en el camino, lo único que quiero es echar a correr.

—Quédate aquí —le digo a Ragne en voz baja. Intento no pensar en las nubes de carbón de la mala suerte que me nublan la visión.

La puerta del carruaje se abre antes de que Ragne pueda protestar. Me armo de valor, pienso en la *prinzessin*, sujeto esa carta como un escudo entre el margrave y yo... y salgo.

—*Conque aquí estás.* —La voz de contrabajo de Adalbrecht resuena en los suelos duros y atraviesa la puerta abierta; suena más dura por el silencio tan poco natural. Se acerca dando grandes zancadas, con la capa cobalto ondeando bajo un manto pesado hecho con la piel de un lobo—. Mi prometida, mi *joya*.

Cuando el Lobo Dorado vino a Sovabin, supe que no era solo porque quisiera a una prometida joven y tierna. Es la trinidad: Gisele, además de placer, también ofrece prestigio, pues es la hija de un *prinz-wahl*.

Anoche me equivoqué al pensar en que dos elementos de la trinidad me protegerían de Yannec. Nunca cometeré ese error con Adalbrecht von Reigenbach.

Criados y soldados aún recorren el vestíbulo mientras descargan los carros de Adalbrecht, pero todos parecen contener la respiración y darle espacio al margrave para que pueda avanzar. Él ocupa la mayor parte, como la cabeza y los hombros de un monumento andante que se ciernen sobre mí incluso con las perlas puestas; es demasiado grande para ser real. Su rostro pálido está esculpido con dureza, ancho e inmaculado; un rizo dorado se escapa de su corta trenza para enmarcarle la cara como una voluta de una filigrana dorada muy expresiva.

Me agarra las manos antes de que pueda esconderlas. Sus dedos parecen más pesados de lo que deberían, como grilletes cerrados. Cada respiración me cuesta más que la anterior.

Verás, Adalbrecht von Reigenbach no solo es peligroso como los demás nobles de Almandy; esa amenaza ocasional de trabajar para unas personas que valoran tu obediencia más que tu vida.

No, el peligro del Lobo Dorado es que toma lo que quiere.

Pero la *prinzessin* aún no tiene motivo para temerle. Oculto mi asco con un dulce gorgorito:

—*¡Querido!* Bienvenido a casa.

—No estabas. —Cada palabra suena como el cargo de una condena.

Doy saltitos de puntillas, la misma imagen de la futura novia atolondrada e insípida. Por dentro profiero una sarta de maldiciones que ruborizaría al portero más veterano de un burdel en Lähl (y, quizás, hasta tomaría notas para sus *meitlingen*).

—Pensé que querrías descansar después de tu largo viaje —miento—. Y, con la boda tan cerca, me pareció correcto compartir un poco de nuestra alegría con los menos afortunados.

Adalbrecht me aprieta las manos.

Aquí, con tantos testigos y con el peso del nombre de Gisele, mantiene una elegancia falsa; su rostro es paciente y apacible y las ondas suaves de su cabello rubio le envuelven la cabeza como un halo en la luz matutina.

Pero sé cómo es cuando no hay nadie presente. Sé cómo es con las chicas que no disfrutan de la protección de la sangre real.

Deduzco que será peor dentro de su propio castillo.

Incluso ahora su sonrisa se endurece como un cristal enfriándose.

—Tengo entendido que ya has compartido un poco de *alegría* con el prefecto júnior esta mañana.

Por el rabillo del ojo, percibo que Barthl se pone de repente a enderezar un tapiz. El fastidio me revolotea en el fondo de la mente. Pues *claro* que ya se ha chivado.

Pero hay una salida fácil. Ladeo la cabeza y parpadeo con esos ojos enormes y plateados que tiene Gisele.

—Claro, sí, vino a tomarme declaración sobre el robo ¡y habría sido de mala educación despacharle sin ofrecerle un desayuno! El pobre chaval está en los huesos.

Adalbrecht me acaricia los nudillos con sus pulgares llenos de callos, apretando con demasiada fuerza. Las ruedas de un carromato resuenan en el exterior.

—A lo mejor en Sovabin hacéis las cosas de un modo diferente, pero en Bóern no es apropiado para una joven dama que reciba invitados cuando no está… *vestida*. No quieres avergonzarme, ¿verdad?

Con los pulgares me aprieta el dorso de las manos, entre los huesos.

Las aparto para taparme la boca con un disgusto educado.

—Ay, vaya… ¡Qué humillación! Lo entiendo. No volverá a pasar, querido…

—Bien. —Su mirada se posa en algo por encima de mi hombro—. Ah, aquí está. Te he traído un regalo.

Dos pares de soldados aparecen detrás de mí; cada uno carga un bulto envuelto en lona casi tan grande como un hombre.

—¿Dónde los quiere, mi señor? —jadea un hombre.

—Ahí. —Adalbrecht señala los bustos de mármol de sus padres en el nicho—. Bajad eso.

A Barthl se le desencaja su largo rostro. Parece que lo único que le impide quedarse dormido de pie es un pacto profano. Aun así, protesta lo mejor que puede.

—Hay sitio en la galería este…

—Me da igual dónde los pongan. —Adalbrecht ni siquiera lo mira mientras supervisa la colocación de sus bultos. Cuando los dejan en el suelo, se acerca y saca una daga del cinturón para cortar la cuerda y la tela. El primer recubrimiento cae para revelar una estatua dorada a tamaño natural de un lobo erizado sobre las patas traseras, en pleno salto.

No puede ser *verdad*.

La segunda estatua es… otro lobo dorado. Este tiene los dientes enterrados en la garganta de una cabra peluda de granito que bala de miedo. De las heridas salen piedras de granate.

Adalbrecht me mira con expectación.

—Qué… eh… considerado —tartamudeo.

Y al fin le hace caso a Barthl.

—Quiero que estén montados en menos de una hora.

—En menos de... Pero, mi señor, no queremos estropear nada con las prisas.

Adalbrecht lo taladra con sus ojos azules y lo agarra por el hombro con una sonrisa feroz.

—Estoy *seguro* de que no quieres decepcionar a mi prometida. Al fin y al cabo, estos son regalos para ella.

Barthl pone cara de sufrir dolor de muelas.

—Por supuesto que no, mi señor.

Me reiría por lo absurdo de todo si fuera cualquier otra persona y no Adalbrecht. En vez de eso, doy una palmada.

—Son exquisitas, querido, no sé cómo agradecértelo. Pero llevas un año fuera de casa y no quiero retenerte más. Iré a repartir más caridad por Minkja mientras tú te pones cómodo.

—Mmm. —Unas fisuras aparecen en la sonrisa de cristal de Adalbrecht—. ¿Caridad de mi tesoro?

Ay, *schit*, tendría que haberlo previsto. Bueno, no me hace falta sacar mil *gilden* del tesoro, solo los suficientes para saber si mi caridad curará la maldición.

—No pensaba retirar más de cincuenta *gilden*. Nada de valor, por supuesto, solo unas cuantas monedas para los pobres y los necesitados.

—Los pobres no acostumbran necesitar nada —se queja Adalbrecht—. Necesitan menos limosnas y más patadas en... Perdóname, debo recordar que no estoy en el campamento de guerra. Un hombre se olvidará de tu dinero en cuanto se lo gaste en bebida, dados o *mietlingen*. Un acto de bondad será más significativo que cualquier moneda.

Lo dice un hombre que no da nada de todo eso.

—Barthl. Tráele a mi señora cinco *gilden* de mi tesoro. —Me da unas palmaditas en la mejilla como si fuera un perro demasiado entusiasta mientras Barthl hace una reverencia y se marcha a toda prisa—. Haz que duren. Las lacras de los pobres no se curarán con dinero, mi palomita, sino con buenas acciones.

Noto el oro de su sello inquietantemente frío contra la mejilla. Cubro su mano con la mía y me obligo a sonreír mientras, con tacto, le aparto los dedos. Parece que se fija al fin en el rubí bajo el ojo derecho y lo observa durante un rato largo, como si se preguntara si su tesoro también ha pagado por eso.

Poco a poco, su mirada empieza a hervir con algo demasiado parecido al hambre.

Le tomo la mano para distraerlo. Funciona. Adalbrecht retrocede cuando un estrépito de ruedas anuncia la llegada da otro de sus carromatos y cada nuevo centímetro entre nosotros afloja la tenaza que me rodea las costillas.

Cuando aparta la mano, el sello permanece escondido en mi palma. No parece notar su ausencia. Ni tampoco se da cuenta de que lo guardo en una manga con el puño de encaje.

Creo que lo echaré por un retrete, solo para provocarle un dolor de cabeza.

Barthl regresa al vestíbulo con otra bolsa justo cuando Adalbrecht hace un gesto a los dos soldados apostados en la puerta.

—Vosotros dos. Acompañad a mi señora en los recados que haga hoy y aseguraos de que nuestra caridad sea… —deja que la pausa cuelgue en el aire mientras se dirige hacia un pasillo— práctica.

La pequeña bolsa aterriza en mi mano vacía haciendo un *clinc*. Barthl sigue a Adalbrecht sin añadir nada más.

Me quedo un momento en el vestíbulo, apretando el cuero con el puño. Pierdo el control de la fachada de la *prinzessin*.

Lo odio. Lo odio *tantísimo*. Odio su forma de hablar, su forma de tocarme, la forma que tiene de congelar todo el castillo a su alrededor.

Odio cómo puede estar en plena luz del día, con decenas de personas rodeándonos, y aun así dejar claro que con él… estoy completamente sola.

La trinidad del deseo no me protegerá de Adalbrecht; nada lo hará, excepto yo misma.

Pero se molestó en anexionarse a Gisele de los Von Falbirg por un motivo, de eso estoy segura. Mientras lleve las perlas, creerá que me necesita con vida.

De todos modos, esta noche no me olvidaré de cerrar con llave la puerta de mi dormitorio.

Me obligo a concentrarme. Lo mejor será romper la maldición y marcharme cuanto antes. El peso de la bolsa en mi mano es prometedor... hasta que la abro y descubro que está llena de *sjilling* deslucidos de bronce (cada uno vale una quinta parte de un penique blanco) y puede que tres *gilden* en total. Barthl me ha vuelto a dar de menos.

Si Eiswald está midiendo mi castigo en monedas, esto apenas afectará a lo que debo. Lo podría fundir todo y ni así tendría suficiente para pagar por el brazo de *uno* de los siete relucientes candelabros de plata que hay en el vestíbulo.

Parpadeo.

Los candelabros brillan con el oro de la buena suerte. Fortuna vuelve a estar de buen humor. Pero ¿por qué...?

Ya lo entiendo.

Puede haber una forma mejor de usar el sello del margrave que tirarlo por un retrete. Me saldré con la mía *una sola vez*, pero valdrá la pena si eso rompe la maldición.

Además, Adalbrecht dijo que le da igual dónde pongamos la vieja decoración.

Esbozo la sonrisa más grande y vacía que tengo y me doy la vuelta para mirar a los dos soldados con la orden de vigilarme. Luego muevo la cadera para que la falda y la capa se agiten en una explosión de enaguas y doy palmadas como una niña entusiasmada.

—Oh, mi *markgraf* es el hombre más sabio del mundo, ¡a que sí! *Buenas acciones*, no monedas. Pues claro. ¿Me ayudaréis?

Lo hacen. No les pagan lo suficiente para negarse.

Cuando el carruaje parte hacia la ciudad, lleva cuatro tapices, seis estatuas de bronce, dos buenas cortinas de encaje, tres urnas de porcelana, cinco bustos de mármol (no los de los viejos Von Reigenbach, que no son ideales para viajar) y los siete candelabros enrollados en una alfombra gruesa y suave importada de Bourgienne. Sobra el espacio justo para que me siente en una esquina mientras Ragne lo escala todo como ardilla.

Básicamente me he apropiado de todo lo que había en el vestíbulo que no estuviera atornillado. Adalbrecht no tiene ningún motivo para volver allí hasta dentro de un rato, así que, cuando se lo cuenten, ya habré repartido los objetos por Minkja. Y si se enfada... No, no «y si»: *cuando* se enfade, moveré las largas pestañas de Gisele, lloraré con gracia y diré que pensaba que se refería a eso cuando dijo *buenas acciones*.

Nos dirigimos al Salzplatt, donde el ayuntamiento, el juzgado y otros edificios municipales rodean una amplia plaza de ladrillo. Una gran estatua de bronce de Kunigunde von Reigenbach, la primera *markgräfin* de Bóern, se cierne sobre una columna de mármol en medio de la plaza, desde donde vigila con atención el peso de la sal y el sellado de cajas.

Hace unos siglos, la misma Kunigunde tuvo la idea de prohibir la venta de sal en Bóern a menos que llevara el sello de Minkja, con lo que obligó a todos los mercaderes de sal a cruzar la capital de Bóern o a dar un rodeo muy caro alrededor de toda la marca. Esa maniobra, brutal y brillante, convirtió a Bóern en el territorio más poderoso del sur y mantuvo la memoria de Kunigunde con vida... en más de un sentido.

Nadie sabe si su estatua está embrujada o si un dios menor vive ahí, pero de vez en cuando la estatua golpea el mármol con su lanza con un *crac*. Luego señala a quien esté intentando engañar a los vendedores de sal en ese momento. Ahora mismo permanece inmóvil bajo el cielo gris, pero no creo que nada en la plaza escape a su atención.

Y no cabe duda de que hemos llamado la atención del resto de Salzplatt al llegar con el absurdamente lujoso carruaje Reigenbach.

Nos detenemos delante del ayuntamiento, un gran edificio de piedra caliza recubierto de chapiteles y gárgolas (aunque están echándose una siesta). Una fila de personas andrajosas y con aspecto demacrado rodea la entrada, esperando su turno para suplicar un indulto al magistrado de deudas.

La belicosidad de Adalbrecht lo vuelve popular entre la nobleza del imperio, pero exprime a gran parte de Bóern para alimentar, vestir y armar a sus batallones. El resentimiento riñe con la curiosidad en muchos de los rostros que se giran hacia el carruaje.

—Espera aquí —le ordeno de nuevo a Ragne. Abro la puerta y veo que las perlas alrededor de mi cuello derriten el resentimiento. Unos destellos dorados aparecen sobre las cabezas de la gente, pero solo yo los veo: su suerte está a punto de cambiar de forma drástica.

—Tú —digo, señalando a una mujer ojerosa con los hombros encorvados y la ropa bien remendada de una costurera—. Mi querida mujer. ¿A quién debes dinero?

Hace una reverencia con la cabeza gacha.

—Mis disculpas, señora. Yo… me he retrasado con los impuestos, son quince peniques blancos, pero no puedo…

—Maravilloso. Ven conmigo. —Me giro hacia el resto de la fila—. De hecho, si os habéis retrasado en los impuestos o debéis dinero de algún otro modo al margrave, apartaos a un lado y esperad un momento. Los demás… —Saco un candelabro del carruaje mientras la gente se aleja de la fila y lo lanzo a uno de los deudores que no se ha movido. Por la cara que pone, vale por lo menos los ingresos de una temporada—. Feliz Winterfast. ¿Siguiente?

Los guardias intercambian una mirada de inquietud.

—Princesa Gisele —dice uno—, el margrave…

—Sí, es justo como ha dicho Adalbrecht —respondo con alegría mientras le entrego una urna de valor incalculable a un granjero atónito—. *Buenas acciones*, no dinero. Esto es muy práctico. ¿Quién quiere un tapiz?

En cuanto vacíó el carruaje, conduzco al resto de los deudores dentro del ayuntamiento y voy directa hacia la ventanilla del perplejo recepcionista.

—Hola —digo con júbilo—. Soy Gisele-Berthilde Ludwila von Falbirg, prometida del margrave Adalbrecht von Reigenbach, y necesito que redactes unos papeles por mí.

—P-por supuesto —tartamudea el recepcionista mientras busca a tientas un pergamino limpio—. ¿Qué necesita, mi señora?

—Me parece que te harán falta unas cuantas páginas. —Señalo la pequeña multitud de gente detrás de mí y luego alzo el sello de Adalbrecht—. En nombre del margrave, perdono la totalidad de impuestos, multas y cualquier otra deuda municipal que deba esta gente.

Hay gritos y vítores y un estallido de caos general cuando los deudores se acercan a la ventanilla, desesperados por que sus nombres aparezcan en la lista. Hasta el magistrado sale de sus aposentos para examinar el revuelo.

Me quedo el tiempo suficiente para dictar la orden y presionar el sello de Adalbrecht en la cera. Luego empiezo a apartarme de la multitud, sonriendo con gracia y estrechando manos mientras retrocedo hacia la puerta. El ánimo es de un tipo distintivo de alegría, el del crepitar estático de un indulto milagroso, y veo lágrimas en unos cuantos ojos.

Intento *no* verlas y me pongo a toquetear los nudos de los lazos de mi capa. Hace apenas un año esa habría sido yo, llorando por un golpe de suerte tan trivial.

Y entonces, un montón familiar de lana negra y triste se interpone en mi camino. Me detengo en seco.

—Prefecto júnior. ¿Qué está usted haciendo aquí?

Emeric Conrad abre la boca, la cierra y luego se acuerda de hacer una reverencia, pero suelta un palito de carbón en el proceso.

—S-señora… eh… *Prinzessin*. Hola. Estaba hablando con el administrador de la guardia de la ciudad. Sobre, bueno, el *Pfennigeist*, claro.

—¿Le han sido de ayuda? —pregunto. Sé que no, de eso estoy *bastante* segura. La única gente que quiere ocultar lo de mis robos más que las víctimas son los Wolfhunden. No vaya a ser que a otros ladrones se les ocurra la idea de evadir sus tasas de protección.

Eso sin mencionar que, como representativos de los dioses menores, los prefectos son una de las pocas entidades que pueden investigar a la policía local, independientemente del territorio. Los Wolfhunden no van a ayudar a Emeric a buscar debajo de las piedras si saben lo que va a salir arrastrándose de ellas.

En efecto, Emeric se ajusta su *krebatte*, azorado.

—Estuvieron… dispuestos a recibir la ayuda a la orden.

Miente que da pena. Decido demostrarle cómo se hace.

—Me alegro de oírlo.

—¿Puedo preguntarle qué la trae al ayuntamiento, *prinzessin*? —Se guarda el palito de carbón en algún lugar de las profundidades de la chaqueta enorme de su uniforme. Y entonces, increíblemente, apoya una mano en uno de los postes que dividen la línea de deudores y ejecuta la tentativa más premeditada y más torpe de apoyarse de forma casual que he visto en toda mi vida.

Le dirijo una sonrisa tímida y ladeada para ver si puede caerse encima del poste.

—Bueno, nada tan *emocionante*. —El poste se bambolea—. Solo quería repartir consuelo entre mi gente. —Emeric asiente con demasiada fuerza—. Me encanta tocarles, porque es un *placer…* —Y allá va. El poste cae al suelo con un *clanc*. Emeric casi lo sigue, pero recupera el equilibrio por un pelo—. Ay, cielo santo. Bueno, será mejor que me vaya. ¡Le deseo suerte en la caza del *Pfennigeist*!

Salgo del ayuntamiento, esforzándome por contener una sonrisa. Aparte de atormentar al pobre chaval, entre las deudas perdonadas y los objetos de valor que he repartido, siento que hoy he hecho mucho bien. En total han sido unos cientos de *gilden* en caridad.

Pero cuando me llevo una mano discreta al ombligo, la presión de la perla sigue ahí. Se me cae el alma a los pies.

Esto es… es… *muy borde.*

—¿A dónde vamos ahora, princesa Gisele? —pregunta el conductor mientras bajo a toda prisa los escalones de piedra.

—Eh… dame un momento —respondo. Entro en el carruaje para dejarme llevar por el pánico.

No, nada de pánico. *Piensa.*

—¿Ha funcionado? —Ragne saca su cabeza de gata de entre las pieles.

—No. —Me muerdo la punta del pulgar. Acabo de regalar una pequeña fortuna, o no tan pequeña, para nada. Quizá no ha funcionado porque el valor total no era suficiente. O quizá porque el dinero no era mío. O quizá porque, técnicamente, no he gastado nada de dinero. O…

Hay demasiadas posibilidades. Tengo que empezar a reducirlas.

Entierro la cara en las manos y gruño.

Y luego deberé intentarlo otra vez. Y otra. Y otra.

Vamos al cercano Obarmarkt por la ribera noroccidental del Yssar, donde intento encargar mi vestido de novia a una costurera en apuros, aunque acaba echándose a llorar y rechaza el encargo porque no puede tenerlo a tiempo. Trato de encomendarle los pasteles de la boda a un pastelero. Como será un domingo, también lo rechaza, porque no podría empezar a trabajar hasta el anochecer del sábado. Y, lo que es peor, me pone una cesta de galletas de jengibre en los brazos y se niega a aceptar cualquier pago, porque mi visita ya le dará publicidad (Ragne, por lo menos, se alegra de quedarse con las galletas. Por desgracia, eso implica que tengo que verla mientras se las come, porque es como presenciar la masacre de una familia de jengibre).

Nos dirigimos al este por el Yssar y entramos en el Göttermarkt para dejar ofrendas a Eiswald. Me planteo buscar mendigos en el Untrmarkt de abajo, pero está cerca de Lähl y los islotes Stichensteg, donde puede que haya aparecido el cuerpo de Yannec. No quiero acercarme más de lo que debería.

En cambio, nos dirigimos al distrito Südbígn, situado en el recodo superior del Yssar, frente al castillo Reigenbach, donde los mercaderes ricos reparten su calderilla entre los artistas. Registro a la casa Reigenbach para patrocinar a una tropa de actores *amateur*. Encargo una obra para el banquete de boda a una compañía a punto de caer en bancarrota. Hasta reservo un cuarteto de músicos de un auditorio administrado por un monasterio local.

Desesperada, cedo y hago que nos lleven a la frontera entre el Göttermarkt y el Untrmarkt, lo máximo que me atrevo a acercarme a Lähl. Tomo la bolsa de *sjilling* y lanzo las monedas por la ventanilla a los pies de los pobres, que gritan de sorpresa y alegría.

Nada funciona. Nada parece importar.

Reparto las últimas monedas yo misma, dejando los *sjilling* en las manos del propietario de un santuario indigente. El rubí y la perla no se mueven.

—¿De vuelta al castillo, mi señora? —pregunta con timidez el conductor mientras regreso al carruaje.

Quiero apoyar la cabeza contra la puerta y no pensar en el próximo rubí o en la siguiente perla que podría estar creciéndome en este mismo momento. Es más: no quiero pensar en lo que me espera (o en quien me espera) en el castillo Reigenbach.

Pero no tengo tiempo para nada de eso. Debo descifrar esta maldición.

—De vuelta al castillo —confirmo con gravedad y subo de nuevo al carruaje.

CAPÍTULO 9

DIEZ DE CAMPANAS

Cuando regreso al castillo Reigenbach poco después del mediodía, han llenado el vestíbulo a toda prisa con muebles viejos que no encajan con el resto de la decoración. No puedo decir que lamente haber hecho trabajar más a Barthl, aunque las estatuas doradas de los lobos ahora son las piezas centrales de la estancia. Me hace sentir bien ser una espina clavada en el pulgar de Adalbrecht, aunque no haya servido de nada para quitarme el rubí de la cara.

Una nota me espera en mis aposentos. Está escrita con la letra de Adalbrecht.

La deposito en la cómoda y me dejo caer en la silla del tocador para taparme la cara con las manos.

No sé lo que quiere Eiswald de mí. No sé cómo romper esta maldición. Le he robado el sello a una de las personas más poderosas del Sacro Imperio, he desmantelado una habitación repleta de tesoros y me he ido a derrochar su dinero, pero ha dado igual. Y, en cuanto abra la carta, empezaré a pagar el precio.

Durante un rato largo, me quedo sentada y me dedico a respirar. *No te dejes llevar por el pánico* ha hecho que sobreviviera a muchas crisis, y aunque esta supera todo lo que he vivido hasta ahora, ayuda.

Piensa. Tengo unos ochocientos cincuenta *gilden*. Si la cosa se complica, puedo tomarlos y huir. No serán suficientes para la vida que querría llevar, pero es mejor que nada.

Sobre todo si esa vida solo dura hasta la luna llena.

Tengo un plan de emergencia, algo a lo que recurrir si lo pierdo todo. Y tengo unos trece días para averiguar cómo romper la maldición, así que no puedo malgastar mucho más tiempo. Me obligo a levantarme y a leer el mensaje de Adalbrecht.

Es breve y autoritario. Dice que Gisele no puede abandonar el castillo de nuevo sin su permiso. Que no puede darle nada a nadie sin preguntárselo antes a él. Que desayunará con él mañana por la mañana y pasará el resto del día con preparativos para la boda.

No menciona el sello, lo que significa que no se ha dado cuenta de que ha desaparecido o que no sabe que yo se lo robé. Decido ocultar ese dato hasta que Adalbrecht saque el tema.

Suspiro y miro el cielo plateado. Son las doce y media de la mañana, aún hay luz; con el solsticio de invierno tan cerca, solo me quedan unas cuatro horas o así antes del anochecer. Puede que Gisele esté restringida al castillo, pero Marthe no. Puedo intentar averiguar algunas respuestas con la poca luz que queda.

Siempre y cuando me mantenga lejos del Gänslinghaus, todo debería ir bien. Y, de todos modos, ser maja con los huérfanos tampoco sirvió de nada.

Ragne salta sobre la chimenea.

—¿Nada ha funcionado?

Niego con la cabeza, demasiado frustrada para hablar.

—¿Por qué no?

—Pregúntaselo a tu madre —espeto—. He ayudado a huérfanos, he intentado hacer enmiendas con Gisele, he dado dinero, pero supongo que nada de eso ha sido *suficiente*.

Ragne frunce el ceño.

—¿Por qué debería ayudar dar dinero?

—Porque la gente lo puede usar para comprar cosas y yo no... Mmm. —Mi rabia se desinfla un poco. Lo cierto es que he dado el dinero de *Adalbrecht*, no el mío. Gisele no tiene ni un penique a su nombre y nunca ha ganado uno.

No he conseguido romper la maldición como la *prinzessin*. Quizá tenga que hacerlo como el *Pfennigeist*.

Guardo las perlas, me pongo rápido el vestido de criada y voy a ponerle excusas a la mayordoma principal del castillo: Gisele se encuentra mal y permanecerá en sus aposentos el resto de la tarde, que nadie la moleste. El «estómago sensible» de Gisele es bien conocido entre los criados. He hecho cosas muy asquerosas para convencerles de que entrar mientras está enferma solo puede acabar en tragedia y en un cambio de ropa.

Luego agarro un pretzel rancio y una *wurst* seca de la cocina, me pongo un vestido sencillo y un gorro de lana en el dormitorio y meto a Ragne, transformada en ratón y roncando de nuevo, y un juego de cartas en el zurrón. Esta vez me he cubierto la lágrima de rubí no solo con gasa, sino con una pasta medicinal que no se caerá con facilidad. Si alguien pregunta, diré que Gisele me hizo probar primero un pegamento para el rubí y me dejó una quemadura.

Marcho por un pasadizo de la servidumbre en el ala que da al río y bajo por lo que parecen demasiadas escaleras. Lo cierto es que el castillo Reigenbach es tan extenso bajo tierra como por encima, con bóvedas y salones de baile tallados en los acantilados sobre los que se asienta. Los aposentos de Gisele solo están a dos pisos del río Yssar, pero cuando salgo al aire libre he bajado cerca de seis pisos.

La niebla me da en la cara, como recordatorio de por qué solo emprendo esta ruta de día. Esta salida en concreto desemboca en la base de la cascada. El río cae por un risco en forma de yunque y deja espacio para un camino estrecho detrás de la cascada helada, pero es resbaladizo e imposible de ver de noche. En esta época del año es más letal, debido a las finas capas de hielo.

Recorro el sendero y subo por la orilla contraria para salir al Göttermarkt. De día reina el caos, con las campanas y los cantos de decenas de templos resonando en ningún orden en particular y, a menudo, en conflicto; hay una hoguera encendida en el centro, donde los visitantes pueden escribir sus desgracias en trozos de papel y lanzarlos a las llamas. Los suplicantes se tambalean alrededor de diversos rituales, algunos con runas pintadas en las manos y en la cara, otros con máscaras astadas o con los ojos vendados. Entre las filas para los puestos de *sakretwaren*, los peregrinos que acuden a los altares populares y una pequeña multitud congregada alrededor de un pabellón nupcial en la Casa de los Supremos, casi no hay sitio para barrer con una escoba. En una esquina, una mujer con aspecto de cansada dirige un desfile de niños para el Winterfast.

Reina una anarquía incontrolable: el ambiente perfecto para lo que necesito.

Encuentro a un mendigo y le doy un penique blanco. Le prometo cinco más si accede a ser mi cómplice.

Unos minutos más tarde, he arrastrado una caja vacía hasta uno de los bancos de piedra del Göttermarkt. Servirá de mesa. Las cartas producen un *flip* placentero y familiar cuando pasan por mis manos y empiezo a depositarlas sobre la caja. Ragne también sale y se encarama en el banco a mi lado como un estornino curioso, negro pero con puntos blancos.

Mi cómplice mendigo se acerca con el penique blanco. Apuesta una quinta parte en una ronda de Encuentra a la Dama, justo como lo hemos hablado.

El juego comienza: pierde la primera ronda, claro, y suelta un grito de consternación. Justo como lo hemos hablado. Le ofrezco otra ronda y doblo la apuesta. Acepta y... gana. Una vez más, lo celebra en voz alta. Justo como lo hemos hablado.

Lo repetimos una y otra vez para atraer público y luego los jugadores de verdad se ponen a jugar. Ganan cuando yo lo decido, las veces justas para que regresen. Pierden cuando yo quiero, la mayor parte del tiempo. Con cuidado, guardo mis ganancias en el zurrón para que nadie vea cuántas monedas estoy amasando.

Cuando casi he ganado un *gilden*, el sol roza el horizonte. Guardo las cartas y espero a que la multitud se disperse antes de entregar todos los beneficios a mi cómplice. Acepta el dinero y se retira.

No pasa nada. El rubí y la perla ni se inmutan.

—*Agggg*. —Me encorvo y dejo caer la cabeza un momento; Ragne pía en el banco—. ¿Qué *quiere* tu madre de mí?

No tengo que hablar el idioma de los pájaros para entender que Ragne tampoco lo sabe.

Se me forma un nudo en la garganta. Intento no pensar dónde ocurrirá el siguiente estallido (¿perlas en los pulmones?, ¿un rubí en la lengua?), pero lo que llena ese vacío es la idea repentina y terrible de que, dentro de dos semanas, estaré muerta.

Estaré muerta y nadie me llorará, solo Muerte y Fortuna, por la pérdida de una sirvienta.

—¿Quién te enseñó a jugar a las cartas, *fräulein*?

He oído esa voz antes, pero no la sitúo. Alzo la mirada.

El prefecto júnior Emeric Conrad está de pie ante mí una vez más, envuelto hasta resultar absurdo en su enorme abrigo sucio y una bufanda. Tiene los brazos llenos de paquetes con el sello de la orden de los prefectos.

La *muy bien financiada* orden de los prefectos.

El cierre del cerrojo se desliza, solo un poco, con esperanza. He robado casi mil *gilden*; quizá no he notado un cambio porque solo he ganado y regalado uno.

—Una amiga —respondo, enderezándome y extendiendo las cartas sobre la caja una vez más. Este no es un trabajo para la *prinzessin* o para Marthe, sino para el *Pfennigeist*: una persona sin rostro ni nombre, porque pueden ser los que elija. Ahora mismo, necesito ser una estafadora furtiva—. ¿Le apetece jugar a Encuentra la Dama, prefecto?

Estoy bastante segura de que murmura *prefecto júnior* antes de reordenar los paquetes que lleva en brazos.

—Es posible. Tengo algunas preguntas y quizá me puedas ayudar.

El prefecto júnior Conrad, siempre sobre la pista. A lo mejor es una oportunidad para apartarle de mi rastro. Señalo uno de los barriles que los jugadores usaban a modo de silla.

Consigue que se le caigan todos los paquetes al sentarse y luego sacude la cabeza con resignación antes de amontonarlos en una pila y meter las manos en los océanos de tela de cada manga.

—Pareces ser alguien que se toma ciertas libertades con la ley, *fräulein* —dice con rigidez—. Y quizá hayas oído hablar sobre… gente que se toma otras libertades.

Me habla de un modo diferente sin las perlas. Estoy acostumbrada. Aun así, escuece cada vez. Pero el *Pfennigeist* es nada, es nadie; es una de las ventajas de ser pequeña, solo una sombra y un susurro. Nada que deje huella.

—Menuda suposición —digo, mezclando las tres cartas sobre la caja a ritmo de caracol. Desplumar al prefecto júnior mejoraría *drásticamente* mi humor—. Pero, sí, a lo mejor he oído cosas.

—¿Ha oído hablar sobre el Fantasma del Penique?

Señalo las cartas con la barbilla y bajo la voz en un susurro cómplice.

—He oído sobre diez. Diez para jugar una ronda.

Emeric se inclina hacia delante; el entusiasmo le ilumina como una vela.

—¿Diez…? Vale.

Deja un montón de cobre en la caja.

Aguardo.

—Ah. Te refieres a… —Emeric vacila un momento y entonces saca un *sjilling*—. Aquí tienes.

Sigo aguardando. Los dos sabemos que la orden tiene dinero de sobra.

El prefecto júnior cede y saca otros nueve.

—Hombre de bien —cacareo con una sonrisa perversa, la misma imagen de una estafadora turbia.

Ragne pía y salta sobre mi hombro. Les doy la vuelta a las cartas sobre la caja para que las vea: el diez de campanas, el caballo de escudos, la reina de rosas. Luego las giro de nuevo y empiezo a mezclarlas de verdad.

—Diez —repito con mi mejor voz de golfilla veterana—. No busca a un Fantasma del Penique, sino a la banda del Penique Rojo. Pero no lo sabe por mí, *ja?* —Emeric asiente, ojiplático—. Busque en Lähl, cerca de los islotes Stichensteg, una taberna llamada Diez Campanas. Hay una entrada secreta en el callejón. He oído que está señalizada por una piedra roja.

Ni una palabra de esto es cierta, pero lo mantendrá lejos de mí durante unos días. Y la verdad es que tengo que apreciar la poesía de la situación: está pagando al *Pfennigeist* por una pista falsa.

Alineo las tres cartas bocabajo. He cambiado de sitio la reina de rosas tantas veces que la habrá perdido de vista.

—¿Sabe dónde está la dama?

Emeric estira el brazo, pero se detiene; duda entre la reina y el caballo de escudos. Su mano cae sobre el caballo. Le da la vuelta y me guardo los *sjilling* en el zurrón.

—Qué lástima —gruñe—. Has sido de gran ayuda. Muchas gracias.

El sol se esconde detrás de los tejados mientras recoge los paquetes y se marcha; mi alegría se torna amarga. He ganado tiempo a un prefecto demasiado entusiasta, pero ahora tengo que volver por el camino difícil al castillo Reigenbach. El sendero helado de la cascada es demasiado traicionero en la oscuridad y no puedo cruzar la puerta de entrada con aspecto de golfilla.

Uso una parte del dinero de Emeric para comprarme una taza de *glohwein* humeante mientras espero a que llegue la noche de verdad e intento desentrañar lo que he descubierto sobre la maldición; examino ese enigma como si fuera un cerrojo, con una ganzúa tras otra, para ver si los resortes se ponen en su lugar. Ragne persigue a otros estorninos por el Göttermarkt hasta que las campanas de los templos empiezan a resonar para el oficio nocturno.

Ya hay suficiente oscuridad para que me ponga en marcha. Ragne se encarama sobre mi hombro mientras subo las escaleras del viaducto Hoenstratz, cruzo el Puente Alto hasta la base del castillo Reigenbach, salto el muro y me meto entre los arbustos del arcén cuando los guardias no miran.

Hay otro sendero aquí que conduce al mismo castillo, detrás de los barracones y los almacenes. Trudl me habló de él con un guiño obsceno (bueno, se lo contó a Marthe, antes de que decidiera que Marthe era vaga) y lo llamó «el camino de los amantes». Descubrí a qué se refería cuando la primavera caldeó tanto el ambiente para que las parejas se escabulleran de noche. De repente, todos los setos privados con vistas a la cascada del Yssar estaban… ocupados. Y hacían mucho ruido.

Sin embargo, hoy hace demasiado frío para los amantes y soy la única que sube por el sinuoso sendero de tierra. Se nivela río arriba desde la cascada. El camino rodea una esquina del depósito de hielo, pero ahí se bifurca para acercarse a la pared de piedra caliza del castillo.

El castillo Reigenbach se construyó tan cerca del río que solo hay una fina franja de tierra entre la pared y las frías aguas del Yssar, tan estrecha que los guardias no se molestan en patrullarla. Cuando llegué al castillo, le habían asignado a Gisele el ala de invitados, demasiado cerca de los aposentos de Adalbrecht para mi comodidad y demasiado lejos de cualquier ruta de escape. En menos de una semana, hice que me trasladaran al ala que da al río, a una habitación con una terraza rodeada por unos enrejados robustos de rosas. Así obtuve otra salida.

U otra entrada. Tras unos minutos de paseo por la orilla estrecha, alcanzo los enrejados y sacudo las manos. Las he mantenido en puños apretados para conservar el calor y aún están ágiles a pesar del frío. Encuentro los puntos de apoyo entre las rejas de madera y empiezo a escalar.

En momentos como este, a veces me pregunto…

No recuerdo muy bien a mis hermanos; doce son demasiados para que una niña de cuatro años se acuerde de ellos. Sé que eran alborotadores y callados y tiernos y valientes, y algunos se parecían a mi padre, un herrero, y otros se parecían a mi madre, una tejedora.

Me pregunto… Me pregunto qué pensarían de mí. ¿A mis hermanas les complacería que escalara enrejados, entrara y saliera a escondidas de un castillo y llevara trajes de las sedas más caras? ¿A mis hermanos les complacería que le robara un sello al propio Lobo Dorado y que mentir me resultara tan fácil como respirar?

¿Mi madre seguiría creyendo que traigo mala suerte?

Me pregunto si sería la misma persona si hubiera dormido en una cabaña hacinada y apestosa del mismo modo que dormía con las ratas en la despensa.

Ragne me picotea la oreja.

—Voy a buscar algo para cenar —anuncia y, un momento más tarde, un murciélago se aleja volando.

—Pensaba que eras vegetariana —refunfuño. A lo mejor los insectos no cuentan. No sé si quiero preguntárselo.

Llego a la terraza y me aúpo sobre la balaustrada. La luz de la chimenea reluce a través de los cristales de la puerta, un recordatorio de que ser amable con un *kobold* es muy útil. Me muero de ganas de gorronear algo de cena y de quedarme dormida en la habitación calentita.

Entro y estiro el brazo para encender la lámpara que hay junto al tocador...

... y algo frío se cierra alrededor de la otra muñeca.

Con la mano libre, tomo lo primero que encuentro en el tocador, pero tiran de ella para ponérmela detrás de la espalda. Oigo un *clanc* metálico. Cuando intento liberarme, me encuentro con unos grilletes implacables.

Mi captor sigue detrás de mí.

—Gritaré para que vengan los guardias —siseo—. Te...

La puerta de la terraza se cierra a mi espalda.

—No, me parece que no lo harás.

Esta vez reconozco la voz.

El prefecto júnior Emeric Conrad se detiene delante de mí, apenas una silueta contra la chimenea; la luz se refleja en las lentes redondas de sus gafas.

El polvo de carbón nos rodea. Mi suerte ha cambiado para peor.

—Si llamas a los guardias —dice con suavidad—, tendrás que explicarles por qué estás *tú* aquí, con las perlas de Gisele von Falbirg, y por qué no está aquí Gisele von Falbirg.

Luego agarra un libro de la silla del tocador y me indica por señas que me siente.

—Y ahora, *prinzessin*, tengo unas cuantas preguntas más.

CAPÍTULO 10

PILLADA

Intento no mirarlo con la boca abierta cuando Emeric se acerca a la chimenea, donde ha doblado con cuidado el uniforme demasiado grande sobre una silla, y baja el libro que lleva en las manos.

No, no es un libro cualquiera: tiene el libro de cuentas de Yannec. Lo necesito para encontrar a su comprador.

Eso significa que Emeric ha encontrado el armario secreto en el tocador. Que es también donde escondí el botín de *gilden* y las joyas de los Eisendorf. En efecto: forman un pulcro montón junto a mi silla.

Lo que significa que es *mucho* mejor en esto de lo que creía.

No es el chaval torpe a quien podía intimidar con un plato de unas salchichas concretas y evocadoras.

Parece el mismo: el pelo negro bien peinado, sin una arruga en la camisa, el *krebatte* bien dispuesto y un chaleco de lana color carbón. Pero se ha arremangado, con aire profesional, y ahora que ya no se ahoga en ese enorme abrigo, parece menos un académico desgarbado y más un… bueno, aún parece un académico desgarbado, pero con mejor postura y al menos cinco cuchillos que pueda ver.

—Puedo especular de dónde han salido estos *gilden* —dice con aspereza—, pero los dos sabemos que esas son las joyas de los

Eisendorf. Veamos… «La extracción de la propiedad con la intención de robar, por el valor de un *gilden* o más, se considerará hurto mayor y se castigará según las leyes locales». Estoy bastante seguro de que esas joyas valen más de un *gilden*. Aunque tendrás que decirme lo que les hacen a los ladrones en Bóern.

Hay un motivo por el que todas las monedas llevan una corona en un lado y una calavera en el otro. Un lado es para los grandes ladrones. Podéis adivinar qué lado es para los pequeños.

No te dejes llevar por el pánico. No te dejes llevar por el pánico. No te dejes llevar por el pánico.

Siempre hay un papel al que puedo recurrir, y es el de paleta inútil y estupefacta. Arrugo la cara y me dejo caer sobre la silla del tocador; mantengo la respiración superficial para que la sangre me suba a las mejillas.

—P-*por favor*, señor, yo no pregunto dónde va, solo soy su doncella…

—Vanja. —Está consultando su cuadernito, que aún conserva las manchas de café por los bordes—. Vanja Schmidt, ¿verdad? Ese es el apellido que usaban en el castillo Falbirg.

—Es mi prima, me consiguió el trabajo para que pudiera dar de comer a mi madre, que está enferma, *por favor*, señor…

Emeric suspira. Luego estira el brazo y me arranca el trozo de gasa de la mejilla.

La lágrima de rubí centellea con la luz del fuego.

Emeric tira la gasa a un lado deliberadamente. Y aguarda.

—*Schit* —musito al cabo de un momento.

Emeric se cruza de brazos.

—Ajá.

Me encorvo en la silla con un ceño de derrota.

—Vale, júnior. ¿Desde cuándo lo sabes?

Pregunto por dos motivos. Uno es porque parece muy pagado de sí mismo. Eso significa que está seguro de que me ha pillado y quiero saber *cómo* lo ha hecho.

El otro es porque conseguí agarrar una horquilla del tocador y creo que estoy lista para empezar a abrir los grilletes.

—Lo confirmé anoche, en la mansión Eisendorf.

Emeric regresa a la chimenea y saca una pajuela de la urna de cobre sobre la repisa.

Me mira; tengo pinta de estar bastante malhumorada y humillada. No es un artificio por completo: me avergüenza que me haya atrapado con tanta rapidez.

—Aunque, todo sea dicho, tenía la teoría desde hace una semana —prosigue, y hasta *habla* diferente; sus palabras son cortas y precisas. Acerca la pajuela al fuego. El trozo fino y largo de madera se enciende y lo lleva hasta otro candelabro, con el cuaderno de cuero debajo de un brazo—. Me tomé la libertad de visitar Sovabin primero.

—Tramposo —refunfuño.

—La dama Von Falbirg me ofreció una descripción muy clara de su hija Gisele —añade, como si no me hubiera oído, aunque sé que lo ha hecho porque pone los ojos en blanco—. Afable. —Enciende una vela—. Prefiere el aire libre a socializar. —Otra vela—. Le gustan los libros. —La tercera vela se prende y me lanza una mirada cargada de significado desde el otro lado de la habitación—. No le gusta beber.

Menudo cabrón melodramático está hecho.

—¿Has *conocido* a Adalbrecht? —le pregunto con sequedad—. Tú también te tirarías de cabeza en una bodega si te fueras a casar con eso.

Emeric alza las cejas.

—Buena observación. Sin embargo, los robos empezaron en Bóern después de la llegada de Gisele, lo que la implicaba a ella o a alguien de su séquito. La dama me habló del collar de perlas que le dio a su hija y comentó que el hechizo solo altera la apariencia de la portadora, no su personalidad. Además… estaba la cuestión de los peniques. Tenías que dejarlos, ¿verdad?

Es como un golpe en la garganta. El rubor de mi rostro es real.

—Cualquiera puede dejar un penique.

—Pero tú dejaste doce, con la corona hacia arriba, en las casas de doce familias nobles, después de que les robaras. Eso es *personal*, señorita Schmidt. Querías que se sintieran impotentes. Querías que supieran que eras tú. —Suena como si leyera una prescripción, como si fuera un insecto extraño bajo una lupa, y odio que hable con tanta frialdad de algo que nunca le he contado a nadie—. Gisele no tenía ningún motivo para resentir de ese modo a otros nobles. Pero ¿y su doncella, la que desapareció de una forma tan conveniente?

Intenta hacerme enfadar. Y funciona: es como si estuviera revolviendo tranquilamente mi armario y se acercara demasiado a las cosas feas que tengo guardadas en el fondo. ¿Cuánto le habrán contado los Von Falbirg? ¿Le habrán confiado sus motes humillantes? ¿Que obligaban a una niña a dormir con las ratas?

¿Cómo conseguí las cicatrices de la espalda?

Si permito que sus palabras me afecten, me volveré descuidada. Si el mes pasado conseguí escuchar a Irmgard von Hirsching mientras hablaba durante cinco minutos enteros sin tirarla a la fuente de una bofetada, ahora puedo mantener la cabeza fría.

—No me lo creo —miento, a sabiendas de que una negativa obstinada tiene que molestarle. Y en efecto: se le tensan los hombros—. Es muy típico intentar culpar a la criada, visto que no puedes ni andar en línea recta cerca de Gisele.

—Qué va —resopla—. Desde que nos conocimos, esperabas a un colegial nervioso y prendado de ti. Solo te mostré lo que querías ver.

—Supones mucho si crees que yo *quería* verte —farfullo. Luego alzo la voz para cubrir el chirrido de la horquilla en el cerrojo de las esposas—. Y no seas tan engreído. Me preguntaste sobre una fiesta a la que Gisele *no* fue.

—Para ver si podías sufrir otro desliz. —Ha encendido suficientes velas para que pueda percibir algo inquietante en sus ojos familiares: la emoción altanera y moderada de alguien que sabe que te saca ventaja.

Lo sé porque… porque…

Porque así me siento cada vez que dejo un penique rojo.

—Casi me tiraste el café encima cuando acusé a tus compañeros sirvientes. —Emeric regresa a la chimenea y arroja la pajuela quemada al fuego—. *Sí* que tuviste otro desliz cuando mencioné el penique de los Eisendorf. El robo no se descubrió hasta después de que «Gisele» se marchara, pero no te sorprendiste.

Un grillete suelta un chirrido al abrirse. Enseguida me dejo caer en la silla y muevo los brazos para que las cadenas se agiten y así se explique el ruido.

—Vale, *quizás* ahí me hayas pillado.

Emeric recoge el libro de cuentas de Yannec y lo guarda en el zurrón que lleva colgado a un lado mientras se acerca a mí.

—Te pillé. Y lo único que hizo falta fue hacerte creer que te atraparíamos en cuanto Klemens llegara. Te entró el pánico, justo como esperaba. Admito, sin embargo, que no predije tu gran espectáculo caritativo…

—Un momento. Lo de… lo del catalejo. ¿Eso no era cierto? —Lo miro, sintiéndome más tonta de lo que me gustaría—. ¿Klemens no…? ¿No *podéis* seguir el penique?

Emeric se encoge de hombros a unos centímetros de mí.

—Una mentira. Seguro que te suenan. Las personas se vuelven torpes cuando les entra el pánico.

—*Torpe…* —Empiezo a decir, indignada, pero él me interrumpe.

—Sí, torpe. ¿Hace falta que te recuerde quién está esposado en este momento?

—Creo que ya lo entiendo —anuncio como quien hace un descubrimiento—. Eres lo que ocurre cuando una enciclopedia le pide a una estrella fugaz que lo convierta en un niño de verdad, si esa enciclopedia fuera imbécil de remate.

—Eso no viene a cuento. —Se palpa el chaleco, saca el carbón para escribir y abre el cuaderno.

—Bueno, *fräulein*, no mentía sobre lo de tener más preguntas...

—Entonces ¿no tienes *ninguna* forma de rastrear los robos hasta mí?

Emeric me mira con el ceño fruncido y sé que esta vez le ha dolido.

—No es tan sencillo. Si lo fuera, el alguacil local podría encargarse de todo. No haría falta llamar a un prefecto como yo.

El grillete que faltaba se abre.

Suelto una carcajada de repulsión.

—Prefecto *júnior*.

Y le doy una patada en la espinilla con todas mis fuerzas.

Maldice y retrocede tambaleándose cuando me lanzo a por sus manos. Emeric está más acostumbrado a esposar a gente que a evitar dicho esposamiento, porque me resulta más fácil de lo que debería ponerle sus propios grilletes alrededor de las muñecas. Sin las perlas, le llego por la barbilla, pero es igual de fácil y ridículo hacerle tropezar con una bota estratégicamente colocada. Acaba estrellándose en la alfombra entre la chimenea y la puerta de la terraza.

Le pongo un pie sobre el pecho para que no se mueva.

—Esto es lo que hay, júnior —le digo con frialdad. Saco el collar de perlas del bolsillo y lo alzo en alto—. Si sueltas aunque sea un gritito no solicitado, chillaré como si todos los *grimling* de Bóern estuviesen entrando por la ventana. Y luego me pondré las perlas y *tú* tendrás que explicar a los guardias qué haces amenazando a Gisele von Falbirg en su propio dormitorio.

Mira la bota con una expresión de desdén.

—Esto es innecesario, señorita Schmidt.

—Seguro que les dices eso a todas las chicas. —Me inclino sobre su pecho hasta que hace una mueca de dolor—. ¿Cómo me encontraste en el Göttermarkt?

—No te estaba buscando —gruñe—. Fui a entregar un informe a la oficina de la orden de los prefectos. Te lo habría dicho si me lo hubieras preguntado, *de verdad*, no hace falta que me pises...

No aflojo el pisotón.

—Nunca me habías visto sin las perlas antes de esta tarde. ¿Cómo supiste que era yo?

—El rubí.

Sacudo la cabeza.

—Estaba tapado.

—Puedo ver la maldición —resuella Emeric—. Y las marcas de Muerte y de Fortuna en ti. Con o sin las perlas.

Me quedo inmóvil.

—¿Puedes ver la maldición?

—De Eiswald —asiente.

Durante un momento, vacilo.

Esto *enseguida* demuestra que es un error. Emeric me envuelve el otro tobillo con los grilletes y tira. Caigo al suelo. Las perlas salen volando de mi mano y ruedan fuera de mi alcance. Me estiro sobre la espalda justo cuando Emeric se abalanza sobre mí...

Y el hierro frío me aprieta la garganta. Me está inmovilizando con la cadena de los grilletes, con una mano a cada lado del cuello, y parece tanto exasperado como curiosamente incómodo.

—De verdad... preferiría no... hacer esto. —La voz le sale un tanto áspera mientras recupera el aliento y me fulmina con la mirada—. He dedicado los últimos diez años a mi formación para atrapar criminales mucho mejores que tú. Si te rindes, podemos llegar a un acuerdo.

Criminales mejores que yo. *Ladrones de más importancia*, pienso. De esos a los que no envía a la horca.

He aquí un dato sobre la gente como Emeric Conrad: no saben qué hacer cuando no son la persona más inteligente en la habitación. Se cree que ha ganado porque me ha engañado durante un día y le da igual que yo lleve un año engañando a medio Bóern.

Cree que puede atrapar a mejores criminales que yo porque nunca ha conocido a una criminal de mi categoría.

Así que parpadeo con mis grandes ojos negros y digo:

—*Poldi.*

Una bola de llamas surge de la chimenea y arremete contra Emeric como un toro.

Después de esto le deberé *muchísimo* hidromiel.

Emeric se estampa contra el suelo sin aliento. Poldi lo agarra por el cuello de la camisa.

—¿Dónde lo quiere, mi señora? —gruñe el *kobold* con una voz que estalla y cruje como madera seca echando humo.

—Fuera.

La puerta de la terraza se abre mientras me pongo en pie y me quito el polvo de encima. Saboreo las protestas que farfulla Emeric. Poldi lo arrastra fuera con un cuidado mínimo. Cierro la puerta de la terraza a mi espalda y señalo la balaustrada.

La forma de Poldi se ha solidificado en la de un hombrecito robusto y fiero otra vez, pero no se mueve como un hombre, ya que sube por el aire como si fuera una escalera y se lleva a Emeric con él. La bota del prefecto júnior solo roza la barandilla.

—He aquí mi acuerdo —le digo—. Tienes menos de un minuto antes de que Poldi te queme el collar de la camisa. Sería prudente que me contaras *todo* lo que sabes sobre la maldición de Eiswald.

—Te repito —dice Emeric con irritación— que *podrías haberlo preguntado.*

Me cruzo de brazos con una sonrisa despiadada.

—Pero entonces no tendría tu vida en mis manos y no sería divertido.

La cadena de los grilletes tintinea cuando intenta gesticular con rabia.

—Estás *muy* mal.

—Tienes —me inclino hacia delante y entorno los ojos— una caída de unos nueve metros, más o menos, antes de alcanzar el Yssar. Háblame de la maldición, júnior.

—Ya te he dicho todo lo que sé.

Le dirijo un gesto con la cabeza a Poldi. Emeric resbala un poco.

—Es la verdad —insiste—. Puedo ver que es una maldición y que procede de Eiswald…

Alzo la voz a pesar de querer mantener la calma.

—¿Y sabes algo sobre romperla? ¿O lo que Eiswald quiere de mí? ¿O *cualquier* otra cosa?

—Solo que… —Emeric se estremece—. Que te matará en la luna llena.

La media luna creciente, fina como una cuchilla, avanza poco a poco por el horizonte.

—Soy consciente —digo con gravedad—. Y por eso no tengo tiempo para malgastarlo contigo. Poldi, haz los honores.

—Espera… El margrave… —No sé lo que quería decir Emeric, pero se pierde cuando el *kobold* lo suelta.

Se oye un grito, luego un chapoteo, y el prefecto júnior Emeric Conrad es, oficialmente, un problema del río Yssar.

Echo un vistazo por encima de la balaustrada con las manos en la cadera.

—¿Crees que sabrá nadar con esos grilletes? —le pregunto a Poldi.

Poldi y yo aguardamos un momento, observando el río. Su superficie permanece inalterada.

—Pues no lo parece —sisea el *kobold*.

Dejo pasar unos segundos antes de darme la vuelta y entrar en el dormitorio.

—Je. Ya se las apañará. Con suerte, antes de llegar a la cascada. Voy a buscarte un poco de hidromiel.

SEGUNDA PARTE

LA MENTIRA DE LA PERLA

EL TERCER CUENTO

UN ANILLO

DE RUBÍES

É rase una vez una princesa que vivía en un castillo con su mejor amiga, la doncella leal. Se llevaba a la doncella cuando iba a explorar ruinas en los montes. Se llevaba a la doncella cuando iba a cazar al bosque. Se llevaba a la doncella a todas partes, incluso cuando su madre la miraba con desaprobación.

Un día, cuando la princesa y su doncella tenían casi trece años, otra joven llegó. Era la hija de un conde de los territorios del este que había ido de visita unos quince días para discutir asuntos de Estado áridos y aburridos con los padres de la princesa. La pequeña condesa era la chica más guapa que la princesa y la doncella habían visto nunca, con el cabello castaño resplandeciente, dos rosas gemelas en sus mejillas de porcelana y ojos tan azules como el corazón de un glaciar.

La pequeña condesa quería ser amiga de la princesa. Quería ser su *mejor* amiga. Su *única* amiga.

Y la pequeña condesa estaba aburrida.

Al principio, molestaba a la doncella con cosas pequeñas: la pellizcaba cuando nadie miraba, la hacía tropezar al pasar, le tiraba de las trenzas. Si la doncella protestaba, la pequeña condesa decía que había sido un accidente y que lo sentía mucho, que estaba *muy avergonzada*, y entonces se le llenaban los ojos de lágrimas y la doncella huía antes de que alguien la regañase por haber hecho llorar a la pequeña condesa.

Luego la pequeña condesa consiguió la ayuda de la princesa.

La pequeña condesa no quería leer ni escalar ni cazar, y por eso se le ocurrió un juego. Dijo que a la doncella le debía aburrir hacer lo mismo todos los días y que podían hacer más interesantes sus tareas. Y, al principio, a la princesa le pareció una buena idea, porque su amiga *sí* que tenía muchas tareas aburridas y quizás así su trabajo sería más divertido.

Empezó poco a poco: salir de repente de una esquina para asustar a la doncella. Intercambiar la lejía y la cera para la madera cuando no miraba. Luego dieron paso a la crueldad, lo que llevó el *juego* a un nuevo nivel. Una araña por el vestido. Un clavo en la escoba que arañaba la madera del suelo. Un clavo en el zapato.

Y si la doncella se enfadaba, la pequeña condesa llenaba los ojos de lágrimas y decía que solo era una broma y que no hacía falta ser tan *mala*.

Un día, la doncella se despertó y encontró a la pequeña condesa de pie junto a su jergón, riéndose y señalando las sábanas.

—¿Por eso te llaman penique *rojo*?

La doncella no la entendió hasta que le dolió el bajo vientre y vio la sangre en la paja; se dio cuenta de que le había llegado su primera sangre menstrual en el peor momento posible. Huyó al baño lo más rápido que pudo. Durante el resto del día, la pequeña condesa no dejó de llamarla *Rohtpfenni*, hasta que la doncella se vio capaz de empujarla al fuego.

Fue entonces cuando la princesa se dio cuenta de que era algo más que un juego.

La princesa les pidió a sus padres que despacharan al conde, pero no podían, por el mismo motivo por el que le habían pedido que fuera amiga de la pequeña condesa: el conde von Hirsching controlaba una ruta comercial clave que entraba y salía de Sovabin. Era una cuerda salvavidas que no se atrevían a cortar.

La princesa intentó ayudar a su doncella y le pidió a la pequeña condesa que se disculpara.

La pequeña condesa bajó la cabeza y dijo que sentía mucho si había ofendido a la doncella. Hasta se quitó un anillo de rubíes del dedo y le dijo que era un regalo para hacer las paces.

Y la pobre doncella la creyó.

Llegó la noche. Durante la cena, la pequeña condesa gritó y declaró que le faltaba el anillo de rubíes. Señaló a la doncella y la llamó «ladrona». Cuando registraron los bolsillos de la doncella, encontraron, por supuesto, el anillo.

Nunca olvidaré esa noche, cómo no dejaba de insistir a través de las lágrimas que Irmgard me había dado el anillo, que nunca les robaría, hasta que la dama Von Falbirg me dio una bofetada para que me callase. El padre de Gisele le prometió al conde von Hirsching que me castigarían.

Y Gisele… Gisele no dijo nada.

No dijo nada cuando los Von Hirsching exigieron que me azotaran por ladrona. Veinte latigazos para una chica que no tenía ni trece años.

No dijo nada cuando los guardias me ataron las manos con brusquedad a un poste de madera y me arrancaron la camisa por la espalda.

No dijo nada cuando obligaron a Yannec a darme trece latigazos sangrientos. No dijo nada cuando Joniza pidió piedad, alzando la voz por encima de mis gritos. No dijo nada cuando concedieron esa piedad y me perdonaron los últimos siete latigazos, incluso cuando el conde von Hirsching se quejó de que les había estropeado la cena.

Y cuando Gisele apareció más tarde en la cocina, donde me habían puesto bocabajo sobre una mesa dura de madera como la última cena, no dijo nada.

Yannec estaba ocupado emplatando las natillas, avergonzado, y Joniza se había ido a buscar a la bruja del seto local para que atendiera mis heridas. Joniza sabía un par de cosas sobre hierbas, pero esto la superaba. En su tierra no azotaban a los niños.

La bruja le costaría el sueldo del mes, pero no dudó en hacerlo. Lo único en lo que podía pensar en medio de la neblina de dolor era en que tendría que devolverle el dinero y no sabía cómo.

Gisele tenía los ojos húmedos y relucientes cuando entró por la puerta. Quería preguntarle por qué no había dicho nada. Por qué no había dicho que Irmgard mentía. Por qué no la había detenido.

Por qué las lágrimas de Irmgard eran más importantes que la sangre en mi espalda.

Pero conocía a Gisele. No sabía las respuestas para aquello.

Así que lo único que hizo fue entrar, dejar algo en la mesa a mi lado y salir a toda prisa, con la cara roja y conteniendo las lágrimas. Cuando giré la cabeza, vi una pincelada de plata reluciendo sobre la madera: un penique blanco.

Cerré los ojos.

Al menos serviría para pagar a la bruja.

Apreté la cara contra la madera. Cualquier cosa con tal de distraerme del ardor abrasador de los verdugones en la espalda.

—No robé el anillo —susurré, con la voz rota de llorar—. Mintió. Me dijo que era un regalo.

Yannec siseó cuando una natilla amenazó con deslizarse fuera del plato.

—Pues no vuelvas a caer en ese truco. Te voy a dar un consejo, chica. El mundo está lleno de nobles como esa. Puedes seguir sus normas todo lo que quieras, pero aun así encontrarán una forma de darte una paliza y llamarte «ladrona». Hasta la pequeña señorita Gisele. Es cuestión de tiempo.

No dije nada. Hasta ese momento, había sido suficiente.

Pensé que podría ser la doncella de Gisele, su amiga, durante el resto de nuestras vidas. Se casaría con otro noble y yo dirigiría a los criados de su nueva casa, y quizás encontrase a un mozo de cuadra guapo o algo así y seríamos como… como una familia, y eso sería suficiente.

Yannec suspiró y dejó el plato. Luego se acercó y me dio unas palmaditas en el cabello rígido por el sudor; fueron breves y rudas, más para consolarse a sí mismo que a mí.

—Lo que quiero decir es que te van a volver a azotar, *Rohtpfenni*. Eso o te van a robar, a cegar, lo que les dé la gana, aunque tú no les robes nada. Así funciona el mundo. Lo único que puedes hacer es que valga la pena. La próxima vez que te golpeen, asegúrate de que no sea por un anillo feo, sino por una bolsa llena de oro.

A medianoche, Muerte y Fortuna vinieron a verme.

Me dijeron que había cumplido trece años y que había llegado el momento de que eligiera a una por encima de la otra.

Me dijeron que una me reclamaría como criada.

No me dijeron nada de que me reclamarían como hija.

Ni dijeron nada sobre las heridas abiertas de mi espalda ni sobre cómo había *florecido* con la primera sangre menstrual ni sobre el ojo morado que me había dejado la dama Von Falbirg. A los dioses no les importan esas cosas. Ni siquiera a unas madrinas como ellas.

No quería quedarme en el castillo Falbirg. Tenía miedo de que Yannec estuviera en lo cierto, de que Gisele permitiera que me hicieran daño de nuevo, de que un día ella misma ordenara que me azotasen.

Pero lo peor era pensar en servir a Muerte y a Fortuna y esperar a que, un día, ellas blandieran el látigo.

Ni siquiera podrían darme un penique blanco después.

Así que les dije que no.

Y empecé a pensar en bolsas llenas de oro.

CAPÍTULO 11

QUITARSE UN PESO DE ENCIMA

Ragne regresa justo cuando me doy cuenta de que he cometido un error terrible.

¿Ese error es que acabo de tirar a un río gélido a otro ser humano esposado, condenándolo a morir (seguramente)? Qué va. Creo que podremos coincidir en que ese imbécil enciclopédico se lo merecía.

El error consiste en que, ahora mismo, su zurrón se está hundiendo (seguramente) hacia el fondo del río Yssar, junto con él. Y dentro de ese zurrón está el libro de cuentas de Yannec. El que necesito para encontrar a su comprador y deshacerme de las joyas de los Eisendorf.

Acabo de cruzar la puerta de la terraza cuando me doy cuenta. Ragne entra detrás de mí. Se ha convertido en una lechuza negra y, tras posarse en el cabecero de la cama, parpadea en la luz de las velas.

Regreso a toda prisa hacia la puerta.

—Ragne. Hay un chico en el Yssar y necesito su bolsa. ¿Puedes ocuparte de ello?

Ulula y se lanza hacia la noche. Me paso las manos por el desastre enredado que son mis trenzas e intento pensar.

Poldi crepita con educación y balancea las piernas en la chimenea.

—Vale. El hidromiel. —Me tapo el rubí con pasta y gasa, me escondo en los pasillos de los criados, corro hasta la cocina y vuelvo con una botella.

Cuando llego, Ragne ha regresado y es humana de nuevo. También está desnuda por completo y chorreando sobre la alfombra.

—Pero… ¿por qué? —pregunto con cansancio.

—Los humanos se secan más rápido. No tienen pelaje.

—Los humanos usan toallas. Y ropa. —Le doy la botella a Poldi—. Gracias por tu ayuda.

La agarra y desaparece por la chimenea.

—Mantendré el fuego caliente para la semidiosa.

Me giro hacia Ragne y me pongo a buscarle una toalla.

—¿Y bien?

—Me encargué de ello —dice con alegría, sacudiendo la cabeza. El agua sale disparada por doquier.

—¿Dónde está el zurrón?

—Con el chico.

Frunzo el ceño y saco una toalla limpia de una cesta.

—¿Y dónde está el chico?

—Al otro lado del río.

—¿Está…? —Me paso un dedo por la garganta. Ragne ladea la cabeza, desconcertada—. ¿Se ha ahogado? —le aclaro.

Ragne se toca su garganta.

—¿Por qué se iba a ahogar así? ¿Tiene agallas?

—¡Muerto! Eso significa muerto. Como si te cortaran el gaznate. ¿Está muerto?

—Ah. No lo entendía. —Ragne se sitúa junto al fuego—. Sigue vivo.

Le tiro la toalla.

—¿Y cómo exactamente te has *encargado de ello*?

—El chico… —responde Ragne, perpleja—. Lo empujé a la orilla y…

—¡Necesitaba esa bolsa, Ragne! —Alzo los brazos al aire—. Me daba igual lo que le pasase a él, ¡necesitaba la *bolsa*!

Noto unos pinchazos en los dedos. Maldigo y los agito, y entonces descubro una capa de rubíes minúsculos sobre los nudillos.

—Ya veo —dice Ragne. La fulmino con la mirada.

—Me caías mejor antes de que te convirtieras en una sabelotodo. —Me derrumbo en la silla junto a la chimenea y me deshago las trenzas desordenadas para peinarlas con los dedos mientras pienso.

Así que Emeric sigue vivo. El libro de cuentas de Yannec... Con suerte escribió en carbón y las páginas no se han estropeado.

A menos que Emeric lo use para desenterrar algo que pueda relacionar conmigo.

Estoy a salvo por ahora... No me sacará ventaja otra vez y, sin pruebas firmes, lo único que tiene es su palabra contra la de la prometida del margrave. Y sé cómo acabará eso. Pero aún necesito el libro de cuentas.

El infeliz prefecto júnior también me ha dejado unos recuerdos: con el forcejeo, se le cayó el cuaderno y un cuchillo; además, la chaqueta del uniforme sigue plegada sobre la silla en la que me he sentado. Me la pongo sobre el regazo para comprobar los bolsillos. Hay unos cuantos peniques rojos y *sjilling*, un pañuelo doblado con cuidado y nada más.

No puedo evitar estudiar el abrigo del mismo modo que examino los joyeros que vacío. Este me cuenta una historia inesperada: es demasiado grande para Emeric, está cubierto de cicatrices por la edad y desgarrones bien remendados; hasta tiene un par de parches gastados en los codos. Una pequeña constelación de agujeros sobre el bolsillo del pecho señala el lugar donde han quitado las insignias y las medallas y, en un fino hilo rojo, hay un nombre cosido dentro del cuello: H. KLEMENS.

O es robado, o es un regalo, o lo ha heredado. Puedo descartar la última, porque la orden de los prefectos tiene demasiado dinero para reutilizar uniformes. Y puedo descartar la primera, porque, por la impresión que tengo de Emeric hasta ahora, le sería física y emocionalmente imposible violar una ley sin gritar. Así que es un regalo. Sentimental.

Desprende un olor intenso y picante, extrañamente familiar, hasta que lo sitúo: aceite de enebro. Hace unos años, la bruja del seto echó un poco en el ungüento para los latigazos.

Una rabia antigua se enreda en las líneas de mis cicatrices. Me levanto, tiro el abrigo dentro del armario y recojo el cuaderno y el cuchillo de Emeric del suelo. Al menos puedo hacerme una idea de los trapos sucios que sabe sobre mí y podré prepararme para lo peor.

Sin embargo, cuando paso las páginas, veo que todas están en blanco, excepto por una breve inscripción al principio.

PROPIEDAD DE E. CONRAD
Si lo encuentra, entréguelo en las oficinas más cercanas de la orden de
los prefectos de los tribunales celestiales.

Bueno, al menos es optimista.

Me mordisqueo la punta del pulgar. No es una trampa: lo vi escribir en este cuaderno durante el desayuno; hasta huele a café, aunque no veo las manchas por ninguna parte. Debe de haber algún tipo de hechizo que esconda las notas. Lo llevo de vuelta a la chimenea y me siento en las piedras para aprovechar el luminoso fuego.

Es un diario muy bien hecho, sobre todo porque no hay ningún sello de encuadernador estampado en la cubierta de ante. Esa es mi primera conjetura: un encantamiento escondido en un adorno, porque la magia suele dejar huella. Tiene que estar anclada de alguna forma, del mismo modo que las perlas anclan la ilusión de la *prinzessin*. Acaricio la cubierta, las guardas, hasta las líneas de tinta de *E. CONRAD*, pero no sobresale nada.

Esto me cabrea más de lo que debería. No es *justo*. Entró en mi dormitorio, alardeando de su conocimiento intolerable sobre mis secretos; su estúpido cuaderno no tiene derecho a guardar los suyos. Y estoy muy, muy cansada de que frustren mis planes hoy.

Solo quiero que algo, una *única* cosa, salga bien.

A lo lejos, las campanas del Göttermarkt empiezan a sonar para dar la hora. Cierro los ojos y me permito estar enfadada, cansada, temporalmente derrotada, durante las campanadas. Cuando la séptima y última se acalla, respiro hondo.

Y empiezo a pensar en cómo voy a abrir esta cerradura.

La mayoría de las cerraduras suelen ser más un mecanismo de demora que otra cosa. No es que sean complejas; de los cinco o seis resortes, solo hay un par que te causarán problemas. El objetivo es que pierdas diez minutos averiguando cuáles son. Pero, cuando te escabulles entre los huecos del cambio de guardia, *tienes* que ser más tacaña con tu tiempo.

A mí esas cerraduras no me causan problemas porque soy muy rápida descubriendo cuáles son los resortes complicados. La clave está en probarlos uno a uno. Eso es lo que tengo que hacer ahora: probar un resorte tras otro en este problema.

El primero es: ¿qué tengo entre manos? ¿Una ilusión, para hacer que las páginas *parezcan* en blanco, o un encantamiento que borra el contenido de verdad?

Paso un par de páginas y luego restriego los dedos en el papel. Vuelven limpios. Hago lo mismo en otras tres páginas, sin resultado.

El primer resorte encaja en su lugar.

Emeric escribe con carboncillo. Si fuera una ilusión que hiciera que las páginas parecieran en blanco, aún me mancharían las manos de carbón. Tiene que ser un hechizo, uno que borra la escritura. Así pues, el siguiente resorte es: *¿dónde está?*

Hurgo un poco más en el cuaderno, pero no destaca nada. Hasta que alzo la mano para pasar una página y encuentro una raya fina y perfecta de gris en la palma. Cuando la froto, se limpia: *carbón*.

El segundo resorte complicado parece muy prometedor.

El hilo negro de la encuadernación atraviesa el pliegue del diario en una puntada larga y marcada. La toco con cuidado. La punta del dedo se me mancha otra vez de gris.

—¿Uh? —musito. Luego saco el cuchillo de Emeric de la funda y corto el hilo.

Es como abrir un saco de guisantes secos. Las letras se derraman de todas las puntadas que agujerean el papel y se ordenan en líneas pulcras; las fibras del hilo se vuelven blancas cuando se vacían de carbón. Las páginas crujen y se estremecen, las manchas de café florecen una vez más y unas muescas y arañazos aparecen en los márgenes. Suelto una carcajada ronca.

Quizá no haya descifrado aún la maldición de Eiswald, pero esto, al menos, puedo hacerlo.

Cuando las letras se quedan quietas, vuelvo al inicio del diario y leo a la luz del fuego. Las primeras páginas son inútiles; se remontan a principios de año, antes de que hubiera robado siquiera un pendiente. Están llenas de notas como:

Mira detrás de la estatua de santa Frieda
La viuda DEFINITIVAMENTE mentía sobre el pedido de sombreros
Escribo esto para poner nervioso al sospechoso. No le gusta, sigo escribiendo.
Voy a SUBRAYAR esto a ver si

E inmediatamente debajo:

Confesión completa.

Cabrón presumido.

Avanzo, pero el pulgar se me engancha en una grieta entre las páginas. Cae un papel doblado, uno que no estaba ahí antes de que cortara el hilo de la encuadernación. Es una carta, breve y escrita con una letra desconocida, con fecha de hace una semana.

> **Muchacho:**
>
> Creo que tienes unas pistas bastante sólidas en el caso de Minkja, pero ten en cuenta que este es importante. Aun así, será mejor hacerlo como siempre. Me reuniré contigo el día seis y lo remataremos. Recuerda: los casos se construyen, no solo se resuelven. No te basta con tener razón, hay que demostrarlo... Tienes buen ojo, pero eso no te sirve de nada si no puedes hacer que el resto vea lo mismo que tú. No descuides las pruebas.
>
> H.

Frunzo el ceño. *H.*, como en *H. Klemens*, como en *prefecto Hubert Klemens*. Adalbrecht pidió a Klemens, lo que significa que tiene un historial potente. Un prefecto notorio para encargarse de los criminales más monstruosos del Sacro Imperio.

¿Por qué un hombre como ese consideraría que una serie escueta de robos de joyas es un caso importante?

La carta ha caído de entre dos páginas y solo hay una en blanco. La otra se usó para escribir el borrador de una respuesta con un par de comienzos irregulares:

> *Hubert:*
> ~~No me digas cómo~~
> ~~Sé lo que tengo~~
> *Entendido. Yo me encargo de*

Y ahí se acaba; seguramente lo habrán interrumpido. *Sí que di en el blanco antes, cuando le dije a Emeric que no tenía pruebas.*

Las páginas posteriores están vacías. Vuelvo para atrás y veo que aparezco en las entradas del mes pasado.

PFENNIGEIST
Comenzó a principios de año, poco después del compromiso
Falbirg-Reigenbach
Solo roba a la nobleza de Bóern
Por ahora no hay señales de ninguna influencia grimling o celestial
Penique rojo como tarjeta de visita: quiere llamar la atención

Vaya, el muy… Yo *no* quiero llamar la atención.

Lo siguiente es una lista de equipaje. Me salto un trozo, con la irritación burbujeándome en la garganta, y encuentro lo que estaba buscando: las notas desde anoche hasta ahora.

La impostora lleva las marcas de Muerte y Fortuna, junto con las perlas encantadas. D. von Falbirg mintió: el hechizo no es solo para resaltar el atractivo, sino una ilusión. Por la mañana verificaré la identidad, el paradero de antiguos empleados + confirmaré a Pfennigeist.

Así que no se ha marcado un farol cuando ha dicho que lo sabía desde anoche. Las notas de esta mañana prosiguen:

Impostora intenta distraer de salchi
Distraer de todo, la verdad
Impostora ha adquirido durante la noche una maldición de Eiswald, acabará en la luna llena. ¿Relacionada con robo Eisendorf?
Confirmado: solo una criada desaparecida, Vanja, el "Penique Rojo"
Confirmado: impostora conoce el robo Eisendorf, a pesar de que se marchó antes del descubrimiento
Por ahora, no hay indicios de implicación con AvR + Nmn, Wfhdn
Confirmado: chica vista en Göttermarkt, intentó vender pista falsa; lleva la misma maldición + marcas de impostora, encaja con la descripción de V.
Confirmado: Vanja (¿Schmidt?) es la impostora

La sangre se me acumula en el rostro con cada línea. No lo había engañado ni por un momento, no hasta que le puse sus propios grilletes.

No tiene derecho a saber tanto sobre mí, y mucho menos a escribirlo. Lo odio. Odio que alguien sepa ni aunque sea una mínima parte de quién soy. Odio que ahora mismo Emeric no esté en el fondo del Yssar.

El fuego deja escapar un *pop* reivindicativo. Miro las llamas y luego bajo la vista al diario, contemplándolo con furia. Supongo que es una forma de cerciorarme de que estas notas no puedan causarme más daño.

Y, si soy sincera, quiero hacerlo. No recuerdo la última vez que me sentí a salvo de verdad, pero he pasado el último año sintiéndome lo *bastante* segura detrás de la fachada de la *prinzessin*. Se me olvidó lo profundo que puede ser el cansancio cuando vives con miedo.

Quiero vengarme de Emeric por haber resquebrajado mi seguridad. Por haberme llamado «Penique Rojo». Quiero quemar todo lo que me ha hecho daño hasta que solo queden cenizas.

Cierro el cuaderno, lo sostengo por encima del fuego.

—¿Qué vas a quemar? —pregunta Ragne, parpadeando con curiosidad. Se ha enroscado debajo de la toalla y ha extendido el cabello sobre las piedras de la chimenea para que se seque.

Esto me saca de la bruma del enfado. Tonta, tonta, *tonta*. Aparto el cuaderno.

—Nada.

Emeric dijo que había ido a Sovabin. Tengo que enterarme de lo que sabe si quiero mantener la ventaja. Si quiero mantenerme lejos de él.

Y si conoce mi mote... ¿Qué más sabe?

Me restriego la cara con una mano.

—Voy a dormir. No te subas a la cama.

—No quiero —dice Ragne. Discutiría, pero no creo que eso cambiase nada.

Cierro la puerta del dormitorio con llave. Y luego, por si acaso, cierro también la puerta de la terraza. Escondo las joyas de los Eisendorf y mi pequeño cofre de *gilden* en el armario secreto del tocador, me pongo un camisón y apago la mayoría de las velas.

Me llevo el cuaderno y el cuchillo a la cama por la misma razón: Emeric Conrad sigue con vida y querrá recuperarlos.

Dejo el cuchillo en la mesita de noche, me apoyo en las almohadas y abro el cuaderno una vez más. Tardo un par de intentos antes de encontrar las notas de Sovabin.

> *Castillo Falbirg: muchas reformas recientes. ¿Nuevos fondos? ¿AvR pagó soborno por G?*
> *Sin duda hubo extorsión, negocios en ciudad han crecido mucho desde compromiso. AvR limitaría las rutas de comercio*
> *¿Qué saca AvR de esto aparte de G?*

La siguiente frase es como un golpe en las entrañas.

> *Príncipe + dama abusan públicamente de empleados, insultos y salarios en peligro. Potencialmente violentos*

No sé por qué me sorprende tanto. Supongo… que pensé que nadie más lo veía. O que miraban para otro lado. O que, bueno, no era para tanto.

Incluso ahora puedo oír una vocecilla insistiendo: *Solo ocurría cuando se enfadaban, cuando se asustaban. Te dieron un lugar en su casa y podrías haber trabajado más duro y… y podría haber sido peor…*

Pero esa voz procede de una parte de mí que lo olvidaría todo solo por recibir una palmadita maternal en la cabeza. Y, si la escucho, me comerá viva.

Me obligo a seguir adelante.

Las siguientes líneas son más pulcras, más completas, como si Emeric hubiera puesto por escrito sus pensamientos al final del día.

Estoy casi seguro de que el Pfennigeist procede del castillo Falbirg. Recapitularé estas teorías como es debido después de interrogar a los criados, pero en resumen:

- *Presencia de peniques rojos → el culpable (¿o culpables?) quiere que las víctimas relacionen los crímenes. Quiere que se sientan impotentes*
- *Solo víctimas nobles → resentimiento hacia una clase en concreto*
- *Los V Falbirg maltratan a sus empleados y estaban desesperados por dinero hasta hace poco → personal mal pagado, su salario depende a la fuerza de los señores y esto evita que se marchen a pesar de las malas condiciones*

En general, sospecho que es probable que alguien busque venganza tras ser humillado por la nobleza y quiera devolverles ese favor. Sabe cómo manejarse en círculos aristocráticos a partir de observaciones personales y es posible que le negaran necesidades básicas de joven por lo que siente el impulso de compensarlo en exceso. Un criado de alto nivel, cercano a la familia, sujeto a un abandono prolongado cuando niño; seguramente abusaron de él.

Mis costillas se han convertido en unos grilletes de hierro, cerrados e implacables, alrededor del pecho.

Cómo… cómo *se atreve*…

Hay una lista de nombres bajo la palabra INTERROGATORIO en la siguiente página. A algunos los reconozco como criados del castillo y otros son nuevos. Hay unas cuantas notas al lado de cada uno, como *Bettinger: guardia, contratado en primavera* y *Nägele: nueva cocinera, la última perdió los estribos.* Emeric tachó cada nombre.

Luego, hacia la mitad de la lista, las notas se detienen en el nombre del ama de llaves. Ya estaba trabajando en el castillo Falbirg desde antes de que yo llegara; estaba en el salón, observando con una jarra de vino en sus manos temblorosas, la noche en la que me azotaron por causa de los Von Hirsching.

El resto de la lista está tachado con un trazo ancho y salvaje: ese fue el último interrogatorio.

En la parte inferior de la página, en una letra grande y segura, Emeric ha escrito una única palabra:

ROHTPFENNI

Cierro el diario con un golpe.

Luego enrollo el cordón de cuero todas las veces que puedo y lo meto debajo de una almohada lejana, fuera de mi vista. El corazón me late con furia, con vergüenza, y, para mi sorpresa, me escuecen los ojos.

No he llorado desde que me marché del castillo Falbirg.

Pensé que había dejado atrás a esta chica. Creé a Marthe, a la *prinzessin*, al *Pfennigeist*, para poder escapar del fantasma del espejo.

Ragne salta a la cama convertida en gato, me mira y se enrosca junto a mis rodillas sin decir nada.

Observo con belicosidad el dosel de terciopelo de la cama hasta que las lágrimas se consumen solas.

Venceré esta maldición. Me mantendré lejos de Adalbrecht. Superaré a Emeric Conrad y lo olvidaré, a él, a Gisele y *todo esto*.

Y lo haré… en los próximos trece días.

No recuerdo haberme quedado dormida.

Los sueños no tardan en encontrarme. Ni en volverse siniestros: Eiswald convirtiéndome en piedra caliza que se desmenuza con cada paso dificultoso. Gisele señalándome mientras le salen rubíes de la boca. Un lobo dorado con los ojos azul cristalino de Adalbrecht y con un cuervo en sus fauces.

El lobo, sin embargo, se queda.

Muerde al cuervo en una explosión de plumas. Luego caza a una marmota, gorda por el invierno. La sangre, del azul de las llamas, le cae por los dientes. Luego atrapa a un zorro, una cabra, un ciervo, un alce…

Noto un dolor agudo por el brazo, pero no puedo moverme.

Los ojos ardientes del lobo se giran hacia mí. Me embiste.

Hay una ráfaga de cobre, plata, oro y hueso, un tañido como de una campana. Creo que oigo mi nombre. Pero, cuando abro los ojos, parece que sigo atrapada en el sueño.

La luz tenue de las velas recorta una silueta macabra de la oscuridad.

Una criatura marchita, con la piel pálida y forma de hombre, se agacha sobre mi pecho y me ata el cabello en nudos. Enseña los dientes en una mueca de felicidad. Los ojos le arden en un azul frío como zafiros.

Intento inhalar y la respiración acaba siendo como una arcada estrangulada; los pulmones gritan mientras pelean contra el peso de la criatura. Ragne sisea, araña a esa cosa, pero la criatura no parece darse cuenta mientras se balancea hacia delante.

El oro de la buena suerte destella a mi lado, sobre el cuchillo de Emeric que sigue en la mesilla de noche.

Lo agarro, le quito la funda y clavo la hoja de acero en el costado de la criatura. Es como apuñalar un saco de grano. El hombrecillo marchito arrulla y balbucea antes de derrumbarse sobre las sábanas como si estuviera borracho, pero el hechizo que me retenía se ha roto. Salgo corriendo de la cama y grito:

—¡Poldi!

La chimenea tenue ruge con fuego, como si el *kobold* alzara la cabeza después de una siesta. Luego aparece lleno de rabia y salta hacia la cama. A la criatura se le escapa un gritito agudo y se lanza contra la pared, revolviéndose como una araña gigante, gorda y de cuatro patas, mientras Poldi la persigue por el techo.

Cuando el condenado hombrecillo corre hacia la puerta, se reduce hasta convertirse en prácticamente nada y atraviesa flácido el ojo de la cerradura.

Me quedo mirando la puerta e intento no entrar en pánico, aún con la respiración alterada.

—¿Qué...? —resuello—. ¿Qué... *era* eso?

—Un *nachtmahr* —gruñe Ragne con la cola erizada—. Lo siento, he intentado despertarte arañándote. Diez latidos más y te habría llevado.

Así es: tengo una fila corta de líneas rojas en el brazo. Me apoyo en la cama, con el corazón a mil por hora, mientras intento reunir mis pensamientos soñolientos. Es como querer recoger aceite con un colador.

He oído hablar de los *nachtmaren*, pero nunca había visto uno. Son *grimlingen* menores, goblins inferiores que envenenan los sueños y se los beben. Si no los detienes, se llevan de la cama a la persona sumida en el sueño y la montan como si fueran un caballo durante la noche. No son muy fuertes, pero hay tantos como personas soñando.

No recuerdo si alguno visitó la casa de mi antigua familia, y el *kobold* del castillo Falbirg mantenía a todos los *grimlingen* fuera. Se supone que Poldi debe hacer lo mismo.

El *kobold* se acerca flotando y rascándose la cabeza.

—Lo siento, mi señora —farfulla—. No sé cómo ha entrado.

La silueta dorada de Fortuna aparece cerca del pie de la cama, lo bastante sólida para que vea cómo recoge la funda del cuchillo y me la ofrece. Luego recuerdo el torrente de su oro en el sueño.

El hielo me recorre la columna vertebral.

—No te he pedido ayuda —me apresuro a decir—. Eso no cuenta. No te debo nada.

Hay un susurro lejano y tintineante, como palabras que se hilan a partir de monedas lanzadas.

—No. Esta vez, no.

Agarro la funda y desaparece. Cubro el cuchillo con ella y arrastro la manta más pesada de la cama hasta la chimenea. Estoy demasiado cansada para mantenerme despierta hasta el amanecer, pero... pero...

Necesito sentirme a salvo, aunque sea un rato.

—¿Puedes vigilar? —le grazno a Poldi.

El *kobold* asiente; regresa a los leños, llevándose unos cuantos nuevos.

Me envuelvo en la manta, rodeo el cuchillo con las manos y, por primera vez en casi un año, apoyo la cabeza junto a una chimenea.

CAPÍTULO 12

DIAGRAMAS

—Pareces cansada, joya mía.

Me planteo romperle un plato a Adalbrecht en la cabeza, pero decido que sería demasiado esfuerzo. Sobre todo después de anoche. Ha ordenado que desayunásemos en *su* salón y, aunque la mesa no es tan incómoda como las del comedor, tendría que levantarme y rodearla para llegar adonde está sentado, y eso es mucho trabajo.

Además, Gisele nunca rechazó un plato de *damfnudeln*, ni siquiera por una causa tan noble.

Así que me echo un poco de mermelada de fresa en los bollitos dulces al vapor y esbozo una sonrisa fina.

—Estaba tan emocionada por la boda que anoche casi no pude dormir.

Schit, ojalá no hubiera insistido en desayunar juntos. Tengo que apaciguarlo después de los contratiempos de ayer, lo sé, *lo sé*, pero esta mañana me ha costado recordarlo cuando me he levantado a rastras de la chimenea para prepararme.

Por suerte, el salón del margrave es tan elegante que un par de guantes delicados de encaje resultan apropiados. De lo contrario, no sé cómo habría explicado los nudillos recubiertos de rubíes.

Los aposentos de Adalbrecht están en el lado opuesto del castillo a los míos, con vistas a Minkja al oeste. Hasta puedo ver la estatua de Kunigunde sobre los tejados desde el Salzplatt. Espero de verdad que la estatua no pueda ver el interior del dormitorio de Adalbrecht y, si puede, que no sea deliberado. Aunque las vistas dan al oeste, el salón está tan iluminado que casi resulta doloroso por la luz que se refleja en el estucado pintado, la piedra caliza y el cristal.

A Adalbrecht no parece molestarle en absoluto mientras se come sus *weysserwurst*. Lo admito: creo que es mi turno de dejarme intimidar por una salchicha, porque no me entusiasman demasiado las *wurst* blancas y grises o cómo se sirven bamboleantes en la misma agua en las que las hierven. *Saben* bien, pero la forma habitual de comerlas puede ser un poco… perturbadora.

Adalbrecht, a quien no le afecta nada perturbador, corta la tripa de la salchicha por un extremo, chupa la carne por el agujero y añade otro calcetín mojado de piel a la pila que hay en su plato mientras yo intento no vomitar.

—Buenos días, señor von Reigenbach. —La mayordoma principal del castillo, Franziska, llama a la puerta y entra, con el submayordomo Barthl pisándole los talones. Hace una reverencia rápida y revuelve los papeles que lleva en brazos—. Tengo los papeles que pidió y Barthl ha venido para tomar notas. —En efecto: el hombre carga con una pizarra y tiza—. Pero, antes de empezar, el joven prefecto Conrad está aquí para pedir audiencia.

Casi me atraganto con el *damfnudeln*. ¿De verdad va a intentar exponerme en mi propio castillo?

—Mmm. —Adalbrecht me lanza una mirada fugaz y luego desecha otra tripa—. Puede esperar. Tengo que atender asuntos más urgentes.

—Insistió mucho en hablar con la *prinzessin*, mi señor. Dice que es bastante… imperioso.

Santos y mártires, voy a volver a tirarlo al Yssar. Pero me encuentro con un nuevo problema: Adalbrecht está dejando el tenedor para dirigirme una mirada larga y ofendida.

—¿Q-qué ocurre? —Trago y, por si acaso, añado—. ¿Cariño?

Adalbrecht tuerce el labio.

—¿Hay algo que quieras contarme sobre tu visita de ayer con el prefecto? ¿Cualquier cosa, *joya mía*?

Niego con la cabeza y pongo mi mejor mirada de cabeza hueca con los ojos abiertos de par en par.

—No, nada.

(Por cierto, la respuesta a una pregunta como esta es siempre, *siempre*, «no». Es un truco. Podrías contar algo que ya supiera, podrías confesar un agravio más grande del que se imaginan. Si te van a pillar, que se lo curren).

Adalbrecht me mira durante un rato largo y luego se gira hacia Barthl.

—De acuerdo. Hacedlo pasar. Lo que tenga que decirle a Gisele lo puede hacer delante de mí.

Ay, no. Va en serio.

—¿Es necesario, cariño? —me atrevo a decir—. Detestaría tener que retrasar la planificación de nuestro día especial.

—No retrasará nada. —Chasquea los dedos hacia mí y señala una silla vacía en su extremo de la mesa, como si fuera un perro extraviado—. Muévete aquí. —Tamborilea los dedos sobre la mesa mientras me cambio de sitio a regañadientes con mis *damfnudeln*. En cuanto me tiene al alcance de su brazo, le dirige un gesto con la barbilla a la mayordoma—. Franziska, empieza.

La mayordoma, una mujer esbelta de cuarenta años, se endereza y consulta los papeles.

—Hemos sacado del almacén el ajuar nupcial de la familia. Están limpiando y puliendo la corona de novia de los Reigenbach y están ajustado el traje de su padre a sus medidas más recientes...

—Quiero uno nuevo —ladra Adalbrecht.

Franziska calla un momento.

—¿Un traje nuevo, mi señor? —Él asiente—. ¿Qué quiere cambiar del… tradicional?

Adalbrecht recita una lista: forro de armiño para la capa, un nuevo tinte añil para la tela azul, botones de oro bruñido, etcétera. Hago lo que puedo para mantener una expresión plácida; como Martha la doncella, he visto esos baúles, he visto el ajuar nupcial. Ya tiene botones dorados, armiño, un color azul brillante. Está pidiendo el mismo traje, pero hecho de nuevo, solo porque puede.

Menudo desperdicio.

Barthl entra por la puerta. Emeric ronda por el pasillo detrás de él, justo fuera de escena. Al parecer ha conseguido un uniforme que le queda bien, pero no deja de moverse como un quisquilloso de primera.

Aunque… ¿por qué sigue actuando? Emeric me pilló anoche, debería desfilar hasta aquí para llevarme a esperar el juicio. Pero ni Barthl ni él me prestan atención.

Adalbrecht les ignora de todas formas y sigue dictándole cosas a Franziska.

—Dime la programación.

—El domingo será el baile, en el que el público presenciará la firma de la cédula matrimonial. Luego debe pasar toda una semana antes…

—Te dije que quería saltarme eso.

Franziska duda; habla con cuidado y mira con énfasis hacia el pasillo.

—Los funcionarios fueron bastante firmes sobre el asunto, mi señor. Los siete días completos, según la ley.

Casi no consigo contener un suspiro de alivio. La dama von Falbirg solía afirmar que la ley les daba tiempo a las parejas para reflexionar sobre la belleza y la santidad del matrimonio; Joniza decía que era para evitar que los nobles secuestraran a una esposa que les diera ventajas políticas y la catapultasen al altar. Joniza, por supuesto, tenía razón.

Adalbrecht lanza puñales con la mirada al distinguir la manga de Emeric asomándose por la puerta. No sé qué enfada más al margrave, que no haya podido sobornar al ayuntamiento para salirse con la suya o que no pueda ordenar a Franziska que aumente el soborno al alcance del oído de un prefecto de los tribunales celestiales.

—Continúa —gruñe.

—Habrá un evento cada noche hasta el siguiente domingo, cuando el matrimonio se consagrará a ojos de los dioses supremos y menores. —Franziska sitúa sobre la mesa un diagrama elaborado de las decoraciones—. Usaremos la capilla tradicional del castillo Reigenbach para...

—Bah. —Adalbrecht lanza la servilleta sobre el dibujo—. Cualquier esclavo normal y corriente puede usar la capilla. Quiero el Göttermarkt.

Barthl y Franziska intercambian una mirada.

—¿Qué templo, señor Reigenbach? —pregunta Barthl—. Y el *meister* Conrad...

—*He dicho* que quiero el Göttermarkt. ¿No ha quedado claro? —Al parecer, la ira de Adalbrecht ha encontrado un nuevo objetivo—. Quiero todos los templos, todas las capillas, todas las catedrales. Quiero *todas* las bendiciones de los dioses menores. La ceremonia tendrá lugar en la plaza. Disponéis de dos semanas para despejar al gentío y que la zona esté presentable. Hacedlo.

El nudo en la garganta de Barthl se mueve.

—Muy bien, mi señor. Y el prefecto está aquí.

Adalbrecht frunce el ceño.

—Entra, chaval, que quiero verte. —Emeric se adentra en el salón, arrastrando los pies con nerviosismo mientras Adalbrecht lo examina de la cabeza a los pies. Como era de esperar, no ha impresionado al margrave porque su siguiente pregunta es un escueto—: ¿Cuándo llega Klemens?

—E-el lunes, señor. —Emeric se estruja las manos. Ahora que sé que es una estratagema, veo lo calculada que es; cada mirada veloz que me dirige es como el pinchazo de una aguja.

Un momento. Según la carta de Klemens, llegaba el seis... Domingo. ¿Por qué miente Emeric? ¿Para hacerme creer que tengo más tiempo antes de enfrentarme a un prefecto *auténtico*?

—Mmm. —Adalbrecht pesca otra *weysserwurst* de la sopera y corta un agujero en el extremo—. ¿Y bien? ¿Qué querías de mi prometida?

Emeric me mira mientras Adalbrecht empieza a chupar la carne de la tripa que se marchita. Empiezo a preguntarme cuántas mañanas consecutivas tendrá que aguantar el prefecto que le intimiden con una salchicha.

—Mis disculpas —dice, con cierta crispación—, pero me temo que he traspapelado... mis notas. Tengo que volver a tomar declaración a la *prinzessin* y no deseo interrumpir el día del margrave.

Ah, *ni hablar*. En cuanto estemos a solas, intentará encadenarme de nuevo, por eso ha venido. Pero no soy la única a quien le puede estropear la tapadera.

—Qué noticia tan terrible. Sería espantoso si *todo* su trabajo lo descubriera la persona equivocada. ¿Ha intentado volver sobre sus pasos?

El indicio más leve de irritación aparece en el rostro de Emeric.

—Así es, princesa Gisele. Me he remontado hasta el Gänslinghaus.

Hasta el...

La sonrisa se me congela en el rostro. Ese es el orfanato de Gisele. *Schit, schit, schit.*

La ha encontrado. Y, a diferencia de todas esas veces que Gisele vino a suplicar entre los mendigos, la orden de los prefectos puede ayudarla a pedir una audiencia.

Cómo *se atreve* a meter las narices en este asunto que debería haber quedado entre Gisele y yo. Él no tenía *ningún* derecho a interferir.

Una furia gélida me atraviesa. Decido darle con todas mis fuerzas.

—Limpiaron el salón después de nuestra charla —digo con dulzura—, pero le pediré a mi doncella Marthe que le pregunte a la *russmagdt*, por si encuentra algo entre las cenizas.

Veo el momento en el que Emeric ata cabos, porque primero se vuelve tan blanco como su *krebatte* almidonado y luego de un rojo vivo. Da igual que sus notas estén guardadas debajo de la almohada; por lo que él sabe, ahora son cenizas en la chimenea. El brillo de una rabia apenas sofocada en sus ojos *casi* me hace sentir como nueva.

Luego una mano ancha aterriza sobre la mía. Esta vez, todo mi cuerpo se congela, hasta con la capa de encaje entre nosotros. Una parte lejana de mí se da cuenta de que Adalbrecht ya ha reemplazado el sello; los cantos dorados me aprietan la piel.

Se me tensa la garganta. Hace más de un año que descubrí qué tipo de hombre es el *markgraf* von Reigenbach, pero es una lección que persiste en los huesos.

—Prefecto. —Con la otra mano, Adalbrecht deja caer la salchicha vacía en el montón—. Mi prometida va a estar ocupada la mayor parte de la semana. Te haré saber si tiene un momento libre. —Algo en su tono se vuelve más duro—. Ven al baile del domingo. Firmaremos el contrato matrimonial y siempre viene bien un testigo más.

El fantasma de una arruga aparece en el ceño de Emeric antes de que se suavice.

—Gracias por el honor, pero un plebeyo como yo…

—Tonterías. Serás nuestro invitado. —Adalbrecht me aprieta más la mano. No se me ocurre una excusa para apartarme; una niebla aterrorizada y vacía me ocupa la mente como en caída libre. Solo quiero que deje de tocarme…

—Entonces debo aceptar —dice Emeric a toda prisa—. Gracias de nuevo.

Adalbrecht me libera para servirse otra *weysserwurst*.

—Ah, y puedes traer a una acompañante.

Emeric me mira directamente, formando una fina línea con la boca.

—Es muy generoso por su parte. Creo que sé a quién traeré.

Cuánto le gusta el drama al muy *cabrón*. Va a traer a Gisele.

—Bien —dice Adalbrecht con suavidad—. Puedes retirarte.

Pasa un latido rígido. Emeric no es un criado, ni un súbdito ni un soldado del margrave, y no tiene por qué acatar las órdenes de Adalbrecht. Pero es sensato y no va a discutirlas, así que hace una reverencia.

—Que tengan un buen día.

Al salir me mira otra vez desde el pasillo.

Adalbrecht lo observa marcharse y su semblante se ensombrece.

—Sospecho que el chaval está interesado en ti —dice con amargura—. De una forma *inapropiada*. No pienso consentirlo.

Me lo quedo mirando. De algún modo, me había olvidado de ese enfoque, pero supongo que Emeric acaba da dar un argumento convincente a su favor. Lo absurdo de la situación me saca una carcajada que roza lo histérico.

—Me parece correcto.

El ceño fruncido de Adalbrecht se acentúa.

—Como debería ser. —Hace una bola con el papel de los diagramas de Franziska para la decoración de la capilla y la lanza tranquilamente al fuego—. Quiero que rehagáis los diagramas para el Göttermarkt antes de la comida. En cuanto a los invitados…

Los bordes de la boca de Barthl se marchitan mientras observa cómo se quema el papel, pero solo apunta una nota en la pizarra.

Me sentiría mal, excepto porque, para cuando llegue la boda, pienso estar bien lejos de Minkja y ese será un problema más grande para ellos.

(Seguramente también debería sentirme mal por eso. Pero dado que la alternativa es convertirme en una estatua muy valiosa, aunque excéntrica, no pienso hacerlo).

El resto de la mañana transcurre justo como Adalbrecht había amenazado: en preparativos para la boda. Y con esto me refiero a que él lo dicta todo. Serviremos venado en la gala. Celebraremos un festín para desayunar la mañana de la boda. El vestido de novia será azul Reigenbach.

En un momento dado, desesperada por escapar, me ofrezco amablemente para ir a hablar con mis doncellas sobre cómo peinarme para cada ocasión. Adalbrecht solo me da unas palmaditas en la mano.

—Imposible —dice con firmeza—. Valoro *muchísimo* tu opinión. —Y entonces pide otra ronda de café.

Para la hora de la comida, me he dado cuenta de que pretende tenerme atrapada aquí porque puede. Y no solo hoy, sino cada día hasta la boda.

No tengo tiempo para esto. No con la maldición ni con la llegada del prefecto Klemens en menos de una semana, ni con Emeric y Gisele yendo a por mi yugular.

Mientras Adalbrecht habla sin cesar sobre alguna tontería relacionada con la distribución de las sillas, pienso un plan. La maldición es lo único que me retiene en Bóern ahora mismo; puedo apañármelas con el dinero que tengo. Una vez lejos, Gisele puede hacer su regreso triunfal. Solo tiene que pasar inadvertida unos días más. Seguro que accede si eso implica volver a vivir en otro castillo, sobre todo en uno como el de Reigenbach.

Sin embargo, visto que intentó estrangularme la última vez que hablamos, voy a necesitar que otra persona entregue el mensaje.

Y eso significa regresar a Minkja. Y para ello, la *prinzessin* debe estar… indispuesta.

Así, pues, cuando nadie mira, tomo una jarrita de leche del servicio de café. Luego meto una servilleta para que absorba la leche y no se derrame y sujeto la jarra entre ambas manos.

Cuando hay un descanso entre hablar sobre la cacería del miércoles y la gala del sábado, me disculpo para ir al baño.

—No tardes —gruñe Adalbrecht.

Sonrío con dulzura, con la jarra escondida en mis prácticas mangas enormes y cubiertas de encaje.

—Claro que no —miento.

Cuando llego al dormitorio, cierro la puerta, dejo la jarra en la chimenea y escurro la leche de la servilleta. Las cenizas del fuego siguen calientes. La templarán lo suficiente para que se ponga mala enseguida.

Mi madre biológica una vez dijo que, vaya donde fuere, la leche se agria. Con cuatro años no lo podía hacer, claro, pero ahora ya he descubierto el truco. Y también he descubierto el secreto de simular un dolor de estómago: el olor a leche echada a perder.

Antes de salir del dormitorio, me esparzo una capa ligera de polvos verde pálido en las mejillas. Por lo menos las perlas harán que parezcan unas náuseas elegantes.

—Santos y mártires —dice Franziska cuando regreso—. Señorita Gisele, ¿ha vuelto a enfermar?

Sonrío con valor, como si me presentara al papel de Primera Mártir en uno de los espantosos desfiles sagrados, y me hundo en una silla.

—Me pondré bien, es mi complexión débil. No paréis por mí, por favor.

Solo picoteo la cena unas horas más tarde. Veo que el personal del castillo pone mala cara; saben que una tormenta se acerca por el horizonte y llega por el ala que da al río.

La *prinzessin* se retira temprano. Mi dormitorio ya empieza a agriarse con el olor a leche cortada, que es la clave para que esto salga bien (ya había avisado de que mis métodos eran asquerosos). Cubro el rubí, me pongo rápidamente el uniforme de sirvienta y un par de guantes raídos, y corro a la cocina para buscar la cena de verdad. Nadie me molesta, porque el personal está acostumbrado a que las necesidades de Gisele me envíen a la despensa a todas horas.

Trudl, por otra parte, me agarra por el codo cuando iba a recoger un cubo de sobras. Su voz suena dubitativa pero clara.

—Marthe, tú no has estado aquí con el margrave en casa. Deberías saber... —Se le traban las palabras, pero luego le salen de golpe—. Las doncellas trabajan en pareja, da igual la tarea que sea, mientras él está aquí. O van acompañadas de otro criado. Nunca solas. ¿Lo entiendes?

Aferro con más fuerza el mango del cubo.

—Lo entiendo.

—Quizá cambie cuando se case —añade Trudl—. Si Fortuna quiere, solo se quedará unos meses para asegurarse de meterle un bebé a esa pobre chica y luego regresará al campo de batalla. Pero, sin importar lo que hagas, no dejes que te pille sola.

Miro con fijeza un trozo de col en el cubo de restos y asiento, sin saber cómo decirle que ya me pilló a solas hace un año. Si Joniza no hubiera doblado la esquina antes de que...

Bueno. Lección aprendida.

—Gracias. —Es lo único que digo. Luego recojo el cubo, junto con polenta y miel para Poldi, y regreso por donde he venido.

CAPÍTULO 13

LA CARTA

Cuando le dije a Ragne que estaría atrapada en el castillo todo el día, decidió visitar a su madre. Ya está de vuelta con forma humana y pone mala cara, agazapada junto a la chimenea. Esta vez al menos ha conseguido ponerse una de mis camisas más grandes.

—¿Por qué apesta?

—Porque… —Me detengo para no soltar algo sarcástico. He tratado a Ragne como si fuera boba, pero, cuanto más tiempo paso con ella, me doy cuenta de que es más astuta de lo que deja ver. Solo vive siguiendo unas reglas distintas—. Estoy haciendo vómito —digo, y esta vez es verdad.

—¿Y no puedes… *bleh*, sin más? —Ragne saca la lengua.

—Puedo, pero así no me siento mal. —Tomo la jarra de agua del lavabo y echo un poco en el cubo de sobras; luego añado la leche agria, lo remuevo unas cuantas veces y lo dejo para que marine toda la noche en el baño—. Por la mañana, fingiré ser la doncella de Gisele y les diré a los otros criados que está enferma. Así podremos escabullirnos del castillo.

Ragne arruga la nariz.

—Raro. ¿Por qué no te marchas y ya está?

—Adalbrecht, el margrave y dueño de este castillo, no me dejará. Es… —Intento pensar una forma de que lo entienda—. ¿Sabes eso de que no te gusta comer carne? Pues Adalbrecht es todo lo contrario. A él *le gusta* devorar a otra gente, le gusta tenerlos en su panza.

—Si intentara comerme, me marcharía para siempre.

—Bueno, yo no puedo transformarme en osa, así que es peligroso marcharme sola. —Me froto los ojos—. ¿Tu madre ha dicho algo?

Ragne ladea la cabeza.

—Le dije que no era justo que te haya echado una maldición sin haberte dicho cómo romperla. Y dijo que... si no puedes descifrarla, entonces ese es el problema.

—Tan útil como siempre —farfullo.

—A mí no me parece justo. Si la maldición no fuera a matarte, entonces podrías resolverla a tu manera. Pero no tienes tiempo y está mal que te haga malgastar tus días buscando la respuesta. Así que la molesté hasta que me dio una pista. —Ragne sonríe enseñando todos los dientes afilados—. Madre dijo que recordaras que estás maldita para recibir lo que quieres.

Me quito los guantes para examinar el sarpullido de rubíes. Se han extendido hasta las dos muñecas, como marcas de viruela de un escarlata brillante. Si a esto se refiere Eiswald al decir que es lo que quiero...

No se equivoca, pero... ¿y *yo*?

—¿Acaso *no* tengo que desear tener piedras preciosas? —digo con el ceño fruncido—. Eso es como pedirme que no quiera comer.

Ragne se encoge de hombros.

—Es lo único que ha dicho. Pero mañana lo intentaremos de nuevo. ¿A dónde vamos?

Me dirijo al armario y rebusco por el fondo, debajo de botas y bufandas y medias, hasta que encuentro lo que busco: un vestido andrajoso de un rojo óxido descolorido. Es rojo Falbirg.

No lo he lucido desde que nos marchamos de Sovabin. Pero mañana tendré que ponerme a merced de alguien que carece de motivos para sentir compasión por mí, alguien que reconocerá este rojo enseguida.

—Vamos a buscar a una vieja amiga —digo, girando sobre los talones.

El miércoles por la mañana, casi salgo del castillo sin ningún incidente.

La clásica táctica del vómito funciona a la perfección, como siempre. Cuando Trudl llama a la puerta poco después del amanecer para que Gisele vaya a desayunar, respondo como Marthe con un apósito sobre el rubí, unas sombras hechas de ceniza bajo los ojos y un delantal y una falda salpicados de, bueno, los contenidos del cubo de sobras. Está *muy* marinado. De hecho, Ragne me ayuda teniendo arcadas en el baño por el olor.

Trudl retrocede y ahoga un grito.

—Se lo diré al margrave. ¿Cuán malo es?

—Lleva así tres horas —digo con una mirada vacía llena de agotamiento—. Al menos, un día más. Puede que dos. No retendrá nada, solo agua.

Otra arcada de Ragne enfatiza la frase. A Trudl le lloran los ojos.

—Que los dioses supremos y menores te den fuerzas, Marthe.

Y con esto me acabo de ganar al menos un día para trabajar (puede que dos). Aún huelo el vómito falso mientras corro por los pasillos de los criados.

—Un momento, *fräulein*. —La voz de Barthl me detiene justo cuando iba a escabullirme por la puerta de la cocina—. Espera.

Me doy la vuelta y me mantengo cabizbaja. Sé que no tiene nada que ver con la lágrima de rubí; me puse un apósito y gasa antes de salir y, por ahora, todo el mundo se ha creído la historia de la quemadura por el pegamento. Aun así, casi nunca me encuentro

con Barthl cuando soy Marthe y, si se fija en el viejo uniforme Falbirg debajo de la capa de sirvienta, tendré que inventarme alguna
mentira.

—Por favor, mi señora está muy enferma. Tengo que ir a buscar...

—Sí, sí, vas a Minkja, ¿verdad? —El tono de Barthl es profesional. Me atrevo a alzar la mirada y asentir un poco. Su rostro de
perro está más demacrado de lo habitual y una barba incipiente le
cubre las mejillas que suele llevar bien afeitadas. Hasta su cabello
corto, de un marrón como de rata, parece descuidado. Me entrega
un sobre sellado y sin dirección—. Llévate esto. En el Madschplatt
hay una taberna llamada Lanza Rota. Dale esto al hombre de la
barra.

Vaya. Esto es sospechoso.

Parece que Barthl se ha dado cuenta, porque masculla:

—Van a... cocinar para... la boda. Para uno de los eventos, claro. No hagas preguntas.

No esperaba que Barthl fuera experto en mentir, pero *sí* que
esperaba cierta competencia básica por su parte. Me equivoqué,
claramente.

—No, señor; enseguida, señor —digo con docilidad y me marcho con la carta. El Madschplatt está en Lähl. Eso me da una excusa
para estar más rato fuera del castillo. Tampoco era que la necesitara: he dejado el cubo de leche agria en la habitación para que apes-
tase toda el ala que da al río y en el resto del castillo Reigenbach ya
reina el caos con los preparativos para la semana que viene.

Cruzo el portón principal como siempre, pero espero hasta
que el guardia no pueda verme para ponerme un gorro abrigado
verde bosque sobre el pelo. Me he atado las dos trenzas para que el
gorro las cubra por completo, ya que lo último que quiero es que
mi cabello pelirrojo sobresalga. También tengo otro sombrero
amarillo en el zurrón, porque, si alguien me describe a las autori-
dades, prefiero que sea con un color pasado de moda.

También he traído el cuaderno, el cuchillo y el carboncillo de Emeric junto con el dinero que le robé. En teoría, solo voy a hablar con Joniza, pero ella misma fue quien me enseñó: mejor ir preparada que aguardar a la suerte.

Me dirijo al Obarmarkt por la ribera noroccidental del Yssar, la cual provee a parroquianos más ricos que los mercados del sudeste. En cuanto llego al viaducto Mittlstratz, lo sigo hasta que se cruza con la curva occidental del Hoenstratz y luego tomo la primera escalera hasta la calle. He recorrido esta ruta tantas veces que lo único que me frena son los peldaños congelados. Ragne tampoco se arriesga y revolotea sobre mí convertida en un gorrión negro.

Una vez en el nivel del suelo, acabo en el corazón de Trader's Cross. Si Minkja fuera la esfera de un reloj con el castillo Reigenbach en el centro, Trader's Cross estaría directamente donde la manecilla marca las nueve. El barrio empezó con un único mercader de especias, algunos dicen que magrebí, otros que suraja; todos coinciden en que su mujer vendía pasteles tradicionales en un rincón, hasta que vendieron más pasteles que especias. Los comerciantes se desviaban para visitar la tienda antes de proseguir hasta el Salzplatt, al norte. Este tráfico estableció las bases para las primeras casas de té y las tiendas de alimentación especializadas y luego vinieron comerciantes de telas, alfareros, boticarios tradicionales. Los callejones estrechos ahora lucen guirnaldas de banderas religiosas gharesas, coloridas cestas de mimbre sahalíes, murales geométricos intrincados en las paredes y pequeños altares a dioses lejanos en los rincones que separan las casas.

Me sitúo junto a uno de esos altares y dejo un *sjilling* en el plato de ofrendas que hay delante de la estatua de un zorro que guiña el ojo; Ragne se posa en el tejado sobre el diminuto ídolo y aguardamos. A lo mejor Joniza ha cambiado su rutina para desayunar, pero, si no lo ha hecho, la veré llegar por el callejón en cualquier momento para dejar una moneda de camino al restaurante.

Lo único que necesito es convencerla de que me ayude. Bueno, no. Primero tengo que disculparme. *Luego* tengo que convencerla de que lleve mi oferta a Gisele: le devolveré con gusto las perlas *después* de romper la maldición, pero solo si Gisele le dice al prefecto júnior Emeric Conrad que se vaya cagando leches.

Y para añadir un incentivo más al plan: si no quiere, tiraré con gusto las perlas al Yssar de camino hacia la salida.

Pero, cuando alzo la mirada, descubro que Gisele no es la única que debe decirle a Emeric Conrad que se vaya cagando leches.

Joniza se abre paso a través de la multitud envuelta en un abrigo de piel de zorro hasta el punto de resultar absurdo (nunca le ha gustado el frío). Justo a su lado, y enfrascado en una conversación, está el mismísimo prefecto júnior.

Será *cabrón*. No me puedo creer que ya la haya localizado. Pero, claro, si conoce el Gänslinghaus, no le habrá resultado muy difícil.

Me subo la capucha de la capa de criada y agacho la cabeza antes de meterme en la calle. Emeric dijo que podía ver la maldición en mí, así que tengo que salir de Trader's Cross antes de que la detecte.

Sin embargo, cuando alcanzo la esquina y miro hacia atrás, está examinando a los transeúntes con los ojos entornados.

Es un auténtico coñazo.

Doblo la esquina a toda prisa y atravieso un callejón abarrotado. Me dirijo hacia el sur. Al cabo de unos cuantos giros, vuelvo a mirar: todo despejado. Suelto un siseo de frustración.

—¿Por qué te has marchado? —gorjea Ragne, aterrizando en mi hombro.

—Creo que me estaban siguiendo. —Las campanas marcan las diez; me apoyo contra una pared para que nadie me vea y así poder pensar—. Iremos a Lähl y entregaremos la carta de Barthl, y luego regresaré e intentaré encontrar a Joniza de nuevo.

Seguimos hacia el sur y atravesamos la puerta del Muro Alto para entrar en el distrito Sumpfling; si Trader's Cross se sitúa a las nueve de la manecilla corta, ahora estoy arrastrando la larga hasta las ocho. Aquí, los edificios no son de madera, con yeso pintado y jardineras como en el Obarmarkt. Los mejores combinan con los edificios robustos de ladrillo y yeso del Hoenring. Los peores... Bueno, el Sumpfling se inunda una vez al año, así que muchas de las casas de madera se alzan sobre pilotes que no aguantarían ni una brisa fuerte; tampoco soportan el peso de mucha gente.

Al otro lado del Muro Alto, cambio la capa de criada por el chal desgastado que llevo en el zurrón. En el Obarmarkt, una sirvienta del castillo Reigenbach puede ir donde le plazca, pero Lähl es una de esas partes de Minkja donde la capa me convierte en un objetivo.

Es un paseo corto por el Yssar hasta los islotes Stichensteg, que marcan la frontera no oficial de Lähl. El puñado de bancos de arena no toleraría un puente como es debido y los Wolfhunden lo vieron como una oportunidad, así que controlan la red de puentes colgantes endebles que unen los islotes a cada costa. Por suerte, solo tengo que cruzar dos, pero aún tengo que pagar un penique rojo a cada uno de los recaudadores musculosos que hay en cada extremo de los puentes. Se produce una pequeña conmoción en el extremo más alejado de los islotes; los puentes colgantes tienen tendencia a atrapar cuerpos. No me extrañaría que haya aparecido alguien ahogado.

Lähl es el tipo de distrito que hueles antes de verlo; en la esfera de Minkja, es un siete manchado y descolorido que brilla con despecho en la manecilla larga. Está lleno de muelles como el Obarmarkt y el Untrmarkt, pero los de aquí parecen meterse en el Yssar con más mala leche, como un borracho con una moneda que busca a una *mietling* disponible. Antes, *mietling* era una persona contratada para cualquier trabajo ocasional, pero hoy en día es la palabra más educada para alguien que trabaja sobre todo en el dormitorio.

Lähl es también el tipo de lugar donde hay un suministro abundante de borrachos y *mietlingen*.

No es un mercado ni un barrio marginal del todo, porque está más concurrido que cualquiera de los dos. Cuando no me abro paso a través de charcos de cualquier sustancia que pueda surgir del cuerpo humano, voy esquivando consumidores de amapola que andan arrastrando los pies, brujas con el rostro arrugado, y ganado viejo y huesudo de camino a la curtiduría.

Ragne me sigue convertida en cuervo, supongo que para evitar el olor del barrio, pero aterriza sobre mi hombro con la cabeza ladeada.

—Esta gente vende mercancía extraña. Una ha gritado que vende *wurstkuss*. ¿Por qué iba alguien a pagarle para besar una salchic...?

—Es una expresión —me apresuro a decir—. Eh, más como un mote. Significa... —Se lo explico con los términos más sobrios y procuro evitar (aunque fracaso) que me arda la cara.

Ragne parpadea un ojo escarlata, aún con la cabeza ladeada.

—Otra persona ha dicho que rodaría un penique. ¿Qué significa eso?

—Pues es muy parecido a lo que te acabo de explicar. Pero en otros lugares, muy barato y seguramente pilles piojos.

—¿Qué es «limosnas para el vicario»?

—Ni idea.

—¿Y «esconde el *nudel*»?

—Creo que te lo puedes imaginar —digo con un poco de desesperación. Me tienta taparme las mejillas ardientes con el gorro—. ¿Podemos...?

—¿Sabes lo que es un «cinco Johann mártires»?

Me tapo la cara con las manos.

—DEJA. DE. PREGUNTAR. NO. LO. SÉ.

Y entonces me estampo contra algo. Contra *alguien*, a juzgar por el gruñido de enojo. Ragne grazna y se marcha volando.

—Mira por donde vas, cerdita —gruñe una voz grave cuando me aparto a trompicones. Me encuentro a un hombre mirándome con el ceño fruncido y sacudiendo el brazo. Tiene la edad de Yannec, luce una barba demasiado crecida de un par de días como para que le quede bien y en el dorso de la mano veo un tatuaje negro: dos lanzas que forman una equis.

Esa es la marca de un soldado caído en desgracia, ya sea un desertor o uno despedido con deshonor, seguramente de los Wolfhunden. Este no parece vestir uniforme, pero en el cinturón lleva colgada una maza reglamentaria. O está fuera de servicio o va a hacer un trabajo y no quiere que lo localicen.

Los Wolfhunden pueden protegerme como *prinzessin*, pero no son amigos de Marthe la doncella. Y si alguna vez cazaran al *Pfennigeist*, sacarían mi cadáver de los islotes Stichensteg en cuestión de días.

Así que agacho la cabeza como hice con Barthl, me bajo más el gorro, y murmuro:

—Lo siento, señor, no volverá a pasar.

El Wolfhunden escupe a mis pies y se marcha dando pisotones.

Sin embargo, unos minutos más tarde, lo veo de nuevo cuando llego al Madschplatt. Maldice en voz alta cuando su bota aterriza en uno de los muchos charcos que le dan nombre al lugar. No es como las otras plazas de Minkja, sino más como un foso de lodo en expansión al que han dejado abierto porque el suelo no era lo bastante sólido para construir sobre él. Burdeles, mataderos y hospitales benéficos rodean el borde de la plaza y los huecos entre los edificios rebosan de porquerizas y montones de basura. El humo huele a hornos que cuecen ladrillos baratos de turba y heces secas, y cada persona que atraviesa el lodo da la impresión de que te vendería a los *grimlingen* por un solo *sjoppen* de cerveza. Hasta los niños. Joder, *sobre todo* los niños.

Luego veo el cartel de la taberna Lanza Rota, donde se supone que debo entregar el sobre de Barthl. Entro parpadeando para que los ojos se adapten a la luz tenue y descubro que el interior es tan destartalado como el exterior. Un puñado de clientes con los ojos legañosos ocupan unas mesas desvencijadas; todos se desploman de una forma que sugiere que pronto pasarán a ser un elemento fijo en la instalación. El tabernero alza la mirada cuando entro, secándose agua sucia de las manos.

—¿Qué quieres?

Saco el sobre de Barthl del zurrón y lo deslizo sobre la barra.

—Para el, eh, ¿banquete?

Me dirige un asentimiento rígido.

—Entendido. Y... —La puerta que tengo a la espalda se abre de golpe. Es el Wolfhunden fuera de servicio, que se quita una bolsa del hombro. El semblante del tabernero se ensombrece, pero con un suspiro exagerado se gira hacia la caja fuerte—. Vete, muchacha.

Me aparto a toda prisa con la cabeza gacha. El Wolfhunden no se fija en mí y empuja la bolsa hacia el tabernero.

—Sesenta chelines.

—Te daré peniques blancos, Rudi. Necesito las monedas pequeñas para el cambio. —Se oye un tintineo cuando el tabernero cuenta doce *pfenni* de plata—. ¿Dónde está tu chico, Steffe? Pensaba que se encargaba de recoger las tasas en tu ruta.

—Llega tarde —gruñe Rudi el Wolfhunden—. Y no pienso esperar al mocoso. Tengo... asuntos *urgentes* que atender. —Y suelta una carcajada obscena.

Me atrevo a echar un vistazo. Hay una equis tan burda como el tatuaje estampada en la bolsa de cuero. Está recogiendo las tasas de protección.

—Ah. —El tabernero saca el sobre de Barthl—. Y un mensaje de papá lobo.

¿Papá lobo? A Barthl podría llamarle muchas cosas, pero *esa* no. Adalbrecht, en cambio...

Pero es el Lobo Dorado, brillante y justo, y los Wolfhunden ya acatan sus órdenes en público.

Así, pues, ¿qué les estará pidiendo exactamente el margrave de Bóern que hagan en las sombras?

CAPÍTULO 14

ESTAFANDO CON EL CAMBIO

Aquí no conseguiré la respuesta. El Wolfhunden toma la carta y se la guarda en el jubón. Luego mete los peniques blancos en la bolsa y desaparece.

Espero hasta que el tabernero me echa. Por desgracia, Rudi aún ronda por aquí, de camino a un burdel. Me quedo rezagada detrás de una multitud que rodea a un profeta que grita al cielo sobre el día del juicio final, pero no puedo evitar fijarme en que el Wolfhunden mete el puño en la bolsa de la recolecta con las tasas de protección.

Una *mietling* en un vestido muy laborioso agarra al hombre por la manga y le acaricia el brazo.

—¿Lo de siempre? —ronronea. El rostro se le ilumina cuando él le entrega un penique blanco—. Ooh, *Rudi*, con eso compras toda una hora.

—Tengo que esperar a Steffe. —Apenas lo oigo por encima del profeta antes de que el Wolfhunden le apriete el trasero a la mujer, lo que le provoca una risa aguda.

Aparto la mirada: los resortes de este candado empiezan a deslizarse. No hace falta que te diga lo tonto que debes de ser para robar de las tasas de protección ni aunque sea *una vez*. Si Rudi lo está haciendo tan a menudo como para que esta *mietling* conozca su rutina… Sin mencionar que es tan vago que confía en el dichoso Steffe para que haga la recolecta. Deduzco que los Wolfhunden tampoco saben nada de eso.

Todavía no son ni y media. No puedo regresar aún a Trader's Cross y no he averiguado cómo romper la maldición. Quizás esta sea una oportunidad para probar algo nuevo.

Cuando las campanadas de y media suenan en el aire lleno de hollín, Rudi el Wolfhunden al parecer decide que ya ha esperado lo suficiente. Cuelga la bolsa en un gancho bajo una lámpara roja y ordena a las otras *mietlingen* que ofrecen sus servicios en la puerta que mantengan un ojo abierto por si llega Steffe; luego sigue a su *mietling* dentro con una explosión bastante perturbadora de carcajadas. Dejo pasar otro minuto antes de salir de entre la audiencia del profeta y esconderme en un callejón, donde rebusco en mi propia bolsa.

Cambio el gorro verde por el amarillo, me quito el chal y, en mi cabeza, saco al *Pfennigeist*. Como el Fantasma del Penique, soy cualquiera, no soy nadie. Soy quien quiera ser.

Hoy soy la hermana mayor de Steffe. Y es hora de jugar.

Regreso al Madschplatt a un ritmo más rápido y con una mirada de preocupación mientras me acerco a toda prisa al burdel.

—¿Quieres pasar un buen rato, muchacha? —pregunta una *mietling*.

Elijo seguir el ejemplo de Emeric y trago con nerviosismo, tirándome del borde del gorro.

—Ay, no, señorita, es… estoy buscando a *meister* Rudi. Soy la hermana de Steffe, que está enfermo, y he venido a hacer la recolecta por él.

Las *mietlingen* ponen los ojos en blanco. La primera señala la bolsa.

—Está… ocupado. Aquí tienes la bolsa de la recolecta. Ve a todas las puertas de la plaza y diles para quién recoges el dinero.

—Gracias.

Se me cae la bolsa cuando la desengancho, y luego la agarro bien y me dirijo hacia una casa de empeños con una nueva capa de pintura reluciente en la puerta y tres campanas de latón brillante en el cartel. Conozco a los de su calaña: prestamistas como este permiten que la gente desesperada saque un «préstamo» y lo asegure con algo más valioso como garantía. Si necesitas veinte *sjilling* y dejas una reliquia familiar que vale treinta, seguro que pagarás enseguida el préstamo. Suena justo, ¿verdad?

Pero he aquí el truco: cuando el deudor vuelve para pagar, descubre que la deuda se ha duplicado por las tasas y un interés exorbitante. Le costará mucho, muchísimo más, recuperar la garantía de lo que vale. Así que no la recupera. Y luego el prestamista la vende por su valor original.

La trinidad del deseo, después de todo. Cuando lo único que puedes ofrecer son ganancias, se aprovechan de ti.

Al entrar en la casa de préstamos, abro los ojos de par en par y observo las estatuas, las joyas, los organillos pulidos. El dependiente en el mostrador se endereza y los dientes le brillan en una sonrisa.

—¿Qué puedo hacer por usted, *fräulein*?

Le calo enseguida: en la veintena, sin callos en las manos, con los rizos rubios alisados con aceite, una hebilla de cinturón llamativa. Ansioso por dejar de estar aburrido. No podría tener más pinta de «hijo vago» ni aunque lo intentara. Suelto una tosecilla frágil.

—Soy la hermana de Steffe —digo, alzando la bolsa y mostrando la equis—. Hoy está enfermo, así que ¿vengo a recoger las tasas? ¿Creo que son sesenta *sjilling*?

Los ojos del dependiente se arrugan de diversión al oír mi voz chillona. Busca la caja fuerte (como pensaba, no lleva mucho tiempo haciendo esto) y, desde detrás del mostrador, grita:

—Lástima por Steffe, pero con una sustituta tan guapa, ¡no me puedo quejar!

Uf. Todas mis dudas se evaporan. Río y observo una caja con joyas.

—Los anillos son preciosos.

El dependiente reaparece con la caja fuerte y la pone detrás de él antes de inclinarse sobre el mostrador.

—Podría comprarse uno —me apremia, entrando en su modalidad de vendedor. Intento no poner mala cara al notar su aliento. ¿Cómo puede oler a miel rancia y a queso al mismo tiempo?—. Solo uno pequeño. Rudi se gasta bastante en sí mismo por aquí, así que no notará la diferencia.

Hago un ruidito de duda, pero señalo uno cuya etiqueta marca que vale un *sjilling*.

—¿Puedo comprar ese? —Luego rebusco en la bolsa de la colecta y saco un penique blanco—. Lo siento, solo tengo peniques blancos.

—No se preocupe, *fräulein*, puedo darle cambio —dice con una sonrisa. Saca el anillo y me lo da; luego toma la moneda y se gira hacia la caja fuerte.

—Ah, y la tasa es de sesenta *sjilling* —añado— o doce peniques blancos.

Empieza a contar mi cambio y se detiene con el ceño fruncido.

—Ah. Sí.

—¿O quizá pueda dividirlos para que así tenga monedas más pequeñas? ¿Treinta *sjilling* y seis peniques blancos?

El dependiente lleva la caja fuerte al contador, con una mirada que deja entrever su pánico mientras intenta llevar la cuenta de mi cambio y de las tasas de protección a la vez.

—Enseguida, *fräulein*.

Desliza cuatro *sjilling* hacia mí justo cuando saco un *sjilling* del bolsillo.

—¡Ah! Al final he encontrado un *sjilling*. Tome, se lo cambio por el penique blanco.

—¿Qué? —Parece a punto de echarse a llorar.

—Le he dado un penique blanco, *ja?* Y el anillo cuesta un *sjilling*, así que, si le doy este, usted puede devolverme el penique blanco. —Luego me inclino sobre las joyas de nuevo—. ¿Cuánto cuestan estos pendientes?

El dependiente alza la mirada.

—Ah, tres *sjilling*.

—Oooh —gorjeo—. Quizá... —Luego regreso al contador y me abalanzo sobre unas monedas—. ¿Este es mi cambio? No, espere, me ha dado un penique blanco de más. ¿Puedo darle nueve por un *gelt*? ¿O podemos quitarlo de la tasa de protección? ¡Qué complicado que es esto!

Una risa artificial y estrangulada sale de la garganta del hombre.

—¿También quiere los pendientes, *fräulein*?

Sonrío como una chica atolondrada.

—¿Sabe qué? Sí que los quiero.

Un prestamista con experiencia habría detectado la estafa con el cambio enseguida, pero este gandul no sabe que le estoy timando con su dinero. Doy vueltas por la tienda, lanzándole una transacción tras otra y haciendo que pague más por mi cambio cada vez. Cuando me marcho, es con tres anillos, unos pendientes, un broche, una figurita de latón de un carnero, un par de candelabros a conjunto de bronce y una ganancia de cien peniques blancos en la bolsa, *además* de la tasa de protección.

Luego vendo todos los objetos en la siguiente casa de préstamos que encuentro y estafo a la mujer de la misma forma, por si acaso. Es una forma de vengarme por haberme hecho esperar mientras una viuda le suplicaba llorando en vano que le devolviera el anillo de bodas.

El anillo se viene conmigo cuando me marcho. Por un accidente deliberado, me tropiezo con la viuda al salir y luego ahogo un grito y finjo sacar el anillo del barro.

—Oh, creo que se le ha caído esto.

La mujer se echa a llorar una vez y me abraza hasta que consigo soltarme y salir corriendo.

Ragne se posa en mi hombro una vez más cuando me hallo a una distancia razonable.

—Eso ha sido muy bonito.

—Y fácil —respondo, encogiéndome de hombros.

La siguiente parte es más difícil.

Completo el circuito alrededor del Madschplatt, recogiendo tasas y dinero de más de gente que vende curas milagrosas, fiadores, cirujanos-barberos, más tabernas y hasta una capilla de un santo local que estoy segura de que es una tapadera para traficantes de amapola. Pero para negocios como tiendas de caridad, hospitales para pobres y el gremio de brujas, hago el mismo timo con el cambio y las transacciones… a la inversa: les dejo con más dinero del que traía al entrar. Hasta escondo peniques blancos entre las páginas de los libros de cuentas, los deposito en cajas de donativos hasta que rebosan y me aseguro de que cada una tenga dinero suficiente para pagar las tasas de los próximos meses.

Aún me queda un poco de plata cuando salgo de la última tienda, donde he dejado un botín secreto. Saco la plata de entre los peniques rojos y me la guardo en el zurrón. La bolsa pesará bastante y resultará convincente, al menos hasta que Rudi el Wolfhunden mire dentro.

Lo bonito de esto es que Rudi no puede intimidar a los dependientes para que paguen de nuevo. Necesitará los músculos de los Wolfhunden apoyándole para eso y no puede decirle a su jefe que le estafaron en las tasas. Tendrá que admitir que contrató a un chico para hacer la recolecta mientras él estaba martirizando a un Johann o a cinco, y eso solo haría que mirasen con más detenimiento sus cuentas. Una persona que llevase tiempo robando con asiduidad no podría sobrevivir a ese escrutinio.

Se acerca el fin de la hora de Rudi con la *mietling*, así que devuelvo la bolsa al gancho del burdel y me marcho a toda prisa.

Cuando nadie puede verme, cambio de nuevo los gorros y me envuelvo los hombros con el chal. Eso despistará a cualquiera que busque a la «hermana de Steffe» con su gorro amarillo. Repartiré los peniques blancos en otras cajas de donativos de camino a la salida de Lähl.

Salgo del callejón angosto y...

Veo a Gisele.

Ella no me ve. Espera con algunos de los huérfanos mayores en una fila en la puerta de una capilla pequeña y estrecha; llevan bolsas vacías. La Casa de los Supremos organiza bancos de alimentos en toda Minkja desde los templos de otros barrios pequeños y proporciona comida decente a partir de los diezmos en productos de sus granjeros y de sobras donadas de posadas y tabernas de confianza. Mientras observo, una mujer mayor de semblante amable dirige a la familia que encabeza la fila hasta la parte del vestíbulo donde separan la comida según las costumbres de cada solicitante.

Supongo que los donativos en el Gänslinghaus escasean. Aun así, les dejé casi tres *gilden*. Eso debería haberles durado más de un día.

Un bramido de rabia resuena en el callejón detrás de mí. Rudi, al parecer, ha mirado dentro de la bolsa.

Gisele alza la mirada para buscar la fuente de los gritos. Me giro veloz y echo a andar por el Madschplatt. Tengo que parecer relajada, como si hiciera aquello todos los días. Rezo para que Gisele esté demasiado distraída para reconocerme con mi vestido de rojo Falbirg descolorido.

Giro la primera esquina que encuentro y casi tropiezo con una cabra atada delante del gremio de brujas.

Hay un cartel anunciando sus servicios y finjo leerlo con detenimiento mientras presto atención por si viene el Wolfhunden.

En efecto: Rudi dobla la esquina, maldiciendo como un bellaco. Me mira sin verme. Bien. Si es listo, echará a correr ya con la esperanza de que sus superiores en los Wolfhunden no lo sigan.

Da una vuelta por el Madschplatt, buscando en vano cualquier pista de la culpable, pero no encontrará nada. Empieza a darse cuenta de esto cuando la voz de una niña me saca de mi ensimismamiento:

—Perdóneme, señor, pero ¿quiere jugar a Encuentra a la Dama?

El hielo me atraviesa los huesos con la rapidez de un rayo.

Fabine, la chica de Bourgienne a la que le enseñé a hacer trampas con las cartas en Gänslinghaus, ha entrado en la plaza.

El consumidor de amapola al que se ha acercado solo parpadea y farfulla un poco, apoyado contra los cimientos agrietados de una casa de empeños. Me giro despacio para mantenerles en mi campo visual. No sé si Gisele se ha dado cuenta de la ausencia de Fabine, pero aquí no está a salvo, sobre todo sola.

Yo… la vigilaré un poco.

Fabine se aleja del hombre y se acerca a unas *mietlingen* que rodean un brasero. Alza las cartas, pero las mujeres se ríen.

—Aquí no encontrarás damas —se carcajea una—. Vete, pequeña.

Sí, quiero decir, *ve a la capilla, vuelve.*

Sin embargo, Fabine se mete en la trayectoria del Wolfhunden enfadado. Y, al igual que yo, tropieza con él.

Ni siquiera sé que me estoy moviendo hasta que he cruzado la mitad del Madschplatt. Oigo a Rudi gritándole a Fabine, veo que alza la mano, ya casi he llegado…

Aparto a Fabine del medio antes de que el hombre la golpee. No lo hago con suavidad, pero es mejor que la alternativa.

—Conque *aquí* estás. Tenemos que irnos. Siento mucho las molestias, señor…

Fabine se libera y el pánico se refleja en su rostro.

—¿Quién eres *tú*?

Y lo recuerdo tarde: para ella soy una desconocida. La única vez que me vio, llevaba las perlas.

—Venga, no te pongas así —digo con cierto frenesí y guiñándole el ojo a escondidas—. No tenemos tiempo para juegos. Debemos volver con… con… —*Schit, scheiter, scheiten.* Por el Sacro Imperio, ¿cómo se hace llamar Gisele?—. Con tus amigos.

Fabine se me queda mirando, perpleja. Luego abre la boca y profiere un grito digno de la ópera:

—*¡DESCONOCIDA! ¡SECUESTRO! ¡AYUDA!*

Buen instinto, pero esto *no* me viene nada bien.

—No, Fabine… Por favor…

—Eh. —El Wolfhunden se aproxima a nosotras—. ¿A ti no te he visto antes?

Esto no puede ir peor.

—¿Hay algún problema? —Una voz atraviesa el Madschplatt, fría y dura y muy familiar.

Emeric Conrad se acerca a nosotros. Y, por la mirada que pone, sabe *exactamente* a quién se dirige.

Creo que lo más fácil sería que fuera directa al matadero y que se encargasen allí de mí. A lo mejor hacen una bolsa bonita con mi piel.

Rudi alza las manos y sacude la cabeza.

—Puede que la moza se dedique a secuestrar niñas, pero conmigo no tiene ningún problema, prefecto.

—Pues siga con sus cosas. —Emeric me agarra por el brazo antes de que pueda echar a correr—. Señorita Schmidt, contigo quería hablar.

CAPÍTULO 15

CAMPANERA

—Paso —digo, intentando liberarme de la mano de Emeric.
Él no cede ni un ápice.

—No era una petición. Fabine, estoy seguro de que Hilde necesita tu ayuda más de lo que esta gente quiere jugar.

Hilde. Eso, así se hace llamar Gisele.

—¿Cómo la has encontrado? —me quejo mientras Fabine regresa a la cola.

—Es sorprendente con quién te puedes topar cuando te arrastran fuera del Yssar —masculla entre dientes—. Al parecer, iba a hablar contigo. ¿Queda alguien en Minkja a quien *no* hayas robado, estafado o traicionado?

Hago una mueca con los labios.

—Bueno, en el gran orden de las cosas, ¿acaso financiar las extravagancias de la nobleza con la sangre de los plebeyos no es la *verdadera* estafa…?

Emeric hace un ruido de asco y me empuja por el callejón abarrotado detrás del gremio de brujas.

Por ahora no sigue con el numerito de chaval desaliñado y torpe. Supongo que es más complicado de vender sin la ropa heredada de Klemens, aunque tengo que admitir que me impresiona un poco que su nuevo uniforme negro esté tan inmaculado como siempre, visto que estamos saliendo de una plaza que literalmente recibe su nombre por el fango.

—Puedes huir —dice Emeric con los dientes apretados— y, cuando lo hagas, escoltaré con gusto a la auténtica Gisele von Falbirg hasta el margrave y la única esperanza que te quedará será salir de Bóern con lo que lleves en esa bolsa.

Interesante. Es como el desayuno de ayer: si quisiera arrestarme en este mismo instante, podría hacerlo. Pero, en vez de eso, prefiere amenazarme.

Según mi experiencia, lo hace porque tengo algo que quiere.

Lo raro es que no sé qué es. Los prefectos no deben preocuparse por el dinero, yo no puedo darle *ningún* poder y nadie mira a una chica tan normal como yo por placer.

Por ahora, le sigo la corriente.

—Estás enfadado porque te tiré al río.

—Creo que es razonable discrepar con que intentaras ahogarme.

—Claro, pero no estás enfadado porque casi te ahogaste. Estás enfadado porque te tomaste la molestia de poner una trampa y organizar tu gran revelación triunfal y, *aun así*, yo te tiré al río.

Emeric no se digna a responder, pero se le contrae un músculo en la mandíbula. *Ja.* Tengo razón.

Nos detenemos entre un charco de… bueno, no quiero especular, y unas campanas mágicas redondas, nada sorprendente visto que el gremio está cerca. Supongo que nos hemos alejado lo suficiente para el gusto de Emeric.

En cuanto me suelta el brazo, Ragne se interpone entre nosotros convertida en cuervo y luego, de golpe, se transforma en humana.

—¡Hola de nuevo!

Emeric alza la barbilla para apartar la mirada hacia el cielo con el rostro de un rosa intenso.

—Eh… ¿hola?

—Ropa, Ragne. Ya hemos hablado de esto. —La cubro con mi chal. Es lo bastante largo para taparle lo esencial—. Eso es.

Emeric aún evita mirarla de cerca, pero la curiosidad se asoma en su rostro.

—Un momento. ¿No eres la chica que me arrastró hasta la orilla?

—La Vanja me envió —dice Ragne con alegría. Emeric parpadea, sorprendido, aunque su semblante se agria cuando Ragne añade—: Se suponía que solo debía salvar tu bolsa.

—Conque era *eso* —musita.

—Solo quería saludar de nuevo —prosigue Ragne, sonriendo con todos los dientes— y decirte que es mi trabajo cuidar de la Vanja, aunque sea mala. Si le haces daño, me convertiré en una osa y te mataré. Eso es todo. ¡Adiós!

Salta al aire en un remolino de plumas y se posa en un tejado cercano convertida en cuervo.

—Es la hija de Eiswald —explico, envolviéndome de nuevo con el chal—. Así que ya lo sabes. La muerte está a un tejado de distancia. Tenlo en cuenta, por si *osas* hacer algo.

No creía que fuera posible que le cayera peor a Emeric después de intentar ahogarle, pero, por todos los santos y mártires, creo que lo he conseguido.

Me dirige una mirada de puro odio y prosigue, como si la muerte inminente a manos de un oso no fuera nada nuevo para él.

—¿Qué tramas con los Wolfhunden? ¿Qué te han pedido que hicieras?

Sacudo la cabeza.

—Nada. Me mantengo alejada de ellos.

—Esto sería más rápido para los dos si dejaras de tomarme por tonto —dice con frialdad.

—Entonces no hables como si lo fueras, júnior —espeto—. Si los Wolfhunden supieran que el Fantasma del Penique no paga su tasa de protección, entonces me darían un castigo ejemplar. Varios castigos ejemplares, si contamos todas las casas en las que he entrado. Por eso me mantengo al margen.

Esa no es la respuesta que Emeric quiere, porque frunce el ceño.

—¿Esperas que me crea que estabas recolectando las tasas por pura bondad?

—Pregúntale al Wolfhunden sobre lo que he recogido —replico—. O por qué esa bolsa está llena de cobre. Y, cuando acabes, ve a todas las tiendas benéficas que de repente han conseguido mucha plata y quizá puedas empezar a ocuparte de tus asuntos en vez de molestar a mis amigas y espiarme a mí.

Emeric ya parecía escéptico, pero al oír «espiarme» me fulmina con la mirada.

—Estatutos del prefecto, artículo uno: «Un prefecto está obligado a investigar y a resolver cualquier caso que le asignen sus superiores, hasta el alcance de sus capacidades». Mi trabajo es *literalmente* investigarte.

—¿Tu trabajo también es memorizar todo el juramento de tu club o eso son créditos extra? —musito, pero él me ignora.

—Y la impresión que me dio la señorita Ardîm es que no son exactamente amigas. Pero, que conste, en realidad estaba en Lähl persiguiendo al Wolfhunden al que has enfadado. De hecho, he tenido que descubrir mi tapadera para… ¿Por qué te estás…? ¿Qué te hace tanta gracia?

Me estoy agarrando la barriga, intentando no morir de risa.

—¿Pensabas que eso era una tapadera? ¿Con esas pintas? —Agito la mano hacia las paredes sucias que nos rodean, manchadas de hollín y basura y una respetable variedad de mierda—. ¿No ves dónde estamos? Destacas.

—Para *nada* —dice Emeric, tirándose sin darse cuenta de la chaqueta impoluta del uniforme.

—Pareces un colegial intentando comprar su primer *wurstkuss*.

Emeric se vuelve de un rojo incandescente.

—Y *tú* pareces una granuja homicida, pero la diferencia está en que *eso* es cierto.

—¿Ves? Sigues cabreado —me burlo—. Y respirando, así que ¿no crees que *homicida* es un poco melodramático?

—No hablo sobre mí. —Emeric saca el libro de cuentas de Yannec del abrigo—. Tu antiguo colega, un tal *meister* Kraus, acaba de aparecer en los islotes Stichensteng esta mañana con un cuchillo en el corazón y uno de tus *distintivos* peniques rojos en la boca. Y es muy curioso que su libro de cuentas estuviera en tu tocador. Tienes el mal hábito de tirar cosas al Yssar.

Le dedico una sonrisa venenosa.

—Solo la basura. —Y me lanzo a por el libro.

Y me topo de lleno con la palma de su mano. Se queda plana en mi frente y me mantiene a un brazo de distancia. Con el otro brazo, Emeric levanta el libro fuera de mi alcance.

—Va a ser que no —dice, malhumorado—. Tengo hermanos pequeños, puedo pasarme el día así.

—Yannec cayó sobre su propio cuchillo —gruño, agitando los brazos para intentar alcanzar el libro.

—Qué innovador por tu parte. Se cayó sobre su *propio* cuchillo. Supongo que el penique solo era decorativo.

—Era el pago para el Barquero, sabandija… *pedante…* —Intento dar otro salto, en vano.

—Y qué coincidencia que sea *tu* tarjeta de visita. Claro que sí.

—Piensa lo que quieras, pero es la verdad. Estaba en plena abstinencia de amapola y perdió el equilibrio intentado arrancarme el rubí de la cara. —Me deslizo un centímetro y la mano de Emeric se engancha en mi gorro: me lo quita y se queda con solo un puñado de lana. Me agacho por debajo de su brazo justo cuando él se abalanza a por mí.

Y entonces me quedo inmóvil.

La madrina Muerte está detrás de Emeric.

Estira una mano hacia él.

—*¡No necesito tu ayuda!* —le grito y me lanzo contra el costado de Emeric para que Muerte no lo toque. Vislumbro durante un instante su rostro atónito antes de que caigamos los dos al suelo.

Un ruido atronador resuena donde Emeric estaba de pie hace un momento.

Cuando me quito de encima y echo un vistazo…

No sé lo que veo.

Es algo como un caballo de guerra, pero con el pellejo sin pelo y enmohecido de los *nachtmahr*; la crin y la cola son como humo de hojalata. Distingo unos agujeros en sus costados jadeantes, como un lienzo podrido. El fango chisporrotea, se cuece y se agrieta donde la criatura apoya los cascos.

Nunca había visto un *mahr* tan grande. Ni había visto uno tan sólido a plena luz del día. Uno que aparece de la nada de repente.

Pero, si Emeric busca a un asesino, lo encontrará en esos ojos azules ardientes.

La nariz del *mahr* se ensancha una vez, dos, mientras me pongo en pie despacio. Oigo un roce detrás de mí cuando Emeric se levanta.

Una lengua gruesa y de un gris oscuro sale de entre los labios podridos del *mahr*, dejando entrever unos dientes tan afilados como los de un lobo cuando la criatura prueba el aire.

—Corre —digo—. *Ahora…*

Echamos a correr.

Ruido de cascos y aullidos resuenan en el callejón a nuestra espalda. Echo un vistazo por encima del hombro y veo a Ragne convertida en un cernícalo negro, lanzándose en picado y arañando la cabeza que el *mahr* no deja de agitar.

Luego me arrastran a un hueco entre dos casas. Es tan estrecho que tengo que girarme de lado para caminar entre las paredes de yeso y madera. Emeric ya está cruzando el callejón hacia la avenida abierta del otro extremo. Lo sigo. Con suerte, el *nachtmahr* no cabrá aquí y podremos despistarle.

Increíble, pero capto un susurro de Emeric.

—Por qué *tenían* que ser caballos.

—¿*Ese* es el problema?

Hemos recorrido la mitad de la calle cuando el *mahr* nos encuentra. Mete la cabeza y el cuello en el hueco, rechinando los dientes, pero los hombros son demasiado anchos y Ragne aún va a por sus ojos. Por un momento pienso que quizá lo consigamos...

Y luego ocurre algo horrible.

La criatura se estira, se alarga como arcilla cálida y húmeda. Su cráneo de caballo se estrecha, los músculos palpitan en ondas debajo de la piel podrida y enseña los colmillos.

Saco el cuchillo de Emeric del zurrón y apuñalo como loca al *mahr*. Como antes, la hoja de acero no se inmuta lo más mínimo. Cada corte que abre en el hocico parece tener semanas.

Unos dientes se cierran alrededor de mi mano.

Grito y me aparto justo a tiempo. Los colmillos del *mahr* agarran el guante andrajoso y lo rompen. El cuchillo cae con un estrépito.

Una mano mucho más humana me arrastra por el hueco.

—¿Ves? Los caballos son lo peor. ¿Sabes si es un *grimling*? —Emeric suena demasiado cerca y engreído para mi gusto, pero, como estamos los dos atascados entre unas paredes enmohecidas, tengo quejas más acuciantes.

Además, estoy demasiado ocupada observando cómo esos dientes rasgan el guante y solo puedo jadear:

—*Nachtmahr*.

—Entonces, cobre —murmura. Una manga negra pasa a mi lado cuando el cuello del *mahr* se alarga incluso más. Emeric tiene otro cuchillo en la mano, uno parecido al que acabo de perder, pero la hoja es roja como los peniques.

Esta vez, cuando le da al *nachtmahr* en el hocico, la criatura grita.

Hay un chillido y un estallido cuando unas ventanas se rompen sobre nosotros. Me tapo la cara para evitar la lluvia de cristales. Emeric sigue tirando de mí por el hueco, murmurando una serie de palabras que riman en uno de los dialectos norteños de Almandy. He oído hablar de cánticos para protegerse de los *nachtmaren*, pero o esta criatura es inmune o está muy motivada, y no tengo tiempo para descubrir cuál de las dos opciones es la correcta.

Salimos a una calle maravillosamente amplia. Sin embargo, no hay tiempo para respirar. El *mahr* surge detrás de nosotros, tambaleándose y temblando hasta que vuelve a ser tan ancho como un toro. Unos gritos rasgan el aire. Otros transeúntes huyen a las casas y tiendas; la calle se queda vacía hasta que solo estamos nosotros, el *mahr* y un puñado de consumidores de amapola demasiado colocados para saber que deberían huir.

La criatura no les presta atención. Sus ojos azules siguen fijos en Emeric y en mí.

—¿Qué quiere? —resuello.

Pero antes de que Emeric pueda responder, el *mahr* carga contra nosotros.

Voy corriendo hacia otro callejón, con Emeric pisándome los talones. Lähl es un laberinto de esquinas bruscas y pasajes estrechos; si no podemos perder a la criatura en estos corredores, probaremos lo primero.

Unos cascos vacíos y humeantes nos pisan los talones por la calle. Giramos una esquina y luego otra. Nos persiguen los golpes que provoca la criatura al estamparse contra las paredes y sus forcejeos para mantenerse en pie.

Un efluvio intenso a enebro me llena el aliento. No percibo de dónde proviene hasta que dejo atrás a Emeric, que se ha detenido. Ha abierto un pequeño frasco y, mientras retrocedo, se echa unas gotas del aceite plateado en los labios.

Luego pronuncia otras palabras y agita la mano hacia el callejón. Unas líneas plateadas iluminan las paredes como las estrías de los rayos. Un segundo después, el *mahr* aparece…

… y se detiene tropezándose en cuanto cae entre las líneas. La magia se divide en una red y obliga a la bestia a arrodillarse; profiere otro grito, que rompe más cristales mientras forcejea.

—Ja —resoplo, acercándome—. Bueno. Y ahora ¿qué?

Emeric me agarra por el hombro y su rostro me dice que algo va mal.

—Eso —dice entre jadeos— debería haberlo eliminado…

Con un lamento furioso, el *mahr* se vuelve a poner de pie. Las líneas de luz se tensan.

—¿Eliminado? —Retrocedo—. Yo a eso lo llamo, como mucho, una advertencia firme.

—¡Pues mátalo *tú*! —replica Emeric—. Al menos lo estoy intentando…

Una de las cuerdas de luz se rompe con un tañido.

Llegamos enseguida al acuerdo tácito de aplazar este debate y echamos a correr una vez más.

El rugido del *nachtmahr* nos persigue por un callejón y por otro, intensificándose cuanto más nos alejamos de Lähl. Veo el borde del Muro Alto aproximándose. Nos está conduciendo hasta allí, donde no hay esquinas estrechas con las que maniobrar.

Y entonces, cuando llegamos a otra calle abierta llena de barro, tropiezo con algo que produce una cascada de tintineos. Caemos en el lodo con un gruñido unánime.

Emeric me ayuda a levantarme, pero no lo bastante rápido. El *mahr* alcanza la calle.

Como antes, los transeúntes gritan y huyen. Todos excepto el montón con el que he tropezado, que es una mujer que me mira con ojos vacíos mientras se sienta.

Un coro de campanas acentúa el movimiento.

Y entonces el *nachtmahr* relincha-aúlla y retrocede unos pasos.

Mi mirada pasa de la mujer al *mahr* y otra vez a la mujer. Es una campanera, una bruja consumida que se decora con campanas en las muñecas, en las orejas, y con una guirnalda en el cuello.

Cada una señala una pizca de ceniza de bruja que no debería haber tomado. Demasiadas a la vez y empiezas a ver a *todos* los dioses menores, a cada *grimling*, de la misma forma que yo veo a Muerte y a Fortuna, hasta que tu mente se cura. Si es que puede.

Llevan campanas porque el sonido espanta a la mayoría de los espíritus. Y, por la forma en la que el *nachtmahr* agita la cabeza, tampoco es amigo de las campanas.

—Le tomo prestado esto —le digo a la mujer y le quito la guirnalda tintineante que lleva alrededor del cuello. El *mahr* se aleja con cada sonido.

Agito con fuerza las campanas. La criatura retrocede, chillando. En las ventanas de toda la calle aparecen telarañas de grietas.

—Eso es… algo —dice Emeric a regañadientes—. ¿Se irá por voluntad propia?

Antes de que pueda responder, un repique fuerte y frío de bronce resuena por la calle. Las campanadas que dan la hora en el Göttermarkt.

El *mahr*… se divide.

No, *dividirse* no es lo que ocurre exactamente. Es como una visión doble, solo que el *mahr* no se rompe en dos formas idénticas, sino en otras incalculables, como un rebaño de fantasmas. Y luego todos regresan a la forma sólida del caballo. Le sale un humo azul plateado de entre los dientes.

Las campanas repican de nuevo. La bestia se fractura, agitándose. Antes de que pueda reunificarse, una tercera campanada suena en la calle fangosa.

El *mahr* profiere una última nota destructiva y explota en una nube de polvo.

La calle permanece en silencio, excepto por el resto de los tañidos, hasta que la campanera estira el brazo y tira de la guirnalda que tengo en la mano.

—La necesito de vuelta —susurra, y yo la suelto.

—Gracias.

Luego miro a Emeric y me echo a reír.

—¿*Qué?* —Me mira fijamente, como si eso fuera lo más raro que ha visto hoy.

Señalo el barro en su abrigo torcido, las manchas de mugre en su cara, las salpicaduras en sus gafas. Hasta lleva el pelo tan lleno de polvo y sudor que casi parece marrón. Como toque final, me limpio la mano sucia en una de sus mangas, y él la aparta de un tirón.

—Por fin. Ahora sí que encajas.

A Emeric no parece hacerle tanta gracia como a mí.

—Tenemos que salir de aquí. Y luego vamos a hablar *de verdad*.

Me cruzo de brazos cuando Ragne aterriza en mi hombro.

—Contraoferta: me devuelves el libro de cuentas, yo dejo de burlarme de ti por parecer un manual humano sobre educación cívica y nos separamos como adversarios igual de contrariados.

—¿Antes o después de que lleve a la auténtica Gisele al castillo Reigenbach? *Hablemos* ahora. —Señala una puerta abierta que hay cerca. Han tapiado las ventanas y la puerta cuelga de los goznes. Hace tiempo que no la usan.

No tendría más pinta de *trampa* ni aunque hubiera un cubo visible de agua encaramado sobre el marco de la puerta.

Ragne percibe mi inquietud, porque salta del hombro y aterriza en el fango transformada en un lobo negro. Emeric se lleva un susto tremendo.

—Recuerda, si intentas hacerle daño a la Vanja —le dice Ragne—, te morderé muchas, muchísimas veces. Y *a mí* no me dan miedo las campanas.

Luego atraviesa la puerta.

—Ya has oído a la señorita —añado antes de seguirla dentro.

En cuanto mis ojos se ajustan a la penumbra, veo por qué abandonaron el edificio. Las vigas del techo están podridas y se comban peligrosamente y el extremo más alejado de la habitación se ha hundido al menos treinta centímetros en el lodo. Pero al parecer a Emeric le basta, porque entra detrás de nosotras. Intenta cerrar la puerta sin éxito, se rinde y me pregunta sin rodeos:

—¿Cómo sabías que el *nachtmahr* se acercaba? Me apartaste.

Reflexiono mi respuesta, pero ya conoce la mitad y no hay ningún peligro en contarle el resto.

—Me entregaron a Muerte y a Fortuna de niña, por eso tengo sus marcas. Son mis madrinas. Veo cómo trabajan.

—¿Así que viste a Fortuna en mi contra?

Niego con la cabeza.

—Vi a Muerte.

Es otra respuesta que no se esperaba; estaba vigilando el exterior, pero se gira para dirigirme una mirada perpleja y casi indignada.

—Entonces me has salvado la vida.

—Pues... supongo. —La idea es demasiado incómoda, sobre todo porque estoy casi segura de que Muerte intentaba ayudarme. Me retiro a un terreno que conozco más: la explotación—. Eso *al menos* tiene que valer un insignificante libro de cuentas.

Emeric mira el suelo y creo que no me ha oído, porque me pondría mala cara. Luego alza la mirada. Hay cierta ansia en sus ojos oscuros, como si estuviera a punto de arriesgarse.

—El responsable es el margrave von Reigenbach.

—¿*Qué?*

—Klemens y yo no vamos a por ti —prosigue a toda prisa—. No de verdad. El caso del *Pfennigeist* es una tapadera para que podamos investigar a Von Reigenbach y a los Wolfhunden Y estoy casi seguro de que envió a ese *nachtmahr* para que me matara antes de que pudiera averiguar qué trama.

—Espera. Para. Espera. —Interpongo las manos entre nosotros—. ¿No vas a *intentar* arrestarme? ¿Qué me dices del desfile de Winterfast que organizaste cuando viniste a mi habitación?

—Pensé que podría chantajearte para que espiaras al margrave.

Durante un momento me planteo pedirle a Ragne que le arranque el pescuezo. Todo el tiempo que he pasado estresada sobre la inminente amenaza de este panecillo rancio con ansia de justicia y resulta que era un farol.

Pero odio admitir que ha funcionado.

—Tú sí que sabes cómo hacer que una chica se sienta especial —farfullo sin más. Y entonces me fijo en el dorso de mi mano. La examino de cerca con el ceño fruncido.

Emeric se encoge de hombros.

—Llevas ¿cuánto, un año? viviendo una doble vida. Necesitaba a alguien cercano a Von Reigenbach. Y una persona que puede robarle el sello de la mano es probable que acabe consiguiendo las pruebas que busco. Además, no todo es chantaje. Le pediríamos al alguacil que redujera tu sentencia y la orden quizá tenga información que te serviría para la maldición.

Solo escucho con medio oído mientras me quito el otro guante.

—*Pensaba* contarte todo esto antes de que me tiraras al…

—No lo necesito —digo con un suspiro, mirándome los nudillos.

Los rubíes han desaparecido.

Algo… *algo* que he hecho hoy… ha funcionado.

Es la tercera vez que le doy a Emeric una respuesta que ni quiere ni espera.

—¿Qué?

—No lo necesito —repito, sonriendo como una tonta—. Gracias, pero no. *Paso.*

Puedo curarme de esta maldición, puedo salir del imperio, puedo dejar todo esto atrás. Y puedo hacerlo *yo sola.*

Será mejor que me ponga manos a la obra.

—Vámonos, Ragne.

La mano derecha de Emeric se contrae hacia algo en su costado… El libro de cuentas, deduzco. Luego la cierra en un puño.

—No era una petición. *Llevaré* a Gisele a ver al margrave.

No puedo evitar hacer una pequeña pirueta mientras bailo hacia la salida. Lo de llevar a Gisele al castillo es otro farol. Y es una *delicia* absoluta decirlo.

—¿A ese que da tanto miedo y que crees que se junta con *nachtmaren* y vete tú a saber qué más? ¿A *ese* margrave? Lo dudo. —Le quito un poco de barro del hombro cuando paso a su lado—. Pero gracias por la oferta.

Me agarra la mano que iba camino hacia su bolsillo, donde guarda el libro de cuentas. *Mierda*. Eso habría sido la guinda del día de hoy.

Ragne gruñe hasta que Emeric me suelta. Me dirige una mirada lívida, casi desesperada.

—Von Reigenbach es un monstruo, señorita Schmidt. Podría hacer que cayera el imperio.

—Como si no lo supiera. —Pero cruzo la puerta bailando hacia la fría luz invernal del día y le dirijo un saludo de burla a modo de despedida—. Menos mal que ya me voy.

CAPÍTULO 16

PERLAS EN VINAGRE

Poco más de un día después, no estoy tan segura.

No es solo que, cuando entro a hurtadillas al castillo y me doy un baño, encuentro nuevas perlas escondidas en el fango de los tobillos. Es que, cuando pienso en todo lo que hice antes de perder los rubíes de la mano, las opciones sobre cómo deshice esa parte de la maldición no son demasiado estupendas.

Yo… *redistribuí* los fondos de los Wolfhunden. Intenté ayudar a Fabine, aunque menudo desastre. Supongo que le salvé la vida a Emeric (lo que casi seguro fue un error tremendo).

Y ahora que es jueves, tengo cuatro días para reducir las opciones y romper la maldición antes de que llegue Klemens y tenga que preocuparme por un prefecto *auténtico*.

El estómago sensible de la *prinzessin* solo puede librarme de todo durante un tiempo. Esperaba poder sacar dos días completos de la última actuación, pero Adalbrecht entregó un mensaje en mis aposentos esta mañana: la primera oleada de invitados para la boda llegará en menos de una hora y tengo que asistir a la recepción de bienvenida. Y lo que es peor: debo ponerme el vestido que ha elegido para mí.

He aquí lo bueno de representar tanto el papel de la doncella como el de la dama durante un año: elijo lo que me pongo para que pueda apañármelas vistiéndome sola. Hay algunos elementos, como los cordones del corpiño, que son complicados, pero puedo hacerlo. Otras cosas, sin embargo, requieren otro par de manos. Como las mangas que se tienen que atar encima de la camisa, en múltiples sitios, en los dos brazos.

¿A que no adivináis qué tipo de mangas tiene el vestido que Adalbrecht *ha pedido* que lleve?

Por eso, cuando Ragne llama a la puerta de la terraza convertida en gato y la dejo entrar, me encuentra peleándome con un lazo en el codo. Ladea la cabeza.

—¿Quieres que te ayude?

—No, gracias, yo puedo. —Apoyo el brazo en un poste de la cama para sujetar uno de los lazos—. ¿Has visto algo?

—La Gisele se quedó dentro todo el día con los niños. Les cae muy bien. —Ragne entra en el camisón que le he dejado junto a la chimenea. Un momento después, aparece una cabeza humana y las extremidades surgen en las mangas correctas. Se ha olvidado de transformar las pupilas verticales, pero al menos la ropa se le da mejor—. No vi al Emeric Conrad para nada. Y hacía mucho frío.

—Te ofreciste —le recuerdo. Un viento frío recorrió Minkja anoche y dejó los tejados cubiertos de escarcha. Mi plan era pasar la mañana vigilando el Gänslinghaus, pero Ragne se ofreció a hacerlo por mí.

—Sí. —Se estira sobre las piedras calientes de la chimenea y luego me mira con los ojos entornados—. ¿Estás segura de que no necesitas ayuda?

—No tienes que hacerlo todo sola, querida. —La voz de Fortuna cae en cascada en la habitación como un monedero rompiéndose por las costuras.

Levanto la mirada y la veo con Muerte junto al pie de la cama.

—*Tú* —impreco, señalando a Muerte—. Ayer casi matas a alguien por mí. Aunque quisiera tu ayuda, no la querría de esa forma.

Muerte se agarra la capucha, que nunca deja de cambiar, con una mano efímera.

—No fui yo. O sea, sí, estaba allí por el chico, pero solo porque iba a morir por su cuenta.

—Así que... ¿le salvé la vida? —Dejo de pelearme con los lazos de las mangas. *No* me gusta la idea de ser la responsable de eso. Más vale que lo próximo que haga Emeric sea algo virtuoso digno de un santo o Eiswald la tomará conmigo.

Fortuna da un paso adelante.

—Aquí obran fuerzas peligrosas, Vanja, y estás demasiado cerca del centro. —Me alza la barbilla—. Muerte y yo hemos estado hablando y hemos decidido... que no tienes que elegir entre nosotras.

Las protestas mueren en mi lengua.

Si no debo elegir, no debo servir, no tendré que escapar del imperio, no tendré que huir de ellas, podré *quedarme*, podré... quizá pueda conseguir algo parecido a un hogar...

—Puedes servirnos a las dos —añade Muerte—. Estamos de acuerdo. Hemos...

—¡NO! —Me aparto cuando Fortuna intenta atarme los lazos de las mangas, pero se retira como si le hubiera dado una bofetada.

—Estamos intentando ser razonables, Vanja. Eiswald no podrá mantener una maldición en una de nuestras sirvientas. Puedes turnarte entre nosotras, me servirás una semana y...

—¡Nunca he querido ser vuestra sirvienta! —digo, casi gritando—. ¡Quería ser vuestra *hija*!

El silencio se propaga por la habitación.

—Solo queremos protegerte. —Muerte parece dolida. No sé por qué esperaba que una diosa lo entendiera—. Por favor, Vanja. Déjanos ayudar.

Niego con la cabeza y enderezo la espalda como un hierro a pesar de que se me tensa la garganta.

—No ayudáis. Negociáis. Lo único que ofrecéis son ataduras. Si no vais a dar nada por voluntad propia, idos.

No hay respuesta. La habitación queda en silencio, excepto por el crepitar del fuego, y, aun así, la tarde parece más fría. Se han ido otra vez.

Oigo que Ragne se sienta, pero no dice nada.

Apoyo el hombro de nuevo contra el poste de la cama y me pongo a atarme los lazos.

—¿Tu…? —Se me quiebra la voz y enseguida me aclaro la garganta—. ¿Tu madre es así?

—No —responde. Una parte de mí se desmorona un poco—. Es amable, a veces, y es fría, otras veces, pero no espera nada a cambio de su ayuda. —Atraviesa la habitación y empieza a atarme el otro brazo—. Y yo tampoco.

Quiero apartarme y hacerlo yo sola… pero al sol le falta una hora para ocultarse por el horizonte. Los invitados llegarán en cualquier momento.

—Gracias —farfullo.

—La Gisele tampoco pidió nada por su ayuda.

—¿Cuándo te ha ayudado Gisele? —pregunto con el ceño fruncido. Ragne ciñe el lazo del codo con destreza.

—Cuando saqué al Emeric Conrad del río. La Gisele cruzaba el puente y corrió a ayudarnos. Dijo que venía a verte, pero en cambio ayudó al chico, porque hacía frío y él estaba muy mojado. No pidió nada a cambio.

—Me alegro de que al fin haya averiguado cómo se hace —espeto—. No te fíes de que siga haciéndolo.

—Creo que es simpática —insiste Ragne—. Y…

—¡Pues que te ayude! —Las palabras salen como una explosión y aparto a Ragne de mi brazo—. ¡Ve a ser su mascota y no vengas llorándome cuando te dé la espalda a ti también!

Ragne me mira con los ojos rojos abiertos como platos. Luego se convierte en ardilla y corre a esconderse debajo de la cama. El camisón queda hecho un montón en el suelo.

Yo… no.

Me *niego* a sentirme culpable.

Acabo de atarme la manga yo sola. Tardo más de lo que me gustaría. Más de lo que a Adalbrecht le gustaría también, claro, porque oigo que llaman a la puerta justo cuando anudo la última parte. Me miro en el espejo una vez más para asegurarme de que las perlas estén en su sitio, me aliso los rizos níveos y dorados y respondo.

Barthl está fuera, con los labios finos arrugados como si hubiera pisado algo maduro.

—Vengo a escoltarla a la galería de recepción inferior —dice, inhalando por la nariz—. Lo más *rápido* posible.

Cuando llego, Adalbrecht se pasea junto a la entrada. Me aferra del brazo para enroscarlo con el suyo y abre la puerta de golpe. Y entramos.

—Disculpadme por haceros esperar —dice con una voz atronadora—. Mi pequeña *campanilla de invierno* no se sentía bien.

Surgen unos murmullos compasivos entre los nobles que abarrotan la galería pequeña y claustrofóbica. Ya estaba llena con retratos de los Reigenbach en las paredes y estatuas de ellos en cada esquina y nicho, como si fuéramos a olvidar quiénes son los dueños de Minkja; ahora hay más cuerpos aquí metidos.

Reconozco la mayoría de las caras de la fiesta de los Von Eisendorf. También hay un rostro que conozco demasiado bien: Irmgard von Hirsching, aún hermosa y vacía como una muñeca de porcelana.

—Ay, queridísima Gisele, qué terrible —dice con una sonrisa afectada. Se acerca con un vestido muy ostentoso de un satén dorado—. Admiro *mucho* tu coraje al venir a saludarnos en tu estado.

Por ningún motivo aparente, me acuerdo del cuchillo que llevo en la bota. Y en la botella de arsénico del tocador. Y en la cadena de oro que le cuelga del cuello… Si no tienes tu propia soga, siempre puedes tomar prestada la de tu amiga.

—Cualquier cosa por ti, Irmgard.

Adalbrecht me arrastra de repente hacia la pared con los retratos oficiales. Hay una sábana sencilla sobre un marco que cubre un cuadro que no había visto antes. Es... visiblemente más grande que el retrato de los padres de Adalbrecht.

—Tengo otra sorpresa para ti, *cielito*. ¡Atención todo el mundo!

Adalbrecht ya *era* el centro de atención, así que hay un momento incómodo de confusión cuando la concurrencia intenta aparentar más interés.

—Mis leales súbditos, tenéis el honor de ser los primeros en ver nuestro retrato oficial.

Tengo el momento justo para pensar *No recuerdo haber posado para un retrato* antes de que Adalbrecht aparte la sábana. Me quedo boquiabierta. Una inhalación colectiva de inquietud recorre la habitación.

Se han tomado ciertas libertades artísticas. Para empezar, dudo mucho de que Adalbrecht haya posado sobre un montón de soldados enemigos muertos con tres lobos aullantes delante de una luna llena; para continuar, el pintor ha sido *extremadamente* generoso con los calzones de Adalbrecht, sobre todo al sugerir su, eh, *weysserwurst*. El soldado muerto que más destaca a sus pies también se parece al retrato de su padre, a unos centímetros del cuadro.

Ya sabes, *sutil*.

La joya de la corona es que *sí* hay una rubia platino agarrándose al brazo de Adalbrecht, pero claramente no soy yo. O, mejor dicho, no es la imagen de la *prinzessin*. El cuerpo es rico en detalles, con curvas de escándalo cubiertas por una seda blanca vaporosa que se acerca a una transparencia indecente. La cara, sin embargo... decir que fue un trabajo precipitado requeriría más caridad de la que repartí ayer por Lähl. Se parece más a los autorretratos que Gisele intentaba dibujar de niña: una nariz como una zanahoria anémica en la cara, unos trozos de jamón abultados y doblados por labios, los ojos torcidos.

—*Increíble* —digo, con una sinceridad completa y perfecta.

Pero, cuando miro a los invitados reunidos, veo que Irmgard retuerce la cara con una rabia pura e hirviente. Luego desaparece como una araña ahogada en hielo.

Adalbrecht me obliga a quedarme mientras sonsaca la admiración de su público; entrelaza el brazo con el mío como la cerradura de un grillete. Lo único que debo hacer es lucir una sonrisa vacía mientras parlotea con un conde u otro, así que mis ojos vagan por la sala.

Aterrizan en un cuadro de la infancia de Adalbrecht. Está entre sus dos hermanos mayores, con un aspecto bastante malhumorado para ser un niño de siete años. Es muy inspiradora la forma en la que el artista ha conseguido capturar esa mezcla de privilegio y estreñimiento a una edad tan tierna.

Sin embargo, algo no encaja. Y no acierto a saber el qué.

En cuanto tenemos un respiro de vasallos aduladores, le digo en voz baja:

—¿Cariño, *de verdad* se tienen que quedar los Von Hirsching hasta la boda? Irmgard es tan chismosa que cansa.

Adalbrecht aprieta la boca.

—Sí, se van a quedar. Y son invitados en mi castillo. Que no te oiga hablar mal de ellos otra vez.

Luego me acerca a un grupo de mujeres reunidas alrededor de Irmgard, todas sentadas en sofás y otomanas, y se desprende de mí como si fuera una servilleta sucia.

Uf. Bueno, si me toca aguantar a Irmgard, al menos no tengo que estar sobria. Tomo una copa de *glohwein* de una bandeja que pasa a mi lado y me hundo en el único sofá libre y, por desgracia, acabo junto a Irmgard.

—Bueno —digo como quien cuenta el último escándalo—, ¿*qué* hacía Anna von Morz con ese sombrero la semana pasada?

—Eso me gustaría saber a mí. —Irmgard se sumerge en una retahíla de críticas animadas. Apenas la escucho y solo asiento de vez en cuando.

¿Por qué a Adalbrecht le importan los Von Hirsching? Para los Von Falbirg, la respuesta era sencilla: necesitaban la ruta de comercio que recorre primero el territorio Hirsching y luego Sovabin. Pero los Von Hirsching y los Von Reigenbach tienen una relación igual de parasitaria. Pocas mercancías atraviesan el territorio Hirsching sin detenerse antes en Minkja. No hace falta que les adule.

Y, si soy sincera… Bueno, no es que recuerde las palabras de Emeric, sino más bien una de sus teorías descabelladas: el motivo por el que los *nachtmaren* están apareciendo de repente en Minkja como si fueran margaritas.

—¿Dónde lo has conseguido, Gisele? —La voz de Irmgard se entromete en mis pensamientos.

Schit. No tengo ni idea de lo que está preguntando. Parpadeo despacio, con autoridad.

—No debería decirlo.

Sieglinde von Folkenstein se limpia con delicadez unas migas de la boca.

—*Prinzessin*, por favor, a lo mejor mi marido me permite conseguir un topacio mientras estemos en Minkja. ¿No puedes decirnos al menos quién es el joyero?

Ah. La lágrima de rubí. Mis labios forman una sonrisa de advertencia.

—He jurado guardar el secreto.

—Pero, a ver, ¿cómo se queda pegado? —Irmgard se inclina hacia delante y me rodea la clavícula con la mano. En su mirada percibo un brillo afilado como una espina.

Sieglinde también se acerca. Lo mismo hace el resto de las mujeres, amontonándose, con brillos como cristales cortantes en cada ojo, y con cada ojo fijo en el rubí.

—Dínoslo —exige una—. Dínoslo, Gisele. No es justo que seas la única.

—No es justo —repite Irmgard, con esa rabia arácnida asomando una pata minúscula y erizada en la superficie.

Noto una neblina maníaca familiar, como… como cuando Yannec intentó cortarme el rubí de la cara. Es la maldición de Eiswald vertiendo sangre en las raíces de su codicia para que florezca por completo, salvaje. Este es el precio de su deseo: que me devoren.

El dedo de Irmgard me da un golpe repentino en la cara.

—¿Puedo tocarlo?

No espera la respuesta y empuja la lágrima hasta que me duele el pómulo y vuelvo a tener casi trece años y se está riendo cuando piso el clavo que ha escondido en mi zapato…

—Ups —digo sin inmutarme y le echo el contenido de mi copa de *glohwein* por el vestido de satén dorado.

Irmgard se aparta con un gritito. La neblina se disipa.

—Ay, Irmgard —gorjeo—, has tenido un *accidente*.

Me mira, respirando con dificultad, y la furia se manifiesta detrás de sus ojos, hasta que… alza la voz.

—*Markgraf*, nuestra *querida* Gisele no se encuentra bien.

Será *chivata*. Una mano enorme aterriza en mi brazo.

—Mi dulce prometida —dice Adalbrecht con firmeza—, me temo que sigues indispuesta. Vamos a llevarte de vuelta a tu lecho de enferma, ¿eh?

Casi me arrastra del sofá antes de que pueda decir algo.

—¡Volveré enseguida! —grita por encima del hombro, con la voz alegre y severa—. Solo voy a cuidar de mi pobre campanilla de invierno que está enferma.

Pero, cuando llegamos al vestíbulo, no se dirige a las escaleras que conducen al ala del río.

De hecho, sigue agarrándome con fuerza del brazo y me lleva por otras escaleras, en dirección opuesta: hacia sus aposentos.

Vuelvo a pensar en el cuchillo de mi bota, pero ahora por un motivo muy diferente.

—Te daré un tónico para que te calme los nervios —dice—, dado que los invitados te han agitado tanto.

Vaya, *eso* no es para nada siniestro.

Pero puedo salir de esta yo sola. O, al menos, podré… apañármelas. Aún necesita a una prometida, al fin y al cabo, así que lo que me dé no será letal. La peor parte será estar a solas con él, e incluso eso… bueno, las perlas me protegen. Adalbrecht posee suficiente valentía para arrinconar a una sirvienta sola en el castillo Falbirg, pero habrá consecuencias si le hace daño a Gisele.

Me las puedo arreglar sola.

Los guardias lo saludan desde la parte superior de las escaleras. Él alza el puño en lo que parece otro saludo… pero entonces oigo un *crunch* minúsculo y quebradizo.

Parpadeo, convencida de que lo he imaginado. Y entonces, cuando pasamos junto a los guardias, dos golpes resuenan en el pasillo. Echo un vistazo atrás y los dos han caído al suelo, con los ojos cerrados.

Antes de que pueda procesarlo, Adalbrecht abre una puerta que nunca me he molestado en investigar y me empuja dentro de su estudio.

No sé lo que esperaba: ¿cráneos en picas? ¿Calderos burbujeantes? ¿Paredes cubiertas de brea? Pero lo cierto es que es bastante… aburrido. Altos ventanales arqueados sombreados con cortinas pesadas de terciopelo azul; la distante corona dura de Kunigunde en el Salzplatt se distingue a través de las celosías en forma de diamante. Paredes llenas de cabezas de animales disecadas y tapices. Estanterías, mapas, sillones, junto a un fuego respetable. La puesta del sol colma la habitación con una luz roja, como si todo lo que tocara fuera hierro y la sala fuera la forja.

Adalbrecht me suelta, se dirige a un aparador cerca de la ventana y arroja algo sobre la mesa. Entorno los ojos. Creo que veo fragmentos de hueso, la mandíbula minúscula de un roedor…

—Esto te calmará. —Adalbrecht está junto a una sorprendente colección robusta de botellas en el aparador. Algunas contienen claramente hidromiel y aguardiente, y otras, tinturas con ramas de laurel, tomillo y borraja en líquidos de distintos colores. Saca una botella no mucho más grande que mi mano, algo que destella como un fuego en el líquido claro.

Acabo de descubrir que Adalbrecht se parece mucho a Yannec. (Y no de un modo que a mí me gustaría: muerto en el Yssar).

Desde que lo conozco, sé que cree que el mundo le debe un diezmo por el simple hecho de haber nacido noble en Almandy; le gusta sentirse poderoso y recordar a los demás que no lo son. Y, al igual que Yannec, no sabe nada sobre prestidigitación.

Así que no me da nada más para mirar excepto esa botella elegida mientras saca una copa de cristal de una alacena cercana.

No me he pasado los últimos doce meses reuniendo una colección respetable de venenos para no reconocer las Lágrimas de Augur cuando las veo. Los destellos las delatan: copos de pan de oro bailan en la botella transparente en espirales lentas y perfectas, captando la luz flameante de la puesta del sol. Esas espirales perfectas son una propiedad curiosa de esa tintura y el oro la potencia.

En principio no es un veneno. Está hecha a partir de las Lágrimas de la Verdad y, cuando los augures profetizan, toman un dedal para quitarse los velos del mundo y ver las cosas como son, al menos durante una hora o así. Mucho más que eso te volverá loco y mucho más que un trago te matará.

Adalbrecht me está sirviendo una cantidad que sobrepasa el trago en la copa de cristal.

Y es entonces cuando me doy cuenta: quizá no consiga apañármelas sola después de todo.

No sé en qué ha hundido los dientes el Lobo Dorado, pero... no necesita a la *prinzessin* viva.

El último retazo de seguridad, la última ventaja que tenía contra él, se acaba de disolver como una perla en vinagre.

Adalbrecht se acerca y me ofrece la copa. La luz del sol moribunda, roja como una amapola, nos impregna a los dos y, a su paso, deja unas sombras afiladas como cuchillas.

Soy yo contra el margrave. Estoy sola.

—Me lo llevaré a mis aposentos —digo, girándome hacia la puerta abierta—. Supongo que no tienes una tapa...

Aparta la copa de mi alcance.

—Es parte de un juego de copas y se queda aquí. Bébetelo ahora.

Esto...

No sé qué hacer.

Podría derramar la copa, pero en la botella queda más líquido.

Podría huir, pero él da órdenes a los guardias.

Podría llamar a Poldi, pero Adalbrecht es el amo del castillo.

Podría intentar sacar el cuchillo de la bota a tiempo, podría darle una patada, podría...

Es un guerrero experimentado, líder de los ejércitos de Bóern, me saca una cabeza y los hombros y pesa más que yo. Y me comería viva.

Estoy sola y no tengo nada ni a nadie que me salve, tan solo a mí misma.

A lo mejor... puedo fingir que lo bebo y escupirlo cuando me marche. Esa es mi mejor opción.

Tomo la copa.

Y la madrina Muerte aparece a mi lado, solo visible para mí.

Posa la mano en el borde de la copa y, por una vez, su rostro no cambia entre las personas que van a morir.

Su rostro es el mío. El mío *de verdad*, no la ilusión de Gisele.

—Pídeme ayuda, Vanja —me suplica Muerte—. *Por favor.*

No quiero... *No* pasaré el resto de mis días como una sirvienta.

Haré esto yo sola. Aunque me mate.

Me llevo la copa a los labios y bebo.

CAPÍTULO 17

ATORMENTADA

—¡Vanja! No le hago caso a Muerte. Creo... creo que puedo salirme con la mía.

Solo permito que una gota se deslice por la garganta. Quema como licor, pero con un regusto extraño a sal y a cobre. Si tengo razón, esto se parece a la dosis que toman los augures y solo tendré una hora muy reveladora.

Hago todo un espectáculo de toser y arrugar la nariz.

—Ay, sabe fatal. Creo que...

—Bébete la medicina —ordena Adalbrecht—. *Toda*.

Parpadeo.

Y entonces vuelvo a parpadear. Ahora lo veo, lo que no encajaba en su retrato de niño. Sus hermanos y él tenían los ojos castaños.

Y ahora los ojos de Adalbrecht son azules como el corazón de una llama. En todo caso, parecen casi brillantes... No, arden...

La habitación a nuestro alrededor se bambolea como caldo gelificado. Contengo la respiración. Y entonces... entonces...

Es como si a las paredes, al suelo, a Adalbrecht, a *todo* le surgieran ampollas y se pelara. Veo capas de pintura en las paredes, décadas de pinturas; en la alfombra veo sangre que lleva cuarenta años sin estar ahí. La pared de trofeos de caza está llena de cosas muertas y viejas, excepto por un cráneo bestial que arde con el mismo fuego azul que los ojos de Adalbrecht.

Cuando lo miro, no veo el rostro de un hombre, sino la cabeza de un caballo clavada en sus hombros, una corona de más clavos de hierro flotando sobre él, dientes al descubierto, ojos de un fuego cerúleo.

—*Bebe* —brama. De la boca le sale sangre y una llama azul. Pero veo, *veo*...

Veo un charco de cabello dorado en un campo de batalla ensangrentado por la noche, un soldado de no más de veinte años tumbado inmóvil; la sangre le fluye lenta de una herida sibilante del pecho; entrecierra los ojos castaños por el dolor y el delirio. Cada respiración agonizante es una maldición dirigida al desgraciado general que perdió esta batalla, una maldición para la emperatriz que lo envió a morir entre la cizaña, una maldición para su padre por permitírselo. Débil. Su padre era débil. La casa Reigenbach fue en el pasado una casa de *reyes*. Y ahora...

Es el último de sus hermanos, debía ser el mejor. Ahora no es nada, solo el mejor cadáver en la tierra.

Era tan bueno como cualquier otro príncipe. Se merecía ser rey.

Veo a un *nachtmahr* acercándose a rastras a su esternón, riéndose mientras le toca la cara. Veo a un cuervo aproximándose a saltos para picotearle con curiosidad la oreja.

Débil. No puede detenerlo. Le aplastan el aire de los pulmones.

Débil. Justo como su padre.

Abre los ojos de repente. Atrapa al cuervo, le rompe el cuello con una mano. El *nachtmahr* chilla, su forma se retuerce y, de repente, ya no es un hombrecillo, sino un cuervo medio podrido.

Mira al soldado esperando sus órdenes.

El soldado se sienta erguido; una llama zafiro le recubre las heridas. Y ahora... veo ese mismo azul ardiendo en sus ojos.

Nació para llevar una corona, aunque deba conseguirla por sí mismo.

Ahora lo veo matar a un animal tras otro para los *nachtmaren*; cambia sus vidas por actos malvados y migajas prestadas de poder. Con una marmota compra la muerte del general; con un zorro, la de su padre; con una cabra, la de la emperatriz; hay demasiadas para contarlas. Ahora lo veo jurando mantener gordos a los *nachtmaren* con sueños terribles mientras lanza a sus soldados batalla tras batalla para establecer las bases de un reino y reclamar lo que debería haber sido suyo desde el principio.

Ahora *veo* al margrave de pie en el estudio, delante de mí, estirando el brazo…

Oigo un grito que suena como un gato y una niña y una mujer a la vez, y un borrón de pelaje negro y ojos rojos entra en el estudio detrás de mí. Salto y suelto con ganas la copa.

El borrón sube por las piernas de Adalbrecht arañándolo mientras él grita, da un par de vueltas alrededor de su torso y luego se lanza hacia el escritorio, haciendo volar los papeles. Es Ragne. *Ragne* me ha salvado.

Sale disparada hacia la repisa de la chimenea sin dejar de maullar y baja rasgando un tapiz hasta meterlo en el hogar. Las llamas roen con ganas los lobos bordados. La alfombra que cubre el suelo empieza a echar humo también. El golpe de gracia final de Ragne es tirar la jarra de agua de camino a la puerta, con lo que Adalbrecht no tiene con qué apagar el fuego.

—Iré… iré a buscar ayuda —jadeo, y salgo corriendo del estudio pisándole los talones a Ragne. Creo que Adalbrecht grita algo detrás de mí, pero cuando me atrevo a mirar está intentando apagar las llamas a pisotones, sin resultado.

El pasillo es mucho peor que el estudio. Veo fantasmas, veo recuerdos, veo lo que los Von Reigenbach han hecho aquí y las cicatrices y las manchas que han escondido sin más detrás de retratos: todo queda expuesto por las Lágrimas de Augur. No me siento borracha, pero *sin duda* no me siento estable tampoco; las paredes cambian a mi alrededor a través de siglos de renovaciones.

Me acerco a trompicones al pasadizo de los criados más cercano. Está desierto, como esperaba. Todo el mundo está ocupado sirviendo a los invitados y ahora entiendo por qué Adalbrecht dejó inconscientes a los dos guardias de servicio.

Los pasillos oscuros y estrechos son una ligera mejora, pero al fin llego a mi habitación en el ala del río. También rebosa de fantasmas y puedo *oír* todas y cada una de las motas de polvo que flotan en el aire, cada costura en la tela de la colcha, cada espiral de escarcha que cubre las ventanas heladas.

Caigo de rodillas, temblando, y luego me acurruco en el suelo. ¿Cómo voy a sobrevivir *una hora* así? Quiero que el mundo se estabilice, quiero volver a sentirme a salvo, quiero que venga mi madre, cualquiera de ellas…

Me detengo antes de que el ruego silencioso se manifieste por completo. Conozco el precio. No lo pagaré. Nunca.

Algo suave me empuja la mano.

—No, tienes que levantarte —maúlla Ragne—. Estás enferma, necesitas ayuda.

Abro los ojos. Es complicado mirarla, como cuando en Lähl el *nachtmahr* se dividió en mil versiones de sí mismo al oír las campanas. Solo que las formas de Ragne son diferentes y las veo todas a la vez, ancladas por dos puntos gemelos de un rojo ardiente. Una luna cuelga sobre su cabeza, crece de oscura a llena.

Veo sangre en la nieve, una bolita de sombras que se retuerce acunada en las manos frías de Eiswald. Veo a Ragne rodando y gateando con las bestias del bosque, aprendiendo sus métodos y sus formas, pero sin acabar de asentarse. Su madre es una diosa menor y su padre es humano, y ella no es una cosa ni la otra; no es familia de nadie y no pertenece por completo a ningún mundo.

Oigo su emoción por adentrarse conmigo en el mundo de su padre, cantando con cada latido de su corazón.

Oigo su decepción cuando la primera humana a la que conoce solo obedece al oro y únicamente quiere salvar su propio pellejo.

—Me ayudaste —susurro—. ¿Por qué?

—Porque eso es lo que la gente hace —dice, como si fuera lo más obvio del mundo—. Los humanos lo complicáis todo. Arriba, venga. Has bebido demasiado.

Me siento muy pesada.

—Siento haberte gritado. Estaba enfadada, pero no fue culpa tuya. Fue… cruel.

Ragne no responde durante un momento. Creo que la veo mover la cola. Al final, dice:

—Fue cruel, pero tus madrinas son crueles y creo que la Gisele te hizo daño. Pero no vuelvas a hacerlo. Levántate, por favor.

Ruedo por el suelo. La habitación da vueltas. En algún lugar por encima de mí, una pareja discute en una época cuando esto era una habitación de invitados. Veo el volcán que expulsó la lava que se convirtió en la piedra que se despeñó por las montañas hasta que la desenterraron y la cortaron en cuadrados para construir la pared de debajo del yeso.

—Es demasiado —resuello.

Ragne me da otro golpe en la mano con la cabeza.

—Iré a buscar ayuda. Te quedan unas horas antes de que esto llegue al corazón y te mate.

—Ah. Genial.

—Me daré prisa —promete. Y entonces se marcha.

—¿Señora? ¿Puedo hacer algo? —pregunta Poldi desde la chimenea. Me tapo los ojos.

—Quédate aquí. He tomado Lágrimas de Augur y si veo a tu auténtico yo, creo que se me romperá el cerebro.

—En eso tiene razón. Cuidado con lo que diga. Mientras las Lágrimas la retengan, solo dirá la verdad.

Menuda nueva complicación tan divertida y terrible.

Cada segundo que paso tumbada allí con los ojos cerrados, la verdad escarba en mis otros sentidos con más saña. Oigo el viento en los bosques de la madera con la que se hizo el cabecero de la cama. Saboreo las mentiras de Irmgard como leche agria. No puedo…

No puedo quedarme así.

Me obligo a levantarme. El suelo *sí* que parece oscilar. Me tambaleo para agarrarme a un poste de la cama, alzo la mirada y me encuentro con…

El espejo del tocador.

Me veo a mí misma.

Veo mi rostro debajo de las perlas, veo el vestido mal puesto porque no *me* queda bien; le quedaría bien a Gisele, todo esto es para Gisele y yo solo soy una ladrona y una mentirosa y demasiado cobarde para ser… yo misma. Veo la mano de Muerte y la mano de Fortuna, una en cada hombro. Veo a mi madre biológica detrás de mí, con el mismo aspecto que tenía la noche en que me abandonó en el bosque y los fantasmas sin forma de mis hermanos detrás.

Una luna se cierne sobre mi cabeza: menguante, de llena a nueva. A la inversa que la de Ragne. La marca de Eiswald.

Veo una lágrima sangrienta y maligna debajo de mi ojo derecho; las venas se extienden desde ella y brillan por todo mi cuerpo, hacia las perlas de los tobillos, hacia el ombligo, a otra decena de lugares. Cuando aprieto un dedo en el brazo, *siento* un bulto, un nudo que no estaba ahí, a la espera de atravesar la piel.

En el espejo, las venas se hinchan con cada latido del corazón, brillando de un escarlata más intenso. Me surgen rubíes y perlas de la columna, de los ojos, de las cicatrices; me ahogo en gemas hasta que no queda nada.

Nada excepto mi codicia.

Es un reflejo, insiste la cobarde que hay en mí, solo un reflejo… Solo el espejo y el veneno, nada más.

No sé si es real, pero lo importante es que es cierto.

Me caen lágrimas de los ojos y, en el espejo, son como perlas.

No hay ninguna *prinzessin*. Ninguna Marthe. Ningún *Pfennigeist*. Da igual cuántas cartas interponga entre el resto del mundo y yo, da igual cuántas mentiras cuente, cuántas vidas robe: nunca será suficiente. Nunca podré huir del fantasma en el espejo.

Nunca podré huir de ella, porque me atormento a mí misma.

Me veo como soy: una chica asustada, sola en un mundo cruel, abandonada por familia y amigos; una chica que preferiría convertirse en una piedra manchada de sangre antes que permitir que alguien se acercara lo suficiente para dejarle más cicatrices.

Una chica que preferiría morir antes que servir a otra persona. Incluso a mí misma.

Y eso me está matando.

Las lágrimas arden cuando me caen por la cara. No puedo seguir mirando.

Ragne aún no ha regresado. ¿Cuánto tiempo ha transcurrido? Dijo que me quedaban horas. A lo mejor le ha pasado algo. A lo mejor no puedo esperar. Adalbrecht intenta matarme. ¿Cuánto tardará en llegar a mi puerta?

No puedo quedarme aquí. Necesito… necesito ayuda.

Todas mis opciones tienen un precio. Lo único que puedo hacer es elegir cuál pagaré.

No puedo hacerme esto. No puedo.

Necesito ayuda.

Necesito salir de aquí.

Cambiarme de vestido es un proceso largo y tortuoso (mientras veo las manos que hilaron el hilo que… ya me entendéis) e implica tropezarme con muchas cosas. Creo que pierdo al menos diez minutos mirando un tapiz. Para cuando me he puesto un vestido sencillo y una capa, ha anochecido y la luna creciente atraviesa la costura negra del cielo.

Casi estoy delirando. Veo ruedas en las estrellas, veo ojos en las paredes y quizá sea la verdad, pero para mí carece de sentido.

Decido ir por el pasadizo de los criados porque, a este ritmo, me quedaré atrapada en los enrejados, mirando las rosas muertas hasta congelarme. Fantasmas y recuerdos me ven pasar y juraría que las escaleras me llevan en una espiral, pero... he recorrido este camino mil veces. Sé lo que hago.

Tengo que saber lo que hago.

Sin embargo, cuando atravieso la salida al final de las escaleras, me doy cuenta de que debería haberme arriesgado con las rosas.

El frío de la noche es amargo, y la escarcha es más espesa aquí en la base de la cascada, donde se han acumulado capas de niebla congelada. Y el camino estrecho que atraviesa la cortina de agua está cubierto de hielo.

Me quedo quieta un momento, preguntándome si respiro con jadeos cortos y ásperos por las escaleras o porque las Lágrimas de Augur se están acercando al corazón.

Necesito ayuda. Y no puedo quedarme aquí.

Piso el camino helado.

Yssar, el mismísimo dios menor, me observa desde debajo de la superficie de su río; veo esa verdad. No tengo ni idea de lo que piensa cuando doy cada paso como una cirujana borracha intentando coser una herida mientras procuro ignorar los eones de historia, los encuentros secretos y los asesinatos, y a la gente normal y corriente recorriendo este sendero antes y después de mí.

Tendría que haber sabido que era una misión imposible. No llego ni a la mitad antes de resbalar.

No hay margen de error con la cascada. El pie se desliza y yo me deslizo, y, antes de que pueda gritar, he caído.

No es una caída larga, pero es muy fría y el martilleo de la cascada me hunde hasta el fondo rocoso del río. Los pulmones se contraen por voluntad propia de la conmoción e intentan tomar aire, pero solo engullen espuma asfixiante. Me sacudo y me dirijo hacia arriba hasta que llego a la superficie, vomitando, y solo consigo una respiración a medias antes de que dos corrientes me desgarren y me arrastren de vuelta a la cascada y me alejen de ella al mismo tiempo. Me arden los pulmones, me hierven, y solo quiero *respirar*; una parte animal de mí entra en pánico…

Otra parte distante de mi ser se siente un poco culpable por desear que esto le ocurriera a Emeric. No sé qué me molesta más: que quizá muera aquí por culpa de mis terribles decisiones o que, con las Lágrimas de Augur recorriéndome la sangre, sepa que esta culpabilidad no es mentira.

Algo sobre ese fastidio me estabiliza. Es como si llevara *No te dejes llevar por el pánico* tallado en los huesos, y en eso, al menos, puedo confiar.

Primero tengo que alejarme de la cascada o no podré salir nunca. Chapoteo y doy patadas hasta que el tirón de la cascada disminuye. Algo se aprieta contra mi espalda y me ayuda a alzarme a más velocidad. Llego a la superficie.

Oigo voces sobre mis toses violentas y soy un poco consciente de que me arrastran a un muelle cercano. Luego unas manos me agarran para sacarme. Por debajo del agua, veo el borrón oscuro del morro de una nutria con ojos de un rojo reluciente. Al final Ragne encontró ayuda.

Tiran de mí hasta los tablones robustos del muelle, donde me desplomo en un montón empapado. Me ponen un abrigo tan grande que da risa alrededor de los hombros.

Cometo el error de permitir que mis ojos se posen en la lana.

Veo a un hombre, grande como un oso, atravesando una ciudad junto al mar mientras los árboles desprenden hojas doradas y rojas por el viento. Veo a un chaval deteniéndole al salir de una taberna; lleva una mochila demasiado grande para un niño de ocho años y el pelo bien peinado; los ojos marrón oscuro y tan duros como el pedernal se esconden detrás de unas gafas enormes. Oigo al chaval decir que tiene una petición para los tribunales celestiales.

Veo al chaval marcharse con el hombre, el recluta más joven en la historia de los prefectos.

Y los otros reclutas no permitirán que lo olvide. El chico puede seguir el rastro de un crimen, conectar hechos que otra gente no ve, pero no entiende por qué sus compañeros de clase no quieren comer con él. No entiende por qué su profesor no consigue contener un suspiro cada vez que alza la mano, ya que ¿no debería saber la respuesta? No sabe que debe mirar por donde pisa hasta la tercera vez que tropieza en la biblioteca y todo el mundo lo mira riéndose a escondidas detrás de los libros mientras recoge sus carboncillos rotos.

Así es como aprende que saber las respuestas no es suficiente.

Veo al hombre entregarle su abrigo y la chaqueta de su uniforme años más tarde, cuando el chico hace historia de nuevo: la persona más joven en pasar el primer rito de iniciación.

Veo el abrigo y la chaqueta quedarse con Emeric hasta que llega a Minkja.

La vergüenza me inunda. *No* debería ver esto. No soy quién para saberlo.

— … Schmidt. ¿Puedes oírme, señorita Schmidt?

—Tiene que entrar en calor lo antes posible.

Una mano más firme en los hombros me mantiene erguida, aunque esa voz envía otro escalofrío a mis entrañas.

Si hay dos personas en el Sacro Imperio de quienes *no* quisiera ver toda la verdad, esas serían Emeric Conrad y Gisele von Falbirg.

Me tapo los ojos con las manos mientras me castañean los dientes. Intento encontrar las palabras, pero me salen estranguladas y atrofiadas.

—No puedo… no puedo miraros.

Emeric maldice en voz baja y puedo oír las emociones que contiene esa imprecación como si la diseccionaran sobre una mesa: enojo, desconfianza, urgencia, preocupación, miedo.

—El veneno se ha extendido demasiado. No llegará al Gäns-linghaus. —Huelo y saboreo el aceite de enebro y la ceniza de bru-ja—. Señorita Schmidt, esto… esto no será demasiado agradable, lo siento. Pero tienes mi palabra de que te ayudará. ¿De acuerdo?

—¿Qué te deberé? —digo arrastrando las palabras.

Oigo su desconcierto en el silencio, hasta que dice:

—Nada.

Y lo dice de la misma forma que Ragne afirmó que la gente se ayuda entre sí, como si tuviera que ser tan evidente como la nariz en mi cara. Y la verdad más fea de esta noche es que me gustaría entenderlo.

No soy una buena persona.

No sé si lo digo en voz alta. Todo se escabulle de entre mis manos.

—Señorita Schmidt… —Me quita una mano de la cara—. *En serio*. Eres demasiado exasperante como para morir aquí. Te voy a cortar el dedo un poco, ¿lo entiendes?

Me obligo a asentir, temblando y con los ojos cerrados. Noto un pinchazo de dolor en la punta del índice izquierdo. Oigo que Emeric respira hondo, como si se preparara. Y luego dice:

—Te *juro* que esto ayudará. Y debería ser rápido.

¿Alguna vez has notado el pinchazo de una astilla, la has mi-rado y te has dado cuenta de que va a doler casi lo mismo al ex-traerla?

¿Alguna vez has tirado de un hilo suelto, solo para ver que la tela se junta y se arruga?

¿Alguna vez has mirado las venas y las arterias de tu mano y te has preguntado cuántas se ramifican a través del cuerpo, frági-les e inconmensurables como raíces en el suelo?

Ahora imagínate que esa delicada red de vasos sanguíneos está llena de astillas y que *todas* se extraen de la misma forma en que tirarías de un hilo suelto, y que y los nervios son la ropa que se arruga a su paso.

Así es como descubro que el prefecto júnior Emeric Conrad tiene un don para los eufemismos, porque *no será demasiado agradable* ni siquiera *empieza* a abarcar lo que se siente. La única suerte es que es rápido, demasiado rápido para resistirme. Si Gisele no me estuviera sosteniendo derecha, me habría desmayado en el Yssar.

Se oye un desagradable *esplaf* y de repente es como si hubiera pasado de estar atrapada en un teatro ardiendo mientras la orquesta sigue tocando por encima de los gritos a caer en un montón de nieve en medio de un bosque vacío. Todo parece amortiguado, embotado, ahora que ya no saboreo el sonido del infinito y esas cosas.

Schit, hace frío.

Abro los ojos y veo un charco asqueroso en el muelle, veteado con la sangre que sigue chorreando de mi dedo. El corazón me martillea contra las costillas, sigo jadeando para atrapar el aire y, en general, siento que todo mi ser está mareado, pero es un tipo de dolor familiar y mundano.

Un copo de nieve grueso aterriza en mi mano y se derrite. Parpadeo a tiempo para que otro se enganche en una pestaña. *Pues claro* que la primera nevada ha caído hoy.

—Dime —dice Emeric, con vacilación— que no bebiste Lágrimas de Augur para intentar curarte de la maldición.

Niego con la cabeza y me arrebujo más en el abrigo. Por fin permito que mis ojos se posen temblorosos en Gisele y en él.

—Adalbrecht... i-intentó matarme... a mí o a Gisele... pensaba... ¿Q-qué te pasa?

Detrás de las gafas, a Emeric los ojos le brillan de un modo extraño... No, es un resplandor. No parece el fulgor de los ojos azules y ardientes de Adalbrecht, más bien es como los de una bruja del seto cuando come ceniza de bruja, con el blanco de los ojos y todo, como si fueran los faroles del cráneo. Es sorprendente, pero tiene el rostro pálido cubierto de sudor, incluso en esta noche de nevada, y se le han quedado pegados unos cuantos mechones de pelo fuera de lugar. Ni siquiera ha intentado apartarlos.

Sin embargo, Emeric le resta importancia con un gesto y se pone de pie con un esfuerzo inusual.

—Luego te cuento. Te vamos a llevar al Gänslinghaus antes de que mueras congelada.

Ragne sale del agua, temblando y goteando, hasta que se convierte en un caballo negro enorme. Luego se arrodilla, agitando la cabeza. El mensaje es claro: *Sube*.

Espero una queja sobre caballos por parte de Emeric, pero no llega. Gisele y él me agarran cada uno por un hombro, pero es Gisele quien alza gran parte del peso.

No sé lo que se ha hecho Emeric, pero está en peor forma de lo que quiere admitir.

Todo se vuelve gris y se difumina cuando intento levantarme, pero acabo derrumbándome. Oigo voces como si fuera a través del agua, como si estuviera de vuelta en el Yssar, pero no suenan asustadas, solo tensas. Distingo la voz de Gisele:

— … te veré allí. Vete.

Luego veo unos ardientes ojos rojos y una crin negra y acabo sentada de lado sobre una cruz ancha. No me sostengo erguida. Nieva con más fuerza y los copos giran en espirales ebrias como el pan de oro en las Lágrimas de Augur.

El mundo se sacude y se levanta de golpe, pero puedo apoyarme en algo cálido y firme; un brazo me sujeta por delante y otro por la espalda, con los dos puños agarrados a la crin de Ragne. El último pensamiento que tengo antes de desmayarme es que, si yo fuera otra persona, aquello hasta sería agradable.

CAPÍTULO 18

MANTÉN MÁS CERCA
A TUS ENEMIGOS

A través del pesado sueño plomizo, oigo una voz, suave como el terciopelo e inevitable.

—Intentábamos ayudarte.

Creo que una mano se posa sobre mi frente y me aparta el pelo. No lo sé. Voy a la deriva en la niebla.

—Te vimos sufriendo en el castillo Falbirg —prosigue Muerte—. No podemos mantener a los mortales mucho tiempo en nuestro reino, eso lo sabes. Pero si juraras servir a una de nosotras… podríamos protegerte. Podríamos haberte sacado de allí.

Una pausa larga. El peso de su mano casi duele, no porque sea pesado, sino porque lo he ansiado durante mucho tiempo.

—No entendemos a los mortales. No podemos, en realidad, para hacer nuestro trabajo. Pero creíamos saber lo que pedíamos. Aunque no supimos lo que te pedimos… a ti.

Muerte aparta la mano.

—Los dioses no se equivocan, menores o supremos. No podemos cometer errores ni retirar nuestros acuerdos. Mientras seas nuestra, habrá un día en que tendrás que decidir a quién servir.

—Suspira—. Fortuna y yo dejaremos de presionarte por ahora. Podemos esperar.

Abro los ojos.

No sé lo que esperaba al despertar, pero no eran las paredes de una bañera.

Tampoco esperaba despertarme *sudando*. Sobre todo porque al parecer llevo puesto un camisón grande y poco más. Pero me han envuelto en una pila de mantas y el aire fuera de ellas parece cálido sin motivo.

No veo a Muerte por ninguna parte. Estoy sola en una habitación sencilla y oscura, poco más grande que un armario, con una chimenea que va del suelo al techo. La combinación, el vestido, las medias, la blusa y la capa cuelgan de una cuerda cerca de ella.

El pánico se aferra a mi garganta hasta que noto un peso familiar en el bolsillo del vestido. Al menos, atontada como estaba, me acordé de meter ahí las perlas.

Oigo unos susurros que proceden de debajo de los tablones del suelo, demasiado amortiguados para entender las palabras. Creo que recuerdo oír algo sobre llevarme al Gänslinghaus, pero hay demasiado silencio… o quizá sea más tarde de lo que creo.

Poco a poco, me levanto dolorida de la bañera. Una parte de mí se muere de ganas por escabullirse a escondidas, por huir del ajuste de cuentas que me espera. Pero, si algo vi con las Lágrimas de Augur, fue que no puedo escaquearme de este lío por mi cuenta.

Vestirme es más complicado de lo que esperaba y bajar las escaleras es peor. La conversación entre susurros se acalla con el primer crujido de los peldaños.

Dos rostros se giran hacia mí cuando entro cojeando en la cocina, iluminada solo por un farol y las brasas: Ragne, sentada en la encimera y ataviada con otro camisón, y Gisele, de pie sobre una tetera humeante junto al fogón. Hay alguien acurrucado en la larga mesa y estoy bastante segura de que se trata de Emeric, dormido encima de una pila misteriosa de papeles doblados.

—Decidme que no me ha desvestido él —grazno.

—Ese chico se ha desmayado como un minuto después de traerte a rastras. —Joniza no alza los ojos de donde está sentada en el otro extremo de la mesa, fulminando con la mirada un papel; se ha recogido las trenzas adornadas con oro sobre la cabeza. Conozco ese semblante pensativo: está trabajando en una nueva canción—. Aunque como *durmió* en la bañera el lunes por la noche, podríamos decir que has estado en su cama.

—Puaj.

—¡Estás mejor ya! —dice Ragne con alegría, pero luego se encoge, avergonzada, y baja la voz—. Me han dicho que no gritase.

—No te preocupes. Los niños ya estarán dormidos. —Gisele sonríe, con las mejillas sonrosadas por el fogón. Luego se gira hacia mí y el invierno la vuelve fría como una piedra—. ¿Te gustaría decirnos algo a Joniza o a mí antes de que despierte a *meister* Conrad?

Joniza alza la mirada y su rostro dice claramente: *A mí no me metas.*

El estómago se me encoge con un dolor viejo y resentido. Sé que le he hecho esto a Gisele, pero no tiene derecho a actuar como si no lo hubiera hecho también *por* ella. Recuerdo lo que dijo exactamente en una orilla fangosa hace un año. Recuerdo cómo suplicó.

Las perlas rebotan en silencio contra mi muslo.

—Bebí un veneno que iba dirigido a ti —replico con la misma frialdad—. De *tu* prometido. Eso es lo que tengo que decir.

—¿Alguien quiere un té? —pregunta Joniza con inocencia, apartándose de la mesa.

—Sí, por favor.

Todas damos un salto cuando Emeric se endereza y tira por accidente un montón de papeles. Se sube las gafas al pelo y se frota los ojos.

—Yo también.

Cuelgo la capa de un gancho y me dirijo al estante de las tazas. Una mota de hollín estalla en la primera que tomo y se esconde detrás del fogón, siseando. Supongo que aquí no hay ningún *kobold* que las mantenga fuera.

Gisele pasa a mi lado empujándome con el hombro y saca una taza con toda la intención del mundo.

—Yo me preparo el mío.

Si pudiera poner los ojos en blanco con más fuerza, lo oirían desde Sovabin.

Un minuto más tarde, le doy una taza de té a Emeric y me siento frente a él (¿hace falta que sepa que le ha tocado la taza con la mota de hollín? Para nada). Levanta la cabeza de las manos, con cara de sueño.

—Gracias. ¿Algún… efecto extraño? —pregunta con la voz áspera.

—No me pidas que haga volteretas dentro de poco —respondo con seriedad—. ¿Qué te ha pasado?

—Se supone que, en teoría, no puedo hacer magia hasta completar los ritos de iniciación para ser prefecto —admite, colocándose las gafas de nuevo en la cara—. La ceniza de bruja que usamos tiene una especie de, eh, efecto rebote. Solo nos dan el hechizo para minimizarlo *después* de la segunda iniciación, para que los tontos como yo no vayan despilfarrándolo dos días seguidos. Es solo para emergencias —arruga la nariz—, y entre el *nachtmahr* y las Lágrimas de Augur, ha habido un número inaudito de emergencias.

—Pues ha sido muy valiente por tu parte que te arriesgaras por Vanja. —Gisele se acomoda en una silla junto a él.

Emeric sacude la cabeza mientras Ragne se sienta en un taburete a mi lado.

—Eres muy amable, pero no creo en la valentía, solo en las alternativas desagradables.

—No *tan* desagradables —musita Gisele a su té.

—No tengo por qué estar aquí —le replico—. No te debo nada.

Ragne ladea la cabeza en mi dirección.

—Te morías —dice, como si se lo explicara a una niña pequeña—, muy mal, mucho.

—Vale, sí...

—Te envenenaron y casi te ahogaste, y si no hubieras venido
aquí seguramente te habrías congelado...

—Lo *pillo*, Ragne.

—Estás aquí porque no tienes ningún otro sitio al que ir —dice
Gisele con frialdad—. Así que un poco de gratitud no te matará.

Joniza se aclara la garganta. Ha vuelto a centrarse en su canción, pero mantiene la cara de *no me metáis en esto*.

La mirada de Emeric pasa de Gisele a mí, evaluándonos como
dos borrachos peleándose en una taberna que podrían darse un
puñetazo en cualquier momento, hasta que endereza los papeles.

—Bueno, pues. Dado que el *markgraf* Adalbrecht von Reigenbach ha intentado asesinarnos a los dos e, indirectamente, a la
princesa Gisele, creo —tuerce la boca como si hubiera mordido un
limón podrido— que *la cooperación* nos interesa a todos.

—Vaya, pero si estás *tan* emocionado como un futuro novio
—bromeo. Él me mira con arrogancia.

—Estatuto del prefecto, artículo siete: «En el caso de que sea
necesario buscar la ayuda de un delincuente o un malhechor para
una investigación, la relación deberá ser lo más breve posible para
evitar corromper las pruebas, el carácter o el juicio del prefecto».
Colaborar con una delincuente como tú debería ser mi último
recurso. El objetivo de nuestro trabajo es cerciorarnos de que la
ley se aplique a todo el mundo, no ignorarla cuando nos resulte
conveniente.

Algo en su forma de decir «delincuente» me molesta. No es
repugnancia, sino algo más cercano al rechazo. Antes de que pueda evitarlo, ya le estoy replicando.

—Ay, *no*, no quiero decepcionar a papi Klemens.

Emeric se encoleriza más de lo que esperaba, pero se controla y bebe un sorbo de su taza.

—Hubert estará más interesado en los resultados. Además, esto es lo normal para nosotros. Yo llego primero, con pinta de ser un pusilánime sin experiencia, y resuelvo el caso porque todo el mundo se traga la jugada y baja la guardia.

El *exactamente como hiciste tú* es implícito. Mi decisión de darle la taza con la mota de hollín está justificada por completo.

—Así que, nos guste o no, me parece que ninguno está en situación de rechazar ayuda ahora mismo, sobre todo la señorita Schmidt. Por lo menos deberíamos empezar compartiendo lo que sabemos. ¿Os parece aceptable?

—Vanja, primero —dice Gisele de inmediato—. Porque, si habla la última, es posible que nos extorsione por lo que sabe.

—Eh, vale —digo. Emeric hace un ruido de exasperación, pero yo me encojo de hombros—. ¿Qué? Está aprendiendo.

Él saca otro carboncillo de debajo de los papeles y una hoja del montón.

—Empieza por el margrave.

Llevo el pelo suelto sobre los hombros, así que lo divido en dos partes y empiezo a trenzarlo para mantener las manos ocupadas.

—Le propuso matrimonio a Gisele el año pasado, envió soldados a recogernos y, cuando llegué a Minkja, ya se había ido al frente. No supe que iba a regresar hasta que su mensajero apareció el domingo y declaró que la boda sería dentro de dos semanas.

—Eso... —empieza a decir Gisele, pero se cruza de brazos y aparta la mirada, como si no quisiera darme más credibilidad de la estrictamente necesaria.

—¿Princesa Gisele? —la anima Emeric, pero ella sigue sin mirarme.

—Me parece, no sé, demasiado rápido. Es el noble más poderoso del imperio meridional y Sovabin es un principado real, aunque

sea minúsculo. Una boda como esa debería llevar meses de preparativos.

—Una boda precipitada y aun así intenta matar a la novia antes de tiempo. Interesante. —Emeric apunta algo y me mira de
nuevo—. Quizás haya cambiado alguna cosa. Háblame del enve-
nenamiento. ¿Viste algo con las Lágrimas que pudiera ser útil?

Se lo resumo, desde cómo Adalbrecht protege a los Von Hirsching hasta su insistencia en que bebiera las Lágrimas. Y entonces
me acuerdo. Me levanto de repente de la silla y doy un golpe en la
mesa.

—¡Sus ojos!

Joniza me manda callar.

—Te juro que *no* voy a pasarme otra hora tocando nanas si esos
monstruitos se despiertan.

Bajo la voz y me inclino hacia ellos.

—Hay un cuadro de sus hermanos y de él cuando eran niños.
Todos tienen los ojos castaños. Y los suyos ahora son azules. Con
las Lágrimas, brillaban como un *nachtmahr* y tenía la cabeza de un
caballo y había una calavera en su estudio y…

—Espera un momento. —Emeric alza la mano, escribiendo
con frenesí—. ¿Tenía *qué*?

—La cabeza de un caballo. Como el *mahr* que nos atacó, pero
clavada sobre los hombros. —Le describo la visión de Adalbrecht
muriendo en el campo de batalla, de los *nachtmaren*, de los animales muertos. Luego chasqueo los dedos—. Y la noche que intentaste sorprenderme, me atacó un *mahr* en el castillo.

—Pero un *kobold* debería mantenerlos fuera —dice Gisele con
recelo.

Su recelo es contagioso, porque Emeric me mira con escepticismo e indignación, como si les estuviera haciendo perder el tiempo
con una mentira.

—Estoy *terriblemente* familiarizado con el *kobold* del castillo
Reigenbach, señorita Schmidt.

Me tenso y retrocedo. Noto algo en la garganta. Sé que los dos tienen motivos para dudar de mí, pero siento un pánico antiguo y asfixiante, porque estoy contando la verdad para variar y nadie me cree. Me pilla como quien se salta un escalón y, por un momento, estoy ante los Von Hirsching, jurando en vano que no soy una ladrona.

Ragne se levanta a mi lado.

—Yo también vi al *mahr*. Intenté despertar a la Vanja arañándola.

Me señala la muñeca, donde las líneas rojas se asoman por la manga, aún tan frescas que se ven a la luz del farol.

El momento pasa. El pánico afloja sus garras.

—A lo mejor Adalbrecht lo metió dentro. No lo sé. —Me siento de nuevo y le dedico un gesto incómodo a Ragne a modo de agradecimiento—. Ah. Y su submayordomo, Barthl, me hizo entregar una carta sin remitente a los Wolfhunden.

—Por *eso* estabas en el Madschplatt —dice Emeric.

—Eh… En parte. Estaba trabajando en la maldición. —Me pillo rascándome la lágrima de rubí, pero me pongo a trenzarme el pelo de nuevo—. La luna llena se acerca. En fin, que eso es todo lo que sé.

Parece que Emeric quiere decir algo, pero cambia de opinión y pliega los papeles de nuevo. En algún sitio debajo del montón encuentra una aguja grande e hilo encerado con unas runas talladas en el carrete de madera.

—Gracias, eso ha sido útil de verdad.

—No hace falta que parezcas tan sorprendido.

—¿No? —Enhebra la aguja y empieza a pasarla por los agujeros perforados en el pliegue de los papeles—. Ahora me toca a mí. Obviamente, esto sería mejor si tuviera mis notas, pero *alguien* las quemó. —Me dirige una mirada de resentimiento palpable—. Hace seis meses, la orden de los prefectos recibió una pista anónima sobre la muerte del anterior *markgraf* von Reigenbach. Según todos los registros, murió mientras dormía hace ocho años, pero necesitábamos que el mayordomo del castillo lo verificara y no lo encontrábamos por ninguna parte. Cuando Klemens y yo lo localizamos al fin, había abandonado a su familia y amigos y se había retirado a Rósenbor.

—Eso está muy lejos para tener un retiro tranquilo —digo. Rósenbor es lo más al norte que puedes llegar dentro del Imperio almánico.

Emeric tensa el hilo.

—Exacto. Se pasó tres días sin abrirnos la puerta. Al final nos dijo que, cuando encontraron el cadáver del anterior margrave, los pies estaban... —Hace una mueca—. Hechos pedazos. Había pisadas humanas de sangre que iban de la cama a la ventana, que estaba cerrada por dentro.

—Así que un *nachtmahr* lo cabalgó hasta matarlo. —Joniza ha abandonado sus letras por ahora y se acerca más a Gisele.

—Eso parece. Según Klemens, no teníamos pruebas suficientes para invocar al tribunal celestial, pero el *markgraf* Adalbrecht llamó la atención de la orden hace un tiempo. Está endeudando su marca para financiar las guerras, la guardia de la ciudad de Minkja es como su pandilla personal, no gana casi nada por aliarse con Sovabin...

—Entonces, para ti, ¿no se casa por amor? —Finjo sorpresa—. Las perlas son muy convincentes.

Gisele deja la taza en la mesa con demasiada fuerza.

—*Sí*. Sí que lo son.

—En cualquier caso —añade Emeric a toda prisa—, en los últimos años también ha habido rumores sobre que ninguno de sus soldados puede recordar con claridad las redadas nocturnas, a pesar de que son sus batallas más fructíferas. En conjunto, todo eso bastaba para abrir una investigación, así que nos dedicamos al caso del *Pfennigeist* como tapadera.

—Pero ¿por qué? —Joniza da golpecitos a un pergamino con su pluma—. ¿Por qué ha invitado a unos prefectos a su propia casa?

Emeric sacude la cabeza mientras ensarta el hilo por otro montón de papeles plegados.

—Eso no lo sé. Mi mejor suposición es que mantiene a sus enemigos cerca para controlar la información que recibe la orden. Tampoco sé qué papel juegan los Wolfhunden aquí. Se ha *movido* dinero del tesoro de Adalbrecht a sus arcas en el último día, un movimiento que no tiene nada que ver con las nóminas, así que algo trama.

—¿Y eso cómo lo sabes? —pregunto, fascinada. Emeric me mira durante un rato largo, pasando el hilo por más agujeros.

—Creo que todos sabemos que no te lo voy a contar. Princesa Gisele, ¿algo que añadir?

Gisele observa su taza con la boca apretada en una fina línea.

—En las calles se habla de *nachtmaren*. Hemos visto más en la última semana que en todo el año, pero nadie lo ha relacionado con el regreso del margrave y nadie ha visto a una criatura como la que os persiguió en Lähl. Además de eso… supongo que podría ver si hay algo raro en los invitados, si consigues una lista.

Emeric deja los papeles y el hilo y ahora veo que empieza a cobrar la forma de un nuevo cuaderno.

—En resumidas cuentas, creo que podemos asegurar con certeza que el margrave está detrás de los ataques de *nachtmaren* y que su objetivo final es algo ambicioso y desagradable. Ahora bien…

—No tienes pruebas —señala Joniza, y Emeric se pone rígido. La barda solo se encoge de hombros—. O sea, tú eres el prefecto, ya lo sabrás, pero parece tu palabra contra la suya. ¿Puedes usar como prueba lo que Vanja vio con las Lágrimas?

Emeric se remueve incómodo.

—Es… complicado. Verdad asiste a todas las sesiones del tribunal celestial, pero es, bueno, fluide, porque la verdad cambia para cada persona. Elle solo puede confirmar si un testigo cree que su testimonio es cierto. Así, pues, la señorita Schmidt puede testificar que *cree* que el margrave ordenó a un *mahr* asesinar a su padre. El antiguo mayordomo puede testificar que *parecía* que un *mahr* lo había matado. Pero eso no basta para demostrar que murió a manos de un *nachtmahr* invocado por el *markgraf* Adalbrecht.

Y sé de buena tinta qué pasará si es mi palabra contra la de Adalbrecht.

—Entonces necesitamos más pruebas. Lo único que tenemos por ahora es un cuadro viejo de cuando era un niño miserable y estreñido, todo lo que *aluciné* mientras estaba envenenada y un puñado de coincidencias.

—¿Y si no lo alucinaste todo? —pregunta Joniza—. Viste cómo dejó inconscientes a los guardias con magia antes de entrar en el estudio, ¿verdad?

Me mordisqueo la punta del pulgar.

—Cierto. Aplastó algo como el cráneo de una rata.

Emeric se sienta más erguido, dándole vueltas al carboncillo.

—Algo como eso ayudaría. Como mínimo, quizás haya más pistas en su estudio.

—Hay guardias en las entradas principales, pero puedo colarte por los pasadizos de los criados —digo despacio—. Podríamos entrar durante el baile del domingo. Al fin y al cabo, ya estás invitado.

Gisele frunce el ceño.

—¿Un margrave ha invitado a un plebeyo al baile de su boda? Parece una trampa.

—Ah, no, es… bueno, es una especie de trampa, sí —confirmo. Intento poner cara seria, pero fracaso por completo—. Es Adalbrecht siendo un cabrón. Cree que júnior siente un *interés inapropiado* por ti. O sea, por mí fingiendo que soy tú. ¿Por nosotras? Hubo un incidente durante el desayuno.

—¿*Un incidente durante el desayuno?* —La voz de Gisele se agudiza hasta convertirse en un chillido.

Las orejas de Emeric se vuelven rojas mientras clava la aguja de nuevo en su cuaderno con una cantidad alarmante de entusiasmo.

—*En cualquier caso*. Sé lo que tengo que buscar, si la señorita Schmidt puede llevarme al estudio.

—Pero la futura novia no puede abandonar su baile así como así —protesta Gisele.

—Yo puedo ocupar el lugar de la Vanja —se ofrece Ragne. Luego tiembla un poco... y, de repente, estoy mirando a la *prinzessin* vestida con un camisón, incluida la lágrima de rubí debajo de mi... su... ojo. Ragne esboza una sonrisa inocente e inquietante.

—¿Llevas todo este tiempo pudiendo hacer eso? —pregunto.

Ragne niega con la cabeza. Luego su cabello se vuelve pelirrojo y le salen pecas por toda la cara, hasta que es como si observara un reflejo de mí misma.

—Crezco y menguo con la luna. Cuando sea luna llena, seré más poderosa aún.

Ahora que lo pienso, no está durmiendo tanto y mantiene formas más grandes durante más tiempo.

—Es terrorífico —digo—. Pero ¿puedes hablar como yo?

Ragne se gira hacia el resto de la mesa y pone una mueca malvada.

—Soy la Vanja. Robo cosas y soy mala sin motivo.

Emeric sufre un ataque de tos repentino. Gisele y Joniza no ocultan nada y se tapan la boca con las manos; casi se caen de la silla riéndose. Yo las fulmino con la mirada.

—Mentira. Siempre soy mala por un motivo.

—*Siempre soy mala por un motivo* —me imita Ragne.

—Muy mona, pero aún tienes que mantener conversaciones triviales —dice Joniza—. Ragne, ¿qué dirías si la condesa von Folkenstein te dijera que está en estado?

Ragne parpadea.

—¿En estado de qué?

—¿Sieglinde está embarazada? —dice Gisele al mismo tiempo.

—He ahí tu respuesta. —La mirada de Joniza pasa de Gisele a mí—. Dale las perlas. Gisele puede ser, bueno, ella misma.

Me sorprende cuando Gisele sentencia «no» al mismo tiempo que yo.

—¿No quieres las perlas? —pregunto con incredulidad. Gisele se aparta de la mesa, negando con la cabeza.

—No mientras el margrave quiera matarme. No es seguro.

—Ya, mejor perder un penique rojo que uno blanco —replico con frialdad.

—No he dicho eso…

—Es *justo* lo que has dicho.

—Yo puedo proteger a la Gisele —nos interrumpe Ragne, cambiando hasta recuperar su forma humana, con el pelo de cuervo y los ojos rojos—. En el baile. Puedo ser su doncella o un ratón, o casi cualquier cosa. Puedo mantener a salvo a la Gisele.

Me dispongo a decir algo mordaz, pero me detengo. Gisele y yo tenemos demasiados kilómetros de espinas entre nosotras como para cruzarlos ahora; seguiríamos haciéndonos pedazos con gusto hasta el amanecer.

—Eso podría funcionar —digo al fin—. Supongo que las vas a llevar al baile después de todo, júnior. —Pero entonces palidezco—. No. Un momento. Irmgard estará allí. Si vas como invitada, te reconocerá sin las perlas.

Gisele se ruboriza.

—Entonces, ¿cómo voy a entrar?

—Se está haciendo tarde. —Emeric ata el cordón—. Y a todos nos vendría bien dormir. Mañana pensaremos en un plan. Volvamos a reunirnos…

—No hemos acabado —le interrumpe Gisele con una frialdad repentina—. ¿Qué le pasará a Vanja después de esto?

Entorno los ojos.

—¿A qué te refieres?

—Me refiero a que el prefecto Klemens debería arrestarte —espeta Gisele—. Me robaste el nombre, el prometido, el rostro y, al parecer, joyas por valor de casi mil *gilden*. No vas a escaparte de esta.

Y así, sin más, volvemos a las espinas y me da igual cuánto sangre siempre y cuando consiga enrollarle algunas alrededor de la garganta.

—Te robé un rostro que, para empezar, no te pertenecía —siseo—. Si quieres recuperar a tu maridito, es todo tuyo. Y sí, te robé el nombre y algunas joyas, pero yo a eso lo considero un pago retroactivo por lo que tu familia me debe.

Gisele se pone de pie y apoya las manos en la mesa, alzando la voz.

—Tenías comida, ropa y un techo sobre tu cabeza. Mi familia te lo dio *todo*.

Me levanto antes de saber lo que estoy haciendo, con una rabia explosiva recorriéndome todas las venas. El mundo se contrae sin piedad hasta que solo quedamos ella y yo en la habitación, el penique blanco y el rojo.

—Si vamos a llevar las cuentas, espero que haya una línea para las cicatrices que tengo en la espalda. Espero que haya una línea para mi maldita infancia, Gisele, porque tu familia me la robó y salió impune. A ti te cabrea perder un año; a mí, perder una *década*.

Me mira fijamente, estupefacta y en silencio. Dioses supremos y menores, qué bien sienta decírselo a la cara. Y lo mejor es que nadie en la mesa va a socorrerla. Quiero que sienta ese miedo solitario y terrible. Quiero que lo sienta en los huesos.

—¿Qué, no tienes ningún penique blanco para repartir esta vez? —espeto, disfrutando demasiado de su estremecimiento—. *Querías* que me llevara las perlas. Deberías *suplicarme* que no las tirara al Yssar en cuanto…

Un dolor espantoso me recorre la espalda. No puedo contener un grito y me agarro a la mesa. Emeric se levanta de la silla.

Lo aparto con un gesto y me enderezo. Con dificultad, me palpo entre los omóplatos. En efecto: los dedos encuentran un bulto duro de piedra, luego otro. No lo sabré seguro hasta que me mire en un espejo, pero por los bordes angulares, deduzco que una hilera de rubíes me recorre la columna vertebral.

—No es nada —murmuro—, solo la maldición.

La escalera cruje y el rostro redondo de Umayya aparece para asomarse a la cocina.

—¿Todo bien?

—Sí —miento—. Me voy. Mañana podéis esperar una visita caritativa de la *prinzessin* para perfeccionar el plan.

Joniza se levanta de repente.

—Tengo que actuar hoy en Südbígn. Te acompañaré hasta el Göttermarkt.

—No hace falta —titubeo—. Ragne viene conmigo...

—No lo hago para ser maja —dice, recogiendo el abrigo de piel de zorro—. Puedo meter a Gisele en el baile. Pero no te diré cómo hasta que me des una maldita disculpa.

CAPÍTULO 19

VUELVE A INTENTARLO

Caminamos hacia el Muro Alto en silencio durante un par de minutos, con copos de nieve cayendo a nuestro alrededor y Ragne sobre mi hombro convertida en un gato negro para poder dejar la ropa prestada en el orfanato. Estoy intentando dilucidar por qué debería disculparme exactamente.

El hecho de que haya múltiples posibilidades es, quizá, parte del problema. Al fin me aclaro la garganta y hago una conjetura.

—Siento no haberte buscado trabajo mientras fingía ser Gisele.

Joniza parpadea despacio.

—Vuelve a intentarlo.

Schit.

—Eh. Si-siento si usé lo que me enseñaste para robar.

Joniza resopla un poco.

—¿Crees que me importan esos ricachones llenos de mierda? Vuelve a intentarlo.

—Siento si… —Me estoy quedando sin ideas—. ¿Si nunca terminé de pagarte por los servicios de la bruja? Puede que lleve algo de cambio…

Joniza se da la vuelta cuando saco un penique blanco y unos cuantos *sjilling* y tengo que agacharme para que no me dé con el *koli* sahalí de cinco cuerdas que lleva atado a la espalda.

—El dinero *me da igual* —espeta. Luego me quita las monedas de las manos—. Eso es una mentira. Dámelo. —Y desaparecen debajo de las pieles de zorro.

Esta vez no hay un *Vuelve a intentarlo*, así que me preparo para lo que llega.

—¿Tú sabes el miedo que pasé cuando llegué al castillo Reigenbach el año pasado y me dijeron que Gisele no quería verme? —pregunta, paseándose por la calle—. Pensé que ese cabrón rubio os había matado a los dos, hasta que vi a Gisele en su carruaje. Luego me cabreé. Pensé que tendría un *hogar* aquí, con vosotras dos. No tenía dinero y casi acabé viviendo en la calle. Estaba muy preocupada por ti.

—¡Pero estabas bien! —insistí—. T-te vi en Trader's Cross, te observé durante toda una semana ¡y estabas bien! ¡Estabas bien sin mí!

Joniza sacude la cabeza.

—No has aprendido, ¿eh? Supongo que no puedo culparte, no después del infierno que viviste en Sovabin. Solo porque alguien pueda sobrevivir sin otra persona no significa que no la quiera. Tenía mucho miedo por lo que ese monstruo pudiera hacerte. Y luego, un mes después de llegar aquí, la *auténtica* Gisele aparece en mi puerta y me lo cuenta todo. ¿Y sabes qué? Comprendí por qué lo hiciste.

—¿En serio? —pregunto, sorprendida.

Durante un momento, Joniza se queda observando la hilera de faroles que llevan al Muro Alto.

—Por muy mal que lo pasaras en el castillo Falbirg, el margrave habría sido peor. Viste una salida y la aprovechaste. No te culpo. —Su mirada se posa en mí—. *Sí* que te culpo por haberme menospreciado tanto que me excluiste e intentaste hacer todo —agita la mano en mi dirección— *esto* tú sola. Te podría haber ayudado. Y ahora mira en qué lío te has metido, maldecida por una diosa y envenenada por un margrave y…

—Lo sé —refunfuño.

—*No* me interrumpas. —Lo dice en un tono calculado para recordarme que me saca diez años—. Y no te quejes por haber acabado en el fondo de un agujero que tú misma has excavado. Nada de lo que robes te pertenece de verdad. Y aún tienes que responder por lo que arrebataste, por el daño que hiciste. Incluso conmigo.

—La gente no deja de repetirme eso —musito—. Pero no dicen cómo hacerlo.

Joniza exhala y su respiración se condensa en el frío. Tiembla a pesar del abrigo de pieles. Nunca le ha gustado el frío.

—Venga, que voy a llegar tarde.

Otro silencio tenso fluye entre nosotras. Creo que, en teoría, tengo que disculparme de nuevo, pero aún no sé qué decir. Sé cómo suplicar perdón y hacer una reverencia y doblegarme como una buena doncella intentando hacer su trabajo, pero no sé cómo disculparme de verdad.

Eso me recuerda otra cosa para la que no tengo palabras: Yannec. ¿Joniza y él hablaban? ¿Sabe que está muerto?

Creo... creo que no se lo puedo contar. Esta noche no, al menos.

—Tengo una pregunta —dice Ragne de repente. Noto que me golpea la espalda con la cola.

Eso es raro. Ragne suele ser un libro abierto, pero esta es la primera vez que la veo *nerviosa*.

—¿Sí? —la animo.

—¿Qué hago si me gusta una persona humana?

Joniza y yo intercambiamos una mirada ojiplática. Abro la boca y ella me la cubre enseguida con una mano.

—Ni hablar. No dejaría que le dieras consejos sobre relaciones ni a mi archienemigo.

—¿Tienef un afchienemivo? —farfullo contra sus dedos. Ella aparta la mano.

—Sí. No deja de intentar eclipsarme cada vez que actuamos en el mismo sitio. Lo odio. Y encima es tan guapo que debería ser ilegal. *En cualquier caso*, Ragne, ¿te gusta esta persona como amiga o es diferente? ¿Cómo te hace sentir?

Ragne se revuelve sobre mi hombro.

—¿Como flotando? Y siento calidez. Y quiero reírme mucho. Y quiero poner la boca sobre...

—Vale, sí, lo hemos entendido. Estás colada hasta las trancas. —Joniza se ríe con suavidad—. Bueno, los humanos son...

—¿Complicados? —sugiere Ragne. Joniza y yo nos reímos y es casi un alivio.

—Sí —dice la barda—. Así que a veces tus sentimientos pueden incomodarles, si no sienten lo mismo. Pero no siempre. Y otras veces sí que sienten lo mismo. —Y entonces sonríe—. Y es ahí cuando puedes poner la boca en el sitio que quieras.

—*Puaj* —musito.

—Dices eso como si no te hubiera pillado besando tu almohada y fingiendo que era Sebalt, el mozo de cuadra.

Me tapo la cara con las manos.

—Cómo te *atreves*.

—¿Cómo sé si alguien siente lo mismo? —interviene Ragne. Por una vez, me alegro de que sea de ideas fijas. Creo que Joniza se está relajando, pero tengo mucho, muchísimo miedo de estropearlo.

—Eso también es complicado. —La barda arruga los labios—. Ese es el secreto sobre los humanos, Ragne. Hay mucha gente muy, muy mala. Y mucha más que no es *ni* buena *ni* mala. Pero a veces encuentras a una persona que es digna de ti, que ha demostrado merecer tu confianza. Y a esas personas siempre puedes decirles cómo te sientes. Deberías hacerlo, de hecho, si quieres que se queden a tu lado.

—Qué sutil —digo entre dientes. Joniza me da un golpe ligero en el brazo. Y, de repente, noto un nudo en la garganta—. Te he echado de menos. —Las palabras salen de mí un poco fragmentadas y no puedo detener la avalancha—. Pensaba que habías pasado página y quería contentarme con eso, pero te he echado mucho de menos y siento que estuvieras preocupada y siento haberte apartado y siento...

Joniza me envuelve en un abrazo fiero y no hay más que decir.

Es la primera vez que me abrazan así en... no sé, mucho tiempo. Al menos un año. Puede que más.

—Vale, vale —dice después de que nos hayamos secado la cara—. Disculpa aceptada. Te prometí una forma para que Gisele entrara a hurtadillas en el castillo. No hay baile sin música, ¿no? Pues el primer paso es que me incluyas en las actuaciones...

—A-R-D-Î-M —le deletreo a Franziska la mañana siguiente mientras subo las escaleras que conducen al ala de Adalbrecht—, con la tilde en la i, ya sabes, uno de esos capuchones tan graciosos. Quiero que toque después de la firma del contrato matrimonial pero antes de que se haga *demasiado* tarde.

—Sí, mi señora —dice la jefa de los mayordomos y lo anota en su pizarra. Luego palidece al ver a dónde me dirijo—. Ah, *prinzessin,* el margrave quería privacidad...

—¿Cómo dices? —pregunto con inocencia antes de abrir la puerta del salón de Adalbrecht.

— ... no sé por qué tenías que *enven...* —está diciendo el conde Von Hirsching, pero se interrumpe. Adalbrecht y él están desayunando a solas, sin un criado siquiera para quitar los platos—. Envolver... los... arreglos florales... —dice con un titubeo— así.

Interesante. No es que me sorprenda que los Von Hirsching estén en el ajo; me guardo el dato para decírselo a Emeric (puede que por un precio; quien guarda siempre halla).

Adalbrecht, por su parte, ha empezado a ahogarse con el café en cuanto he cruzado la puerta.

—Ah, cariño. Me siento *mucho* mejor —gorjeo. Es solo una mentira a medias. Físicamente, me siento como si me hubiera atropellado un carromato. Emocionalmente… Bueno, el espanto que Adalbrecht intenta disimular ahora mismo me está dando años de vida—. ¡He dormido muy bien! ¿Qué era esa medicina? Vaya, me podría beber la botella entera.

Sin dejar de toser en una servilleta, el margrave alza una mano.

—¿Por qué no desayuna con nosotros, *prinzessin*? —dice el conde von Hirsching con la sonrisa tensa de un hombre torturado por los modales. Adalbrecht lo fulmina con la mirada, pero los ojos del conde están fijos en la lágrima de rubí y se avivan como lo hicieron los ojos de su hija la tarde anterior.

Suelto una carcajada tintineante y robo un panecillo dulce del plato de Adalbrecht.

—No hace falta, no puedo quedarme. El otro día me encontré con un orfanato adorable y pensaba llevarles dulces de Winterfast a los niños y pasar un rato con ellos. Son muy listos. Tienen *tanto* potencial.

—Qué encantador —resuella Adalbrecht, aún ruborizado. Sin embargo, no me lo va a discutir si con eso consigue sacarme del salón. Y eso me da otra idea.

—¿He oído que hay un problema con las flores? ¡Franziska estaba aquí hace un momento! —Cualquier excusa para retrasar su pequeña sesión de maquinaciones con una testigo. Por encima del hombro, grito—: *¡Franziska! ¡FRANZISKA!* ¡El margrave te necesita!

—No te molestes —gruñe Adalbrecht.

—¡Pero queremos que esté todo perfecto! ¡Para el día! *¡Especial!* —Le aprieto el hombro justo cuando Franziska entra corriendo—. ¡Tachán! Volveré por la tarde para recibir la siguiente ronda de invitados.

Y con eso me libro de él toda la mañana. Y mejor aún: es una excusa para mantenerme lejos hasta que los salones del castillo

Reigenbach estén a rebosar de aristócratas con ganas de un escándalo.

Tengo que seguir representando este papel, el de la versión de Gisele que tiene la cabeza hueca y el corazón de oro, porque si el margrave cree que soy una amenaza de verdad, estaré muerta antes del amanecer.

Pero mientras salgo del salón mordiendo el panecillo dulce, sé que he enviado el mensaje que quería: Gisele ya ha sobrevivido al veneno y al *nachtmahr* y, si quiere verla muerta, tendrá que esforzarse un poco más.

Para un hombre que ha intentado asesinar reiteradas veces a su prometida, me sorprende que Adalbrecht quiera que tantos testigos nos vean firmar la cédula matrimonial en el baile un día y medio después.

Acordes de violín y flautas se alzan sobre el ambiente empapado de vino para enredarse en los cirios del candelabro del salón y flotar hasta la red de murales del techo divididos por arcos de piedra geométricos. Ramas de acebo y abeto blanco cubren las cortinas de azul Reigenbach en cada pared y la hiedra dorada trepa por todas las columnas de mármol.

Las decoraciones compiten a la hora de brillar. Todo el mundo ha reservado sus mejores galas para la boda, pero las *segundas* mejores galas no son nada desdeñables. Sedas brillantes, ricos brocados y kilos y kilos de joyas resplandecientes pasan bailando un turdión de Bourgienne muy animado.

Siento una comezón en los dedos sentada junto a Adalbrecht, a la espera de que acabe el turdión. Hay *muchas cosas* que podría estar robando en este momento si no tuviera obligaciones sociales con el hombre que intentó envenenarme esta misma semana. Y si no fuera por la maldición. Y, supongo, por la ley, aunque todos sabemos que eso solo me preocupa de una forma superficial, como mucho.

Pero la imagen de la *prinzessin* no flaquea y exhibe un semblante valiente y elegante mientras Marthe y el *Pfennigeist* aguardan su turno.

La cédula matrimonial está extendida delante de nosotros en una mesa pequeña. Le he echado un vistazo a hurtadillas siempre que he podido. Ni a Emeric, a Joniza, a Gisele o a mí se nos ocurre un motivo por el que Adalbrecht querría intentar matar a Gisele antes de la boda y, aun así, celebrar todo un baile para que mucha gente nos vea firmar el papeleo. Es costumbre dar una pequeña fiesta para la firma de la cédula, pero no... esto.

La mejor explicación es que hay algo en la cédula que no encaja. Cada boda almánica oficial requiere una cédula firmada, pero sobre todo son esenciales para las uniones entre casas nobles, pues establecen los límites para que la gente como Adalbrecht no vaya por ahí casándose y matando a otra gente para adquirir las propiedades de sus difuntos cónyuges. El lenguaje está claro: si Gisele muere, el título de Sovabin se queda con los Von Falbirg. Hay hasta una pequeña cláusula grotesca que aborda el hecho de que Gisele, en teoría, no es lo bastante mayor para ser considerada adulta según la ley imperial. Hasta que no cumpla diecisiete años en abril, se la considerará legalmente la pupila de Adalbrecht.

Pero por muy horripilante que sea eso, es algo estándar en una cédula matrimonial.

—Pareces nerviosa, mi pequeña... —Adalbrecht hace una pausa para examinar mi vestido y se decanta por—: fresa.

Yo elegí el vestido para la noche y no le di ninguna posibilidad de que me ordenara otra cosa. Es una prenda de un terciopelo rojo exuberante como el vino, ribeteado con encaje blanco e hilo dorado; lo importante es que, si en algún momento los rubíes escabrosos de la espalda asoman por la tela, parecerá que forman parte del conjunto.

—Solo estaba pensando en lo que ocurrirá dentro de una semana —digo con dulzura. No es del todo una mentira. He malgastado toda una semana; solo queda otra más antes de que la maldición me mate, eso si Adalbrecht no lo consigue antes.

El margrave no me está escuchando; sigue algo con los ojos. Veo que observa el extremo más alejado del salón de baile, donde Emeric está pegado a una pared junto a una cascada real de plantas perennes y rechaza con torpeza una invitación para bailar. El joven es una novedad: una espiga sencilla vestida con un uniforme negro en medio de todo el esplendor y las lentejuelas. Estoy segura de que más de un noble querrá sacarlo a bailar a la pista solo por echarse unas risas.

Ese es el objetivo, en realidad. Adalbrecht ha invitado a un plebeyo para recordarle cuál es su lugar. Y el mío, aunque mi prometido no sepa la verdad.

—¿Pasa algo, cariño? —le pregunto con suavidad.

Las líneas en los extremos de su boca se acentúan un poco más.

—Me temo que tu pequeño admirador no capta la indirecta. Lleva toda la tarde mirándote.

No me interesa que Adalbrecht vigile así a Emeric.

—No creo que tarde en mostrar interés por otra persona. Pero, si quieres, podría bailar con él y darle algún pisotón. Seguro que eso le curará cualquier inclinación que pudiera sentir por mí. —Y también me daría la oportunidad de gritarle por ser tan obvio.

Las sonrisas auténticas de Adalbrecht son tan poco frecuentes como crueles. Una aparece ahora en su rostro.

—Creo que tendrías que romperle los pies, mi grosellita… Pero quizás estés en lo cierto.

Por suerte, la música decae hasta desaparecer y el turdión se detiene antes de que mi prometido pueda desarrollar más esa idea. Es hora de firmar la cédula.

Hay un discurso rápido (solo de Adalbrecht, por supuesto) y la mayordoma, Franziska, se acerca con una pluma ridícula de avestruz (con el tallo tachonado de zafiros, por supuesto). Firmamos el pergamino. Y ya está, es oficial: dentro de una semana, cuando se acabe la ceremonia de boda, Gisele será *markgräfin* von Reigenbach ante los ojos de los dioses y del imperio.

Una vez que termina la firma, la música suena de nuevo y Adalbrecht chasquea los dedos para llamar a Franziska. Antes de darme cuenta, la ha despachado para buscar a Emeric, que se acerca trotando y con pinta de abatido.

—¿Me ha llamado, señor?

—No has bailado ni medio paso, chaval. —Adalbrecht me agarra por el codo—. Seguro que no te negarás a dar una vuelta con mi prometida.

—Eh, esto, señor, no querría… —Los nervios de Emeric son fingidos, pero detecto un destello de irritación. Todos reconocemos este tipo de maldad, sencilla y típica de un patio de colegio. Adalbrecht quiere restregarle por la cara a Emeric lo que no puede tener.

—¿No quieres? —insiste el margrave, enseñando los dientes en esa sonrisa auténtica y terrible—. ¿Estás diciendo que mi prometida no es de tu agrado?

—Por supuesto que no. S-sería un honor. —Emeric hace una reverencia y extiende una mano cuando Adalbrecht me empuja hacia delante. Permito que Emeric me guíe hasta la pista de baile, sin prestar atención a las risitas de gente como Irmgard y Sieglinde (al final Sieglinde ha conseguido convencer a su marido de que le permita pegarse un topacio en la cara, como amenazó con hacer. Es horrendo).

—¿Qué le *has dicho*? —dice Emeric con los dientes apretados.

Suenan unas notas largas y desgarradoras, el inicio de una pavana. Uf. El objetivo de la pavana es alardear de lo que llevas puesto y de con quién estás bailando. Como Emeric solo lleva una versión ligeramente más elegante de su uniforme, no me cabe duda de que Adalbrecht también ha organizado esto.

—Le he dicho que te pisaría los pies si bailábamos —siseo—. Porque se ha fijado en que *tú* no dejabas de mirarme.

Nos situamos en dos filas de bailarines, cada pareja mirando al frente y agarrados de la mano, mientras se deslizan hacia delante. Emeric ya parece estar sufriendo y ni siquiera he conseguido darle una patada en la espinilla, como planeo hacer. Baja la voz para que no nos oiga nadie.

—Le estaba observando *a él*.

—No es como si fuera a apuñalarme en medio del salón de baile.

—¿Estás segura de eso?

Nos separamos, zigzagueando entre los otros bailarines antes de reunirnos de nuevo. Esta vez tenemos que posicionarnos uno frente a la otra y girar en un círculo lento.

—Pues claro. —Es una mentira en toda regla, pero prefiero ser un cadáver frío como una piedra antes que admitir algo ante un atizador sensible con una opinión demasiado elevada de sí mismo. Alzo la palma para juntarla con la suya—. Haz lo mismo que yo.

—Conozco el baile. —Emeric parece un poco insultado, pero le lanzo una mirada de recelo.

—¿*Eso* aparece en el currículum de prefecto?

Cambiamos de mano y de dirección.

—No —dice con brusquedad. Pasa un momento antes de que lo explique—. Mi hermana perdió gran parte de la visión cuando éramos jóvenes. Quería aprender a bailar y necesitaba una pareja. —Le pongo mala cara y él entorna los ojos—. *Qué.*

—No puedo burlarme de eso, imbécil desconsiderado —gruño—. Pero si continúas poniendo cara de que te duelen los dientes, Adalbrecht nos obligará a seguir bailando hasta que te eches a llorar. —El ceño de Emeric se acentúa más y pongo los ojos en blanco—. *Intenta* aparentar que te lo estás pasando bien. Sé que las perlas ayudan.

Me aparta con destreza del camino de una Ezbeta von Eisendorf que gira a toda velocidad; está dando razones de peso a favor de la abstinencia. El semblante de Emeric ha pasado de mostrar un sufrimiento absoluto a una incomodidad nerviosa. Lo único que dice es:

—No del modo que piensas.

Antes de que pueda interrogarlo más sobre *eso*, una serie de notas alegres y descaradas surge de las cuerdas inconfundibles de un *koli* sahalí. Joniza sale al escenario, con pintura dorada en los labios y en las puntas de los dedos que vuelan sobre el instrumento. El flautista al que ha interrumpido parece tan encantado como furioso y tengo que coincidir en su valoración de antes: su archienemigo *es* demasiado guapo.

Y, de repente, es un duelo musical. Joniza está tocando una gallarda alegre, pero el flautista sigue intentando recuperar la señorial pavana. Y la pista de baile es un *caos*, porque nadie sabe a qué canción ceñirse.

Justo como habíamos planeado.

Esta es nuestra señal. Es hora de jugar.

CAPÍTULO 20

EVIDENTE

Emeric me suelta la mano como si fuera un carbón ardiente. Intento no tomármelo a pecho y me estiro para ver si Adalbrecht está distraído.

—Si pregunta, he…

—Has ido a empolvarte la nariz, lo sé. Vete.

Hay cola en el baño más cercano al salón, algo que esperábamos. Frunzo el ceño y me voy corriendo de forma ostentosa hacia otro baño más alejado, junto al vestíbulo.

No hay cola. Y Gisele me espera dentro.

Verás, algunos de los músicos tienen ayudantes para que carguen con sus instrumentos, los trajes de la actuación, los cancioneros y demás. Puede que alguien haya reconocido a Gisele en el baile, pero nadie, sobre todo una persona como Irmgard, estaría mirando a los criados.

Lleva el zurrón que preparé antes y el uniforme de criada Reigenbach debajo del abrigo.

—Lo siento, señorita, estoy buscando el pendiente de mi señora —grita cuando entro, antes de ver que soy yo—. Uf. Nunca me acostumbraré.

—Pues más te vale —digo lacónicamente. Me desabrocho el collar y se lo doy—. Póntelo al final.

Intercambiamos los vestidos y luego las dos rebuscamos en el zurrón la pasta y la gasa para taparme la lágrima de rubí y, para ella, maquillaje y un rubí falso. No fue tan difícil como esperaba encontrar un trozo de cristal rojo con la forma correcta, porque mi *accesorio* se ha convertido en toda una moda para cualquiera que se lo pueda permitir. Esta noche no han faltado las imitadoras.

Gisele no tarda en replicar mi maquillaje y, cuando acaba, uso el meñique para quitarle un poco debajo del ojo derecho. Luego pongo una gota de pegamento en el cristal rojo, le alzo la barbilla con una mano y aprieto la lágrima con la otra.

—No te muevas —le digo—. Tiene que pegarse bien.

Gisele cierra los ojos, los dedos enredados en los lazos deshechos del corpiño; las costuras se rasgarán si intenta abrochárselo antes de que las perlas reduzcan su tamaño. Veo que un rubor nervioso empieza a aparecerle por el cuello.

—¿Cuán… cuán grande es la multitud?

—¿Unas cien personas, quizá? La mitad de los invitados a la boda no ha llegado aún. Ya he hablado con muchos, así que solo tienes que bailar y sonreír y asentir. Adalbrecht está muy quisquilloso con Emeric, pero tú ríete y se calmará.

Gisele respira hondo.

—Entonces… creo que puedo hacerlo durante veinticinco minutos. Treinta como mucho.

—Si tardamos más que eso, tendremos problemas más gordos. —Suelto el rubí falso y se queda en su sitio—. Ya está. Ahora ponte las perlas. Irán bien para el pelo.

Me doy cuenta de mi error en cuanto se las pone. La imagen que producen es la misma, da igual quién las lleve, pero su proceso es el opuesto al mío: a Gisele le estrechan los hombros, le esculpen curvas en vez de añadirlas; hasta le quitan un par de centímetros de altura. La dama von Falbirg debe haber pedido esa forma específica cuando compró el hechizo. Nunca le dije nada a Gisele, pero se parece de un modo inquietante a los retratos viejos de la dama de joven.

Sin embargo, esos retratos no tienen un encantamiento que me haga querer perdonarlos y complacerlos en el acto. Las perlas, sí.

Durante casi cuatro años, ha habido una especie de hervor podrido en mi sangre en lo que respecta a Gisele. Lleva ahí tanto tiempo que no sé quién soy sin él. Pero en cuanto se abrocha esas perlas alrededor del cuello, recuerdo lo feliz que era al servirla.

Me doy la vuelta, con las uñas clavadas en la palma.

—Puedes peinarte sola.

Luego saco otro uniforme de criada del zurrón, lo lanzo sobre una silla y salgo de ahí antes de que me consienta algo tan peligroso como el perdón.

Un gato negro maúlla junto a la puerta y me mira parpadeando con sus ojos rojos. Solo mantengo la puerta abierta lo suficiente para que Ragne se cuele y luego regreso al salón de baile.

Me escuece el cuero cabelludo mientras me trenzo el pelo con demasiada fuerza.

Emeric se ha vuelto a pegar a la pared más cercana a la salida y estudia una moneda de peltre del tamaño de un penique. Estoy segura de que eso no sirve de nada para calmar la paranoia de Adalbrecht.

Me agacho antes de que me descubra. Lo último que necesito es que Adalbrecht vea a Emeric marcharse del baile temprano y que Gisele aparezca unos minutos más tarde, sin aliento y desaliñada como si acabara de salir de una cita con el perdidamente enamorado prefecto júnior.

Algo sobre eso me inquieta. No sé por qué. Y no *quiero* saberlo.

No tengo que esperar demasiado a que aparezca Gisele con Ragne un paso por detrás, vestida con el uniforme de criada, el cabello recogido en un moño pulcro y los ojos rojos oscurecidos hasta ser marrones. La hemos entrenado para el papel: si alguien pregunta, es la doncella de Gisele y no debe alejarse de su lado.

En cuanto entran, Emeric se agacha y se dirige al vestíbulo. Le sigo el ritmo y me doy cuenta, cuando gira la cabeza, de que no sabe que estoy aquí. Llegamos casi hasta la entrada antes de que se detenga y saque la moneda de peltre del bolsillo.

—Buh —susurro. No sabía que era posible hacer un salto vertical hasta el rellano de la escalera, pero Emeric demuestra que me equivoco. Cuando acaba de maldecirme, comento—: Para ser un hombre de dioses, conoces un montón de palabras prohibidas.

—Eres una *pesadilla* absoluta —espeta—. A estas alturas, me sorprende que no te hayan echado una maldición antes.

Me encojo de hombros.

—¿Quién dice que no lo hayan intentado? Venga, tenemos como mucho media hora.

Refunfuña, pero me sigue hasta un tapiz que oculta con mucha elegancia un pasaje que se fusiona con la mampostería. Nos conduce a los pasadizos de los criados, donde mis ojos tardan un momento en ajustarse a la penumbra. Las antorchas están más separadas que en los pasillos normales, solo lo suficiente para orientarse y poco más.

Emeric me agarra por el hombro y baja la voz en un susurro.

—Espera… ¿oyes…?

—No estamos solos —le digo, eligiendo un pasadizo estrecho—. No te preocupes.

—¿A qué te refieres con que no…?

Le interrumpe una especie bastante distintiva de jadeo y risa que proceden de un corredor a la derecha. Las sombras que arroja una antorcha lejana ofrecen una explicación igual de distintiva.

—Verás —digo con seriedad—, cuando dos personas se quieren mucho o al menos piensan que el otro es pasable si entornan los ojos…

—*Sí ya lo he entendido muchas gracias.* —Casi puedo oír su sonrojo.

—Te das cuenta de que, si nos pillan, esa es nuestra excusa, ¿no? —comento—. Solo somos una pareja de jóvenes alocados que se han extraviado buscando un sitio en el que, eh, besuquearse.

—Prefiero que no nos pillen —dice, sombrío. Suelto una carcajada forzada mientras nos dirigimos hacia unas escaleras.

—Ya somos dos. —Luego le enseño su propia moneda. Para alguien que se supone que ha recibido formación para ser un superdetective, es muy fácil robarle—. ¿Qué es esto? ¿Es un regalo especial de papi Klemens?

Me la quita de la mano.

—¿Podrías, *por favor*, intentar —le doy el carboncillo— no robarme —y el cuaderno improvisado— mientras estoy trabajando? —Suelta un suspiro exasperado—. Necesito las gafas para ver, señorita Schmidt.

Estoy demasiado ocupada sujetándolas cerca de la antorcha más cercana, impresionada por cómo los cristales la distorsionan.

—No me extraña. ¿Corto de vista? Muy oportuno.

—Eres la primera en hacer *esa* broma —dice sin una pizca de sinceridad y me las quita de las manos—. También me permiten ver cosas como hechizos, trampas mágicas y tu maldición, así que nos conviene a los dos que las dejes en mi cara.

—No has dicho qué es esto. —Le lanzo la moneda de nuevo. Es increíble cómo se la había guardado en el mismo bolsillo. La atrapa con el ceño fruncido.

—Luego.

Salimos de los pasadizos de los criados a un corredor en el ala del margrave. Justo como sospechaba, no hay guardias a la vista y, si me esfuerzo, puedo oír una conversación tenue a la vuelta de la esquina. Adalbrecht no quiere que nadie se acerque a sus aposentos si no es necesario.

La puerta del estudio está cerrada, así que Emeric vigila inquieto mientras saco las ganzúas. Resulta casi irrisorio lo sencillo que es abrir la cerradura, solo hay que dar un par de golpecitos a los resortes y un giro del rastrillo, como si el margrave confiara en que solo su reputación disuadiría a cualquiera de enfadarle.

Dentro está oscuro como la boca de un lobo. Hasta han corrido las cortinas para ocultar los tejados de Minkja. Aun así, oigo que Emeric inhala hondo.

—Ah. Conque a *eso* te referías con lo de que había un cráneo en su estudio.

—¿Sí? Poldi puede encender unas velas... —Retrocedo y me choco con Emeric.

—Espera. —Se oye un susurro de tela y luego el resplandor de una luz fantasmal aparece entre sus dedos. Es la moneda, que brilla como una luna diminuta en las manos de Emeric. La deja en el aparador, donde se ilumina lo suficiente para cubrir el estudio con una luz fría. Veo que ya ha extendido la chaqueta en la base de la puerta para que el brillo delator no se vea desde el otro lado.

Bueno. No soy lo bastante generosa para decir que me ha impresionado, pero respeto sus precauciones.

—Todos los prefectos tienen una moneda como esta. —Mantiene la voz baja mientras se arremanga y se dirige a la pared de trofeos de caza—. El grabado también cambia cuando hay un mensaje para mí desde la oficina más cercana. *Eso* es lo que es.

Ah. Me pregunto qué estará esperando.

—¿Qué estamos buscando exactamente?

—Es muy atrevido por tu parte querer involucrarte en esto, señorita Schmidt. Mantente fuera de mi camino y no robes nada. ¿Cuánto tiempo nos queda?

Me meto las manos en los bolsillos, molesta, y me molesta sentirme molesta.

—Lo siento, no hablo el idioma de los percheros moralistas.

—Eso no tiene sentido. El tiempo, señorita Schmidt. —Como no respondo, suelta un suspiro prolongado e irascible de puro martirio—. Queremos pruebas o pistas. Parafernalia *nachtmaren*, cartas de los Von Hirsching, cualquier cosa que parezca fuera de lo normal. Y por todos los dioses supremos y menores, intenta no mover nada.

—Veinte minutos como mucho, quince por lo menos —digo con recato—. Empezaré por el escritorio.

No hay papeles a la vista en la mesa de Adalbrecht ni decoraciones de ningún tipo; tintero, sal para secar y plumas perfectamente alineadas. Igual de cuidado que la fachada de la *prinzessin*. No encontraré nada allí que no quiera ser visto.

Pero, conociendo a Adalbrecht, aún tendrá los secretos a mano. Me sitúo detrás del escritorio y miro a mi alrededor despacio. Está el aparador con las botellas, tapices con árboles genealógicos y conquistas pasadas, estanterías llenas de historia militar y volúmenes sobre ley imperial de Almandy...

Ahí. Algo me llama la atención: una franja limpia en la capa fina de polvo de la estantería.

—No permite que los criados entren a limpiar —le digo a Emeric—. Y solo ha sacado un libro de la estantería desde que llegó.

Emeric tiene las manos ocupadas con la cabeza de un alce que está levantando con cuidado de la pared.

—¿Puedes apuntar el título? Mis notas están... bueno, ya lo sabes.

Y lo sé: justo en el bolsillo donde las he dejado. Saco el carboncillo y el cuaderno en progreso de su chaqueta en el suelo y me detengo un momento a escuchar a través de la puerta para cerciorarme de que no recibamos una sorpresa desagradable. Nada.

Apunto el título del libro y el volumen y luego compruebo si Adalbrecht ha marcado alguna página. En efecto: hay un trozo de papel plegado dentro de la SECCIÓN 13.2: FILIACIÓN Y TUTELA; SUBSECCIÓN 42.

—Adrogración y sucesión intestada —leo en voz alta—. ¿Qué es eso?

Emeric ladea la cabeza.

—Eso son leyes sobre la herencia. Pero ¿para qué iba…? —No acaba la frase, aunque musita para sí mismo como si yo no estuviera presente. Solo capto fragmentos como «copropiedad», «cadena titulativa» y «ultimogenitura», algo que, estoy bastante segura, es un servicio que puede ofrecer una *mietling*.

Me planteo lanzarle el carboncillo, pero me conformo con sacarle la lengua a su espalda. Luego regreso al libro de leyes y apunto la sección y la subsección; por último despliego el trozo de papel. Es una lista de nombres con la letra de Adalbrecht.

—Interesante.

Ahora me toca a mí dar un salto; casi tiro el tintero de la mesa cuando descubro a Emeric mirando sobre mi hombro.

—¿Te *importa*? —siseo.

—Perdona —dice, aunque no intenta esconder la sonrisa de satisfacción antes de dar unos golpecitos al papel—. Creo que esto son ciudades fronterizas… del norte. Apúntalas también.

Le ofrezco el carbón.

—Tienes unas manos muy capaces. Apúntalo tú.

Arranca una hoja en blanco del cuaderno y parte el carboncillo por la mitad; luego señala la pared de trofeos.

—Nos quedan diez minutos como mucho y tengo que documentar esas runas.

Alzo la mirada. La cabeza de alce está en el suelo y, en el hueco que ha dejado, hay un cráneo blanqueado de caballo clavado a la pared. Han grabado unas runas en círculos y pautas que me marean si me centro en ellas durante demasiado tiempo.

Es el que vi con las Lágrimas de Augur. Supongo que eso sí que era real.

—¿Y si lo rompemos? —sugiero—. Hay un atizador junto a la chimenea.

Emeric niega con la cabeza mientras se acerca a la pared y saca uno de sus cuchillos.

—Por tu visión, parece que el acuerdo con los *nachtmaren* consiste en sacrificar a un animal cada vez que Adalbrecht quiere que cumplan sus órdenes. Esto es parecido, pero... —La hoja reluce con una chapa de oro mientras la usa para tocar el cráneo.

—¿Peor?

Emeric asiente.

—Estoy bastante seguro de que se trata, en parte, de un hechizo vinculante, como el de un hechicero. Sin embargo, vincularse a un único *nachtmahr* no le serviría demasiado. Si supiéramos de dónde procede el cráneo de caballo, podríamos obtener respuestas de su fantasma, pero sin él solo especulamos. Creo que será mejor saber a qué se ha unido el margrave antes de liberarlo, ¿no crees?

—Le quitas la gracia a todo. —Me pongo a copiar los nombres—. ¿Es suficiente para invocar al tribunal celestial?

—Aún no. Un hechicero puede vincularse legalmente de cualquier forma a la criatura que quiera. Tenemos que demostrar que lo usa para causar daño. Además, deberíamos esperar a que Hubert llegara para que él hiciera la invocación.

—Vaya, ¿papi Klemens no te deja...?

La voz de Emeric se vuelve afilada, más afilada de lo que la he oído nunca.

—Deja de llamarlo así, *por favor*.

Me estremezco y un relámpago de pánico me atraviesa las venas. La vergüenza me calienta las mejillas. Un año no es suficiente para quitarme los instintos del castillo Falbirg.

—Vale, no hace falta que te pongas así —farfullo. Emeric no habla durante un rato. Solo se oye el rasgueo del carbón sobre el papel. Y entonces dice:

—Mi padre murió hace unos diez años. No me resulta gracioso.

Recuerdo lo que vi con las Lágrimas: un niño de pie ante Klemens, diciéndole con gravedad que tiene una petición para los tribunales celestiales. Un resorte de la cerradura empieza a deslizarse.

—Ajá —digo con astucia.

—Y necesitamos a Hubert porque un prefecto iniciado por completo tiene permiso para perder algún que otro caso. Yo, no.

Lo dice con tanta gravedad que no insisto.

—¿Cuándo llega Klemens? —Sé que está en la carta del cuaderno viejo, pero no lo recuerdo y, aunque lo recordase, no podría decírselo. Se supone que esas notas son cenizas en la chimenea.

Emeric mira la moneda resplandeciente en el aparador.

—Hace ocho horas.

Por *eso* está tan nervioso.

Decido que esto se ha puesto demasiado tenso para los dos.

—¿Qué posibilidades hay de que sienta cierta debilidad por las ladronas de joyas encantadoras que no se arrepienten de lo que han hecho?

Emeric relaja los hombros. Los dos estamos más cómodos hablando sobre este tema.

—Eso nunca se sabe. ¿Viste si Von Reigenbach alteró algo en la cédula matrimonial?

El sábado dedicamos una cantidad de tiempo decente a repasar lo que debía mirar en el lenguaje de la cédula, puesto que sería la única que podría echarle un vistazo.

—No, todo parecía normal.

—Estamos pasando algo por alto —dice Emeric con los dientes apretados mientras pone la cabeza de alce en su lugar—. Sobre todo si ha investigado sobre derecho de sucesión. El heredero que tenga con Gisele podría ser elegido para el trono imperial, pero para eso Gisele tendría que sobrevivir —se agacha por debajo de un asta de la cornamenta— mucho más tiempo después de la boda. Y no se me ocurre por qué querría una alianza inmediata con Sovabin.

Me encojo de hombros.

—Ya lo has visto, al parecer ha ido cerrando rutas comerciales. Si no hubiera sobornado a los Von Falbirg, no sé si podrían permitirse venir a la boda siquiera.

Emeric se queda muy quieto. Cuando alzo la mirada, me está observando con la misma fascinación con la que un gato vigila un hilo. De algún modo, ha conseguido mancharse la mejilla de carbón.

—Nunca te he contado eso —dice. Cada palabra es más veloz que la anterior—. Solo lo escribí en mis notas.

Schit.

Pero no parece enfadado. De hecho, hasta da saltitos cuando cruza la habitación.

—Las has leído, ¿verdad? ¿Viste mis teorías sobre los Wolfhunden? *Sabía* que Von Reigenbach era…

—Solo leí una parte —espeto, remarcando cada palabra.

—¿Cuál? ¿Crees que he pasado algo por alto? —Luego ladea la cabeza, con el ceño fruncido, y añade—: ¿Señorita Schmidt?

Devuelvo la lista de nombres al libro y lo meto en la estantería.

—Leí tus notas sobre Sovabin y los Von Falbirg. —No puedo mirarlo mientras recojo los papeles de la mesa—. No pasaste nada por alto. Acertaste en todo.

En cada detalle amargo y supurante.

He hecho todo lo que he podido para mantenerme alejada de esto hasta ahora, para fingir que Emeric no conoce mis viejas heridas debajo de este uniforme… pero supongo que no iba a durar.

Me atrevo a echarle un vistazo a tiempo de ver la comprensión que le atraviesa la cara. Empalidece y la mancha de carbón resalta incluso más. Estoy segura de que ha disfrutado especulando y teorizando y leyendo hojas de té, pero… es mi *vida*. Mis cicatrices.

Y no puedo, *no puedo* soportar su lástima. Me acuerdo de la nieve, de la escarcha, de un bosque oscuro con un farol solitario en una encrucijada, y dejo que ese frío me recorra las venas.

—Excepto por una cosa. No quiero atención.

Luego le entrego las notas y el carboncillo roto y paso a su lado hacia la colección de botellas.

—Señorita Schmidt… —empieza a decir con una voz tan amable que casi parece cruel.

Pero se calla cuando un saludo en voz alta resuena por el pasillo.

Son los guardias apostados en la entrada del ala.

Adalbrecht se acerca.

CAPÍTULO 21

UNA PASIÓN IMPROBABLE

Nos apresuramos a ir hacia la puerta. Le lanzo la chaqueta del suelo mientras él apaga la moneda de la luz. Los guardias están en la entrada del ala, así que, si han saludado a Adalbrecht nada más verlo, tenemos menos de diez segundos para salir de aquí antes de que doble la esquina del pasillo.

Abro la puerta una rendija, dejo que Emeric salga y giro el pestillo detrás de mí para que Adalbrecht no se pregunte por qué la puerta de su estudio no está cerrada.

Una voz en concreto llega por el pasillo: la de Irmgard.

A lo mejor no tenemos otra oportunidad como esta.

Veo un armario discreto a unos metros de distancia. La puerta está abierta cuando compruebo el picaporte.

Emeric suelta un *uf* perplejo cuando tiro de él detrás de mí y cierro casi por completo la puerta.

—¿Qué estás…?

Le tapo la boca con la mano y susurro:

—Escuchar, *obviamente*. Irmgard von Hirsching va con él.

Entra la luz justa de una antorcha por la rendija para que pueda ver cómo Emeric frunce el ceño. Me llevo un dedo a los labios; la voz se intensifica e intento no pensar en lo apretados que estamos aquí. Es bastante grande para ser un armario, pero no *tanto*.

— … pintada sobre *mi cara*.

—Fue necesario —dice Adalbrecht; el fulgor de un candelabro atraviesa la alfombra. Oigo el rasguño de una llave en la cerradura y luego los goznes de la puerta; la luz se retira del pasillo y entra en el estudio.

Aparto la mano de la boca de Emeric antes de que me distraiga. No es que vaya a hacerlo. Es que noto cada vez que respira y eso…

Me distrae, dice una voz engorrosa. Me quito esta idea de la mente y abro un poco más la puerta del armario.

—Ese iba a ser *nuestro* retrato —se queja Irmgard en el estudio—. Cuando lo mandes a arreglar, todo el mundo pensará que lo has rehecho por mí.

—Tenía que mantener las apariencias. Y ahora, dime. ¿Tienes alguna novedad de tu padre o solo has venido a quejarte por un cuadro?

Oigo que Irmgard resopla.

—Estamos un poco desconcertados y esperábamos que nos lo aclararas todo. ¿Vas a matar a Gisele o no?

—Te recuerdo que el plan original… *concluye* en algún momento después de la boda. No voy a permitir que los Von Falbirg impugnen la legitimidad.

Emeric se remueve a mi lado y casi puedo oírle maldecir en silencio de que no hay espacio suficiente para sacar sus notas.

—El jueves querías matarla.

La ira llena la voz de Adalbrecht con espinas.

—No juegues conmigo, muchacha. Tú misma me dijiste que Gisele lleva algún tipo de ilusión. Una sustituta podría hacer su papel durante la boda con bastante facilidad.

Ahora soy yo la que maldice en silencio. Al menos no se les ha ocurrido que eso ya pasó hace un año.

—Actué porque su comportamiento se estaba volviendo errático —prosigue Adalbrecht—. Ha cambiado desde entonces. Volvemos al plan original.

Hay una pausa tensa. Puedo oír el aguijonazo meloso en la voz de Irmgard.

—Espero que no le hayas tomado cariño, *markgraf.*

Le está provocando, aunque sea una locura. Pero Adalbrecht es más inteligente o le da igual, porque su respuesta es un sencillo y frío:

—No.

—Entonces no entiendo la demora. La cédula ya está firmada y mi padre...

—El maldito *kobold* la está protegiendo o ya estaría muerta. Cada chimenea en el castillo es como su perro guardián.

(Al parecer, debo a Poldi toda una bodega de hidromiel).

—Lo siento —dice Irmgard, alzando la voz—, pensaba que estábamos en el castillo *Reigenbach.* Ese duendecillo debería responder ante ti.

Se produce un silencio incómodo y entonces Adalbrecht dice:

—Ella reconoció formalmente al *kobold* antes que yo.

Demasiado cerca de mí, Emeric susurra:

—Ah, *qué incómodo.*

—Pues arréglalo —dice Irmgard—. Mi padre no ha hecho esta inversión para luego no obtener resultados.

—Se resolverá en cuanto me encargue de los prefectos. —Parece que la paciencia de Adalbrecht se está acabando y eso es peligroso—. No quiero mantenerla con vida después de la noche de bodas y los Wolfhunden están preparados por si se da cualquier oportunidad la semana próxima.

Una sombra parpadea en la franja estrecha de pasillo visible. Y entonces, qué sorpresa, veo una manga que se acerca a mi campo de visión... la manga de un uniforme de criado.

Barthl se aproxima a la puerta del estudio. Creo que ha llegado por los pasadizos de la servidumbre.

¿Qué hace *él* aquí?

—¿De verdad necesitas la noche de bodas? —indaga Irmgard.

—Pasará un tiempo hasta que pueda disfrutar de otra. Tendrás que perdonar mis caprichos.

Santos y mártires, mira que hay cosas que podría estar escuchando a unos metros de distancia mientras me hallo en un armario abarrotado con un chico que huele a eneldo de una forma que, uf, *sí*, me distrae. No ayuda que él haga el mismo sonido ahogado de asco que yo al oír *caprichos*.

Barthl se está acercando demasiado para mi gusto. No nos ha visto, tan concentrado como está en la puerta del estudio; con sus dedos arácnidos se retuerce el *krebatte*.

—Vale. Pero ni una excusa más. Si tienes la oportunidad de eliminarla, aprovéchala. Hemos dedicado unos esfuerzos considerables a identificar y organizar a los partidarios y hemos confiado más de nuestro tesoro del que te mereces.

—Yo decidiré lo que me merezco. —La voz de Adalbrecht sube en un *crescendo*; Irmgard le ha tocado la fibra sensible—. Soy el margrave y tu *superior...*

Se oye el crujido fuerte e inconfundible de un tablón de madera en el pasillo. El silencio reina en el estudio.

Barthl palidece y desaparece por el pasadizo de los criados.

—¿Hola? —grita Irmgard—. ¿Hay alguien ahí?

El polvo de carbón de la mala suerte empieza a cubrirme la visión.

Emeric y yo nos miramos ojipláticos. La puerta del armario sigue entreabierta de un modo visible. Me apresuro a cerrarla tanto como me atrevo, pero si el pestillo encaja en su sitio resonará como un trueno en este silencio.

—Quédate aquí —ordena Adalbrecht. Sus pasos suenan como los golpes del hacha de un verdugo cuando camina junto al armario. Por el ángulo en el que está, es complicado ver que la puerta permanece abierta, pero cuando se dé la vuelta, sobresaldrá como un pulgar dolorido. Y sé que la verá, porque la mala suerte llueve a nuestro alrededor.

Estamos atrapados.

Me armo de valor y susurro:

—Bueno, pues es lo que hay. Somos dos jóvenes besuqueándose.

Emeric arruga la chaqueta con las manos.

—Debe de haber una alternativa…

—Nos pillará y luego seguramente moriremos, esa es la alternativa —le replico. Le quito la chaqueta y la tiro sin mirar sobre un estante, como si la hubiéramos descartado en medio de una pasión poco probable, y me desabrocho unos botones de la blusa. Luego me obligo a agarrarle de la camisa para acercarlo hacia mí—. Si te sirve de consuelo, así no es como me había imaginado mi primer…

—No. —Apoya una mano en una balda detrás de mi cabeza, apartándose como si yo fuera veneno—. No… *No quiero hacerlo.*

Lo suelto, un poco estupefacta.

No quiere besarme.

No… no es que *no quiera.* La idea le resulta tan repelente que preferiría que Adalbrecht nos viera y acabásemos con ese monstruo en la garganta.

Ay, dioses, quiero *morirme.* Quiero que el suelo se hunda. Quiero encogerme hasta ser tan pequeña como para poder esconderme detrás de las toallas. No es que quiera besarlo (creo que no, vamos), es que resulta desolador que me recuerden que sin las perlas no soy…

No soy Gisele.

No significa nada, o eso me digo.

No sé qué esperaba.

Puede que no sea una buena persona, pero conozco de primera mano lo que se siente cuando te obligan a hacer algo, y eso no se lo deseo a nadie.

—No hace falta, la verdad, ¿sabes?, solo tenemos que acercarnos lo suficiente —digo a toda prisa—. Haz lo mismo que yo, ¿vale?

Los pasos de Adalbrecht han llegado al final del pasillo; dará la vuelta en cualquier momento.

Emeric asiente afligido. Le quito un poco del carbón de la mejilla para pringarme la mía. Luego pongo su mano libre en mi cintura, le envuelvo el cuello con los brazos y le revuelvo el pelo por si acaso.

—Agacha la cabeza.

Debería haberme pellizcado las mejillas antes de esto, pero estoy bastante segura de que puedo oír cómo toda la sangre fluye hasta mi rostro. Qué tonta he sido al pensar que el aliento de Emeric en la mano era lo que me distraía. Esto es *mucho* peor, sobre todo porque puedo oír su respiración irregular a un centímetro de mi oreja y su calidez en la garganta.

—Lo… siento —farfulla en mi hombro—. Yo…

La puerta del armario se abre de repente.

Suelto un gritito y hago aspavientos para apartar a Emeric. Él retrocede tambaleándose y la vergüenza y el sonrojo de su rostro ayudan a dar veracidad a la mentira, aunque sean muy auténticos.

—Prefecto Conrad —dice Adalbrecht con lentitud—. Esto es inesperado.

—Prefecto júnior —murmura—, señor.

Bajo la cabeza y hago una reverencia, con los ojos fijos en el suelo.

—Lo siento muchísimo, mi señor. Hemos girado donde no debíamos en los pasadizos de los criados. No conozco esta ala y…

Unos dedos ásperos me agarran por la barbilla para alzarla. Mantengo la mirada gacha, aunque no hay nada que ansíe más que arrancarle la miserable mano a Adalbrecht a mordiscos.

—Nos topamos en el castillo Falbirg, ¿no? —pregunta—. Eres la doncella personal de mi señora.

Nos topamos. Casi grito. Me encontró sola en un pasillo, me agarró las manos contra la pared, usando solo una de las suyas, y me desató la mitad del corpiño antes de que Joniza doblara la esquina. Y luego siguió su camino como si nada. Fue rápido y distante, como si ya tuviera mucha práctica. Como si yo solo fuera un aperitivo más en la mesa de los Von Falbirg.

Y luego, al día siguiente, pidió (*exigió*) la mano de Gisele en matrimonio.

—Correcto, mi señor. —El temblor en mi voz es real y humillante.

Me suelta la barbilla con una risita nauseabunda.

—Si querías probar mi mercancía, Conrad, puedo proporcionarte una habitación de invitados.

Emeric agacha la cabeza y no sé si la cara le arde de humillación o de rabia.

—No será necesario, señor.

—Pues volvamos a la fiesta, ¿eh? —Adalbrecht le da una palmada en el hombro y a mí me hace un gesto con la mano—. Vete, chica. De hecho… ve y espera en el vestíbulo. A lo mejor el vino ayudará al prefecto a armarse de valor.

—Enseguida, mi señor. —Nunca me había alegrado tanto de salir de un armario. No estoy enfadada con Emeric, es solo que… no quiero mirarlo ahora mismo. Ni en lo que queda del año. O del siglo.

Aun así, me obligo a recorrer el pasillo detrás de ellos en vez de ir por los pasadizos de la servidumbre y calculo la distancia como quien sopesa una ballesta. Aprendes a saber sobre estas cosas cuando te crías con unos familiares que pueden golpearte solo porque tienen un mal día y tú pasabas por allí.

Aunque Adalbrecht actué con cordialidad, le cortaría el pescuezo a Emeric entre el armario y los guardias si eso le facilitase la vida. Me mantengo lo bastante cerca para ser una testigo potencial, pero lo bastante lejos para que, si Adalbrecht ataca, no tenga tiempo de agarrarme antes de que grite llamando a los guardias.

Cada vez que me mira, bajo los ojos al suelo y sé que he hecho bien en seguirles.

Les acompaño hasta el vestíbulo y luego me quedo allí como me han ordenado. Me siento un poco mareada, la verdad, y necesito tiempo para pensar y respirar.

Cuando me apoderé de las perlas hace un año, durante la primera hora aprendí la diferencia entre ir por el mundo como alguien deseable y alguien como… yo.

No solo era el estatus de Gisele, nunca lo ha sido. De repente, la gente me sonreía, se reía de mis chistes como hacían con Irmgard; se aseguraban de que estuviera cómoda y me traían regalos solo porque yo estaba presente.

Durante el último año, solo me he quitado las perlas cuando he querido pasar inadvertida. O no deseada. Sé lo que soy sin ellas.

Hasta esta noche, sin embargo, nunca me había sentido tan *fea*.

—Señorita Schmidt.

Ah, *genial*, Emeric ha conseguido librarse de Adalbrecht.

Quiero esconder la cara en las manos y solo lo impido con fuerza de voluntad. No sé por qué demonios me importa la opinión de un chaval al que tiré al Yssar hace menos de una semana.

—Necesitamos un sitio mejor para esperar —balbuceo, mirando a todas partes menos a él—. ¿Has visto a Barthl…?

—No eres tú —dice Emeric al mismo tiempo—. O sea… No quería… O *no* quiero… —Se pasa una mano por el cabello y al parecer no le importa que le quede de punta—. Tienes razón, tenemos que encontrar otro sitio.

Hago una mueca y luego, sin mediar palabra, me dirijo a un rincón en el vestíbulo por el que Gisele acabará pasando. Me escondo en un hueco y me deslizo hasta que puedo apoyar la barbilla en las rodillas. Emeric se queda fuera del rincón un momento y luego se deja caer en el suelo, en la esquina contraria, entrelazando y soltando los dedos.

—Yo —dice con poca convicción— nunca he entendido a la gente como… en el pasadizo de los criados. No sé cómo es, cómo es querer… *algo* de eso… con alguien a quien no conoces. Y no puedo fingirlo. Es que… es que no puedo.

Tengo una idea bastante incómoda y es que lo entiendo *perfectamente.* He leído cuentos de hadas, claro, y he escuchado canciones de amor lastimeras, pero nunca he entendido por qué alguien se despertaría al cabo de cien años para casarse con el príncipe que entró ilegalmente en su dormitorio para besarla. O bailar con un desconocido una vez y decidir pasar el resto de sus vidas juntos. Siempre he sentido una especie de melancolía desconcertante cuando otras personas hablan sobre amor a primera vista, como si me pasara algo malo, como si no supiera lo que es el amor.

No sabía que más gente se sentía así.

—Es un problema mío —dice Emeric—. Lo sien…

—No —le interrumpo, más rápido y crudo de lo que pretendía—. Yo… sé a lo que te refieres. No tienes nada por lo que disculparte.

—Me parece que sí —dice con una mueca.

Esta conversación se acerca demasiado a lo personal y no estoy preparada para eso.

—*Yo* calculé mal. No me debes un… —agito la mano— besuqueo de consolación. No funciona así. Nunca.

Emeric tuerce la boca.

—Un besuqueo de consolación —repite despacio—. Lo has conseguido. Creo, de verdad, que nunca había oído hablar de eso antes.

No voy a sonreírle. Me niego, por principio (el principio es: ya he alcanzado mi cuota emocional por hoy). En vez de eso, me muerdo el labio y me inclino para echar un vistazo por el pasillo. Ni rastro de Gisele.

—¿Cómo… cómo lo haces? —pregunta Emeric—. Has dicho que sería tu primer beso. ¿Te da igual que no hubiera sido real?

Noto que me arde la cara. De *todas* las cosas que podría recordar… esa es, en serio, la peor parte. Escuchaba a otras chicas cotillear sobre amantes a quienes habían besado detrás de los establos o en un festival o bajo la luz de la luna en secreto. Las escuchaba susurrar la palabra *lengua* como si fuera un acto placentero de traición. Me preguntaba si alguna vez me reiría así y me decía que no me importaba.

Durante un terrible momento, mi mente se queda en blanco sin más, porque a estas alturas he *sobrepasado* mi límite. No sé cómo expresar esta fea verdad en palabras que no quemen al salir. Pero, por algún motivo, siento que puedo contárselo.

Quiero contárselo a alguien que lo entienda.

—No me habría dado igual —digo en voz baja—. Igual que a ti. Pero sabes cómo hablan sobre mí. Sobre Gisele. Sabemos lo que es Adalbrecht. Tenías razón antes, sobre que no es por valor. He durado tanto porque estoy acostumbrada a que todas mis decisiones sean desagradables.

Emeric suelta una risa amarga.

—Pensarás que soy un cobarde extraordinario.

—Lo cierto es que no. Solo alguien que valora sus principios más que su esperanza de vida.

Emeric sonríe de nuevo y, a pesar de todo, acabo violando mis propios principios y le devuelvo otra sonrisa a regañadientes.

—Que conste —dice con cierta incomodidad— que creo que los dos nos habríamos merecido… algo mejor. —Luego se endereza—. Ya vuelven.

Gisele y Ragne suben las escaleras y entiendo la señal. Me levanto y me sacudo la ropa.

—Nos vemos dentro de un rato.

Salgo del rincón y Ragne me ve. Asiente y se dirige hacia Emeric. Antes le enseñé a Ragne el camino hasta el dormitorio a través de los pasadizos de los sirvientes y, en cuanto hayan recuperado el abrigo y la bufanda de Emeric, lo traerá a escondidas para que podamos comparar notas. De esta forma, los criados en el ala del río no se preguntarán por qué a la princesa Gisele la ha atendido una desconocida en vez de Marthe.

Aun así, la garganta se me tensa cuando me sitúo a un paso por detrás de Gisele. Todo esto me resulta agobiante y familiar: yo soy un simple accesorio con la cabeza gacha y ella va con el vestido elegante y las perlas para protegerla, y mantiene la barbilla bien alta mientras sube por las escaleras. Las carcajadas de Adalbrecht resuenan a nuestra espalda.

Esas malditas perlas reducen las espinas de mi corazón.

Es como si poco a poco volviera a ser la persona de antes, lo que era antes, cuando aún pensaba que Gisele cuidaría de mí, su leal doncella. Y, esta vez, quizá no pueda huir.

EL CUARTO CUENTO

EL LOBO Y SU ESPOSA

É rase una vez una princesa que vivía con su doncella; en el pasado, ambas fueron amigas.

Si le preguntaras a la princesa si aún lo eran, respondería que sí. Lo que ocurrió cuando tenían trece años fue una desgracia, pero su doncella era la criada más fuerte e inteligente que conocía y se recuperó al cabo de unas semanas.

Si le preguntaras a la doncella si seguían siendo amigas, te diría que no estaba segura de que alguna vez lo hayan sido.

O quizá no diría eso; sonreiría y respondería que claro. O diría que sí y luego te preguntaría por tu familia. O se reiría y proseguiría con sus tareas.

Verás, la doncella estaba aprendiendo a mentir, porque había descubierto que la verdad no la protegería. Estaba aprendiendo a abrir cerraduras y engrasar bisagras y, mientras limpiaba los pocos tesoros del castillo, pensaba en todas las formas en que podría robarlos.

Solo era un juego, se decía. Por si lo necesitaba en el futuro.

Un día, bien entrado ya un otoño muy rojo, el castillo recibió la noticia de que un lobo grande y terrible visitaría su hogar. El príncipe pensó que querría oro, soldados, poder… Pero la dama miró a su hija y supo que el lobo ansiaba otra cosa.

La princesa no era fea, pero tampoco era guapa de esa forma que hace que las criaturas como los lobos se sientan pagadas de sí mismas. Si el lobo buscaba a una cazadora, la encontraría en ella.

Pero no buscaba a una cazadora, sino a una esposa.

Y la dama sabía que se llevaría lo que quisiera.

Antes de que llegara el lobo, escondió todos los retratos de la princesa, excepto aquellos en los que era bebé. Tomó el último oro del tesoro. Y se marchó.

Cuando la dama regresó, tenía las manos vacías, salvo por un collar de perlas hechizadas.

La doncella observó cómo abrochaban las perlas alrededor del cuello de la princesa. Vio cómo la reducían hasta volverla más pequeña, cómo le limaban las aristas hasta volverla más suave, cómo le arrebataban el color del cabello y de los ojos hasta convertirlos en vestigios de lo que habían sido.

Y la doncella se dio cuenta de que, una vez que las perlas estuvieron bien abrochadas, la princesa y ella volvían a ser amigas. Siempre lo habían sido, ¿verdad? ¿Por qué no querría tener una amiga tan encantadora?

Los ojos de la dama se llenaron de lágrimas, fruto de la alegría y del alivio.

—Esto te protegerá —le dijo a su hija—. Los hombres pueden ser crueles, pero lo son menos cuando eres hermosa.

—No quiero casarme con él —dijo la princesa. Las lágrimas de sus ojos no eran de alegría ni de alivio.

—Nadie quiere casarse. —La dama se cercioró de que el cierre no flaquearía. Tras una larga pausa, repitió—: Pero la belleza te protegerá.

El lobo llegó al castillo. Y la dama tuvo razón.

Olfateó las puertas y las habitaciones. Olfateó las mesas, los festines. Olfateó la falda de la princesa. Pero no cerró las fauces, porque la belleza de la princesa lo tranquilizó.

Más tarde esa noche, encontró a la doncella y hundió sus dientes en ella, porque no tenía unas perlas que la protegieran. La dejó sangrando en el pasillo cuando su única amiga lo espantó.

Por la mañana, el lobo anunció que se llevaría lejos a la princesa para convertirla en su esposa, y ella lloró; también estaba aprendiendo a mentir porque dijo que eran lágrimas de alegría.

La doncella no lloró, porque era la criada más inteligente y fría de Sovabin. Sabía que el príncipe y la dama la enviarían con la princesa para mantener ocupado al lobo. Sabía que sus madrinas aguardaban a que ocurriera un momento justo como ese, cuando estuviera atrapada sin ninguna esperanza, solo la que ellas le ofrecían.

Supe que tenía que ir a Minkja o los Von Falbirg me echarían al árido Sovabin. Sabía que las perlas solo protegerían a Gisele durante un tiempo. Sabía que nada ni nadie me protegería a mí.

Supe por las cicatrices de la espalda que Gisele miraría para otro lado mientras Adalbrecht me comía viva. Me lanzaría a los lobos si eso significaba que ella sobreviviría un día más.

Pero nunca sospechó que yo, su doncella leal y obediente, haría lo mismo.

CAPÍTULO 22

LAS ESPINAS

Cuando llegamos a mis aposentos, no me decido entre perdonar a Gisele o arrancarle las perlas del cuello.

Por suerte, ella lo hace por mí: se las quita en cuanto entra en la habitación. Su cabello se oscurece, su silueta se rellena. Las costuras se rasgan un poco cuando las ponen a prueba.

—Me había olvidado de cuánto odiaba esto —dice Gisele con tensión y lanza las perlas sobre la cama.

Sin el hechizo que atenúa mi resentimiento, no tengo que pensarlo más: arde bien por sí solo. Empiezo a desatarme el delantal y digo con brusquedad:

—Adalbrecht sabe lo de las perlas.

Gisele me mira, pero aparta los ojos y se le endurece el semblante.

—Me da igual. Nunca las pedí.

Pero sí que le importó cuando *yo* me las puse. Eso me lo guardo para mí.

—¿Te has enterado de algo útil en el baile?

—Prefiero esperar a que lleguen los demás.

Pues vale. Parece que no soy la única que guarda rencor.

La rodeo para sacar un camisón de la cómoda, porque lo único que quiero es meterme en la cama y no pensar en lo que ha pasado esta noche, ni en Adalbrecht ni en Emeric ni en nada. Luego me lo pienso mejor. Emeric llegará en cualquier momento con Ragne y, aunque me ponga una bata sobre el camisón, yo… no sé si quiero que me vea así.

(Era diferente con las perlas. Esa no era *yo*).

Así que saco un vestido sencillo del armario. Sigue siendo uno para la futura margravina, pero es suave, de lana de cordero verde pino, indicado para un día tranquilo en la biblioteca o para un paseo privado por los jardines. Es bastante cómodo sobre la combinación de lino que ya llevo puesta.

—Ragne es tierna —empieza a decir Gisele, pero se detiene—. Y graciosa. Se le ocurrían motes para todo el mundo. Llamó a Anna von Morz la del vestido que da miedo e Irmgard era la que huele como pies.

Me río mientras me desabrocho el uniforme de sirvienta.

—Lástima que no pueda estar en todos los eventos de la boda. Dame un segundo y te podrás poner esto. —Esta es la última parte del plan: la *prinzessin* se retira temprano del baile, aunque Adalbrecht seguirá con la celebración hasta bien entrada la noche, solo para demostrar que puede. Joniza esperará a Gisele para que puedan marcharse juntas, del mismo modo en que llegaron (es posible que Joniza también tenga una cita con su archienemigo, pero no estoy segura y tengo miedo de preguntar).

Gisele no me está escuchando. Recorre despacio el dormitorio, examinando la suave alfombra azul oscuro, los ríos de cortinas de terciopelo, las vistas al este de Minkja al otro lado del Yssar. Sus dedos recorren el dosel de la cama, el tocador, la repisa de la chimenea; todo con cuidado, como si fuera un sueño de cristal que se pudiera romper si apretara demasiado.

Con más cuidado del que me trató a mí.

La habitación (toda entera) es cien veces más lujosa que cualquier cosa que haya tenido en Sovabin. Mil veces más espléndida que el Gänslinghaus abarrotado y lleno de corrientes de aire. Todo esto podría haber sido suyo de no haber sido por mí.

Pero ya no lleva las perlas, así que no puede hacerme sentir mal.

Me aclaro la garganta y saco los brazos por las mangas del vestido de criada, dándole la espalda a Gisele.

—Date prisa. Ragne y Emeric llegarán pronto.

—¿Eso es la maldición? —dice con un jadeo.

Maldita sea. Me había olvidado de los rubíes en la columna. El cuello de la combinación es tan bajo por la espalda que deja entrever dos o tres.

—Sí.

—¿Cuánto tiempo te queda?

Inhalo hondo y miro por la ventana hacia la media luna.

—Una semana. A menos que enmiende lo que robé. —Me libero del vestido con una sacudida—. Resulta que no es tan fácil como parece.

Otro silencio; lo único que oigo son los suaves chasquidos que hace Gisele mientras se desabrocha los botones de su vestido. Luego rompe ese silencio:

—Hablé con Joniza sobre lo que dijiste antes. No lo entendía… No *comprendía* lo mal que lo habías pasado con mis padres.

Quiero gritar *mentirosa*; las manos me tiemblan mientras doblo el uniforme. Gisele estaba presente cuando me azotaron por los Von Hirsching. Pero ha pasado un año desde que nos marchamos de Sovabin. No es la misma. Ninguna lo es.

—Lo siento —dice—. Debería haberlo impedido.

Dejo el uniforme en la cama, junto a las perlas. Quizás haya aprendido. Quizá… quizá podamos empezar a cerrar esas heridas.

—Éramos jóvenes…

—Pero no deberías haberme arrebatado esto —añade Gisele, interrumpiéndome, y se me cae el alma a los pies—. Me lo quitaste todo: mi nombre, mi futuro, mi *vida*. Tú…

Me doy la vuelta, casi escupiendo de rabia.

—Nada de esto te pertenecía. Hablas como si te lo debiera, pero *nada de esto te pertenece*. No te ganaste tu nombre, no te ganaste esta vida, no hay nada aquí para ti, solo las cosas que has recibido al nacer o las que tomaste prestadas y lo que *yo* me he ganado.

—¡Lo que has robado! —grita. Hace una mueca cuando se quita el rubí falso de la cara—. ¿Crees que todo esto te pertenece?

—¡Tú ni siquiera lo querías!

—¡No quería casarme con Adalbrecht! ¡No te atrevas a fingir que es lo mismo!

No me puedo creer lo crédula que he sido al pensar que Gisele podría haber cambiado.

—Así que querías todo esto, las joyas, los vestidos, el castillo, los criados, siempre y cuando yo pagara el precio, no tú. Porque eso es lo que vale la *Weysserpfenni...*

—Ni mi propia madre creía que era lo bastante buena para él —me interrumpe Gisele, saliendo de la pesada falda—. Se avergonzaba de mí porque quería a una hija como Irmgard.

—¡Y yo necesitaba a alguien que me protegiera de Irmgard! —Me acerco a toda prisa para recoger el vestido, *mi* vestido, e incluso rabiosa como estoy lo pliego con cuidado para que no se arrugue, porque, aunque haya vivido un año como Gisele, eso no invalida los diez años que pasé sirviéndola—. Necesitaba a alguien que me protegiera de ¡AdaAAAAAA...!

Algo se retuerce en la falda.

La suelto y me aparto de un salto. Una criatura del tamaño de un puño y de un gris blanquecino sale del montón de terciopelo rojo. Es un hombrecillo terrible que se arrastra como un cangrejo, con los ojos de un azul ardiente.

Gisele chilla.

Ragne irrumpe en la habitación y es mi turno de soltar un grito por el susto.

Y entonces Emeric entra a trompicones detrás de Ragne y tanto Gisele como yo chillamos presas del pánico y nos lanzamos a por la bata más cercana al mismo tiempo, ya que las dos vamos vestidas solo con la combinación de lino, pero acabamos intentando ponérnosla a la vez (una metáfora terriblemente apropiada).

—Lo siento... *lo siento...* No estoy mirando. —Emeric empieza a retroceder por la habitación, ve al *nachtmahr* y procede, de un modo visible, a alternar entre el instinto de luchar y el de huir a una velocidad desconocida para el hombre común. Mientras tanto, oímos un ruido de tela rasgándose y Ragne cae al suelo convertida en un lince negro; los restos del uniforme aún se pegan a ella como una bolsa amniótica. Una pata enorme tumba al pequeño *nachtmahr*, que se dirigía a toda velocidad hacia la cama, y luego lo mantiene sujeto contra el suelo.

Me rindo con el vestido, tomo una sábana y me envuelvo los hombros con ella.

—Supongo que nadie ha traído campanas. Júnior, cierra la puerta. —Obedece y les dedico a Ragne y a él una mirada intensa—. ¿Cuánto tiempo llevabais en el pasillo?

—El Emeric ha dicho que parecía una conversación importante —maúlla Ragne, golpeando al *mahr* aullador— y que deberíamos dejaros intimidad, y lo hemos hecho, pero luego habéis gritado.

Emeric mira a todos lados menos a nosotras.

No. No pienso permitir que este cabrón engreído me caiga bien al final de la noche, aunque sea a regañadientes. Me niego a ceder en otro principio (que es: en esta ciudad solo hay sitio para un cabrón engreído. Y esa soy yo).

Gisele ahoga un grito y descubro que tenemos otro problema.

El *nachtmahr* se está hinchando, casi burbujeando; ya no es un hombrecillo, sino un híbrido espantoso entre humano y caballo. El cráneo se deforma de un modo macabro, las extremidades se estiran como patas de caballo que acaban en unas manos grises y retorcidas. Mientras crece, grita y muestra montones de colmillos largos y finos como agujas.

Ragne gruñe, tiembla y se convierte en una leona con el pelaje negro, pero esta habitación, quién lo iba a decir, no está diseñada para tres humanos, una leona y un monstruo medio humano y medio corcel. Para empeorarlo todo, Poldi aparece en la chimenea, gritando una sarta de insultos llenos de indignación.

—Quédate ahí, Poldi —le ordeno mientras Ragne arremete contra el *mahr*, que ha alcanzado el tamaño de un hombre. La criatura brama y se lanza a por la yugular de la leona, pero falla y le muerde el hombro. Ragne suelta un grito y el corazón casi se me sale por la garganta.

—¡Vanja! —me llama Emeric. Me doy la vuelta para mirarlo. ¿Qué ha pasado con *señorita Schmidt?*—. ¡Agárralo…! —Emeric está atrapado detrás de Ragne la leona, pero me lanza uno de sus cuchillos. Consigo sujetarlo: el oro de la buena suerte lo envuelve. Cuando lo saco de la funda, veo que tiene una hoja bañada en cobre. Es el que hirió al *nachtmahr* en Lähl.

Este *mahr* ve el resplandor rojo como un penique y suelta a Ragne. Sacude la cabeza y lloriquea, con la lengua fuera, pero Ragne y Emeric han bloqueado la puerta que comunica con el pasillo, y Poldi y yo, la que da a la terraza.

Se lanza a por Gisele.

No sé por qué me muevo.

Quizá por reflejo, por años de haberla puesto a ella primero.

Quizá por el frío cálculo del instinto: yo tengo un cuchillo y ella no.

Quizá sea la chica del espejo, mi fantasma que aún me atormenta, el que se agarra a la vela agonizante con la esperanza de que aún podemos cambiar, de que podemos atravesar las espinas, de que podemos dejar de hacernos daño.

Me abalanzo sobre el *mahr* y caemos al suelo. Es muy viscoso al tacto y casi pegajoso. Con sus dedos largos, me tira con furia del pelo hasta enredarlo. Le clavo el cuchillo de cobre con torpeza en cualquier parte que veo, en la barriga, en el ojo, entre las costillas rotas, hasta que se estremece de un modo terrible, profiere un re-suello y se queda inmóvil.

Me aparto y suelto el cuchillo, de rodillas.

—Muy bien, Poldi —digo entre jadeos—, haz los honores.

—Enseguida, señora —responde el *kobold* con alegría y arras-tra el cadáver hacia la chimenea. Se oye una serie de crujidos, chas-quidos y chisporroteos que no deseo investigar.

Un par de botas muy pulidas aparecen ante mis ojos. Alzo la vista cuando Emeric se agacha a mi lado y me tapa de nuevo con la sábana. La mirada que me lanza es extraña.

—Vale, a lo mejor tenías razón con los caballos —grazno.

Él niega con la cabeza y, con cierta tensión, dice:

—Los rubíes, en la… —Se señala la espalda—. Han desapare-cido.

Estiro la mano entre los hombros. Ya no tengo la línea afilada de rubíes.

—Has salvado a la Gisele —añade Ragne. Se acerca cojeando y haciendo muecas de dolor.

Durante un momento, bajo la cabeza. Es una verdad de la que no puedo huir. Ya no. Tengo que enmendar lo que robé.

—Sé cómo romper la maldición —admito. Luego me enderezo y miro a Gisele—. Eiswald dijo que tenía que hacer enmiendas por todo lo que robé y no son solo las joyas, sino *tú*. Tengo que compen-sártelo. Tengo que devolverte tu nombre y tu vida.

Gisele se sienta al pie de la cama, atónita, y Emeric me ayuda a levantarme.

Pero, entonces, ella me mira directamente a la cara, con ojos de acero, y dice:

—No.

EL QUINTO CUENTO

LA DONCELLA LEAL

É rase una vez una familia que vivía en lo alto de las montañas, en un castillo deteriorado, con una hija a la que todo el mundo consideraba amable y sabia y que gobernaría bien ese principado.

Un día, cuando la hija tenía quince años, llegó un lobo a su puerta y susurró que se tragaría su castillo si no conseguía a la hija. Y, así, sus padres le dieron un hechizo para protegerla y la vendieron al lobo.

Pero, por si el hechizo fallaba, enviaron algo más con la hija: a su doncella. Verás, el lobo apreciaba la sangre joven y la doncella era leal. Había salvado antes a la familia, cuando tuvo que aplacar a un conde cruel, y quizás ahora también salvaría a su hija.

Tal vez el lobo se comería primero a la doncella y se quedaría satisfecho.

El lobo envió soldados a recoger a la princesa y a la doncella. Cabalgaron en silencio durante mucho, mucho tiempo, ambas mudas de miedo.

La princesa temía no complacer al lobo, que, si la atrapaba en su guarida, quizá le haría daño.

La doncella sabía que todo eso ocurriría, y también cosas peores. Y ni siquiera tendría un penique blanco al que aferrarse después.

La doncella tuvo mucho tiempo para reflexionar sobre esto, pues había un largo camino hasta el reino del lobo.

Pero entonces, un anochecer, cuando estaban a pocos días de Minkja, la princesa no pudo acallar más sus inquietudes. Les dijo a los soldados que iba al río a bañarse antes de cenar y se llevó a la doncella.

La doncella observó mientras la princesa tiraba las perlas a la orilla. El vestido se le ajustó, las costuras se estiraron y, con un grito de frustración, la princesa también lo arrojó, sin importarle ni un ápice que habría que frotar el barro de la seda, que habría que rehacer las costuras, encontrar los botones y reemplazarlos.

Para ella, era libertad.

Para su doncella, era un desastre más del que tendría que encargarse.

La princesa dejó el bolso y la bolsa de aseo y se lanzó hacia el agua, con lágrimas en las mejillas.

—¡No puedo casarme con él! Tendré que ir a bailes y reuniones y a todas esas fiestas horribles con gente a la que odio y tendré que fingir que me caen bien por *política* y tendré que llevar las perlas el resto de mi vida o sabrá que soy... ¡yo! ¡*Nunca* podré volver a ser yo misma!

—Eso parece muy triste —dijo la doncella con frialdad.

—Me dobla la edad y estoy segura de que querrá un heredero lo más pronto posible, y mamá me dijo que acabaría enseguida y que no me resistiera... —La princesa se rodeó el cuerpo con los brazos, temblando—. No lo *quiero*.

La doncella solo escuchaba a medias mientras recogía el vestido y las perlas; se le enredaron en la mano, suaves y preciosas. Se preguntó qué se sentiría al tener a una madre que daría lo que fuera para intentar protegerte. Aunque fuera un tipo de protección que no desearas.

—Necesito el pañuelo —dijo la princesa, llorando, y la doncella se lo llevó.

La doncella vio que la combinación de lino que llevaba la princesa se parecía mucho a la suya. Eran casi idénticas.

—No puedo casarme con él, Vanja. No lo amo. N-no creo que pueda amarlo. —La princesa miró el río, las luces de color durazno y dorado que cortaban su propio reflejo, antes de salpicarse la cara con el agua helada—. Tienes que ayudarme. *Tienes* que hacerlo.

La doncella tardó un rato en responder. Y entonces, con la voz fría y monótona, dijo:

—Vale.

Ese día, Gisele no vio a Muerte y a Fortuna de pie entre ella y yo en la orilla. No supo cómo se quedaron allí, recordándome la solución tan sencilla que me ofrecían. Muerte podía matar al margrave, Fortuna podía mantener al lobo a raya mediante coincidencias poco probables, pero eso me costaría mi libertad.

Y yo… sujetaba las perlas.

Si nada ni nadie podía ofrecerme protección en este mundo, tendría que conseguirla yo misma.

—Lo haré —dije. Ya me había puesto el vestido de Gisele y, en cuanto me abroché las perlas alrededor del cuello… me quedó perfecto.

Gisele me miró desde la orilla, limpiándose la cara. Tardó un momento en entenderlo. O, mejor dicho, lo comprendió de una forma típica de los Von Falbirg.

—Ah, Vanja, eres *brillante*. Puedes ocupar mi lugar cuando lo necesite, en un baile o con… con el margrave, estoy segura de que puedes…

—No —le dije, acariciando su vestido… mi vestido—. No *cuando tú lo necesites*. Si no quieres esta vida, me la quedo yo. Me la quedo toda.

—No es gracioso.

—No estoy bromeando. —Señalé el uniforme de criada de los Von Falbirg en el suelo. Siempre me hacían el mío demasiado grande, por si crecía—. Pero ahora me vendría bien una sirvienta.

—No lo dices en serio —balbuceó—. Devuélveme las perlas, Vanja. Nunca podrás hacerte pasar por mí, no te formaron como a una dama.

Hice la reverencia perfecta, la que tantas veces la había visto practicar a lo largo de los años, con una sonrisa furiosa llena de dientes.

—Pues claro que me han formado. Pero no te diste cuenta.

Gisele contuvo el aliento. Un rubor se extendió por sus mejillas.

—Devuélvemelas. Llamaré a los guardias.

Me atravesó un pinchazo profundo de miedo. Pero entonces un rizo plateado y muy brillante me cayó sobre el hombro y recordé quién era en ese momento.

—Adelante —le dije.

Gritó pidiendo ayuda, altanera y enfadada y asustada, aún sin darse cuenta de lo que había significado perder las perlas. Cuando los guardias llegaron corriendo, arrugué la cara en una máscara de histeria y me acerqué tropezando para decirles que esa loca me había atacado, que afirmaba ser la princesa de verdad, que estaba asustada, muy asustada, *ayudadme, por favor*.

Todos eran soldados de Adalbrecht y ninguno conocía el rostro auténtico de Gisele.

Cuando Gisele gritó quién era, quiénes eran sus *padres*, con la cara enrojecida y llorando y vestida tan solo con una combinación fangosa, confirmó mi mentira a la perfección.

—Ya está a salvo, *prinzessin* —me dijo un soldado, interponiéndose entre la estupefacta Gisele y yo—. No puede causarle ningún daño.

—Márchese y deje en paz a la princesa Gisele —gritó otro guardia—. Váyase a casa.

Gisele cayó de rodillas en la orilla fangosa, atónita.

A ella siempre le habían creído.

Sentí una pizca de lástima. No se podía comparar con los años y años de amargura, pero me impulsó a hacer girar una última vez el puñal.

—Debemos ser caritativos —dije con amabilidad—, incluso en tiempos de crisis. ¿Alguien podría traerme el bolso?

Tres guardias intentaron hacerlo a la vez. En cuanto lo tuve en la mano, lo abrí y me acerqué a Gisele.

—Vanja —susurró—, no lo hagas. Por favor.

Le entregué un único penique blanco.

Al menos le bastaría para llegar a la ciudad.

Y luego regresé al campamento junto con los soldados de Adalbrecht y no miré atrás.

Nadie preguntó dónde había ido la doncella de Gisele. Yannec estaba ocupado intentando congraciarse con los soldados y Joniza no saldría de Sovabin hasta dentro de una semana. Nadie recordó siquiera mi nombre.

La doncella leal había desaparecido.

Y, unos días más tarde, Gisele-Berthilde Ludwila von Falbirg, la futura margravina de Bóern, llegó a Minkja para adentrarse en las fauces del lobo.

CAPÍTULO 23

LA FORMA MÁS SEGURA

Miro a Gisele sin aliento.

—¿*No?* ¡Te lo voy a devolver todo!

—No lo quiero. Esta noche me ha recordado lo desdichada que era —dice—. Todos se odian y creen que son más listos y mejores porque juegan a esos estúpidos juegos para destruir a los demás. Es asqueroso. No quiero volver.

Mi sorpresa se transforma rápidamente en furia.

—Entonces ¿por qué estás enfadada conmigo? ¡Si *no* quieres esta vida!

—¡Porque me la arrebataste! —Gisele agarra las sábanas con los puños—. No me preguntaste qué quería. A lo mejor habría accedido a algo así, a lo mejor podríamos haber pensado algo, pero ¡no debías decidirlo tú!

—Esto, eh… Esperaré fuera —dice Emeric, acercándose hacia la puerta de la terraza.

Ragne se endereza, moviendo la cola y con la nariz ensanchada.

—El margrave se acerca.

—*Schit*, ¿ya? —musito. El *mahr* solo lleva un par de minutos muerto—. Yo me encargo de él. Tú. —Señalo a Gisele y recojo la chaqueta y la bufanda de Emeric del suelo, donde los había soltado al entrar—. Dame una bata. Y tú. —Le lanzo a Emeric sus pertenencias—. Hace demasiado frío en la terraza. Llévate a Ragne y escondeos en el armario. Ragne, conviértete en ardilla o algo así. —Se encoge transformada en un gato negro y salta a los brazos de Emeric mientras este se dirige hacia el armario. Grito en silencio por dentro al pensar que le acabo de ordenar que se meta en un espacio reducido con mi ropa interior, pero no hay tiempo para arrepentirse.

Me quito el apósito de la lágrima de rubí, tomo las perlas, le cambio a Gisele la sábana que llevaba puesta, me pongo la bata y me abrocho el collar justo cuando se oye un golpe atronador en la puerta. Se abre tan solo un segundo más tarde.

Empiezo a disfrutar de la alarma que muestra el rostro de Adalbrecht cuando se da cuenta, una vez más, de que su prometida adolescente, ingenua y atolondrada, acaba de esquivar una trampa sin saber cómo.

—Mi… mi gota de rocío —tartamudea—. Me han dicho que han oído gritos.

Hago un cálculo muy consciente: no tiene sentido fingir que no he visto al monstruo que nos acaba de azuzar, así que entierro la cara en las manos, temblando.

—¡Ay, ha sido *espantoso*! Había una bestia feísima en mi falda y ha intentado… intentado… —Me echo a llorar con unos sollozos enormes y dramáticos.

—Ya pasó, ya pasó. —Me da unas palmaditas incómodas en la cabeza—. ¿Estás segura de que no te lo has imaginado, querida? Debes de estar de los nervios después de una noche tan ajetreada. A lo mejor te has quedado dormida y has tenido una pesadilla.

¿Lo dice en *serio*? La alfombra está quemada y hay manchas de sangre de la persecución y se piensa que… No, así funcionan los hombres como él. Hacen algo malvado e intentan convencerte de que no ha sido para tanto, y luego fingen que no ha pasado nada.

Por eso señalo con un dedo tembloroso la chimenea manchada de sangre que Adalbrecht ha ignorado por casualidad.

—Si Poldi no me hubiera salvado...

El *kobold* nos saluda con la pata descuartizada de un caballo.

Una vena sobresale en la frente de Adalbrecht.

—Eso es... terrible —consigue decir con los dientes apretados—. Iré a decirles a los guardias que se mantengan alerta. No querría que les pasara nada a los invitados.

—Claro que no —lloriqueo.

—Tú. Limpia esto. —Chasquea los dedos hacia Gisele y luego señala el desastre de tela destrozada y sangre de la alfombra—. Quiero esta habitación impoluta para mi señora.

Gisele lo fulmina con la misma mirada que recuerdo de aquella orilla.

Hace justo un año, Adalbrecht puso nuestras vidas patas arriba al exigir que ella se convirtiera en su esposa.

Ahora no sabe ni quién es.

Un siseo de enojo sale del armario. *Joder*, Ragne, ahora no. Adalbrecht se sobresalta y mira a su alrededor buscando el origen.

—Uno de los gatos ratoneros del castillo se ha metido en el armario —me apresuro a decir.

—Pues sácalo antes de que tenga que reemplazarte todos los vestidos.

—Por supuesto, cariño. —¿Por qué siento que me estoy disculpando de verdad?—. Hilde se ha llevado un susto tremendo, pero lo pondremos todo en orden enseguida.

Gisele sale de su ensimismamiento y hace una reverencia rápida. Aún no sabe que debe mantener la cabeza baja cuando dice:

—Sí, enseguida, señor.

Debería haber dicho *mi señor*, pero Adalbrecht parece demasiado preocupado para darse cuenta. Se dirige hacia la puerta.

—Ah, rocío mío —dice, agarrándose al marco de la puerta—. No se lo cuentes a nadie. No queremos que los invitados se preocupen sin motivo.

Y se marcha. Resisto la tentación de cerrar la puerta de una patada a su espalda, y espero para cerrarla hasta que oigo que los guardias lo saludan.

—Ya podéis salir… O no, esperad un momento, por favor.

Le lanzo a Gisele el uniforme de sirvienta y luego me quito las perlas de nuevo y me pongo el otro vestido verde sobre la combinación. Esto sería más fácil si no estuviéramos intercambiando sábanas y batas sin parar.

—No me gusta el margrave. —Dentro del armario, Ragne está que bulle—. *No* me gusta cómo os habla a las dos.

—Y, bueno, ya sabes, todo el tema de los asesinatos. —Me abrocho los botones lo más rápido que puedo—. Al menos hemos descubierto algo. Puede que esté enviando a los *nachtmaren*, pero no está, eh, mentalmente vinculado a ellos en cuanto los despacha.

—¿Cómo lo sabes? —La voz de Emeric suena amortiguada detrás de la puerta. Santos y mártires, espero que no esté viendo nada demasiado vergonzoso.

Miro a Gisele. Casi ha terminado con sus botones, así que al menos puedo solucionar la situación del armario. Abro la puerta y le ofrezco una mano a Emeric; Ragne sale de un salto.

—El *mahr* iba escondido en el vestido de Gisele. Nos podría haber matado con facilidad en cuanto nos quedamos a solas; así que ¿por qué no lo hizo? ¿Por qué esperó hasta que lo encontramos? Su objetivo era espiarnos.

—Una deducción razonable. —Emeric se quita una media del codo y los dos fingimos que no existe—. Pero si son sus ojos y oídos…

Alzo un dedo.

—Adalbrecht apareció aquí demasiado rápido. No es posible que los guardias llegaran al salón de baile, llamaran su atención y lo trajeran hasta aquí en cuestión de unos pocos minutos. Así que sí, creo que puede sentir la muerte de uno de sus *nachtmaren*, porque ha venido corriendo a comprobarlo él mismo. Pero *no* creo que pueda ver y oír a través de ellos en el momento exacto, creo que tienen que volver a informarle. Porque esa criatura inmunda —señalo la chimenea, donde Poldi está abriendo feliz las vértebras como si fueran castañas— me oyó discutir con Gisele. Y, si se lo hubiera transmitido a Adalbrecht, habría sabido *exactamente* quién es Gisele nada más verla.

Emeric luce una mirada peculiar.

—Ese es… un argumento muy astuto.

—Sí, a veces tengo uno de esos. —Miro a mi alrededor y encuentro a Ragne junto a la chimenea, aún convertida en gato—. ¿Ragne? ¿Qué necesitas para tu hombro?

—Me curo cuando cambio de forma —dice con un bostezo—, pero me cansa. Me aseguraré de que la Gisele y la Joniza regresen a casa bien y luego volveré para dormir mucho.

—Antes de que os vayáis, princesa Gisele… ¿has visto algo en el baile? —pregunta Emeric.

Gisele arruga los labios.

—Las familias nobles que han asistido proceden de todo el imperio meridional. Algunas incluso son de zonas que están a tres territorios de distancia o más. Pero los únicos representantes de los Estados Imperiales Libres son…

—¡OOOH, son los vecinos de Bóern! —Acabo la frase por ella con rapidez y tiro del brazo de Emeric, frenética—. ¡Yo también me he fijado en eso!

—¿Es *necesario*? —Se aparta fuera de mi alcance.

—No, júnior… La lista del estudio, las ciudades fronterizas…

De pronto se le enciende la bombilla. Saca el cuaderno improvisado y pasa las páginas hasta encontrar la lista que he copiado.

—Necesitaremos un mapa para confirmarlo, pero estoy casi seguro de que todas están en la frontera de los Estados Imperiales

Libres. ¿Qué posibilidades hay de que tenga algo desagradable preparado para los jefes de Estado que han venido?

—Bastantes —digo con gravedad.

Emeric estudia la lista, pensativo; veo que una mano se aproxima al bolsillo en el que guarda su moneda de prefecto. Luego suspira.

—Hubert podría tener algunas ideas… pero no creo que esta noche podamos hacer mucho más.

—Y yo tengo que regresar al Gänslinghaus para ayudar a Umayya. —Gisele sacude la cabeza—. Ojalá pudiera ayudarte con la maldición, Vanja, de verdad, pero si se supone que debes enmendar lo que quitaste, no veo cómo devolverme mi nombre solucionará nada. Solo me estarías obligando a aceptar una vida que no quiero. —Su mirada se dirige hacia la chimenea—. Señorita Ragne, cuando estés lista.

Una parte de mí quiere gritarle. Otra sabe que tiene razón y la odio.

Sé que tengo razón hasta la médula llena de piedras preciosas: debo devolverle el nombre para romper la maldición. Pero si no lo quiere… Según Eiswald, me maldijo por mi codicia. Y sería puro egoísmo arrastrar a Gisele a esa vida solo para salvar mi propio pellejo.

Cuando me he quitado la frustración suficiente como para hacer un comentario ingenioso, Gisele ya se ha ido con Ragne. Emeric se está poniendo con mucha discreción el abrigo y la bufanda sin decir nada.

Vale. Esta es la última parte del plan: lo saco del castillo y luego me meto en la cama… No, tengo que quitar la sangre de la alfombra y traerle a Poldi su polenta, y *luego* ya podré meterme en la cama y no pensar de verdad, *de verdad*, en lo que ha pasado esta noche.

Saco un abrigado chal de lana del armario y me dirijo hacia la puerta de la terraza.

—Vamos, es la salida más segura.

Emeric entorna los ojos.

—¿Lo *es*?

Eso me saca una carcajada.

—No te voy a tirar al Yssar esta vez, así que sí, lo es. Además, Poldi está ocupado.

El *kobold* está partiendo un fémur por la mitad en la chimenea.

—No demasiado.

Al salir, veo que se ha nublado y vuelve a nevar; salto sobre la balaustrada y me cuelgo del enrejado, eligiendo el camino entre las rosas. Emeric me observa y niega con la cabeza, incrédulo.

—Repito: ¿es la salida *más segura*?

—Cuidado con las espinas. —Llego a la parte de abajo y espero mientras baja detrás de mí, farfullando maldiciones cuando el abrigo se le engancha de vez en cuando, a pesar de todos sus esfuerzos. En cuanto apoya un pie en el suelo, lo agarro por el hombro antes de que dé un paso atrás y caiga por la orilla estrecha.

Emeric examina la franja minúscula de tierra entre la pared del castillo y el río. Luego alza la mirada hacia el enrejado.

—Esto es absurdo, señorita Schmidt. ¿Así es como entras y sales?

Estoy un poco decepcionada de que hayamos vuelto al «señorita Schmidt», pero solo lo admitiré si me ponen un cuchillo en la garganta.

—Tomé el otro camino cuando me envenenaron —le cuento—. Muchas escaleras, acaba en un sendero detrás de la cascada que, en esta época del año, es hielo sólido. Ya viste cómo terminó aquello. Mantén la espalda pegada a la pared y deslízate.

—¿Cómo has sobrevivido todo un año haciendo esto? —pregunta en voz baja mientras avanzamos poco a poco. Me río a pesar del ambiente gélido.

—Por pura beligerancia, sobre todo. —Durante un momento, solo se oye el roce de la tela sobre la piedra. Al final pregunto—: ¿Qué pasa si pap… si Klemens decide arrestarme?

—Entonces expondré todos los argumentos persuasivos sobre que tu ayuda ha sido —Emeric suspira— muy poco ortodoxa, bastante indecente, pero, aun así, irremplazable. Hubert es pragmático. A lo mejor puedo convencerlo de que espere por ahora.

—No me gusta ese «a lo mejor».

—Pues es lo que hay. —Suspira cuando doblamos la esquina y al fin llegamos a la parte más ancha de la orilla.

—Supongo que no puedo convencer a Klemens de que se jubile pronto.

—No —dice Emeric, con los ojos relucientes.

Lo mando callar y hablo en un susurro.

—Es una broma, júnior. —Luego señalo un muro cercano—. Esos son los barracones y el otro edificio también estará ocupado, así que baja la voz. Puedes saltar por encima del muro del viaducto Hoenstratz en la falda de la colina. La gente usa este sendero sobre todo en verano, así que intenta no llamar demasiado la atención.

Emeric frunce el ceño al ver el sendero rocoso.

—¿Para qué lo usan?

—Lo llaman «el camino de los amantes» —digo con sequedad—. A ver si adivinas por qué.

—Ah. —Está demasiado oscuro para saber si se ha sonrojado, pero los copos de nieve que se quedan atrapados en su cabello parecen derretirse un poco más rápido. Echa a andar por el sendero, pero se detiene y se gira hacia mí—. ¿Estarás bien? ¿Tú sola?

Uno de estos días dejará de hacerme sentir vulnerable con esas preguntas, pero eso no va a suceder hoy.

—Normalmente me las apaño —digo, con solo un temblor leve en la voz. Es una traición, una confesión que no pensaba revelar, y cuelga entre nosotros igual que el aliento que se condensa en el aire. Emeric me mira entre la nieve que cae, callado e indeciso.

Tengo que… que salir del frío.

—No te caigas ni mueras.

Luego desaparezco por la esquina antes de que pueda pararme a pensar en la mirada de Emeric, esa tan peculiar.

Regreso bien al dormitorio, porque llevo un año recorriendo esta vía, porque estoy *bien* yo sola. Además, aún tengo que limpiar el desastre que ha dejado el *nachtmahr* y traerle a Poldi la polenta y la miel. Me paso las manos por el cabello, suelto un suspiro muy largo y voy a buscar un apósito nuevo y un uniforme.

Con un viaje a la cocina consigo un cubo de agua y la cena de Poldi, pero tardo más porque tengo que rodear a una pareja que ha convertido el pasadizo de la servidumbre más cercano en su propio camino de los amantes. Elijo tomar un atajo por el vestíbulo a la vuelta. La voz de Adalbrecht resuena por el pasillo cuando me acerco. Seguro que se ha posicionado ahí para despedir a los invitados que no se quedan en el castillo.

Y entonces casi tropiezo al oír la voz que le responde, seca y precisa y totalmente inesperada.

—… ha habido un percance en la oficina y necesito alojamiento, señor. Pensé en venir a preguntar si su generosa oferta de hospitalidad seguía en pie.

No es posible.

No corro, porque no se corre con un cubo de agua en una mano y un cuenco de polenta en la otra a menos que quieras pasar mucho tiempo limpiando. Así que camino *muy deprisa* hacia el vestíbulo y echo un vistazo por la esquina.

En efecto: Emeric está ahí, jugueteando con la bufanda. Habrá regresado después de que nos despedimos, pero… pero… Adalbrecht ha intentado matarnos a los dos y no es seguro que se quede aquí. ¿En qué estará *pensando*?

Adalbrecht se ríe como una ola estrellándose en la orilla. Le da una palmada a Emeric en el hombro con tanta fuerza que casi se le caen las gafas.

—Por supuesto, chaval. ¿Quieres que te busque a la moza pelirroja?

Ay, no. Intento retroceder.

—No es necesario —se apresura a decir Emeric—. Señor.

—¿Estás seguro? —Adalbrecht echa un vistazo a su alrededor y me localiza—. Mira, ahí está. ¡Muchacha! Ven aquí.

Emeric parece tan horrorizado como yo y las orejas se le han coloreado de un escarlata brillante.

—De verdad, señor, yo no...

—Puede mostrarte una habitación para invitados. —No es una sugerencia.

—Enseguida, mi señor. —Hago una reverencia rápida, fulminando con la mirada a Emeric—. Sígame.

Llega otro grupo de invitados que distrae a Adalbrecht y aprovecho la oportunidad para subir con toda la indignación que puedo las escaleras que conducen al ala del río. Emeric me sigue. No es que no entienda por qué lo hace: es que no *quiero* entender por qué lo hace.

Estoy bien sola. Estoy *bien*.

Dejo el cubo junto a mi puerta y sigo hasta la habitación contigua. Sé que está vacía porque me he asegurado de ello desde que estoy aquí, para que nadie me vea bajar por el enrejado. Y así es: la puerta se abre para mostrar una oscuridad fría y tranquila. Poldi aparece en la chimenea y empieza a servirse los troncos cercanos.

—Eres tonto de remate, Emeric Conrad —le digo, porque no pienso admitir que me alegro de que esté aquí, ni con un cuchillo en la garganta ni sin él.

Una sonrisa cansada, torcida y *extremadamente* engreída aparece en su rostro, una que dice que lo sabe de todas formas. Entra en la habitación y se quita el abrigo.

—Pues es agradable no ser el único tonto, para variar. Buenas noches, señorita Schmidt.

CAPÍTULO 24

LA TARIFA DEL BARQUERO

La puerta se cierra y regreso enseguida a mi habitación, muy molesta con él e incluso más inquieta por el extraño sentimiento en el fondo de mi estómago. Dejo la polenta y la miel de Poldi junto a la chimenea. Cuando sale a comérsela, ya estoy limpiando la sangre de la alfombra.

—¿Quiere que eche de nuevo a ese chico al río? —pregunta Poldi, sentándose en las piedras de la chimenea.

Niego con la cabeza y puede que esté fregando con demasiado entusiasmo la sangre.

—No… Esta noche, no.

Ragne regresa convertida en una lechuza unos minutos más tarde. Ya me empezaba a preocupar, aunque eso se sitúa en los primeros puestos de la lista de cosas que no admitiré si no me amenazan de muerte. Se acerca a un camisón que le he dejado en una silla y entra en él; un segundo más tarde, aparece convertida en humana.

—Tengo otra pregunta —declara mientras se sienta—. Si pongo la boca en la cara de un ser humano, ¿sigue siendo un beso?

La miro con los ojos entornados.

—¿No ibas a dormir mucho?

—Pronto. Estoy muy cansada. —Se frota los ojos—. Pero ¿sigue siendo un beso?

—Eh. Bueno. Depende del sitio. Si pones tus labios en los labios de otra persona, eso suele ser un beso.

Ragne sacude la cabeza y se toca la mejilla.

—¿Y aquí?

—Eso es un beso en la mejilla.

—Entiendo —dice, recostándose en la silla—. ¡Entonces he besado a la Gisele en la mejilla! Y ella me ha besado a mí de la forma normal. Ha sido muy raro y me ha gustado.

Dejo de fregar y la miro, parpadeando.

—¿Tú... ella... de la forma normal, en la boca?

—¡Sí!

—Con... ¿Gisele?

—¡Sí!

Muchos resortes de *ese* candado encajan en su lugar.

O sea... tendría que hablar antes con Gisele para asegurarme de que no estoy suponiendo cosas, pero... el príncipe y la dama Von Falbirg fueron muy claros sobre una cosa: lo mejor que Sovabin podía ofrecer era un linaje real. La dote de Gisele era poco más que la promesa de un heredero que el *Kronwähler* podría elegir como emperador. Pero si Gisele prefiere a las chicas, la lista de personas candidatas se reduce drásticamente; solo quedarían unas cuantas mujeres nobles capaces de concebir con ella. No me extraña que no se lo haya contado a sus padres.

Pero estoy sacando *muchas* conclusiones. Hay una cosa que sé con seguridad.

—Ragne, ¿sabes eso de que a los humanos les gusta complicar las cosas cuando no es necesario?

—Mucho —dice, enroscándose en la silla.

—A quien beses es una de esas cosas. Deberíamos hablar con Gisele antes de contárselo a nadie. A lo mejor quiere que sea un secreto. ¿Lo entiendes?

Con la cabeza apoyada de lado en las rodillas, Ragne parece un poco triste.

—Creo que sí. Aunque me gustaría volver a besarla.

Me acuerdo de la cara que puso Gisele antes, cuando hablaba de Ragne.

—Creo que a ella también.

Me levanto para vaciar el agua sanguinolenta por la terraza. No puedo evitar echar un vistazo a las ventanas de Emeric; la luz tenue atraviesa las cortinas transparentes y distingo una silueta en el escritorio. Me apresuro a entrar en mi dormitorio. Ragne se ha enroscado más en la silla y está dando cabezazos.

—No te quedes dormida así o te harás daño en el cuello. —Me pongo un camisón, apago todas las velas excepto una y me meto en la cama. Un segundo más tarde, Ragne sube convertida en gato y se apoya contra mis pantorrillas. Ya estoy tan acostumbrada que ni siquiera finjo protestar.

Busco debajo de las almohadas hasta que me topo con el cuero suave y resistente y el crujido del pergamino que llevo casi una semana escondiendo.

Me digo que solo voy a leer las notas robadas de Emeric para cerciorarme de que no hemos pasado nada por alto. No porque oigo su voz al leerlas ni lo veo dando vueltas al carboncillo entre los dedos antes de añadir otra línea. No porque me recuerda que está a una habitación de distancia, que regresó a la casa de un hombre que ha intentado matarlo solo para que yo no estuviera sola.

No porque todas esas cosas son reconfortantes de un modo terrorífico.

Aunque a lo mejor aún persiste una gota de Lágrimas de Augur en mi sangre. Porque debo contaros la verdad: me quedé dormida a la luz de la vela pensando en el momento antes de que me lanzara el cuchillo de cobre, cuando me llamó por mi nombre.

Después del desayuno de la mañana siguiente, decido devolverle las notas.

¿Esto estará motivado, al menos un poco, por el hecho de que me han aparecido sarpullidos de perlas por los codos? Es posible. Creo que empiezo a atar cabos con la maldición: unas pocas gemas desaparecen cada vez que hago algo... bueno, altruista. Como rescatar a Fabine del Wolfhunden o lanzarme a por el *nachtmahr*. Creo que siguen creciendo a pesar de todo, pero con más rapidez cuando hago algo por interés propio, por decirlo de alguna forma.

Eso explicaría por qué mi racha caritativa de la semana pasada no sirvió para nada: todo era para ayudarme a mí misma. Y quizá devolver las notas tampoco cambie nada, pero me parece... (uf, no me puedo creer que lo esté diciendo, *en qué me he convertido),* me parece lo correcto.

Por desgracia, la cosa se complica cuando Emeric no responde a la puerta. He preparado un discurso breve y mordaz (que se resume en: *He decidido que necesitas tus notas después de todo, porque está claro que no puedes vivir sin ellas*) y se me ha ocurrido una artimaña decente (el cuaderno está metido en una montaña de toallas que yo, Marthe la doncella, va a entregarle). Pero llamo una vez y otra y no hay respuesta.

Trudl asoma la cabeza por otra habitación del pasillo. Esta tarde llega otra oleada de invitados y todas las camas del castillo deben estar listas.

—Puedes entrar. El prefecto no está.

—Prefecto júnior —la corrijo antes de poder evitarlo. Decido que fingiré que eso no ha pasado—. ¿No está?

—Salió poco después del amanecer. Recibió un mensaje urgente o algo.

Klemens. Debe de haber llegado.

Trudl malinterpreta la desazón en mi rostro.

—No te preocupes, que volverá. El margrave ha ordenado que le guardásemos la habitación.

Y adorna este comentario con un guiño que confirma que los rumores sobre el incidente del armario se han extendido por el castillo. *Fantástico.* Justo lo que necesitaba.

Regreso a toda prisa a mi habitación y tiro las toallas sobre una silla. Supongo que tendré que enfrentarme al prefecto Klemens de una forma u otra y quizá, si le devuelvo amablemente las notas a Emeric en su presencia, sea más fácil venderle todo ese concepto de «ladrona rehabilitada».

—Nos vamos a la ciudad —le digo a Ragne, la cual, fiel a su palabra, incluso ha dormido durante el desayuno. Al menos Adalbrecht ha sido clemente y ha permitido que todo el mundo comiera en sus habitaciones; habrá sido una pesadilla para los criados tener que subir y bajar escaleras cargados de bandejas, pero trabajar rodeados de decenas de nobles petulantes con resaca en uno de los salones habría sido peor.

Ragne se estira y enrosca la cola de gato mientras guardo las notas de Emeric en un zurrón.

—¿Iremos a ver a la Gisele?

—Antes tenemos que encontrar la oficina de la orden de los prefectos. Pero quizá vayamos a verla más tarde. —No puedo evitar sonreír. Me parece muy tierno lo feliz que parece Ragne—. Te gusta mucho, ¿no?

—Sí. —Ragne se enrolla en una manta y se sienta convertida en humana para mirarme con sinceridad—. Sé que a ti no te cae bien. ¿Estás enfadada conmigo?

Lo pienso durante un momento mientras añado los sospechosos habituales a la bolsa: naipes, un dado, un puñal.

—Antes era su amiga. A lo mejor volvemos a serlo algún día. Pero nos hemos hecho daño. Las dos *decidimos* hacernos daño. Y cuando alguien decide algo así, da igual lo bien que te lleves con esa persona: las cosas cambian. Así que no, no estoy enfadada contigo. O sea, tu madre me echó una maldición letal y aun así somos amig... —Pero me callo.

Es demasiado tarde. El semblante de Ragne se ilumina.

—¿Somos amigas?

Hace una semana, me habría lanzado *por voluntad propia* al Yssar antes que confirmarlo. Pero han sido días muy largos y Ragne me ha acompañado durante la mayor parte del tiempo.

—Sí, vale, somos amigas —farfullo—. Aunque tengas un gusto espantoso en novias.

—*A mí* me parece que su gusto...

Me tapo los oídos con las manos.

—*NOP*. No me hace falta oírlo.

Le dejo un mensaje a Franziska de que no deben molestar a la *prinzessin* y me dirijo hacia los portones, sorteando unos guardias al pasar. Tengo que ir con cuidado, viendo por dónde piso; ha nevado toda la noche y, aunque han limpiado las carreteras, las placas de hielo vuelven el descenso por la colina más traicionero. Ragne se agarra a mi gorro de lana convertida en un gorrión negro, lista para salir volando si resbalo.

Gracias al hielo, llego al Göttermarkt un poco más tarde de lo que me gustaría. En los últimos días lo han transformado: han vaciado la plaza de hogueras, penitentes y peregrinos y el resto de puestos de *sakretwaren* se apiñan contra los templos. El vocerío se ha visto reemplazado por los sonidos de cuadrillas de trabajo que están reformando la plaza rodeadas de una multitud de espectadores y de personas que acuden a los templos.

La atracción más llamativa son las tres casas ceremoniales que han erigido para la boda. En general, son tiendas pequeñas o cobertizos unidos, pero, cómo no, Adalbrecht no iba a conformarse con nada menos que con diminutos palacios vacíos y, por lo que parece, eso es lo que va a conseguir. Los más pequeños al norte y al sur de la plaza representan la casa Falbirg y la casa Reigenbach; el grande, abierto sobre un altar en el extremo este, es para las dos casas unidas. Están construyendo otra plataforma en el extremo occidental de la plaza, pero debe ser para alguna costumbre de Bóern, porque no la reconozco.

Me detengo junto a un puesto de *sakretwaren* para preguntar el camino y luego serpenteo entre la multitud, dejo atrás los templos de Yssar y de Tiempo, y también y la Rueca. No puedo evitar fijarme en el destello de monedas y carbón en la catedral de Fortuna a la vuelta de la esquina, pero la rodeo.

Por fin encuentro un edificio pequeño y sólido entre los templos de Justicia y del Caballero Invisible; parece tan robusto como sus dovelas de granito y tan erosionado como la pesada puerta de roble. Sobre el dintel hay una placa de bronce con las balanzas, la calavera y el pergamino de la orden de los prefectos. Una ventana con barrotes da a la calle, pero no veo a nadie dentro.

Subo los escalones hacia la entrada y pruebo el pomo. La puerta se abre para revelar una pequeña sala de espera iluminada por unas barras finas de metal resplandeciente. Seguro que es el mismo material que el de la moneda de peltre hechizada de Emeric. Hay un escritorio cerca con una taza de café frío y pergaminos desperdigados; parece un mostrador de recepción, pero no hay nadie. En la pared de enfrente hay unos bancos vacíos.

El pasillo da un recodo y no veo lo que hay al otro lado, pero unas voces amortiguadas salen de ahí como tinta diluida, demasiado ininteligibles para captar el sentido de las palabras. Respiro hondo, intentando memorizar la distribución (la mesa, los bancos, y lo más importante: la puerta), por si el prefecto Klemens decide que una ladrona que coopera sigue siendo una carga y tengo que salir a toda prisa. A menos que me equivoque, las volutas de la mala suerte se acumulan en las esquinas. Quizá sea un mal presagio solo porque estoy dentro de una oficina de las fuerzas de seguridad. O quizá sea algo peor.

Una de las voces se eleva y la oigo clara como el agua.

—¡... *debería haber ESTADO ALLÍ!*

Nunca había oído a Emeric tan... roto.

Me muevo antes de darme cuenta y sigo su voz con la misma resolución ingrávida que me impelió en el Madschplatt. Recorro el pasillo a toda prisa y lo encuentro en un saloncito sencillo, paseando con furia mientras otra persona intenta darle un pañuelo. No deja de restregarse la cara con las manos, alzándose las gafas hacia el pelo en el proceso.

—Es culpa mía, *yo* le dije que podíamos separarnos como siempre, *yo* le dije que podía ocuparme de esto, la única persona que tiene la culpa soy…

Ragne gorjea en mi hombro y Emeric nos mira al fin.

Cuando ves a alguien llorar por primera vez, sientes una especie de terror extraño. Por lo que parece, Emeric hace ya un rato que está llorando: tiene los ojos inyectados en sangre, respira de forma entrecortada y una fina capa de sal le mancha las gafas.

Se supone que no debía verlo así, en carne viva, de un modo irreversible. Es peor presenciar cómo intenta recuperar la compostura, como alguien caminando con un tobillo roto.

—V… señorita Schmidt —dice en un tono errático—. Me-me temo que… ahora no…

—¿Qué ha pasado? —pregunto. Ragne vuela para posarse sobre el cuello de la camisa de Emeric y le peina el cabello con el pico. Él traga saliva antes de responder.

—Han… e-encontrado… —No puede seguir y se tapa la cara.

—Esta mañana han encontrado muerto al prefecto Hubert Klemens —dice la otra persona en voz baja y, al fin, consigue meterle el pañuelo en la mano a Emeric—. En los islotes Stichensteg.

—No ha sido un accidente —digo con un jadeo.

—La forense lo está valorando. —Le desconocide se sacude el uniforme, que es más sencillo que el de Emeric, aunque también luce la insignia de los prefectos. Le cuelgan un par de cordones plateados de oración sobre los hombros, torcidos y demasiado elegantes para el día a día. Es posible que le hayan interrumpido los rezos matutinos y no haya tenido tiempo de quitárselos. Ladea la cabeza, casi como un pájaro—. Discúlpame, pero ¿quién eres?

—Es... —Emeric se aclara la garganta—. Es una asesora. Señorita Schmidt, le presento a Ulli Wagner. Es quien dirige esta oficina.

—Esta es Ragne —digo, señalando el lugar que ocupa sobre Emeric—. La hija de Eiswald. A veces es una osa.

Ulli alza las cejas y se oye un timbre.

—Entiendo. Conrad, esa es la forense. Ahora vuelvo —dice antes de marcharse de la habitación.

El silencio es pesado y doloroso. No puedo evitarlo: apoyo una mano en la manga de Emeric.

—Eh. Júnior. Quien lo haya hecho no tiene ninguna posibilidad. Lo sabías todo sobre mí incluso antes de llegar a Minkja y ahora nos tienes a Ragne y a mí para ayudarte. Y *ella* puede convertirse en una osa.

Emeric suelta un resuello tembloroso y no sé si es una risa, pero quizá sea algo parecido y con eso me basta.

Ulli regresa con una mujer de semblante adusto, ataviada con un delantal de médico y unos guantes. Deduzco que es la forense. Vacila un poco al verme.

—Conrad, ¿es... es tu...?

Emeric se aparta como si le hubieran pillado con las manos en la masa.

—Solo... solo una asesora —se apresura a decir, pero esconde el brazo que le he tocado detrás de la espalda—. Para este caso. Yo la avalo.

Consigo asentir sin decir nada. En los últimos segundos, he pasado de la compasión a la vergüenza, luego a la indignación y a una mezcla de las tres, todo decorado con una pizca de una calidez desconcertante por el hecho de que me avalen. Cualquier intento de articular lo que estoy sintiendo saldría como un grito mortal.

—Muy bien. —La forense se quita los guantes y saca un cuaderno—. Aún estamos realizando las pruebas habituales, pero los hallazgos preliminares sugieren que la muerte del prefecto Hubert

Klemens fue un homicidio. La causa parece ser una única herida de arma blanca en el corazón. Dejaron un cuchillo de prefecto en la herida, así que es probable que sea el arma homicida.

—¿Uno de los suyos? —pregunta Ulli. Emeric se tapa la boca con la mano y la forense ladea la cabeza.

—Ahora mismo, diría que sí. Era el cuchillo de hierro y es el único que le faltaba. Además…

Más tarde me doy cuenta de que es en este momento cuando debería haber escuchado los avisos de Fortuna.

La mala suerte empieza a aparecer en el borde de mi visión. No entiendo por qué y, a pesar de todo, no quiero marcharme. No ahora, no con Emeric en este estado. Anoche regresó por mí y le debo una.

— … es costumbre dejar monedas para el Barquero en los ojos de los fallecidos…

Una capa de hielo me cubre el corazón. Recuerdo a Emeric en el callejón hace una semana, exponiendo los datos sobre la muerte de Yannec: *su propio cuchillo.*

— … sin embargo, encontramos un penique rojo…

Uno de tus distintivos *peniques rojos en la boca.*

— … en la garganta.

Contengo la respiración.

Cuando me giro hacia Emeric, me está mirando, tan pálido como el mármol.

—Yo no… no he… —tartamudeo.

La voz de Emeric se vuelve fina como una cuchilla y más afilada aún.

—¿Un penique rojo?

Retrocedo un paso. Él me agarra por el antebrazo.

El corazón me martillea en las venas más y más rápido. Las palabras me salen desafinadas y, *schit,* sueno a mi versión de chica paleta estupefacta, pero es real, es real, es demasiado real.

—No fui yo, anoche no fui a ninguna parte, yo no… no lo…

Estoy de vuelta en el castillo Falbirg y juro que no soy una ladrona...

Una furia terrible, llena de traición, se refleja en el rostro de Emeric.

—¿Cuánto tiempo llevas mintiéndome?

—¡No te he mentido, lo juro!

No te dejes llevar por el pánico nada de pánico nada de pánico...

—¿Qué le has hecho?

Ragne se interpone entre los dos, convertida en un lobo negro que gruñe. Emeric me suelta y Ulli y la forense retroceden hasta caer en un sofá.

No puedo respirar. No me creen, nunca me creerán, me van a pillar, me van a... a...

Rompo mi regla más vital.

Me dejo llevar por el pánico.

Y huyo.

TERCERA PARTE

EL PRECIO
DEL RUBÍ

CAPÍTULO 25

DESESPERACIÓN

Corro como un rayo por el pasillo, llego a la sala de espera, salgo por la puerta y alcanzo la calle. Hay un trueno de pasos a mi espalda. Sé que Emeric me está pisando los talones.

Si no salgo de aquí, irá a por mi cuello.

Mi mente se desploma en una niebla roja nauseabunda, atrapada en caída libre en medio del pánico, y solo puedo pensar en una cosa:

Vete, vete, sal de aquí todo lo rápido que puedas, corre, corre, corre…

Ragne se posa sobre mi hombro, ahora como cuervo.

—Sígueme —grazna, volando hacia una calle lateral. Voy detrás de ella.

El polvo de carbón de la mala suerte me envuelve como una ventisca sucia.

—*¡DETENTE!* —La voz de Emeric resuena en la calle. No miro atrás—. *¡DETENEDLA!*

Rodeo a una mujer que empuja un carro y luego casi me estampo contra un obrero que lleva cubos llenos de clavos hacia la plaza. No pienso, solo le doy una patada a un cubo para lanzar los clavos por la calle. Emeric tendrá que bajar el ritmo a menos que quiera clavarse uno.

Hay una ráfaga de maldiciones y sé que ha funcionado. Ragne me lleva por otra esquina muy cerrada y luego otra, para perder a

Emeric de vista todas las veces que podamos; vigas y puertas y jardineras llenas de plantas muertas por la escarcha: todo se mezcla en un borrón fugaz. Me arden los pulmones. El corazón me palpita en los oídos como un tambor enojado. No me atrevo a reducir la velocidad ni siquiera para respirar.

—Arriba —grazna Ragne; veo que me ha conducido al viaducto Hoenstratz. La carretera de arriba puede estar lo bastante despejada para que se convierta en caballo y entonces puedo… no sé, pensaré en algo… solo tengo que huir…

—¡*Cuidado!*

Ragne cae sobre mi hombro como gato y me hace perder el equilibro. Me tambaleo justo cuando una bola plateada de luz pasa zumbando como una avispa a mi lado.

Acaba hundiéndose en el costado de Ragne, que suelta un maullido asustado y se queda inmóvil.

La sostengo antes de que caiga y no… no tengo tiempo para describir lo aliviada que me siento cuando me mira parpadeando. Pero solo mueve los ojos y muy despacio.

Veo que la cabeza oscura de Emeric aparece entre la multitud. Una parte de mí quiere correr hasta dejar atrás Minkja. La otra quiere quedarse solo para estrangularlo por lo que sea que le haya hecho a Ragne.

No tengo tiempo para estrangulamientos y no sé si Ragne aún tiene una oportunidad. Voy corriendo hacia las escaleras del viaducto, ganándome miradas de extrañeza de la gente que solo ve a una chica desesperada aferrando a un gato negro inerte.

Los escalones de piedra son un caos de hielo y lodo congelado. Intento subir todo lo rápido que puedo. Estoy por la mitad cuando percibo una refriega en la parte inferior y me giro para echar un vistazo.

—¡*Detente!* —me grita Emeric con los ojos ardiendo por la ceniza de bruja. Aún va en mangas de camisa. El muy tonto ni siquiera se ha molestado en ponerse una chaqueta—. ¡No puedes escapar de mí!

Un segundo más tarde, los dos descubrimos que, por desgracia, tiene razón.

Mi bota aterriza en un trozo de hielo y resbala. Tengo el tiempo justo para dejar a Ragne en un peldaño antes de bajar el resto rebotando y aterrizar en Emeric. Caemos al suelo con un crujido.

El aroma intenso a cedro llena el aire... seguido por el de la sangre. Debajo de mí, Emeric suelta un siseo sobresaltado de dolor. Le caen cristales rotos de la mano izquierda; de ella también mana la ceniza de bruja plateada y manchada de rojo. El frasco se habrá roto con la caída.

No sé si nota los cortes cuando me busca a tientas. Le agarro la muñeca ensangrentada, pero no veo su mano derecha, que se apoya en mi clavícula, arrastrándome hacia abajo. Nos gira para sujetarme contra el suelo. Su peso me aplasta contra la nieve sucia y los arroyos fríos de fango se me clavan por cada costura. Me suelta el hombro, pero solo para aferrarme la muñeca libre en una tenaza de hierro.

—*Suéltame*, yo no... —Escupo. Esa neblina roja asfixiante me envuelve de nuevo mientras me revuelvo e intento alejarlo, pero en vano—. ¡Has herido a Ragne! ¿Qué le has hecho?

Emeric se aparta un centímetro y la alarma le cruza el rostro, pero enseguida vuelve a dar paso a la fría rabia.

—Se pondrá bien, es un hechizo de parálisis. Yo *no* soy un asesino. ¿Qué le hiciste a Klemens?

—*¡Nada!*

—*¡DEJA DE MENTIRME!*

Lo miro con fijeza, miro el ardor de la ceniza de bruja de sus ojos, la convicción cristalina de que, diga lo que dijere, voy a ser culpable, una asesina, una mentirosa.

Soy una de las ladronas pequeñas y me mandará al patíbulo él mismo.

No sé cómo pensé que podía confiar en Emeric. No sé por qué pensé que podría...

Anoche tuvo razón sobre una cosa: durante un momento, estuvo bien no ser la única tonta.

Una gota de sangre se desliza sobre mis dedos, los que le agarran la muñeca izquierda. Veo perlas del aceite de ceniza de bruja en sus nudillos.

Tengo que marcharme, sin importar lo que cueste.

Tiro de su mano y paso la lengua por la palma sangrienta.

Esto tiene dos efectos inmediatos. El primero: Emeric se queda completamente quieto, mirándome no con rabia, sino con algo que ninguno de los dos conoce. Una desesperación repentina y estupefacta.

El segundo: una espina de aceite de enebro me sisea en la boca; se mezcla con ceniza de bruja y el sabor de la sangre.

Noto que la ceniza se disuelve hasta convertirse en rayos entre los dientes. No he recibido formación sobre los métodos adecuados de hacer magia, pero el poder es poder. Los cánticos y los rituales solo la vuelven más fuerte, minimizan la reacción posterior, lubrican los engranajes.

Así que alzo la mirada hacia Emeric y le suelto:

—*Lárgate.*

Y la magia hace el resto.

Se oye un *crac.* Emeric sale volando, pero no veo dónde aterriza, porque las consecuencias me golpean como un puñetazo inesperado. Ruedo hasta ponerme de rodillas a tiempo de vomitar en la nieve; la fiebre y los escalofríos me recorren las venas y convierten todos mis músculos en algo no mucho mejor que arcilla húmeda. En mal momento recuerdo que Emeric mencionó algo sobre la potencia de la ceniza de bruja de los prefectos, pero es tarde para arrepentirse.

Me obligo a levantarme y voy tambaleándome hasta las escaleras, resollando, con las trenzas oscilando y el gris empañándome la visión. Mi gorro ha desaparecido y, si no llevase cerrado el zurrón, habría perdido todo el contenido también. Creo que me he torcido el tobillo porque siento pinchazos de dolor, pero no puedo detenerme, no puedo detenerme, si me detengo me atrapará, si me detengo me pondrá otra correa.

Ragne sigue siendo un montón blando de pelo en los peldaños congelados. La recojo y fuerzo a mis piernas cansadas a que nos lleven el resto del camino por el viaducto. Carros y carruajes pasan a nuestro lado, las ruedas traqueteando contra la piedra. Camino todo lo rápido que puedo hasta que recupero un poco el aliento y luego me obligo a correr de nuevo, intentando esquivar los trozos de hielo. Sigo mirando hacia atrás, pero no veo a Emeric persiguiéndome.

Una parte minúscula de mí no puede evitar preocuparse sobre si le habré hecho daño de verdad. No sabía lo que hacía con la magia, solo quería que se apartara, ¿y si...?

Es la misma parte que quería que la dama Von Falbirg, Muerte, Fortuna, *alguien* me tratara como a una hija. Es el farol en la encrucijada que se aleja en la oscuridad. Nada me espera en ese camino.

El mundo se estrecha hasta que solo queda el latido sordo de mi corazón, los pulmones en llamas, un paso doloroso tras otro.

Y lo consigo. Veo el cartel de madera, las margaritas pintadas que de repente tienen sentido. A Gisele le gustaban mucho las margaritas.

No me fijo en lo tranquilo que está el Gänslinghaus cuando llamo a la puerta. Los únicos rostros que se asoman por las ventanas están en el primer piso.

La puerta se abre. Gisele está allí, pálida y tensa.

—¿Qué...?

—Ayúdame, por favor —digo, casi llorando—. Necesito un sitio donde esconderme.

Gisele mira a un lado y asiente.

—Entra.

—Gracias, lo siento mucho, es solo hasta que, hasta que Ragne se despierte... —Casi tropiezo en el umbral. La calidez de la sala principal supone un alivio tan grande que quiero llorar; es tan cálida que los dedos me arden después, por el frío.

Tan cálida que no veo la mala suerte que me atenúa la visión.

—¿Qué le pasa a Ragne? —La voz de Gisele se vuelve de acero cuando la puerta se cierra a nuestra espalda.

Y entonces oigo cómo se cierra el pestillo.

—Nada —dice la voz rasposa de Emeric desde el otro lado de la habitación.

Me doy la vuelta. Está junto a la puerta principal, pálido y ensangrentado y temblando. Lleva aquí todo el rato.

Sabía que vendría.

Pues claro que sí, porque sabe mejor que nadie que no tengo ningún otro sitio al que ir.

Miro la cocina… Han movido la larga mesa contra la puerta trasera. Tendría que arrastrarla para salir.

Estoy atrapada.

—Ragne recibió un hechizo de parálisis que no iba dirigido a ella. —Parece que los efectos de la ceniza de bruja le han afectado con la misma intensidad que a mí; aun así, ha llegado antes que yo. El dolor y la furia lo han llevado más lejos que el polvo de dioses y monstruos.

—No nos has contado esa parte, *meister* Conrad —dice Joniza. Se apoya en la pared que separa la cocina y se enrosca una trenza con el dedo. Mira a Emeric con los ojos entrecerrados.

La mirada de Gisele pasa de Ragne a mí y luego a Emeric.

—Quítale el hechizo.

—Se le pasará con el tiempo —admite—. Y por esa razón voy a terminar con esto ahora mismo, antes de que *ella* —me señala con un dedo— consiga que una osa enfadada la ayude a escapar de nuevo.

Ya ni siquiera se me ocurren insultos para él.

—Ríndete —me dice—. Te llevaré de vuelta a la oficina y permanecerás encerrada hasta que un prefecto con la ordenación completa pueda encargarse de tu caso.

—No. —Retrocedo hasta la pared, sacudiendo la cabeza. No puedo pudrirme en un calabozo hasta la luna llena—. No he hecho nada... No he tenido *tiempo* para...

—Un momento —dice Joniza con dureza y alza una mano—. He accedido a escucharte y a escuchar a Vanja. Así que desembucha, chaval. ¿Qué te hace pensar que tiene algo que ver con el asesinato de tu colega?

El semblante de Emeric se fractura durante un momento, pero luego es como si soplara el viento del norte y una gelidez distante cae sobre él.

—Hubert era una amenaza para ella. Preguntó varias veces si estaría dispuesto a pasar por alto sus crímenes y mi respuesta nunca la satisfizo.

—Si «un hombre no la dejó satisfecha» fuera motivo para acusar a alguien de asesinato, tendrías a muchas más sospechosas —replica Joniza—. ¿Qué más?

Ragne se contrae en mis brazos.

—Apuñalaron a Hubert con su propio cuchillo y lo d-dejaron en el Yssar. —La voz de Emeric tiembla, pero la estabiliza—. Lo encontraron con un penique rojo en la boca. La semana pasada, el cadáver de Yannec Kraus apareció...

—¿Yannec está muerto? —Joniza se aparta de la pared, con pinta de estar mareada. Gisele se tapa la boca.

—Lo apuñalaron con su propio cuchillo y tenía un penique rojo en la boca. Apareció en las Stichensteg, *igual* que Hubert. —Emeric me señala con un dedo—. Y *tú* admitiste que estabas allí cuando murió.

—¿Por qué no nos lo contaste?

—No... no encontré un buen momento —balbuceo, a sabiendas de que suena absurdo, pero, santos y mártires, entre el margrave y el veneno y los *nachtmaren* y las maldiciones, es cierto, es cierto...

Joniza suelta una carcajada incrédula.

La estoy perdiendo. Estoy perdiendo cada centímetro que había conseguido avanzar para salir de este pozo.

—¡Estaba consumiendo amapola! —digo, alzando la voz—. Estaba en pleno síndrome de abstinencia e intentó arrancarme el rubí de la cara. ¡Ragne lo asustó para apartarlo y tropezó y aterrizó sobre su propio cuchillo! ¡Yo no quería que muriera!

Emeric no cede ni un ápice.

—Pero querías su libro de cuentas.

—Yannec vendía mis botines, quería encontrar a su comprador...

—¿Y lo tiraste al río sin más? —pregunta Gisele, insegura—. ¿Como si fuera basura?

—Gisele, *por favor...* —Mi espalda choca contra la pared. Aún intento retroceder, deslizándome por ella para apartarme, aunque sé que no hay ninguna salida.

—Supongo que no querías seguir pagándole su parte —prosigue Emeric, frío y mecánico—. Quizá se volvió demasiado codicioso, quizá te chantajeaba. ¿O los Wolfhunden os seguían la pista?

—No, te *dije...*

No quiere oír mis respuestas.

—Lo eliminaste porque era una amenaza. Como Hubert.

—Yo no... por favor...

Noto que Ragne vuelve a temblar.

Emeric también lo ve. Ahora habla más rápido para exponer su caso antes de que ella pueda intervenir. Con cada frase, avanza un paso.

—Me engañaste para... —Le tiembla la voz—. Para que me quedara en el castillo y no pudiera detenerte.

—No... Y-yo nunca...

—Viniste a la oficina para cerciorarte de que nadie te relacionara con el asesinato de Hubert.

—Si me escucharas...

—No sabías que encontrarían el penique.

—¡Quieres *escucharme*!

Pero, al mirar a Emeric, a Gisele, a Joniza, lo sé: cuatro años y nada ha cambiado.

Llego a la esquina y la voz de Emeric se desvanece.

No hay nada que pueda ayudarme. No tengo ningún sitio al que huir. Me dan ganas de vomitar de nuevo. Tiemblo con tanta fuerza que no sé si Ragne se sigue moviendo en mis brazos.

Es como si una desconocida ocupara mi cuerpo, como si viera esta situación desde fuera.

No estoy en esta habitación.

Estoy en el castillo Falbirg, hace casi cuatro años, y da igual cuánto grite, porque nadie me escucha.

Es hace cuatro años y estoy atada al poste de los azotes y ardo.

Es hace cuatro años y estoy tumbada bocabajo en una mesa en la cocina oscura y asfixiante y Yannec me dice que es solo cuestión de tiempo antes de que el mundo encuentre una excusa para volver a dejarme en carne viva a base de latigazos.

Tenía razón. Y ahora está muerto.

Pero no es hace cuatro años, sino ahora, y no tengo ningún sitio al que ir y no puedo respirar y Emeric grita y Gisele y Joniza no están diciendo nada y lo único que puedo hacer es esperar a que llegue el fuego.

Ragne rueda para salir de entre mis brazos.

Luego se levanta a mi lado convertida en una chica; tira del abrigo húmedo para taparse y se apoya con fuerza en mi hombro.

—¡*Basta*! —grita, arrastrando un poco la palabra.

La habitación queda en silencio.

—No me convertiré en osa —dice furiosa—, porque te asusta, igual que *tú* estás asustando a la Vanja. —Señala a Emeric—. Llevo con ella casi toda la semana *y te equivocas*. El Yannec era un hombre malo y torpe que apestaba a amapola. Intentó estafar a la Vanja, luego intentó hacerle daño y ella no hizo nada, solo apartarse.

Cayó sobre su propio cuchillo después de que yo lo asustara. Olí que la Vanja se puso triste cuando murió.

—¿Cuándo *no has estado* con Vanja? —pregunta Joniza con frialdad.

—Me he separado de la Vanja tres veces. Una fue justo antes de que *él* —apunta a Emeric con un dedo— la atacara, otra cuando tuvo que quedarse en el castillo con el margrave todo el día, y anoche, cuando os acompañé a la Gisele y a ti de vuelta a casa. No tuvo tiempo de matar a Hubert Klemens. Y nunca he olido sangre humana en la Vanja hasta ahora, que se ha manchado con la sangre del Emeric. —Ragne se endereza un poco más, con el mentón tembloroso mientras mira a Gisele—. Sí, es mala, pero es mi amiga y lo está *intentando*. Y todos le estáis haciendo daño.

Hay otro silencio frágil y escarpado.

—Pero… —Emeric parece perdido—. ¿Por qué has venido a la oficina?

No sé por qué eso lo provoca, por qué eso me rompe. Quizá porque estoy herida y asustada y se me acaba la adrenalina que mantiene a los lobos a raya. Quizá porque quería hacer algo correcto por una vez. Quizá porque intentaba hacer algo por *él*.

Abro el zurrón con tanta fuerza que los botones salen volando, encuentro el cuaderno de cuero con los dedos y se lo lanzo a Emeric. Aterriza a sus pies antes de que todo se llene de lágrimas.

Mis piernas eligen ese momento para ceder. Me deslizo por la pared y entierro la cara en las rodillas. Ragne se agacha a mi lado, con una mano en mi espalda.

Cada torrente de miedo hierve, cada vieja herida se abre de nuevo, cada tensión se carga de una tristeza extraña y todo sube hasta la superficie. Estoy sollozando, me ahogo en el sabor a sangre y ceniza y aceite de enebro, lloro como llevo años sin hacerlo. Odio que estén todos aquí para presenciarlo, pero ya no me queda sitio para la vergüenza.

Durante un rato demasiado largo, los únicos sonidos en la habitación son mis sollozos rotos y los susurros que hace Ragne mientras me quita tierra y arena del pelo.

Luego los tablones del suelo crujen.

—*No* —gruñe Ragne—. No te acerques.

—Yo... —Emeric suena afligido, destrozado—. Tengo que...

—Creo que los dos necesitáis espacio, Conrad —dice Joniza desde lejos—. Quédate aquí con Gisele, tómate un té. Llevaré a Vanja arriba y le diré a Umayya que los niños pueden bajar ya.

La voz de Gisele suena a mi lado; los tablones crujen cuando se encamina a la cocina.

—Sigo sin entender quién se molestaría en inculpar a Vanja.

—A ella, no —dice Emeric con la claridad fatigada y amarga de un hombre que se ha dado cuenta de que le han robado el monedero—. Anoche, Von Reigenbach dijo que se encargaría de los prefectos. Así que inculpó al *Pfennigeist.*

Oigo un susurro cuando recoge el cuaderno... y luego un golpe húmedo y un grito de Joniza.

Alzo la mirada. Un *mahr* diminuto está bocarriba a los pies de Emeric, en el sitio en el que estaba el cuaderno. No es más grande que un escarabajo.

Joniza se queda quieta entre Emeric y yo. Chilla por el asco y pisotea al *mahr* enseguida. Se oye un chasquido repugnante.

—Oh —dice Gisele—. ¿Estaba espiando...?

No termina la frase. Unas llamas azules surgen debajo de la bota de Joniza como el aceite de un farol al caerle una chispa. La barda se aparta de un salto con una imprecación estrangulada.

Gisele toma un cubo de arena que hay junto al fogón y lo lanza sobre las llamas.

Se apagan. Y luego se encienden de nuevo rodeando la arena; el fuego azul se expande por el suelo.

Y es entonces cuando nos damos cuenta: el fuego no se extinguirá. Adalbrecht quiere quemarnos a todos.

—¡Umayya! —Gisele corre hacia las escaleras—. ¡Tenéis que salir ahora mismo!

—Arriba, arriba... —Ragne me ayuda a ponerme de pie.

Joniza se dirige a la puerta de la cocina, pero no hay tiempo para arrastrar la mesa. Retrocede y abre el pestillo de la puerta principal y tira de ella.

Se mueve... y se para. Joniza lo intenta de nuevo. No cede.

Las dos puertas están bloqueadas.

Estamos atrapados.

CAPÍTULO 26

LA CASA DE FORTUNA

Son las pequeñas cosas de la vida las que te sorprenden, ¿eh? En plan: estás atrapada en un edificio ardiendo y, aun así, parece más fácil que lidiar con el hecho de te acusen de asesinato, justo el chico que creías que... no.

Las llamas azules se extienden por el suelo mientras Ragne me saca de la esquina. Oigo a Umayya y a Gisele ordenando a los huérfanos mayores que se pongan los zapatos con la mayor rapidez posible.

Joniza le da a la puerta otro tirón frenético.

—Venga, *venga*.

—Está bloqueada desde fuera —dice Emeric, tenso—. ¿Las ventanas...?

Unas llamas naranjas suben por el otro lado de los cristales y, cuando inhalo, huele a aceite de farol. *Pues claro*. Adalbrecht quería encargarse de los prefectos. Decenas de Wolfhunden habrán visto a Emeric correr hasta aquí y papá lobo nunca deja las cosas a medias.

Ragne me suelta y se convierte en una osa negra gigante. Se lanza contra la puerta justo cuando Joniza se aparta de su camino y luego apoya todo su peso contra la madera. Se oye un *crac* agudo y terrible. Un empujón más y la puerta cede.

Oigo un grito desde la parte superior de las escaleras. Una de las niñas más pequeñas esconde la cara en la camisa de Fabine y balbucea sobre la osa. Ragne se transforma en gato y recorre la habitación en círculos nerviosos.

—¡Deprisa! —maúlla—. ¡Fuera!

Una parte distante de mí se tambalea al oírlo (hay más de una docena de niños, Gisele, Umayya y Joniza… ¿qué *comerán* si toda la comida se quema?) y luego un cálculo desapasionado se apodera de mí.

Joniza está reuniendo a la mayoría de los niños en la calle. Gisele y Umayya bajan a los últimos rezagados. Subo corriendo las escaleras; a la porra con el tobillo torcido. Agarro a Gisele por el brazo cuando el humo empieza a acumularse en el techo.

—El dinero —siseo—, la donación que os dejé la semana pasada, ¿dónde está?

—¿*Ahora*? —replica con perplejidad. El bebé llorón que lleva le tira del pelo. No tengo tiempo para esto.

—¡Sé que no lo habéis gastado! ¿Dónde está?

Libera una mano para señalar el pasillo.

—En el último dormitorio, debajo del colchón de la izquierda…

No espero a oír el resto. Grita detrás de mí mientras me tambaleo hacia el final del pasillo, tapándome la cara con el delantal. Sale más humo de entre los tablones del suelo y el calor es como un cuchillo en mis pulmones.

Irrumpo en la habitación de Gisele, compuesta por dos camas sencillas en esquinas opuestas. La izquierda, ha dicho la *izquierda*, ¿no? Examino esa primero. El colchón es pesado, relleno de paja y trapos con más paja debajo y es difícil mantenerlo alzado mientras rebusco con la mano libre entre los tallos. La temperatura aumenta y el aire se coagula con humo.

Mis dedos encuentran al fin el cuero suave. Gisele ni siquiera ha sacado los peniques de la bolsa. Lo tomo y salgo a rastras del dormitorio, pegada al suelo, donde el aire está más limpio.

Cuando llego al rellano, aún estoy tosiendo. La parte inferior de la casa está cubierta casi por completo de llamas azules y el hueco de la puerta principal rota es un objetivo que se atenúa. A lo lejos, oigo a Umayya gritar:

—¡No, detente!

Y entonces una silueta aparece en la entrada. Oigo pasos que crujen con agonía a medida que la figura avanza dando zancadas. El rostro de Emeric surge de entre las sombras asfixiantes, *cómo no*. Pues claro que es él. ¿Quién más iba a creer lo peor de mí y, aun así, entrar en un edificio ardiendo para salvarme la vida?

Me rodea los hombros con un brazo y con el otro me agarra por la cintura; bajamos las escaleras dando tumbos, casi cayendo, hasta el frío repentino y salvaje. La gente grita, lanza puñados de nieve y cubos de agua, pero es inútil. Entre el aceite de farol y el *mahr*, haría falta todo el Yssar para apagar el fuego. Al menos los tejados cubiertos de nieve de los vecinos evitarán que prendan chispas.

Inhalo una bocanada de aire limpio tras otra. Emeric aún me sujeta erguida y una parte de mí quiere quedarse así y fingir que todo va bien, que podemos volver a ser como éramos antes de esta mañana.

Pero no he sobrevivido tanto tiempo escuchando a esa parte. Lo aparto de un empujón.

Unas manos me agarran por los codos enseguida; esta vez es Gisele. Tiene los ojos húmedos y lívidos.

—Vanja, ¿en qué estabas *pensando*? ¡Solo es dinero! ¡Podríais haber muerto Emeric y tú!

—¿*Solo* dinero? —jadeo entre la cacofonía y señalo con una mano a los niños que observan cómo las llamas devoran el Gänslinghaus. Solo algunos llevan puestos abrigos—. ¿Cómo vas a darles de comer? ¿Dónde os vais a quedar? —Agito la bolsa delante de sus narices—. ¿Cómo vais a comprar una *casa* nueva, Gisele? ¿Cómo has podido vivir así durante un año y decir que *solo es dinero*?

—¿Quién es Gisele? —susurra una huérfana.

—Tenemos otro problema —dice Joniza, con la voz ronca por el humo—. Las posadas se están llenando. Entre el Winterfast y la boda, no hay prácticamente camas vacías en Minkja.

—¿Nadie tiene familia que pueda ayudar? —pregunta Ragne, convertida en un lebrel que mueve la cola a unos niños que se aferran a su costado. Gisele niega con la cabeza.

—Es un orfanato. Nadie tiene familia.

Miro la nieve sucia y la bolsa que tengo en la mano.

Eso no es exactamente cierto.

En el borde de la multitud, veo a los Wolfhunden con los ojos llenos de ansia. Hay demasiados testigos para que puedan pisotear a un puñado de huérfanos a plena vista, pero no podemos quedarnos aquí. Solo hay un sitio al que podamos ir.

Schit, cuánto lo detesto.

—Tengo una idea —digo sin más—. Seguidme. Y no hagáis preguntas.

Acabamos pidiéndole a una granjera que pasaba por allí que nos lleve por el viaducto Hoenstratz, porque es un largo trecho para los niños y más cuando hay que llevar en brazos a algunos y mantener calientes a otros. La granjera está más que dispuesta a portarlos en el carro de paja. El resto caminamos a su lado y el silencio terrible y enfermizo pesa a cada paso que damos. Ragne se mantiene cerca de mí, pero no dice nada; solo me da apoyo cuando cojeo por el tobillo, que no deja de empeorar.

Ni siquiera intento mirar a Emeric. No es por despecho o frialdad, sino para protegerme. Si pienso en lo que ha ocurrido, en él, si recojo el hilo suelto de ese nudo, me echaré a llorar de nuevo.

Salimos del viaducto y dejamos a la granjera simpática al norte del Göttermarkt. Por suerte, no es la misma escalera por la que subí antes, así que no tenemos que preocuparnos por si los niños tropiezan con la sangre de Emeric o con mi vómito. Los más jóvenes empiezan a lloriquear mientras recorremos las calles, pero no tardo en distinguir los chapiteles característicos.

Hemos llegado a la casa de mi madre. O de una de ellas, al menos.

La catedral de Fortuna es grande, llamativa y revestida de polvo de carbón de verdad. Unas urnas enormes franquean cada lado de la puerta de latón. Hay cuatro, una por cada tipo de ayuda rápida que un transeúnte pueda necesitar: monedas de oro para tu buena suerte, plata para la buena suerte de otra persona, cobre para aplacar tu mala suerte y trozos de carbón para desearle mala suerte a alguien.

(No te sorprenderá saber que las dos urnas más populares son la de cobre y carbón. Quizá eso revele algo sobre la naturaleza humana, pero también creo que dice algo sobre el presupuesto personal de cada uno. ¿Comprar buena suerte? ¿Con esta economía?).

—¿Crees que los sacerdotes nos aceptarán? —pregunta Joniza con vacilación. No la culpo. Los templos de Fortuna *sí* que proporcionan cobijo para aquellas personas afectadas por sus caprichos, pero eso suele ser cuando ocurre un gran desastre como una inundación o un derrumbe, no cuando una mísera casa se quema.

—Nos aceptarán —respondo con los dientes apretados. Subo los escalones de la entrada y abro las puertas.

La luz del interior es tenue y huele a madera vieja, a brasas ardiendo, a velas de cera e incienso. Unos hilos de delicado humo ascienden hacia el cielo desde los incensarios que cuelgan en las esquinas del vestíbulo, dulces y cargados de gardenia. En el extremo más alejado del santuario, una acólita alza la mirada desde donde estaba puliendo el arco de oro y hueso sobre el altar.

—¿Hola? —Deja el trapo y se apresura a recorrer las filas truncadas de bancos—. ¿Puedo ayudarles? El servicio vespertino no… *Vaya, vaya.*

En pleno paso, la acólita se detiene y tiembla. Una corona de monedas cambiantes se manifiesta sobre su cabeza y su atuendo sencillo se convierte en un vestido de oro y hueso.

Oigo los gritos ahogados de los otros a mi espalda. Los ignoro.

—Hola —es todo lo que digo.

Fortuna apoya las manos en la cadera.

—Supongo que esto lo decide todo, ¿no? ¿Crees que Muerte debería estar aquí para presenciarlo?

Muerte nunca necesita una invitación. Aparece junto a Fortuna, dando golpecitos con el pie.

—*Acordamos* darle espacio.

—¡Ha acudido a mí! —protesta Fortuna cuando otra ronda de exclamaciones de sorpresa brota de mis compañeros—. ¡Con sus amiguitos a la zaga! Ha acudido a mí para pedir ayuda, no a ti, yo gano, fin de la historia. Ay, Vanja, nos lo vamos a pasar *en grande…*

—No he venido a pedirte ayuda —la interrumpo. Fortuna y Muerte se me quedan mirando—. Esta es tu casa, así que también es la mía.

—No, un momento —se queja Fortuna, pero no la dejo terminar.

—Vengo a reclamar mi lugar en tu casa, como tu hija. No voy a pedirte nada que no me pertenezca por derecho. —El ceño fruncido de Fortuna se acentúa, pero yo sigo insistiendo—. Aunque, claro, si no me quieres aquí, puedes renunciar a mí. Renuncia a mi deuda y yo renunciaré a ti y a lo que te pertenece.

Todos sabemos que eso no va a pasar.

Muerte tose en una manga.

—No te rías —le espeta Fortuna—. No es gracioso.

—Es muy gracioso.

Ahora Fortuna parece molesta. O, mejor dicho, la acólita a la que ha poseído parece molesta.

—No puedes esperar que aloje a todos tus amigos de forma indefinida.

—Son mis invitados y he traído dinero. Te daré dos *sjilling* por cada día que pasen aquí. Eso debería cubrir la comida, el alojamiento y la protección contra los *grimlingen* bajo este tejado.

—Tres peniques blancos al día.

—Uno. —Agito la bolsa—. Pagaré veinticinco por adelantado. Es la mejor oferta que me podrás sonsacar.

Es un espectáculo extraño: a Muerte le tiemblan los hombros con unas carcajadas silenciosas y Fortuna parece más indignada y traicionada que un gato al que le están dando un baño.

—Trato hecho —acepta a regañadientes, y le lanzo la bolsa—. Nuestra oferta sigue en pie, Vanja. No tendrás que elegir. Pero no puedes huir para siempre.

Se esfuma y deja a la acólita parpadeando y aferrada a una bolsa de cuero con una donación más que generosa. Muerte vacila un momento y luego desaparece detrás de ella sin decir nada.

—Yo… eh… —tartamudea la chica—. Tengo que avisar a la suma sacerdotisa. ¿Los invitados… podéis… seguirme, por favor?

Conduce a Umayya y a los niños por un pasillo del santuario. Gisele y Joniza se quedan rezagadas, mirándome como si fuera a darles un puñetazo en cualquier momento. Emeric tiene el ceño arrugado, pero no dice nada.

—Vanja —dice Joniza, con un tono informal y artificial—, ¿cuándo nos lo ibas a contar?

Aparto la mirada.

—¿Vais a pasar por alto todo lo de no hacer preguntas?

—¿Eres…? —Gisele casi parece asustada—. ¿*Eres* una diosa?

—Si lo fuera, Adalbrecht ya sería una mancha en algún suelo —replico. Luego me froto los ojos. Están secos y escuecen de tal forma que solo empeora cuando los cierro, así que me los tapo con las palmas durante un momento para pensar. No tiene sentido ocultarlo, no cuando ya lo han visto, no ahora.

—Mi madre pensó que traía mala suerte porque era la decimotercera hija de una decimotercera hija, así que me entregó a Muerte y a

Fortuna cuando tenía cuatro años. La noche en la que los Von Falbirg me mandaron azotar, mis madrinas dijeron que ya era lo bastante mayor para servir a una de ellas e intentaron hacerme elegir. No quise. Así que dijeron que serviría a quien le pidiera ayuda primero.

Alguien inhala hondo.

Bajo las manos y parpadeo hasta limpiarme los ojos de lágrimas.

—Por eso robaba —digo con la voz ronca—. Si metía la pata *una vez*, sería su criada durante el resto de mi vida, así que estoy intentando ahorrar dinero suficiente para marcharme del imperio y alejarme de ellas. —Suelto una carcajada amarga—. Ya sabéis. *Solo* dinero. En fin, con esto deberíais estar bien hasta… bueno, hasta después de que me vaya. De una forma o de otra.

—¿Por qué no nos lo contaste? —pregunta Gisele. Casi parece herida.

La miro fijamente y luego me río de nuevo; una carcajada dura e incrédula. Después de tanto tiempo sigue sin entenderlo.

—¿Esto te suena? «Érase una vez en la que Muerte y Fortuna llegaron a una encrucijada». —Veo que al fin lo entiende—. Ya conoces la primera parte —digo, casi escupiendo—. Durante años, te dormiste escuchando la historia de mi vida. Pero no dijiste *nada* cuando te necesité. ¿Por qué te lo iba a contar después de eso?

Gisele retrocede como si la hubiera golpeado.

Oigo las campanadas que dan la hora. No es ni mediodía.

—Me voy al castillo —digo, agotada—. Hay una fiesta y luego un convite, así que no contéis conmigo para el resto del día.

Voy cojeando hasta la puerta. Emeric empieza a estirar el brazo hacia mí, pero luego se detiene. Al cabo de un momento, traga saliva.

—Puedo… puedo acompañarte.

—Tienes que encargarte de otras cosas —digo, abriendo la puerta. Esta vez *sí* lo digo con frialdad. Ahora mismo, no sé hablarle de otra forma—. Ya te he devuelto tus notas.

Ragne me ayuda a recorrer el sendero de la cascada y los pasadizos de la servidumbre. Cuando llego a mi dormitorio, voy casi a gatas.

Ahora que nadie me persigue y no hay nada en llamas, no tengo ninguna distracción para los efectos persistentes de esa gota de ceniza de bruja. Se parece a la vez que enfermé por comer carne en mal estado: cada centímetro de mi ser se ha convertido en gelatina el tiempo suficiente para dejar moratones y luego se ha congelado demasiado rápido, y mis huesos se quebrarán si hago movimientos bruscos.

Incluso sin los efectos secundarios, veo a una chica sucia, ensangrentada y llorosa cuando me acerco al espejo del tocador. El vestido se ha roto por una decena de sitios, he perdido el gorro y el chal está medio chamuscado. A la mayoría de los arañazos los puedo cubrir, pero tendré que inventarme algo para el moratón que me está creciendo en la mandíbula.

O a lo mejor no. *Me he caído por las escaleras* es bastante veraz.

—Necesitas descansar —dice Ragne con amabilidad, pero sacudo la cabeza.

—Tengo que arreglarme antes de la fiesta.

Aún faltan unas horas, pero, como me muevo despacio, no voy a arriesgarme.

Poldi ayuda a calentar el agua del baño sin pedir hidromiel. Necesito su apoyo, porque hay que volver a echar agua nueva después de que la primera ronda sale turbia con sangre y suciedad. Al final me duermo en la bañera. Ragne me despierta una hora antes de que deba enfrentarme a los invitados, con el tiempo justo para terminar de arreglarme con la ayuda de las perlas.

El resto del día lo paso envuelta en una bruma irritante. Es como si me moviera por un sueño febril: la gente se ríe y sonríe y les estrecho la mano mientras reparten cotilleos y halagos y alardean; a veces miran la lágrima de rubí con un brillo ansioso hasta que me disculpo y me aparto. Solo puedo concentrarme en esconder la cojera y en no meter demasiado la pata.

Los Wolfhunden habrán informado a Adalbrecht a estas alturas, pero si le fastidia que Emeric haya sobrevivido, lo mantiene oculto delante de los invitados. Aun así, me mantengo lejos de él. Sé que eso le complace: digo poco y pregunto menos.

Cuando me excuso después de cenar, veo que hay tantos invitados alojados en el ala del río que debo mantener el paso sereno y la espalda recta hasta el dormitorio. El pasillo está abarrotado de criados y de nobles, todos testigos.

Sin embargo, todos esos testigos juegan a mi favor. Veo nuevos rostros entre los guardias del castillo y destellos del tatuaje de la equis en sus manos. Irmgard quería que Adalbrecht aprovechara la primera oportunidad para matar a Gisele; parece que ha optado por trasladar a los Wolfhunden al castillo para que no se pierdan ninguna. Ya iba con cuidado de que no me pillaran como Marthe, pero ahora tendré que hacerlo también como Gisele.

Cuando meto la llave en la cerradura, veo que Emeric dobla la esquina. Se me encoge el estómago. Él alza la cabeza y luego acelera el paso, pero los dos sabemos que no puede montar un escándalo con este público. Entro a toda prisa y cierro la puerta detrás de mí. Luego no puedo evitar apoyarme en ella, quitarme las perlas y soltar un suspiro.

Estoy mareada, me duele todo y me siento tan *cansada*. Y al fin puedo dejar de fingir lo contrario.

Unos pasos sigilosos se detienen delante de la puerta. Percibo un susurro, como unos dedos acariciando la madera... y luego se acaba. Oigo la llave en la puerta contigua, que se abre y se cierra.

Ragne se estira junto a la chimenea convertida en una chica humana y vestida, para variar. Se endereza, con los pies extendidos en ángulos extraños.

—¡Hola! Lo has conseguido.

—Pues sí. —Tiro las perlas sobre la cama y empiezo a desatarme el corpiño.

—¿Cómo te sientes?

—Fatal —admito—. Como si me hubiera pasado semanas con varicela. Y me hubiera caído de un árbol.

Me siento en el baúl que hay al pie de la cama. Ragne se levanta, se acerca y me da unas palmaditas en la cabeza.

—¿Cómo te sientes aquí?

La garganta se me contrae. Dejo de pelearme con el corpiño durante un momento y digo:

—Fatal.

Ragne me sorprende cuando dice:

—Yo igual. —Cuando la miro, se mueve inquieta—. Me gusta mucho la Gisele. Pero hoy te ha vuelto a hacer daño. Y el Emeric es desconcertante. Siento pena por él y estoy muy enfadada por lo que te ha hecho.

—Eso lo resume todo —digo con una carcajada sin humor—. Si te sirve de consuelo, yo también estoy confundida.

Cambio el vestido elegante por el primero que veo en el suelo, más sencillo. Solo cuando me lo he puesto por la cabeza me doy cuenta de que es el verde de anoche, el que llevaba cuando le mostré la salida a Emeric.

No puedo ponérmelo. Voy a sacar otro del armario mientras Ragne se sienta en el borde de la chimenea, se levanta, observa la terraza y se sienta de nuevo.

Lleva así de inquieta desde que he vuelto. Tardo un momento en descubrir el motivo y solo un segundo en pensar en una solución.

—Eh, Ragne, quiero cerciorarme de que todo el mundo esté bien en la catedral de Fortuna, pero no estoy en condiciones de marcharme. ¿Puedes ir a…?

—¡Sí!

Se convierte de inmediato en una lechuza, pero se da cuenta de que el pomo de la terraza necesita manos para maniobrarlo. Le abro la puerta y la dejo salir a la noche, sin preocuparme. No pienso ir a ninguna parte sintiéndome así de mal, y si Adalbrecht intenta algo mientras ella no está, tengo a Poldi.

Regreso al armario y busco otro vestido, aunque acabo topándome con una lana extraña.

Es el abrigo que Emeric se dejó sin darse cuenta hace una semana, cuando intentó arrestarme. El que tiene H. KLEMENS bordado en el interior del cuello.

Se me encoge el pecho. No me pertenece.

Yo…

Me digo que no quiero nada suyo en mi habitación.

Es una excusa, lo sé, pero satisface a mi orgullo. Lo pliego de forma automática, me lo meto debajo de un brazo y me detengo antes de llegar a la puerta del dormitorio. A pesar de los Wolfhunden escondidos entre los guardias, la doncella de Gisele no tiene ninguna excusa para ir a su habitación a devolverle una prenda de ropa. Aunque se me ocurriera una artimaña… aún tendría que hablar con él.

Así que me dirijo hacia la terraza. Lo dejaré en su barandilla, llamaré a la puerta y saldré de allí antes de que pueda responder.

Fuera hace el tipo de frío que te saca el aliento de los pulmones. La única parte buena es que me insensibiliza el tobillo un poco mientras subo al enrejado y llego a la terraza de Emeric.

Estoy tan concentrada en mantener el abrigo aferrado contra el costado y en no poner demasiado peso en el pie malo, que no me doy cuenta de mi error hasta después de haber apartado la nieve de la balaustrada para poder pasar.

Anoche dejó las cortinas echadas en la puerta de la terraza y las ventanas. Hoy las ha abierto. Eso significa que tengo una vista muy clara de Emeric agachado sobre el lavabo cerca de puerta, con las gafas enganchadas en el espejo, mientras se echa agua en la cara.

Estas son las tres cosas de las que me doy cuenta, en el orden que las proceso:

Primero: su camisa está… Bueno. No puesta. O sea, quiero decir que no está puesta en *él*, donde *debería estar,* sino que la ha dejado en el respaldo de una silla. Esto es… bastante desconcertante.

La segunda: no es que tenga la constitución de una fortaleza, pero sin la camisa parece mucho menos un académico desgarbado y más un chico que ha acabado alguna que otra pelea. Tiene una serie de cicatrices respetables, las suficientes para que roce lo *no* respetable. Hasta lleva un tatuaje sobre el corazón, algo que no me habría creído si no lo estuviera viendo con mis propios ojos.

Si tuviera tiempo, podría leer historias en sus cicatrices, como hago con todas las cosas que no debería ver.

Pero no tengo tiempo, porque la tercera cosa en la que me fijo es esto: ha estado llorando de nuevo. Lo sé porque tiene los ojos enrojecidos. Y me he dado cuenta de *eso* porque, incluso sin las gafas puestas, me está mirando directamente, con el agua goteando por toda la alfombra.

Pasa un segundo agonizante mientras nos observamos pasmados. Luego cruza la puerta de la terraza. Le tiro el abrigo en la cara y me lanzo hacia el enrejado. A través de la lana aún oigo un amortiguado:

—*¡Espera!*

—Nop —digo, agarrada al enrejado—, demasiado frío, buenas noches.

—Por favor…

Sigo avanzando hacia mi terraza.

—No quiero esto —dice con la voz entrecortada—. A nosotros, así. Te debo una disculpa si… si quieres oírla.

Hay algo que me detiene. Es como cuando me di cuenta de que él sentía lo mismo al resolver casos que yo al dejar peniques rojos. Algo resuena en mí como una campana.

Ninguno quiere estar solo esta noche.

Pero he sobrevivido sola hasta ahora, o eso me digo.

Y entonces, por accidente, apoyo demasiado peso en el tobillo torcido y no puedo evitar un grito agudo de dolor.

Emeric se dispone a saltar al enrejado.

—Aguanta...

—No —le digo, estirando una mano. Se detiene con una pierna sobre la balaustrada. Apoyo la frente en la fría piedra, con los ojos cerrados, mientras aguardo a que el dolor remita—. No aguantará el peso de los dos. Estoy bien.

No hace falta que diga nada, el *y una mierda* está implícito.

Así que dice:

—Puedo ayudarte con el tobillo.

Al final me permito mirarlo. El muy tonto aferra el abrigo contra el pecho, contra el pecho *desnudo*, en el frío. Ni siquiera se lo ha puesto. Ha conseguido colocarse las gafas a duras penas y hasta las lleva torcidas.

Aún me duele el recuerdo de quién era Emeric esta mañana. El recuerdo de en quién me he convertido para huir. Me daba igual si lo mataba en esa escalera.

No, *no* me daba igual. Y eso no me detuvo.

Ninguno de los dos quiere quedarse a solas con quienes hemos sido.

Ninguno tiene por qué estarlo.

—Ponte una camisa —gruño—. Dejaré la puerta de la terraza abierta.

CAPÍTULO 27

VANJA ESTÁ BIEN

Cruzo el resto del enrejado con cuidado y voy tambaleándome a mi habitación. Las rosas muertas se agitan un minuto más tarde mientras echo un nuevo tronco a la chimenea.

El picaporte gira y Emeric entra en la habitación, con la camisa puesta, un chaleco y una bolsa de cuero en la mano.

—Tú también has sufrido los efectos secundarios de la ceniza de bruja, ¿no? —pregunta con nerviosismo y yo asiento—. Wagner me dio algo que ayudará. Tiene que infusionarse con agua caliente. O con sidra, porque sabe fatal.

—¿Vino? —Me acerco al tocador y saco una botella que guardaba para emergencias. Diría que esto podría servir.

—Irá bien.

Se la paso y saco dos tazas. Emeric echa unos polvos de un sobre de pergamino por la boca de la botella, la agita un poco y luego la deja cerca del fuego para que se caliente. A continuación saca otro frasco de aceite con ceniza de bruja de la bolsa de cuero. Ante mi mirada alarmada, dice:

—No tiene la misma fuerza que el aceite estándar de los prefectos. Estaré bien.

Esta vez me toca a mí lanzarle una mirada *cargada* de implicaciones dudosas, pero él la pasa por alto.

—Siéntate, por favor.

Me agacho hasta acomodarme en el borde de las piedras de la chimenea. Hay espacio de sobra entre el fuego y yo, pero la mampostería debajo de mi palma está caliente tras haber absorbido el calor durante toda la tarde.

Emeric se arrodilla en el suelo junto a mis pies y mi mente no puede entender cómo me hace sentir.

—¿El derecho? —pregunta en voz baja. Asiento y le acerco la bota. Una mirada extraña le atraviesa el semblante—. Lo siento, la bota… O sea, esto funciona con contacto directo.

—Haz lo que tengas que hacer —suspiro, alzando la cabeza para examinar el techo.

Me doy cuenta tarde de que debería haberlo pensado mejor. Si ya me desorientaba tener a Emeric de rodillas, no soy ni por asomo capaz de procesar que esté empezando poco a poco y con cuidado a desatarme la bota.

—Hay un cuchillo ahí —espeto.

—Lo sé. Lo vi con mucha claridad cuando me pisaste hace una semana.

—Ah.

—He estado pensando… —dice, pero se aclara la garganta—. El jueves pasado, con las Lágrimas de Augur. Dijiste que no eras una buena persona.

—*Schit* —murmuro. Esperaba que eso no lo hubiera oído nadie—. Pero es la verdad, ¿no? Si no, no podría haberlo dicho con las Lágrimas.

Emeric afloja con un cuidado casi doloroso la última fila de nudos y comienza a quitarme la bota.

—Creo que hay vidas con las que es fácil ser buena persona. O lo que la mayoría de la gente considera bueno. Cuando tienes dinero, estatus y familia, es fácil ser un santo, porque no te cuesta nada. No puedo decir si eres una buena persona o no. Pero cuanto más sé sobre ti, más entiendo que el mundo no deja de darte a elegir entre la supervivencia y el martirio. Nadie debería culparte por querer vivir.

Libera mi pie con una punzada aguda de dolor. Casi duele más sin la bota. Vuelvo a mirar el techo, esta vez porque no quiero que vea cómo las lágrimas me empañan los ojos.

—Lo siento —dice de nuevo—. La… la media…

—He dicho que hicieras lo que tuvieras que hacer.

O sea, *en serio*, tendría que haberlo pensado mejor.

Emeric intenta ser lo más clínico posible, pero creo que dejo de respirar cuando me roza con los dedos la pantorrilla, por debajo del dobladillo de la falda. Encuentra el lazo de la media debajo de la rodilla y empieza a desatarlo. Tiene la cabeza gacha y no puedo verle la cara, pero un rubor le mancha la nuca.

—Lo que quería decir —prosigue— es que tu vida es dura porque la gente decide complicártela. Y hoy he sido una de esas personas y lo siento mucho, muchísimo. Elegí creer lo peor de ti, hacerte daño para demostrar que tenía razón. Y te lo hice, aún a sabiendas de lo que viviste con los Von Falbirg. No soy mejor que ellos.

Noto que el nudo de la media se deshace, y, si no digo nada para distraerme, puede que me eche a gritar.

—Si fueras tan malo como los Von Falbirg, yo… —Iba a decir *te tiraría de nuevo al Yssar*, hasta que me doy cuenta de que quizá no sea lo mejor, visto lo que le ha pasado a Klemens. Por desgracia, las palabras que salen de mi boca, temblorosas por las lágrimas, son peores—: Nunca te habría dejado entrar.

Los dedos de Emeric resbalan un poco. Se detiene, busca un pañuelo bien planchado y me lo pasa sin decir nada antes de centrarse de nuevo en el tobillo.

Me seco la cara, intentando no pensar en la seda bajando por la pierna o en las manos que la guían.

—Además. Lo mío era más fácil de… de creer. Si Adalbrecht hubiera intentado culpar a Gisele o a Joniza… Yo no…

—No, por favor. —Emeric me mira. La luz del fuego se refleja en sus ojos y agita las ascuas en el marrón oscuro—. No hace falta que justifiques lo que hice. Podrías haber sido la peor asesina del barrio y no habría sido excusa para tratarte como lo he hecho. O como te trataron los Von Falbirg.

No sé qué decir. Una parte de mí siempre ha creído que me merecía esas cosas. Me dejé una mancha en la plata, no me fijé en cómo la dama agarraba el hidromiel, no me di cuenta de *algo* y eso los provocaba; si pudiera descubrir en qué me había equivocado, entonces no me llamarían «tonta» ni me tirarían cosas ni me pegarían.

Debía de haber un motivo. Así se convertiría en algo que pudiera controlar. En algo que tenía la esperanza de parar.

Cuando alguien dice que nunca podría haberlo controlado, siento el peor tipo de alivio posible.

Emeric me apoya el pie en sus rodillas y, de repente, soy *muy* consciente de la media deslizándose por mis dedos. Era más fácil esconderlo bajo la bota de cuero y la seda, pero el tobillo está hinchado y amoratado. Emeric suelta un improperio y la vergüenza le cubre el rostro. Luego busca el frasco de ceniza de bruja.

—¿Estás seguro de que no te hará daño? —pregunto.

Niega con la cabeza y le saca el corcho al frasco. El aceite huele a tomillo y no a enebro.

—La ceniza de la orden tiene una concentración más elevada. Esto es solo para uso medicinal. —Emeric da un pequeño trago y luego echa unas gotas sobre el tobillo—. Notarás algo raro, pero no debería doler.

Me preparo y asiento. Esta vez no lo ha suavizado: percibo algo extraño cuando empieza a murmurar en voz baja, como si el tobillo se deshinchara, pero el dolor desaparece. Ni siquiera me había dado cuenta de cuánto dolía hasta ahora.

Emeric está mirando un arañazo en mis nudillos, con los ojos relucientes por la ceniza.

—Me queda un poco de magia. ¿Quieres…?

—Venga.

También es raro, casi hipnótico, observarlo mientras se mueve a mi alrededor, quitando arañazos y raspones. Es algo privado, la concentración de su semblante, los labios moviéndose casi en silencio, los dedos dejando manchitas de aceite de tomillo sobre mi piel. Por último, estira la mano hacia el moratón de la mandíbula.

Tengo una idea muy perturbadora cuando sus dedos me acarician el lado de la cara y el tomillo me llena la nariz. Creo… creo…

Creo que quiero que se quede así. Cerca de mí, tocándome con suavidad la cara, como si fuera algo valioso, como si valiera la pena cuidarme. Como si me mereciera vivir sin heridas, no a pesar de ellas. Quiero atrapar este momento en ámbar para poder aferrarme a él cuando más lo necesite.

Me suelta y el momento pasa. La fría consolación es que al fin puedo recuperar el aliento.

Emeric se levanta y me ofrece una mano.

—¿Cómo lo notas? —pregunta mientras pongo a prueba el tobillo.

—Mejor. —Una pregunta cuelga como humo entre nosotros. Me recojo el cabello detrás de las orejas, incómoda—. Bueno… esa ha sido una disculpa muy buena.

(¿Estaba *bastante* distraída durante la mayor parte del procedimiento? Sí. ¿Estoy considerando la posibilidad de decir *ahora tienes que quitarme la otra media por el bien de la simetría* como un argumento convincente? En efecto).

Noto una descarga en el estómago cuando Emeric esboza una sonrisa angustiada.

—Ojalá sea la última que te deba.

—Brindaré por eso. —Me acerco al tocador para recoger las tazas que había dejado ahí—. ¿A quién crees que Adalbrecht intentará matar esta noche?

Emeric se estremece.

Y enseguida sé por qué.

—Lo siento, no estaba pensando...

Hace un gesto con la mano y parpadea rápidamente.

—No... no es culpa tuya. Seguramente venga a por mí. Pero tú estarás a salvo con Ragne en cuanto vuelva. —Percibe mi desilusión—. ¿Cuánto tiempo pasará fuera?

Me encojo, incómoda.

—Ha ido a... eh... a ver a alguien. No le he preguntado.

—Eso no es lo ideal. —Aparta la mirada, atribulado—. Aun así, el *kobold* del castillo...

—Poldi.

—Con Poldi debería bastar. Aunque si el margrave puede asesinar a un prefecto con formación, ya no sé de qué es capaz.

Poldi asoma la cabeza sobre los troncos, mirándonos a Emeric y a mí.

—No puedo vigilar las dos habitaciones —dice con pesar—. No al mismo tiempo.

—Pues esperaré a Ragne.

—No... —Emeric se pasa una mano por el pelo—. No permitiré que mate a nadie más. —Transcurre un segundo de tensión—. Supongo que... podría quedarme vigilando hasta que Ragne volviera.

Miro las tazas vacías y luego la baraja de cartas sobre el tocador y tomo una decisión.

He pasado la mayor parte de mi vida buscando la independencia. Buscando librarme de Muerte y de Fortuna, buscando las migajas de confianza que me lanzaban los Von Falbirg, recordando el farol que se alejaba en pleno invierno.

Pero he aprendido la amarga diferencia entre independencia y autoexilio. Los dos poseemos un veneno que debemos extraer.

Y ninguno quiere estar solo esta noche.

—O —digo, dándole una taza a Emeric— podrías... quedarte sin más. —Se queda inmóvil en pleno gesto de asir la taza y me

MARGARET OWEN • 369

doy cuenta de cómo ha sonado lo que he dicho—. ¡No de esa forma! ¡Hasta que Ragne vuelva!

—Claro —tartamudea—. Yo nunca... o sea...

—Cuidado, no le hagas daño a tu dignidad. —Estoy *un poco* molesta por lo rápido que ha cerrado esa puerta, aunque no tuviera intención de abrirla. Regreso a la chimenea y me siento con las piernas cruzadas en la alfombra. Dejo la taza en el borde de las piedras.

—Si... si eso es lo que quieres. —Si Emeric agarra con más fuerza la taza, la va a romper.

—Es lo que quiero. Tengo una idea. —Me inclino y doy unos golpecitos en la alfombra, a una distancia modesta—. Nunca íbamos a confiar el uno en la otra, ¿verdad? Tú eres una lección andante de moralidad con algo que demostrar y yo soy una sinvergüenza con un sentido de la propiedad inquebrantable sobre las cosas de otra gente.

Emeric se sienta delante de mí en un enredo meticuloso de extremidades y con la boca torcida.

—Eso es bastante cierto.

—No podemos seguir así. Lo que Adalbrecht ha hecho hoy ha funcionado porque no nos conocíamos y estoy segura de que no será la última vez que lo intente. Así que vamos a jugar a Encuentra a la Dama. —Saco la reina de rosas, el caballo de escudos y la sota de griales—. Si sacas la reina, me puedes hacer una pregunta y tengo que darte una respuesta sincera. Si sacas el caballo, me toca preguntarte.

—¿Y si sale la sota?

Tomo una bufanda y la uso para apartar el vino del fuego.

—Bebemos. Aunque esta mierda no tuviera algo para ayudarnos con los efectos de la ceniza de bruja, creo que necesitaremos beber.

Emeric resopla.

—Sí, eso me parecía. Muy bien.

Lleno las tazas y, cuando sostiene la suya, veo que las manos le tiemblan tanto como a mí. Bueno, podemos empezar con algo ligero. Entrechoco mi taza con la de él.

—*Prosit.*

—*Prost.*

Le arrugo la nariz.

—Norteño. —Luego bebo un sorbo y pongo peor cara. Lo mejor que puedo decir es que los polvos le han dado al vino un buqué muy *fuerte*—. Santos y mártires, júnior. Si esto no me hace sentir mil veces mejor, me enfadaré por haber desperdiciado la botella.

—Te he avisado —ríe. No se me escapa el alivio en su rostro cuando lo he llamado «júnior».

—Uf. —Me pongo a barajar las cartas y las disperso. Emeric reflexiona un momento y elige la del medio. El caballo de escudos.

—Allá vamos. Pregunta.

Recojo las cartas y vuelvo a barajar. No quiero hacerle daño, pero el dolor del duelo es una casa en llamas. Tiene que reducirse a cenizas por sí sola.

—Háblame de Klemens.

La garganta se le contrae.

—¿Qué quieres saber?

—Todo. Cómo os conocisteis, sus malos hábitos, su pastel favorito. Dime por qué te importa tanto.

Emeric observa la taza para pensar. Cuando habla, lo hace desde un lugar lejos de esta habitación.

—Mis padres eran encuadernadores en el noroeste, cerca de la frontera con Bourgienne. Mi padre también llevaba la contabilidad para la gente del pueblo. Cuando lo asesinaron, el alguacil dijo que no había pruebas de quién era el culpable. Pero examiné el escritorio de papá. Su última cita fue con el alguacil. Cuando miré sus cuentas, no encajaban. Papá llevaba bien los números, se habría percatado... pero yo tenía ocho años. El sheriff no me hizo caso.

—Y le hablaste de esto a Klemens. —Ladeo la cabeza, incómoda—. Vi… vi un poco, con las Lágrimas, a través del abrigo. No era mi intención.

—No me importa. —Emeric se encoge de hombros—. Hubert se dirigía a Helligbrücke, pero me escuchó. Era suficiente para investigar y gracias a él el alguacil se enfrentó a la justicia. Luego Hubert le dijo a mi madre que me iría bien como prefecto.

—Resolviste un asesinato con ocho años —digo con ironía—. Gracias a las matemáticas. Creo que te has quedado corto.

Eso le hace sonreír.

—Y la paga tampoco vino mal. Soy el mayor de cuatro hijos y mi madre no estaba lista para volver a casarse. Era una forma de mantener un techo sobre nuestras cabezas sin obligarla a casarse. Además, quería ser como Hubert. ¿Conoces el dicho de los ladrones pequeños y los grandes? —Asiento—. Siempre lo he odiado. Todo va mal en el imperio. Castigamos a gente que, en general, solo intenta ganarse la vida, cuando personas como el margrave se salen con la suya. Los prefectos pueden hacer que *cualquiera* responda ante los dioses menores. Así que nos marchamos a Helligbrücke y Hubert estuvo pendiente de mí en la academia. —Un lamento se le cuela en la voz—. Y me vino bien. Resulta que a nadie le gusta quedar en evidencia por un sabelotodo.

Y entonces me doy cuenta: por eso me confunde, por eso encuentra verdades que me agarran por la garganta. Nuestras vidas son muy diferentes, pero los dos hablamos el idioma frágil de la soledad.

Emeric sigue hablando.

—Cuando su compañero se retiró, pidió a la academia que me dejaran pasar por la primera iniciación antes de tiempo y así pudiera empezar a trabajar en casos con él como aprendiz. Era…
—Le falla la voz, se detiene. Le devuelvo el pañuelo—. Nunca me permitió olvidar lo falibles que pueden ser las respuestas sencillas. Como la de hoy. Pero siempre escuchaba. Nunca me hizo sentir

como una molestia solo porque yo tuviera razón. —Emeric aprieta los labios—. Siempre se dormía y luego estaba de mal humor porque se había perdido el desayuno. Los pasteles… No le gustaban, pero comía almendras garrapiñadas a puñados. Luego se quitaba el azúcar del abrigo solo para fastidiarme. Estoy bastante seguro de que habría intentado convencerte de que te unieras a los prefectos también.

—Esa habría sido una idea terrible —digo de inmediato—. ¿Sabes lo rápido que me echarían? O sea, *rapidísimo*.

—Fíjate en que *yo* no estoy intentando convencerte.

Sonrío al oírlo y elevo la taza.

—Por Hubert Klemens. —Emeric alza la suya en silencio. Creo que ahora mismo no puede hablar. Guardamos silencio un momento y luego añado—: Lo decía en serio. Voy a acabar con Adalbrecht.

Emeric tarda un momento en responder y, cuando lo hace, sus palabras están cargadas de hierro.

—Cueste lo que costare.

Se oye un golpe repentino en la pared. La pared que comparto con Emeric.

Nos quedamos mirando el yeso, conteniendo la respiración. No veo nada, pero se filtran unos rasguños apagados, como si arrastraran los muebles por el suelo.

Poldi chisporrotea, enfadado.

—Voy a ver qué pasa. —El fuego se debilita cuando se marcha.

—Dime que no te has dejado las notas allí —susurro. Emeric niega con la cabeza.

—Están en la oficina.

—*Nachtmaren* —gruñe el *kobold* desde la chimenea tras su regreso—. Menudo desastre están haciendo. ¿Quieres que los espante?

—Haz los honores —le digo con una sombría satisfacción. Esta vez el chisporroteo suene alegre cuando se marcha.

MARGARET OWEN • 373

Los sonidos en la habitación contigua cesan de repente. Se oyen unos golpes apagados y luego silencio. Poldi aparece en el fuego de nuevo, resollando un poco.

—Más complicado esta vez. Los cuerpos desaparecerán con las siguientes campanadas.

—Eres un sol. —Me giro hacia Emeric—. Vale, *definitivamente* no vas a volver ahí hasta que Ragne regrese.

Emeric me observa de nuevo con esa mirada extraña.

—Si insistes. —Luego deja la taza mientras barajo una vez más—. Has preguntado por Hubert para… ayudar, ¿no?

Extiendo las cartas.

—Conoces las reglas, nada de preguntas gratis. Encuentra a la Dama.

Elige de nuevo la carta de en medio, porque así tiene más probabilidades. Y he dejado el caballo ahí, porque sabía que la escogería. Me mira entornando los ojos.

—Este interrogatorio es bastante unilateral.

—Bueno, con suerte será breve. —Recojo las cartas y lo miro a los ojos—. Estamos cooperando por ahora, pero aun así aceptaste el caso del *Pfennigeist*.

Emeric alza una mano.

—No malgastes tus preguntas. No quiero que te vuelvas a sentir como esta mañana *nunca más*. Mientras estemos metidos en esto, estaremos juntos. Tienes mi palabra.

Juntos. Una vez más, me pilla desprevenida.

—Ah. —Y es lo único que puedo decir. Sacudo la cabeza—. Yo… eh… esa no era mi pregunta, no exactamente. Aunque esto acabe con Adalbrecht y con Irmgard en un calabozo y conmigo sobreviviendo a la maldición para reírme de ellos… ¿Qué pasará después?

Emeric me estudia con atención. En su mirada hay algo titilante, como la llama de un farol, como si tuviera mucho que decir.

—Quieres marcharte del imperio, ¿verdad?

—Ese es el plan.

Otra sonrisa torcida aparece en su rostro. Su voz suena desafiante; también un tanto cansada pero cálida, como el vino.

—Entonces te daré una ventaja decente.

Y entonces me doy cuenta: es lo que quiero. Quiero que me persiga.

Pero no solo por la persecución en sí. Quiero que sea *él* quien venga a por mí.

Este juego entre los dos me produce una emoción reluciente y embriagadora. Yo soy su enigma y él es mi cerrojo, y es una carrera armamentística para ver quién descubre a quién primero. Pero, entre todos esos nudos y giros y trampas, Emeric ha resultado ser un pirómano: me ha dejado ascuas en las venas, humo en la lengua y un fuego ardiendo con suavidad en el corazón.

Y no se apagará fácilmente.

Quiero que me persiga. Quiero saber qué se siente cuando me atrape. Quiero arder con él.

Ay, santos y mártires. Que me aspen.

Creo que quiero que me bese.

Lo estoy mirando con fijeza. *Me está entrando el pánico.*

Agacho la cabeza.

—Me parece justo. Siguiente pregunta. —Extiendo las cartas con la esperanza de que, entre el vino y el fuego, sirva como una coartada para el rubor de mis mejillas.

Emeric elige la sota de griales, así que bebemos. Es por eso, ¿no? Es el vino lo que hace que me fije en las líneas de su garganta, en cómo no se ha abrochado el botón superior de la camisa por las prisas. *Solo* es el vino lo que hace que la luz del fuego en su compacta mandíbula, la forma en la que el cabello negro le cae sobre la frente, me parezcan atractivas.

(No es el vino. No quiero hablar de ello).

Barajo las cartas con demasiada rapidez. Estoy *bastante* segura de saber dónde está la reina.

Y entonces él le da la vuelta a una carta y resulta que tenía razón. Uf.

—¿Qué quieres saber?

Emeric duda antes de preguntar.

—¿Qué pasó con Irmgard von Hirsching?

—Nada que ya no sepas.

—Quiero que me cuentes tú la historia.

Se me encoge el estómago, pero esto ha sido idea mía. Y una parte de mí, seca y fría como las morrenas de Sovabin, quiere que se me reconozca.

Así que le cuento la historia de una princesa, una doncella leal y una monstruosa condesita. Le hablo de anillos de rubíes y peniques blancos. Le hablo de Muerte y de Fortuna y de un acuerdo en el que no tengo voz ni voto.

Y Emeric escucha. Cuando termino, se acaricia la boca con los dedos, pensativo, y pregunta:

—¿Cuándo es tu cumpleaños?

—El trece de diciembre.

—¿El día de la boda?

—Ah, *schit*. Creo que sí. —Me río, incrédula—. ¿Por qué?

Se pellizca la nariz y cierra los ojos. Luego recita:

—«Al cumplir diecisiete años, cualquier niño del imperio se considerará por tanto adulto y se le concederán plenos derechos como ciudadano imperial. Ya no permanecerá bajo la custodia de sus padres o tutores ni estará sujeto a su autoridad». —Parpadea—. Es la ley imperial. Te entregaron a Muerte y a Fortuna de niña, ¿verdad?

Lo miro con atención.

—¿Así que cuando cumpla diecisiete...?

—Creo que, legalmente, te pertenecerás a ti misma. —Emeric se rasca la nuca—. O... deberías. O sea, en principio ya lo eres, pero...

No me *puedo* creer que me sienta atraída por un manual de derechos humanos. Me atraviesa una esperanza violenta y eléctrica.

—No tendría que marcharme. Podría… podría ir a *cualquier parte*.

—Son dioses, así que no te prometo nada —me avisa, pero apenas le escucho.

—Podría buscar a mi…

Y siento una punzada de dolor en la lágrima de rubí.

—¿A tu…?

Trago saliva con fuerza y aparto la mirada; soy consciente de nuevo de la realidad.

—Da igual. Nunca cumpliré diecisiete años.

—Los cumplirás.

No digo nada, solo barajo las cartas de nuevo mientras Emeric me observa. Puede mirar todo lo que quiera, pero no le servirá de nada. De hecho, vuelve a sacar el caballo y murmura:

—Qué lástima.

Decido aligerar el ambiente.

—Bueno —digo con picardía—. Tienes un tatuaje.

La cara se le pone roja.

—Eh. Sí… y… no. Es una marca de la primera iniciación. Parecida a las marcas que tienes tú de Muerte y de Fortuna.

Me había olvidado de que podía verlas.

—¿Y qué hace?

—Los prefectos se parecen a los hechiceros, pero nos vinculamos con los dioses menores en general. Esta parte —se lleva dos dedos al corazón— me vincula con las reglas de los dioses para nosotros. Normas del tipo «no seas un desgraciado» y tal. No se puede tener la otra marca sin esta. Esa viene con la segunda iniciación, en cuanto me concedan la ordenación completa. Me permitirá usar los poderes de los dioses menores, dentro de ciertos límites.

—Y, entonces, ¿cómo demonios ha conseguido Adalbrecht…? —Me detengo, pero Emeric, como siempre, lo pilla a la primera.

—Sabía que el cráneo de caballo en el estudio era un ancla para algo poderoso, pero no *tan* poderoso —dice en voz baja—. Un prefecto de pleno derecho no puede alzar montañas ni cosas así, pero he visto a Hubert apaciguar al fuego, hablar con los muertos… Hasta detuvo el tiempo una vez por una emergencia. Aunque luego se pasó una semana enfermo. El cuerpo humano no está construido para canalizar tanto poder, ni siquiera con la segunda marca.

—Dime que puedes elegir el aspecto de la marca. Me gustaría que canalizaras el poder de los dioses a través de una *loreley* sexy.

Emeric se atraganta con el vino.

—No se puede elegir —tose, aunque sonríe—. Es una lástima. Creo que me tatuaría un gato.

Esta vez soy yo quien se ríe mientras bebe. No sé lo que le ha dado Ulli Wagner para los efectos de la ceniza de bruja, pero le debo la vida. Ya me siento mucho mejor.

Emeric saca otra sota y vaciamos las tazas. Poldi nos las rellena mientras yo extiendo los naipes y la reina vuelve a dar la cara.

—Tu primer robo —dice Emeric, con los dedos en la carta—. Háblame de él.

—¿El de los Von Holtzburg? Fue un desastre.

Pero él niega con la cabeza.

—Podrías haber robado siendo la doncella de Gisele. ¿Por qué te llevaste las perlas?

Me muerdo el labio. Este cuento es más complicado de contar, más que el del anillo de rubí.

Y él lo sabe, cómo no.

—Lo siento, no hace falta que me lo cuentes, puedo preguntar otra cosa.

Libero la reina de rosas de debajo de sus dedos, la barajo entre los míos y sacudo la cabeza. Aunque duele, esto es lo que quiero: sacar todo el veneno.

Le hablo del lobo que vino a Sovabin, de la doncella a la que atrapó entre sus dientes. Le hablo sobre cómo esperaban de mí que regresase a sus fauces para salvar a Gisele.

Le narro todo este feo cuento mientras muevo las cartas. Cuando termino, alzo la mirada, preparada para afrontar sus preguntas, su escepticismo, la pizca de incerteza.

Los ojos de Emeric brillan con una furia fría y aprieta los puños con los nudillos blancos sobre la alfombra.

—Te prometo —dice, con un tono grave y tembloroso— que haré todo lo que esté en mi mano para evitar que te haga daño *otra vez*. Von Reigenbach se enfrentará a la justicia aunque tenga que arrastrarlo yo mismo ante ella.

Cualquiera diría que lo más formidable en el castillo Reigenbach no es la encarnación flacucha de una biblioteca jurídica, pero en este momento… lo es, porque *le creo*.

Emeric aparta la mirada y afloja los puños.

—Gracias por contármelo.

Y… eso es todo.

—¿M-me crees? —tartamudeo.

Ahí es cuando sus ojos se posan en mí de nuevo y no vacilan ni un ápice.

—¿Por qué no debería?

No es una confrontación; es un hecho sosegado e inamovible. A pesar de todos mis planes y fachadas y artificios, no estoy preparada ni lo más mínimo para la intimidad tan sencilla y devastadora de que me crean.

Respiro hondo, temblando.

—Entonces, si es posible, me gustaría romperle los dientes a Adalbrecht de una patada.

—Creo que podremos hacer algo al respecto.

No espero a que salga la sota de griales para beber un gran trago de vino.

La segunda ronda es más sencilla. Saca la reina de nuevo y me la devuelve con una sonrisa tímida.

—¿Cómo hiciste el robo de los Eisendorf?

—¿No lo sabes? —Casi grito de placer.

—Solo me falta saber algunas, pocas, *variables*. Obviamente robaste las joyas mientras estabas, en teoría, en el salón de invitados. Y engañaste al criado para que las sacara en la bolsa de aseo. Pero había guardias apostados fuera de los aposentos del *komte* y la *komtessin*...

—¿No miraste las ventanas?

Emeric frunce el ceño.

—Estaban cerradas por dentro. Además, habría sido imposible escalar por el balcón sin estropearte el vestido y en una bolsa de aseo no cabe un uniforme.

No puedo evitar retorcerme de alegría mientras me inclino hacia delante y cuento con los dedos.

—Uno: en los cojines feos que le envié a Ezbeta una semana antes *sí* que cabían cosas. Estaban rellenos con el uniforme de una criada...

—No —espeta Emeric—, seguían en el salón...

—*Y* con fundas idénticas —prosigo con una sonrisa de suficiencia—. Dos: el *relleno* de los cojines sí que se puede apretar para que quepa en la bolsa de aseo. Y tres: Ezbeta tenía sudores nocturnos por el hidromiel especiado que *también* le envié. Dejó una ventana abierta y seguro que sintió tanta vergüenza que la cerró antes de que lo vieras. La gracia está en los detalles, júnior. —Alzo la taza—. A la buena salud de la *komtessin*.

Emeric me mira; los engranajes de su mente siguen girando. Luego entrechoca su taza con la mía.

—Eso es... brillante. Y aterrador.

No puedo evitar sonreír con malicia mientras mezclo las cartas en el suelo. Emeric se queda en silencio.

Y saca otra vez la reina de rosas.

—No —digo con indignación—. ¿Tres veces seguidas? Estás haciendo trampas.

Él alza las manos.

—Qué va. Es que tienes un tic.

—¡*No* lo tengo! —Me lo quedo mirando boquiabierta. No hay nada de maldad en su semblante—. ¿Cuál?

Está intentando no echarse a reír.

—Ya sabes las normas. Nada de preguntas gratis.

Voy a estrangularlo. O a besarlo como si el imperio dependiera de ello. Aún no lo he decidido.

—Vale —farfullo—. Pregunta.

—Schmidt no es tu apellido verdadero, ¿no?

Esa no me la había visto venir.

—¿Cómo lo sabes?

—Digamos que es una corazonada.

Jugueteo con un mechón de cabello.

—Creo que *no* lo es. No lo sé. Cuando Muerte y Fortuna me dejaron en el castillo Falbirg, el ama de llaves preguntó por un apellido y, como mi padre era herrero, pues le dije ese. Funcionó.

—¿Quieres que siga usando Schmidt?

Trago saliva.

—Vanja está bien.

Emeric alza la copa.

—Pues a tu salud, Vanja.

No esperaba que me gustara tanto oírle decir mi nombre. *En serio*, no me esperaba reírme como una tonta, pero eso al menos se lo puedo achacar al vino.

Luego recojo las cartas de nuevo. El vino *sí* que se me ha subido a la cabeza, pero no pienso dejar que Emeric se escaquee sin decirme cuál es mi tic. Sé que espera que deje la reina en el mismo lugar, así que deslizo el caballo de escudos en su sitio.

Y en efecto: le da la vuelta al caballo.

—¿Cuál es mi tic?

Emeric estudia las cartas con las cejas alzadas.

—El secreto no está en observar las cartas. Eso es lo que *tú* quieres que haga. Pero justo antes de que pares de moverlas, miras la marca.

Se inclina y le da la vuelta al naipe de la derecha. La reina de rosas me devuelve la mirada.

Sabía… sabía dónde estaba desde el principio.

—El secreto —dice Emeric— es observarte a ti.

Noto sus ojos sobre mí y, cuando los alzo, la luz del fuego se refleja de nuevo en ellos.

Y, de repente, soy el fuego, atrapado en su mirada, bailando y ardiendo por ella.

La habitación se sume en un gran silencio, pero parece más ensordecedor que un trueno. Todo hierve con un nuevo tipo de fiebre, no solo por la calidez del vino, sino por un calor extraño y dulce que acompaña a los latidos de mi corazón y recorre cada centímetro de mi ser.

Una nueva pregunta aparece en el espacio que nos separa.

La respuesta está peligrosamente cerca, si uno se mueve…

Un golpe brusco en la puerta rompe el silencio. Los dos nos apartamos de un salto. Mientras me pongo de pie, descubro que *más* vino del que pensaba se me ha subido a la cabeza. Emeric no está en mejor forma, porque tropieza conmigo. Empieza a disculparse y le tapo la boca con la mano para acallarlo. Luego lo arrastro para que permanezca junto a la puerta. En cuanto la abra, quedará oculto.

Sacudo las manos, me aliso la falda, pongo mi cara más afable de criada y giro el picaporte.

Barthl está en el pasillo y parece un poco sorprendido, pero solo se remueve.

—Marthe, entrégale este mensaje a tu señora, por favor. Hemos recibido noticias de que el príncipe y la dama Von Falbirg llegarán a primera hora de la mañana. —Toda la temperatura de esa fiebre dulce desaparece de mi cuerpo—. El margrave exige que la princesa Gisele los acompañe durante el desayuno, porque sus padres quieren hablar con ella. —Barthl cambia el peso de una pierna a la otra—. De forma *urgente*.

CAPÍTULO 28

DE ESPEJO A ESPEJO

Hasta que no me despierto el martes por la mañana, no me percato de mis errores. En plural.

¿Un error fue haber compartido una botella de vino junto al fuego con un chico que huele a enebro y que va un paso por delante de mí? Bueno, es posible. Seguramente. Casi seguro.

Pero, verás, el primer error indiscutible fue habernos terminado el vino demasiado rápido; Emeric no podía regresar a su habitación por el enrejado. Adalbrecht no intentaría matar a Gisele con los Von Falbirg casi en la puerta, así que Poldi podría vigilar a Emeric... Pero, entre los invitados y los Wolfhunden, no podía salir así como así del dormitorio de la *prinzessin* sin llamar la atención.

Esto dio lugar al segundo error: esperar a estar sobrios. Procuramos pensar, sin mucho éxito, en nuestro siguiente movimiento. El intento duró un minuto, porque descubrimos que, entre la tristeza del duelo, el cansancio y el vino, lo mejor que se nos ocurría era «golpear a Adalbrecht en la cabeza con una pala y mudarnos a Bourgienne».

Así que nos quedamos despiertos... hablando sin más. Sobre los casos que él había resuelto, sobre los encontronazos que yo había tenido, sobre por qué él necesitaba cinco cuchillos (resulta que los *grimlingen* odian el cobre, el oro es para las maldiciones y... se me ha olvidado el resto) y cuándo empecé a forzar cerraduras (a los trece años). Sobre lo que le habría gustado decirle a Klemens («adiós», sobre todo) y lo que a mí me gustaría decirles a los Von Falbirg en el desayuno («comed cristal», sobre todo).

Pero el tercer error, el error *más gordo,* fue habernos quedado hablando hasta que los dos nos ahogábamos en bostezos. Luego cerré los ojos solo un segundo. Y lo sé porque, a medida que me voy despertando ahora poco a poco, me doy cuenta de que mi almohada… se mueve. Y está cálida. Y tiene pulso.

El fuego se ha reducido a ascuas, pero la habitación brilla con el apacible azul previo a un amanecer nevado. Entra suficiente luz para ver que estoy tumbada de lado, con la cabeza y medio brazo sobre la barriga de Emeric. Parece que él se quedó dormido apoyado en el borde de la chimenea y poco a poco se fue deslizando hacia abajo, con un brazo detrás de la cabeza y otro sobre el pecho. Siento el peso de una manta por debajo de la cintura y sospecho que la persona culpable también es la responsable de quitarle las gafas a Emeric y dejarlas sobre las piedras de la chimenea. Mi principal sospechosa es Ragne, que está enroscada a su lado como una bola negra gatuna.

Cuánto me va a hacer sufrir por esto.

Reina el silencio en el castillo Reigenbach y estoy en ese duermevela que atraviesa las mentiras que me cuento a mí misma.

Esto… *me gusta.*

No fue el vino, no fueron las emociones intensas. El primer y último chico por el que sentí algo fue Sebalt, el de los establos, que me hacía reír cada mañana cuando traía paja nueva para esparcirla por el suelo de Gisele. Luego empezó a cortejar a la hija del panadero y me pasé un día y medio llorándole al cubo de la fregona y sintiéndome como una tonta.

Pero Emeric no es así. Quiero pensar en otro enigma que no pueda resolver. Quiero vaciarle los bolsillos y que me pille con las manos en la masa. Quiero la paz sencilla de saber que me conoce;

quiero esta esperanza extraña y terrible que me ha dado, esa de que puedo construir una vida donde quiera en vez de vivir preparada para dejarlo todo atrás.

No sé lo que es peor: que se haya introducido en mi corazón como un cuchillo o que me guste tenerlo ahí.

Emeric se agita dormido. La mano del pecho cambia de sitio y acaba donde mi pulso late en el borde de la mandíbula; los dedos se enredan un poco con mi cabello.

Contengo la respiración. Hay demasiados lobos a mis puertas: la boda, la maldición, el margrave intentando matarnos a los dos. La forma en la que se aparta de cualquier sugerencia de que podamos ser… algo más. Mi propio fantasma en el espejo, el rostro feo de una ladrona que él tiene el deber sagrado de atrapar.

Solo una tonta esperaría que saliera algo bueno de esto.

Dentro de una ahora o así, tendré que levantarme para hacer frente a los Von Falbirg y lo que sea que el monstruoso prometido de Gisele quiera echarme encima hoy. Aun así, falta una hora para eso.

Cierro los ojos de nuevo y me recuesto en la calidez de su mano. Ahora lo tengo a él. Puedo ser una tonta un poco más.

Resulta que fue astuto retrasar nuestro despertar porque, cuando lo hago, descubro que la maldición de Eiswald se ha dejado de jueguecitos.

Unos rubíes me recorren la pierna desde los tobillos hasta las rodillas como botones gordos y sangrientos. Todos los brotes han sido bastante discretos hasta ahora, pero estos… son tan molestos que sobresalen por las medias.

Emeric se despierta para encontrarme intentando quitar uno con su cuchillo de oro. Echa un vistazo a la habitación, a la hora y a mis tentativas de arrancarme un rubí de la pantorrilla y, amodorrado, dice:

—No sabes cuántas normas de seguridad sobre el manejo de armas blancas te estás saltando ahora mismo.

—¿Dónde está tu sentido de la aventura?

—¿Para las puñaladas? Se ha tomado un descanso indefinido. —Se endereza con un gruñido, se frota la nuca y se pone las gafas mientras Ragne se desenrosca junto a la chimenea—. Buenos días, señorita Ragne. ¿Cuándo regresaste?

—Buenos días. —Arquea la espalda mientras se estira, curvando la cola—. Regresé tarde. Me sorprendió veros durmiendo juntos.

El cuchillo resbala y casi me abre un agujero en la pantorrilla.

—Eso no...

—No hemos... —Tartamudea Emeric a la vez, sonrojándose—. Eh...

—Te lo explicaré luego, Ragne —me apresuro a decir y le devuelvo el cuchillo a Emeric. Los rubíes se quedan, me guste o no—. Muy bien. Vale. Tenemos menos de una semana. Necesitamos un plan de verdad. ¿Por dónde empezamos?

Emeric se levanta para dar vueltas por el dormitorio, pellizcándose el puente de la nariz.

—Sabemos un par de cosas. El margrave es el responsable del asesinato de Hubert y trató de culpar al *Pfennigeist*. Ha intentado muchas veces matarnos a los dos, aunque a ti solo cuando te disfrazas de Gisele, y eso que quiere seguir adelante con la boda.

—Parece que es para contentar a los Von Hirsching.

—Cierto. Mmm. Tampoco sé por qué se iba a molestar en solicitar la presencia de unos prefectos para luego matar a Hubert. ¿Qué consigue con eso? ¿Por qué le ha valido la pena llamar la atención de la orden? —Se detiene para ofrecerme una mano, sin dejar de mirar por la ventana con cara de contrariedad.

La acepto y dejo que me ponga en pie.

—Y aún no sabemos qué saca de casarse con Gisele.

Me dirige una sonrisa.

—*Sabía* que habías leído mis notas. —Creo que los dos nos damos cuenta al mismo tiempo de que aún está sosteniendo mi mano. La suelta y luego se frota la nuca—. Estarás con los Von Falbirg al menos toda la mañana, ¿no?

—No puedo escaquearme de esa —me quejo—. Pero intentaré aprovecharla. A lo mejor a Adalbrecht se le escapa algo con ellos aquí.

Los ojos de Emeric se iluminan.

—Eso es. Enseguida vuelvo.

—Dame un par de minutos —le digo mientras se dirige hacia la puerta de la terraza—. Tengo que cambiarme.

Mientras está en su dormitorio, me pongo el vestido más largo que tengo en el armario, uno de brocado rojo grosella con bordados de orondas rosas doradas. Con esto bastará para taparme las pantorrillas. Adalbrecht se ofenderá porque no lleve azul Reigenbach, pero puedo decir que se parece lo suficiente al rojo Falbirg y achacarlo al amor filial. El cuero grueso de las botas también me ayuda a tapar los rubíes, pero no pasaría una inspección de cerca.

Me recojo la parte superior del pelo en un moño práctico y estoy poniéndome un pendiente cuando se oyen unos golpecitos en la puerta de la terraza.

—¿Puedo dejarlo pasar? —pregunta Ragne, que está atándose el cinturón de la bata que le he dejado.

Asiento y Emeric entra en cuanto Ragne gira el picaporte.

—Al parecer, también me han invitado al desayuno. No en la mesa principal contigo, gracias a los dioses, solo… —Emeric pierde el hilo de lo que estaba diciendo.

—¿Qué? —Tomo el otro pendiente y me acerco—. ¿En la gran mesa del salón de banquetes?

Asiente un poco con la cabeza, como un caballo molesto por una mosca.

—Ah. Sí. En… en esa. Deberíamos llegar por separado. Bueno, esto es lo que quería enseñarte. —Saca dos cajitas de plata del chaleco, redondas y tan grandes como su palma, como dos espejos de bolsillo; las abre y me entrega una. Pues sí, hay un espejo en un lado y un grabado genérico de un rostro dormido hacia la izquierda en el otro—. Sopla en el espejo.

Cuando lo hago, el grabado abre los ojos.

—Si lo cierras así, grabará todo lo que se hable en un radio de tres metros hasta que respires de nuevo sobre él. Podremos escucharlo más tarde, desde mi espejo o desde el tuyo. Si lo cierras *así* —lo gira por el gozne y, cuando se cierra, el espejo da hacia fuera—, dejará de grabar, pero cualquier cosa que dibujes en el espejo aparecerá en el mío.

—¿Cualquier cosa? —Ragne mira por encima de mi hombro mientras giro el espejo.

—Sí, mira. —Dibuja una espiral rápida en el cristal. Noto un fogonazo veloz de calor en la funda de mi espejo y entonces el cristal se empaña. La espiral aparece, desaparece, aparece de nuevo—. Así podremos enviarnos mensajes sin que los detecten. O... —Hace un ruido de exasperación- -. Vanja.

Alzo la mirada, toda inocente.

—¿Sí?

Ragne se ríe y señala el espejo.

—Es un *culo*.

—Solo lo estaba probando —digo, con el rostro serio.

En cambio, la boca de Emeric se tuerce por la comisura, como si intentara no consentir mis elecciones artísticas.

—Ya me estoy arrepintiendo. La idea es que, si la conversación se vuelve interesante, puedas grabarla. —Calla un momento y luego añade—. Y si las cosas se complican y necesitas ayuda, puedes decírmelo. Ya veré cómo me las apaño.

La preocupación en su voz le da la vuelta a mi estómago como la reina de rosas. A lo mejor no ha sido el mejor momento para añadir una pequeña pero clara nube de pedo en el culo.

Emeric suelta un suspiro de padecimiento.

—¿Vas a usarlo para dibujar groserías o...?

Me guardo el espejo en el bolsillo antes de que pueda quitármelo.

—Solo el tiempo lo dirá, júnior.

Está haciendo un esfuerzo valeroso para ponerse serio. Luego un pesimismo real le cubre el semblante.

—Ah... Una cosa más. Toma. —Me da una moneda de peltre con el símbolo de los prefectos.

—Me gustaría recordarte *lo rápido* que me echarían de la orden.

—No es una moneda de prefecto, sino un símbolo de amnistía. —Agita la mano sobre la moneda y se alzan runas y letras resplandecientes; creo que veo un *Vanja Schmidt* entre ellas—. Le pedí a Wagner que lo vinculara a ti en concreto y para este caso. Se las damos a la gente que, eh, nos asesora. Significa que ningún prefecto puede detenerte, ni siquiera un perchero moralista como este prefecto júnior. —Su voz se suaviza—. No puedo pedir que confíes en mí mientras tenga el poder de arrestarte. Así que ya no lo tengo.

Miro el trozo de peltre en mi mano.

—¿Hasta cuándo dura?

—Nadie puede revocar el poder de la moneda hasta después de que el caso al que está asociada se cierre. —Ladea la cabeza—. Como te podrás imaginar, no las repartimos como si fueran chuches, así que me sentiría muy avergonzado y tendría muchos problemas si cometieras una ola de crímenes mientras tanto.

No tengo palabras. Seguramente porque ahora mismo estoy experimentando una cantidad asombrosa de sentimientos y el más importante es la indignación por sentirme *tan* atraída por la personificación de un libro de contabilidad.

Alguien llama a la puerta. Tomo las perlas, me las pongo alrededor del cuello y agito las manos hacia Emeric para sacarlo de allí. Me está mirando con cara de bobo, con una expresión peculiar; si no lo supiera, diría que es asombro.

La fría realidad aplasta cualquier esperanza incipiente en mis venas. Ah, claro. Nadie es inmune a las perlas. Ver lo que le hacen a Emeric es como un golpe bajo.

Muy diferente a lo que le hago sentir yo.

Me planteo echarle los contenidos del lavamanos, pero Ragne lo empuja hacia la terraza. Se encoge convertida en un ratón cuando voy a responder a la puerta.

Barthl ha vuelto. Su mirada no se aparta de la lágrima de rubí, pero no dice nada sobre ella, solo me escolta hasta el vestíbulo.

El sol casi brilla demasiado y se refleja en el mármol pálido y en el alabastro; solo las banderas azules con franjas rojas suponen un alivio de su resplandor. Adalbrecht ha añadido más estatuas de lobos dorados, cómo no, y ahora una pequeña fortuna de flores de invernadero acapara las urnas del vestíbulo: acianos para la prosperidad, dalias para las promesas cumplidas, peonías para la esperanza... lirios blancos, una elección cargada de significado. Pueden significar pureza, pero a Muerte le gustaba tener unos cuantos en casa cuando yo vivía con Fortuna y con ella. No fue hasta más tarde que descubrí que los robaba de los funerales.

El margrave desciende desde su ala justo cuando las puertas de la entrada se abren. Y aquí están: el príncipe y la dama von Falbirg.

Este último año les ha sentado bien: eso, o se han gastado mucho dinero para hacer que pareciera así. Veo terciopelo y armiño en vez de fustán y piel de conejo, mejillas sonrosadas en vez de cetrinas, comodidad en vez de hambre.

Aun así, un año no es suficiente para olvidar quiénes son. Gisele, la auténtica, se parece a su padre, con su constitución ancha de cazador y el cabello castaño claro, pero los ojos grises y duros son de su madre.

Y, cuando los veo, una frialdad antigua casi se apodera de mi corazón, la columna vertebral, los pulmones. Me estoy preparando para un reproche. Miro la plata, porque no habrá cena si he pasado por alto una mancha. Me tenso a la espera de una diatriba porque han viajado tan lejos solo para verme y hay una arruga en mi manga y ¿es que no puedo hacer *nada* bien?

Pero la dama von Falbirg se abalanza sobre mí en un asalto de terciopelo, me rodea el cuello con las manos y casi canta:

—¡*Querida!*

Ah, sí. Llevo las perlas, ahora soy la *prinzessin*. Estoy a salvo, o eso me digo. *Quieren* complacerme.

Aun así, algo en mis huesos bulle en alerta.

Entro en una especie de bruma; charlo con ellos de nimiedades inofensivas mientras nos dirigimos al salón de los banquetes. Es casi tan enorme como el salón de baile, situado justo encima de las cocinas en el extremo norte del castillo, con ventanas en toda la pared oriental para que entre la luz matutina. Estoy bastante segura de que han aprovechado las decoraciones de ramos perennes y hiedra dorada del baile.

También está a reventar. La famosa mesa para banquetes de roble es una reliquia de los días de Kunigunde, quien hacía sentar a los invitados nobles junto con sus soldados y encargó una mesa según sus deseos. A uno de sus descendientes eso le pareció degradante y añadió un estrado para la mesa principal en algún momento, pero nada nos impide oír el ruido de los invitados. También han mitigado las ambiciones de Kunigunde, porque el extremo más cercano a la tarima está lleno de nobles y el más alejado pertenece a los plebeyos.

Atravieso toda la algarabía en una niebla distante. No soy no, ni siquiera soy mi invención de la *prinzessin*. Soy una chica anodina, incensurable y hermosa, alguien a quien ni siquiera los Von Falbirg podrían encontrarle fallos.

Cuando llego a la mesa elevada, que casi se tambalea por el centro de mesa floral tan extravagante, las cosas empeoran. No porque me tenga que sentar en un extremo frente a Adalbrecht, sino porque los Von Falbirg están a mi izquierda… y los Von Hirsching a la derecha.

—Son casi familia —dice Adalbrecht—. Creo que os conocéis, ¿no?

—Les hicimos una visita encantadora hace ¿cuánto? ¿Tres años? —Irmgard me mira parpadeando a través de un ramillete de velo de novia, con el mentón apoyado en sus dedos entrelazados. Nadie diría que, hace justo dos noches, estaba regañando al *markgraf* von Reigenbach por haber fracasado a la hora de matarme según su plan.

—Cuatro —digo con frialdad—. Cuatro años en menos de una semana.

La dama von Falbirg estira el brazo para agarrarme la mano izquierda y me la aprieta con la suya, suave por los polvos que lleva.

—Os habéis convertido en dos damas *preciosas*. Estoy segura de que tu padre estará orgulloso de ti, *fräulein* Irmgard, igual que nosotros estamos orgullosos de nuestra perla.

Creo que voy a vomitar.

¿Qué me pasa? He aguantado antes a Irmgard, los Von Falbirg creen que soy la clave para su salvación y hay demasiados testigos para que Adalbrecht intente nada. Aun así, siento que, en cualquier momento, alguien me cortará el gaznate por detrás.

Meto la mano derecha en el bolsillo y encuentro el espejo. El peso, el metal frío, me estabilizan un poco. O me dan algo a lo que aferrarme hasta que me rompa los dedos. En cualquier caso, me sienta bien.

Adalbrecht se endereza de repente con una mirada calculadora.

—Franziska —ladra. La mayordoma se acerca corriendo—. Ve a buscar al chico Conrad, que acaba de entrar. Tengo que hablar con él.

Una alarma de distinto tipo atraviesa la bruma, una familiar y casi bienvenida. Anoche tuvimos cuidado de no salir al pasillo y ninguno de los otros invitados del ala del río debería haber salido al balcón por el frío… Pero si nos *han visto* de alguna forma… No, lo habrían visto con Marthe la doncella, no con la *prinzessin*…

Sin embargo, cuando Emeric llega, descubrimos que el margrave quiere clavar dos puñales a la vez.

Emeric se detiene ante la tarima y hace una reverencia rápida mientras se remueve inquieto y no me mira.

—¿Señor?

El *markgraf* Adalbrecht se levanta, rodea la mesa y se detiene junto a mi silla. Apoya la mano en mi hombro, un poco demasiado cerca del cuello.

—Quería ofrecerte mi más sincero pésame, Conrad. —Aprieta con más fuerza que la dama von Falbirg, que aún me agarra la mano—. Me he enterado del destino del prefecto Klemens. Qué terrible.

Emeric agacha la cabeza y se lleva las manos a la espalda… pero no antes de que vea que las cierra en puños.

—Se lo agradezco. Señor.

—¿Sabes quién podría haber cometido esa atrocidad? —Adalbrecht también me agarra el otro hombro y roza con el pulgar el collar de perlas. Me quedo inmóvil y mi rostro se tensa en una máscara de compasión vacía.

La mirada de Emeric se posa durante un segundo en mí y luego la aparta. Estoy bastante segura de que está reconsiderando su postura sobre las puñaladas. Debo reconocerle que solo se le nota por un músculo tenso en la mandíbula.

—No puedo decirlo —dice con rigidez—. Gracias de nuevo por su preocupación, señor. Si me disculpan.

Adalbrecht me libera cuando Emeric nos da la espalda y puedo respirar de nuevo. *Maldito sea.* Maldito sea todo.

Hay una cosa que puedo salvar de esto: mi furia. Me recuerda quién soy.

Al menos se me ha despejado un poco la cabeza. Aprieto la mano de la dama y me suelto. La conversación vuelve a su cauce cuando el conde von Hirsching le pregunta a Adalbrecht, que ya regresa a su silla, más detalles sobre el asesinato. Finjo una mirada de terror elegante y encuentro la superficie del espejo en el bolsillo y escribo:

¿Quieres
que le
envenene?

Al cabo de un momento, siento un latido cálido. Saco el espejo y lo pongo sobre mi regazo para leer la respuesta en el cristal empañado.

Sí

Y entonces:

NO LO HAGAS

Puede que Emeric me conozca demasiado bien.

Irmgard profiere un gritito escandalizado, sin duda por algún detalle espeluznante... y me doy cuenta de que Adalbrecht podría revelar algo aquí sobre lo que sabe acerca de la muerte de Klemens. Giro la tapa para que grabe y guardo el espejo de nuevo en el bolsillo.

El *prinz* von Falbirg habla con un vozarrón forzado.

—Perdonadme, pero quizá los negocios sean un tema de conversación más apropiado para el desayuno. *Markgraf* Adalbrecht, ¿tienes aquí los papeles de adrogación o...?

Adrogación. ¿Dónde he oído eso antes?

Lo interrumpe un altercado menor cuando llega el desayuno. La mesa se llena con *rohtwurst*, *pumpernickel* y *damfnudeln* humeantes. Irmgard casi se abalanza a por una sopera de *weysserwurst*. A una parte de mí eso le parece demasiado evidente.

—Están en mi estudio —dice Adalbrecht por encima del café—. Estoy a tu disposición, siempre que terminemos con el papeleo antes de la ceremonia.

Pruebo un *damfnudeln*, mordiéndome la lengua. Adalbrecht no está a la disposición de *nadie*, nunca, y se cerciora de que todo el mundo lo sepa.

—Muy bien. Gisele, querida, también te hemos traído tus papeles de ciudadana imperial. Deberás entregarlos a finales de mes.

Adalbrecht se tensa.

—Tráelos también a mi estudio. No queremos que se pierdan con todo el jolgorio —corta la *weysserwurst* con el rostro sombrío.

· —Claro que no. —El *prinz* von Falbirg se inclina hacia delante para mirarme sobre la mesa—. Casi no has tocado el desayuno. ¿Te encuentras bien?

—C-claro que sí, papá. Es que estoy muy emocionada.

Irmgard ladea la cabeza con una mueca en los labios.

—No me extraña. Sabemos lo mucho que te gustan tus *damfnudeln*.

—Bueno, pues come —dice con severidad el príncipe—. No puedes desmayarte en tu gran día.

Pero la dama tiene otras prioridades. Sus ojos relucen de orgullo ante mi plato desatendido.

—Déjala, cariño. Una joven dama debe cuidar su figura.

Santos y mártires. Recuerdo a la dama von Falbirg insistirle a Gisele para que comiera como un pajarito cuando éramos más jóvenes, pero esta es la primera vez que me lo dice a mí. ¿Por qué se molestó en comprarle las perlas si intenta impedir que no engorde?

Me obligo a tomar un bocado enorme solo para ver cómo la sonrisa de la dama flaquea.

—Mi pobre rayito de luna tiene una complexión muy delicada —dice Adalbrecht.

El *prinz* von Falbirg alza las cejas.

—¿En serio? En Sovabin tenía un estómago fuerte.

—Quizá la comida de Minkja no le siente bien —canturrea Irmgard con una mueca de compasión. A mí se me cierra la garganta.

—Qué rubí tan encantador. —La dama von Falbirg estira el brazo hacia mi cara. Me aparto por instinto y luego me esfuerzo para convertirlo en una tos. Ella me ladea la mejilla cuando acabo de toser—. ¿Dónde lo has conseguido?

—No quiere decirlo —declara Irmgard, sonriendo.

La dama me mira encantada, como un perro sabueso oliendo la sangre del cotilleo. Estas cosas siempre han sido un juego para ella, como un rosal que le cuida otra persona para que la dama meta la cara entre los pétalos e ignore las espinas.

—¿Es un secreto? ¿Quizá sea de un admirador secreto?

Adalbrecht tiene pinta de querer volcar la mesa.

—No, no —tartamudeo—. Solo un… un joyero. Quería que luciera su última creación.

Debería dar una respuesta más inteligente, una réplica aguda, *algo*. Mantuve la cabeza fría cuando Emeric me esposó, cuando un *nachtmahr* casi me arrancó la cabeza a mordiscos, incluso cuando estuve a solas en una habitación llena de huérfanos molestándome. Pero ahora no puedo. No con el príncipe y la dama.

Una parte de mí les sigue teniendo miedo. Y eso es lo que hará que me pillen.

La dama toma un sorbo delicado de su café.

—Luego tendremos tiempo para hablarlo.

—¿Luego?

—Tu padre y yo hemos pensado que sería maravilloso tomar té juntos después de comer, solo nosotros tres. —Sonríe, pero la sonrisa no le llega a los ojos—. Como una *familia*.

Vuelvo a percibir ese brillo afilado cuando examina de nuevo el rubí. Le está despertando la codicia.

No quiero quedarme a solas con ella, no quiero, no…

Trago saliva.

—Eso sería maravilloso.

—Bueno, Gisele —dice el *prinz*, inclinándose otra vez hacia delante—. ¿Qué has hecho durante este último año?

Muevo la tapa del espejo y trazo una única palabra desesperada en el frío cristal:

SOCORRO

CAPÍTULO 29

VIEJOS HÁBITOS

Tartamudeo alguna tontería sobre caridad y explorar Bóern y luego intento seguir respirando mientras el resto de la mesa pasa a otro tema de conversación. No me atrevo a mirar la respuesta hasta que están distraídos.

Lo único que dice el espejo es: *VOY*.

El nudo en mi pecho se afloja al verlo. Y luego, apenas diez minutos más tarde, el espejo palpita de nuevo. Esta vez, la letra ha cambiado.

Soy Gisele.
¿Qué necesitas?

Gisele me guía durante la hora siguiente del desayuno y luego me ofrece una excusa para retirarme (tengo que tumbarme después de una comida *tan* suntuosa). Necesito toda mi fuerza de voluntad para no echar a correr hasta el ala del río cuando las campanadas dan las once. Un minuto después de cerrar la puerta del dormitorio, oigo las rosas muertas sacudirse en el enrejado y luego alguien llama a la puerta de la terraza. Dejo las perlas en el tocador antes de hacer pasar a Emeric.

—¿Estás bien? —Es lo primero que sale de su boca cuando entra.

Empiezo a decir alguna insipidez sobre que estoy bien, solo nerviosa, hasta que me doy cuenta de que no quiero mentirle. Estoy demasiado cansada para mentir. Aún noto los dedos de Adalbrecht acercándose demasiado a mi garganta.

Así que dejo caer la cabeza hasta apoyarla en el pecho de Emeric. Él se queda inmóvil y luego posa con cuidado una mano en mi nuca. Esa calidez firme es tan tranquilizadora como el suave pulso de su pecho.

—Lo odio —susurro—. Los odio tanto a todos que no puedo pensar.

Resulta que le dio el espejo a Ragne, que acudió volando a Gisele en busca de ayuda. Quizá fueron sus padres o su culpabilidad, o tal vez sienta que me debe algo por haber hallado un lugar para los residentes del Gänslinghaus. Fuera lo que fuere, Gisele ha accedido a ocupar mi lugar, al menos durante el resto del día.

Y cuando poco después del mediodía entra en el dormitorio vestida con un uniforme robado a toda prisa, me siento… me siento feliz de verla. Ragne se asoma por un bolsillo convertida en ardilla en cuanto se cierra la puerta.

—Toma. —Gisele le devuelve a Emeric el espejo—. ¿No te esperan hasta la hora del té?

—He dicho que el desayuno era demasiado pesado, así que me he saltado la comida. ¿Necesitas ayuda para arreglarte?

Gisele frunce el ceño y examina la habitación.

—No, ahora puedo hacerlo sola, pero me vendrás bien para saber dónde están las cosas.

—Os dejo a solas. —Emeric estaba sentado a mi lado en el baúl a los pies de la cama, pero se levanta y se sacude los pantalones—. Vanja, ¿grabaste algo?

Asiento.

—No es mucho, pero Adalbrecht dijo algo sobre unos papeles que no acababa de… encajar.

—¿Papeles? —Gisele pone mala cara—. ¿Qué papeles?

Emeric toquetea algo en el espejo y reproduce la conversación del desayuno del mismo modo que un bardo toca una canción.

Su ceño se acentúa al oír la palabra *adrogación*. Sabía que la había visto en alguna parte.

—*Una joven dama debe cuidar su figura* —dice la dama, y Gisele hace una mueca.

—Basta, por favor.

Emeric cierra el espejo.

—¿Dónde he oído eso antes? ¿Adrogación?

—¡Yo también lo recuerdo! —Me pongo en pie de un salto—. Lo que significa que lo vimos juntos...

—La noche del baile...

—En el estudio...

—¡*El libro sobre derecho!* —decimos a la vez.

Gisele nos mira con los ojos entornados y luego da una palmada.

—Esa parece una pista sólida, *meister* Conrad. ¿Por qué no vas a investigarla? Vanja y yo tenemos a Ragne por si hay alguna emergencia y usaremos el espejo para comunicarte si descubrimos algo. Podemos reunirnos más tarde en la catedral.

No deja ni que Emeric asienta conforme antes de empujarle hacia la puerta del dormitorio.

—No... por la terraza. —Tiro de ellos en pleno giro.

—Ah, claro, sí. —Gisele se ríe con demasiada alegría y abre la puerta lo justo para sacar a Emeric a empujones. Espera hasta que los ruidos del enrejado se acallan para girarse hacia mí y, con una voz repleta de regocijo, dice—: Cuando Ragne me ha dicho que habíais dormido juntos, pensé que no se refería a que *habíais dormido juntos*.

—Para. —Le lanzo una combinación bordada; las campanas del castillo dan la hora—. Venga, no tenemos mucho tiempo. Las perlas primero, luego el vestido. Y anoche no pasó nada.

—¿En serio? Porque *eso* ha sido como ver a dos novios bailando alrededor de un árbol de mayo.

—Soy alérgica a bailar —digo con amargura—. Hablamos las cosas y luego nos quedamos dormidos junto al fuego. Eso fue todo.

—Estabais tumbados muy juntos —maúlla Ragne, enroscada junto a la chimenea convertida, una vez más, en gato—. ¿Cómo se llama eso?

—*Acurrucados*, creo —dice Gisele con una sonrisa.

Me voy a rebuscar en el armario, en parte para elegir un vestido y sobre todo para esconder mi rostro sonrojado.

—Da igual.

Gisele se pone la combinación por la cabeza.

—Cuando éramos jóvenes, ¿sabes eso de que pedía que me trajeran paja para el suelo todos los días? Así podías ir a los establos cuando Sebalt estaba trabajando.

Echo un vistazo al otro lado de la puerta del armario, por encima de un montón de seda esmeralda.

—*No.*

—Solo digo que, si yo fuera tú, bueno, haciéndome pasar por mí, Gisele estaría *muy* interesada en el caso del *Pfennigeist* y me aseguraría de que todas las cartas para el prefecto júnior las entregase mi doncella en mano.

—La Vanja lo hizo —dice Ragne con alegría—. Bueno, me pidió que fuera a veros anoche a la catedral.

Gisele resopla.

—Ya veo. Gracias por mejorar *mi* noche. —Luego su regocijo flaquea un poco—. Ragne te ha contado lo... nuestro, ¿no?

—Sí. —Dejo los vestidos sobre la cama—. Las perlas están en el tocador. El rubí será lo último que te pongamos.

Intento no mirar a Gisele cuando se abrocha el collar, así que me concentro en ponerme un uniforme de criada. Se oye un susurro de tela y luego Gisele pregunta:

—¿No estás enfadada por que no te lo haya contado?

—¿Qué? —Frunzo el ceño mientras me pongo un apósito y gasa sobre mi propio rubí—. Claro que no. Tus padres fueron... —Me detengo antes de decir una grosería—. *Claros*. Sobre continuar el linaje. O sea, he deducido que solo te gustan las chicas.

—Estoy… bastante segura.

—Entonces tiene todo el sentido del mundo que lo escondieras. Eso reduce tus posibilidades.

Gisele asiente con el rostro endurecido.

—Hay… opciones. He oído hablar de hechiceros que me podrían ayudar a tener un hijo. Y unas cuantas familias nobles tienen hijas que pensaron que eran chicos al nacer, así que… Pero nunca las he conocido y mamá nunca habría pagado para que viajara al otro lado del imperio solo para eso.

Ninguna dice la asquerosa verdad en voz alta: que la dama von Falbirg sí que vació los cobres con bastante presteza para pagar las perlas.

—Conociendo a tu madre, seguro que diría que lo has hecho a propósito para complicarle la vida. Como si funcionara *de esa forma*. —Aún no la estoy mirando, sino que me concentro en ponerme unas polainas de lana sobre las medias. No es una forma elegante de esconder los rubíes, pero nadie espera elegancia de una doncella. Sobre todo con este frío—. ¿Cuándo lo supiste?

Gisele encorva los hombros de tal forma que hasta lo percibo por el rabillo del ojo.

—Cuando Irmgard vino de visita. Recuerdo verla por primera vez y pensar que así se sentiría el príncipe en los cuentos de hadas, ¿sabes? Cuando ve a la princesa por primera vez. Era tan hermosa y graciosa y le caía tan bien a mamá… Y luego resultó ser una pesadilla.

No me extraña que a Gisele le guste Ragne. Es por la misma razón por la que Ragne fue la primera persona a la que he considerado mi amiga: ella es quien es con todo su corazón, sin tretas ni artimañas.

—Esta vez has elegido mejor —digo, un poco tensa—. Bueno, si le haces daño a Ragne, sabes que haré que este último año parezca como un paseo por el campo.

A Gisele se le escapa una carcajada. No de incredulidad o enojo, sino de sorpresa. Luego sonríe y, con una voz más dura de lo que le he oído nunca, dice:

—Lo mismo digo.

Unos golpes resuenan en la puerta. Me toco la mejilla y susurro: «¡El rubí!», antes de salir corriendo a responder.

Es Trudl, flanqueada por otra doncella.

—El príncipe y la dama von Falbirg quieren comunicarle a la señora que ya han terminado de comer y que en breve se trasladarán a su salón. El té está en camino.

—Por favor, incluid *pfeffernüszen* para mi madre —grita Gisele por encima de mi hombro, con una mano apretada contra el rubí para que el pegamento se seque—. ¡Gracias!

Trudl parece un poco sorprendida por el agradecimiento, pero hace una reverencia y se marcha corriendo. Cierro la puerta.

—Por cierto, todo el mundo piensa que me llamo Marthe. Es una larga historia. Venga, te llevaré al salón.

Esto resulta ser otro error. En cuanto abro la puerta delante de Gisele, los semblantes del príncipe y la dama se iluminan.

—Ay, ¡mi queridita *Rohtpfenni*! ¡Me alegro de verte tan bien! —La dama von Falbirg se lleva una mano al corazón—. ¿Por qué no te quedas a servir el té? Será como en los viejos tiempos.

—Tiene trabajo que hacer, mamá —se apresura a decir Gisele.

—Tonterías, ¿qué es más importante que la familia? No aceptaré ninguna queja. —La dama agita una mano para despachar a le criade que hay junto a la puerta.

Le muchache duda, mirando a Gisele.

Gisele no sabe cómo proceder al principio y me doy cuenta de que nunca ha sido la señora de un castillo. Ni aquí ni en el castillo Falbirg.

—No es ninguna molestia, princesa Gisele —digo con los dientes apretados. La dama sonríe de nuevo.

—Pues claro que no lo es.

Gisele traga saliva y luego le dirige un gesto con la cabeza a le criade, que se agacha antes de salir y cierra la puerta detrás de elle.

—El *té*, Vanja —ladra la dama, y ese instinto tan espantoso se apodera de mí. Es más fácil permanecer callada y hacer lo que me pidan, por mucho que me irrite.

Sirvo el té: leche y miel para el príncipe, un chorrito de leche para la dama…

La dama von Falbirg arruga la nariz.

—Demasiado, Vanja. Hazlo de nuevo.

—Ya me lo tomo yo. —Gisele le quita la taza antes de que su madre pueda negarse—. Así es como lo tomo estos días.

Lo hago bien a la segunda. Luego me retiro a una esquina de la habitación a esperar.

De repente, oigo las palabras de Emeric de anoche: *No es excusa para tratarte como lo he hecho. O como te trataron los Von Falbirg.*

Ojalá pudiera dejar de pensar en él. Ojalá no me *gustara* pensar en él.

No lo entiendo. Según la fría lógica, debería temer casi del mismo modo a Emeric que a Adalbrecht. Los dos me han amenazado, me han hecho daño; ¿qué más da si uno lo hizo por deber y el otro por ansia?

Pero la diferencia, supongo, es la amnistía que llevo en el bolsillo. Emeric podría hacerme daño de nuevo, sobre todo después de las cicatrices que dejé expuestas anoche. Y, aun así, él me enseñó las suyas, me ofreció formas de hacerle daño también para que estuviéramos en igualdad de condiciones. Hasta renunció a ciertos poderes para que me sintiera a salvo.

Si Adalbrecht conociera las heridas que escondo, las usaría para cazarme. Emeric conoce muchas y ha decidido ayudarme.

No sé qué juego nos traemos entre manos, pero no sigue las reglas de la trinidad del deseo. No se trata de servidumbre, no es una caza. Es un baile. Estamos igualados, no tengo miedo de perder. Y esa es una diferencia enorme.

—¡*Vanja!* —La voz de la dama irrumpe en mis pensamientos. Detesto ponerme firme por reflejo. Por la mirada que me dirige, no es la primera vez que me ha llamado. Alza su taza de té vacía con la boca arrugada.

—Enseguida, mi señora. —Cuando me aproximo a la mesa, me fijo en que ha movido todos los platos. Recuerdo este movimiento: la dama von Falbirg siempre rotaba de forma gradual todos los dulces para que no estuvieran al alcance de Gisele, aunque solo hubiera tomado uno. Resulta difícil deshacerse de las malas costumbres.

—Espero que no le hayas dando manga ancha, Gisele. Así solo se volverá vaga —dice con altanería mientras le relleno la taza.

Me encuentro con la mirada de Gisele y veo que aprieta la mandíbula. Hay algo en su rabia que escuece, igual que me pasa a mí: este año ha suavizado los recuerdos de estas situaciones hasta convertirlas en un dolor lejano.

Pero siempre fueron así de venenosas. Y duele regresar a ellas.

Y entonces Gisele hace algo nuevo. Deja la taza con un ruido poco delicado de porcelana y dice:

—No hables sobre Vanja de esa forma.

El príncipe y la dama la miran desconcertados. El *prinz* von Falbirg es el primero en hablar.

—Es tu criada —dice, como si así lo explicara todo.

Igual que Ragne, cuando me contó que ayudaba porque eso es lo que hace la gente. Igual que Emeric, cuando le pregunté cuánto costaría salvarme y me dijo que no le debía nada.

Demasiado tarde, me doy cuenta de que la taza de la dama se está desbordando. Se pone de pie de un salto cuando el té llega a la mesa. Unas cuantas gotas aterrizan en su falda de terciopelo.

—¡Qué *palurda* más torpe eres! —gruñe, levantando la mano.

La silla de Gisele se vuelca con un golpe. Una ola de seda esmeralda se interpone entre la dama von Falbirg y yo. Gisele le ha agarrado el brazo.

—*NO.*

Las perlas han caído al suelo. Sin ellas, Gisele es más alta que su madre.

—Ponte las perlas de nuevo. —La dama libera el brazo. Respira con rapidez, pero su voz y su aplomo permanecen fríamente serenos—. No quieres que nadie te vea así…

Gisele le habla con la misma escarcha en la voz.

—No tengo miedo de que me vean como soy. Yo te veo *a ti* como eres. Usaste a Vanja cada día que pasó bajo nuestro tejado. Compraste a los Von Hirsching con su sangre. No tienes ningún derecho a alzarle la mano. Le debes cierto respeto *por lo menos*.

El príncipe se levanta de la silla con el rostro sombrío.

—La acogimos cuando no tenía ningún lugar al que ir. Le dimos todo lo que necesitaba. ¿Verdad que sí, Vanja?

He dedicado muchas horas a pensar cómo respondería exactamente a esta pregunta. Qué insultos ingeniosos y demoledores podría repartir, qué observaciones cortantes podría tallarles. Pero, al final, de los labios solo me surge la verdad sin adornos.

—Me pagaban porque trabajaba para ustedes —digo, igualando la frialdad de Gisele—. Y me mataban a trabajar por meros peniques para que no pudiera marcharme.

La dama retuerce el rostro y ese frío se vuelve peligrosamente más fino.

—Sois unas *miserables* desagradecidas. ¿Sabéis la suerte que tenéis? El margrave es un noble de verdad, y *yo* te convertí en su prometida. Mira todo esto… —Abarca el salón con la mano—. ¿Crees que tendrías todo esto sin nosotros? ¿Sin esas perlas?

—Nos vendiste a un monstruo —replica Gisele—. No preguntaste si era amable o si era honrado, porque ya sabías que no era nada de eso y te dio igual. Solo querías su dinero.

Recoge las perlas y se dirige hacia la puerta.

—No hemos terminado —brama el *prinz* von Falbirg—. Vuelve aquí ahora mismo.

Gisele se pone las perlas de nuevo cuando llego a su lado.

—No, *sí* que hemos terminado porque lo digo yo. Es mi castillo. —Abre la puerta y la cierra casi por completo antes de regresar
con una mirada en la que reluce una alegría feroz—. Ah, por cierto: los hombres no me interesan. Aunque nunca lo preguntasteis.

Y luego cruza la puerta. La sigo con una sonrisa enorme y febril y no puedo evitar saludarles con un gesto *completamente* inapropiado cuando salgo al pasillo.

Nos dirigimos al dormitorio con ese andar rígido y frenético
de la gente que tiene prisa y pretende que no es así.

—*Schit* —digo aturdida cuando la puerta se cierra detrás de
nosotras—. Lo que acabas de hacer.

—Lo que acabo de hacer —repite con los ojos abiertos de par
en par. Luego me agarra por los brazos—. *¡Lo que acabo de hacer!*

—*¡Lo que has hecho!*

Y de repente nos estamos riendo y llorando y dando saltos. Es
como si hubiéramos roto una maldición, una más antigua y amarga que la de Eiswald.

No es solo que Gisele me haya defendido. Es que una parte de
mí necesitaba verlo, entender que *podíamos* romper al príncipe y a
la dama y que podíamos marcharnos ilesas.

—¿Qué has hecho? —pregunta Ragne, enderezándose en la
chimenea. Se ha vestido de nuevo, esta vez con una camisa remeti-
da en unos pantalones de montar. Sonrío a través de las lágrimas.

—Les ha dicho a sus padres que se vayan a la porra.

—Es que, después de todo —jadea Gisele—, no podía seguir
mintiéndome sobre lo mal que te trataron…

—No me puedo creer que tu madre siga con esas tonterías con
la comida…

Gisele se frota la cara con una mano.

—Santos y mártires, yo tampoco. Y no es solo que fueran crueles con nosotras. Antes tenías razón. Umayya y yo dirigimos el
Gänslinghaus no solo para darles un hogar a los niños, sino para

asegurarnos de que aún puedan *ser* niños. Tú nunca tuviste eso, ¿verdad? Siempre tenías que cuidar de mí.

Agacho la cabeza; las lágrimas están ganando la batalla.

—Bueno —digo con cierto desconcierto—, ahora ya se ha acabado.

—Tomad. —Ragne nos entrega dos pañuelos. En cuanto los aceptamos, rodea los hombros de Gisele con los brazos—. Las dos parecéis más felices.

Gisele apoya la cabeza en la de Ragne y entrelaza los dedos con los de ella.

—Lo soy. No planeaba explotar así, pero, conociendo a mi madre, sé que no nos molestará a partir de ahora, porque preferirá no arriesgarse a que monte una escena.

—Joder. Y yo que quería que nos cambiáramos para que pudiera gritarles un poco.

Gisele se ríe de nuevo.

—Ojalá lo hubiera hecho antes. Este... este último año he aprendido mucho. Cuando llegué a Minkja, ya se me había acabado el dinero y Umayya fue la única que quiso acogerme y permitirme trabajar para que pudiera ganarme el sustento. Estaba muy enfadada contigo, porque me dejaste indefensa. Y no dejaba de decirme que seguía enfadada porque lo tenías todo... todo *esto* y no hacías nada con ello, no ayudabas a la gente. O sea, dedicaste una única tarde a perdonar deudas y me convertiste en la chica más popular de Minkja.

—A lo mejor Eiswald debería haberme echado esa maldición antes —digo, impasible.

Gisele se sienta en la cama y examina la habitación. Sus ojos se detienen en Ragne y luego en mí.

—Pero soy una hipócrita, ¿verdad? Estaba enfadada porque me dejaste tan indefensa como tú lo estuviste en mi casa. Y a pesar de mi sermón sobre ayudar a la gente, te ofreciste a devolverme esta vida y rechacé la oferta. —Se suena la nariz—. La noche del baile, querías decirme que debería haberte protegido de Adalbrecht, ¿no?

Me siento en el otro extremo de la cama y luego asiento.

—Siento haberte quitado todo esto, pero…

—Intentabas protegerte —acaba Gisele—. Lo entiendo.

Nos quedamos en silencio un rato largo. Aún existe una distancia entre nosotras, que tardaremos tiempo en acortar. Pero ya hemos dejado atrás las espinas.

—Bueno —digo al fin—, con esto ya vais Emeric y tú, así que si mi madre aparece para disculparse con todo su corazón, haré triplete.

Gisele resuella de una forma muy poco femenina. Luego aprieta el puño y respira hondo.

—Si… si tu oferta sigue en pie… lo haré.

—¿Regresarás? —Es como si me quitaran un peso de encima.

—*Si* detenemos a Adalbrecht —se apresura a añadir—. Podemos ayudar a Emeric a derrotarlo antes de que sea demasiado tarde para las dos. Luego recuperaré mi vida y así deberías romper la maldición.

Me la quedo mirando. La princesa y la doncella leal murieron juntas en el bosque hace un año; ahora solo somos dos chicas intentando sobrevivir. Y no hay más. Así es como podremos derrotar al lobo: juntas.

Me recuesto y miro el dosel de la cama, sacudiendo la cabeza mientras me río.

—Derrocar al segundo político más poderoso del Sacro Imperio de Almandy, quien al parecer dispone de una reserva ilimitada de monstruos. Claro. ¿Por qué no? ¿Cuán difícil puede ser?

CAPÍTULO 30

ADROGACIÓN

Gracias a la pelea con los Von Falbirg, disponemos del resto de la tarde para nosotras. No estoy segura de quién ha decidido que Gisele no se encuentra bien para asistir a la celebración vespertina, si Adalbrecht o sus padres, pero el caso es que envían la cena a la habitación. Es comida sencilla e inesperada y el mensaje está claro. Adalbrecht no tolerará que Gisele monte una escena.

Sin embargo, parece que quiere asegurarse de que el mensaje cale de verdad, porque adjunta una breve misiva con la cena: un recordatorio de que Gisele deberá acompañar al resto de invitados a la cacería de mañana.

—Es una amenaza de muerte, ¿verdad? —dice Gisele, examinando el papel mientras nos dividimos la sopa de albóndigas de hígado y un plato de chucrut al estilo de Minkja—. Intentará matarme.

—Es probable —digo mientras mastico una albóndiga—. Pero también tiene que ser el mejor cazador. Acabará humillado si otra persona mata a la presa más grande en la cacería nupcial. Si te quedas con los demás invitados, estarás rodeada de testigos. Lo cierto es que Irmgard podría ser una amenaza mayor si decide ser proactiva.

—¿Vendrás conmigo?

—Cuando éramos jóvenes no podía seguirte el ritmo.

—Yo podría ser el caballo de la Vanja —se ofrece Ragne, picoteando una rebanada de pan de centeno—. Así le seguirás el ritmo seguro.

Lo reflexiono un momento.

—Eso podría funcionar. —No puedo evitar juguetear con la cuchara—. Esto, eh, le dijimos a Emeric que nos reuniríamos en la catedral, ¿no?

Gisele me mira con una sonrisita.

—Se lo *dijimos*, sí. Y estoy segura de que Umayya necesita un descanso, porque lleva todo el día encargándose ella sola de los niños, así que podríamos daros a Emeric y a ti un rato a solas...

Le lanzo una bufanda.

Sin embargo, cuando llegamos a la catedral de Fortuna, descubrimos que Umayya no está sola. A los residentes del Gänslinghaus les han concedido una pequeña ala en los dormitorios del clero y lo cierto es que parece más grande que la antigua casa. La sala común sí que lo es, con unos sofás robustos y unos sillones cuyos cojines han pasado a formar parte de un fuerte impresionante, creado a partir de cajas de juguetes vacías, unas cuantas mesas pesadas con los cantos lijados y una pared de pizarra en el otro extremo. Sospecho que esta habitación la deben usar habitualmente los niños del clero, pero los huérfanos encajan a la perfección. La mayoría se ha reunido alrededor de Umayya, que les lee en voz alta junto a un gran fuego.

Emeric está junto a la pared de pizarra con un puñado de rezagados. Tiene las manos apoyadas en la cadera; nos da la espalda, arremangado, y el pie golpea con abandono el suelo mientras estudia un diagrama complicado escrito en tiza. Unos cuantos niños escriben en la mitad inferior de la pared a ambos lados de Emeric y añaden un reborde chocante de flores, caballos y soldados a su trabajo. Una mano tira de la suya y cede su propia tiza, pero por lo demás sigue inmóvil, seguramente por el bien de la niña gharesa que está de pie sobre una silla para hacerle trenzas en el pelo. No parece que esté teniendo mucho éxito.

—Khidren, deja pensar al chico —dice una Joniza distraída desde una mesa cercana. Mira con atención un fajo de pergaminos. La niña hace un mohín.

—De todas formas, tiene el pelo demasiado corto. ¿Puedo trenzarte el tuyo?

Joniza aprieta los labios para no reírse.

—Ya tengo el pelo trenzado. Tardaron mucho tiempo en dejármelo así y pagué a una mujer muy simpática para que lo hiciera, así que creo que paso, pero gracias.

—Puedes trenzarme el mío —informa Gisele a Khidren cuando nos acercamos a la mesa junto a la pared de pizarra. Veo los dos cuadernos de notas de Emeric entre unos cuantos volúmenes sobre Derecho Imperial.

Khidren ata una cinta rosa en un lazo alrededor de la cabeza de Emeric, a conjunto con las cintas extravagantes y peludas que le adornan su propia trenza negra.

—Hecho. Ahora estás guapo.

—Gracias —responde Emeric con solemnidad y las gafas torcidas—. Ese asunto me preocupaba.

—*De nada.* —Lo pronuncia de un modo exagerado, como una niña que aún está intentando aprender a decir «por favor» y «gracias», y luego salta al suelo y se acerca a toda prisa a Gisele.

Dejo el abrigo y la bufanda sobre la mesa con los libros sobre derecho y me acerco a examinar el diagrama. Intento amortiguar lo mejor que puedo el regocijo que siento al ver el nuevo accesorio de Emeric.

—¿La pista del libro sobre derecho no ha tenido éxito?

—Forma parte de la imagen, eso sin duda, pero no sé cómo encaja —farfulla y se endereza las gafas—. El mar... perdón, el *panadero*...

—¿Quién es el panadero? —pregunta Ragne, dejando su abrigo junto al mío. Solo se ha dignado a ponerse uno en aras de disfrazarse, ya que una capa gruesa de pelaje negro le recorre ambos brazos.

—*Mäestrin* Umayya me ha permitido usar la pared de pizarra siempre y cuando recordase que tenía un público, eh, más joven —explica Emeric—, que también suele repetir lo que leen u oyen.

Examino más de cerca la pared.

—Posibles motivos del panadero para... ¿abrazar a G? *¿Abrazar*, en serio?

—La ge es por la Gisele, ¿no? —Ragne se agazapa en la silla como una gárgola extraviada—. ¿Por qué va a abrazar el panadero a la Gisele?

—No, eso es un código para, eh... —Emeric se pasa un dedo por la garganta. El lazo que le adorna el cabello *resalta* la gravedad de la situación.

A Ragne se le ilumina el semblante.

—¡Eso lo sé! La Vanja me lo contó. Significa «muerto». —Luego se encoleriza—. ¿Quién quiere abrazar a la Gisele hasta matarla?

Uno de los niños pequeños deja de dibujar y se da la vuelta con los ojos relucientes.

—¿Quién ha muerto?

—*Yyyyyy* es hora de acostarse —anuncia Umayya desde el otro extremo de la habitación.

—Yo me ocupo, Umayya. Tú descansa. Venga, vamos, recogedlo todo. —Gisele empieza a dirigir a los niños hacia el pasillo. Joniza deja el pergamino sobre la mesa.

—Esa es mi señal también. Más vale que esos monstruitos se conformen con una nana, porque hoy tengo que actuar.

Cuando la habitación queda en silencio, los compases de un villancico festivo de Winterfast nos llegan desde la calle, salpicados por el tintineo de unas campanillas. En general, las bandas de villancicos cantan en el Göttermarkt para que las parejas bailen en la plaza, pero parece que tienen que hacerlo fuera. Lo cierto es que no me importa. Los dioses menores no suelen tolerar ningún *grimlingen* en sus templos, pero no está mal tener otra garantía de que los *nachtmaren* no entrarán por las campanas.

Emeric espera a que Khidren no lo vea para quitarse la cinta, aunque se la enrolla alrededor de los nudillos mientras piensa. No esperaba que eso me complicara *tanto* la capacidad de concentración, pero resulta que estos días estoy aprendiendo muchas cosas sobre mí misma.

En cuanto los niños ya no pueden oírnos, dice:

—Me temo que tengo malas noticias. Primero, parece que los prefectos con la ordenación completa más cercanos no pueden llegar a Minkja hasta dentro de una semana.

Se me cae el alma a los pies.

—¿Eso significa que no podremos convocar al tribunal celestial?

—No exactamente —dice Emeric despacio—. No debería, pero en caso de emergencia puedo hacerlo. Irá… irá bien. Solo tenemos que presentar un caso sólido. —Aprieta la cinta en la mano con demasiada fuerza—. Pero esa es la otra noticia. Tomé prestados un par de libros de derecho de la biblioteca de la oficina para mirar la sección que el *markgraf* von Reigenbach tenía marcada. No nos proporciona una respuesta clara.

Oigo un susurro detrás de mí. Me doy la vuelta y veo que Umayya se acerca.

—Quiero ver en lo que ha estado trabajando este chico —explica, arrebujándose en su chal color índigo—. Me gustan los puzles cuando no me toca recogerlos del suelo.

—¿Acaso la princesa Gisele te puso al corriente de la situación? —pregunta Emeric, que deja la cinta en la mesa, y ella asiente—. Entonces, sí, por favor. A ver si entre las tres veis lo que estoy pasando por alto.

Tomo el volumen que ha dejado abierto y busco la SECCIÓN 13.2: FILIACIÓN Y TUTELA; SUBSECCIÓN 42: ADROGACIÓN Y SUCESIÓN INTESTADA. Esa es. Se lo paso a Emeric.

—Empieza explicando esto. A lo mejor algo nos encaja.

—Es una ley de derecho sucesorio para nobles. —Regresa a la pared de pizarra, con el libro en una mano, y agarra el trozo de tiza abandonado con la otra—. En concreto, los derechos de herencia de un heredero adoptado y los derechos del adoptante.

Ragne arruga el ceño.

—¿Derechos de herencia? ¿Por qué hacen falta derechos para heredar?

—Porque, de otro modo, la aristocracia tiende a matarse mientras se reparten la herencia. Por eso crean las leyes alrededor del concepto de las casas nobles. —Dibuja dos rectángulos; a uno le pone el nombre *Falbirg* y al otro, *Reigenbach*—. La casa Falbirg produce *prinzeps-wahlen*, lo que significa que el padre de la princesa Gisele es elegible para nombrar a otro *prinzeps-wahl* para el trono del Sacro Imperio o para que lo designen a él. Bajo ciertas condiciones, la princesa Gisele heredaría el papel de *prinzessin-wahl* de su padre en cuanto fuera mayor de edad. ¿Hasta ahora lo entiendes?

Ragne asiente.

Emeric dibuja dos coronas en la casa Falbirg y luego un círculo sencillo en la de Reigenbach.

—He aquí la trampa. En general, un noble solo puede pertenecer a *una* casa: ya sea la de sus ancestros *o* la casa con la que se une.

—¿Tienen que dejar la residencia de su familia si se casan? —pregunta Umayya, dándose unos golpecitos en el mentón. Emeric niega con la cabeza.

—No, pero entonces su cónyuge se une a su casa y no puede subir de categoría. Por ejemplo, la dama von Falbirg era lady von Konstanz antes de que se casara con el *prinz-wahl* von Falbirg. Su rango sigue siendo el mismo, pero se unió a la casa Falbirg.

Umayya frunce el ceño.

—Entonces ¿casarse con la casa Reigenbach no supondría bajar de rango para Hil... Gisele?

—Correcto. Aunque es más poderosa que la casa Falbirg en cuestiones prácticas, la casa Reigenbach cedió su designación real y se convirtió en una dinastía de margraves tras el Primer Cóncla-ve Imperial en la cuarta Sacra Era… —Emeric se detiene en plena lección y gira las muñecas con timidez—. Todo eso es historia. En resumen, sí. —Luego dibuja una flecha que va desde una corona hasta *Reigenbach* y dibuja otro círculo sencillo en el extremo—. Al casarse con la casa Reigenbach, la princesa Gisele no podrá ser elegida tampoco para el *Kronwähler*.

—Y el *markgraf* von Reigenbach tampoco puede subir de cate-goría para el *Kronwähler* al casarse con la casa Falbirg porque se-guirá siendo un margrave —dice Umayya, y Emeric asiente. Ragne mira los gráficos con los ojos entornados.

—Sovabin es muy pequeño y el margrave es un hombre codi-cioso. ¿Qué quiere de la Gisele?

Rodeo los hombros de Ragne con un brazo y le sonrío con or-gullo a Emeric.

—Míranos. Mira lo lejos que hemos llegado.

—No estoy seguro de que quiera alegrarme de nuestra mala influencia —dice con aspereza—. Pero sí, esa es la pregunta del millón. Klemens tenía la teoría de que la mayor parte de los críme-nes surgen por cinco motivos: codicia, amor, odio, venganza o mie-do. Creo que por lo menos podemos descartar el amor y el miedo.

Resoplo.

—Encargó un retrato de sí mismo de pie sobre el cadáver de su padre. Algo me dice que aquí hay algo de odio y venganza.

—Y, como ha señalado la señorita Ragne, codicia. Para ser el margrave de la marca más grande en el imperio, este comporta-miento sugiere que se siente muy inseguro y por eso necesita eliminar cualquier amenaza. La respuesta obvia es que Gisele puede darle un hijo que sea elegible para el trono imperial. Como la casa Falbirg perderá a su única heredera, se estipula que el título puede pasar al primogénito de Gisele. Pero no creo que sea eso, porque ha intentado matarla incluso antes de la boda.

Umayya se apoya en la silla de Ragne con la boca torcida.

—¿Qué es eso de la adrogación? ¿Cómo encaja aquí?

—En ese punto me topo con un muro. —Emeric señala una lista titulada POR QUÉ (borrón) EL PANADERO QUIERE (borrón) HARINA—. La adrogación es el proceso por el cual se adopta a un heredero cuando una casa noble no tiene uno. Podría ser una amenaza para Von Reigenbach si los Von Falbirg lo usan para nombrar a un pupilo adrogado como heredero en vez de esperar al primogénito de Gisele.

Parpadeo. Hay algo ahí que me suena, pero no sé el qué.

—Vale —digo despacio—. ¿Y si quiere que los Von Falbirg lo conviertan *a él* en heredero?

Emeric sacude la cabeza.

—Tendría que entregar el control de Bóern a la casa Falbirg mientras tanto. En teoría, un heredero adrogado se convierte en el copropietario de las posesiones, los títulos y las deudas de la casa, pero la idiosincrasia de la adrogación es que se aplica a ambas partes, porque muchos de los herederos adrogados son adultos con sus propias posesiones. La casa Falbirg se convertiría en la copropietaria de Bóern y tendría más autoridad por su jerarquía.

Codicia, odio, venganza. No, Adalbrecht nunca pondría en peligro su soberanía.

—¿Y si el margrave quiere que la Gisele adopte a un heredero? —pregunta Ragne. Ya no se agazapa en la silla, sino que se ha sentado con las piernas cruzadas y apoya los brazos sobre el respaldo.

—Esa parece una buena posibilidad —dice Umayya, estudiando la rama del diagrama que lo explica mientras juguetea con una trenza oscura—. Pero ¿no sería un lío enorme? El resto del imperio se daría cuenta si la matara y pusiera a su pupilo en el trono imperial.

—Un momento. Para. Un momento. —Me tiro de mis dos trenzas. Sé lo que me ha llamado la atención, pero ¿por qué?—. Pupilo. Eso lo he visto antes. *¿Dónde* lo he visto?

—Es el término que resume el concepto de heredero adrogado, cuando el heredero es menor de edad. —Emeric me mira con una mano a medio camino de ajustarse las gafas—. ¿Qué has visto?

Puedo sentirlos, los resortes encajando en su sitio, el rastrillo rotando en mi mano, el cerrojo *a punto* de girar.

—Los Von Falbirg preguntaron por los formularios de adrogación en el desayuno, porque *ellos* tienen que firmarlos para Adalbrecht porque… porque…

Encaja. La cámara acorazada se abre.

Sé por qué el margrave quiere a Gisele muerta.

CAPÍTULO 31

EL PASODOBLE

Agarro a Emeric por el brazo.

—¿Tienes el volumen sobre derecho matrimonial?

—Toma. —Saca un libro encuadernado en cuero del montón sobre la mesa.

—Debería haber una cédula matrimonial estándar para nobles, ¿no? —Me pongo a su lado mientras pasa las páginas hasta que la vemos y luego echo un vistazo a las cláusulas hasta encontrar lo que buscaba. Apoyo un dedo en la página—. *Ahí.* Por eso Adalbrecht quería que todo el mundo nos viera firmar la cédula. Gisele no cumplirá diecisiete años hasta finales de abril, así que sigue siendo menor a ojos de la ley. Y...

—«Hasta que un menor no cumpla los diecisiete años y se inscriba como ciudadano pleno del Sacro Imperio de Almandy y como representante de su casa ancestral, se le considerará un *pupilo adrogado* de su cónyuge y le corresponde un derecho pleno y recíproco de sucesión intestada» —lee Emeric y suelta el libro como si le hubiera caído un rayo—. Lo que significa que Gisele es su heredera legal, pero también...

—Él es el heredero de Gisele —termino, casi vibrando de la emoción. Agarro a Emeric por las muñecas—. ¡Porque *solo* la adrogación se aplica a ambas partes! Ahora que han firmado el contrato, si muere antes de cumplir diecisiete años...

Las manos de Emeric se cierran alrededor de las mías, con el rostro deslumbrante.

—Entonces *él* hereda el título de *prinz-wahl* de Von Falbirg sin renunciar a Bóern…

—Y puede ser elegido sacro emperador…

—¡Con el apoyo de las familias que se han aliado con los Von Hirsching! —Emeric me hace girar—. ¡Eso es, Vanja, es eso *exactamente*!

La banda de villancicos reemprende su canción y, antes de darme cuenta, estamos dando vueltas por la sala al compás de la música, contentos por el triunfo. Con demasiada facilidad, nos ponemos a bailar un pasodoble de Bóern y Emeric apoya su mano cálida y sólida en medio de mi espalda. Ragne aferra las manos de Umayya y también se ponen a bailar mientras la mujer se ríe.

—Lo hemos resuelto, lo hemos resuelto —canto (muy mal)—, el margrave me puede comer el…

—Esa no es la letra correcta —comenta Gisele desde la puerta. Umayya le entrega a Ragne para poder recuperar el aliento. Gisele rueda entre los brazos de la muchacha—. ¿Por qué estamos de celebración?

—¡Por fin lo hemos resuelto! —Emeric me hace girar con una sonrisa de oreja a oreja—. ¡Sabemos por qué Von Reigenbach intenta matarte!

—¡No sé si deberíamos bailar por eso!

—¿A *eso* lo llamáis «bailar»? —Joniza nos esquiva para recoger su pergamino y el *koli* de una balda, lejos del alcance de los niños—. Ignoradme, estoy disfrutando del sonido de la seguridad laboral. Tenéis tres minutos para explicarme ese complot de asesinato. Tengo que estar sobre el escenario del Küpperplat dentro de una hora y tardo la vida en llegar a Südbígn.

—Sí, a mí también me gustaría saber qué consigue mi prometido tras mi fallecimiento —dice Gisele con amargura por encima del hombro de Ragne cuando pasa a nuestro lado. Ragne no acaba de entender los pasos del baile, pero Gisele parece estar disfrutando.

El villancico ya se está alejando y tenemos trabajo que hacer, así que nos detenemos. Durante un breve segundo, casi parece que Emeric y yo vayamos a quedarnos así, con las manos agarradas, medio abrazándonos… Hasta que me doy cuenta de que no debería ser tan obvia cerca de un chico que empezó a resolver asesinatos a los ocho años. Me aparto.

En cuanto terminamos de explicarlo todo, Gisele se da unos golpecitos en el labio, pensativa.

—Mis padres también mencionaron los papeles de ciudadanía imperial —dice—. Para los nobles, esos papeles tienen que llegar a la oficina del secretario jefe del imperio, en la capital. Puedes enviarlos hasta cuatro meses antes de tu decimoséptimo cumpleaños, para que estén procesados en el cumpleaños en sí. Los míos los pueden enviar el veintitrés de diciembre. Aunque muera antes de cumplirlos, hay que rellenar el papeleo y Adalbrecht tendrá que pelear para saber si el título vuelve a la casa Falbirg o no. Por *eso* lo está apresurando todo, por eso quiere tener él los papeles.

—Así que ya está, ¿no? —pregunta Joniza mientras se ata el abrigo—. Sabéis que envenenó a Vanja cuando pensaba que era Gisele, lo oísteis hablar con el sapo de Von Hirsching sobre matarla, sabéis lo que consigue con ello y a todos os han atacado *nachtmaren* que seguramente esté controlando él. ¿Eso es suficiente para el tribunal celestial?

Emeric se pasa una mano por el pelo.

—No estoy seguro. Adalbrecht podría atestiguar que desconocía lo del veneno y las frases incriminatorias las dijo sobre todo Von Hirsching. El cráneo en el estudio puede bastar para relacionarlo con los ataques de los *mahr*, pero seguramente se enterará de si lo quitamos de ahí, así que deberíamos esperar a antes del juicio.

Solo tendremos una oportunidad, por lo que el caso debe ser irrefutable.

—Pues que lo sea. —Joniza se despide agitando dos dedos—. Me largo. Ya sabéis dónde estaré.

—A por ellos, tigre —le grito mientras cruza la puerta.

—¡Sobre todo si el *panadero* va a verte! —añade Gisele.

—Oídme, Adalbrecht le ha ordenado específicamente a Gisele que asistiera a la cacería nupcial de mañana —señalo—. Por escrito. Si quiere intentar matarla de nuevo…

El semblante de Emeric se ensombrece.

—*Lo hará*. Dime que la señorita Ragne te acompañará, princesa Gisele.

—Vamos las dos.

Su mirada pasa de Gisele a mí, con las cejas alzadas, pero luego la aparta.

—No creo que Von Reigenbach me invite, así que… Id con cuidado, por favor.

—Las mantendré a salvo. —La mano de Ragne se tensa en la de Gisele—. Puedo venir mañana por la mañana, antes del amanecer, para ayudarte a entrar a hurtadillas en el castillo.

—Pues entonces deberíais descansar un poco —dice Emeric, antes de ponerse a borrar el diagrama—. Aún nos faltan algunas piezas, aunque no creo que las encontremos esta noche.

Me pongo el abrigo y la bufanda, pero me doy cuenta de que Ragne no me imita.

—Si vas a volar de vuelta al castillo, me puedo llevar tu ropa.

Creo que es la primera vez que he visto a Ragne ruborizarse.

—Regresaré más tarde —dice, acercándose más a Gisele. Tardo un segundo en entenderlo y procedo a atarme la bufanda más rápido.

—Ah. Eh. Claro. Acuérdate de dormir *un poco*.

Ahora es Gisele la que se sonroja.

—*Gracias*, eres de gran ayuda, buenas noches…

—¡Esta es la casa de mi madre, por así decirlo! —digo mientras salgo por la puerta—. ¡Seguramente sabrá lo que estáis haciendo!

Emeric me sigue al exterior, pero duda.

—¿Deberían vernos regresar juntos?

Me encojo de hombros con incomodidad.

—Gracias al, eh, incidente del armario, al parecer el personal del castillo piensa que estamos... ya sabes. Así que podemos decir que Gisele me ha dado la noche libre para ir a... —Trago saliva con la boca seca de repente—. Ya sabes —farfullo.

—Entiendo. —Emeric me ofrece un codo—. En retrospectiva, es probable que el mar... el *panadero* nos esté siguiendo al menos a uno de los dos, así que tampoco es seguro ir solos. ¿Vamos?

Entrelazo el brazo con el suyo, aliviada de que la noche invernal sirva como excusa para mis mejillas sonrojadas. *Schit*, menudo desastre estoy hecha.

—¿Qué piezas crees que nos faltan todavía? —pregunto, más para distraerme que por otra cosa mientras nos dirigimos hacia el viaducto Hoenstratz.

—Ah, ehm... —Entorna los ojos, pensativo, y baja la voz—. Tengo algunas preguntas sobre los ayudantes... del panadero. Sobre el turno de noche.

Es una forma absurda de pensar en los *nachtmaren* y no puedo evitar echarme a reír; el aliento se condensa en el aire mientras pasamos sobre fango congelado.

—¿Cómo, eh, los contrató?

—Cuántos hay. No hemos visto a más de uno a la vez trabajando. Eso no es suficiente para suponer una amenaza seria para las, eh... panaderías del norte.

O sea, los territorios imperiales del norte.

—A lo mejor planea *abrazar* a la competencia.

—He ahí el quid de la cuestión. Sus efectivos... en el turno de día son significantes, pero no suficientes para conseguir esa hazaña. Así que esa es una de las preguntas.

—¿Cuál es la otra? —Resbalo un poco en un trozo de hielo escondido bajo la nieve. Emeric me acerca a él para estabilizarme y espera a que recupere el equilibro antes de seguir avanzando.

—Aún no sé lo de Hubert —dice en voz baja cuando llegamos a las escaleras del viaducto y empezamos a subirlas—. Era un prefecto veterano y con la ordenación completa, no un objetivo fácil. Ese debería haber sido yo.

—Si Adaaaeeeeeh… el *panadero* fue a por el objetivo más complicado de los dos, entonces es que quería algo que solo Klemens tenía. Así que su propósito siempre ha sido matarlo a él, no a ti. —Las palabras cuelgan en el aire como un cartel roto, aunque de poco sirven. Trago saliva y añado—: No podrías haber hecho nada para evitarlo. Deja… deja de culparte.

Cuando alzo la vista, Emeric me está mirando con esa expresión tan peculiar que reconozco de la noche del baile, justo antes de que volviera a por mí. Aparta los ojos enseguida.

—¿Qué pasa? —pregunto al llegar a la parte superior del viaducto. Empieza a nevar de nuevo, pero la carretera debería mantenerse despejada el tiempo suficiente para que pudiésemos llegar al castillo Reigenbach.

Se ajusta las gafas, sin dejar de mirar los adoquines.

—No quiero que esto te asuste, pero a veces, *a veces*, Vanja, creo que eres mejor persona de lo que piensas.

Así es como descubro que, a pesar de recibir cantidades exorbitantes de elogios como Gisele durante el último año, no estoy en absoluto preparada para que alguien me diga algo bonito y sincero sobre *mí*.

Así es como también descubro que mi respuesta nerviosa es reírme con tanta fuerza que un burro que pasa junto a nosotros me rebuzna para contestarme.

Ay, *dioses*.

Busco un territorio más conocido.

—¿Eso significa que me vas a dejar en paz por los robos de nada que quizás haya o no haya cometido?

—¿Te refieres a las joyas que equivalen a cinco años de ingresos para un trabajador cualificado? ¿Esos robos de nada? —Enseña los dientes en una sonrisa—. Lo dudo. —Se pone serio durante un momento—. Aunque... en cuanto me ordenen por completo, podré pedir acceso a cosas como el registro del censo. Si algún día quisieras localizar a tu familia biológica, podríamos... pactar una tregua.

Sé que lo estoy mirando fijamente, pero no puedo evitarlo.

Anoche ni siquiera terminé de formular el pensamiento, lo de que podría ir a cualquier parte al cumplir los diecisiete... Que podría buscarlo todo, a mi familia biológica, mi pueblo natal, mi nombre.

Pero no hizo falta que lo dijera. Emeric lo entendió.

Sé que no debería sentir esperanza, *lo sé*. Esta amnistía solo dura hasta que nos libremos del margrave y, a menos que lo calculemos bien, moriré de todos modos por la maldición.

Pero, *joder*, él me pone fácil lo de tener esperanza y resulta desgarrador.

—Solo era una idea —se apresura a añadir—. No tienes que...

—Quiero —espeto—. Me-me gustaría, la verdad.

Las puntas de las orejas se le han coloreado de rosa.

—Ah. Entonces... bien.

Llegamos a la parte inferior de la colina que conduce al castillo y emprendemos el ascenso. Un carruaje elegante pasa a nuestro lado de camino a Minkja; la noche aún es joven para los estándares de los aristócratas. Los invitados irán y vendrán hasta el amanecer.

—Si nos preguntaran por esta noche, deberíamos contar la misma historia.

—Ya. —Emeric lo considera un momento—. ¿Qué te parece esto? Me he pasado la mayor parte del día persiguiendo al

Pfennigeist, pero nos hemos reunido para cenar. —Se detiene cuando pasamos junto a la caseta de guardia y luego sigue cuando nadie nos puede oír—. Fuimos al Küpperplat para ver la actuación de *mäestrin* Joniza, *tú* tomaste un pelín demasiado de *glohwein*...

—¿Por qué yo? —pregunto, indignada.

— ... y volvimos dando un paseo alrededor del Göttermarkt y escuchamos a las bandas de villancicos. —La voz le cambia de un modo casi imperceptible, como si fuera algo más que una coartada—. Te pedí bailar y aceptaste. Cuando estuvimos listos para irnos, nos marchamos y henos aquí. ¿Qué te parece?

—Parece una buena noche —admito, aunque sin decir el resto: parece demasiado bonita para una chica como yo.

Casi hemos llegado a las grandes puertas de entrada. El guardia del castillo no las abrirá para nosotros, pero hay otra puerta más pequeña para los plebeyos y los criados. Desenredo mi brazo del de Emeric y tiro de la campana, temblando un poco.

—¿Cómo acaba? —pregunta Emeric de repente. Me doy la vuelta y le miro parpadeando.

—¿El qué?

—También es tu historia. —Ese cambio en su voz persiste, se ha intensificado; una especie de curiosidad, suave y hambrienta, crepita como un rayo en la nieve y me pone los pelos de punta. Su mirada está fija en mí, como si esta noche fuéramos las dos únicas personas en Minkja—. ¿Cómo quieres que acabe?

No sé si está preguntando lo que creo que está preguntando. Sé lo que *quiero* que pregunte. La historia. La noche. El juego entre los dos. Me digo que no sé cómo quiero que todo eso acabe, pero sí que lo sé. Sí que lo sé.

La respuesta es la misma para las tres cosas: con él.

La puerta de roble cruje con hosquedad y se abre sin ningún tipo de consideración por el infarto que estoy sufriendo.

—Vais a entrar, *ja?* —gruñe el portero, que parece un nabo marchito, y murmura algo sobre adolescentes libidinosos.

Entramos en el vestíbulo iluminado por antorchas y nos quitamos la nieve de las botas a pisotones. No se me ocurre nada que decirle a Emeric que no sea una variación del tema *bésame como si el mundo se acabara.*

—¡Marthe! —La voz de Barthl resuena por el vestíbulo. Se acerca a nosotros dando largas zancadas, con pinta de estar más agobiado que una gallina con sus polluelos—. Te estaba buscando. Tengo muestras de las telas que tu señora *debe* revisar enseguida.

Uf. Hago una rápida reverencia a Emeric.

—Buenas noches, *meister* Conrad.

Su mirada se posa en Barthl con un interrogante mudo y asiento con disimulo. Barthl me hizo entregar una carta a los Wolfhunden, pero se supone que, como submayordomo, debe estar apostado en la entrada para atender a los invitados que no dejan de pasar. Tenga o no motivos para hacerme daño, lo cierto es que le falta *tiempo.*

Emeric me devuelve la reverencia.

—Buenas noches, *fräulein* Marthe.

Barthl se aclara la garganta y casi no puedo evitar poner los ojos en blanco antes de acercarme.

—¿Sí, señor?

—Sígueme —espeta. Se da la vuelta y nos apresuramos por el pasillo.

Tras el tercer giro, me doy cuenta de que nos dirigimos hacia la bodega de vino, donde ni por asomo vamos a encontrar muestras de telas. Algo va mal.

Puede que Barthl no tenga tiempo para matarme, pero a lo mejor lo está sacando.

—Mi señora me estará esperando —digo con cierta amenaza en la voz.

Barthl se detiene en el pasillo vacío. Mira a su alrededor, contiene el aliento un momento para captar cualquier sonido y entonces se da la vuelta para encararse de nuevo conmigo. Esta vez veo unas sombras oscuras debajo de sus ojos hundidos, más oscuras de lo que jamás le he visto.

—Creo que eso lo determinarás tú —sisea—. ¿Verdad, *princesa Gisele*?

CAPÍTULO 32

EL CUCHILLO DE COBRE

Ahora es cuando debo confesar.

En el último año, he dedicado mucho tiempo a pensar excusas por si me pillaban. Si alguien me veía con uno de los vestidos elegantes de Gisele antes de que pudiera ponerme las perlas, afirmaría llorando que solo quería ponérmelo una vez como si fuera una *auténtica* dama y no pretendía causar ningún daño. Si alguien presenciaba la transformación mientras me estaba abrochando las perlas, afirmaría llorando que me habían echado una maldición de niña para tener el cabello pelirrojo porque el *prinz* von Falbirg se comportó con rudeza con el dios menor del Óxido o algo así (habrás visto que hay un patrón en común: muchas confesiones entre lágrimas).

Sin embargo, no he dedicado ni un segundo a prepararme por si alguien pensaba que *Gisele* era real, y su doncella, el disfraz.

Me quedo mirando boquiabierta a Barthl.

Y luego suelto:

—¿Quién es Gisele?

Y luego:

—Espera. Eh…

—Anoche te olvidaste de taparte el rubí, lerda. —Barthl me apunta con un dedo largo y pálido—. Cuando respondiste a la puerta. Te acordaste de ponerte ese disfraz ridículo, pero de eso no. Y no creas que no oí todas las risitas ebrias. Me da igual si andas retozando por ahí con el joven prefecto, pero mi familia ha servido a la casa Reigenbach desde *Kunigunde* y no pienso permitir que tus indiscreciones deshonren su nombre más de lo que Adalbrecht ya ha…

Se calla, pero es demasiado tarde.

—¿No te cae bien el margrave? —susurro. Barthl me mira como si le amenazara con un cuchillo en la garganta e intenta esgrimir uno propio.

—Tú tienes una aventura.

—Lo cierto es que no. O ahora mismo estaría de mejor humor. Te vi acechando fuera del estudio de Adalbrecht la noche del baile. ¿Has estado escuchando a escondidas?

—¿Qué hacías *tú* espiando por su ala? —replica Barthl.

Nos miramos durante un momento largo y tenso, los dos a punto de confesar algo peligroso, pero sin querer revelar nuestras cartas.

Y entonces veo el oro reluciendo por el rabillo del ojo. Fortuna no puede evitar interferir; mi suerte va a cambiar para mejor.

En efecto, Barthl entrecierra los ojos.

—Estás pasando mucho tiempo con el prefecto.

—Y me pregunto —digo, estirando cada sílaba con toda la intención del mundo— por qué será.

Barthl parece entenderlo. Vacila y luego imita ese tono como de borracho cargado de significado.

—Mi padre… fue el mayordomo del antiguo margrave. Él fue quien…

—El que encontró el cadáver del margrave con los pies destrozados —termino por él, con un puñado de hilos inconexos formando un hilo de unión—. ¡*Tú* avisaste a la orden! ¿Llevas todo este tiempo espiándole?

Barthl palidece.

—Por favor, princesa Gisele, debes saber que estás en peligro. Debemos detener al margrave. Deja en paz al prefecto para que haga su trabajo.

Todo encaja. Aún piensa que soy otra noble egoísta, una que trataría esta pesadilla como si fuera un juego de salón, algo de lo que reírse recostada en un sillón.

Bueno, hay una forma rápida y sencilla de quitarle esa idea de la cabeza. Busco las perlas en mi bolsillo.

—Barthl, creo que tenemos mucho que desentrañar aquí. ¿Has oído hablar del *Pfennigeist*?

Si alguien entrase en la capilla del castillo el miércoles por la mañana, lo más raro que vería sería que hay cuatro tontos en Minkja lo bastante devotos para estar rezando a esta hora intempestiva. Sin embargo, todos tenemos excusas (Gisele y yo rezamos para que la cacería vaya bien, Barthl ha venido a por su dosis diaria de piedad al final de su turno de noche y Emeric no es que sea exactamente de la orden de los prefectos agnósticos). Además, este es el único lugar en todo el castillo donde seguro que no entrará ningún *nachtmaren*.

Mantenemos la voz baja por si pasa algún clérigo y Gisele lleva las perlas colgando del cuello, listas para abrochárselas deprisa, pero podemos hablar con libertad. Igual que hicimos Barthl y yo, largo y tendido, hace unas diez horas.

—Júnior, Gisele —digo en voz baja—, quiero presentaros a mi nuevo mejor amigo. Barthl, puedes contárselo todo.

Barthl alza la mirada hacia el techo abovedado con sus santos pintados, como si pidiera fuerzas a los dioses menores. No para reafirmar sus creencias (descubrimos que tenemos bastantes cosas en común en nuestro odio mutuo por Adalbrecht), sino para soportar con dignidad que me haya referido a él como mi mejor amigo.

—He sospechado del margrave desde que regresó del campo de batalla con los ojos azules. Si alguien le preguntaba, insistía en que siempre los había tenido así y que se imaginaban cosas.

Pues claro. Ese es el auténtico precio de enfrentarte a una persona que te obliga a elegir en qué batallas debes pelear: puedes aferrarte a un puñado de victorias, pero tu oponente no tiene que superar mil batallas perdidas antes de empezar.

Barthl sigue hablando.

—Hace unos años, empezó a enviar con frecuencia mensajes al conde von Hirsching, algo que me pareció extraño, dado que cada uno ocupa una posición muy diferente. Creo que quemaba las cartas hasta este verano, cuando hacía demasiado calor para hacerlo él mismo.

—Y entonces se lo encasquetó a Barthl —digo con aire de suficiencia—. Vago de mierda.

Emeric se endereza en su banco.

—Dime que aún las tienes, por favor.

—Solo las cartas que le enviaban *al* margrave, pero la situación está clara. —Barthl mira por encima de su hombro y no puedo culparle por su paranoia. Su padre dejó el puesto y se marchó a Rósenbor solo porque vio el cadáver del antiguo margrave; Barthl sabe que, con esto, ha tirado un dado letal para traicionar a Adalbrecht—. En cuanto tenga el título de *prinz-wahl*, eliminarán a… la Sacra Emperatriz. Una alianza de los territorios meridionales apoyará su candidatura para ser emperador y garantizar su elección. A cambio, en cuanto lo coronen, disolverá los Estados Imperiales Libres y le concederá esos territorios a la nobleza del sur.

Gisele entrelaza las manos.

—Eso debería ser imposible. Los dioses menores nunca permitirían la caída de los Estados Libres.

—Espero que no, pero… —Barthl sacude la cabeza—. Lo ha garantizado de alguna forma. Muchas cartas hacían referencia a esa promesa. La mayoría son del conde von Hirsching, que parece coordinar todo esto como el representante del margrave.

—Eso coincide con lo que oímos la noche del baile —dice Emeric—. Las cartas no son prueba suficiente de que *él* llevase a cabo esos planes y cometiera un crimen, pero deberían demostrar sus intenciones y sus motivos sin lugar a dudas. ¿No vas a participar en la cacería, *meister* Barthl?

—No.

—Entonces, en cuanto la partida de caza se marche, puedo recoger las cartas. Deberían estar a salvo en la oficina. A lo mejor podemos registrar el estudio otra vez.

Las campanadas que dan la hora repican en la capilla y todos nos sobresaltamos. Gisele se ríe, un poco tensa.

—Deberíamos marcharnos antes de que llegase alguien. Muchas gracias, *meister* Barthl. Ha corrido un gran riesgo y ha ayudado mucho al imperio.

Ahora le toca a Barthl ponerse tímido. No parece preparado para que lo valoren, sobre todo no por una noble a la que llevo suplantando con rudeza durante este último año.

—M-mi marido y yo estamos pensando en empezar una familia aquí —tartamudea—. Solo quiero lo mejor para todo el mundo.

—¿Estás *casado*? —pregunto sorprendida—. Somos amigos del alma ¿y no me lo habías dicho?

Barthl se levanta del banco.

—Me voy.

—Podemos reunirnos junto al salón de banquetes después de que la partida de caza se marche —le dice Emeric mientras Gisele y yo nos deslizamos por un pasillo de la capilla. Luego me toma del brazo—. Vanja, espera. Llévate esto. —Me ofrece un cuchillo. Reconozco la empuñadura, es el que está revestido de cobre. Ese lo recuerdo: es perfecto para luchar contra los *grimlingen*—. Solo por si acaso.

A media tarde, empiezo a preguntarme si Adalbrecht habrá perdido su toque especial. El mayor problema con el que nos hemos encontrado hasta ahora es que a Gisele no le gusta su caballo.

No le pasa nada malo, claro; es una yegua con el pelaje moteado, una montura casi tan buena como el semental de Adalbrecht. Pero no es *su* caballo, el que trajo de Sovabin.

—No es lo mismo —se quejó esta mañana al salir de Minkja—. El paso de Falada es como cristal comparado con este.

Yo no usé su antiguo caballo (las pocas veces que necesité una montura fue un pequeño poni robusto adecuado para Marthe la doncella), así que seguramente el viejo caballo castrado de Gisele esté engordando a base de avena y correteando por un prado.

Aunque tampoco habría supuesto mucha diferencia. La cacería nupcial es una antigua tradición, pero un tanto discutible con tantos nobles charlatanes vagando por el bosque a las afueras de Minkja. Todos los animales salvajes deben haber salido huyendo mucho antes de que llegáramos; Gisele y yo nos hemos quedado en medio de la multitud, rodeadas por demasiadas personas para que ni siquiera una bestia como Adalbrecht se arriesgue a hacer nada. Hemos paseado con calma por la nieve soleada; los troncos blancos de los abedules empiezan a dorarse con el brillo meloso de la menguante luz invernal.

Los cazadores de verdad se han adelantado y entre ellos está el margrave. Se supone que da buena suerte traer una gran pieza para el banquete de la boda y, conociendo a Adalbrecht, querrá asegurarse de ser el primero en matar lo más grande.

La yegua de Gisele agita la cabeza, sin duda al percatarse de su frustración. Si esto fuera Sovabin ella encabezaría la partida de caza, pero está atrapada aquí, jugueteando con las perlas.

—¿Cuánto tiempo falta? —me pregunta Gisele en voz baja, para que no nos oiga nadie. No soy la única doncella aquí, pero es poco habitual que prefiera mi compañía antes que la de, pongamos, Sieglinde von Folkenstein.

—No mucho. Las carreteras empezarán a congelarse poco después del anochecer. —Aprieto las riendas. La brida es puramente ornamental; no podría evitar que Ragne echara a correr ni aunque quisiera, pero a estas alturas confiaría en que fuera por un buen motivo. Ella resopla como si coincidiera conmigo.

No digo que *espero* que acabe pronto, porque, por el frío, me duelen todos los lugares donde ha salido una gema. Incluidos los dos anillos de perlas protuberantes alrededor de las muñecas, escondidos bajo unos guantes de cuero con forro de lana de cordero. Voy vestida con un traje de montar, igual que Gisele, con polainas gruesas, pantalones de lana, una larga túnica y un abrigo pesado debajo de otro abrigo pesado, pero no basta para mantener a raya el frío.

Una corneta resuena en el bosque. Los cazadores vuelven a perseguir a una presa. Todas las veces han salido con las manos vacías. El resto de la partida trota a regañadientes, sin prisa por alcanzarles.

Luego la corneta suena de nuevo. Un temblor extraño recorre las hojas.

La luz dorada del sol se suaviza y se convierte en plata, como si atravesara una nube… Pero el cielo está despejado. Las sombras sobre la nieve se convierten en un mar azulado.

La corneta suena por tercera vez.

La partida de caza se lanza a medio galope, rociando nieve como si fuera agua. Ragne suelta un relincho sorprendido y salta hacia delante para mantener el ritmo.

—¿Qué está pasando? —grito. Gisele no responde.

Cuando miro hacia la izquierda, veo que un brillo azul plateado cubre sus ojos y los de la yegua. Todo el mundo parece estar en el mismo trance, con las miradas níveas y desenfocadas. Solo Ragne y yo lo hemos eludido. Los retazos del sol gélido centellean entre los jinetes, las crines, las colas y los dientes espectrales, como caballos fantasma a la carrera.

—Es como la *Wildejogt* —dice Ragne—, ¡pero mal!

La cacería salvaje. Los vi pasar una vez junto al castillo Falbirg en una noche fría y clara, con la Rueca a la cabeza; juraría que me miró directamente. A veces lidera la cacería, atrae a jinetes de los caminos y a soñadores de las camas; unas veces es el Lamento de los Vientos, otras el borrón sombrío del Caballero Invisible.

Ninguno de ellos nos dirige en estos momentos. Y el frío aumenta.

La corneta suena por cuarta vez, más cerca. Un aullido le responde y sacude los árboles pálidos, más cercano incluso que la corneta.

—¿Por qué a nosotras no nos afecta? —le pregunto a Ragne, pero ella niega con la cabeza, angustiada.

—Es para los caballos, la llamada es para los caballos ¡y los jinetes son prisioneros junto con ellos!

Entonces tenemos que bajar a Gisele de su yegua. Pero no puedo empujarla de la silla sin más, porque eso podría salir mal de mil formas distintas: se le podría enganchar el pie en el estribo, podría caer y acabar pisoteada...

Saco el cuchillo de cobre. *No te dejes llevar por el pánico.*

—Tenemos que apartarla del resto de los jinetes.

Me agacho sobre el cuello de Ragne y paso la pierna izquierda por encima del lomo. Esto se va a complicar.

Ragne arremete contra la yegua plateada, no tanto como para tirar a Gisele de la silla, pero sí lo suficiente para enviarla lejos de la manada. Sorteamos árboles y dirigimos a la yegua hacia un trozo de nieve despejado. Luego corto las riendas y enrollo un extremo alrededor de la barriga de Gisele; la agarro por los brazos y le libero el pie para llegar al estribo. Aún está en trance y ni siquiera se resiste.

—Ragne, detente a la de tres. Uno... dos... *tres*...

La yegua sigue trotando con los costados cubiertos de sudor. Ragne clava los cascos en la tierra. Entre ella y yo, arrastramos a Gisele fuera de la silla.

Cae en la nieve y luego se endereza, con los ojos despejados y alarmados.

—¿Qué ha sido *eso*?

Antes de que pueda responder, oímos unos cascos por el bosque. Adalbrecht aparece de la nada con una lanza en la mano y un arco atado a la espalda. Me enfrío más que la escarcha. Podría intentar matarnos a las dos aquí mientras los invitados siguen atrapados en la cacería.

Pero unos gritos de confusión resuenan en el bosque. Parece que sacar a Gisele ha roto el hechizo de la *Wildejogt*.

La rabia atraviesa el semblante de Adalbrecht antes de ocultarla con pesar.

—Flor mía, ¿qué ha pasado?

Esta vez, responde un gruñido.

Un lobo gris enorme y hambriento salta de entre los árboles y se dirige hacia Gisele.

Ella grita y se aparta de su camino. El rostro de Adalbrecht permanece impasible, calculador. Así de cerca, veo el destello azulado en los ojos del lobo, percibo el olor a podrido de su pelaje. Es un *mahr* como el de Lähl.

Una espiga negra aparece en mi visión sobre la nieve: Muerte observa desde el borde del claro; su rostro cambia, cambia, cambia. Los rasgos de Gisele no dejan de aparecer en él.

Las voces se incrementan. Unas siluetas llegan corriendo desde los árboles.

Ragne le da una coz al *nachtmahr* en el costado, pero este se aparta. Ragne grita de furia.

Eso parece molestar al semental de Adalbrecht, pues ensancha los ollares rosados.

—Encabrítate para intentar asustar a su caballo —le susurro a Ragne.

Obedece y alza las patas delanteras, gritando, mientras yo caigo de su lomo. Aún sostengo el cuchillo de cobre en la mano. Le lanzo una cuchillada al lobo-*mahr*, que me ruge, pero el cobre lo asusta y nos da más espacio a Gisele y a mí.

Por el rabillo del ojo veo que un puñado de cazadores y nobles casi nos ha alcanzado. No cabe duda de que Adalbrecht lo ha organizado así: serán testigos de cómo una bestia irracional hace pedazos a su prometida.

Pero ahora el semental también se ha encabritado. Adalbrecht suelta la lanza y agarra las riendas.

Y Gisele se tira a por ella. La lanza tiembla cuando la usa para apoyarse y ponerse en pie, con nieve cayéndole del abrigo. Incluso con la ilusión de las perlas, reconozco cómo se agudiza su mirada, el ángulo de los hombros, la comodidad de tener un arma entre las manos.

El lobo-*mahr* carga contra ella de nuevo. Esta vez, Gisele retrocede para prepararse... y le clava la lanza en la barriga.

La criatura profiere un alarido siseante y se retuerce en la nieve. Le entrego a Gisele el cuchillo de cobre y lo usa para cortarle el pescuezo.

Todo queda inmóvil. Una mancha apestosa se extiende sobre la nieve.

Adalbrecht tiene pinta de querer eliminar a Gisele aquí y ahora. Los muchos, muchísimos nobles que se han acumulado a nuestro alrededor parece que han presenciado el nacimiento de una santa.

Y, cuando busco a Muerte, ha desaparecido.

Gisele me devuelve el cuchillo y el bosque se sume en el silencio. La luz del sol vuelve a ser dorada.

—Qué lástima que no podamos servir lobo en el banquete —dice con suavidad—. ¿Alguien podría ir a buscar mi caballo?

CAPÍTULO 33

INDESEADA

Está oscureciendo cuando regresamos al castillo Reigenbach. Gisele y yo soportamos un banquete bullicioso y rápido con el resto de la partida de caza, durante el cual el relato de su victoria se canta una y otra vez. No puedo evitar fijarme en que el conde von Hirsching parece cada vez más incómodo con el número de nobles que le dan palmadas a Gisele en el hombro. Me lo guardo para más tarde. Si la fama de Gisele está en alza, eso significa que los próximos intentos de asesinato atraerán más atención de la que Adalbrecht se puede permitir.

Ragne nos espera en el dormitorio. Nada más cerrar la puerta del pasillo, alguien llama por la terraza. Dejo entrar a Emeric.

Está bastante pálido, casi agitado; sus mangas son una miríada de arrugas de tanto subírselas y bajárselas de nuevo.

—He oído que te ha atacado un lobo —dice al entrar. Apoya las manos sobre mis hombros, como si quisiera verificar que sigo de una pieza—. ¿Estás herida? ¿Ha sido el margrave?

—Fue el margrave —responde Ragne. Emeric parpadea hacia ella. Juraría que se había olvidado de su presencia.

Gisele cuelga el abrigo en una percha.

—Estamos todas bien. Pero ese cuchillo de cobre nos vino de perlas.

—El lobo era un *mahr*. Los he visto más grandes —digo—. Pero coincido contigo: los caballos son una pesadilla.

Emeric me suelta, un poco aturdido, y farfulla:

—*Muerden* cosas sin motivo alguno.

Saco la daga de cobre del cinturón y se la devuelvo con una sonrisa en los labios.

—Estabas preocupado por nosotras, ¿a que sí?

—Pues claro que lo estaba —responde, jugueteando con la manga.

—¿Has encontrado algo en el estudio? —pregunta Gisele mientras se sienta en el baúl para desatarse las botas, pero Emeric niega con la cabeza.

—Von Reigenbach dejó dos soldados apostados en la puerta. Podía encargarme de ellos, pero se darían cuenta, así que…

—Deberíamos hacerlo justo antes de invocar al tribunal celestial.

Dejo los guantes en el tocador. Emeric me sostiene la muñeca con la punta de los dedos, con la mirada fija en el sarpullido de perlas. Cada una es tan ancha como un penique blanco.

—Está empeorando, ¿verdad?

Agacho la cabeza.

—La luna llena es el domingo por la noche, después de la boda. Si no hemos derrotado a Adalbrecht para entonces, tendré problemas más gordos.

Nadie parece saber qué decir.

Sé lo que piensa Gisele: podría recuperar su lugar ahora, pero eso solo sería para ayudarme y podría empeorar la maldición. Sé lo que piensa Ragne: la maldición de su madre está matando a su primera amiga.

Nunca sé lo que piensa Emeric: solo sé que tensa los dedos durante un segundo antes de soltarme la muñeca.

Gisele intenta ahogar un bostezo y fracasa. Emeric se sobresalta.

—Debería irme —farfulla—. Tenéis que descansar. Buenas noches.

Antes de que pueda decirle que puede quedarse, ya ha atravesado la puerta.

—Lo siento, Vanja —suspira Gisele.

—¿Por qué?

Ragne y Gisele intercambian una mirada.

—Creo —dice Ragne con delicadeza— que el Emeric quería estar a solas contigo.

Me río con demasiadas ganas.

—No, qué va, solo quería comprobar que estuviéramos bien después de la cacería.

Gisele alza las cejas.

—Ya. —Y luego bosteza de nuevo. Aprovecho la interrupción para cambiar de tema.

—Puedes dormir aquí, si quieres. Hay un largo trecho hasta la catedral y, si no llevas las perlas, a lo mejor Adalbrecht te confunde con una criada e intenta algo desesperado.

—No quiero molestar —dice Gisele, pero sé que está agotada. También sospecho que hace tiempo que no duerme sobre nada que no sea un jergón de paja.

—Ragne y tú podéis dormir en la cama, yo dormiré junto a la chimenea.

Con eso las convenzo. Repartimos mantas y apagamos las velas; la oscuridad no tarda en llenarse con los ronquidos suaves que recuerdo del castillo Falbirg. Observo las ascuas rojas de la chimenea y aguardo a que el sueño me reclame, pero, por algún motivo, no llega.

No sé si es el frío que aún perdura en las joyas o lo familiar de la situación, con Gisele en el colchón de plumas y yo junto a la chimenea. Quizá sea un dolor que no puedo articular, uno que se me enreda en la barriga cada vez que Gisele o Ragne bromean sobre Emeric.

No sé cómo explicarles que eso solo me recuerda lo que no soy, lo que nunca seré. Que solo porque los dos estemos jugando sin tener en cuenta las reglas de la trinidad del deseo... no significa que quiera a una chica como yo.

A las chicas como yo, las que no tienen un rostro encantador ni un carácter dulce, no se las corteja. Solo se las usa para pasar el tiempo.

Quiero que me persiga, porque eso significa que soy algo más. Significa que, por una vez en mi vida, alguien me ve.

De repente, me doy cuenta de lo que me mantiene despierta. Es algo que une todas estas cosas: el miedo.

Ha pasado más de un año desde que robé las perlas, desde que me introduje en esta gran mentira, desde que decidí vivir por mi cuenta. Han pasado casi cuatro años desde que pagué el precio de la lealtad. Trece desde que observé el farol de mi madre desaparecer en la noche.

Y, si me vieras ahora, durmiendo junto a la chimenea, dándolo todo por Gisele, permitiendo que gente nueva entrase en mi corazón, atreviéndome a albergar hasta un rescoldo de esperanza... Bueno.

Solo un tonto me miraría y pensaría que he aprendido algo, *lo que sea*.

La mayor parte del jueves pasa en un borrón. Gisele y yo nos repartimos las obligaciones: ella va a las comidas rígidas e incómodas con sus padres y Adalbrecht, yo me encargo de las fiestas de té con gente de la zona que llevan adulándome todo el año. Ella acude a las últimas reuniones con los decoradores, yo voy a probarme por última vez el vestido.

Seguramente tendríamos que haber intercambiado estas dos; tengo que ir con cuidado de ocultar los brotes de las manos y las pantorrillas. Lo peor es verme en el azul Reigenbach brillante, las franjas de brocado y armiño dignas de una reina. E incluso peor es el peso de la corona nupcial de la familia Reigenbach, una pieza enorme de oro, diamantes y zafiros que me provoca dolor de cabeza tras llevarla cinco minutos. Solo espero que ni Gisele ni yo tengamos que ponérnosla de nuevo.

Al menos su popularidad sigue aumentando. La nobleza local ya la adulaba como representante del margrave; ahora la aristocracia de todo el imperio le suplica que le cuente, una vez más, cómo mató al lobo. La única que está más molesta que Adalbrecht es Irmgard von Hirsching.

Un mensaje a través del espejo nos convoca en la catedral de Fortuna esta noche, más temprano de lo que habíamos planeado. Joniza, Barthl y Emeric nos esperan en la biblioteca de la residencia del clero, una pequeña habitación cerrada que contiene sobre todo sillones raídos y estanterías a rebosar alrededor de una chimenea. Han arrastrado una mesa cuadrada desde una esquina y sobre su superficie hay carboncillos y papeles sacados de un zurrón de cuero. Emeric está junto a la mesa, escribiendo con furia en una gran hoja y concentrado en extremo. Las líneas rígidas de sus hombros revelan que algo malo ha ocurrido.

—¿Qué pasa? —Entro en la habitación y dejo mi propio zurrón y mi abrigo en un sillón del que sale una nube de polvo y cera. Emeric me mira con el rostro tenso.

—Tenías razón sobre Hubert. El margrave quería algo que solo él tenía. Cuando en la oficina se dispusieron a preparar el cuerpo para los últimos ritos, el sacerdote encontró... —Se le traba la voz—. Le habían cortado el tatuaje de la espalda.

El estómago me da un vuelco.

—¿El de la segunda iniciación?

Emeric asiente.

—La marca que vincula a Hubert con el poder de los dioses menores. Pero no la otra, la que lo vincula a sus normas.

—¿Qué va a hacer Adalbrecht con eso? —Gisele parece mareada.

—Sospecho que mucho —dice Emeric, nervioso—. Y nada bueno.

—Así conseguirá entregar a los Estados Libres —dice Joniza, acurrucada debajo de una manta en un sillón junto a la chimenea—. Seguro que hará algo para mantener a los dioses menores fuera del mapa. A lo mejor, como la marca lo vincula a su poder, puede vincularlos a *ellos* también.

Ragne se encarama en otro sillón y esta vez se sienta en el respaldo rígido. Estoy bastante segura de que sabe cómo funcionan las sillas a estas alturas y elige ignorar ese dato.

—Si se ha vinculado con algo, entonces debe de llevar algún tipo de marca en el cuerpo. Sobre todo si quiere usar los poderes de los dioses menores.

Rodeo la mesa para ver lo que está escribiendo Emeric. Son distintos ángulos del caso, una serie de listas y las pruebas que tenemos.

—Entonces ¿vas a invocar al tribunal?

Asiente con los labios apretados.

—Con la marca vinculante de Hubert de por medio, está claro que lo que planea hacer no será nada sutil. Eso significa que lo hará después de la boda, para que al menos no le disputen su derecho al sacro trono imperial. Si invocamos al tribunal antes del domingo, lo venceremos.

Ya está. Así vamos a derrotar al lobo.

Pero veo que a Emeric le tiemblan las manos.

Coloco una sobre el papel.

—Háblame del proceso.

Emeric respira hondo y se endereza, examinando los papeles.

—Podemos demostrar que se ha vinculado con los *nachtmaren* con el cráneo de su estudio y, como ha dicho Ragne, con cualquier marca que lleve encima. Quizá *podamos* comprobar el historial de hechizos del cráneo, pero, de no ser así, Ragne, yo mismo, Gisele y Vanja aún podemos testificar sobre los ataques de los *mahr*.

Aunque no podamos demostrar que él los ordenó, hay una pauta clara porque hemos sido sus objetivos cuando a él le convenía. Y el hecho de que tenga el tatuaje de Klemens lo implicará en su asesinato. Estableceremos el motivo con las cartas de Von Hirsching y la laguna legal sobre la adrogación del matrimonio. Las cartas, con el contexto de todo lo demás, nos dan una admisión de culpabilidad implícita.

—¿Eso será suficiente? —Gisele busca la mano de Ragne.

Emeric guarda silencio durante un momento. Algo le pesa, algo que no me acaba de gustar.

—Debería. Pero debemos cuadrarlo bien. Habrá testigos del juicio y, si no consigo convencer a los dioses menores, necesitaréis a gente con poder político para llevar a Adalbrecht ante la justicia.

No he pasado por alto el cambio de sujetos.

—¿A qué te refieres con lo de «necesitaréis»? —Él no responde y un frío se apodera de mí—. *Emeric. ¿Qué pasa si no lo consigues?*

Observa la mesa con el rostro rígido.

—Haga lo que haga… invocar al tribunal celestial me matará.

—No —digo de inmediato—, *no…*

—Si gano el caso, los dioses menores me resucitarán —añade—. Si pierdo… no tienen paciencia para que los prefectos júnior les hagan perder el tiempo.

—Encontraremos otra forma.

—No la hay.

—¡He dicho que la encontraremos!

—Y *yo* he dicho que le llevaré ante la justicia sin importar lo que cueste —dice, alzando la voz—. No voy a dejarte… No voy a dejar que se escape. Tiene que responder por lo que ha hecho.

La protesta se marchita en mi lengua. Pues claro. Quiere venganza para Klemens. La quiere tanto que está dispuesto a morir por ella.

La quiere más que…

A mí.

La esperanza es algo vano y estúpido.

Y yo soy algo vano y estúpido por haber esperado más.

Pues claro que Klemens es más importante; yo soy una chica que apenas conoce incluso si… incluso si me permití pensar que podría haber un *continuará* para nosotros. Han pasado años y sigo siendo la misma tonta que llora en un trapo porque el chico que le gusta ha elegido otra cosa. Algo que le importa más.

—¿Por qué funciona así? —pregunta Joniza—. No tiene sentido que dediquen tanto tiempo a formarte para luego matarte cuando lo pones todo a prueba.

—Si ya hubiera completado la ordenación, no sería un problema —explica Emeric—. Es lo mismo que con la ceniza de bruja. Los prefectos júnior pueden tener herramientas, pero el riesgo nos impide abusar de ellas. El segundo tatuaje es lo que permite a un prefecto sobrevivir tras haber canalizado los poderes de los dioses.

No voy a rendirme.

—¿Cómo funciona la invocación? ¿Podemos, no sé, disiparla de alguna forma?

—No, hace falta un encantamiento específico para la moneda de prefecto y… —Se detiene y traga saliva—. Es lo único que voy a decir.

No sé qué me duele más, que piense que voy a sabotear la invocación o que me haya pillado tratando de hacerlo.

Al fin y al cabo, sabe lo que soy: egoísta. Llevo una marca de ello en la cara. Dejaría que Minkja ardiera si al menos con eso consiguiera que nosotros nos salvásemos.

—Nuestras vidas han estado en juego en un momento u otro —añade Emeric, procurando suavizar el golpe—. Y si el margrave gana, ninguno de nosotros va a salir con vida de…

—Ah, yo sí —dice Joniza sin más—. ¿Estás de coña? No pienso morir en este foso de lodo.

—Nadie va a morir. —Me apoyo en la mesa, intentando pensar. La mano aterriza en el zurrón de Emeric y, por accidente, lo tiro al suelo con un montón de carboncillos. Le hago un gesto para que no se moleste y me agacho para recogerlo—. Yo me encargo.

—¿Qué pasa con la gala del sábado por la noche? —Barthl habla por primera vez. Está en una esquina, nervioso como siempre, aunque no lo culpo—. Adalbrecht estará lejos de su estudio, así que podremos sacar el cráneo. Habrá representantes de toda la corte imperial, con sus destacamentos de seguridad, y muchos otros nobles que no forman parte de la alianza de los Von Hirsching. Y, en el peor de los casos, dispondrás de un público que podrá exigirle cuentas a Adalbrecht por si los dioses menores no lo hacen.

Meto el último carboncillo en el zurrón… y me quedo inmóvil cuando veo un libro familiar envuelto en tela.

El libro de cuentas de Yannec sigue aquí.

No, me digo a mí misma. No es el momento. Devuelvo el zurrón a la mesa.

—También me han contratado para tocar en la gala —dice Joniza—. Podéis volveros a coordinar con mis canciones.

—Perfecto. Barthl y yo podemos encargarnos de los guardias del estudio y sacar el cráneo para llevarlo a la gala. Yo invocaré al tribunal. —Emeric mira el techo, pensativo—. Si gano el caso… Gisele, la adrogación te favorece. Puede que te disputen el título, pero da igual el castigo al que sometan a Reigenbach, tú lo heredarás todo. Eso significa que deberías ponerte las perlas para la fiesta y llevar a Ragne para que te protegiera.

—Me parece correcto. —Gisele le sonríe a Ragne.

—Espera —digo—. Déjame ir a por el cráneo. No es que ningún guardia en la puerta me haya detenido antes y, si tenéis que noquearlos, los podrían descubrir. Además, necesitas a alguien para forzar la cerradura…

Barthl se aclara la garganta.

—Tengo llaves.

—Mientras consigamos salir y llegar a la gala, da igual si descubren a los guardias —dice Emeric—. Es más seguro así.

—Entonces, ¿qué quieres que haga yo?

Hay un silencio rígido e incómodo y de pronto lo entiendo. Gisele tiene las perlas, Barthl las llaves, Joniza el escenario, Ragne sus garras y Emeric su moneda. No necesitan a una ladrona y a una mentirosa.

No me necesitan.

No sé por qué, pero eso me asusta más que Adalbrecht von Reigenbach.

—Irmgard —se apresura a decir Gisele—. Alguien tiene que vigilar a Irmgard. Podrías venir a la gala como mi doncella y Ragne podría esconderse en ti. Así, si Irmgard intenta algo, podréis detenerla.

Gisele siempre repartiendo peniques de caridad. Todos vemos lo débil que es su excusa. Asiento, apretando la lengua contra el paladar hasta que duele.

—Claro —y no digo nada más.

—Creo que es lo mejor para todos.

Gisele no puede saber por qué esas palabras son un golpe tan duro para mí. No ve el farol en la encrucijada; no oye a mi madre dejándome con Muerte y Fortuna con esa misma excusa.

Solo les oigo a medias mientras hablan sobre señales, tiempos, localizaciones. Y da igual, porque nada depende de mí. *Nadie* depende de mí.

Esto no debería ser personal, pero lo es.

Es el miedo que anoche me carcomía las entrañas hasta romperse los dientes en algo duro. No solo no he aprendido *nada* en los últimos trece años: encima he cometido un error nuevo y terrible.

Al final, Gisele se quedará seguramente con el castillo Reigenbach, tendrá a Ragne, tendrá riquezas y poder y un final de cuento de hadas. Yo tendré suerte si consigo meterme oro en los bolsillos. A lo mejor no tengo ni al chico que tan tontamente me gusta.

Pero ese no es el error nuevo.

De alguna forma, he permitido que toda esta gente, incluso Barthl, me importe. Les he buscado refugio y les he llevado a escondidas por el castillo y he peleado contra monstruos con ellos, y de alguna forma, sin saber *cómo*, me he permitido ser... leal.

Y ahora no me necesitan. No más de lo que confían en mí.

Menudo error tan tonto y terrible pensar que la lealtad me serviría de la misma manera.

Codicia, odio, amor, venganza, miedo. De una forma o de otra, todos esos son mis motivos.

Ayudaré a detener a Adalbrecht. Salvaré a Gisele para romper la maldición. Y luego recogeré mi dinero y huiré y, cuando haya salido del Sacro Imperio, recordaré esta lección: solo hay una persona que me necesita, y esa soy yo.

Puede que ellos no necesiten a una ladrona y a una mentirosa, pero yo sí. Yo sí, si quiero sobrevivir.

Cuando esa noche me marcho de la catedral de Fortuna, me llevo el libro de cuentas de Yannec enterrado en el zurrón.

CAPÍTULO 34

NADA ROBADO

El viernes por la mañana amanece frío y frágil, con el cielo plateado brillante y plano como un penique blanco. Lo observo en las calles adoquinadas del Obarmarkt. Cualquiera que me vea con el zurrón y la insignia de la casa Reigenbach pensará que estoy haciendo un recado para la boda: los guardias de la puerta se creyeron esa mentira con bastante facilidad.

Nadie tiene por qué saber que en la bolsa llevo una pequeña fortuna en joyas de los Eisendorf.

Fue demasiado fácil averiguar a quién le vendía Yannec. Justo como esperaba, apuntaba las cosas en carbón y sus anotaciones sobrevivieron al viaje por el Yssar. Lo único que tuve que hacer fue hojear las entregas posteriores a mis robos. Un cliente aparecía cada vez: un orfebre llamado Frisch con una dirección en el Salzplatt.

Ni siquiera tengo que preocuparme por pensar en una excusa para que la *prinzessin* pase la mañana en su dormitorio, porque la auténtica Gisele se ha quedado a dormir de nuevo y yo he vuelto a dormir junto a la chimenea y ella está desayunando en el salón de banquetes ahora mismo y, si lo pienso todo demasiado, me olvidaré de respirar. Hasta Ragne está con ella, por seguridad.

Joniza dijo que nada de lo que robase me pertenecía de verdad. Es… desgarrador ver cuánto de mi vida me arrebataron, incluso el tiempo que pasé con ella. Y cuán rápido desaparece todo.

Un viento frío sopla por la calle y los brotes de joyas me duelen. Por la noche han surgido más rubíes, esta vez como semillas en los tobillos y en la parte interior de las muñecas. Y a diferencia del resto de brotes, estos no dejan de crecer. Cada hora noto cómo sale uno siguiendo la línea de las arterias, acercándose al corazón como la sangre envenenada de unas heridas infectadas.

Y, lo que es peor, ahora puedo sentir los bultos de las joyas hinchándose en la barriga, duros como piedras que ruedan bajo mis dedos. No sé cuán grandes se pueden hacer antes de que supongan un problema, pero una cosa tengo clara:

Hoy, mañana, el domingo. Ese es el tiempo que me queda.

Un cartel refulge como oro delante de mí, balanceándose en los ganchos con el viento. Tres anillos y el nombre *Frisch*, todo en dorado. Acelero el paso, aunque sea para escapar del frío, y escondo la insignia Reigenbach en el bolsillo.

Una campana suena sobre la puerta cuando entro. Hay un hombrecillo anodino en el mostrador; está puliendo con cuidado un collar espectacular de plata y un zafiro reluce en un lecho de terciopelo negro. Estoy bastante segura de que robé esa piedra, tan grande como la uña del pulgar, del tocador de Irmgard von Hirsching.

—¿*Meister* Frisch?

El hombre asiente, aún absorto en el collar.

—¿En qué puedo ayudarla, *fräulein?*

—Creo que usted hacía negocios con un colega mío —digo, cerrando la puerta a mi espalda—. Yannec Kraus.

Frisch deja el cepillo y se endereza para examinarme. Noto algo extraño en su voz cuando dice:

—Es posible.

—Ese negocio ya casi ha acabado. —Apoyo la bolsa en el mostrador—. Pero esperaba que pudiéramos hacer un último trato.

Para algo que tardé tanto en hacer, el intercambio es rápido y directo. Frisch parece tan ansioso de guardar las joyas de los Eisendorf como yo de despedirme de ellas. Me marcho con doscientos *gilden*, más de lo que esperaba y mucho más de lo que Yannec estimó. Sabía que se llevaba una parte, pero accedimos a que fuera una décima parte del dinero, no una quinta. Tampoco es que lo pillara nunca con las manos en la masa, así que vaya saber cuánto tiempo pasó sin respetar nuestro trato.

Repaso el plan de camino al castillo. Hoy haré las maletas, mientras Gisele está fuera. No me llevaré mucho, solo un vestido digno de una princesa y otro digno de una doncella. Y, cómo no, mis *gilden*.

En cuanto quede claro que ella ha ocupado su lugar y mi maldición se ha roto, me marcharé, con suerte no más tarde del domingo. Fingiré ser una criada por última vez y contrataré un carruaje, afirmando que mi señora, una invitada a la boda, se ha emborrachado y ha regalado su carruaje a la novia. A la mañana siguiente, usaré el vestido robado, el maquillaje robado, los modales robados, y me convertiré en una *prinzessin* por última vez. Y llevaré ese carruaje… a cualquier parte.

Bueno, no a cualquier parte. Las guerras fronterizas de Adalbrecht han arrasado con el sur y el este, y hasta han dañado el bosque de Eiswald. Pero puedo ir al oeste o al norte y todo lo lejos que quiera.

Sé que Emeric dijo que me seguiría, pero eso fue antes de que me dejara claro que la venganza por Klemens le importaba más. Sin embargo, eso es culpa mía por haberle creído. No cometeré ese error de nuevo.

Un *crac* atronador casi me saca el corazón por la boca cuando entro en el Salzplatt. La estatua de bronce de Kunigunde ha bajado la lanza sobre el pedestal de mármol. Contengo la respiración, convencida de que me señalará por haber hecho trampas… pero entonces se queda inmóvil de nuevo con el ceño fruncido.

Un destello azul al otro lado de la plaza llama mi atención. El carruaje de Adalbrecht está aparcado delante del ayuntamiento y una pequeña multitud se ha reunido a su alrededor. El margrave sale de las puertas dobles, sonriendo y saludando triunfal en una mueca que enseña los dientes. Los Von Falbirg habrán encontrado tiempo para firmar los papeles de la adrogación.

Y con eso ya ha completado el robo del papeleo.

No espero a que me vea ni a que Kunigunde me señale. Salgo a toda prisa del Salzplatt y espero no volver a ver a ninguno de los dos de vuelta al castillo.

La ropa es bastante fácil de empacar y esconder en el armario. Tardo más en contar los *gilden* y luego en volver a contarlos para asegurarme de tener mil. Las dos veces cuento un poco de más.

Empiezo a contar por tercera vez, no porque piense que me he equivocado, sino porque al ver los montones de monedas delante de mí… parece real. Lo he logrado. Esto es libertad.

He llegado a los trescientos cuando noto un pulso de calor en el muslo. Al principio pienso que es otra joya, pero luego recuerdo que aún llevo el espejo-grabadora. Lo saco. La letra de Emeric aparece sobre la superficie empañada.

*Tenemos
que hablar.*

Debe de haber algún cambio de planes. Le respondo: *¿Dónde?*

Cuando entré en la catedral de Fortuna un cuarto de hora más tarde, pensé que vería a todo el mundo reunido y nervioso por algún cambio terrible que pudiera reducir nuestras posibilidades. Ni siquiera me he trenzado el cabello; escondí el oro, tomé un abrigo y una bufanda y me marché con el pelo suelto como una loca en un desfile.

Pero Gisele, Ragne, Barthl y Joniza brillan por su ausencia. Emeric me espera en el vestíbulo, solo. El santuario parece casi vacío, excepto por la acólita a la que Fortuna había poseído la primera vez que vine aquí; me mira de reojo mientras barre el pasillo entre los bancos. No hay forma de saber a ciencia cierta cuándo ocurrirá uno de los servicios de Fortuna, porque sus sacerdotisas tiran huesos cada seis horas para ver si celebrarán la ceremonia (Fortuna me contó una vez que solo lo hacía para mantenerlas en vilo).

Emeric ladea la cabeza hacia una pequeña capilla en uno de los laterales. Lo sigo con el abrigo bajo el brazo. La habitación es un poco más pequeña que la biblioteca del clero, con solo unos ventanucos en la parte superior, pero está repleta de filas de velas votivas encendidas sobre estantes de madera de nogal oscura. El olor a mecha quemada y a cera derritiéndose llena el ambiente. Hay un altar bajo en el extremo más alejado, vacío excepto por el arco de hojas doradas y huesos de animales.

Este es el altar de las apuestas, donde la gente enciende una vela y jura hacer algo en nombre de Fortuna. Se supone que ella debe favorecerles si tienen éxito y desatenderles si fracasan.

Quizás Emeric quiera encender una vela para el juicio.

Deposito el abrigo en un banco de piedra sencillo. Las puertas de la capilla se cierran detrás de mí y me doy la vuelta enseguida, nerviosa de repente.

—¿Qué pasa?

Emeric me da la espalda con las manos sobre la puerta.

—Podría preguntarte lo mismo. —Suspira y se gira hacia mí. Incluso en la luz parpadeante, puedo ver las sombras bajo sus ojos—. ¿Qué estás haciendo, Vanja?

Entrecierro los ojos.

—¿A qué te refieres?

Se quita las gafas y se pasa una mano por la frente.

—Un día después de que me tirases al Yssar, visité a *meister* Frisch. Le dije que los prefectos tenían motivos para creer que estaba comprando las joyas robadas por el *Pfennigeist*, por el libro de cuentas de Yannec Kraus, y que pediría un indulto para él si accedía a enviar a un mensajero a la oficina *inmediatamente* cuando alguien intentase venderle las joyas de los Eisendorf. —Arruga la nariz—. Y luego me olvidé de eso por completo. Al menos, hasta esta mañana, cuando llegó un mensajero y descubrí que me habías robado el libro.

Schit.

—No es asunto tuyo —digo. O, al menos… no debería serlo. Tampoco es que vaya a mantener su promesa de olvidarse del caso del *Pfennigeist* hasta después de ocuparnos de Adalbrecht.

—¿Es por el plan de mañana? —pregunta con cansancio y se pone las gafas de nuevo—. Porque sé que no es perfecto, pero es lo mejor para…

Lo mejor para todo el mundo. Eso está muy cerca de dar en el clavo. Así que, cómo no, miento.

—*No.* No es por el plan, solo era un cabo suelto. —Luego me doy cuenta de por qué le importa—. Eres el único que sabe que vendí joyas robadas. No te meterás en problemas aunque lo haya hecho con una insignia de amnistía a menos que te delates a ti…

—¿Qué? No, yo no… —Emeric agita una mano rígida—. Eso me da igual. ¿A qué te refieres con lo del cabo suelto?

Aparto la mirada.

—Está claro que todo irá bien sin mí, así que… Tengo que ocuparme de unos asuntos.

El *antes de que me vaya* está implícito.

El aire crepita y se astilla de un modo extraño entre nosotros, como estática sobre un barril de pólvora. Quiero luchar, gritar, correr. Quiero tener esperanza por algo otra vez. Y, sobre todo, quiero que me pida que me quede.

Pero él sacude la cabeza, incrédulo.

—Asuntos. No me lo puedo creer.

—He dicho que no te metieras.

—¡Pero *te está matando!* —explota—. ¡Tu egoísmo solo alimenta la maldición! No puedo creer que después de... después de todo, ¡solo te sigas preocupando por ti misma!

—*¡PORQUE SOY LA ÚNICA QUE LO HACE!*

Mi voz resuena en la capilla como una campanada. Emeric me mira, totalmente anonadado.

—No tienes *ningún derecho* —espeto— a decirme *nada* sobre lo que debería preocuparme. Después de esto, no me quedará nada, solo lo que yo consiga. Soy una plebeya y una huérfana y una sirvienta y *solo* he sobrevivido gracias a mi egoísmo, porque *¿quién* se va a preocupar por una chica como yo?

—Vanja... —dice, pero no he acabado. Él ha acertado en una arteria y ahora sangro palabras.

—Cuando todo esto acabe, ¿con quién voy a regresar? ¿Con la madre que me abandonó como si hubiera muerto? ¿Con las madrinas que solo me quieren como su criada? Gisele tendrá a Ragne y tendrá el castillo que sus padres le compraron cuando *me vendieron.* Y *si* tú sobrevives, puedes regresar con tu familia, con tus prefectos. —Me limpio los ojos con un puño, avergonzada por el temblor de mi voz—. Y eso solo es un «y si», porque prefieres suicidarte para vengarte por Klemens antes que... antes que...

—Es por ti —dice de repente Emeric.

Eso me detiene en seco.

Ha empalidecido y una corriente de tensión recorre todas las líneas de su ser, como si se enfrentara a otro tipo de ejecución.

—Es... es por ti. Podría esperar a que llegaran los otros prefectos si solo quisiera justicia para Hubert. Pero sería demasiado tarde. No puedes romper la maldición mientras Von Reigenbach sea una amenaza.

Sacudo la cabeza, desconcertada por completo, *negándome* a entenderlo. No es posible que haya dicho lo que acaba de decir. No, no lo he oído bien, sé lo que soy, es imposible...

Emeric atraviesa el suelo de piedra hacia mí y solo unos centímetros cargados de electricidad nos separan.

—Yo también tengo miedo —admite en voz baja—. y no quiero morir. —Alza unos dedos temblorosos, duda, traza la línea de mi mandíbula, ligero como antes, como si pudiera ser la última caricia. Los dedos alcanzan la comisura de mi boca y una nota de impotencia le impregna la voz—. Pero, por favor, Vanja. No me pidas que te vea morir.

La rabia y el miedo aparecen escritos en sus ojos, tan familiares como si fueran un espejo de mi corazón, como si los hubiera escrito en el cristal yo misma. Rabia y miedo... y esa calidez desesperada y penetrante.

Emeric ladea la cabeza, la agacha, a medio camino hacia la mía. Aguarda. Es una pregunta. Aún puedo huir. Debería, debería, todo mi ser quiere huir...

Hacia él.

Siempre con él.

Lo agarro por el collar de la camisa y lo empujo hasta cubrir la distancia.

Al principio chocamos como imanes, movidos por fuerzas que no entendemos. No es tanto un beso como un jadeo de sorpresa atrapado, suave y salvaje, entre los dos; estamos casi inmóviles, con miedo a estropear lo que hemos ganado. Ninguno sabe lo que está haciendo. Solo sabemos lo que queremos.

Pero soy egoísta, quiero más. Mi mano se desliza hacia su cabello y él me besa de nuevo, enroscando un brazo alrededor de mi cintura para acercarme más.

La sensación de cada punto en contacto acerca una cerilla al aceite de farol que es mi sangre. Toda precaución se esfuma. Lo que nos falta de experiencia lo compensamos con una ferocidad catastrófica, sacando las garras, el instinto, la avidez. Siento... siento que me requebrajo, como un glaciar derritiéndose de una forma embriagadora, con el sabor de Emeric dulce sobre mi lengua.

Cuando al fin nos separamos en busca de aire, los dos nos miramos con los ojos desorbitados y totalmente estupefactos.

—Bueno —consigo tartamudear—, sobre el... el... interés inapropiado.

Emeric apoya su frente en la mía y me acuna la cara en sus manos temblorosas.

—*Nada* —dice con fervor— de lo que siento por ti... es apropiado. —Suelta una carcajada entrecortada—. Llevo días así.

—¿Qué? —pregunto—. No. ¿Qué?

—¿No te diste cuenta de que las perlas empezaron a afectarme de un modo distinto? Casi tropecé con la puerta, no podía dejar de pensar... —Se interrumpe y su rubor se intensifica. El estómago se me enreda un poco.

—Ah, ya, bueno —balbuceo—, en eso me convierte el encantamiento, se supone que me hace más guapa... —Me interrumpo cuando me roza la sien con los labios.

—Vanja —dice con la voz áspera—, lo que estaba pensando... no implicaba a las perlas.

Eso provoca una sensación *completamente* distinta en mi estómago.

—Oh —digo en voy muy baja.

Una parte de mí esta furiosa de indignación porque Emeric me está volviendo tonta. El resto tiene otras prioridades.

—Dilo de nuevo. —Me tiembla la voz. Él hace un ruido interrogante que lo noto en su garganta, en cada parte de mi ser—. Mi nombre. —Me arde la cara, estoy hecha un lío y soy una tonta y me da igual—. Por favor.

Al acercarse, me acaricia la oreja con la boca. Y luego dice:

—Vanja.

Un escalofrío me recorre la espalda, hace que me arquee en él y note la curva de la sonrisa de Emeric en la mandíbula. Debería estar avergonzada y molesta, pero casi no puedo pensar y menos cuando me toca la clavícula.

—Vanja —repite, como si le supiera tan dulce como él me sabe a mí.

Enredo las manos en su cabello cuando me recorre otro escalofrío. No puedo creer que él sea capaz de deshacerme de esta forma. Maldito sea, *maldito sea*...

—*Vanja* —susurra contra mi boca, y me deshago del todo. Nos fundimos en otro beso y retrocedemos hasta que tropiezo con el altar. Acabo encima de él, con la espalda contra la pared, cara a cara con Emeric mientras lo empujo hacia mí de nuevo. Podría perderme en su boca, en cómo sus caricias me hacen sentir, como un nudo desatado. No sé si esto es el amor de las baladas, pero empiezo a entender por qué las escriben.

Enreda los dedos con los míos. Se aprieta más, subiendo nuestras manos entrelazadas hacia la pared...

Y, de repente, es terrible: no puedo respirar.

Es como cuando caí en la cascada y el recuerdo me arrastró hacia abajo: Adalbrecht agarrándome las manos, aprisionándome contra la pared de una forma muy parecida a esta, escarbando en mi corpiño como un cerdo, la humillación, el terror...

Estoy atrapada... indefensa... inmóvil...

Es una trampa... no es real...

Mis pies llegan al fondo, lo más cercano a la racionalización.

Debería haberlo sabido cuando comentó lo de las perlas. Es todo una mentira, un truco, y me lo he tragado. Debería haberlo sabido. Debería haberlo *sabido*.

Nunca he conseguido escapar de la trinidad del deseo.

No soy alguien a quien amar.

Soy alguien a quien usar.

Tengo que salir de aquí, tengo... tengo...

Libero una mano y tomo el primer cuchillo de Emeric que encuentro. Lo saco de la funda. La luz de las velas centellea en la hoja dorada cuando se la apoyo en la garganta.

Emeric se queda muy quieto.

Durante un momento, el único sonido que hay son nuestros jadeos.

—Casi haces que me lo crea —digo con tanta amargura como el cianuro. Aparto la otra mano y me bajo del altar mientras Emeric retrocede. Al final, razono, me he librado por los pelos otra vez de la trampa más cruel que me han tendido nunca. Y ese idioma lo hablo a la perfección—. Casi… no me extraña que no forme parte del plan. La amnistía… es falsa. Me ibas a arrestar aquí. Hoy.

Emeric se aparta otro paso de mí, con las manos medio alzadas entre nosotros, como si no pudiera decidir si prefiere mantenerme alejada o demostrar que está desarmado. Abre los labios, aún sonrojado. Algo terrible reluce en su mirada, algo casi como dolor. Habla en voz tan baja que por poco no lo oigo.

—Te di mi palabra.

No… no, mi miedo nunca se equivoca. No puede equivocarse.

Recuerdo vagamente la noche del baile, cuando nos sentamos en un rincón, la tensión en su voz al decir que no podía fingir algo como esto. Por aquel entonces no tenía motivos para mentirme.

Ahora no tiene motivos para mentirme.

No puedo equivocarme con él. No puedo.

Porque, si me equivoco, he encontrado a alguien que me importa, a alguien que conoce mis cicatrices, a alguien a quien le importa una chica como yo.

Y cuando me expuso su garganta, respondí con un cuchillo.

Me aseguré de que nunca confiara en mí, de que nunca me tocara de nuevo.

No puedo equivocarme. Mi miedo no puede equivocarse.

Nada robado me pertenece de verdad. Pero la otra cara de esa moneda contiene otra verdad: me pueden robar lo que me pertenece.

No seré la sirvienta de nadie, ni siquiera la mía propia; siempre seré una ladrona. Nunca me permitiré ser feliz.

Siempre, siempre me robaré ese sentimiento.

Aprieto los puños sobre los ojos. El pánico me atraviesa y no sé mantenerlo alejado, caigo en picado por la vergüenza y el terror; soy una tonta, no puedo hacer nada bien, siempre me atormentaré a mí misma...

El cuchillo dorado cae al suelo.

—Esto ha sido un error —digo, rota. Aparto a Emeric de un empujón, recojo el abrigo y hago lo que debería haber hecho desde el principio: huir.

CAPÍTULO 35

DULCES SUEÑOS

El dormitorio está vacío y en silencio cuando entro casi a trompicones. Estoy temblando, tengo frío y calor y siento rabia y frustración; noto que caigo y caigo y, cuanto más desciendo, más dolerá el batacazo.

Las lágrimas ya llegan, sé que están de camino. Si me detengo aunque sea un segundo, me superarán. Me obligaré a centrarme en el equipaje, a contar el oro, a prepararme para huir…

Un trozo de papel cruje bajo mi bota. Lo habré tirado del aparador. Lo recojo; es un mensaje breve de Gisele.

El "panadero" ha decidido que no quiere socializar esta tarde, así que voy a hacer lo mismo. Ragne y yo vigilaremos a los niños esta noche para que Umayya pueda descansar. Ragne a lo mejor vuelve más tarde y yo te veré mañana. G.
P.D.: Si te preocupa tu seguridad, ¡conozco a alguien que querrá pasar contigo la noche!

Hasta ahora no me había dado cuenta de que quería hablar con ella. O con Ragne. O con Joniza. O incluso con mis madres, aunque sea una vez. Con alguien…

Me cago en *todo*, yo… quiero hablar con Emeric.

Pero al parecer no puedo hacerlo sin ponerle un cuchillo en la garganta.

Y entonces es cuando todo me afecta.

Ahogo un sollozo, pero otro ocupa su lugar y luego otro. Arrugo el papel y dejo que caiga al suelo. Tropiezo sobre la cama. Una parte lejana de mí se acuerda de quitarse las botas antes de arrastrarme debajo de las sábanas, aunque solo pienso en quitarme el abrigo después.

Hay algo raro en la cama. Tardo un momento en darme cuenta: huele a lavanda.

Es como si ya me hubiera marchado.

Me acurruco y entierro la cara en una almohada cuando otro sollozo me recorre como una puerta abierta en una tormenta. Pensaba que podría derrotarlo, mi miedo, el pasado, el lobo pisándome los talones. Pensaba que podría ganar este juego.

Pero, como mucho, será un empate. Abandonaré Minkja con mi vida y mi oro y la promesa de libertad. Hace dos semanas, con eso me habría bastado.

Hace dos semanas no sabía cuánto podía perder.

Lloro en la almohada hasta que los sollozos se vuelven jadeos secos y, cuando agoto esos, me quedo tumbada en la neblina opaca y dolorida de la derrota. La cabeza me martillea de llorar, me duele la mandíbula y, cada vez que pienso en la mirada que me dirigió Emeric, mi corazón se rompe de nuevo.

El día se convierte en tarde y luego se acerca el atardecer. La habitación está casi a oscuras cuando oigo sus pasos en el pasillo. Odio reconocerlos. Se detienen junto a mi puerta un momento… y luego siguen avanzando.

Pues claro. Emeric tiene problemas más acuciantes.

Al parecer, Adalbrecht está demasiado ocupado para cenar también, porque oigo a Trudl traer bandejas al ala del río. El agradecimiento apagado de Emeric es como un puñetazo en el estómago. No respondo cuando llama a la puerta, porque Gisele se llevó las perlas y no tengo tiempo de tapar la línea de rubíes que se dirigen hacia mi corazón. Oigo el ruido que hace al dejar la bandeja en el pasillo antes de seguir con sus tareas.

Poco después, el espejo mensajero palpita con calidez en mi bolsillo.

Una tenaza de hierro me recorre las venas. No quiero mirar, no quiero enfrentarme al daño que he hecho… pero mentiría si dijera que ansío aunque sea una migaja de esperanza.

Lo saco, con el corazón en la garganta, y lo abro. Unas palabras aparecen en el cristal empañado:

Vanja…
No puedo

Aguardo. Tiene que haber más. Tiene que haber más, es Emeric y no escribiría nada que no fuera una propuesta en tres partes, con notas al pie de página y una bibliografía.

El cristal se desempaña, y luego se vuelve a empañar. Y repite lo mismo:

Vanja…
No puedo

Algo en mí se rompe. Miro el espejo, observo las palabras aparecer una y otra vez. El dolor me recorre entera, las joyas relucen a medida que crecen. Quizá solo sea la maldición para recordarme que solo me quedan dos días. Quizá solo sea mi propia codicia.

Soy demasiado para él. No soy suficiente.

Al final, descubro que aún me quedan lágrimas.

En algún momento, caí en un sueño irregular.

No sé qué me despierta. Sigue estando oscuro, aunque no del todo. Una luz azul glacial llena la habitación, pero es demasiado oscura para ser el frígido amanecer.

—Levántate.

Me doy la vuelta.

Adalbrecht está junto a la cama, como una montaña de granito fulminándome con la mirada.

Le arden los ojos con el mismo azul, el cabello rubio le cuelga ralo y suelto y le enmarca el rostro duro como una piedra. Solo va vestido con pantalones y botas; el pecho pálido lo lleva al descubierto, se le contrae y le reluce de sudor.

Lleva una herradura de hierro clavada bocabajo sobre el corazón. La luz invernal palpita de ella con cada latido.

Grito. Las manos resbalan en las sábanas cuando intento apartarme, pero él me agarra de un brazo y me saca a rastras de la cama.

—Deja de gritar —brama, soltándome en el suelo aún enredada en las sábanas—. Nadie en este castillo te ayudará.

La cena.

—Les has envenenado.

Pero entonces… Emeric…

—No seas tonta. No es un desastre que me apetezca limpiar. —Se da la vuelta y se dirige hacia la puerta—. Dormirán todo lo que yo quiera.

Unos verdugones rabiosos y enhebrados de negro hilvanan un círculo sangriento entre sus omóplatos y unas runas complejas rodean un trozo grisáceo de piel tatuado.

La bilis me sube por la garganta. Es el tatuaje de Klemens. Adalbrecht se lo ha cosido a la piel.

Y, de repente, todo encaja. La herradura, el cráneo, la visión del caballo muerto. No ha usado la marca para vincularse a todos los dioses menores. La ha usado para vincularse a todos los *nachtmaren*. Y hay tantos como soñadores.

Así es como invadirá los Estados Libres y cualquier territorio que se le resista. Por eso quiere el Göttermarkt para la boda: para asegurarse de que, más allá de lo que planee, las campanas de los templos permanezcan en silencio.

Examino el dormitorio mientras me pongo en pie con dificultad, buscando una salida. Gisele tiene las perlas (no sé qué quiere Adalbrecht de mí, no tengo tiempo de seguir ese hilo de pensamiento) y Ragne tampoco está aquí. La terraza… No, no puedo bajar por el enrejado y llegar al camino de los amantes lo bastante rápido. Lo mismo pasa con las ventanas. Adalbrecht bloquea la puerta del pasillo. La chimenea…

Arde de un azul glacial.

Me siento peor.

—¿Qué le ha hecho a Poldi?

—Le recordé al *kobold* quién es el amo de este castillo. No arrastres los pies y ven conmigo.

No tengo escapatoria. Aún. Le sigo hasta el pasillo.

Hay cuerpos repartidos por aquí y por allá, como si se hubieran quedado dormidos en el sitio. Unos *nachtmaren* tambaleantes y risueños se agachan sobre cada uno, les acarician las orejas, les enredan el cabello. Claro… uno para cada soñador. Y ahora Adalbrecht puede dirigir los sueños.

Esto no se parece a nada que pudiera haber anticipado.

Miro las escaleras. El pasillo está despejado, quizá pueda correr hacia allí.

Pero entonces me doy cuenta de que Adalbrecht me está conduciendo hasta Emeric.

No tengo otra opción, debo acompañarle.

Cuando Adalbrecht abre la puerta, las mismas llamas azules arrojan una palidez inquietante en la habitación. Emeric se ha desplomado sobre el escritorio, con la cabeza apoyada en las muñecas; ni siquiera se quitó las gafas y una patilla se le clava en la sien.

Un *mahr* pálido y sonriente se encorva sobre sus hombros, abrazándose las rodillas y balanceándose adelante y atrás.

Adalbrecht estira el brazo, agarra al *nachtmahr* por el hombro y cierra los ojos como si estuviera escuchando una canción distante. Un segundo más tarde, suspira.

—Ya veo. Tenía razón. —Reflexiona durante un momento—. Creo que te han informado sobre cómo murió mi padre. Si quieres evitar que Conrad se desangre por los pies, me prestarás mucha atención. ¿Entendido?

Asiento.

—*¿Entendido?* —repite.

—Sí —digo en voz alta. Los ojos le relucen azules y sé lo que espera. Las palabras se me pegan a los dientes como carbón—. Mi señor.

—Sé desde hace casi dos semanas que eres una farsante —dice sin más—. El *nachtmahr* me contó todo lo que había extraído de tu cabeza: las perlas, la maldición, incluso *esta* —señala con desdén a Emeric— ridícula fachada de Conrad. La noche del baile, esa era la auténtica Gisele en tu habitación, ¿verdad? No me acordaba de dónde la había visto, hasta que recordé el orfanato sucio de tus sueños.

—Es un farol. Si sabía dónde estaba, podría haberme desenmascarado hace días.

—¿Y permitir que el imperio sepa que un parásito vergonzoso se había alojado en mi palacio? Me parece que no. Pensaba matarte como regalo para Gisele y luego aparecer como su salvador. La habría liberado de su miseria, como una *prinzessin* renacida.

—Y luego la habría asesinado.

Adalbrecht se encoge de hombros.

—Pues claro. Pero habría muerto feliz y eso también se lo arrebataste. Aunque estoy en deuda contigo. Es imposible encontrar una marca vinculante como esta; los prefectos no desvelan así como así su secreto. El *Pfennigeist* me dio una excusa para llamarles sin mancharme las manos. Después de eso, lo único que tuve que hacer fue asegurarme de que el chico y tú os mantuvierais ocupados.

Siento como si el estómago se hubiera convertido en plomo. Yo he hecho esto. Esto es real por mi culpa. El baile, la habitación de invitados, la farsa del *interés inapropiado*... Al final siempre he sido algo que podía ser usado.

Adalbrecht toca al *nachtmahr* de nuevo. Este se convulsiona y empieza a encogerse. Emeric no mueve ni un dedo.

—¿Sabes lo que les hacemos a los ladrones en Bóern? —pregunta con calma.

La respuesta a este tipo de preguntas siempre es «no». O mejor dicho:

—No, mi señor.

—Depende de lo que hayan robado. ¿Cuál crees que sería el castigo para una doncella traicionera que le ha robado el nombre a su señora? ¿Que le ha robado la vida? —Adalbrecht observa mientras el *mahr* se encoge hasta alcanzar el tamaño de un escarabajo y repta por la garganta de Emeric.

—N-no lo sé, mi señor —tartamudeo.

El *mahr* entra en la oreja de Emeric.

Los ojos relucientes de Adalbrecht se posan en mí cuando apoya una mano en su nuca.

—Piensa un poco.

La respuesta debería ser «no», pero...

—La horca —digo con desesperación. *El ladrón pequeño acaba en el patíbulo.*

Una sacudida recorre a Emeric y se le tensa el ceño de dolor. Adalbrecht me mira, aguardando. Quiere algo peor.

—La horca —me apresuro a decir—, pero... la doncella se cae en un barril forrado por dentro con clavos. Se destroza el cuerpo agitándose en la soga.

Emeric se queda quieto.

—Buena chica. Eso servirá.

¿Qué he hecho?

Adalbrecht me ilumina, sacudiendo las manos.

—Como agradecimiento por haberme traído al prefecto, te daré a elegir. Mañana por la noche, arrestaré a la doncella de Gisele von Falbirg por los crímenes del *Pfennigeist*. Al día siguiente, Gisele se casará conmigo por la tarde. Ahorcaremos a su doncella, justo como has descrito, al final de la ceremonia nupcial. La propia Gisele morirá después de la noche de bodas. Puedes ocupar cualquier sitio, igual que ella. Este es mi regalo: tienes un día para decidir cuál de las dos va al patíbulo y cuál va al altar.

Agarro mi falda con los puños.

—No hay nada que le impida huir.

—Eres una ladrona y una mentirosa. Estoy seguro de que podrás convencerla. —Adalbrecht quita una mota de suciedad del hombro de Emeric—. Y si no… veremos cuánto tiene que crecer un *mahr* antes de hacer estallar el cráneo de un muchacho desde dentro.

Voy a vomitar.

Me sonríe de esa forma gentil y salvaje, como sabiendo que todo ha acabado.

Sabe que me ha arrinconado. Sabe que lo haré, porque llevo mi propia codicia en el rostro.

Cuánto lo odio. Quiero agarrar el cuchillo de cobre y ver si su sangre arde de azul. Pero matará a Emeric antes de que pueda hacerle un arañazo.

—¿Por qué lo hace? —le escupo—. Nació y lo tenía *todo*. Familia, poder, riqueza…

—No seas tan dramática —dice sin inmutarse—. Mientras Bóern sea fuerte, es una amenaza para el trono imperial, a menos que ese trono sea *mío*. He visto a mi padre enviar a mis hermanos a morir, uno tras otro, para agradecer a la casa Reigenbach que mantuviera el imperio a salvo. Se doblegaba ante la emperatriz cuando merecíamos ser reyes. Y luego me envió a mí y lo único que tenía en el campo de batalla eran mis pesadillas. Tú deberías entenderlo mejor que nadie. No se trata de disputas sin importancia o de juegos estúpidos; se trata de controlar mi propia vida. Hago lo que hago para sobrevivir.

Y, durante un momento, la montaña se estremece, la franqueza se parte hasta dejar al descubierto los cimientos en bruto. Y se lo cree. Se cree que es una víctima porque esta vida no es la que se merecía. Que, en cierta forma, el mundo lo traicionó, igual que me ha traicionado a mí. Que, en esto, él me conoce; que, en esto, somos iguales.

Pero él nunca entenderá que las chicas como yo se convierten en mentirosas, ladronas, fantasmas, para sobrevivir a hombres como él.

—Robé a nobles malcriados que no echaron de menos el dinero —siseo—. Si no le gustaba su vida, podría haberse largado del imperio. Podría haber vivido como el resto de nosotros, pero no quería perder su castillo. Para usted no se trata de sobrevivir, sino de comodidad. No es nada, solo un asesino y un monstruo.

Adalbrecht reduce la distancia que nos separa con una zancada. Me agarra el mentón con esos dedos de hierro y me acerca a él, esbozando una sonrisa terrible.

—Y tú aún sueñas conmigo.

Me aparta como un trapo. Aterrizo en el suelo con tanta fuerza que me quedo sin aliento. Cuando me levanto, se ha ido.

Emeric está inmóvil sobre la mesa. El fuego sigue siendo de un azul despiadado, lo único que resuena en el silencio glacial. Poldi no puede salvarme.

Estoy sola.

CAPÍTULO 36

LA LADRONA Y LA MENTIRA

No sé cuánto tiempo paso acurrucada junto a la cama, luchando contra el pánico y fracasando.

Fracaso y fracaso y fracaso. Da igual cuántas veces me diga que no debo dejarme llevar por el pánico, no surte efecto.

Las campanadas que dan la hora empiezan a sonar.

Cierro los ojos. Me digo que el pánico puede poseerme mientras resuenan. Puedo sentir ese miedo, puedo permitirme caer hasta que el silencio me indique que he tocado fondo.

Así que lo hago. Durante once sonoras campanadas, me permito sentir un miedo atroz. Rabia. Egoísmo. Dejo que todo esto me atraviese como un veneno, inhalo todo lo feo y lo mezquino y lo trémulo. Me muero. No soy suficiente. Soy una chica rota en un mundo que me quiere romper en fragmentos más pequeños.

Dejo que este miedo maligno encuentre mis aristas y se derrame.

Luego las campanadas se acaban.

El miedo perdura, pero ya ha disfrutado de su momento.

Me obligo a levantarme. Tomo una bocanada profunda de aire limpio para que el miedo se tranquilice. Y luego me sacudo la ropa y empiezo a pensar en cómo voy a abrir esta cerradura.

Codicia, amor, odio, venganza, miedo. Ragne, Gisele, Joniza, Barthl. Esos son mis resortes, yo soy la ganzúa. Si lo muevo todo en el orden correcto, puedo sacarnos de esta.

Pero Emeric es la cerradura y, si lo hago mal, lo romperé.

Tengo que probar eso primero. Mientras Adalbrecht mantenga a Emeric apartado del tablero, tengo las manos atadas. Él mantiene a raya la auténtica amenaza: la justicia del tribunal celestial.

Tiene que haber una forma de alejar al *nachtmahr* de Emeric. Le giro con cuidado la cara para echar un vistazo dentro de la oreja. Lo único que veo son dos puntitos de luz azules que me devuelven la mirada.

Quizá Ragne pueda encogerse para sacarlo… No, entonces podría empezar a crecer y perdería a Emeric y a Ragne a la vez. Podría echarle sebo a Emeric por la oreja para intentar ahogarlo, pero Adalbrecht sabe cuándo muere una de sus criaturas.

Quizá pueda atraerlo fuera de alguna forma… pero parece que Adalbrecht le ha dado unas órdenes mudas. No sé en qué consisten, solo me amenazó con las consecuencias.

Dejo que los dedos se queden sobre Emeric y me digo que solo quiero comprobarle el pulso; intento ignorar el brillo de las perlas en mi piel que hablan sobre mi fin. Su pulso es suave y firme como siempre; ninguno de los dos tenemos tiempo para sentimentalismos, así que sigo adelante. A lo mejor ha dejado algún aparato de los prefectos por ahí. Rebusco en el escritorio.

Sujeta el espejo en una mano. Aún destella con las palabras *Vanja… No puedo*, una y otra vez. Pero debajo del codo tiene un cuaderno abierto; el carbón le ha manchado la manga. La página parece casi llena. Le alzo el codo para sacar el cuaderno.

Es el borrador de una carta. Va dirigida a mí.

Vanja…
~~*Quiero*~~
~~*Significas más*~~

No puedo verte morir. Dijiste que no me considerabas un cobarde, pero ~~eso es lo que soy~~ tengo miedo de perderte, ya sea por la maldición o porque te he fallado. Pensaba que no creía en la valentía, pero no sabía lo que era hasta que te conocí. Has vivido con monstruos durante trece años y, aun así, decides enfrentarte a ellos, pelear, regresar a sus casas. Sé que la valentía es real porque te veo elegirla cada día.

Tengo miedo de ser otra persona más que te falle. ~~Sé~~ Creo que tú también tienes miedo de eso. ~~Por favor, no huyas~~ No puedo pedirte que ~~me elijas elijas esto nos elijas~~ te quedes, pero quiero estar contigo y no permitiré que ese miedo a perderte me domine. Si quieres que te persiga, lo haré. Si quieres que te encuentre, lo haré. Si me aceptas, te elegiré a ti todas las veces. ~~Puede que por fin haya aprendido a ser valiente.~~

Será *cabrón*. Voy a… pienso… pienso salvarle solo para poder estrangularle por haberme hecho llorar de nuevo. A lo mejor lo beso primero. Pero *luego* voy a estrangularle.

Debe de haberse quedado dormido mientras escribía esto en el espejo. No iba a renunciar a mí. Y ahora…

¿Cómo puede pedirme que me quede cuando estoy tan cerca de perderle?

La puerta de la terraza se sacude. Un gato negro llama al cristal. Dejo entrar a Ragne.

—¿Qué ha pasado? —maúlla con la cola erizada y salta al escritorio—. El *kobold* está enfermo y huelo *nachtmaren* y… ¿qué le pasa al Emeric? ¿Por qué todo va mal?

—Adalbrecht lo ha atacado. —Me froto la cara con la manga y hago una mueca cuando el lino se engancha en las joyas que me crecen en el antebrazo—. Lo sabe todo. Hay un *mahr* en la oreja de Emeric y, si no hacemos lo que el margrave dice, morirá.

Ragne aplana las orejas sobre la cabeza y luego me golpea el codo.

—¿Qué podemos hacer?

Respiro hondo, en el filo de un cuchillo.

Si no uso a cada uno de nosotros de la forma *correcta*, este cerrojo se romperá.

He fracasado como ladrona. Esto tengo que hacerlo como mentirosa.

Le doy el espejo a Ragne.

—No podemos hacerlo solas. ¿Puedes traer a Gisele y a Joniza? Que vengan por los pasadizos de los criados. Puedes transportarlas por detrás de la cascada transformada en osa.

Ragne se convierte en una lechuza negra enorme con el espejo reluciente entre sus garras y sale volando por la puerta abierta. En cuanto se marcha, la cierro y empiezo a pasearme, murmurando para mí misma, y reflexiono sobre los problemas de la mentira que voy a contar.

Reviso los bucles y los hilos y los nudos mientras el fuego se apaga hasta convertirse en unas ascuas azuladas; extraigo una pajuela de la urna de cobre sobre la chimenea y enciendo suficientes velas para ver, pero hasta esas llamas son azules. No sé qué le ha hecho Adalbrecht a Poldi. No sé si un cuenco de polenta y miel lo salvará.

De vez en cuando, Emeric sacude la mano o abre los labios o se remueve en la silla, y yo contengo el aliento. En una ocasión, murmura algo que se parece a mi nombre. Pero no se despierta.

No sé qué haré si no se despierta.

Cuando Gisele y Joniza llegan, solo quedan unas horas para el amanecer. Ragne llega detrás de ellas, envuelta en una bata. La temperatura en el castillo no deja de descender; el calor que emiten las llamas azules es débil y no dura.

Gisele corre hacia Emeric y, pálida, le sacude el hombro.

—¿Es cierto? Ragne dijo que hay un *mahr* en… en…

—Si no hacemos lo que Adalbrecht quiere, crecerá hasta matar a Emeric. —Me tiembla la voz—. Ha usado al *nachtmahr* para ver la mente de Emeric. Conoce todo el plan, así que necesitamos uno nuevo.

Joniza sigue en el umbral, tan tensa como un arco.

—Sin él, no hay plan.

—No, podemos… podemos hacerlo. —Las miro con inquietud—. No necesitamos al tribunal celestial. Barthl dice que habrá representantes de la corte imperial en la gala, así que podemos engañar a Adalbrecht para que se descubra ahí. Lleva el tatuaje de Klemens en la espalda y una herradura en el corazón, podemos demostrarlo todo si conseguimos que los enseñe. Gisele, tú puedes hacer de mi doncella y yo seré tú. Barthl irá a por el cráneo. Podemos…

—No funcionará —dice Gisele despacio—. No es suficiente.

Sacudo la cabeza, frenética.

—No, no, ¡podemos conseguirlo! Los guardias de la corte imperial pueden apresar a Adalbrecht.

—Si lo sabe todo, entonces reconocerá a Gisele fingiendo ser tu doncella —señala Joniza—. Y en cuanto sepa que tramamos algo, matará a Conrad.

—Entonces… que lo haga Ragne. O… —Pierdo el hilo de lo que digo.

La voz de Gisele es grave, triste.

—Vanja, lo siento, pero… no creo que haya ninguna forma de salvarlo. Creo que tenemos que salvarnos nosotras.

—No —digo de inmediato—. No lo dejaré.

—Esa es tu decisión. Pero yo tengo demasiado por lo que vivir. —Gisele agarra la mano de Ragne—. Yo… haré la ceremonia nupcial. Y luego me marcharé de Minkja.

—Me iré contigo —dice Joniza con pesar—. Lo siento, Vanja. Puedes venir con nosotras.

—No… por favor… tenéis que ayudarme… tengo que salvarlo… —Me giro hacia Ragne, que ha guardado silencio todo este tiempo—. Ragne. Ragne, *por favor*.

Sus ojos rojos e inciertos pasan de Gisele a mí. Gisele le apoya una mano en el hombro y Ragne traga saliva.

—Prometí… que protegería a la Gisele.

Un silencio vacío y nauseabundo reina en la habitación.

Luego lanzo la urna de pajuelas y aterriza a los pies de Gisele. El cobre resuena contra la piedra y las astillas de madera se desparraman.

—¡LARGAOS! —grito—. ¡LARGAOS, JODER!

Gisele abre la boca, la cierra y sale de la habitación sin decir nada. Joniza la sigue. Ragne se queda un segundo… hasta que ella también atraviesa la puerta.

Oigo que abren la puerta de mi habitación y la cierran. Casi me echo a reír. *Pues claro* que han ido ahí.

Emeric sigue sin moverse.

Suelto toda la rabia y la tristeza en un sollozo salvaje y me hundo en el suelo a su lado.

Luego le tomo la mano, con lágrimas cayéndome por el rostro, y escribo en su palma como si fuera el espejo. Es mi último ruego, el más desesperado:

Quédate.

Quédate.

Quédate.

EL SEXTO CUENTO

LAS TRES DONCELLAS

É rase una vez tres doncellas invitadas a la boda de un lobo.
La víspera de la boda, la primera doncella se sentó en un dormitorio frío y oscuro, llorando una vida que podría haber sido suya. Estaba a solas con sus decisiones, buenas y malas; se hallaba en una cárcel que había construido ella misma, detrás de unos barrotes que había forjado por sí sola. Y cuando los guardias del lobo llegaron para llevársela, fue con ellos, pues no podía salvarse de sí misma.

La víspera de la boda, la segunda doncella se vistió con las sedas más elegantes y fue a bailar con el lobo. Giró y sonrió y desempeñó el papel de *prinzessin* a la perfección; dejó que los amigos del lobo la «secuestraran» en el otro extremo del salón para que el lobo pagara un rescate por ella en cerveza, elogios y promesas. La doncella se aseguró de que, al reír, pudieran verle los dientes, pues se casaría con el lobo al día siguiente y él no era el único con colmillos.

La víspera de la boda, la tercera doncella se puso un rostro que no le pertenecía, aunque lo conocía bien. Era un rostro que le había servido y que le había hecho daño, el rostro de una amiga, de una mentirosa, de una doncella leal. Y esperó a su princesa mientras esta bailaba con el lobo. Conocía bien a las criaturas como él. Sabía que, sin testigos, devoraría entera a la princesa.

(Y ahora recuerda… no sigas las cartas. Mantén los ojos en el objetivo real).

El día de la boda, la segunda doncella se vistió con el azul del lobo y se puso la pesada corona del lobo. Todo pesaba demasiado, pero lo aguantó de todas formas con la cabeza alta mientras la doncella leal le colocaba la corona y se aseguraba de que se quedara ahí.

El día de la boda, la tercera doncella entró en la casa ceremonial que el lobo había construido en el Göttermarkt, vestida con el azul de este. No había ido por el mismo motivo que la mayoría de los invitados; ella iba a casarse.

El día de la boda, condujeron a la primera doncella hasta el Göttermarkt, hasta el patíbulo que el lobo había construido junto a las casas. Se quedó quieta, con el rostro impertérrito y sola, mientras el verdugo le colocaba la soga alrededor del cuello. Debajo de ella aguardaba un barril lleno de clavos, listo para tragársela entera.

Has visto las cartas moverse, los escudos y los griales, las rosas y las campanas, los caballos y las sotas y las reinas y los reyes. Creo que es justo que intentes adivinar dónde está la Dama. Tres son las doncellas: la doncella leal, la novia con la corona, la ladrona en el patíbulo.

¿Qué doncella era yo?

CAPÍTULO 37

ENCUENTRA A LA DAMA

Hace un día precioso en Minkja y estoy a punto de morir.

—Buena gente de Bóern —brama Adalbrecht—, hoy tenemos dos cosas que celebrar.

Su voz resuena por el Göttermarkt, que luce el mismo aspecto que si alguien le hubiera dado un puñetazo al tesoro y lo hubiera derramado por toda la plaza (Adalbrecht. Adalbrecht es el que dio los golpes).

Las casas ceremoniales son catedrales en miniatura, una envuelta con el rojo Falbirg, otra con el azul Reigenbach, y el altar abierto entre ellas rodeado de telas doradas. La casa de Gisele es el único punto con el rojo Falbirg; el resto de las decoraciones son una avalancha de seda azul y dorada, arcos enormes de flores de invernadero, abanicos de acebo y abeto dorados, banderas de Bóern meciéndose en la suave brisa. Han puesto unas alfombras gruesas sobre el pavimento de piedra y han dispuesto sillas para la nobleza, todas orientadas hacia el altar dorado en un extremo de la plaza. También han situado unos braseros entre las filas de sillas para mantener cálidos a los invitados y una cúpula brillante se extiende sobre sus cabezas; es obra del gremio de brujas. Mantendrá la nieve a raya, aunque parece que el tiempo se ha doblegado ante Adalbrecht y ofrece un cielo azul vespertino inmaculado.

En el otro lado de la plaza hay un patíbulo; es la extraña estructura que vi construir la semana pasada. Resulta humillante saber que el margrave llevaba tanto tiempo planeando esto.

Y está saboreando su éxito en medio del pasillo central, que recorrerá con su esposa en cuanto pronuncien los votos. Ha tomado prestado el bastón ceremonial de la oficiante, ya que incluye otra especialidad del gremio de brujas: un encantamiento para amplificarle la voz, para que llegue hasta la nobleza sentada y hasta la multitud de pie que rodea la plaza para verlo todo.

—Me complace anunciar que, gracias al trabajo duro y a la perseverancia de la guardia de la ciudad, hemos atrapado al *Pfennigeist*. Se escondía como criada de la princesa. —Hace un gesto para que Gisele se le acerque. Ella le ofrece una sonrisa tan pálida y dura como las perlas que le rodean el cuello, pero no me mira ni una sola vez, ni siquiera cuando Adalbrecht me señala con la mano—. Y está a punto de aprender lo que le hacemos a los ladrones en Minkja.

Venga ya.

—¡Le hemos ofrecido el honor de ser la primera invitada en bailar en la boda! —añade Adalbrecht, sonriendo hacia donde estoy en el patíbulo—. Aunque será en el extremo de una soga.

Una carcajada incómoda recorre a la multitud.

—Menuda tradición nupcial de mierda —murmuro. Me duele todo con el frío; algunas joyas han crecido tanto que se rozan debajo de las mangas. Los rubíes casi han alcanzado el corazón. No ayuda que me hayan atado las manos detrás de la espalda—. ¿Qué ha pasado con el clásico «algo prestado»?

Uno de los dos guardias en la plataforma me pone mala cara. Lo fulmino con la mirada hasta que se gira de nuevo.

Adalbrecht sigue hablando, pero casi no le escucho. El verdugo me distrae un poco pasándome la cabeza por la soga. Quizá sea un poco quisquillosa, pero esta cuerda raspa *mucho*. Adalbrecht, tacaño hasta el fondo.

Lo que sí que he podido presenciar al subir hacia el patíbulo son unas vistas perfectas del barril que me espera bajo la trampilla. Al parecer, Adalbrecht tenía presupuesto para cientos de clavos.

Se oye un aplauso. Adalbrecht le lanza el bastón a la oficiante. Gisele y él llegan al final del pasillo y luego se dirigen, solemnes y rígidos, a sus respectivas casas mientras la banda de música toca una marcha nupcial alegre y llamativa. Hay puertas a ambos lados de la casa, una hacia mí y otra hacia el altar; otro simbolismo (absurdo). Cualquier mal que alberguen los futuros cónyuges debe ser encerrado en las casas y abandonado allí.

Se quedan en cada casa, en teoría, para dedicar un momento a pedir a los dioses un matrimonio feliz. Sospecho que tanto Gisele como Adalbrecht están rezando por una cosa muy distinta.

La marcha nupcial llega a su fin. Las otras puertas se abren. Adalbrecht y Gisele salen y se acercan a la carpa dorada del altar.

Todos los ojos están fijos en ellos. Saco una horquilla de la manga y me pongo a trabajar en la cerradura.

—Eh. —El mismo guardia me vuelve a mirar. Se acerca y me quita la horquilla de la mano para enseñársela al verdugo—. La mocosa esta estaba intentando hacer una tontería.

El verdugo se ríe.

—Pónsela en el pelo, así estará guapa cuando conozca a Muerte.

—Ya he conocido a Muerte y le da igual si estoy guapa —replico.

El verdugo me fulmina con la mirada.

—Examínale los bolsillos. Solo debería llevar el pago para el Barquero.

El guardia me registra rápidamente y solo saca el penique rojo que les dan a todas las personas a las que van a ahorcar.

—Nada —dice, devolviendo el penique al bolsillo.

—Vigílala. Si no la colgamos, el margrave nos ahorcará a nosotros.

—Sí, señor.

El guardia se coloca a mi espalda para ver mejor los grilletes.

La oficiante deja el bastón en un soporte y toma las manos de Gisele y de Adalbrecht.

—Gisele-Berthilde Ludwila von Falbirg. ¿Acude a este altar por voluntad propia para casarse con este hombre?

No puedo ver con claridad a Gisele desde tan lejos, pero oigo el nerviosismo en su voz cuando responde:

—Sí.

La oficiante se gira hacia Adalbrecht.

—Y usted, señor, ¿acude a este altar por voluntad propia para casarse con...?

—Sí —se apresura a responder.

Nadie habla, pero veo que la multitud se agita e intercambia miradas. El margrave no tiene fama de retraído, pero ¿a qué viene tanta prisa en el día de la boda? Veo los cálculos de la gente: habrá un heredero antes de que acabe el año.

Quiero gritarles que no habrá ningún heredero.

—¿Jura, mi señora, que sustentará el matrimonio con honor y confianza, que será fiel y leal, hasta que la muerte les separe?

—Lo juro. —La voz de Gisele se ha vuelto más firme.

Esa es la primera señal.

Una horquilla me cae en la mano.

—¿Y jura usted, mi señor, que sustentará el matrimonio con honor y confianza, que será fiel y leal, hasta que la muerte...?

—Lo juro —la vuelve a interrumpir Adalbrecht. Esta vez se oyen risitas entre la multitud que rodea la plaza.

Joniza está haciendo un trabajo excelente para alguien que fue ordenada como delegada temporal de Fortuna durante la noche, pero no me extrañaría si estuviera poniendo los ojos en blanco en este instante.

Aguarda a que las carcajadas cesen y luego prosigue, lanzándome una mirada rápida. Diría que Adalbrecht ya se ha recompuesto, pero aún parece impaciente, incluso desde lejos. Joniza hace lo que puede para lograr un equilibrio. Ayer lo cronometramos para ver cuánto tenía que alargar el resto de votos mientras yo trabajaba con la horquilla y los grilletes y para saber de cuánto margen de maniobra disponía (no demasiado).

Y así es: noto que el mecanismo de cierre se abre justo cuando Joniza proclama:

—Y, en el nombre de los dioses supremos y menores, por las leyes mortales y divinas, os declaro marido y mujer. Puedes besar...

Esta vez es Gisele la que se mueve un poco demasiado rápido. Casi salta a los brazos de Adalbrecht.

Bueno, no casi.

Ya os lo explicaré luego. Porque, ahora mismo, el verdugo acaba de accionar la palanca para la trampilla, que se abre hacia la boca enorme y erizada del barril como las fauces de un lobo monstruoso.

Pero lo único que cae en ella son los grilletes.

He enrollado las manos por encima del nudo de la soga para evitar que mi peso la tense mientras mis pies cuelgan sobre el vacío.

Si esto fuera un ahorcamiento normal, la caída sería corta y ya estaría muerta. Pero como *alguien* no se contentó con una ejecución normal y corriente para mí, la cuerda tenía que ser lo bastante larga para que llegara al barril debajo de la plataforma. Y eso, amigo mío, *eso* me ha dado tiempo suficiente para agarrar la cuerda como si me fuera la vida en ello.

Puede que, después de hoy, Adalbrecht se dé cuenta de que, cada vez que me ofrece margen de error, pienso aprovecharlo.

Pero te estarás preguntando cuál es nuestra jugada. ¡Y es una pregunta muy válida! Aún cuelgo sobre un barril de clavos y me gustaría no depender de la fuerza de mis brazos, porque no es que vaya a durar hasta el extremo de «agarrarme a la soga de forma indefinida».

La respuesta es el brazo que me rodea por la cintura y me devuelve a la plataforma. Un borrón de acero corta la soga.

—Así que para eso sirve el cuchillo de acero —jadeo mientras me quito la cuerda y me giro hacia Emeric.

—Son cuchillos, Vanja, todos sirven para cortar cuerdas.

Me rodea con los dos brazos y creo que hemos llegado a un acuerdo tácito de fingir que ninguno tiembla de alivio. Incluso con un uniforme de guardia robado, huele a enebro. Ojalá pudiera achacarlo a un poder misterioso, pero sé por qué huele así.

Y *sé* que te estarás preguntando cómo me he librado de esta.

Vale, ya que has sido tan paciente, te lo contaré, pero solo una vez.

Retrocedamos el reloj hasta hace poco más de un día, aún en la habitación de Emeric. Joniza, Gisele y Ragne acaban de hacer la actuación de sus vidas. Esperaron en mi dormitorio a ver si la táctica había surtido efecto y, mientras tanto, yo me mantenía ocupada llorando como una niña a la que un halcón le había robado el gatito delante de sus ojos (una imagen bastante específica, lo sé. Vi cosas *muy* turbias en Sovabin).

Y las lágrimas no eran falsas, por cierto. Tenía miedo de que esto no funcionara, miedo de que me equivocase, miedo de perder a Emeric. Eso fue lo que le había escrito a Gisele en el espejo que Ragne le había llevado: *Todo lo que te cuente sobre Emeric será cierto. Todo lo que te diga sobre cómo solucionarlo será mentira. Confía en mí. Negaos a ayudar.*

Todo lo que le había escrito en la palma a Emeric era cierto. Necesitaba que se quedase.

Luego me obligué a permanecer quieta y en silencio, a profundizar la respiración, y casi me quedé dormida. Y, unos minutos más tarde, oí un susurro cuando el *mahr* salió de la oreja de Emeric.

Adalbrecht lo había tocado para darle órdenes. Conociendo a ese malnacido, querría oír lo que estábamos planeando exactamente, así que le di al *mahr* una historia jugosa que contarle.

Y cuando se escurrió al suelo para acudir ante Adalbrecht y regresar antes de que yo me despertara, agarré la urna de cobre (*convenientemente* vacía después de que se la hubiera lanzado a Gisele) y tapé al *mahr* chillón con ella.

—Crece con *eso*, cabroncete —espeté. Luego me levanté para buscar algo pesado para ponérselo encima, solo por si este *nachtmahr* en concreto era un masoquista y le gustaba lanzarse contra el cobre.

Acababa de dejar un montón de libros sobre la urna cuando un sonido me detuvo en seco.

—¿*Vanja?* —Emeric se estaba levantando del escritorio, parpadeando con desconcierto. Es probable que lo haya tirado de la silla al abrazarle por el cuello (lo hice, de verdad que lo hice).

Aún parecía bastante perplejo, pero enterró la cara en mi cabello y me abrazó con tanta fuerza que casi me olvidé de respirar.

Yo medio reí y medio lloré en su hombro, jadeando.

—No me puedo creer que pensaras escribir todo eso en el espejo.

Luego le expliqué lo del *mahr* y por qué no debería tocar la urna del suelo y por qué teníamos que ir a la catedral de Fortuna lo más rápido posible. Y le revelé lo más doloroso de todo: por qué hui.

Y luego me contó por qué él siempre me seguiría.

Y luego… bueno. Tardamos unos minutos en salir de su dormitorio y en cruzar el enrejado hasta el mío. Seguramente podrás averiguar el motivo.

(Sigo impresionada de que consiguiera encontrar un lugar que no estuviera cubierto de gemas para dejar un chupetón. No me emocionó que fuera en el cuello, pero en ese momento me dio totalmente igual. Luego no me dio tanto igual cuando Joniza lo vio y se murió de la risa, pero como Emeric estaba tan mortificado como yo, lo pasé por alto esta vez. Al menos el clima justifica que use bufanda).

Ahora regresemos a la boda, donde muchas personas desconcertadas están intentando averiguar qué ha pasado; entre ellas, el verdugo.

Seguramente él habrá tenido más dudas cuando Emeric se pone las gafas y dice:

—Mis disculpas. —Y luego lo tira de una patada por las escaleras del patíbulo.

—No te disculpes, que casi me ha matado —digo, indignada.

Los invitados se están girando en sus asientos para ver la conmoción en el cadalso. El guardia que queda nos examina, sin duda para ver qué opciones tiene basándose en lo que le pagan, y descubre que no gana lo suficiente como para actuar.

Y luego todo el mundo descubre una distracción nueva.

—¡PARAD! ¡PARAD LA BODA DE INMEDIATO!

Adalbrecht von Reigenbach, margrave de Bóern, sale de la casa ceremonial de los Reigenbach despeinado, sudando y un poco chamuscado.

Verás, cuando entró en la casa para rezar y reflexionar, se encontró con dos cosas.

La primera: el mismo hechizo de destierro que Emeric usó para ralentizar al *nachtmahr* en Lähl (con una ligera modificación para amortiguar los gritos. Es Adalbrecht: habría gritos seguro).

Y la segunda: a Ragne llevando su rostro y esperándole con la parafernalia nupcial de la familia Reigenbach. Casi idéntica, solo un poco más antigua y muy fácil para Barthl de sacar del palacio.

Los detalles siempre, siempre, son lo más importante.

Así que cuando el auténtico Adalbrecht sale al altar, donde Gisele sigue aferrándose a una Ragne con el mismo aspecto que el margrave, todo el mundo les presta atención.

Exactamente como yo quería.

CAPÍTULO 38

LADRONES EN EL ALTAR

—¡Es un impostor! —ruge Adalbrecht, señalando a Ragne. La chaqueta le humea un poco y no puedo expresar lo mucho que me regocija—. ¡Me han atacado! Es… ¡es un fraude! ¡Un *grimling* o… algo!

Emeric y yo nos apresuramos a bajar del patíbulo mientras Gisele ahoga un grito y se abraza más a Ragne.

—¡Cómo se atreve a hablar de mi querido Adalbrecht de esa forma! ¿Cómo sabemos que *usted* no es un impostor?

Emeric me agarra de la mano. El plan tiene que salir a pedir de boca, pero este momento es vital.

—Mi señora, por favor, dé un paso atrás. —Joniza se interpone entre Gisele y Ragne, que ha mantenido el semblante de rabia estreñida típico de Adalbrecht durante todo este tiempo y resulta un poco demasiado convincente. Joniza estira las manos hacia ambos Adalbrecht. Su voz resuena con una claridad cristalina por todo el Göttermarkt—. Esto es muy sencillo. Es evidente que hay fuerzas malignas operando aquí, pero si uno de ustedes es un *grimling*, tendrá una marca en su cuerpo.

Ragne asiente con solemnidad y empieza a desabrocharse el cuello de la camisa. Cuándo le ha molestado desnudarse en público.

—No tengo miedo —dice con el tono indiferente propio de Adalbrecht. Nos pasamos *horas* preparándola para este momento—. No tengo nada que ocultar.

El auténtico Adalbrecht farfulla lleno de rabia y busca sus propios botones... pero se detiene.

Emeric y yo hemos llegado al borde de la plaza, rodeando arcos de flores y escondiéndonos detrás de las banderas, y estamos lo bastante cerca para ver el momento en el que el margrave lo entiende.

Si se quita la camisa, todo el mundo verá la herradura clavada en su corazón y el tatuaje de un hombre muerto en su espalda.

Y si la nobleza del Sacro Imperio de Almandy tiene preguntas *ahora*, ni te cuento las que tendrá después de eso.

La mirada de Adalbrecht pasa de Ragne, que se está desabrochando toda feliz el chaleco, a Gisele, que lo observa con un desconcierto inocente. Luego mira hacia el patíbulo... y ve que está vacío.

Pero la guinda de oro, sin embargo, es cuando Barthl sale de la casa ceremonial Falbirg sosteniendo el cráneo de caballo del estudio.

¿Recuerdas el cráneo que estaba cubierto con las runas de un hechizo vinculante que gritaba: *Estoy tramando cosas muy chungas y blasfemas?* Sí, *ese* cráneo.

Adalbrecht lo ve. Y a Barthl. Y entonces hace lo *último* que, personal y profesionalmente, le habría recomendado: se deja llevar por el pánico.

Adalbrecht hace un gesto con la mano. Una luz azul cubre el Göttermarkt y los invitados de la boda se derrumban en sus asientos, dormidos. Oigo unos golpes estremecedores cuando la multitud de la plaza cae en el sitio.

Pero Emeric, Gisele, Joniza, Barthl, Ragne y yo nos quedamos en pie.

No sabíamos a qué nos enfrentaríamos con Adalbrecht, así que hemos venido preparados. Ulli Wagner se pasó toda la noche trabajando después del Sabbat, forjando las monedas que le di para crear hechizos de protección en la oficina de la orden de los prefectos. El cobre para los *grimlingen* fue bastante fácil de sacar de los peniques y para las maldiciones… bueno, resulta que tenía oro de sobra.

Con todo el mundo dormido, Adalbrecht al fin nos ve a Emeric y a mí. Abre los ojos al comprenderlo… y luego se enfurece.

Empieza a mover los labios en un cántico silencioso. Se oye un susurro, como una canción, una nana cruel, y entonces un *mahr* tras otro aparecen de la nada sobre los hombros de cada persona dormida. La chaqueta de Adalbrecht humea y se oscurece alrededor de la herradura y los ojos le arden azules por el poder y el odio.

He aquí una cosa sobre los hombres como Adalbrecht von Reigenbach: deducen que, una vez controlan algo, ese algo *permanecerá* bajo su control. ¿Que les dicen a sus subordinados que quieren que todo un distrito lleno de templos guarde silencio? Pues lo harán. A cosas como perder un sello las consideran pequeños inconvenientes, no riesgos. Nunca podrían imaginar un mundo en el que otra persona tuviera el mismo tipo de poder.

Por eso ayer Gisele dedicó gran parte de su día a acompañar a un grupo de huérfanos mayores por los templos más cercanos a la plaza, explicando que había persuadido a su prometido para que la dejara hacer un poco de *caridad*. ¿No podían ser estos huérfanos tan avispados los que tocasen las campanadas de la boda en los templos (los cuales, qué oportuno, eran a prueba de *grimlingen*)?

Y nadie rechazaría una orden por escrito sellada con el propio sello del margrave.

Adalbrecht von Reigenbach cree que lo controla todo, porque es lo que quiero que piense. Así que no se lo ve venir cuando Joniza se inclina sobre el bastón de oficiante, que ampliará su voz para que se oiga por todo el Göttermarkt, y dice con tranquilidad:

—Muy bien, monstruitos. Dadle caña.

Las campanas tañen en sus campanarios, graves y estridentes e irrefutables. No son los tañidos medidos que dan las horas, sino una guerra abierta por doquier. Los *nachtmaren* gritan y los cristales se rompen en toda la plaza. Por debajo de sus alaridos oigo que Adalbrecht grita también. Los *nachtmaren* se dividen como hizo el caballo en Lähl, deshaciéndose en todos los sentidos hasta convertirse en una hueste fracturada.

Las campanas siguen sonando. Adalbrecht cae de rodillas tapándose los oídos. Emeric y yo apretamos más nuestras manos unidas. Ya está. Tenemos el cráneo del caballo, tenemos las cartas, tenemos al margrave de rodillas. Podemos llamar al tribunal celestial y acabar con esto.

Y entonces oigo un relincho terrible y astillado.

Miro a Barthl. El cráneo de caballo se sacude... *se agita* en sus manos. Todas las runas burbujean y echan humo. Unas fisuras como telarañas atraviesan el hueso.

Y en ese momento, el cráneo... Sí, ya sabes, ¿el cráneo vinculante? ¿La prueba clave para nuestro caso?

¿El que mantiene a todos los monstruos unidos y les obliga a acatar la voluntad de Adalbrecht? Sí, *ese* cráneo...

... se rompe.

Esto no formaba parte del plan.

Los *nachtmaren* caen en una espiral de gritos, risas y lloros; mil ojos relucientes y azules atraviesan la carne blanca putrefacta.

Y todos convergen en Adalbrecht. Ni siquiera tiene tiempo para gritar.

Gisele empuja a Joniza y a Ragne fuera del altar cuando una marejada hirviente gris y blanca rodea al margrave en una masa de extremidades cambiantes. Y entonces, de un modo terrible, empieza a transformarse en... No sé en qué, la verdad.

Es como el *mahr* de la noche del baile, entre un caballo y un humano. Veo que los ojos de Adalbrecht en su rostro humano se alargan de una forma repugnante sobre un cráneo de caballo; veo un cuello largo y musculoso cubierto de cientos de bocas rechinantes; veo cabello rubio en una crin grasienta y sucia; veo brazos como los de un hombre, pero alargados y retorcidos como las patas delanteras de un caballo y los dedos acabando en cascos de hierro.

Ah, y quizá debería mencionar… que es casi tan alto como el templo más cercano. Y sigue creciendo.

Emeric, con el aire vindicativo de un mártir, dice débilmente:

—*Caballos.*

Adalbrecht profiere un rugido desde varias bocas. Un momento más tarde, se oye un *bang* que resuena en todo el Göttermarkt. Las campanas enmudecen.

Una nueva ola de gritos surge de las personas dormidas cuando empiezan a despertarse. Tanto los nobles como los plebeyos salen en estampida de la plaza; Emeric, Barthl y yo nos agachamos detrás de la casa ceremonial de Falbirg para apartarnos de su camino.

—*¡LADRONES!* —La voz torturada de Adalbrecht retumba en el Göttermarkt—. *¡MÍO! ¡LA CHICA ES MÍA! ¡EL IMPERIO ES MÍO! ¿CÓMO OS ATREVÉIS A ROBARME?*

Echo un vistazo a la esquina cuando la ola de gente disminuye. Gisele, Ragne y Joniza están agachadas detrás del altar destrozado. El monstruoso Adalbrecht da tumbos por la plaza, aplastando sillas y tirando braseros. Golpea con un puño enorme la casa ceremonial de Reigenbach, que se derrumba en un montón de seda azul y dorada.

Emeric se aparta de la casa Falbirg.

—Tengo que invocar al tribunal antes de que esto empeore.

Se oye otro impacto en la plaza, pero juraría que es mi corazón.

—Acabamos de perder la prueba más importante.

Emeric saca las cartas de la chaqueta.

—Diría que el propio Adalbrecht es una prueba convincente a estas alturas. Y podemos demostrar todo lo demás con esto.

—¿Podemos?

Aprieta la mandíbula, con la mirada fija en el pavimento.

—Como te prometí —y no dice nada más.

—¡Ragne, espera!

Oímos el grito de Gisele y nos giramos para ver a Ragne correr hacia la plaza y caer a cuatro patas. Se convierte en una leona negra, con los ojos ardientes... y luego crece incluso más hasta ser tan grande como Adalbrecht.

Dijo que sería más poderosa en la luna llena. Pero no esperaba que se refiriera también a crecer de tamaño.

Ragne se lanza a por él con las garras por delante.

Caen sobre la plaza, Adalbrecht gritando mientras ella lo arrastra sobre los carbones desperdigados de los braseros. El suelo tiembla, las piedras del pavimento se resquebrajan bajo su peso. El humo se alza de las alfombras, las llamas surgen de las sillas rotas. Adalbrecht golpea a Ragne en un costado con un puño de hierro, pero ella le hunde los dientes en una pata y tira. Se oye un crujido como un árbol derribado... y luego el alarido ensordecedor de Adalbrecht.

Oigo un arañazo sordo y Emeric se tambalea hacia adelante con un grito de sorpresa.

Una flecha le sale por el omóplato izquierdo, tan cerca del corazón que, durante un terrible instante, creo que ha... muerto. Su brazo sufre una sacudida y se le caen las cartas al suelo.

En un frenesí de faldas doradas, la *asquerosa* Irmgard von Hirsching las recoge.

Se aleja fuera de mi alcance y se mete las cartas debajo de un brazo antes de apuntarme con la ballesta. La habrá recogido de un guardia que huía. Agarro a Emeric cuando intenta ponerse en pie; sigue vivo, sigue conmigo, pero no me puedo imaginar cuánto dolor debe sentir. Solo me da una satisfacción mínima ver que Irmgard lleva el vestido tan destrozado que será imposible de arreglar y las trenzas relucientes enredadas.

Eso no cambia que siga apuntándome con una ballesta.

—Ay, *Rohtpfenni* —dice con una sonrisa afectada—. ¿Creías que podrías detenerlo? Adalbrecht gobernará Almandy conmigo. Tú solo eres una zorra que grita cuando la apalean.

Me quedo muy quieta. Un paso en falso y no tendré que preocuparme mucho más por la maldición... o por nada. Y si no conseguimos las cartas...

Tenemos que recuperarlas. Tengo que pensar algo inteligente.

Irmgard, como siempre, percibe mi vacilación.

—Ponte de rodillas —canturrea—. Suplica. Suplícame por tu vida. —Luego ladea la cabeza, sonriendo. Mueve la ballesta para apuntar a Emeric—. Suplícame que *le* permita...

Le hago un placaje antes de que pueda acabar la frase.

Irmgard se golpea la cabeza con las piedras del suelo. La ballesta se dispara. La flecha vuela bien lejos. Pero entonces oigo a Ragne gritar y alzo la mirada.

Retrocede con una pata sobre el ojo. Tiene unos arañazos de un rojo intenso en la mejilla. Luego desaparece... No, se ha convertido en un cuervo, que se tambalea y agita las alas al caer, reduce la velocidad... Vuelve a ser un gato y sacude la cabeza.

Tiene que transformarse para curarse. Pero eso le quita casi todas las energías.

Ragne se dirige hacia Gisele. Se le eriza el pelaje de miedo cuando Adalbrecht la persigue; a él le tiemblan los costados de una risa hambrienta.

¿Qué podría detenerle?

Oigo un *bum* lejano. Y luego otro, más cercano. Y otro. Y otro. Hasta Adalbrecht se detiene a ver qué se acerca.

Y entonces aparece *ella*.

Salta sobre el Yssar con la lanza en alto. Un trueno resuena en el Göttermarkt cuando aterriza en la plaza. Se oyen más cuando viene corriendo, con el semblante frío y furioso; cada paso que da deja una hendidura del tamaño de un buey en la calle.

No sé si en esa estatua hay un dios menor o el fantasma de Kunigunde von Reigenbach, pero de una cosa estoy segura: ha venido a enfrentarse a Adalbrecht.

Irmgard parpadea, mareada, al ver la estatua de bronce cargando hacia la plaza. Le quito la ballesta y la lanzo a los restos ardientes de un brasero volcado que hay cerca.

Ella me mira sonriendo.

Y alza el otro puño, lleno con las cartas de su padre, y las arroja también al fuego.

CAPÍTULO 39

LA LUNA

—¡No! Me abalanzo a por las cartas, pero desaparecen con un fogonazo.

Eran… las únicas pruebas que nos quedaban.

Emeric no puede invocar al tribunal ahora. No tiene ningún caso.

Quizá Kunigunde sea la única en condiciones de detener a Adalbrecht. Y, aunque no lo sea, lo cierto es que me viene muy, muy bien ver cómo le estampa la lanza de bronce en la cabeza.

Adalbrecht profiere un grito-rugido gutural y yo busco a Gisele y a Ragne. Veo dos ojos rojos relucientes en un montón de pelo acurrucado en los brazos de Gisele. Al menos Ragne ha recuperado el ojo, pero entre curarse y mantener la forma de un león tan grande como un templo, estoy segura de que no podrá volver a pelear. Ni siquiera la luna llena puede darle energía infinita.

La luna llena.

Ay, *schit*.

Alzo la mirada. El sol se hunde por detrás del castillo Reigenbach y la luz dorada cubre el Göttermarkt y se refleja en los cristales rotos, en los campanarios silenciados y en el destrozo de las casas nupciales.

En cuestión de minutos, la luna se elevará.

El suelo se levanta y se sacude; Kunigunde cae. Adalbrecht la muerde, pero solo consigue atrapar bronce indoblegable. Se oye un *crac* horrible. Sacude la cabeza, la voz ronca por el grito que acaba de proferir, y reparte trozos de colmillo por la plaza. Luego se abalanza sobre Kunigunde y la tira sobre las brasas derramadas. Adalbrecht se agarra una pata contra el pecho, pero baja la otra sobre la espinilla de la estatua. El metal se dobla y se retuerce.

Y entonces descubro que no debería haber pensado que Irmgard estaba fuera de combate, porque me clava una rodilla en la tripa. Me tambaleo, gritando.

Pero, qué sorpresa, Irmgard también grita y aparta la pierna. La sangre le mancha la falda dorada.

Miro hacia abajo. Unas espinas de rubíes me rasgan el vestido de la cárcel. Eso es lo que ha golpeado.

Irmgard se aleja rodando y luego se pone de pie para huir cojeando al templo más cercano. Mira a Kunigunde y a Adalbrecht por encima del hombro mientras corre.

No ve que Gisele deja a Ragne en el suelo, se pone de pie y recoge la enorme y pesada corona nupcial de los Reigenbach.

La lanza. Y no falla.

Esta vez, Irmgard se queda en el suelo.

Es lo mejor, porque, cuando intento levantarme, descubro que se me ha dormido un pie. Me salen rubíes y perlas de entre las medias destrozadas.

Casi se me ha acabado el tiempo.

Como me advirtió Eiswald, me he convertido en mi codicia.

Emeric se arrodilla delante de mí, la cara tensa de dolor y el brazo izquierdo colgando inerte.

—Vanja. Tengo que hacerlo. Soy el único que puede detenerlo.

Tiene la moneda de prefecto y solo él sabe cómo invocar al tribunal.

Agacho la cabeza.

—Lo sé.

Lo sé y, aun así… Aun así… Aun así…

Kunigunde casi no puede mantener a raya a Adalbrecht. Se oye un *clanc* cacofónico cuando él le quita la lanza de las manos, que sale volando por la plaza para aterrizar en el patíbulo.

Emeric me acuna la cara con la mano buena. Me obligo a mirarlo a los ojos. Es lo menos que puedo hacer por él.

En este momento solo puedo pensar en que es una buena persona, que está dispuesto a morir para salvar a un sinfín de desconocidos y yo... yo voy a morir por mi propio egoísmo.

La historia acaba con él. Y yo no estoy lista para eso.

La luna llena empieza a aparecer por encima de su hombro.

Mueve los labios, como si no supiera qué decir. Los detengo con los dedos, mientras aún me pertenecen. A juzgar por el entumecimiento que se extiende desde las rodillas, la maldición no me permitirá conservar las manos mucho más tiempo.

—Dímelo después —digo en voz baja. Y lo beso por última vez. Nos quedamos así durante un momento muy breve, un momento robado mientras el monstruo causa estragos detrás de nosotros, mientras la maldición me devora desde dentro.

Emeric mete la mano en el bolsillo para buscar la moneda de prefecto. Cierra los ojos al sacarla, con los nudillos blancos y temblorosos.

—En el nombre de Emeric Conrad —susurra—, iniciado de Hubert Klemens de la oficina principal de Helligbrücke en la orden de los prefectos de los tribunales celestiales, convoco al tribunal de los dioses menores.

Se oye un silencio largo y brutal mientras espera a que caiga el hacha.

No ocurre nada.

En este momento, agradezco tres cosas.

Emeric abre los ojos sin comprender nada.

Cuando extiende los dedos, doy gracias de que las mías empiecen a solidificarse con rubíes.

Doy gracias de que no haya visto mis labios moverse para pronunciar su nombre, no ha captado las palabras que estoy pronunciando con dificultad mientras los pulmones se calcifican en perla.

Y doy gracias de que este puñetero y hermoso chico haya dejado su moneda de prefecto en el mismo bolsillo de siempre.

En su palma hay un penique rojo.

— ... de los tribunales celestiales —jadeo—, convoco...

—Vanja, *NO*... —Me agarra el brazo y se corta con los rubíes.

Es demasiado tarde. Con mi último aliento, pronuncio las palabras con las que concluye el hechizo.

— ... al tribunal de los dioses menores.

CAPÍTULO 40

VANJA, SÍ

Tiempo es el primer dios menor en llegar. O, al menos, el primero que noto. Pero es difícil no fijarse en Tiempo.

El mundo se queda en silencio de un modo que no se siente fuera del reino de los dioses menores. Me recuerda a la época que viví con Muerte y Fortuna en su casa; es una tranquilidad que nada puede alterar, ni siquiera tú misma. Podría gritar y reír y desgañitarme todo lo que quisiera y nadie me diría que me callara.

Tiempo entra en la plaza ataviado con un traje vaporoso y reluciente y examina la escena.

—Ajá —dice—. Menudo desastre, ¿no?

Muerte llega la segunda.

—Vanja, ¿qué has hecho? —pregunta. Su rostro se ha congelado con mis rasgos.

Es en este momento cuando me doy cuenta de repente de que estoy plantada sobre… bueno, sobre mí misma. Al parecer tengo los dos pies encima de una masa de rubíes y perlas. Es mi cuerpo, o lo que queda de él.

No puedo evitar reírme. Me ha matado, justo como dijo Emeric. Ahora sí que *soy* de verdad el Fantasma del Penique. Al menos, mi yo fantasmal no lleva consigo la maldición.

Esto deja de ser divertido cuando veo el rostro petrificado de Emeric, lleno de desolación y miedo.

Fortuna hace su entrada en el mismo estado emocional que Muerte.

—¿Te has vuelto loca? ¡Podrías habernos llamado para pedir ayuda!

—¿*Ah, sí?* —pregunto con brusquedad.

No tenemos tiempo para enzarzarnos en una pelea antes de que llegue el resto del tribunal. He oído que suele estar compuesto, por lo menos, por Tiempo, Justicia y Verdad; a veces aparecen algunas deidades locales que buscan entretenimiento.

Yssar y Eiswald han llegado, pero muchos, muchísimos dioses más llenan la plaza, desde la Rueca y el Lamento de los Vientos, hasta Orfebre, Hambre y Badalisc, e incluso dioses más insignificantes de las montañas y costas lejanas.

Es como si esperasen la llamada.

Se oye un *crac*, como unas mandíbulas al cerrarse. Ha llegado Justicia.

Es tan alta como la forma retorcida de Adalbrecht y va vestida con una túnica de pergaminos desenrollados. El texto sobre ellos cambia de forma constante, leyes inconmensurables escritas y borradas para adaptarse al mundo. Un par de faroles arden donde debería tener los ojos… o donde deberían estar, si su rostro fuera algo más que un cráneo vacío. Sobre ella flota Verdad, que hoy ha adoptado la forma de una rueda con ojos (como suele ser habitual).

—El tribunal de los dioses menores ha sido convocado —declara Justicia, golpeando el suelo con su bastón—. Verdad. ¿Cómo quieres que nos dirijamos a ti durante este juicio?

Verdad gira durante un momento y luego dice:

—Con «elle» por ahora.

—Entendido. Empezaremos con los discursos preliminares. Si Verdad oye algo que sea notoriamente falso, puede interrumpir. ¿Lo ha entendido, prefecto…? —Justicia baja la mirada y, aunque su cráneo no puede fruncir el ceño, consigue transmitir *a la perfección* el mismo sentimiento—. ¿Qué es esto? ¿Quién eres tú?

—Vanja, su señoría. Yo he invocado al tribunal.

—No eres prefecta. No tienes derecho.

Ay, esto ya va mal. Señalo el caos paralizado y la destrucción del Göttermarkt.

—Era una ¿emergencia?

—Este tribunal fue convocado en nombre de Emeric Conrad —estalla Justicia—. ¿Cómo conseguiste su moneda? ¿Cómo sabías las palabras?

Me humedezco los labios.

—Déjeme empezar señalando que el margrave de Bóern es ahora mismo mitad hombre y mitad *mahr* y que el cabrón asesino...

—Robó la moneda —susurra Verdad y, de algún modo, el susurro alcanza todos los rincones de la plaza—. Lo engañó para poder decir las palabras.

—Nunca me has caído bien —digo en voz baja.

—Eso es, en gran medida, cierto.

—Aun así, no deberías haber sido capaz de convocar al tribunal sin una conexión con los dioses —trona Justicia.

—Es nuestra ahijada —dice Muerte a mi lado—. De Fortuna y mía.

Justicia las mira durante un rato largo, con las llamas de los faroles parpadeando.

—Bueno *eso* lo explica todo —dice escuetamente. Creo que no se refiere tan solo a la conexión. Se acerca a mí—. A la invocación la has pagado con tu vida, pero, si fracasas, ¿entiendes que no te la devolveremos?

—Sí —digo, encogiéndome de hombros—. Iba a morir de todas formas.

—Nos has invocado en nombre de Emeric Conrad. ¿Deseas que te ayude en el caso?

—Ay, no te haces ni idea —espeto.

Justicia vuelve a dar golpes con el bastón.

—Muy bien. Tiempo, libera al prefecto júnior.

Emeric cae hacia delante. Intento agarrarlo… y mi mano le atraviesa el hombro. Me mira primero a mí y luego a la asamblea de dioses menores. Luego su mirada regresa a mi rostro y, sacudiendo la cabeza, pregunta:

—*¿Por qué?*

—Me quedaban unos segundos —digo en voz baja—. Tú tienes años. —Aún parece destrozado, así que añado—: Además, ¿sabes cuánto vale esa moneda? Diría que *por lo menos* cinco caballos.

—Incorrecto —suspira Verdad y le fulmino con la mirada.

—¿Es necesario?

—Que alguien le cure el brazo al chico —interrumpe Fortuna—. Está sangrando una barbaridad. Así no será de mucha ayuda.

El hombro de Emeric sufre una sacudida y se oye un estrépito cuando la flecha cae. Emeric suspira y no puedo evitar compartir su alivio cuando se pone en pie.

—Empecemos. —Justicia golpea el suelo con el bastón una vez más—. Prefecto, puedes ayudar a la chica a exponer el caso. Antes de empezar, decid quiénes sois ante el tribunal reunido.

Emeric se endereza las gafas.

—Soy el prefecto júnior Emeric Conrad, nacido en Rabenheim el 9 de septiembre en el año 742 de la Sacra Era, enviado de parte de la oficina principal de Helligbrücke.

Los dioses menores me miran y cambio el peso de una pierna a otra.

—Vanja. Me llamo Vanja. No sé dónde nací ni cuál es el apellido de mi familia. Creo que tengo dieciséis años.

Muerte tose.

—Diecisiete. A día de hoy.

Ella siempre lo sabe. Y eso me tranquiliza.

—Soy la hija de Muerte y de Fortuna, de Sovabin y Minkja. He sido huérfana, criada, ladrona y princesa.

—¿Y qué eres ahora? —pregunta Justicia.

—Vanja —responde—. Es lo mejor que tengo.

Verdad parpadea de nuevo.

—Eso es cierto.

Justicia dibuja un círculo con el bastón sobre las piedras de la plaza.

—Vanja, ¿a quién acusas?

—Al *markgraf* Adalbrecht von Reigenbach de Bóern.

Justicia da unos golpecitos a la piedra. El monstruo que estaba peleando con Kunigunde se esfuma y, en su lugar, Adalbrecht aparece en el círculo, convertido en humano de nuevo, ensangrentado, desaliñado y agarrándose el brazo roto. Le falta la herradura de hierro, pero le ha dejado una marca ardiente sobre el corazón y aún rezuma una luz azul.

Gira la cabeza para observar a los dioses menores y luego a Emeric y a mí. Va a atacarme... y se estampa contra un fogonazo de luz al intentar pasar por encima del círculo.

Un murmullo recorre la asamblea de dioses.

—Mmm —gruñe Justicia—. Vanja, ¿de qué acusas a este hombre?

No había pensado nada aparte de «mitad hombre y mitad *mahr*, un cabrón de cabo a rabo», porque me parecía que lo resumía bastante bien. Miro a Emeric.

—Solo lo que podemos demostrar —dice en voz baja—. Con testimonios y pruebas físicas, creo que podemos probar que se vinculó a los *nachtmaren* con intención de causar daño. —Aprieta los labios—. Con eso se ganaría una maldición y seguramente lo desterrarían de la marca.

Miro a Adalbrecht. Alza la cabeza bien alto y su semblante deja entrever la sombra de una sonrisa.

Sabe que es su palabra contra la mía. Que no basta con lo que podamos demostrar.

La marca de la herradura le hierve en el pecho. Algo en eso tira de un hilo suelto en mi cabeza.

Todos sabemos que Adalbrecht adora su imagen del Lobo Dorado. Y los *nachtmaren* adoptan cualquier forma, así que... ¿por qué usó el cráneo de un caballo? ¿Por qué vi la cabeza de un caballo con las Lágrimas de Augur? ¿Por qué insiste tanto con los caballos?

Respiro hondo.

—Lo acuso de vincularse a los *nachtmaren* con la intención de causar daño. —La sonrisa de Adalbrecht se acentúa, así que añado—: Y de intento de asesinato, incitación al asesinato, conspiración para cometer... ¿cómo se dice? ¿*Impericidio*?

Emeric me mira fijamente.

—Vanja, *no*.

—Vanja, sí. *Regicidio*, ¡eso es! —Chasqueo los dedos—. Conspiración para cometer regicidio. Eso lo ha hecho. Y conspiración para, eh, ¿invadir? Planeaba disolver los Estados Imperiales Libres, o como queráis llamarlo. Estoy bastante segura de que eso también es ilegal.

—Correcto —susurra Verdad.

—Puede que al final me caigas bien, Verdad.

Juraría que Verdad me guiña un ojo, pero hay tantos que lo cierto es que no lo sé.

Adalbrecht ya no sonríe.

Emeric intenta agarrarme por el hombro y lo atraviesa.

—¿Qué estás haciendo? —sisea, frenético—. ¡Tienes que demostrar *todo* eso o no te resucitarán!

—Tengo que intentarlo o dentro de unos años hará algo peor. —Agito una mano—. A veces tienes que tirar *spätzle* a la pared para ver si se pega, júnior.

—Pero *qué dices*, así solo consigues *estropear* un buen *spätzle*...

Justicia se aclara la garganta.

—Es hora del alegato inicial, Vanja.

—Vale. —Me giro hacia Emeric—. ¿Qué es eso?

Emeric dedica un momento a recomponerse, pellizcándose el puente de la nariz, y estoy bastante segura de que está cuestionando muchas de las decisiones vitales que lo han llevado hasta esta situación.

—Pues... explica por qué creemos que Von Reigenbach hizo todo eso y cómo. Cuenta la historia. Y recuerda que después puedes llamar a testigos para que corroboren tus afirmaciones. Pero eso es *lo único* que tienes.

—Lo sé. Puedo ser convincente.

Tiene pinta de querer besarme. Y también de que desea estrangularme. *Estamos* hechos el uno para la otra.

Pero entonces traga y dice:

—Confío en ti. Así que al menos a mí ya me has convencido.

Maldita sea, ahora soy *yo* quien quiere besarle. Eso me motiva más a ganar el caso.

Cuenta la historia. Eso sé hacerlo. Y, cuando miro el semblante rígido y furioso de Adalbrecht, recuerdo por qué quiero hacerlo.

Así que doy un paso adelante y les narro un cuento a los dioses menores.

CAPÍTULO 41

EL PRECIO

Les hablo a los dioses menores sobre los lobos en Sovabin. Les hablo de margraves muertos y de margraves hambrientos, les hablo de prefectos y *grimlingen*, de cartas y de vacíos legales, de venenos y cráneos. Les hablo de ladronas. Les hablo de fuegos. Les hablo de campanas.

Y, cuando acabo, llamo a mis testigos.

Llamo a Ragne. A Joniza. A Barthl. Todos llegan sorprendidos e inseguros, pero cuentan lo que han visto y oído y Verdad confirma en voz baja sus historias.

A Adalbrecht le dan la posibilidad de responder después de cada testimonio. Disimula y da excusas, enreda las palabras con tanta maestría que Verdad zumba y murmura: «Cree que es... *verdad*». Adalbrecht afirma que deseaba tener una prometida joven como muchos hombres. Que deseaba proteger Bóern con los *nachtmaren*. Que no dio la orden de matar a Klemens la noche del baile, y que los Wolfhunden tenían miedo de enfrentarse al escrutinio del prefecto.

Cada vez que habla, los dioses menores intercambian murmullos.

Dejo que murmuren. Sé cómo acaba esta historia.

Llamo a Irmgard y la veo retorcerse cada vez que Verdad dice: «Es mentira», una y otra vez hasta que Justicia la despacha del tribunal. Adalbrecht no se molesta ni en responder.

Llamo a Emeric y me sostiene la mirada cuando le pido que exponga su relato.

Al fin, llamo a Gisele. Le pido que me apoye y diga que mi historia es cierta.

Y, esta vez, lo hace.

Sus palabras contienen el frío del invierno, la misma gelidez de Sovabin que hay en mí, las cicatrices de un hielo viejo que rompe la piedra tras años arrastrándose por el valle. Conocemos las heridas que nos dejamos la una en la otra y hemos dado cuenta de ellas. Hemos cruzado las espinas. Conocemos el camino para salir de la montaña.

Cuando Gisele acaba de hablar, Justicia le pregunta a Adalbrecht:

—¿Cómo respondes a eso?

Se pone en pie en el círculo y no oculta su confianza.

—Todo lo que hice fue porque creía que era lo mejor para todo el mundo.

Verdad gira y rueda, retorciéndose una y otra vez, hasta que dice:

—Cree que es… verdad, en general.

Justicia tamborilea los dedos en el bastón. Veo que no está contenta y sé por qué.

Hemos expuesto los daños. Hemos explicado por qué Adalbrecht tenía motivos para hacerlo. Hemos demostrado cómo se beneficiaba de todo ello. Pero, sin las cartas o el cráneo, no tenemos nada que muestre de forma irrefutable que es el responsable. Aunque tenía motivos para arrebatar poder, para aprovechar vacíos legales y para ordenar asesinatos, no podemos demostrar que esas fueran sus intenciones.

Pero yo sé que puedo.

Así que, cuando Justicia se gira hacia mí y pregunta: «¿Quieres llamar a alguien más?», sonrío.

—Sí. —Me vuelvo hacia Gisele y pregunto—: ¿Cómo se llamaba tu caballo?

Sacude un poco la cabeza, casi con incredulidad.

—¿Qué?

—El caballo de Sovabin. Nunca me acuerdo.

Emeric se queda muy quieto. Veo ese fuego encenderse en su mirada. No cabe *duda* de que me va a besar cuando acabe todo esto.

—Falada —dice Gisele—. Pero...

—Llamo a Falada —le comunico a Justicia.

—¿Al *caballo*? —pregunta, tan perpleja como Gisele. Asiento y alza las manos como diciendo: *Claro, por qué no, traigamos al caballo.* Luego golpea el bastón contra el suelo.

Unos trozos de hueso llegan vibrando desde el otro lado de la plaza.

El semblante de Adalbrecht bastaría para resucitarme de inmediato.

Verás, he aquí otra cosa interesante sobre Adalbrecht von Reigenbach. Se gasta dinero en *su* boda, *sus* ejércitos, *sus* planes, aunque sea sacándolo de los bolsillos de otra gente. Y para todo lo demás, es un tacaño.

Antes de que pudiera vincularse a todos los *nachtmaren* con el tatuaje de Klemens, se vinculó a unos cuantos para aterrorizarnos. Y lo hizo con el cráneo de la pared, cuyo fantasma se reflejaba en todos los *mahr* que creaba.

Reconozco a un ladrón cuando lo veo, sea grande o pequeño. Y sé que, si iba a sacrificar a un caballo para el hechizo, no usaría a uno de los suyos.

El cráneo roto se recompone delante de nosotros; Gisele se tapa la boca con las manos, con lágrimas en los ojos. Unos haces de luz plateada se unen para crear un hocico largo y una cruz elegante, hasta que el fantasma del caballo se alza en medio del tribunal, sacudiendo la cabeza.

—Falada —digo en un tono coloquial—, te usaron para vincular los *nachtmaren* a Adalbrecht von Reigenbach, ¿verdad?

—Voy a buscar a un traductor. —Justicia se gira para hacer un gesto a la asamblea reunida detrás de ella. Algo profiere un grito que suena como todos los idiomas del mundo a la vez. Justicia ladea la cabeza—. Así es mejor.

Un lamento triste y sobrecogedor sale de Falada. Cuando habla, es como un llanto.

—*A las pesadillas quiso unirse con brutalidad, y por eso el margrave hizo mi muerte realidad.*

Pues *claro* que el caballo muerto habla rimando. Pero lo toleraré, porque debe responder a otra pregunta mucho más importante:

—A través de vuestro vínculo, ¿conocías sus intenciones? ¿Sus elecciones?

—*Crueldad y perfidia lo vi decretar, corrosión y tiranía lo vi anhelar.*

(Aquí es donde tengo que admitir que me impresiona su capacidad de pensar rimas sobre la marcha. No está nada mal para, bueno, un caballo).

—Falada, ¿te usó para intentar matarnos?

—*Hueso a hueso me lanzaba a sus esbirros.* Mahr *tras* mahr *atacaban a sus enemigos.*

—¿Esbirros? ¿Enemigos? Esa rima no ha estado muy fina. —Paso por alto la mirada furibunda del caballo—. ¿Por qué quería casarse con Gisele?

—*Para robar el imperio y enviarnos al cementerio.*

—¿Verdad? —pregunto.

Elle no duda en responder:

—No detecto ninguna mentira.

—Muy bien. Eso es todo.

Falada apoya la cabeza en el hombro de Gisele durante un momento; luego sopla una suave brisa y desaparece.

Me llevo las manos a la cadera y miro a Justicia.

—Me parece que el caballo fantasma lo ha resumido bastante bien.

Los faroles de Justicia parpadean. Baja el bastón contra el suelo de la plaza una vez más y produce un ruido como de campanas.

—Dioses menores, ¿habéis oído suficiente?

Los dioses rugen a modo de respuesta.

—¿Alguien quiere hablar a favor de Adalbrecht von Reigenbach?

Un silencio opaco llena el ambiente.

—¿Quién entre nosotros dice que es inocente de estos cargos?

Podría oír la caída de una horquilla.

Creo que es en este momento cuando Adalbrecht se da cuenta de que está solo. Lo pienso porque percibo en él ese temor, ese tumulto de impotencia.

Vi eso mismo con las Lágrimas de Augur. Lo vi en el fantasma de la chica que fui. Lo vi cada vez que quería pedir ayuda y sabía que vendría con un precio que no podía pagar.

Pero elegí un camino diferente.

—¿Quién entre nosotros dice que es culpable?

Otro rugido ensordecedor. Justicia asiente.

—Entonces está decidido. Eiswald, este es tu territorio. Emite la sentencia que creas adecuada. —Uno a uno, los dioses empiezan a desaparecer. Justicia me señala con el bastón, pero está mirando (o eso *creo*) a Emeric—. Vanja, según nuestro acuerdo, te resucitaremos. Tú, prefecto júnior. Voy a decir en Helligbrücke que te deben un ascenso. Y quizá quieras plantearte reclutarla.

—Lo ha intentado —digo—. A mí me va más el trabajo autónomo.

¿Sabías que una calavera con faroles por ojos aún puede ponerlos en blanco? Yo, no.

Todos los dioses menores desaparecen excepto tres: Muerte, Fortuna y Eiswald. Fortuna, creo, quiere hablar conmigo. Sospecho el motivo, pero intentaré ignorarla un poco más. Eiswald está aquí por el margrave. Y Muerte...

Aunque el tiempo está detenido, Muerte luce ahora el rostro de Adalbrecht.

Creo que disfruta al sonreírle. Adalbrecht, no, claro, atrapado como está en el círculo brillante de Justicia.

Eiswald se gira en mi dirección y, de repente, está delante de mí, mirándome. El orbe oscuro que colgaba entre sus cuernos como ramas ahora es un disco plateado reluciente: la luna llena. Claro.

—Has roto mi regalo, pequeña Vanja.

—¿Ah, sí?

Me giro hacia donde estaba el montón retorcido de mi cuerpo. Se ha disuelto en una pila de rubíes y perlas.

—Te preocupaste por algo más que por ti misma, y con todo tu corazón. Has enmendado tu codicia.

Una mano roza la mía, cálida y tan familiar que sentirla resulta desgarrador. *Viva*.

Emeric tampoco parece que se lo pueda creer y me agarra la cara como si fuera una reliquia sagrada.

—Lo has hecho —dice, maravillado—. Tú… eres un espanto tan bello, pero *lo has hecho*…

Y entonces me besa, como yo había predicho, y descubro que es un beso mucho más dulce porque ocurre *después* del que creí que sería el último.

Eiswald hace un ruido de fastidio absoluto.

—En señal de respeto por lo que has hecho, te daré otro regalo.

—PASO —farfullo con énfasis contra la boca de Emeric y lo acompaño con un gesto obsceno—. Estoy ocupada.

Sin embargo, Emeric se aparta con cara de consternación. Los dos sabemos que los regalos de los dioses no suelen traer nada bueno.

Pero esta vez Eiswald no tiene ases en las mangas de piel de oso.

—Creo que a este lo disfrutarás. Puedes decidir qué debemos hacer con el *markgraf* Adalbrecht von Reigenbach.

Hay muy pocas cosas tan deliciosas como la mirada de un hombre que se ha pasado la vida adorado, creído, pisoteando a todo el mundo, sin responder ante nadie... cuando ve ante quién debe saldar cuentas ahora.

Miro a Eiswald, luego los rubíes y las perlas. Y sonrío.

—Creo —le digo, apoyando la mejilla en el pecho de Emeric— que debería aprender el precio de ser deseado.

Ragne profiere una carcajada feroz, ahora que ha recuperado su forma humana; tiene mejor aspecto en el segundo mejor traje de Adalbrecht que el propio margrave en los restos del primero. Para alguien que parece alérgica a sentarse como es debido en las sillas, ha averiguado cuál es la forma más conveniente de acomodarse sobre la espalda de Irmgard para evitar que se escape.

Los ojos rojos de Eiswald relucen de alegría y se gira hacia Adalbrecht.

—No —protesta él—, no lo entiendes, mi padre...

—Mataste a tu padre y no te quedaste satisfecho. —Eiswald atraviesa con la mano el círculo brillante y le agarra la cabeza con una mano de nudillos rojos—. Así que te convertirás en tu codicia.

Lo tira en medio de la plaza. Adalbrecht aterriza a cuatro patas, convulsionándose; la estatua de Kunigunde se levanta y se arrodilla ante Eiswald. Tiempo vuelve a ponerse en marcha.

Un matiz de oro aparece en las manos de Adalbrecht.

Kunigunde se levanta; ya no tiene abolladuras en el bronce. Pero tampoco es Kunigunde. Tiene el rostro de Gisele, mis dos trenzas, sus propios ojos. Luce un vestido de boda rasgado, una corona antigua y un par de grilletes rotos. Cruza la plaza a grandes zancadas para recoger la lanza.

Cuando vuelve junto a Adalbrecht, este está tumbado de costado, resollando mientras las extremidades se le hinchan y se doblan. Le sale oro fundido por la piel cambiante.

Y luego ambos se quedan inmóviles: la estatua de un enorme lobo dorado acobardado bocarriba y la chica de bronce sosteniendo la lanza sobre su garganta y de un tamaño mucho mayor.

—Poético —dice Emeric. Me agarro a su chaqueta, ojiplática.

—¿Tú sabes cuánto cuesta esa estatua?

—¿Cinco caballos?

—¡*Muchísimos* caballos!

—No se puede fundir ni destruir —dice Eiswald con sequedad—. Debe servir como advertencia, no como inspiración.

—Vale, pero ahora le toca a Irmgard —digo. Eiswald sacude la cabeza.

—Creo que es mejor que la justicia se encargue de ella. Voy a volver a mis árboles, a arreglar el daño que les hizo. Ojalá nos volvamos a encontrar en un camino más amable.

Entorno los ojos mientras hago unos cálculos un tanto desagradables. Eiswald empieza a desaparecer; los campos de batalla de Adalbrecht ya habían alcanzado sus dominios.

—Espera. Un momento. ¿Tú…? Eiswald. ¿Me echaste la maldición para que detuviera a Adalbrecht?

El cráneo de oso aparece en el cielo nocturno, pero juraría que se está riendo.

—Te dije que sería lo que tú quisieras.

Emeric tiembla. Tardo en darme cuenta de que también se está riendo.

—No es gracioso —me quejo.

—Te ha engañado. *A ti* —dice sin nada de vergüenza—. Para que derrocaras a un tirano. Es *muy* gracioso.

La voz de Fortuna nos interrumpe.

—Vanja, querida. Tenemos que hablar.

Muerte y ella siguen aquí. Y algo en la forma en que Fortuna mueve las manos envía un escalofrío por mi espalda.

—Has invocado al tribunal. Y eso significa que nos has llamado para que te ayudásemos.

Me quedo tan inmóvil como las estatuas de la plaza. Tenía la esperanza, la simple *esperanza*, de que no se dieran cuenta.

La mano de Emeric me aprieta un poco más la espalda.

—Eso no… no…

El rostro de Muerte vuelve a ser cambiante debajo de la capucha. Sus palabras suenan tensas y extrañas.

—Como sus madres, le dimos a elegir y hemos aguardado —dice, arrastrando las sílabas— durante *cuatro años* a que decidiera. Somos dioses menores y no podemos faltar a nuestra palabra.

—Un momento. Vanja… espera. Hoy estamos a trece. —La mirada de Emeric pasa de mí a Muerte y a Fortuna y luego vuelve—. Es tu cumpleaños. Tienes diecisiete años. Te perteneces a ti misma.

Me lo quedo mirando.

Hoy cumplo diecisiete años.

—Tengo diecisiete años —repito sin comprender. Y entonces, con fervor—: *Tengo diecisiete años.*

—Basta —me interrumpe Muerte. Casi puedo oír el alivio en su voz—. Tiene diecisiete años. No podemos reclamar ninguna autoridad sobre ella como nuestra hija.

Y entonces lo entiendo.

Muerte siempre lo sabe.

Fortuna parece casi tímida; agita el halo de monedas y carbón.

—Aunque, claro, los dioses no se equivocan, Vanja. Ya lo ha dicho Muerte, queríamos… solo queríamos protegerte.

—Los dioses no se equivocan —dice Muerte—; pero las madres, sí.

Fortuna apoya una mano en mi mejilla.

—Como diosas, ya no podemos hacer temblar el mundo para mantenerte a salvo. Pero, si nos necesitas, acudiremos a ti como tus madres. Y siempre nos verás trabajar. —Luego guiña un ojo—. Puede que mueva algún hilo aquí o allá para ti. Porque eres, al fin y al cabo, nuestra hija.

Ya no tengo que huir.

Ya no tengo que marcharme de Almandy.

Puedo ir adonde quiera. Por una vez en mi vida... me puedo quedar.

—Y tú, chaval —ruge Muerte mientras las dos empiezan a desvanecerse—. Estás cortejando a la hija de Muerte y de Fortuna y queremos que sea feliz. Estamos a una oración de distancia. No *oses* olvidarte de ello.

Y desaparecen en la noche.

—Así que de ahí viene tu humor —dice Emeric en voz baja cuando ya no queda ni rastro de las diosas.

Me echo a reír y él me imita y no podemos parar y nos abrazamos por lo que más queremos y nos besamos en medio de las carcajadas y damos vueltas en la pila de rubíes como dos borrachos bailando bajo la luna llena.

Estoy loca de alegría, más feliz que nunca, tiemblo de júbilo y alivio y emoción.

Tengo diecisiete años, soy hija, no soy sirvienta de nadie, solo de mí misma.

Me quieren.

Y soy *libre*.

CAPÍTULO 42

LA REINA DE ROSAS

Extiendo siete cartas sobre la mesita y aguardo.

Los otros seis rostros en la mesa conocen el procedimiento. Contienen la respiración cuando Ragne pasa la mano sobre el despliegue y luego toca un naipe. No lo levanta aún, pensativa. Y entonces dice:

—¿Alguna vez habéis probado la cera de vuestros oídos?

Le da la vuelta a la carta: la sota de griales. Barthl se derrumba en la silla.

—Esto no es digno de mí.

—Es Winterfast —canturrea la *markgräfin* Gisele—, ¡tienes que jugar!

Ragne está sentada en el suelo de la cómoda biblioteca, pero se acerca más a Gisele para apoyar la cabeza en su rodilla con una sonrisa amplia en la cara. Ahora es la embajadora oficial de Eiswald, lo que le da todo el tiempo del mundo para estar con la nueva margravina de Bóern.

(¿También puede ser la esposa de Gisele? No estamos seguros y nadie lo ha preguntado. Las dos parecen demasiado felices como para que les importe).

Barthl se tapa la cara con las manos. Para mi sorpresa y deleite, ha resultado ser un flojo; solo ha tomado dos copas de *glohwein* y ya arrastra las palabras.

—Nunca he probado —dice despacio— la cera de mis *propios* oídos.

—Qué específico —dice Emeric a mi lado, escondido detrás de su taza. Hago una mueca y me dirige una sonrisa; se le forman unas arruguitas en los ojos.

Barajo las cartas y las dispongo de nuevo.

—Barthl, tu turno.

Barthl apoya una mano en una carta.

—El hábito favorito... de tu pareja.

Da la vuelta a la reina de escudos. Se produce un silencio incómodo mientras Umayya se arregla el chal. Se ha mudado al castillo, con el resto de los residentes del Gänslinghaus; Trudl, Gisele y ella están trabajando para convertir los niveles inferiores en una escuela para muchos, muchos niños como los del orfanato. Nunca he preguntado, pero pensaba que Umayya no tenía tiempo para parejas.

Me equivoqué.

—Acaricia a cada gato y a cada perro que vemos —admite.

La habitación estalla con gritos de asombro. Diría que no soy la única que había hecho suposiciones; Joniza abre tanto la mandíbula que parece que se le va a caer.

Solo estamos nosotros siete en el ala del río. Ocho, si contamos a Poldi, a quien encontramos ardiendo resentido en el estudio de Adalbrecht después de la boda. Está descansando en la chimenea con una copa de hidromiel. No puede tocar cartas sin que ardan.

En teoría, como esta es la primera noche del Winterfast, cualquiera esperaría una fiesta más opulenta por parte de la nueva margravina. Sin embargo, la nueva margravina hace las cosas a su manera.

La explicación oficial es que el juicio la cambió, igual que cambió a Kunigunde y a Adalbrecht. Ha aceptado la idea, porque le da una excusa para perseguir a los lobos de este castillo y ayudar a la orden de los prefectos a limpiar las calles de Wolfhunden.

Y esta noche, Gisele ha preferido adornar la habitación con guirnaldas elegantes para que huela a abeto fresco, calentar una olla de *glohwein* y jugar a las cartas.

Umayya elige la siguiente.

—¿A quién venderías, de esta habitación, por diez mil *gilden*?

Es la reina de griales.

—A todo el mundo —responde Joniza sin dudar. También se ha mudado al castillo. El escenario es mejor que el del castillo Falbirg—. ¿Por diez mil *gilden*? Lo haría. Y luego contrataría a Vanja para que os recuperara.

—Debería subir mis tarifas.

Ragne bosteza. Ha pasado una semana desde que el Göttermarkt adquirió las nuevas estatuas y nos acercamos a la luna nueva. Le gusta ser humana con Gisele siempre que puede, pero creo que el día le ha pasado factura.

—La última pregunta de la noche. —Extiendo las cartas.

Joniza me ha observado con cuidado. Y es una de las dos personas en esta mesa que sabe qué buscar cuando estoy barajando. En efecto: le da la vuelta a la reina de rosas.

—¿Dónde vas a ir después de esto?

Guardo las cartas en la baraja.

—A la posada.

—Ya sabes a qué me refiero.

—Aún no estoy segura —admito—. Te lo diré en cuanto lo sepa.

Emeric me estudia de nuevo, pero no comparte sus pensamientos.

Nos marchamos del castillo Reigenbach juntos. Los guardias de la caseta están muy desconcertados por cómo han salido las cosas; uno me llama Vanja y el otro Marthe, y les oigo debatir mientras Emeric y yo bajamos la colina agarrados del brazo.

Cuando me trasladé del ala del río la semana pasada, él regresó a la oficina de prefectos. Mentiría si dijera que no me conmovió un poco. También mentiría si dijera que no me aseguré de que la posada que elegí estuviera cerca de la oficina.

No podía quedarme en el castillo Reigenbach. Limpiaron el ala del margrave y descubrieron alijos escondidos con muchas pruebas, las cuales confirmaron que se merecía que lo convirtieran en una estatua cutre. Cartas, planos, colecciones de cráneos de animales... y eso solo en el estudio.

No podía quedarme aquí. No después de que Gisele le devolviera a su madre las perlas y pidiera a sus padres que se marcharan.

Demasiadas sombras, demasiados recuerdos, demasiados fantasmas. Ahora es mi propia casa ceremonial; encerraré aquí mis males y los abandonaré.

Eso es tanto literal como figurado. Irmgard está en uno de los calabozos. Pensé en ir a verla para burlarme de ella, y luego me di cuenta de que Irmgard tendría que vivir sabiendo que yo estaba por ahí, libre como un pájaro, mientras ella permanecía encerrada en una celda fría y oscura.

(Fui y me burlé de ella igualmente. No me arrepiento. Eiswald me engañó para que derrocara a Adalbrecht, no me engañó para que me convirtiera en una santa).

Y luego tomé los mil *gilden* y los llevé al ayuntamiento. Cuando me marché, ningún ciudadano de Minkja debía a la marca ni un solo penique rojo.

O sea, es de sentido común. Salí del Göttermarkt con mi peso (mi peso de verdad, calculado) en rubíes y perlas. Puede que ya tenga la vida solucionada. O, *por lo menos*, solucionada hasta que decida qué hacer a continuación (veo un futuro lleno de caballos). Otros mil *gilden* solo habrían servido para rizar el rizo.

Además, todo el mundo sabe que colgaron al *Pfennigeist* el día de la desastrosa boda. Vanja, sin embargo, tiene la oportunidad de empezar con buen pie.

Emeric y yo llegamos al pie de la colina y atravesamos el Puente Alto. A medida que nos acercamos al Göttermarkt, los compases de una banda de villancicos llenan el ambiente.

La noche aún es joven, la media luna menguante cuelga baja en el cielo. Emeric me mira. Tiene truco, pero aún no lo he averiguado. Solo sé que, cada vez que me mira, me siento cálida y aturdida, como si hubiera bebido tanto *glohwein* como para superar a Ezbeta von Eisendorf.

—¿Quieres bailar, *fräulein* Vanja? —pregunta.

—Me encantaría, *meister* Conrad.

Han limpiado los escombros que quedaban de la boda y los puestos de *sakretwaren* no perdieron el tiempo en trasladarse de nuevo al Göttermarkt, incluso cuando los clérigos de los templos seguían barriendo cristales rotos y arreglando las ventanas vacías para protegerse del invierno. Esta noche la plaza está viva, con faroles coloridos y hogueras y música; varias parejas giran en la nieve.

Nos unimos a ellas y bailamos hasta quedarnos sin aliento; bebemos *glohwein* en un descanso y luego volvemos a la acción. Bailamos canciones rápidas y lentas, alegres y dulces, hasta que la banda baja los instrumentos y, uno a uno, los faroles se van apagando.

Nos sentamos juntos en un banco. Apoyo la cabeza en su hombro y él la barbilla en mi coronilla. Creo que esta podría ser la mejor noche de mi vida y por eso me estoy preparando para cuando llegue a su fin.

Emeric saca algo del abrigo y me lo entrega, nervioso de repente.

—Yo, eh… Te he hecho esto. Por tu cumpleaños. Siento dártelo tan tarde.

—Creo que teníamos otras cosas más preocupantes —digo, quitándole el envoltorio—. ¿A qué te refieres con que lo has…?

No acabo la frase. Es un cuaderno pequeño forrado en cuero, como el suyo. La cubierta tiene un sello intrincado de rosas y está pintada de un rojo intenso.

—Lo tuve que deducir —se apresura a decir—. Pensé que sería tu flor favorita. Y el color. Si me he equivocado, puedo...

Acerco la cara a la suya y procedo a transmitirle que, como siempre, ha acertado.

Cuando nos separamos, extiendo los dedos sobre la lana de su abrigo, sobre el bolsillo del pecho, para recordar cada fibra, cada respiración.

—¿Cuál es la mala noticia? —pregunto.

—Zimmer y Brenz —dice con un suspiro.

Son los dos prefectos ordenados que llegaron la semana pasada para ayudar a Emeric. No sé qué les ofendió más: que este caso fuera tan vasto y complicado como para requerir una cantidad sin precedentes de papeleo o que se lo endilgaran a ellos porque un prefecto júnior advenedizo lo resolvió antes de que llegaran.

—Ya han hecho la mitad de los informes. Deberían acabar la semana que viene, a finales del Winterfast. Después de eso, tenemos órdenes de volver a Helligbrücke.

—De todas formas, debes completar la segunda iniciación.

—Sí, pero... —Se ríe—. Podría haber esperado. Quería tener más de una semana.

—Puedo robar los informes para que tengan que reescribirlos —propongo—. Es casi seguro que vuelva a delinquir cuando se me acaben los rubíes.

—Me gustaría que no dijeras esas cosas cuando será mi obligación profesional detenerte si lo haces. —Emeric tuerce la boca de una forma que me indica que esta la dejará pasar. Luego me acaricia la mejilla con los nudillos—. Podrías venir conmigo. Si me ordenan pronto... podemos empezar a buscar juntos a tu familia biológica.

Se ha acordado. Y no es *algún día* ni *después*: es un *pronto*. Y *juntos*. Me dan ganas de echarme a llorar.

Quizá no haya sido el mejor momento para encadenarle al banco.

Emeric baja los ojos y se encuentra con una esposa de hierro alrededor de la muñeca.

—*Vanja.*

—No deberías llevar grilletes encima si no quieres que los use —le informo antes de besarle de nuevo. Una cosa sí sé: esto es lo que quiero. Quiero que me persiga. Quiero que forme parte de mi historia.

Por el calor de su boca sobre la mía, creo que él también quiere que yo forme parte de la suya.

Me levanto del banco y camino hacia atrás para poder sonreírle. Me doy unos golpecitos en el pecho, en el sitio donde está su bolsillo.

—¿Ahí has dejado la llave? —farfulla, buscando con la mano libre. Pero, en vez de una llave, saca un naipe: la reina de rosas.

Me observa con una mirada interrogativa.

—Quiero que me atrapes.

Es extraño y emocionante decirlo en voz alta.

Me adentro en la noche. Sé que cumplirá con su palabra y me seguirá.

EL SÉPTIMO CUENTO

LA LADRONA
PEQUEÑA

É rase una vez una chica fría como el invierno, codiciosa como un rey, sola como una huérfana. Era una mentirosa, una ladrona y una malvada doncella que robó a la familia que la acogió y tiró a su señora a los lobos. Hizo lo necesario para sobrevivir y no pensaba martirizarse por nadie.

Era una ladrona pequeña y todo el mundo dijo que había muerto en el patíbulo.

Un día, contó su propia historia y todo cambió.

Seguiré contándola, este séptimo cuento, mientras quiera.

(El siete da buena suerte, ¿lo sabías?).

Soy la hija de Muerte y de Fortuna; he bajado de la montaña con mis hermanas. Hemos atravesado las espinas. Hemos expulsado al lobo. Hemos contado nuestras historias, y marcado nuestros propios destinos. Si caigo, caeré sin miedo.

Y por eso te digo: mi nombre es Vanja.

Y esta es la historia de cómo me dejé atrapar.

Glosario

Títulos nobles y organismos gubernamentales

komte/komtessin: conde/condesa. Nobles que dirigen pequeños territorios dentro de margraviatos y principados y sirven como vasallos de las familias gobernantes de mayor rango.

Kronwähler: un cuerpo de votantes bastante inconsistente que puede elegir a un emperador. Está compuesto por siete *prinzepswahl* y puede contener hasta veintisiete cardenales y delegados para representar diversos intereses imperiales y facciones.

markgraf/markgräfin: margrave/margravina. Un rango noble para gobernantes de las marcas fronterizas del imperio que dirigen los ejércitos más importantes dentro de sus dominios. A cambio de dicha potencia militar, estas familias nobles ceden su derecho a que cualquier miembro pueda ser elegido como sacro emperador.

prinz-wahl/prinzessin-wahl/prinzeps-wahl: príncipe/princesa/príncipes electores. Nobles descendientes de uno de los siete linajes reales que gobiernan los principados del imperio. Las casas reales varían en poder e influencia, pero, aparte de un cuerpo de seguridad pequeño, no pueden mantener a un ejército propio. Un miembro designado de la familia es elegible como sacro emperador… si hay una vacante.

sacro emperador: gobernante del Sacro Imperio de Almandy. El *Kronwähler* lo elige entre los siete linajes reales.

Todas las cosas perversas y celestiales

dioses menores: manifestaciones de las creencias humanas con diversos poderes. A diferencia de los dioses supremos, innombrables e incognoscibles, los dioses menores tienen nombres y funciones específicos, pero estos cambian según la región, ya que se basan en las leyendas locales.

grimling/grimlingen: criaturas sobrenaturales malignas de rango inferior.

kobold: espíritus de la chimenea que protegen el hogar... siempre y cuando se les muestre el debido respeto.

loreley/loreleyn: preciosas mujeres acuáticas con una cola como un pez que atraen a los pescadores para matarlos.

nachtmahr/nachtmaren: son *grimlingen* que controlan y se alimentan de pesadillas; en ocasiones roban a la persona que sueña y la montan durante toda la noche.

sakretwaren: productos sagrados que se venden fuera de los templos, como incienso, amuletos de la suerte, reliquias provisionales, ofrendas ya preparadas, artículos para rituales, etcétera.

Wildejogt: la cacería salvaje, dirigida por varios dioses menores en plena noche. Los jinetes pueden ser otros espíritus, dioses locales, voluntarios humanos o aquellos que hayan molestado al líder.

Moneda

gelt/gilden: moneda de oro que equivale a diez peniques blancos, cincuenta *sjilling* o quinientos peniques rojos.

rohtpfenni: penique rojo hecho de cobre. La moneda de menos valor en el imperio.

sjilling: chelín hecho de bronce. Equivale a diez peniques rojos.

weysserpfenni: penique blanco hecho de plata. Equivale a cinco *sjilling.*

Otros términos y expresiones

damfnudeln: pastelitos dulces hechos al vapor.

glohwein: vino rojo especiado y endulzado. En invierno se sirve caliente.

mietling/mietlingen: asalariado; también es el término educado para referirse a las trabajadoras sexuales.

Pfennigeist: el Fantasma del Penique, y no es asunto tuyo.

schit: mierda, joder. Una palabra muy apreciada por los narradores astutos.

sjoppen: jarra, pinta.

Agradecimientos

Este libro está dedicado, sobre todo, a aquellas personas que contaron sus historias. Ya fuera fácil o doloroso, a escala nacional o en una hoja en blanco, dejase cicatriz o un cráter humeante. Gracias por decir esas palabras; sabed que habéis cambiado algo, aunque ese cambio no se pueda medir.

Llevamos ya tres libros en esta montaña rusa, y el hecho de que no esté vagando por una marisma vestida con un saco de arpillera es todo un logro que le debo a mi increíble equipo. Tiff, gracias por ver la estatua en el bloque de mármol, por aguantar mis quejas interminables y, *sobre todo*, por dejar que me saliera con la mía con la intimidación mediante salchichas. ¿Cómo sería este libro sin tu magia?

V., gracias por ayudarme incluso cuando aún lo llamábamos *La pastora de ocas sin título* y gracias por mantener el pugilismo en marcha incluso con un bebé sobre la cadera y una pandemia de fondo. Todas las catástrofes salen huyendo y gritando al verte (aunque… estamos en 2021, no tentemos a la suerte).

Gracias al Voltron de marketing y publicidad tan maravilloso compuesto por Morgan, Jollegra, Teresa, Molly, Allison, Caitlin y Melissa en Mac Kids, que *también* han aguantado mis quejas interminables y, con la gracia y la paciencia de los santos, no han montado un GoFundMe para lanzarme dentro del sol. A eso lo llamo yo «competencia social», gente. Por suerte, cuando este libro se publique, podré invitaros sin peligro a esa copa que tanto os debo.

También debo libaciones y puede que alguna ofrenda a Mike Corley y a Angela Jun, por hacer el libro más bonito del mundo. ¡Es que miradlo! ¡Es una maravilla!

La comunidad de escritores sigue siendo uno de los mejores recursos para gente que quiere hablar de lo bueno y lo malo de sus aventuras en el mundo editorial (o, siendo sincera, que quiere procrastinar antes de la fecha de entrega). A los primeros lectores y reseñadores, Petty DM Buddies, la PW Class de 2015 y Lake Denizens in Protagonist Jackets: habéis sido lo mejor de mi viaje. Si os doy las gracias uno a uno nos pasaremos una hora aquí y nadie ha traído aperitivos. Sabéis que sois ese amigo insólito cambiaformas de esta gremlin.

A mis amigos y familia: en los últimos agradecimientos fui tan arrogante que bromeé sobre sobrevivir a un incendio y luego toda la Costa Oeste se pasó un mes ardiendo, así que… Gracias, como siempre, por aguantar mis quejas sobre el mundo editorial, que supongo que son como si Leslie Knope preparase una presentación sobre Pepe Silvia. ¡Crucemos los dedos para que este año sea menos Antiguo Testamento para todo el mundo! (A menos que sea para emborrachar a tiranos bajo la mesa para luego decapitarlos; en cuyo caso, llamadme).

Mis gatos contribuyeron un poco a este libro, al menos en cuestiones de investigación, así que les toca un único agradecimiento. No daré más detalles.

Y, por último, a todas las chicas terribles: es mentira. Os merecéis el mundo.

¿TE GUSTÓ ESTE LIBRO?

Escríbenos a

puck@edicionesurano.com

y cuéntanos tu opinión.

ESPAÑA /MundoPuck /Puck_Ed /Puck.Ed

LATINOAMÉRICA /PuckLatam

/PuckEditorial

¡Gracias por vivir otra
#EXPERIENCIAPUCK!